Der Autor:

Harald Renkel ist Jahrgang '73. Mit 20 Jahren zieht er nach Berlin. Nach seinem Grafikstudium 1998 arbeitet er als Art-Director für Kunden wie Nike, Heineken, BMW und Adidas. Im Herbst 2009 begegnet er mitten in Berlin einem Schamanen, der in ihm seinen Nachfolger erkennt. Dies markiert den Beginn eines neuen Weges, der ihn weg von Berlin und seinem erlernten Beruf, hin zu seiner Berufung in diesem Leben führt – ein Schamane der Neu-Zeit zu sein.

Das Buch:

Der Autor schildert auf der Basis von Tagebucheinträgen, Mails und Chats, in zusammengefasster Form die Ereignisse, die ihm auf seinem Weg begegnet sind. Die Namen der beteiligten Personen wurden teilweise geändert. Die Handlung folgt bis auf wenige Ausnahmen chronologisch den Ereignissen, wie sie sich aus der Perspektive des Autors ereignet haben. Aussagen über die Neue Welt, sowie Schilderungen spiritueller Phänomene mögen von den Erfahrungen Dritter abweichen. Der Begriff *Götter* oder *Gott,* ist frei von religiösen Dogmen zu verstehen und umschreibt eine oder die höchste Entität. Der Autor hat sich bemüht, die Geschehnisse so wahrheitsgetreu wie möglich und für den Leser verständlich wiederzugeben.

Harald Renkel

Aus der Mitte in die Mitte

Als die Götter riefen, war ich im Meeting

www.ausdermitteindiemitte.de

Umschlaggestaltung: Harald Renkel
Lektorat Christiane Geldmacher, Wiesbaden

Verlag: tredition GmbH, Hamburg
Printed in Germany
ISBN: 978-3-8491-2513-4

Bibliografische Information der Deutschen Nationalbibliothek:
Die Deutsche Nationalbibliothek verzeichnet diese Publikation in der Deutschen Nationalbibliografie; detaillierte bibliografische Daten sind im Internet über http://dnb.d-nb.de abrufbar.

... über alle Grenzen hinaus.

Kapitel 1

Wie ein funkelnder Teppich liegt Berlin unter mir da. Im Zentrum der Alexanderplatz mit dem alles überragenden Fernsehturm in seiner Mitte. Er erinnert mich irgendwie immer an den übergroßen Sendemast einer Raumstation in einem Science-Fiction-Film. Ich lebe schon seit 16 Jahren in dieser Stadt und diese Vorstellung erscheint mir manchmal gar nicht so abwegig.

Vor uns der Flughafen Tegel. In wenigen Momenten werden wir landen. Die Häuser kommen immer näher. Die Lichter in den Fenstern der Wohnblocks lassen die ersten Weihnachtsdekorationen erahnen. Es ist Dienstagabend, Anfang Oktober 2009. Unter einem sternenklaren Himmel setzt die Maschine auf der Landebahn auf.

Ich bin zu Hause. Direktflug Berlin-Bangkok und zurück: für knapp 450 Euro. Mann oh Mann, ist die Welt klein geworden – und billig. Vor zehn Jahren war ich das erste Mal in Thailand gewesen. Bei der Abreise damals hatte ich geschworen, nie wieder in dieses Land zu reisen.

Ich verband viele Enttäuschungen damit – auch selbstgemachte.

Ich hatte mich damals gerade von meiner Freundin Tara getrennt. Meine erste große Liebe. Thailand war ihr Lieblingsreiseland. Wir waren eineinhalb Jahre zusammen und in dieser Zeit war sie zwei Mal dort gewesen. Ich bin nie mit, weil ich immer was zu tun hatte. Diplomarbeit, Weggehen, Projekte, Freunde. Alles wichtiger als eine Auszeit am Ende der Welt. Ich war noch immer in der Euphorie gefangen, endlich den Weg in die Stadt meiner

Träume gefunden zu haben – Berlin. Die Wiedervereinigung. Ich und meine Stadt.

Ich war jung und wollte haben. Jetzt! Eine ganze Stadt für mich. Was wollte ich mehr? Das New York der Neuzeit. Das Paris an der Spree. London zum Billigtarif, Jahre, bevor es Easy-Jet gab. Hier war ich richtig. So fühlte es sich an. Endlich angekommen. Warum gleich wieder wegfahren? Ich hatte nicht das Gefühl, das mir hier irgendwas fehlte. Ich war voller Energie und mein Grafikstudium neigte sich dem Ende zu.

Damals arbeitete ich lange im WMF in der Johannesstraße an der Bar und gelegentlich auch in anderen Clubs der Stadt.

Mir liegt immer auf der Zunge zu sagen: ›Damals war alles besser.‹ Heute denke ich, dass das nicht ganz richtig ist. Die Dinge blieben im Kern dieselben, nur meine Bedürfnisse und wie ich sie wahrnahm, veränderten sich. Alles hat seine Zeit.

Um es kurz zu machen, ich hatte damals nicht im Geringsten das Verlangen, mein Glück an einem anderen Ort zu suchen. In Berlin kannte ich mich aus und hier hatte ich das Gefühl, mitgestalten zu können.

Ich hatte eine wunderschöne und wundervolle Freundin, Tara. Mein bester Freund Pavel stufte sie damals in die Top-3-Frauen der Stadt ein. Er hat mir nie verraten, wer die anderen zwei Frauen waren. Wie auch immer. Berlin war unsere Stadt, das Land unserer Träume, das Universum der unendlichen Möglichkeiten, dessen Mittelpunkt hoch oben die silberne Kugel des Berliner Fernsehturms über dem Alex war. Hier waren wir zu Hause.

Ob Student, Arzt, Rechtsanwalt, Krankenschwester, Werber, Künstler: Alle haben gefeiert. Die Party, die niemals endet. Die wichtigste Person des Abends warst immer du selbst. Wir haben viel gefeiert. Ob mit oder ohne Drogen. Bei mir war es immer der Alkohol. Andere Drogen waren nichts für mich. Die Nachwirkungen zu heftig, als dass sie den eigentlichen Spaß an der Sache hätten aufwiegen können. Mit Alkohol stellte ich sicher, dass das Wochenende seinen Zweck erfüllte. Ich hatte Spaß.

Die Früchte des Baums der Versuchung hängen bekanntlich nicht sehr hoch. Musik, Tanzen, Alkohol, Drogen, Spaß, Sex. Alles liegt sehr nahe beieinander. Du brauchst nur den Arm ausstrecken, die Früchte zu pflücken und hineinzubeißen. Süß und saftig schmecken sie im Rausch der Nacht und stillen deinen Hunger. Aber am nächsten Morgen liegen sie schwer in deinem Magen. Manchmal unmöglich zu verdauen. Wiegen sie zu schwer, dann erbrichst du sie und befreist dich von der Last. Aber der bittere Geschmack im Mund bleibt. Bis zum nächsten Wochenende, wenn der Hunger erneut erwacht und die Nacht dich ruft, mit dem monoton stampfenden Bass, wie in uralten Ritualen der Indianer, die durch den Schlag der Trommel geführt werden.

Ich folgte diesem Ruf, der tief in meinem Inneren ein Gefühl der Resonanz und Wärme erzeugte. Die ältesten Triebe erwachten und ergossen sich in einen Strom kaum zu kontrollierender Energie über mich. Ich suchte Führung und fand Verführung. Ich glaubte, Herr über meine Sinne zu sein und erlag doch immer wieder ein und derselben Illusion: dass ich dort draußen finden würde, was mir im Innern zu fehlen schien. Das Puzzlestück zum ganzen Bild. Alle wollten glücklich sein. Feiern war Selbstbelohnung. Aber die Wirkung verflog sehr schnell. Ich musste ständig einen Scheit Holz nachlegen, um das ewige Feuer der Glückseligkeit am Brennen zu halten und mich an seiner vergänglichen Flamme wärmen zu können. Mit Ewigkeit hatte das nichts zu tun. Also versuchte ich es am nächsten Wochenende wieder.

›Vielleicht war ich einfach nicht locker genug‹, sagte ich zu mir. ›Dann wird noch härter gefeiert. Im Zweifelsfall prügle ich das Glück in mich hinein. Bei den anderen funktioniert es auch. Vielleicht sollte ich doch andere Drogen ausprobieren?‹

Du willst etwas bewegen und das Rad dreht sich – aber leider nur um dich selbst.

Alles, was sich in der Nacht zuvor so leicht angefühlt hatte, war am nächsten Tag umso schwerer. Der Kopf, der Körper und vor allem das Gewissen. Ich hatte meiner damaligen Beziehung so den Todesstoß verpasst. Disqualifikation auf ganzer Linie. Ich dachte immer, Tara sei meine große Liebe. Aber denken allein reicht nicht und ich hatte schlicht etwas übersehen. Mein Ego. Ich konnte es nicht sehen, da ich so tief darin gefangen und seinen Spielregeln voll und ganz ausgeliefert war. Ich wusste nicht, wo ich aufhörte und mein Ego begann. Ich war mir selbst am nächsten und hielt mich gleichzeitig fern von mir selbst, von dem, was ich eigentlich wollte – glücklich sein.

Ich hatte sie betrogen und alles war aufgeflogen. Das Absurde daran, ich war zutiefst unglücklich darüber. Jemand hatte mich verraten. Ich hätte damit auch durchkommen können, davon war ich überzeugt. Ich fühlte mich als Opfer.

Eigentlich hätte ich mich über meine neue Freiheit freuen müssen. Aber von Freude war keine Spur. Mein Herz blutete und ich wusste, ich hatte mir diesen Dolch selbst ins Herz gestoßen.

Aber in einer Stadt wie Berlin gibt es keine Traurigkeit. Wer hier keinen Spaß hat, ist selber schuld. ›Mach dich mal locker‹, wie oft hatte ich diesen Satz in all den Jahren gehört. Wenn ich mir die Leute um mich herum so anschaute, fing ich langsam an, dran zu glauben. ›Ich bin selbst schuld‹, sagte ich mir, ›dann muss ich mich eben lockermachen.‹

Ich beschloss, die innere Leere wieder zu füllen, und zwar mit Alkohol und Partys. Davon gab es in dieser Stadt schließlich genug. Es schien so einfach. Auch wenn ich die Regeln nicht immer verstand. Wieso ließen sich die vielen Glücksmomente vom Wochenende nicht einfach zu einem riesigen ›Berg des Glücks‹ aufhäufen, wo man sein Zelt aufschlug und für immer in Glückseligkeit lebte? Je mehr Glücksmomente jemand erlebte, umso glücklicher sollte er sich doch auch in der Gesamtheit fühlen? Aber irgendwie schien diese Rechnung nicht aufzugehen.

Alles war in Bewegung und der Berg ließ sich nicht vom Tal trennen. Ohne Berg kein Tal und ohne Tal kein Berg. Das erschien mir frustrierend. Aber tief in meinem Inneren glaubte ich daran, diesen einen Berg zu finden, der höher war als alle anderen und so groß, dass ich auf seinem Rücken bis an mein Lebensende würde wandern können.

Trotzdem. Jetzt erst mal lockermachen. Schließlich lebte ich in Berlin. Daraus sollte ein Vorteil zu schlagen sein.

Ich hörte die Trommeln der Stadt schon von der Ferne. Bum, bum, bum. Ein Geräusch, das nicht nur meine Ohren erfüllte. Ich spürte es in meinem ganzen Körper. Schon setzte ein Gefühl des Berauschtseins ein, so wie ein Hund das Sabbern beginnt, wenn er die Futterglocke hört. Ich vergaß so, wie sehr mein Körper schmerzte, weil ich eine Liebe verloren hatte.

Nach meinem Studium arbeitete ich in einer Werbeagentur in Berlin-Mitte. Es war mein zweites Jobangebot und ich bekam sofort die Möglichkeit, für Kunden wie MTV und Nike arbeiten zu dürfen. Damals war das der große Wurf. Die ganze Woche verbrachte ich bis spät abends in der Agentur – so wie das üblich war. Den Kühlschrank in meiner Kreuzberger Einzimmerwohnung hatte ich schon vor Monaten abgetaut und den Stecker gezogen. Ich ernährte mich fortan von türkischer Pizza, die ich mir abends auf dem Nachhauseweg am U-Bahnhof Kottbusser Tor in einer türkischen Pizzabäckerei holte. Dazu gab es einen kühlen Ayran, ein salziges Joghurt-Getränk. Von

Montag bis Freitag.

Freitagmorgen betrat ich die Agentur und freute mich im selben Moment auf das Wochenende und den wohlverdienten Feier-Abend. Wie ein Junge, der am letzten Schultag vor den Sommerferien in die Schule kam und wusste, dass ihn nur noch wenige Stunden von den großen Ferien trennten. Ein wundervolles Gefühl – endlich frei sein.

Da die Agentur im Berliner Stadtbezirk Mitte lag und meine Wohnung damals noch in Berlin Kreuzberg, sparte ich mir den Nachhauseweg und fuhr nach der Arbeit ohne Umwege gleich in die Greenwich-Bar. Freitags arbeitete dort mein Freund Janus.

Ich half ihm, die Barhocker vom Tresen zu stellen, da kurz vorher die Putzfrau da gewesen war. Als Belohnung bekam ich meinen ersten Drink und wir redeten.

Ich hatte Janus bei meinem ersten Job in einer kleinen Werbeagentur kennengelernt, wo er Praktikant war. Damals hab ich ihm meine Freunde aus dem Nachtleben vorgestellt. Der Besitzer dieser Bar war ein guter Freund von mir. In Berlin hatte man schon vor den Zeiten von Facebook unheimlich viele Freunde. Janus war mittlerweile ein etablierter Barkeeper und Mitglied der Berliner Feiergemeinschaft. Mehr noch: Janus war auf dem besten Weg, der ungekrönte König der Berliner Feiergemeinschaft zu werden. Der Bock wurde Gärtner. Ich muss noch heute lachen, wenn ich mich an die Partys erinnere, wo er mit heruntergelassenen Hosen auf dem Tresen tanzte.

Einmal liefen wir uns nachts in einem Club über den Weg. Es waren ein paar Freunde dabei. Janus war nicht mehr ganz Herr seiner Sinne, was sich in ›er war voll in seinem Element‹ übersetzt. Mit ausgestrecktem Finger lief er auf mich zu, seine Bekanntschaften im Gleichschritt hinter ihm her.

»Das ist er. Der hat das aus mir gemacht, was ich jetzt bin«, rief er, sichtlich berauscht, und lachte dabei. »Wegen dir sitze ich jetzt in diesem Scheiß-Clubleben fest.« Er lachte noch immer und fiel mir um den Hals. Dafür mochte ich ihn. Er freute sich wirklich, mich zu sehen.

So saß ich fast jeden Freitag um 19 Uhr in dieser Bar und begann mein Wochenende. Ich war oft schon um Mitternacht betrunken und musste nach Hause fahren. Aber das war völlig okay so, weil ich den Samstag nutzen wollte, um Dinge zu erledigen, da ich ja die ganze Woche von früh bis spät in der Agentur festsaß und nie dazu kam, etwas einzukaufen, Klamotten zu shoppen oder Ähnliches. Dafür würde ich Samstagnacht richtig einen drauf machen.

Samstage endeten selten vor Sonnenaufgang. Wodka-Energy war mein Zaubertrank, der mich durch die Nacht trug. Aber die Erschöpfung stellte sich trotz allem schnell ein. Die Leere in mir ließ sich mit Alkohol einfach nicht auffüllen und der bittere Geschmack auf der Zunge blieb. Genau wie der Schmerz, der unlokalisierbar, tief in meinem Inneren pochte.

Ich wollte eine lange Reise machen. Eine Reise zu dem Ort, von dem Tara immer gesprochen hatte – Thailand.

Reisen war nie wirklich meins gewesen, aber ich spürte, dass mich etwas nach Thailand und auf die Insel Koh Phangan zog. Die Insel, auf der Tara so viele glückliche Stunden verbracht hatte. Ich wollte etwas von diesem Glück auch für mich dort finden.

Ich hatte genug Geld verdient und reichte meinen Urlaub ein. Vier Wochen. Ich war noch nie länger als 14 Tage aus Berlin weg gewesen seit meinem Umzug 1993. Und jetzt würde ich gleich vier Wochen nicht ins Büro gehen.

»Dann kannst du ja gleich kündigen!«, war damals der Kommentar meines Chefs.

Im Februar ging es los. Berlin-Frankfurt-Bangkok. In Bangkok gelandet, verließ ich nur kurz den Flughafen, um Luft zu schnappen. Als sich die automatischen Türen des Flughafengebäudes öffneten, schlugen mir die Hitze und die Luftfeuchtigkeit wie ein nasser Waschlappen ins Gesicht. Ich wollte gleich weiter fliegen nach Koh Samui und dann weiter nach Koh Tao. Die perfekte Taucherinsel, so hieß es. Tauchen wollte ich schon immer lernen. Nach Koh Tao kam man damals nur mit der Fähre oder mit dem Speed-Boot. Ich entschied mich für das Speed-Boot. Es war doppelt so schnell und auch doppelt so teuer. Ich konnte es nicht erwarten, meiner Erholung, die ich mir so sehr verdient hatte, zu begegnen.

Die Bucht Tanote Bay war ein Geheimtipp, sofern man bei Besucherzahlen von landesweit mehreren Millionen Touristen jährlich noch von einem Geheimtipp sprechen konnte. Die Ressorts waren klein mit einfachen Hütten ohne Klimaanlage.

Ich machte meinen Tauchschein in einer deutschen Tauchschule bei einem Tauchlehrer aus Berlin. Er war vor einigen Jahren aus Berlin-Neukölln hierher ausgewandert. Rudi, ein gelernter Maurer. Es war damals die einzige Tauchschule in dieser Bucht und ich lernte nette Menschen kennen. Ein Paar aus Stuttgart. Peter und Jutta kannten sich schon seit der Schulzeit und ihre Liebe zueinander und das Versprechen, für den anderen da zu sein, trugen sie wie ein unsichtbares Schild vor sich her. Es war eins dieser Paare, wo es nur eine Frage der Zeit zu sein schien, bis sie sich endgültig das Ja-Wort gaben. Nicht, um sich ihrer Liebe zueinander zu vergewissern und es allen mitzuteilen – nein, das war offensichtlich. Sie würden heiraten, weil man das eben so machte und weil es steuerliche Vorteile brachte.

Das machte sie mir nur noch sympathischer. Sie hatten nichts zu verbergen, auch nicht, dass ein Schwabe gerne sparte. Wir gingen gemeinsam auf Tauchgänge und machten unsere Prüfung zusammen. Teilnehmerzahl des Kurses: drei.

Nach einer Woche trennten sich unsere Wege. Ich konnte nicht lange an einem Ort bleiben, da ich ja schließlich auf der Suche nach meiner Erholung war. Da galt es, keine Zeit zu verlieren, in den vier Wochen, die mir blieben.

Ich beschloss, auf die Westseite von Thailand zu fahren, um einen Bekannten aus Berlin zu besuchen. Er war vor drei Jahren mit seiner Familie hierher ausgewandert und hatte einen Klamottenladen eröffnet. Sie lebten auf Koh Lanta. Ich hatte keine Ahnung, wo genau, aber die Insel war in meinen Augen nicht groß und ich würde mich bei den Einheimischen sicher durchfragen können. Es wurde eine lange Reise mit einer langen Busfahrt und einer Übernachtung in einem Hotel, in einem Zimmer ohne Fenster und mit nur einer Toilette pro Stockwerk.

In Koh Lanta angekommen, fragte ich nach meinem Bekannten. Es stellte sich heraus, dass der Laden verkauft war und niemand mir sagen konnte, wo ich alle finden konnte. Aber ein Thai sagt nicht einfach, dass er etwas nicht weiß. Es gilt als unhöflich, auf die Frage eines anderen keine Antwort zu geben. Also bekam ich unzählige gut gemeinte Antworten, die mich alle nirgendwo hinführten.

Stattdessen lernte ich eine 19-jährige Schwedin und einen 18-jährigen Engländer kennen. Wir hatten dieselbe Fähre genommen und beschlossen, ein Motorrad-Taxi mit Beiwagen zu teilen und gemeinsam in ein Ressort zu fahren. Wir verbrachten ein paar nette Tage am Strand, tranken viel Rum mit Cola. Dieses Getränk bekam man nur in Flaschen. Eine 0,3-Liter-Flasche Rum und eine 1-Liter-Flasche Cola. Nicht, dass ich es freiwillig getrunken hätte, aber es gab nichts anderes.

Nach vier Tagen trennten sich unsere Wege wieder. Die beiden verließen das Ressort einen Tag vor mir und so bemerkte ich erst am folgenden Tag, als ich meine Rechnung zahlen wollte, dass beide auf meine Kosten gefrühstückt und sich für die Weiterreise mit Zigaretten eingedeckt hatten. Das drückte doch sehr auf meine Stimmung und ich verbuchte es unter der Rubrik ›Wieder etwas dazu gelernt‹.

Ich verließ Koh Lanta und die Adamanen See und machte mich auf den Weg zu der Insel und in die Bucht, in der Tara immer gewesen war. Ich wollte dort ein Stück von dem wiederfinden, was ich mit ihr verloren hatte. Ein Puzzlestück des Ganzen, das ich selbst war.

Von dem Land und den Leuten hatte ich bis jetzt nicht viel mitbekommen. Ich war ausschließlich mit mir selbst beschäftigt, Hauptdarsteller und zugleich Gefangener in meinem eigenen Film.

Tong Nai Pan war der Name der Bucht mit einem der schönsten Strände des Landes. Ich hatte eine kleine Hütte, die ich mir mit einem ausgewachsenen Gecko teilte. Ich schlief viel, spielte Volleyball und abends trank ich mit schwedischen Studenten eine Flasche Rum mit Cola. Tagsüber schallte aus allen Radios Bob Marley und abends legten die Thais am Strand den schrecklichsten Trance-Techno auf, den man sich vorstellen konnte. Schwarzlicht und neonfarbene Palmwedel zierten den Strand. So ging es ein paar Tage. Ich war mir nie wirklich sicher, ob die Erholung noch kommen würde, oder ob ich sie bereits verpasst hatte. Ich entschied mich aber, am Ball zu bleiben. Lockermachen!

Ich machte einen Ausflug in die Hafenstadt Tongsala. Eine fast einstündige Fahrt mit dem Jeep durch den Dschungel über unbefestigte Straßen. Für einen Stadtmenschen wie mich ein echtes Abenteuer.

An diesem Tag traf ich in der Stadt das nette Paar aus Stuttgart wieder, Peter und Jutta. Sie erzählten mir, dass sie in einer kleinen Bucht untergekommen seien, wo es keinen Strom gäbe, nur Generatoren. Dort sei auch ein Wasserfall, der regelmäßig von den Königen von Thailand besucht würde. Thansadet sei der Name der Bucht, was so viel bedeutet wie ›Lieblingsort des Königs‹. Sie luden mich ein. Aber ich war zu sehr mit mir selbst beschäftigt. Ich wollte nicht von dem Ort weg, an dem Tara so viele schöne Stunden verbracht hatte. Ich lehnte die Einladung dankend ab. Ich fühlte mich nicht danach. Ich fühlte mich überhaupt nach nichts. Ich fühlte mich nicht. Ich war nur ein Schatten meiner selbst, der krampfhaft hinter etwas her zu laufen schien, das längst verloren war.

Ich kehrte zurück in die Bucht. Aber es war nicht meine Bucht. Es war Taras Bucht. Ich hatte hier nichts verloren. Ich brach meinen Urlaub eine Woche früher als geplant ab und verließ das Land. Thailand hatte mir die Erholung verwehrt. Wenn mir dieses Land etwas hatte sagen wollen, dann war es: ›Komm zu dir!‹ Aber meine Ohren waren taub. Mein ganzer Körper war taub vor Selbstmitleid. Statt etwas zu finden, hatte ich das Gefühl, noch mehr von dem verloren zu haben, wovon ich schon so wenig zu haben glaubte – Klarheit.

Ich verließ Thailand und schwor mir, dieses Land nie wieder zu betreten. Alle Versprechen, die mir gegeben wurden, waren nicht eingelöst worden. Ich fühlte mich betrogen. Ich beschloss, Thailand die Schuld zu geben. Es war immer gut, einen Sündenbock zu haben.

Ich hatte eine Niederlage erlitten und genauso erlebte ich meinen Rückflug, wie die Heimkehr nach einem verlorenen Auswärtsspiel. In Berlin angekommen, war ich mir sicher, dass mich im eigenen Stadion niemand würde schlagen können. Ich war erleichtert, wieder festen Boden unter den Füßen zu spüren.

Diese Reise hatte aber auch etwas aufgebrochen in mir. Ich kehrte nach dieser Auszeit zurück ins Büro und beschloss sehr bald, dass dieser Job nichts für mich sei. Wenn schon frei, dann richtig. Ich reichte die Kündigung ein. Zum ersten Mal seit sehr langer Zeit freute ich mich auf etwas. Eine Veränderung, die ich selbst herbeigeführt hatte. Ich empfand es als positiv und die Befreiung von einer großen Last.

Die Zeit verging wie im Flug und der Sommer kam schnell. Es gab ein Lied, das mich damals begleitet hat und mein Gefühl der neuen Freiheit widerspiegelte, ›Sonnendeck‹ von Peter Licht.

Mit der Freiheit kamen auch Veränderungen. Ich fand in dieser Zeit eine schöne und günstige Wohnung in Berlin Mitte und renovierte sie zusammen mit meinem Vater, der hierfür extra zwei Wochen aus dem 600 Kilometer entfernten Hessen nach Berlin kam. Ich hatte mich bereits beim Arbeitsamt gemeldet und wusste, dass ich von dem zu erwartenden Geld fürs Erste gut würde leben können.

Ich wollte mich selbstständig machen. Womit? Keine Ahnung.

Thailand lag hinter mir und meine neue Freiheit in Berlin vor mir. Neue Wohnung, kein Job, viel Zeit und genügend Geld. Seit zehn Jahren lebte ich wie ein Student und so war es für mich ein Leichtes, mit dem geschrumpften Budget über die Runden zu kommen. Außerdem kannte ich ohnehin fast alle Leute im Nachtleben, was mir das Leben bedeutend leichter machte.

So begannen die wahrhaft schlaflosen Nächte.

Der Sommer war da und mein Freund Pavel hatte eine Idee: »Lass uns einen Club aufmachen.«

Pavel war in Prag geboren und als kleiner Junge mit seiner Mutter nach Berlin gekommen und hier aufgewachsen. Wenn man mit ihm über Geschäfte redete, musste man immer aufpassen, dass er einem nicht noch zusätzlich einen Satz gebrauchte Winterreifen verkaufte. Zu mir war er immer ehrlich. Ein guter Freund, mit dem man Pferde stehlen konnte.

›Wer nichts wird, wird Wirt!‹, war in Berlin ein geflügeltes Wort. Und da wir beide nicht so recht wussten, was wir mit unseren Leben anfangen sollten, passte das ganz gut und mit Feiern und Partys kannten wir uns schließlich beide aus.

Wir wollten etwas machen, das typisch für Berlin war. Ein Club in einer alten Berliner Wohnung. Wir hatten das Glück, einen Bekannten zu haben, der ein Haus mitten in Berlin-Mitte besaß, das er gerade renovierte. Da er alle Arbeiten, wenn möglich selbst ausführen wollte, zogen sich die Baumaßnahmen auf unbestimmte Zeit in die Länge. Ihm gefiel die Idee, einen Club im eigenen Haus zu haben, denn auch er feierte gerne.

Es sollte ein privater Club werden. Eine Wohnung, zu der jeder Gast seinen eigenen Schlüssel zum Glück haben sollte.

Zu dieser Zeit trat eine neue Frau in mein Leben. Ihr Name war Eve. Von der ersten Sekunde an bestand zwischen uns eine so große körperliche Anziehung, wie ich sie nur selten zuvor erlebt hatte. Wir wurden ein Paar und Sex unser größter Verbündeter. Er war das Band, das uns eng umschlungen hielt. So eng, dass uns selbst manchmal das Atmen schwerfiel.

Der Club lief super und ein halbes Jahr hatten mein Kumpel Pavel und ich die Zeit unseres Lebens. Ich hatte gelernt, dass auf ein Hoch unweigerlich ein Tief folgte und dieses ließ nicht lange auf sich warten. Irgendwann war der Club weg, das Geld weg und die Party war auch nicht mehr auffindbar.

Nach einer Phase der Lähmung, die ich in einer Art existenzieller Angststarre verbrachte, beschloss ich, an den Computerbildschirm zurückzukehren und als selbstständiger Art-Director zu arbeiten. Den Job, den ich eigentlich nicht mehr machen wollte. Nichtsdestotrotz hatte ich viel Glück mit meinen Aufträgen und so ging es mit meinen Finanzen und meiner Stimmung schnell wieder bergauf. Das tröstete mich über vieles andere hinweg.

Die Beziehung zu Eve blieb vom Sex dominiert und die kommenden Jahre versäumten wir schlicht, unser Zusammenleben auf eine andere Basis zu stellen. Die Beziehung zerbrach und ließ sich wieder kitten mit Sex und zerbrach dann wieder. Es war zutiefst bedrückend und befriedigend zugleich. Wir glaubten schon fast, dass dieser Zustand normal sei. Am Ende eskalierte alles und wir gingen mit dem Gefühl auseinander, dass der andere etwas schuldig geblieben war.

Zu diesem Zeitpunkt war ich beruflich erfolgreich. Irgendwie schien sich alles Gute und Schlechte im Leben die Waage zu halten.

Ich stürzte mich in Arbeit. Seit fast einem Jahr leitete ich die Designabteilung einer großen Werbeagentur. Es war ein super Job und ich verstand mich mit allen Kollegen und den Chefs hervorragend.

Aber ich fühlte mich nicht mehr frei. Die harte Trennung von Eve hatte ihre Spuren hinterlassen. Ich wollte mich erneut befreien – von allem – auch von meinem Job und beschloss, zu kündigen.

Niemand konnte so wirklich verstehen, warum ich einen so gut bezahlten Job einfach an den Nagel hängen wollte. Wieso alles hinschmeißen und von vorne anfangen? Ich konnte niemandem eine befriedigende Antwort geben und am wenigstens mir selbst.

Wieder hatte ich alles abgegeben. Das einzige, was ich über die Jahre beibehalten hatte, war mein studentischer Lebensstil. Ich war mir sicher, bald eine neue Beschäftigung zu finden, die mich erfüllen würde.

Kapitel 2

Drei Jahre nach der Fußball WM in Deutschland war Berlin kaum wieder zu erkennen. Der Rest der Welt schien plötzlich entdeckt zu haben, dass es Berlin auf der Landkarte gab, und dass es eine schöne Stadt war, die viel zu bieten hatte. Hinzu kam, dass die Immobilien im Vergleich zum restlichen Europa verhältnismäßig billig waren und ausländische Investoren kauften unbesehen Wohnungen in Citylage, in der Hoffnung, dass die Preise sich in den nächsten 20 Jahren ähnlich entwickeln würden wie in London oder Paris.

Easy-Jet spülte jedes Wochenende junge Menschen in die Stadt, die freitags aus Barcelona in Berlin landeten und dann direkt in die Bar 25 oder in andere Clubs der Stadt fuhren, um ohne zu schlafen durchzufeiern und dann mit dem letzten Flieger am Sonntag die Stadt wieder zu verlassen. An jeder Ecke eröffnete ein Hostel oder Hotel, um dem Strom der Besucher eine Unterkunft zu bieten. Auch immer mehr junge Deutsche entschieden sich für Berlin und brachten regionale Kultur in die Stadt. Es war chic, zum Schwaben an der Ecke zu gehen und nicht mehr nur zum Italiener oder zum Sushi-Laden deines Vertrauens.

Die Kastanienallee hieß von nun an ›Castingallee‹. Im Sommer zogen ganze Gruppen von durchgestylten Touristen durch die vielen neuen Klamottenläden und Cafés. Die Straße glich manchmal einem Laufsteg.

Auch ich trug schwedische Leder-Sneaker und enge Jeans. Es gefiel mir und es war gerade Mode. Jede Zeit und jede Kultur hat ihre Erkennungszeichen und wenn es für diese Zeit eine Uniform für Berlin-Mitte gegeben hätte, dann hätten enge schwedische Jeans dazugehört.

Alle zwei Wochen erschien in einem Magazin oder einer Tageszeitung ein Artikel über den Neu-Berliner, der sich ganz seinem hedonistischen Lebensstil hingab. Hauptsache cool! So richtig neu war ich nicht in der Stadt, aber erkannte mich in vielem wieder und ich lachte gern über mich.

Berlin als moderne Zuwanderungsmetropole, national wie international. Ein Journalist schrieb darüber, wie sehr doch der zunehmende Easyjet-Tourismus und die wie Pilze aus dem Boden schießenden Hostels die eigentliche Kultur und Club-Landschaft der Stadt untergruben und verwässerten. Ich fragte mich, ob der Journalist auch dachte, dass er durch seine Reisen in ein anderes Land die dortige Kultur verwässerte? Oder ob er dachte, dass dieses Phänomen auf Berlin beschränkt war?

Ich für meinen Teil wusste, dass ich als Tourist und mit meinem Geld, ganz gleich in welchem Land, mit Sicherheit dazu beitrug, die Kultur eines Landes zu verwässern. Und nichts anderes geschah auch hier in Berlin. Nur ohne Palmen und schneeweiße Strände.

Im Urlaub war ich Gast, Tourist, Reisender, oder wie auch immer man es nennen mochte, und versuchte, das Beste aus der kurzen Zeit zu machen und nahm mir, wofür ich bezahlt hatte: Spaß, Erholung, Ruhe und im besten Fall eine neue Erkenntnis.

Ich fühlte mich an meinen ersten Thailand-Urlaub erinnert und wusste nicht mehr genau, warum ich nicht mehr in dieses Land reisen wollte. Als ein riesiges Disneyland hatte ich es damals bezeichnet. Preise für eine Taxifahrt schienen der Fantasie des jeweiligen Taxifahrers zu entspringen und man fühlte sich immer irgendwie übers Ohr gehauen. Vielleicht war es auch schlicht der Tourismus selbst, der die Thais auf den Inseln so hatte werden lassen. Sie wollten alle ein Stück vom Kuchen und waren somit nicht anders als Menschen in anderen Kulturen – die westlichen eingeschlossen.

Palmenstrände in Thailand hatten in der Regel nichts mit Romantik zu tun. Es waren Überbleibsel einer riesigen Industrie. Die meisten Menschen waren Bauern gewesen mit Palmenplantagen. Der Tourismus hatte alles verändert und aus den armen Bauern reiche Bauern gemacht. Das schnell verdiente Geld war oft genauso schnell wieder weg und sie fingen an, noch mehr Hütten an den Stränden zu bauen. Die Schönheit des Landes und der Strände musste den Hotels und anderen Geldverdienmaschinen weichen. Die Natur zahlte den Preis für das Streben jedes Einzelnen nach Glück. Wieso baute man Pools an einen der schönsten Strände der Welt? Aber ich musste es nicht verstehen. Menschen sahen oft nur das, was sie sehen wollten. Ich war da mit Sicherheit keine Ausnahme.

Laut Umfrage einer großen thailändischen Tageszeitung empfanden 80 Prozent der thailändischen Bevölkerung Korruption als okay. Also fand man sie auch an jeder Ecke. Viele, die das Land kannten, sagten mir, dass es mit Thailand den Bach runter ginge. Alles schien mit Geld möglich zu sein. Das Land krankte an der Korruption. So entstand viel vermeidbares Leid.

Vielleicht war dies eine Lektion, die das Land und die Menschen als Kollektiv erfahren sollten.

Man sagt, dass an der Führung eines Landes auch dessen wahrer Zustand und Wesen zu erkennen sei. So gesehen schien es um Thailand nicht gut bestellt, denn der amtierende König Bhumibol Rama IX. war schon lange schwer krank. Aber genau hier liegt für mich auch das wahre Gesicht Thailands verborgen. Schaut man hinter die Kulissen des Tourismus und der Korruption, dann blickt man tief im Inneren in ein großes Herz. Ein Land, dessen Menschen ihren König lieben und verehren wie einen Gott.

Zum damaligen Zeitpunkt wusste ich noch nicht, inwieweit mich diese andere Seite von Thailand einmal in meinem eigenen Herzen berühren würde. Zwischen mir und Thailand gab es noch offene Fragen.

Trotz Wirtschaftskrise hatte ich nach der Kündigung meiner Festanstellung das große Glück, sofort wieder Arbeit zu finden. Als selbstständiger Art-Director konnte ich wieder auf meine alten Talente zurückgreifen, um meinen Unterhalt zu verdienen. Die Agentur lag um die Ecke von meiner Wohnung in Berlin-Mitte. Das Büro war ebenerdig mit einem wunderschönen Garten und mein Hund begleitete mich jeden Morgen. Alles lief prima und ich genoss meine erneute unfreie Freiheit. Ich verdiente gutes Geld und als der Sommer nahte, beschloss ich, noch einmal eine große Reise zu machen.

Mein Freund Pavel war vor zwei Jahren auf seiner Suche nach Geld schließlich in Dubai gelandet. Schon immer jagte er dem Geld hinterher und war, laut eigener Aussage, ihm dicht auf den Fersen. Aber bevor er es hatte greifen können, kam die Finanzkrise. Alles, was er sich aufgebaut hatte, verdampfte im heißen Wüstensand. ›No money, no honey‹, hatte er immer gesagt und so beschloss er, das Land zu verlassen und sich eine Auszeit zu gönnen, bevor er die Jagd erneut aufnehmen würde. Er war auf große Asienreise gegangen. Vietnam, Laos, Kambodscha, Thailand. Der Klassiker unter den Backpackern. Ich wollte mich ihm anschließen, aber bekam im letzten Moment ein so gutes Jobangebot, das mich für den Rest des Jahres finanziell unabhängig machen würde. Also beschloss ich, nachzukommen. Egal, wohin. Ich war enttäuscht, als er mir über Facebook mitteilte, dass er zu diesem Zeitpunkt seiner Reise in Bangkok sein würde.

Ausgerechnet Thailand! Ich hasste es. Ich hatte mir ein Zeitfenster von vier Wochen eingeräumt. Was soll's, dachte ich mir, Thailand hat immerhin wunderschöne Strände. Diesmal erhole ich mich.

Im September 2009 würde Thailand nun nach zehn Jahren eine zweite Chance erhalten. Mir war allerdings nicht bewusst, dass es in Wirklichkeit meine letzte sein sollte.

Seit meiner Trennung von Eve waren nun zwei Jahre vergangen. Vor wenigen Wochen waren wir uns nachts begegnet und nähergekommen. Das alte Band war stärker als der Schmerz, der uns getrennt hatte und der Schleier einer berauschten Club-Nacht tat sein Übriges.

Meine Homöopathin, die ich seit der Trennung regelmäßig aufsuchte, sagte mir damals, dass manchmal nur die Menschen, die einem einen großen Schmerz zugefügt hatten, diesen auch wieder heilen könnten. Wie auch immer. Ich jedenfalls fühlte mich alles andere als geheilt.

Eve war letztes Jahr in Thailand gewesen und legte mir einen Ort besonders ans Herzen, den ich besuchen sollte. Zufällig war es dieselbe Bucht, in die ich vor zehn Jahren schon einmal von dem netten Pärchen aus Stuttgart eingeladen worden war. Damit war Eve die zweite Frau in meinem Leben, die mich quasi nach Thailand schickte, so wie indirekt Tara vor zehn Jahren. Eine innere Stimme sagte mir, dass ich dieses Mal nicht umhin kommen würde, die Zeichen zu erkennen und ihnen zu folgen.

Ich hielt es für einen Zufall, dass mich das Schicksal jetzt wieder an diesen Ort in Thailand führte. Heute weiß ich, dass es keine Zufälle gibt. Zweierlei Dinge war ich mir in meinem bisherigen Leben sicher gewesen: erstens, dass ich nie wieder etwas mit Eve zu tun haben wollte, und zweitens, dass ich nie mehr im Leben nach Thailand reisen wollte. Beides war nun eingetroffen und doch hatte ich ein gutes Gefühl dabei und verspürte eine große Ruhe in mir.

Ein Flug war schnell gebucht und die Tasche gepackt. Die Kreditkarte war gut gefüllt und es hätte sofort losgehen können. Meinen Hund hatte ich bei Freunden untergebracht und stand mit Pavel über Facebook in Kontakt.

In meinem Stammcafé auf der Kastanienallee war allen schon aufgefallen, dass ich in den letzten Tagen ohne Hund kam.

»Ich hätte dich ohne Hund fast nicht wieder erkannt«, sagte die Bedienung mit einem Lächeln auf den Lippen. Ihr Name war Luna. Wir kannten uns schon seit zehn Jahren vom Sehen und grüßten uns immer freundlich. Aber heute verschwand ihr Lächeln, als sie hörte, wie sehr ich hustete. Ich hatte mir in den letzten Tagen vor meiner Abreise eine Erkältung zugezogen. Luna wusste von meiner Reise und reichte mir ein Glas Wasser, dass sie zuvor auffällig lange in ihren Händen gehalten hatte. Der Hustenreiz verschwand. Ich war das ganze Jahr nicht krank gewesen und gerade jetzt war es umso ärgerlicher.

Ich ging zum Arzt. Er würde mir ein paar Tabletten geben und gut ist's, dachte ich. Zu meiner Überraschung zeigte er sich sehr besorgt. Meine Lunge klang verdächtig und er wollte, dass ich gleich ein Röntgenbild machen ließ. Sollte etwas zu finden sein, dann würde er mir von meiner Reise abraten, um kein Risiko einzugehen. Meine Lunge rasselte. Irgendetwas war in mir, das mich von dieser Reise abhalten wollte. Ich war entschlossen zu fliegen und ging voller Zuversicht zum Röntgen.

»Wie geht es Ihnen?«, fragte mich der Doktor am nächsten Morgen.

»Danke, gut«, antwortete ich knapp, zog Jacke und Shirt aus und der Arzt hörte meine Lunge ab.

»Das Röntgenbild ist ohne Befund. Und ich kann nichts hören«, sagte er verwundert. »Das ist dann wohl ein Fall von Wunderheilung. So etwas passiert immer mal wieder.«

Mir war egal, was es war und wie er es nannte. Ich war froh, dass ich nun doch fliegen konnte.

Auf dem Rückweg ging ich noch einmal in das Grüne Café in der Kastanienallee und erzählte Luna von meiner ›Wunderheilung‹. Sie schmunzelte auf ihre bescheidene Art und wünschte mir einen schönen Urlaub.

Ich ging nach Hause, schnappte mir meine Sachen und schloss die Haustür hinter mir. Mein Kopf war frei und außer auf meinem Flugschein existierte keine relevante Zeit mehr. So wünschte ich es mir für die nächsten vier Wochen. Ich konnte die Freiheit schon greifen. Meine Reise hatte begonnen. Es war der 9. September 2009, als das Flugzeug in Berlin Tegel abhob.

Am nächsten Morgen landete ich in Bangkok. Pavel war auf dem Weg von Kambodscha nach Thailand und ich hatte ihn das letzte Mal vor drei Tagen kontaktiert. Bei meiner Ankunft war er nicht am Flughafen. Ich stieg in ein Taxi, das mich zur Kao San Road brachte, wo ich mir ein Hotel suchen wollte.

Etwas abseits fand ich ein nettes Guesthouse. Ein sauberes, kleines Zimmer. Nachdem ich meine Sachen verstaut hatte, machte ich einen Spaziergang. Ich lief gerade über die Straße, als ein Tuk-Tuk an mir vorbei fuhr.

»Mensch, Harry!«, hörte ich jemanden laut rufen. Es war Pavel. Mein Gott! Ich ging über die Straße in einer Millionenstadt wie Bangkok und mein bester Freund Pavel, den ich noch immer in Kambodscha wähnte, fuhr in einem Tuk-Tuk in diesem Moment an mir vorbei. Welch ein Zufall! Er lief voller Freude auf mich zu und wir fielen uns in die Arme. Ich konnte spüren, wie die Anspannung von Pavel abfiel. Er war am Flughafen gewesen, aber mein Auschecken war so schnell gegangen, dass er mich um zehn Minuten verpasste, ohne es zu ahnen. So wartete er noch eine Stunde auf mich, bis er sich entschloss, zurück zu seinem Hotel in der Stadt zu fahren.

Und jetzt liefen wir uns einfach so über den Weg – am anderen Ende der Welt. Wir sprangen sofort in ein Taxi und machten uns auf den Weg, das Einkaufs-Mekka der Stadt gemeinsam zu erkunden: Silom, Platinum, Fashion Mall.

Wir würden noch zwei Tage in Bangkok bleiben, um auf das Eintreffen von Pavels Verlobter zu warten, bevor wir uns zu den Inseln im Süden aufmachten. Katja war slowakischer Herkunft. Sie lebte in München und hatte Pavel in Dubai über einen Freund kennengelernt. Beide waren im Osten aufgewachsen und die gemeinsame Kultur verband sie auf eine besondere Art.

Als Katja in Bangkok gelandet war, führten wir sie sogleich über die Kao San Road und durch die umliegenden Straßen. Es war schon nach Sonnenuntergang und wir suchten uns ein Restaurant. Wir schauten, wo die meisten Thais an den Tischen saßen. Nur die Einheimischen wussten, wo es das beste Essen gab.

Da saßen wir also auf dem Bürgersteig in Bangkok auf weißen Plastikstühlen und tranken Bier. Katja war aufgeregt. Unmengen von Touristen liefen auf der Straße, es war laut und heiß. Fliegende Händler boten Souvenirs feil und beim Vorübergehen fiel mir eine Kette ins Auge. Ein in Silber gefasster schwarzer Tierzahn an einem Lederband. Ich winkte die Verkäuferin herbei und probierte die Kette sofort an. Offensichtlich ein Imitat, aber ich hatte mich schon daran gewöhnt, dass hier alles irgendwie aus Plastik und nicht echt war.

»Die Kette steht dir sehr gut! Wie viel kostet sie? Ich möchte sie dir schenken«, sagte Katja.

Ich zog sie sofort an.

»Danke! Ich werde sie jeden Tag tragen, solange ich in Thailand bin«, versprach ich ihr. Ich fühlte mich mit dieser Kette wie ein Indianer. Ich konnte mich nicht mehr erinnern, wie lange es her war, dass ich in meinem Leben Schmuck getragen hatte. Die Kette sollte mein Symbol für diesen Thailandurlaub sein und mich immer an diese Zeit erinnern. Ein schwarzer Zahn.

Am nächsten Tag flogen wir Richtung Süden und unsere Wege trennten sich vorerst. Pavel und Katja wollten in ein Luxus-Ressort auf Samui und ich wollte keine Zeit verlieren und direkt weiterfahren nach Koh Phangan und in die Bucht, Thansadet. Wir verabschiedeten uns am Flughafen in Bangkok. Der Flug dauerte knapp eine Stunde. Der Flughafen von Samui war in den letzten Jahren ausgebaut worden, aber immer noch charmant. Ein paar Hütten und eine Landebahn, so könnte man es zusammenfassen.

Die ehemals mehrstündige Fährfahrt war zu einem 30-Minuten-Ritt auf einem Speedboat zusammengeschrumpft. Die Inseln rückten so enger zusammen und es war für einen stetigen und nicht abreißenden Strom von Touristen gesorgt. Die Fähre war in Asien gebaut worden und nach den dort üblichen Körpermaßen. Zum Glück war die Überfahrt nur kurz. Bei der Ankunft stand das ganze Pier voller Jeeps und Taxis. Alle riefen die Namen verschiedener Ressorts, Hotels und Buchten durcheinander. Wenn man jemanden nach dem Weg fragte, wurde man sofort zu einem Jeep geführt, und wenn man nicht fragte, auch.

Die Preise waren unter den Taxifahrern abgesprochen, was ich nicht wusste, und deshalb zu handeln versuchte, wo es nichts zu verhandeln gab. Zu meiner Überraschung gab es nach Thansadet kein Taxi. Dort sei kein Strom, sagten die Taxifahrer und keiner konnte verstehen, wieso ich dort hin wollte. Die Straße sei schlecht und man bräuchte einen Allrad-Jeep. Die Taxis waren einfache Pick-ups und fuhren nur die großen Buchten und deren Hotels an. Ich entschloss mich, in das Taxi nach Tong Nai Pan, Taras Bucht, zu steigen und mir dann ein Taxiboot zu mieten.

Die Fahrt dorthin war viel angenehmer als vor zehn Jahren. Man hatte die Straße ausgebaut und die wirklich steilen Streckenabschnitte betoniert. Am Strand angekommen, sah ich einen Thai mit seinem Boot.

»Thansadet?«, rief ich laut und er nickte. Mein Rufen hatte auch ein Pärchen aus Deutschland gehört, das am Strand lag. Der junge Mann stand auf und kam zu mir gelaufen.

»Wollen wir uns das Boot teilen? Meine Freundin und ich möchten uns den Wasserfall mal anschauen.«

»Ja, gerne«, gab ich freudig zur Antwort.

Für ein Boot zahlte man in der Regel einen Komplettpreis, egal wie viele Passagiere drin waren. So kam es mir ganz gelegen und wir konnten den Fahrpreis durch drei teilen. Er rief seine Freundin und wir stiegen in das typisch thailändische Longtailboot. Als der Thai den Anker gelöst und den Motor gestartet hatte, konnte man sein eigenes Wort kaum mehr verstehen. Ich hatte ganz vergessen, wie laut diese Boote waren. Am Heck war ein ausgedienter Lastwagenmotor ohne Auspuff befestigt. Eine Antriebswelle, die zwei Meter lang in einem flachen Winkel bis ins Wasser ragte und ein an deren Ende sich drehender, geschmiedeter Propeller sorgten für den nötigen Antrieb. Je lauter, umso besser, dachten die Thais.

»Der Lärm vertreibt böse Geister«, klärte uns der Fahrer auf.

Bei diesem Lärm sollten wir uns also ganz und gar sicher fühlen können.

Die Ostküste der Insel war von großen runden Felsen geprägt, die bis weit ins Meer reichten. Mal ragten sie wie eine mächtige Felswand empor und mal schienen sie geradezu aus dem alles umgebenden Urwald herausgefallen zu sein. Teils riesige Brocken, die diese Seite der Insel und die eingelagerten Buchten mit den weißen Stränden vor den Gewalten des Meeres zu schützen schienen. Die

Strände verbargen sich wie Halbmonde hinter den großen Felsen entlang der Ostküste, während die Strände im Westen sich wie ein schmales Band entlang der ganzen Küste zogen.

Wir fuhren knapp zehn Minuten, bis die ersten Dächer zwischen den Bäumen zu erkennen waren. Vor zehn Jahren gab es hier nur ein paar Hütten am Strand. Jetzt krochen die Bungalows langsam entlang der steilen Küste zwischen Urwald, Felsen und Meer.

Die blauen und grünen Dächer zwischen den Bäumen, ließen in mir ein Robinson-Crusoe-Gefühl aufkommen. Die Anreise mit dem Boot verstärkte noch den Eindruck von einem abgelegenen Fleckchen Erde. Vielleicht sogar ein Stück vom Paradies.

Vor uns lag der Strand von Thansadet, eingerahmt von Felsen, dem Grün des Urwalds, der Berge im Hintergrund und dem Türkis des Meeres, aus dessen Richtung wir kamen. Immer mehr Hütten zeigten sich zwischen den Palmen entlang der Schattengrenze. Rechts führten Treppen hinauf zu den am Hang gelegenen Bungalows und ganz oben zu einer großen Holzterrasse und einem Restaurant.

Wir sprangen vom Boot ins Wasser und ich trug meine Tasche an Land. Mir war heiß und die Sonne brannte. Bis auf zwei Frauen am Strand war es fast menschenleer. Als wir auf die Felsen kletterten, sah ich auch schon das erste Hinweisschild, das hinauf zu meinem Ressort führte. Die beiden begleiteten mich. Ihnen gefiel es hier. Der Ausblick von der Terrasse hinunter in die Bucht war Lohn genug für den Aufstieg.

Eine Hütte war schnell gefunden und bezogen. Es gab zwei Hunde und ein Hausschwein, das mich auf dem Weg zu meiner Hütte begleitete. Ich lief zurück zu dem Paar und wir beschlossen, gemeinsam die Bucht zu erkunden.

Hinter der ersten Hüttenfront am Strand war ein Parkplatz und von hier sah man die Straße, die aus dem Wald herunter in die Bucht führte. Es war auch der Weg zum Wasserfall, den wir einige hundert Meter empor kletterten, bis wir zu einer kleinen Furt kamen, wo ein paar Betonpfeiler über dem Wasser eine Brücke markierten und es nicht weiter zu gehen schien.

Mein erster Eindruck des Wasserfalls war eher bescheiden. Man konnte nicht davon sprechen, dass das Wasser hier wirklich irgendwo in die Tiefe fiel. Es war vielmehr Wasser, das zwischen großen und flachen Felsen Richtung Meer floss. Wie auch immer. Wir hatten genug gesehen und die Sonne brannte sehr auf meiner mitteleuropäischen Haut. Meine beiden Begleiter hatten in den zwei Tagen, die sie auf der Insel waren, ihre Büroblässe längst gegen ein tiefes Krebsrot eingetauscht und die Hoffnung, braun zu werden, insgeheim aufgegeben. Sie reichten sich abwechselnd die Sonnencremetube mit Lichtschutzfaktor 30.

Am Strand angekommen, entdeckten wir eine klapprige Brückenkonstruktion, die sich über die Mündung des Wasserfalls spannte. Die Brücke war drei Meter in die Höhe gebaut und man musste zuerst einen kleinen Felsen erklimmen, der das Fundament darstellte. Weit ab vom TÜV und anderen westlichen Regelwerken, versprühten diese improvisierten und doch so funktionalen Bauwerke einen Charme, der mich zutiefst berührte. Wie wackelig die Konstruktion auch aussah, es war eine Brücke und sie erfüllte ihren Zweck. Es gehörte etwas Geschick dazu, auf den ersten Felsen zu klettern. Mit Zement war dort ein Tritt geschaffen worden, damit man Halt fand. Einfach, aber durchdacht.

Auf der anderen Seite liefen wir an ein paar alten Hütten vorbei, rechts von uns der Fluss, dann über einen Steg, an dessen Ende ein Trampelpfad und ein kleiner Anstieg folgte.

»Hier ist es!«, hörte ich meinen Begleiter rufen. Er

zeigte auf ein Schild, auf dem in bunten Farben der Name ›Treehouse‹ geschrieben stand.

»Über das Treehouse hab ich schon viel im Internet gelesen. Ich wusste, dass es hier in der Bucht sein soll, aber ich hätte nie gedacht, dass es so kompliziert ist, hier hinzukommen. Es ist ja total versteckt.«

Er schien sich zu freuen. Der Name Treehouse sagte mir nichts. Wir gingen auf dem Trampelpfad der kleinen Anhöhe entgegen. Von Weitem erahnten wir ein paar Hütten zwischen den Bäumen, aber der dichte Urwald gab nur langsam den Blick darauf frei. Ich spürte, dass dieser Ort etwas Besonderes war.

Als wir oben angelangt waren, standen wir vor einem offenen Restaurant. Keine Wände. Das große Dach wurde von weiß gestrichenen Holzsäulen getragen. Um das Restaurant waren Holzterrassen angelegt, auf denen Menschen auf Sitzkissen an niedrigen Tischen saßen und lagen. Alles wirkte wie gemalt und die Atmosphäre schien in solch eine Ruhe getaucht, dass ich mir vorkam wie in einem Gemälde. Mit dem Unterschied, dass ich mich darin bewegen konnte. Und ich konnte atmen – Ruhe atmen.

Die Menschen lächelten uns an. Wir trauten uns kaum, etwas zu sagen, da wir die Ruhe nicht stören wollten und folgten dem Schild, auf dem ›Beach‹ geschrieben stand.

Ein Grashügel erinnerte mich mit seiner runden Form an das Haus der Hobbits im ›Herr der Ringe‹. Eine Treppe führte uns zwischen ein paar Hütten auf Stelzen hinunter zur ›Beach‹.

Die Stille um uns und auch die Anspannung in uns wuchs, je mehr wir uns diesem Ort näherten.

Hinter einem riesigen runden Felsen lag ein wunderschöner, kleiner Strand. Er stieg zum Wald hin leicht an. Dort standen Hütten, die sich zwischen den Palmen und dem Grün sanft in die Bucht einfügten. Am Ende des Strandes stieg das Land steil an und war stark bewaldet. Im dichten Grün des Urwalds konnten wir zerfallene Hütten eines längst verlassenen Ressorts erkennen. Die Natur holt sich das von Menschen verlassene Land immer zurück.

»Wow!«, sagte meine Begleitung und ich konnte mich dem nur anschließen.

»Die haben im Internet wirklich nicht übertrieben.«

Außer uns waren nur fünf weitere Menschen am Strand. Wie sich später herausstellen sollte, alle junge Deutsche und Mitte zwanzig. Ich war mit 36 Jahren der Senior am Strand.

Wir hatten erst mal genug gesehen und beschlossen, abends gemeinsam zu essen. Ich war müde und wollte mich in meiner Hütte ausruhen. Wir gingen den gleichen Weg zurück über die klapprige Brücke. Ich kletterte meinen kleinen Berg hinauf und wurde schon von dem Hausschwein erwartet, das mich grunzend zu meiner Hütte begleitete.

Nach Sonnenuntergang sah die Bucht noch verträumter aus. Der Weg am Strand entlang und über die kleine Brücke fühlte sich im Dämmerlicht erneut abenteuerlich an. Aber ich wusste, was mich auf der anderen Seite erwartete und freute mich darauf. Das warme Licht der Glühlampen, die unter bunten Lampenschirmen in den Bäumen hingen, ließen das Treehouse noch unwirklicher erscheinen als bei Tage. Ich setzte mich zu den jungen Deutschen an den Tisch. Ich war in Thailand und ›man sprach deutsch‹. Ich hatte insgeheim mehr Exotik erwartet, doch diese Leute waren so sympathisch, dass ich alles andere vergaß. Wir bestellten köstliches Essen. Und wir tranken Bier, viel Bier. Die Musik war gut. Elektronische Musik, wie ich sie als Berliner Clubgänger auch mochte.

Am Tresen saß ein großer, schlanker Mann, Anfang 30, mit halblangen, dunklen Haaren. An seiner Seite eine kleinere Frau mit langen, leuchtend blonden Haaren. Sie strahlte eine ansteckende Ruhe und Gelassenheit aus. Ich ging zum Tresen und wollte mich für die gute Musik und das sehr gute Essen bedanken. Der Tresen war halbrund und aus Backsteinen gemauert. Links davon der Eingang zur Küche. Die Tür war für Europäer viel zu niedrig, sodass ich den Kopf hätte einziehen müssen, wenn ich die Küche hätte betreten wollen. An der Wand hinter dem Tresen hing das obligatorische Bild des Königs.

Königsbilder sind allgegenwärtig in Thailand. Der König steht für die hohen Werte des Landes und seine Familie wird von allen Thailändern verehrt.

Das Bild zeigte im Vordergrund den amtierenden König Bhumibol Rama IX. und hinter ihm König Chulalongkorn Rama V.. Beide trugen eine rote Paradeuniform. Ein halbes Jahrhundert lag zwischen diesen Königen. Eine kitschige Fotomontage, dachte ich, aber durchaus landesüblich. Das Foto war von der Sonne ausgebleicht, aber eine bunte Lichterkette, die um das Bild herum drapiert war, sorgte für frische Farben.

Ich fing an, Englisch zu sprechen.

»Wir können gerne Deutsch sprechen. Mein Name ist Kai.«, fiel der Mann mir ins Wort und lachte dabei bis über beide Ohren. Auch seine Freundin sprach einwandfreies Deutsch, mit einem sympathisch gerollten ›R‹.

Ich war so weit gereist, um an einem Strand voller Deutscher anzukommen. Na super! Aber die Mischung war gut. Ich fühlte mich aufgehoben an diesem Ort. Wir kamen schnell ins Gespräch.

»Du bist auch aus Berlin?«, fragte Kai. Er hatte das Tattoo an meinem linken Oberarm gesehen: ›berlin‹ stand dort in Schreibschrift.

»Was heißt ›auch‹?«, erwiderte ich überrascht.

»Ich bin in Berlin geboren und habe bis vor drei Jahren noch dort gewohnt«, antwortete er. »Kann es sein, dass wir uns vielleicht kennen? Du kommst mir irgendwie bekannt vor.«

»Ich hab lange im WMF gearbeitet und anderen Berliner Clubs.«

»Ich erinnere mich an dein Gesicht! Ich bin DJ und hab damals auch viel im WMF aufgelegt. Das ist ja lustig!«

»Das erklärt die gute Musik!«, erwiderte ich.

Wir lösten beim anderen eine Art ›Heimatgefühl‹ aus. Wir unterhielten uns lange. Ich blieb an diesem Abend, bis der Generator aus ging und damit das Licht. Auch alle Generatoren in der Nachbarbucht waren aus. Als ich zu meiner Brücke kam, hatte ich nur das Display meines Handys, das mir den Weg leuchtete. Okay, und den Mond, der von hoch oben am sternenklaren Himmel über mir sein blaues Licht herunter scheinen ließ. Das Hausschwein empfing mich auch zur späten Stunde oben am Berg, um mich bis zur Treppe meines Bungalows zu begleiten.

Die Sonne ging früh auf. Ich saß auf der Terrasse des Ressorts hoch über der Bucht von Thansadet und schaute auf das türkisene Wasser der Bucht, das Weiß des Strandes, das Grün der Bäume und das klare Blau des Himmels. Die Farben waren so rein, dass ich mich kaum an ihnen sattsehen konnte. Meine Tasche war noch gepackt. Ich verabschiedete mich und zog an diesem Morgen um, auf die andere Seite der Bucht, nach Tong Reng.

Kai freute sich, dass ich jetzt bei ihnen zu Gast war und ich freute mich auch. Ich hatte endlich den Ort gefunden, den ich so lange gesucht hatte. Wo ich Ruhe fand und die Seele baumeln lassen konnte. Ich verbrachte meinen kompletten Restaufenthalt in dieser Bucht. Ich sah keinen Grund, weiter nach ›dem schönsten Strand‹ zu suchen – ich hatte ihn gefunden. Oder hatte er mich gefunden? Ich dachte an das Paar aus Stuttgart vor zehn Jahren und die Einladung, die ich ausgeschlagen hatte. Wäre ich darauf eingegangen, hätte sich bestimmt damals schon mein Blick auf Thailand verändert. Aber es war eine andere Zeit gewesen. Mein Leben funktionierte damals nach anderen

Regeln. Ich wollte nicht zurückschauen und war froh, jetzt hier zu sein. Die Zeit war richtig. Es war etwas Besonderes an diesem Ort. Ich gab mich seiner Magie hin.

Viel Sonne, viel Meer, viel schlafen, viel essen und vor allem viel trinken. Wir saßen Abend für Abend in netter Runde zusammen, bis das Licht ausging, was immer so um eins war. Der Stromgenerator war sowas wie eine Art Zeitersatz. Wenn er abgeschaltet wurde, hieß es, schlafen zu gehen. Dann war nur die Natur zu hören, und die konnte sehr laut sein. Man war nie alleine. Überall krochen, saßen und flogen Tiere und Insekten. Wurde man nachts von einem Geräusch geweckt, dann war es eine gute Idee, kein Licht anzumachen, denn man würde nicht sehen wollen, was sich da gerade durch die Hütte bewegte. Man blieb am Besten unter seinem Moskitonetz liegen und machte einfach mit dem weiter was man gerade tat – schlafen.

In der Bucht gab die Natur den Ton an. Es gab keine feste Straße. Man musste auf Vieles verzichten oder besser gesagt, man durfte. Strom gab es erst ab 17 Uhr. Das Wasser zum Duschen kam aus dem nahe gelegenen Wasserfall. Hatte es geregnet, war das Wasser braun von Erde. Seine Wäsche wusch man mit der Hand. Je nach Wasserqualität nahm sie den Erdton des Waschwassers an. Es gab eine Satelliten-Internetverbindung, die bei gutem Wetter einwandfrei funktionierte, was man als echten Luxus bezeichnen konnte. Der Jeep fuhr einmal am Tag morgens um 9 Uhr in die Hafenstadt Tongsala und um 13 Uhr wieder zurück in die Bucht.

Mir fehlte nichts. Ich war hier und mit mir. Das hatte ich schon lange nicht mehr gehabt und es gefiel mir. Meine Hütte lag auf dem grünen Hobbithügel. Von dort konnte ich in beide Buchten schauen. Zu meiner Linken Thansadet und zu meiner Rechten Tong Reng. Nur etwa drei Meter von meinem Balkon entfernt stand ein Geisterhäuschen. Es ähnelte einem europäischen Vogelhäuschen, aber es war weitaus schmuckvoller und hatte eine ganz andere Funktion.

In Thailand ist es üblich, Geisterhäuschen zur Beschwichtigung ansässiger Geister zu errichten. Bauten sich die Menschen ein Haus, so baute man auch den dort lebenden Geistern ein Haus und zollte den feinstofflichen Nachbarn durch Opfergaben seinen Respekt. Dieser Glaube an die Natur- und Lokalgeister ist Teil der thailändischen Volksreligion, deren Grundlage der Theravada-Buddhismus ist.

Mit Buddhismus hatte ich nie etwas zu tun gehabt. Es gab keinen Grund dafür. Bei dem Wort Buddhist fiel mir immer nur eine Textzeile aus einem ›The Smiths‹ Song ein:

›The pain was enough
to make a shy, bald Buddhist reflect
and plan a massmurder ...‹

Das war auch schon das Ende meiner Assoziationskette zu Buddhismus. Wenn ich ehrlich bin, habe ich auch mit anderen Religionen nie wirklich viel am Hut gehabt. Ich war das letzte Mal bei der Hochzeit meiner Schwester in einer Kirche und das war auch schon einige Jahre her. Religion war für mich immer mit der Institution Kirche verbunden. Ich hatte nie eine freie Sicht auf das, was im Kern hinter den einzelnen Religionen stand und was alle Religionen miteinander gemein hatten. Ich sah mich weit davon entfernt, zu einem solchen Kern vorzudringen und mich in diesem undefinierbaren Raum der Religionen zu definieren. Tief in meinem Inneren glaubte ich an eine übergeordnete Macht, die alle Schicksale auf Erden lenkte, aber ich hatte dafür keinen Namen.

Meine Zeit im Treehouse verging wie im Flug. Schon lange hatte ich mich nicht mehr so frei gefühlt. Zwischen

Kai, Pamela, der Bucht und mir entwickelte sich eine Freundschaft. Es war das Gefühl einer tiefen Verbundenheit.

Der Tag der Abreise kam und ich stand mit gepackter Tasche am Tresen des Restaurants, um mich zu verabschieden.

»Vielen Dank für die schöne Zeit bei euch«, sagte ich zu Pamela.

»Wir danken dir. Es hat wirklich Spaß gemacht.«

Sie stand vor mir mit ihren blonden Haaren und schaute mir tief in die Augen. Es war eine Pause entstanden, die ich nicht ganz zu deuten wusste, bis sie wieder das Wort ergriff.

»Möchtest du nicht wiederkommen und für uns arbeiten?«

Ich musste mich verhört haben und wiederholte ihre Frage.

»Ja, ich weiß auch nicht, warum ich das gerade gefragt habe, aber es fühlt sich richtig an für mich. Wir brauchen dringend jemanden für nächste Saison.« Sie meinte es ernst.

»Ich fliege jetzt erst mal zurück nach Berlin und frage meinen Steuerberater, was er dazu sagt.« Eine dümmere Antwort hätte ich nicht geben können.

»Kai und ich würden uns sehr freuen und wir können uns beide gut vorstellen, dass es funktioniert«

Was für ein einzigartiges Geschenk. Ich mochte diesen Ort und diese beiden Menschen. Also wieso lange überlegen?

»Wow, das klingt wirklich super!« Ich konnte mich immer noch nicht ganz sortieren und schon gar nicht *jetzt* eine Entscheidung fällen.

»Im Dezember geht die neue Saison los. Überleg es dir und lass uns rechtzeitig wissen, wie du dich entscheidest.«

Leider war Kai nicht da, ich hätte gern sein Gesicht

gesehen. Mein Boot ging in 10 Minuten vom Strand von Thansadet und ich würde gleich aufbrechen müssen. Wo war er nur? Ich umarmte Pamela ein letztes Mal und machte mich auf den Weg den kleinen Trampelpfad hinunter durch die Bäume zur Brücke. Ich war fast unten angekommen, als jemand meinen Namen rief, gefolgt von Hundegebell.

»Harald! Warte!«

Kai rannte den Hügel herab, gefolgt von drei Hunden, die ihn eigentlich immer begleiteten.

»Mensch, Junge, mach's gut. Schön, dass du hier warst!« Er fiel mir um den Hals. »Ich wusste nicht, dass Pamela dich fragen würde, weil wir nur kurz darüber gesprochen hatten. Das wäre der Knaller, wenn du zu uns kommen würdest.« Er wollte sich gar nicht mehr beruhigen und ich fühlte, dass er sich wirklich von Herzen freute.

»Überlegs dir gut. Du weißt, wo du uns findest. Schreib uns eine Mail, wenn du in Berlin angekommen bist.«

»Danke für euer Vertrauen.« Ich war wirklich gerührt von den echten Gefühlen. Dann nahmen wir uns noch einmal in die Arme und ich hörte schon das Horn der Fähre, die hupte, wenn sie von Norden in die Bucht einbog, um die Passagiere am Strand zusammenzurufen. Ich musste los. Es war ein besonderes Gefühl, mit dem ich das Boot bestieg, das mich wegbrachte, denn ich wusste, dass es nicht für lange sein würde. Auch wenn mein Urlaub sich dem Ende zuneigte, hatte ich das Gefühl, dass meine Reise, die ich vor wenigen Wochen in Berlin begonnen hatte, noch nicht zu Ende war.

Die Bucht, die mich vor zehn Jahren das erste Mal gerufen hatte, hatte all die Jahre nicht aufgegeben, mich doch noch zu sich zu holen. Jetzt gab es eine offizielle Einladung und es war an mir, den nächsten Schritt auf meiner Reise zu tun. Ich fühlte mich verbunden mit einer inneren Quelle, die mir die Kraft gab, nach vorne zu schauen und alles los lassen zu können, was mich mit der Vergangenheit verband. Ich hatte ein Leben in Berlin, das ich liebte. Da waren Freunde, ein Job und mein Hund. Ich hatte eine Familie, die sich immer sorgte, was mein unstetes Lebens machte, aber die auch immer wieder stolz darauf war, wie ich jenseits des konventionellen Weges zu Erfolg fand. Ich war der Freak der Familie, der früh von zu Hause ausgezogen war, um nach Berlin zu gehen. In Berlin hatte ich gefunden, wonach ich gesucht hatte. Aber was würde ich in Thailand finden? Das wusste ich selbst nicht und es würde schwer werden, dies meinen Eltern zu vermitteln.

Mit meiner Heimkehr hatte sich auch meine Aufmerksamkeit verschoben. Ich war satt von Berlin. Das Heimspiel begann mich zu langweilen. Ich suchte nach etwas Neuem in meinem Leben. Eine Freundin fand hierfür später die passenden Worte:

›Um etwas Besonderes zu sehen,
richte deinen Blick dorthin,
wo sonst niemand hinschaut.‹

Kapitel 3

Ich freute mich immer, nach Hause zu kommen, auch wenn es sich dieses Mal anders anfühlte als sonst. Es gab noch genügend Zeit, um in mich hinein zu hören. Ich beschloss vorerst, mich weiter locker zu machen. Ich war überrascht, wie schnell ich wieder meinen Platz in Berlin und meinem alten Leben einnahm. Die engen Jeans schienen besser zu passen als zuvor und ich verbarg meine sonnengebräunte Haut unter Lederjacke und Sweatshirt. In Berlin war Herbst und die Sonne vermochte sich nur noch schwach gegen die aufkommende Kälte zur Wehr zu setzen.

Seit Jahren schon sammelte ich Sonnenbrillen der Marke Carrera. Meine Lieblingsbrille, die ich in den letzten Jahren so oft getragen und strapaziert hatte, war im Thailandurlaub zerbrochen. Trotz Mitte Oktober verspürte ich das große Verlangen, mir eine neue Brille zu kaufen. Zwar besaß ich eine ganze Schublade voller Vintage-Brillen, aber irgendwie sollte es etwas Neues sein. Irgendwann würde ich zurück nach Thailand gehen und eine gute Sonnenbrille brauchen. Ich setzte mich an meinen Computer und googelte nach neuen Modellen der Marke Carrera. Ich fand sehr schnell eins, das mir gefiel und mit wenigen Klicks hatte ich ein Geschäft in Berlin, das es zu einem unschlagbaren Preis anbot. Der Brillenladen war in Charlottenburg. Nicht mein Kiez, aber für diesen Preis würde sich der Weg lohnen.

Das Brillengeschäft lag nur wenige Fahrminuten mit dem Auto von Mitte entfernt in der Leibnizstraße. Es war ein Samstagmorgen und auf dem Karl-August-Platz war Markt und ich war froh, rasch einen Parkplatz gefunden zu haben. Kurze Zeit später besaß ich eine neue Brille. Obwohl ich zum Frühstück verabredet war, wollte ich noch schnell über den Markt laufen und schauen, ob ich vielleicht etwas Interessantes finden würde. Ich war selten in dieser Gegend und schon gar nicht, wenn Markt war.

Es waren viele Leute unterwegs und ich ging wenige Meter in das Getümmel hinein, als mir ein groß gewachsener Mann auffiel, der mir entgegen kam. Er war Mitte 50, hatte weißes Haar und trug einen beigefarbenen langen Mantel. Mehr konnte ich durch die Menschenmenge nicht erkennen. Er schaute mir direkt in die Augen, als würde er mich kennen und seine Augen sagten: ›Da bist du ja!‹

Ich blieb stehen in der Erwartung, dass er seinen Blick abwenden oder ich mich erinnern würde, woher ich diesen Mann kannte. Er kam weiter auf mich zu. Seine Augen hießen mich willkommen. Sein Blick war freundlich, so wie der eines alten Bekannten, den man lange Zeit nicht gesehen hatte. Vielleicht der Freund eines Freundes oder der Vater eines Studienkollegen oder einfach nur jemand, der mich verwechselte, dachte ich. Er war nur noch wenige Meter von mir entfernt und ein paar Leute standen zwischen uns. Plötzlich konnte ich seinem Blick nicht mehr standhalten und drehte mich auf dem Absatz um und lief in die entgegengesetzte Richtung – nur weg.

Meine Augen wanderten durch die Auslagen der Stände und versuchten, einen Grund dafür zu finden, warum ich hierher gekommen war. Ich suchte nach etwas, woran ich mich festhalten konnte. Ich hatte das Gefühl, zu fallen. Meine Gedanken drehten sich wie Spiralen in meinem Kopf, während mein Körper sich anscheinend ziellos weiter bewegte. Einfach weg, raus aus dieser Situation, die ich nicht einzuordnen vermochte.

Nach wenigen Metern, die mir wie eine Ewigkeit erschienen, hatte ich das Ende des Marktes erreicht. Ich bog in die Leibnizstraße ein. Noch einmal bleib ich stehen und überlegte kurz, ob ich nicht einfach zu dem Mann hingehen sollte, um ihn zu fragen, woher wir uns kannten, aber ich traute mich nicht. Ich drehte mich um. Der Mann war stehen geblieben. Er schaute zu mir, während ein Strom von Menschen an ihm vorbeizog wie Wasser an einem Felsen. Sein Blick war voller Klarheit. Der Ausdruck seiner Augen ließ keinen Zweifel – er kannte mich.

Ein Gefühl des Schwindels begleitete mich noch wenige Meter bis zu meinem Auto. Ich schlug die Wagentür zu, als wollte ich aussperren, was gerade geschehen war. Mir fiel wieder die Verabredung zum Frühstück ein.

›Das war sicher der Vater eines Kommilitonen, an den ich mich nicht mehr erinnern kann‹, sagte ich mir. Diese Antwort beruhigte mich. Es gab so viele Menschen in Berlin und so viele Gesichter, man konnte sich nicht alle merken.

Beim Frühstück erwähnte ich die Begegnung mit keinem Wort. Es war ein sonniger Samstag im Herbst und ich war froh, Berlin unter einem blauen Himmelszelt zu sehen. Die Stadt war wunderschön, wenn die Sonne schien!

Manchmal frage ich mich, ob es den Lauf der Dinge verändert hätte, wäre ich zu dem Mann auf dem Markt hingegangen und hätte ihn angesprochen. Aber heute weiß ich, dass die Dinge sind, was sie sind, was sie waren und immer sein werden. Die Zeit ist nur ein Vehikel unseres Verstandes, der nicht in der Lage ist, das Leben in seiner Gesamtheit zu erfassen.

Vier Tage nach dieser Begegnung war ich zum Abendessen verabredet. Es war ein Mittwoch. Alle hatten wir den Abend zuvor im Cookies gefeiert und wollten auch diesen Abend gemeinsam verbringen, aber etwas ruhiger. Wir trafen uns zum Essen im DUDU in der Torstraße.

Das Restaurant war gerade angesagt und dementsprechend gut besucht. Ich mochte diese Abende sehr. Wir saßen beisammen und tranken ein paar gepflegte asiatische Bier zu durchgestylten asiatischen Gerichten mit Reis und Fisch.

Auf dem Tisch lagen drei iPhones und jeder schielte während der Unterhaltung immer wieder auf das Display, um ja keine Nachricht zu verpassen.

Wie Millionen andere Menschen auch hatte ich das Chatten auf Facebook für mich entdeckt und zeitweise zu meiner Hauptbeschäftigung gemacht. Freunde adden und geadded werden. Als ob es einen Preis zu gewinnen gäbe, für den, der die meisten Freunde auf seinem Profil vorweisen konnte. Es machte Spaß und es gehörte dazu.

Wir hatten schon das erste Bier getrunken, als ich eine Mail bekam – ein Friend-Request. In der Regel kannte man die meisten Leute, die als Freunde geadded werden wollten, schon aus dem Nacht- oder Berufsleben. Es war nur eine weitere soziale Kommunikationsstufe, wie das Austauschen einer Telefonnummer, nur viel informativer, moderner und unterhaltsamer. Ich war ein begeistertes Facebook-Mitglied. Ich war mir sicher, wenn man irgendwann den Anschluss an die Mobile-Community verlor, würde man auch sozial ausgegrenzt sein. Das wollte ich nicht riskieren. Jede Mail war gleich wichtig und musste umgehend beantwortet werden.

Ich öffnete meinen Account.

»Jade hat dir eine Freundschaftsanfrage gesendet.«

Jade!? Der Name sagte mir nichts. Ich fragte kurz in die Runde, ob irgendjemand eine Frau Namens ›Jade‹ kenne, aber bekam keine Antwort.

Das Profilfoto zeigte eine junge Frau mit langen dunklen Haaren. Alter: 29. Beruf: Yogameisterin. Religion:

Wicca – was immer das sein mochte. Lieblingsfilm: *The Fountain*.

Es waren nur wenige Informationen, die ihr Profil preisgab, aber genug, um mein Interesse zu wecken. Ich beschloss, später nach allem zu googeln und mich schlau zu machen.

Jade hatte gerade mal zwei Freunde auf Facebook. Ich wurde der dritte. Sie war sehr schön und ich sah plötzlich Bilder. Bilder aus einem Traum, der bereits Wochen zurücklag und wieder hochgespült wurde.

Im Traum liege ich zu Hause in meiner Berliner Wohnung auf dem Sofa. In meinen Armen halte ich eine Frau mit langen dunklen Haaren. Sie liegt mit dem Kopf auf meiner Brust und hält mich mit beiden Armen fest umschlungen. Ich streiche mit meiner Hand über ihr langes dunkles Haar. Sie dreht den Kopf zu mir und wir schauen uns tief in die Augen. Ein warmes Gefühl der Geborgenheit fließt durch meinen Körper und ich kann durch ihre großen, dunklen Augen bis in ihr Herz blicken.

Die Bilder des Traumes flimmerten wie ein Kinofilm und ich fragte mich, ob zwischen dem Traum und dem, was gerade geschah, eine Verbindung bestand. Ich wollte wissen, woher sie mich kannte, und was sie dazu bewegte, einen fremden Mann als dritten Freund bei Facebook anzufragen. Ich kramte in meinem Gedächtnis nach Begegnungen, die passen würden, aber fand nichts.

Wieder sah ich Bilder. Dieses Mal ein scheues Reh, das sich aus dem schützenden Wald auf eine weite Lichtung gewagt hatte und mir aus der Ferne einen Blick zuwarf. Den Kopf hoch erhoben, mit aufgestellten Ohren, bereit, beim kleinsten Anzeichen von Gefahr zurück in den Wald zu springen. In den Augen des Rehs sah ich Neugier und eine große Sehnsucht nach Freiheit. Stolz und Scheu.

In letzter Zeit verband ich viele Situationen mit solchen

Bildern. Ich wusste nicht, woher sie kamen oder was sie bedeuteten. Ich ließ es geschehen. Eigentlich gefiel es mir ganz gut und es half mir, Situationen besser einzuschätzen. Bei Jade hatte ich das Gefühl, dass ich mich vorsichtig nähern musste, sonst würde sie davonlaufen. Ich hatte das Gefühl, dass diese Begegnung von Bedeutung sein würde.

Auch wenn ich an diesem Abend noch unzählige Male auf meinem iPhone nach einer Antwort Ausschau hielt, so musste ich mich bis zum nächsten Tag gedulden. Überhaupt musste ich mich in Geduld üben. Ich spürte, dass etwas Neues begonnen hatte und Geduld eine Lektion war, die dem Neuen voranzugehen schien. Die Geduld versöhnt uns mit der Zeit und somit auch mit unserem Leben. Das ist eine gute Sache. Es gibt schließlich sehr viel Zeit im Leben, auch wenn es sich oft wie das Gegenteil anfühlt. In Anbetracht der Lage, in der ich mich befand, war ich sehr gelassen, dachte ich. Ich hätte ohnehin nicht mehr tun können als abwarten. Schicksal. Wenn man das so nennen konnte.

Vor etwa einer Woche hatte ich mein Laptop zugeklappt und das Display war gebrochen. Viele bunte Felder und Linien zogen sich jetzt über den Bildschirm und die Benutzeroberfläche war nicht mehr zu erkennen. Also schloss ich den Computer an meinen 42-Zoll-Fernseher an, um Mails zu lesen und zu chatten. Das einzige Problem war, dass der Fernseher auf Augenhöhe an der Wand befestigt war, was ungemein chic aussah, aber aufgrund der Kürze des Computerkabels dazu führte, dass ich sehr nahe unter dem Bildschirm sitzen und meinen Kopf ständig in einem sehr ungünstigen Winkel nach oben neigen musste, um etwas zu lesen. Ich hatte schon Nackenschmerzen vom vielen chatten, aber konnte es auch nicht sein lassen. Ich schaltete den Fernseher an, startete mein Laptop und nahm meine mittlerweile gewohnt ungewohnte Sitzhaltung ein.

Jade hatte geschrieben. Sie habe diesen Facebook-Account nur angelegt, um mit mir in Kontakt treten zu können. Das schmeichelte mir sehr. Sie hatte meinen Namen von der netten Bedienung aus dem Grünen Café und sprach dabei offensichtlich von Luna. Ich sollte der netten Frau nicht böse sein, weil sie meinen Namen weitergegeben hatte. Das war ich nicht. Im Gegenteil.

Es war ein Donnerstag und ich fragte nach einem Treffen, heute oder morgen, aber sie hatte keine Zeit. Am gleichen Tag würde sie aus beruflichen Gründen nach London fliegen. Sie war Yoga-Lehrerin und selbstständig. Ich verstand nichts von Yoga, aber sie schien ganz gut zu sein in dem, was sie tat, wenn sie Kurse in London gab.

Ich konnte zwischen den Zeilen lesen, dass es eine große Leidenschaft war, die sie antrieb. Yoga war ihr Weg, sich mit dem Leben und sich selbst zu versöhnen, so erschien es mir. Es lag viel Ruhe in den Worten, die sie darüber schrieb. Das gefiel mir. Eine Frau, die ihren Fokus gefunden hatte.

Sie würde erst Samstag aus London zurückkommen, aber dann würde sie sich sehr freuen, mich auf einen Tee zu treffen. Ich sagte zu.

Für einen Moment hatte ich wieder das Bild des schreckhaften Rehs vor meinen Augen, wie es mit seinen großen, braunen Augen zu mir rüber schaute, sich umdrehte und langsam zurück in den Wald ging.

Am Wochenende riefen wieder die Trommeln der Stadt zum ewig gleichen Tanz mit dem Feuer der Nacht. Aber dieses Mal war es anders. Wie fast jeden Freitag begannen wir die Nacht in der Bar Eintausend. Viele sagten, diese Bar sei zu Schickimicki für Berlin und könnte genauso gut auch in München stehen. Ich aber fand die Bar super. Endlich hatte sich mal jemand richtig Mühe gegeben, etwas anderes zu machen, zumindest für Berlin.

Ich war dort mit einem Freund verabredet. Er stellte mir ein paar seiner Freundinnen vor, aber ich war nicht besonders gesprächig an diesem Abend.

»So wird das nichts«, sagte er. »Du musst dich anstrengen. Weißt du eigentlich, wer das eben war? Die kenn ich noch aus München. Die ist ein echter Feger und du lässt sie einfach gehen!«

Aber mir war nicht nach einer Unterhaltung mit einer fremden Frau. Ich suchte nach nichts. Meine nächste Frau würde mich finden, davon war ich überzeugt. Vielleicht hatte sie mich auch schon gefunden. Was Jade wohl gerade machte? Ich beendete den Abend und ging nach Hause. An diesem Wochenende wollte ich nicht mehr ausgehen. Stattdessen verbrachte ich die meiste Zeit vor dem Computer und googelte nach Jade.

Ihr Facebook-Profil gab nicht besonders viel von ihr preis und das wenige, was dort stand, hatte ich vorher noch nicht gehört. Es war alles so neu, wie dieses Gefühl in mir selbst, das ich nicht einzuordnen wusste. Das Internet würde mir zumindest mit der Beantwortung der begreifbaren Fragen helfen und den Dingen einen Namen und eine Erklärung geben.

Religion: *Wicca. Wicca* schien eine Naturreligion zu sein, die man auch als Hexen-Religion oder Hexen-Kult bezeichnen konnte. Es ging um die Verbindung zur Natur und das Wissen um ihre Kraft, und wie man diese für den Menschen nutzen konnte, zum Beispiel durch Heilkräuter und Rituale. Anhänger dieser Religion waren sehr mit der Natur verbunden und verehrten Naturgeister, die auch in Form der Elemente und der uns bekannten Naturgewalten auftraten.

Aha, eine kleine Hexe, dachte ich und lachte. Mit Okkultismus oder wie auch immer man das nannte, hatte ich nie viel zu tun gehabt – so dachte ich zumindest. Ich hatte gelernt, dass solche Praktiken in der Regel von psychisch labilen Menschen praktiziert wurden. Bei Jade schien mir kein Anlass zur Besorgnis zu bestehen. Ganz im Gegenteil erweckte dies alles bei mir ein großes Interesse.

Ich widmete mich ihrem Lieblingsfilm: *The Fountain*.

Der Weg zur Videothek war nicht weit. Es war eine kleine Videothek, die hauptsächlich Klassiker und Blockbuster im Verleih hatte und ich war mir nicht sicher, ob ich diesen Film dort finden würde. Aber wie der Zufall es wollte, hatte ich Glück und konnte den Film ausleihen.

Es war ein ruhiger Film. Die Handlung spielte in drei Zeitebenen oder Epochen, die jeweils mehrere hundert Jahre auseinanderlagen. Vergangenheit, Gegenwart und Zukunft. Immer war es derselbe Schauspieler und immer drehte sich alles um einen Baum – den Baum des Lebens.

Es ging um Leben, Sterben, Wiedergeburt und den Kreislauf allen Seins.

Die Bilder und die dazugehörige Musik der isländischen Band Sigur Ros berührten mich. Wenn ich ehrlich sein soll, dann hatte mich die Geschichte ein wenig überfordert. Ziemlich verquer. Aber es war genau diese Andersartigkeit, die mich anzog und meine Neugier weckte, weil sie eine Seite in mir ansprach, die ich bis dahin nicht gekannt hatte.

Ich freute mich auf das erste Treffen und wollte alle meine Sinne bei mir haben, wenn ich Jade zum ersten Mal sah. Ich wollte keinen Moment verpassen. Als mein Computer endlich eine Benachrichtigung ausspuckte, machte mein Herz einen Sprung, um gleich darauf zu stolpern.

Sie würde dieses Wochenende nicht nach Berlin kommen. Die Nachfrage nach ihrem Seminar sei so groß gewesen, dass sie spontan noch drei Tage in London dranhängen würde. Alle wollten unbedingt bei ihr Unterricht nehmen und sie wollte niemanden enttäuschen. Es gab nur einen, der enttäuscht war! Ich! Ich war sauer, hatte ich doch mein ganzes Wochenende für sie platzen lassen, um mich ganz auf sie zu konzentrieren. Ich gönnte es den vielen Menschen in London nicht, dass sie diese Zeit mit Jade haben würden, die doch für mich reserviert gewesen war.

Im nächsten Moment war ich auch nicht mehr wütend darüber, sondern freute mich für Jade, dass es ihr mit ihrem Beruf so gut ging und sie so viel positives Feedback bekam. Ich würde mich gedulden.

Geduld. Diese Lektion schien in mehrere Einzellektionen unterteilt zu sein. Ich nahm brav wieder auf meiner Schulbank Platz. Ich hatte das Gefühl, schon Fortschritte zu machen. Normalerweise war ich bei Frauen nie zimperlich. Entweder es klappte oder es klappte nicht. Endlose Warteschleifen mit immer wiederkehrenden Verabredungen zum Kaffeetrinken, die dann doch nicht stattfinden würden, waren nicht mein Ding. Bei Jade war es anders. Ich hatte das Gefühl, dass etwas Besonderes auf mich wartete. Etwas, das ich lange nicht mehr gekannt hatte.

Ich fragte Jade, ob wir chatten wollten. Sie wusste zu meiner Überraschung nicht, was ›chatten‹ war. In diesem Moment schien sie mir nicht von dieser Welt zu sein. Fast jeder Mensch, den ich kannte, hatte zuerst einen Myspace- und später einen Facebook-Account. Jeder wusste, wie man sich in diesen Medien bewegte. Wie konnte das auf diesem Planeten an jemandem vorübergegangen sein?

Wir chatteten. Und es beflügelte uns beide gleichermaßen.

Ich schrieb ihr, dass ich die Bedeutung von *Wicca* nachgelesen und auch den Film *The Fountain* angesehen hatte.

»Hat dir der Film gefallen?«

»Es ist ein trauriger Film. Aber ich mag ihn, auch wenn ich ihn nicht an Platz eins meiner Filmchartliste stellen würde.« Ich war ehrlich.

»Das kann ich mir denken. Es braucht ein wenig Zeit, bis man alles verstanden hat. Mir bedeutet der Film sehr viel«. Sie machte eine kleine Pause. »Sag mir, hast du deinen Lebensbaum schon gefunden?«

»Ganz ehrlich gesagt, weiß ich gar nicht, was ein Lebensbaum ist!«

»Jeder Mensch hat einen Lebensbaum. Er trägt alles Wissen und alle Gefühle über dich und all deine Begleiter aus deinen früheren Leben in sich und bewahrt dieses Wissen in dieser Welt für dich auf. Du selbst kannst dich mit deinem Baum verbinden und in ihn eintreten. Ich sage dir: Finde deinen Lebensbaum!«

Schon beim Lesen dieser Zeilen erfüllte eine mir unbekannte Wärme meinen Körper. Alles in mir schien sich zu weiten, auszudehnen und zu öffnen. Ich hatte das Gefühl, mich aufzulösen und kämpfte dagegen an. Dieses Gefühl war mir fremd und ich fühlte mich tief berührt und zugleich herausgefordert und erwiderte fast spöttisch:

»Hast du denn deinen Lebensbaum schon gefunden?«

»Nein!«, tippte sie in das Chatfenster. »Aber ich werde ihn bald finden. Das weiß ich. Ich kann ihn schon fühlen.«

Ich las ihre Zeilen und war fasziniert von der Entschlossenheit, die in ihren Worten mitschwang. Kurz darauf mussten wir uns verabschieden, da sie zu ihrem Yogakurs ging.

Lebensbaum. Ich hatte wieder was gelernt.

Später am Abend schrieb ich ihr noch eine Mail. Ich wollte ihr unbedingt von meinem Traum erzählen und von der wunderschönen, dunkelhaarigen Frau in meinen Armen.

Die Antwort ließ einen Tag auf sich warten, aber zeigte mir, dass es richtig gewesen war, ihr davon zu erzählen. Sie bedankte sich dafür, dass ich sie an meinen Träumen teilhaben ließ. Träume seien etwas sehr Wichtiges in ihrem Leben. Der Traum sei eine Art geistiger Kommunikation, die uns helfe, im Leben den richtigen Weg zu finden. In unseren Träumen seien wir mit der Geistigen Welt verbunden. Wir sollten in unserem Leben immer darauf bedacht sein, diese beiden Welten in Balance zu halten, weil wir sonst krank würden.

Geistige Welt. Bislang ein unbekanntes Terrain für mich, ohne Relevanz für mein Leben.

Ich fragte sie, woher sie all das mit den Träumen wisse und sie antwortete, dass sie aus einer sehr spirituellen Familie stamme. Sie sei mit all diesen Dingen aufgewachsen und die Traumdeutung habe sie von ihrer Mutter gelernt. Ihr Vater und auch ihre Mutter seien so etwas wie moderne Schamanen.

»Du brauchst dich nicht dafür zu schämen, dass deine Eltern keinen richtigen Job haben«, antwortete ich ihr.

Sie lachte und das Chatfenster füllte sich mit unzähligen ›Hahaha‹.

»Du brauchst dir keine Sorgen um meine Eltern zu machen. Es geht ihnen sehr gut.«

»Na, dann bin ich ja beruhigt.«

»Zurück zu deinen Träumen. Was träumst du sonst so?«

Ich hatte keine Ahnung und dachte mir was aus.

»Gestern Nacht war ich am Meer. Der Himmel war klar und es begann schon, zu dämmern. Ich trug weiße Kleider und ritt auf einem Schimmel über den Strand, während die Brandung in sanften Wellen an das Ufer schlug. Dann standest du da. Du warst barfuß und trugst ein weites, weißes Kleid, das so dünn war, dass man deinen wunderschönen Körper darunter erahnen konnte. Du hast deine Hand nach mir ausgestreckt. Ich bin auf dich zugaloppiert, habe deinen Arm gegriffen und dich zu mir auf den Rücken des Schimmels gezogen. Fest umschlungen sind wir gemeinsam über den Strand galoppiert, geradewegs hinein in den Sonnenuntergang.«

»Wow …«, war alles, was von der anderen Seite kam.

»So würde ich mir meinen ersten Traum mit dir vorstellen«, tippte ich in die Tasten.

»Ja, ich mir auch. Wow.«

›Wow‹ schien ihr Lieblingswort zu sein. Es kam fast in jedem zweiten Satz vor.

Wir chatteten die nächsten Tage und Nächte viel zwischen ihren Kursen, während sie noch in London war. Wir wollten mehr übereinander erfahren. Jade war erst vor kurzem von New York nach Berlin gezogen. In New York hatte sie die letzten drei Jahre zusammen mit ihrer Mutter gelebt, die auch Yogalehrerin war. Ihr Vater hingegen lebte schon immer in Berlin und sie hatte letztes Jahr den Entschluss gefasst, mehr Zeit mit ihm zu verbringen. Jades Familie schien gut betucht zu sein, da sie immer von ihrer Wohnung in New York sprach, die sie nun verkaufen wollte. Sie hatte sich viele Wohnungen in Berlin angeschaut und war am Ende in ein Haus bei mir um die Ecke gezogen, gleich in der nächsten Querstraße. Noch wollte sie mir nicht verraten, in welches. Ich fragte nicht nach. Auch nicht nach ihrem Nachnamen oder der Hausnummer. Ich kannte nur die Straße und diese war keine 50 Meter von meiner Haustür entfernt.

Für Jade war alles so neu und sie genoss unsere abendlichen Chats sehr. Und ich? Ich hatte mich verliebt. Ich fühlte mich tief in mir zu dieser Frau hingezogen, die einen Facebook-Account allein für mich eingerichtet hatte. Wenn ich meinen Freunden davon erzählte, griffen sie sich an den Kopf.

»Komm mal klar«, sagten sie. »Du redest von einer Frau, die du noch nie gesehen hast. Wann trefft ihr euch endlich? Wann kommt sie aus London zurück?«

Ich hätte gerne eine passende Antwort parat gehabt, so wie ›morgen‹ oder ›übermorgen‹. Aber ihre Pläne hatten sich schon wieder geändert. Da sie so lange in London gewesen war, flog sie direkt nach Hamburg zu ihrem nächsten Yoga-Workshop. Sie würde erst am Freitag wieder in

Berlin sein.

»Was ist das nur für eine Geschichte? Die verarscht dich doch.«

Ich konnte diese Worte aus dem Mund eines Freundes sehr gut verstehen. Er machte sich Sorgen um mich. Er hatte Angst, dass ich mich in etwas verlor, das es nicht wert war. Und er hatte Angst, mich zu verlieren.

»Außerdem weißt du ja, dass am Wochenende Halloween ist und wir diese Party machen. Wehe, du machst da schlapp und tauchst nicht auf.«

»Ich komme ganz bestimmt. Versprochen! Ich werde sie mitbringen.« Ich war mir sicher, dass es dieses Mal klappen würde. Sie hatte mich jetzt schon so oft vertröstet.

Jade und ich chatteten jede freie Minute und erfuhren so viel über den anderen. Sie schickte mir Youtube-Links von Yoga-Lehrern, bei denen sie gelernt und die sie geprägt hatten. Von Yoga hatte ich wie gesagt keine Ahnung. Eine Freundin erzählte mir, dass dies keine Yoga-Lehrer, sondern Yoga-Gurus seien – echte Weltstars.

»Welche Menschen haben dich in deinem Leben geprägt?«, tippte Jade ins Chatfenster.

Ich musste nicht lange überlegen und suchte bei Youtube nach Videos von David Bowie und Karl Heinz Rummenigge.

Bis zu meinem dreizehnten Lebensjahr hatte ich einen Karl-Heinz Rummenigge-Schrein in meinem Kinderzimmer gehabt. Der beste Fußballspieler der Welt, ganz und gar bodenständig. So sollte es sein. Nach einer kurzen Phase der Neuorientierung, unzähligen Antipickel-Lotionen und den ersten selbst gekauften Schallplatten übernahm David Bowie diesen Platz. Der beste Musiker der Welt, unnahbar und ein wirklich verrückter Typ. So sollte es sein.

Ein Notenheft, das ich mit 17 in einem Musikladen bestellt hatte, um meine Lieblingslieder auf der Gitarre spielen zu können, rührte mich damals zu Tränen, als ich es nach dreiwöchiger Lieferzeit endlich in den Händen hielt.

Ich postete Jade eine Spielszene von Karl-Heinz Rummenigge und ein Musikvideo von David Bowie: Heroes. Dieser Song war in mehrfacher Hinsicht für mich von Bedeutung. Erstens spielte der dazugehörige Film in Berlin und zweitens enthielt der Song eine der wohl romantischsten Textzeilen der Popgeschichte:

›I will be king
And you, you will be queen …
… We can be heroes, just for one day.‹

Ich hatte immer Gänsehaut, wenn ich diese Zeilen hörte, und war mir sicher, dass dieser *eine* Tag auch bald für Jade und mich kommen würde.

»Karl-Heinz Rummenigge und David Bowie. Lustig«, schrieb Jade. Es gefiel ihr.

Wir posteten uns Videos und Links von Websites, die Teil unseres Lebens waren. Wir waren überrascht, wie viel wir doch gemeinsam hatten. Von Zeit zu Zeit schickte sie mir ein Foto von sich und gab so ein kleines Stück von sich preis.

Es war Freitagabend, als sie sich zum vereinbarten Chat verspätete. Ich wartete.

»Du glaubst nicht, wer heute hier im Hotel eingetroffen ist. Meine Mutter ist zusammen mit meinem Vater nach Hamburg gekommen. Das ist so schön, weil ich beide zusammen so selten sehe. Meine Mutter lebt doch in NY.«

Jade hatte mich schon grob über ihre familiären Lebensverhältnisse aufgeklärt.

»Es ist so schön, die beiden zusammen zu sehen. Ihre Liebe füreinander ist so groß, dass ich mich daran nie sattsehen kann. Weißt du, ich habe mir immer Geschwister gewünscht, aber meine Eltern meinten, dass sie nur ein

Kind wollten, um mehr Zeit für ihre eigene Liebe zu haben.«

»Super«, antwortete ich.

»Ich werde dieses Wochenende leider nicht nach Berlin kommen. Bitte verzeih. Ich möchte mit meinen Eltern zusammensein. Meine Familie ist so viel unterwegs, dass diese Momente mir wirklich sehr kostbar sind.«

Einerseits freute ich mich natürlich für Jade, dass sie jetzt im Kreise ihrer Familie war, andererseits bedeutete es auch, dass sich unser Zusammentreffen schon wieder verschieben würde.

»Alles gut bei dir?«, fragte sie, weil ich nicht antwortete.

»Ich bin traurig, dass es schon wieder nicht klappt mit uns beiden.«

Sie hatte in der kurzen Zeit ein Video gepostet, ›See you soon‹ von Coldplay. Ich klickte auf den Link und das Video öffnete sich in einem neuen Browserfenster. Chris Martin stand allein mit seiner Gitarre auf einer großen Open Air Bühne vor Tausenden von Menschen. Ich tauchte ein in das Lied und versank zugleich in meiner Sehnsucht nach Jade. Ich musste zum ersten Mal weinen.

»Bist du noch da?«, schrieb Jade.

»Ja. Ich weine. Ich vermisse dich.«

»Baby, nicht weinen. Ich vermisse dich auch.«

»Ich liebe dich«, tippte ich in die Tastatur meines Computers. Irgendwie verrückt, dachte ich, kannte ich die Frau doch kaum und hatte sie noch nie gesehen. Zugleich hatte ich diese Worte noch nie mit einer solchen Überzeugung hervorgebracht. Eine Stimme in mir sagte: ›Es ist richtig!‹

»Baby, ich liebe dich auch ... und jetzt muss ich weinen.« Es kehrte Stille ein.

»Ich möchte dir etwas sagen«, fuhr sie fort. »Als ich meine Abschiedsparty mit meinen Freunden in New York feierte, haben mich alle gefragt, warum ich das mache.

Warum ich nach Berlin ziehe und nicht hier in New York bleibe, wo ich alles habe. Sie meinten, ich sei verrückt. Ich habe gesagt, dass ich nach Berlin gehe, weil ich weiß, dass dort mein Mann auf mich wartet. Ich kann ihn schon spüren! Als ich dich in dem Grünen Café auf der Kastanienallee gesehen habe, wusste ich, dass du es bist. Du bist mein Mann!«

Mein ganzer Körper füllte sich mit einer prickelnden Wärme.

»Ich möchte dich in meine Arme nehmen und nie mehr loslassen«, schrieb ich.

»Ich weiß, Baby, aber unserer Zeit ist noch nicht gekommen. Jetzt, wo meine Eltern hier sind, möchte ich bei ihnen sein. Ich sehe sie so selten zusammen. Wir beide werden noch alle Zeit der Welt haben. Das verspreche ich dir.«

Ich bekam eine Gänsehaut. In ihren Worten schwang eine Energie, wie ich sie zuvor nicht erlebt hatte.

Jade wollte so schnell wie möglich ihren Eltern von unserer Begegnung erzählen und ihnen Bilder von mir zeigen. Sie war glücklich, jetzt mit ihren Eltern zusammen zu sein und noch glücklicher darüber, endlich ihre Liebe gefunden zu haben.

Das Schicksal hatte entschieden und wir würden uns in den nächsten Tagen nicht sehen. Ohne mich zu kennen, war sie, ihrem Gefühl folgend, an den Ort gezogen, an dem sie ihren Mann bereits spüren konnte. Diese Kraft war so stark, dass sie sich unter den vielen Wohnungen, die sie sich in Berlin angeschaut hatte, für diese eine entschied, die nur wenige 100 Meter von meiner entfernt lag. Sie war aus New York, sozusagen mit Ansage, direkt vor meine Haustür gezogen. Alles passte so gut zusammen, dass ich selber nicht an eine Kette von Zufällen glauben wollte. Jade hatte recht, wenn sie von Schicksal sprach, und die Reinheit, mit der meine Gefühle zu ihr wuchsen, bestätigte dies. Alles fühlte sich an, als ob es schon immer so hatte sein sollen.

Ich war diesen Abend alleine und ging früh schlafen, da ich mich am Morgen noch um mein Halloween-Kostüm für die bevorstehende Party würde kümmern müssen. Ich war traurig, Jade noch nicht sehen zu können, aber auch voller Glück, meine Gefühle offenbart zu haben.

Bekannte hatten eine Halloween-Party auf die Beine gestellt und von ihren Gästen verlangten sie Fantasie und vor allem Mut zur Hässlichkeit. Ich besorgte mir eine passende Verkleidung. Im entsprechenden Laden hingen die Wände voll mit gruseligen Masken, Kostümen, Schnickschnack, Vampirzähnen in allen Längen und ganzen Kostümsets von bekannten Hollywood-Massenmördern in der passenden Größe für 4-Jährige. Was ich fand, war ein blutbeschmiertes Messer aus Plastik.

Zu Hause schnitt ich mit der Schere ein Loch in ein weißes T-Shirt und klebte das Messer unter dem T-Shirt mit Klebeband auf die nackte Haut, sodass es aussah, als sei es durch das Hemd mitten in mein Herz gestoßen worden. Noch ein paar Flecken Kunstblut und es war perfekt.

Die Entscheidung für dieses Kostüm war spontan gefallen. Womit mich die Wahl dieser Verkleidung aber in Wirklichkeit verband, und dass es lediglich das Spiegelbild einer alten Wunde aus einem früheren Leben darstellte, ahnte ich nicht. Ich trug an diesem Abend eine Botschaft in die Welt, die älter war als mein jetziges Leben, und die weder ich noch die Menschen um mich herum hätten lesen können.

Alle hatten sich an diesem Abend große Mühe mit ihren Kostümen gegeben, aber ich blieb nicht lange. Gedanken an Jade rasten durch meinen Kopf und ich freute mich auf den morgigen Tag und mein Internet-Date mit ihr.

Ich schickte ihr per Mail ein paar Bilder der Party und

von meinem Kostüm.

»Autsch! Ein Dolch in deinem Herzen? Aber du siehst toll aus ... hahaha. Ich habe meinen Eltern von uns erzählt und meine Mutter hat als erstes gesagt, dass du die gleiche Nase hast wie ich. Hahaha ... und ich habe die Nase von meiner Mutter.«

»Wie sieht deine Mutter aus?«, fragte ich.

»Sie sieht aus wie ich, nur ist sie noch viel schöner. Das macht die Liebe zu meinem Vater. Die Liebe macht sie wunderschön. Und als mein Vater dein Foto gesehen hat, sagte er nur, dass er deine Augen bereits kennt.«

Mit der Nase hatte ihre Mutter recht. Sie sahen sich wirklich ähnlich und auch ich lachte. Wie ich erfahren durfte, war Jade halb Mexikanerin, was die dunklen Haare und ihre südländische Erscheinung erklärte. Aber was meinte sie damit, dass ihr Vater meine Augen kannte? Das ergab für mich keinen Sinn. In mir wurde es still. Vor meinem inneren Auge sah ich Bilder der Begegnung mit dem fremden Mann auf dem Markt vor wenigen Wochen.

»Sag mal, ist dein Vater relativ groß, hat weiße Haare und wohnt in Charlottenburg in der Nähe des Karl-August-Platzes?« Sicher war die Beschreibung sehr vage ...

»Ja, er wohnt in Charlottenburg, er trägt immer einen Anzug und dazu Turnschuhe. Auf dem Markt kauft er immer Gemüse ein.«

»Ich glaube, dann hab ich deinen Vater schon einmal gesehen. Aber wieso kennt er mich und ich ihn nicht?«

»Er sagt, er kennt deine Augen. Unsere Augen sind das Tor zu unserer Seele. Mein Vater kann sehr viel sehen. Ich habe dir doch erzählt, dass er so etwas wie ein moderner Schamane ist. Er behält vieles, was er sieht, für sich und redet nur selten darüber. So gibt er den anderen die Möglichkeit, alles selbst herauszufinden und greift nicht in ihr Leben ein. Er hat auf dem Markt sicher schon gesehen, dass du ›mein Mann‹ bist.«

Ich brauchte einen Moment, um das Gesagte zu verstehen: Vor ein paar Wochen war ich auf einem Markt mitten in Berlin einem Mann begegnet und Tage später tritt eine Frau in mein Leben, die sich jetzt als dessen Tochter herausstellte.

Okay, aber was hatte das alles zu bedeuten? Jade hatte mir schon erklärt, dass ihr Vater eine Art moderner Schamane sei. Ich konnte mir noch immer nichts darunter vorstellen. Ich wusste, dass Schamanen mit Geistern sprechen und Kranke heilen. Wie das allerdings vonstatten ging, war mir ein Rätsel. Schamanen – das kannte ich von Indianerstämmen in Südamerika und Reportagen auf Arte. Dass sie ihren Platz in allen Kulturen der Welt hatten, wusste ich nicht.

»Und deine Mutter? Kennt sie mich auch schon?«

»Nein, sie kennt dich nicht und deshalb war sie sehr aufgebracht, weil ich einen Facebook-Account eröffnet habe wegen dir. Und dass dort ein Foto von mir zu sehen ist.«

»Wieso denn? Du siehst toll darauf aus.«

»Das ist es nicht, Baby. Sie macht sich Sorgen, dass mir etwas zustößt. Ich hab dir noch nicht alles von mir erzählt. Meine Familie ist sehr wohlhabend.«

»Ja, das habe ich mir schon gedacht, als du davon erzählt hast, dass du eine Wohnung in New York hast und auch eine in Berlin.«

»Ich habe mich jetzt mit meiner Mutter darauf verständigt, dass man auf meinem Facebook-Profil mein Gesicht nicht erkennen kann.«

»Okay, ich verstehe.«

»Und dann ist da noch etwas, worüber sie sich Sorgen macht: Du bist keiner von uns!«

Keiner von uns? Was ist denn das für ein Quatsch, dachte ich und schrieb:

»Was meint sie damit?«

»Du erinnerst dich daran, was ich dir erzählt habe von dieser anderen Welt, in der ich lebe und den Menschen, mit denen ich mein ganzes Leben zusammen war. Ich bin in einer sehr behüteten Gemeinschaft groß geworden. Der Blick auf die Welt, wie du sie kennst, ist ein grundlegend anderer. Mein Leben war schon von klein auf sehr spirituell ausgerichtet. Gerade durch meine Eltern. Ich bin sozusagen in zwei Welten groß geworden.«

Es war mir noch nicht ganz klar, wovon sie eigentlich sprach und was sie mir sagen wollte.

»Bist du in einer Sekte?«, fragte ich geradeheraus.

»Hahaha. Nein, keine Sekte. Es sind Menschen, die wie ich ein spirituelles Leben führen.«

Okay, dann keine Sekte. Vielleicht lebte sie ein Leben im Jetset, abgeschirmt von der normalen Welt.

»Bist du ein Star und willst mir deinen Nachnamen deshalb nicht verraten?«

»Hahaha. Leider bin ich kein Star. Nicht wirklich«, antwortete sie. Sie schien es amüsant zu finden, mich nach der passenden Antwort wie nach der Nadel im Heuhaufen stochern zu lassen.

»Meine Familie ist sehr wohlhabend. Aber ein Star bin ich nicht ... nur ein kleiner.«

»Okay, ihr habt Geld. Das habe ich nicht. Passe ich deshalb nicht in das Bild deiner Mutter?«

»Nein, Geld ist es nicht. Geld ist überhaupt nicht wichtig. Es ist das spirituelle Leben selbst, wovon ich rede. Meine Mutter sagt, dass wenn ich zu einem Menschen wie dir fände, ich bereit sein müsste, das Leben, wie ich es kenne aufzugeben.«

»Und was sagt dein Vater dazu?«

»Er sagt, dass ich auf mein Gefühl hören soll.«

»Und was sagt dein Gefühl?«

»Mein Gefühl sagt, dass du mein Mann bist. Aber ich fühle auch, dass meine Mutter nicht unrecht hat, mit dem, was sie sagt. Ich bin mir nicht sicher, ob ich bereit bin, dieses Leben aufzugeben.«

Ich hatte auch ein Gefühl, und das sagte mir, dass alles richtig war und ich fühlte mich sicher dort, wo ich stand.

»Weißt du, ich denke, dein Gefühl wird kommen, wenn es Zeit dafür ist. Ich bin mir meiner Gefühle zu dir so sicher, wie ich es mir bei noch keiner Frau zuvor war.«

Wichtig war jetzt nur noch eine andere Frage:

»Wann kommst du endlich nach Berlin?«

»Ich werde morgen gleich von Hamburg aus nach Paris fliegen, um dort einen Kurs zu leiten. Meine Mutter hat ein paar sehr wichtige Dinge gesagt und ich möchte darüber nachdenken. Sie sagte auch, dass mir noch eine wichtige Begegnung bevorstehe. Sie hat meistens recht mit dem, was sie sagt. Aber nach Paris hat mir meine Mutter zwei Wochen freigegeben und die werde ich dann mit dir verbringen. Ich brauche eine Pause.«

Aufgeschoben war nicht aufgehoben. Nach Paris würden wir zwei ganze Wochen für uns haben. In meiner Vorstellung klang das nicht so schlecht, auch wenn es bedeutete, dass ich würde warten müssen. Die Geduld meldete sich erneut und verlangte nach Hingabe. Und ich gab mich hin.

Kapitel 4

Am nächsten Morgen ging ich meine gewohnte Runde mit dem Hund und kam auch am Grünen Café vorbei.

»Hallo, Luna, wie geht es dir?«, sagte ich, als ich das Café betrat.

»Danke, gut! Äh, ich muss dir gestehen, dass ich deinen Namen an einen weiblichen Gast weitergegeben habe. Normalerweise mache ich sowas nicht, aber ich dachte, wenn ich ihr sage, dass sie dich über Facebook kontaktieren soll, dann ist es nicht so persönlich wie eine Telefonnummer. Und außerdem habe ich deine Telefonnummer ja überhaupt nicht.«

»Danke.« Ich schmunzelte. »Das geht schon in Ordnung. Wir sind in Kontakt und wir sind beide sehr glücklich darüber. Wir schreiben uns über Facebook, weil sie sehr viel unterwegs ist.«

»Oh, das freut mich. Ich habe sofort gesehen, dass ich ihr auf alle Fälle deinen Namen geben kann – dass es richtig ist. Sie kommt sehr oft hier ins Café und holt sich einen Tee und ist wirklich sehr, sehr nett. Darf ich dir was zu trinken machen? Einen doppelten Espresso, wie sonst auch?«

»Ein Espresso wäre super, danke. Ich denke, Jade wird dich auch noch einmal kontaktieren, um sich bei dir zu bedanken, dass du ihr weitergeholfen hast.«

»Aha, Jade heißt sie also. Ein schöner Name und eine ausgesprochen schöne Frau.« Sie lachte.

Ich erzählte ihr nichts von der Begegnung mit Jades Vater und auch nichts davon, dass wir uns zwar kennengelernt, uns aber noch nicht wirklich begegnet waren – zumindest nicht bewusst. Mein Gefühl sagte mir, dass es nur eine Frage der Zeit war, bis ich Jade in meinen Armen halten würde. Diese Berührung würde alles verändern, für mich und auch für sie.

Als ich wieder zu Hause war, hatte ich eine Mail von Jade. Es waren ein paar Buchtipps. Ich sollte diese Bücher lesen, damit ich etwas erfahre über diese andere Welt, in der sie und alle Menschen um sie herum lebten. Ich bestellte sie sofort online. In zwei Tagen würde alles bei mir sein und ich könnte selber lesen, worüber sie so geheimnisvoll sprach.

Ich würde also genügend Beschäftigungsmaterial haben, für die Zeit, in der Jade nicht nach Berlin kommen würde. Außerdem schickte sie mir einen Youtube-Link mit dem Titel ›Stille spricht‹ von Eckhart Tolle. Er sei ein Freund ihrer Familie.

Sie verriet mir, dass ihre Mutter alle Termine für sie koordinierte und es schien, dass ihr daran gelegen war, Jade noch ausreichend Bedenkzeit zu verschaffen, was mich anbetraf. Sie wollte ihre Tochter nicht so einfach an jemanden abgeben, der in ihren Worten ›keiner von uns‹ war.

Jade war noch in Hamburg und wir chatteten jeden Abend. Am Freitag würde sie nach Paris fliegen. Sie war sehr aufgeregt, da sie viele alte Freunde wieder treffen würde. Sie meldete sich einen ganzen Tag nicht und auch ich schrieb ihr nicht. Ich wollte ihr Zeit geben, um über das nachzudenken, was ihre Mutter ihr mit auf den Weg gegeben hatte.

Aus einem Tag wurden zwei Tage und mich überkam ein seltsames Gefühl. Das passte nicht zu ihr. Am Abend kam eine Mail. Darin stand, sie habe in Paris ihren Ex-Freund getroffen, den sie vor drei Jahren verlassen hatte, und zwar nicht, weil sie ihn nicht mehr liebte, sondern weil ihr Gefühl damals gesagt hatte, dass es Zeit wäre, zu gehen. Damals ging sie zurück zu ihrer Mutter nach New York. Am gestrigen Abend habe sie ihn wieder getroffen, so wie ihre Mutter es ihr in Hamburg prophezeit hatte, und habe feststellen müssen, dass sie noch sehr starke Gefühle hegte für ihn.

Ich dachte, ich lese nicht recht. Aber was konnte ich tun? Jade klang in ihrer Mail noch verunsicherter als zuvor. Eine Stimme in mir sagte ›Okay, das war′ s. Ich steige aus‹, und eine andere Stimme sagte ›Sie braucht jetzt eine starke Schulter, die ihr Sicherheit gibt.‹

Ich war mir noch immer sicher, dass ich mit meinem Gefühl richtig lag. Ich konnte spüren, wie sehr sie im Strudel ihrer Gefühle versuchte, nach einem rettenden Ast zu greifen. Ich schrieb zurück:

»Ich bin hier und ich warte auf dich. Egal, wie du dich entscheidest. Dein Gefühl wird dir den Weg zu deiner Wahrheit zeigen. Da bin ich mir sicher.«

Ich war stolz auf mich, dass ich so viel Großmut an den Tag legte. Aber innerlich spürte ich eine große Traurigkeit.

Zwei Tage erhielt ich keine Nachricht.

In dieser Zeit hatte ich viel Kontakt mit Luna. Wir gingen mit dem Hund spazieren und redeten. Ich erfuhr, dass auch Luna von klein auf ein spirituelles Leben geführt hatte und so hatte ich viele Fragen an sie über das, was ich in meinen Gesprächen mit Jade hatte lernen dürfen. Luna erzählte, dass sie Auren sehen konnte, und dass sie sich immer freute, meine Aura zu sehen, wenn ich von Jade redete, weil sie dann ganz golden strahlte. Das freute mich zu hören, auch wenn ich nicht wusste, was es zu bedeuten hatte.

Ich bemerkte ein Tattoo auf Lunas Arm.

»Was bedeutet das?«

»Ich lebe nach der Mondtradition und das ist das Zeichen einer Mondfrau. Auch Jade lebt nach dieser Tradition.«

»Hat sie auch so ein Tattoo?«

»Ja, aber das soll sie dir alles selber erzählen, wenn ihr euch seht.«

Luna wollte nicht zu viel vorweg nehmen. Ich klagte ihr mein Leid, dass Jade so wenig Zeit hatte und wir uns bis jetzt noch nicht einmal getroffen hatten.

»Ihr werdet euch treffen. Das weiß ich.« Sie sagte das mit einer solchen Entschlossenheit, die mich innerlich wieder aufrichtete.

»All meine Freunde glauben schon, dass ich nicht mehr alle Tassen im Schrank habe, weil ich noch immer hinter dieser Frau herlaufe. Die Frau, die niemand kennt und die noch niemand gesehen hat, außer dir.«

Ich erzählte Luna von den Büchern, die mittlerweile angekommen waren. Sie kannte alle davon und sie war ein echter Fan von Eckhard Tolle. Ich war überrascht. Sie erzählte mir mehr über dieses andere Leben, das sie mit Jade gemein hatte und machte mir Mut.

»Dir wird alles aufgezeigt werden. Lies erst einmal diese Bücher. Wenn du Fragen hast, dann frage mich. Ich werde dir alle Fragen beantworten, so gut ich kann.«

Ich war froh, eine Ansprechpartnerin gefunden zu haben, denn ich wollte mehr über diese andere Welt erfahren und über Jade selbst.

Spät am Abend erhielt ich eine Mail. Laut ihrer Termine wollte Jade eigentlich heute zurück nach Berlin kommen. Stattdessen ließ sie mich wissen, dass sie noch länger in Paris bleiben würde. Sie war sich ihrer Gefühle noch immer nicht im Klaren. Sie würde über das Wochenende in ein Haus außerhalb von Paris fahren, um nachzudenken. Und auch Luc würde dort sein.

Ich musste tief durchatmen. Das Ganze war eine wirkliche Herausforderung. Ich entschied mich erneut für die Geduld.

Am Montag erhielt ich schließlich eine Mail, in der sie sich von mir verabschiedete. Sie habe mit ihrer Mutter gesprochen und gemeinsam beschlossen, ihren Facebook- und Mail-Account zu löschen und dies sei ihre letzte Mail an mich.

Das bedeutete das Ende. Ich war in Berlin und konnte nichts tun. So wie sie in mein Leben gekommen war, schien sie sich auch wieder zu verabschieden – mit einem einzigen Mausklick. An diesem Tag verließ ich nicht mehr das Haus. Ich wusste ohnehin nicht, wonach ich da draußen hätte suchen sollen. Ich fühlte mich leer.

Aber schon am nächsten Abend erhielt ich eine Mail von Jade mit neuer Mail-Adresse.

»Bitte schreib mir!«, stand darin und ich antwortete sofort. Sie schrieb, dass ich noch immer in ihrem Kopf sei und sie noch keine Klarheit gefunden habe. Sie fühlte, dass sie den Kontakt zu mir brauchte. Ich verstand nicht wirklich, was all das zu bedeuten hatte. Sie hatte einen großen Streit mit ihrer Mutter gehabt wegen des Facebook-Accounts und versprechen müssen, alles zu löschen. Ihre Mutter wüsste nichts davon, dass sie über diese neue Mail-Adresse wieder Kontakt zu mir aufnahm. Auch sei sie sich ihrer Gefühle zu ihrem Ex nicht schlüssig. Sie bat mich, nicht zu gehen, sondern sie weiter zu begleiten. Jade würde noch die ganze Woche in Paris bleiben.

Es kam mir alles seltsam vor. Jetzt war der Zeitpunkt gekommen, an dem ich mich aus dieser Geschichte hätte verabschieden sollen. Ich war in meinem Stolz verletzt und fühlte mich an der Nase herum geführt. Bissige Kommentare meiner Freunde taten ein Übriges.

Das Spiel schien ohnehin verloren und ich wollte mit erhobenem Kopf das Spielfeld verlassen. Ich schrieb ihr eine Mail, wie sehr ich von ihr enttäuscht sei und bat sie, mich in Ruhe zu lassen.

Am nächsten Morgen ging ich zu Luna ins Café. Sie sah sofort, dass etwas nicht mit mir stimmte. Wahrscheinlich leuchtete meine Aura purpurviolett. Wir setzten uns vor die Tür und ich erzählte, was passiert war. Paris. Ihre Gefühle. Der Abschied. Die neue Mail-Adresse.

Ich hatte Karten für ein Konzert von William Fitzsimmons besorgt und wollte ursprünglich Jade damit überraschen. Ich beschloss, Luna zu fragen, ob sie mit mir auf das Konzert gehen würde. Ich wollte mich bedanken bei ihr, dass sie mich und Jade zusammengeführt hatte, auch wenn die Geschichte nicht besonders positiv für mich verlaufen war. Sie freute sich sehr über meine Einladung, hatte sie doch schon versucht, Karten zu bekommen, aber das Konzert war seit Wochen ausverkauft.

Ich ging also mittwochs mit Luna zu dem Konzert und wir redeten viel. Irgendwie landeten wir bei dem Thema Leben und Tod. Es war Herbst 2009 und in den Medien rotierten Berichte über den Selbstmord des deutschen Nationaltorhüters Robert Enke. Ich war der Überzeugung, dass es immer eine Lösung für Menschen gäbe, die an einem solchen Punkt ihres Lebens angelangt seien. Es war mir neu, als Luna plötzlich anfing davon zu erzählen, dass es aber auch Menschen gäbe, die gerufen würden. Sie sah im Ausdruck meiner Augen, dass ich nicht verstand, was sie mir sagen wollte.

»Es gibt mehr im Leben als die Welt, die wir mit un seren bloßen Augen sehen«, fuhr sie fort. »Jeder Mensch hat eine Aufgabe in dieser Welt. Und wenn er diese Aufgabe erfüllt hat, dann steht es ihm frei, zu gehen. Der Tod ist nichts Endgültiges, sondern lediglich der Übergang in eine andere Welt. Meine beste Freundin hat sich vor wenigen Monaten auch dafür entschieden. Sie ist in die *Neue Welt* gegangen, weil ihre Aufgaben hier erfüllt waren und dort neue Aufgaben auf sie warteten, die wichtiger waren«.

Ich hatte so etwas noch nie zuvor gehört. Ich sah in ihren Augen, dass sie alles, was sie sagte, auch so meinte und sie sah wiederum in meinen Augen, dass ich nicht verstand, wovon sie sprach. All das verwirrte mich noch mehr und ich war froh, als die ersten Akkorde des beginnenden Konzerts mich aus dieser Unterhaltung trugen.

Trotz des schwierigen Themas fühlte es sich gut an, mehr über Luna zu erfahren, die ich schon so lange nur vom Sehen kannte. Sie erzählte, dass sie eigentlich Musikerin sei und morgen für eine Studioaufnahme nach Paris fliegen würde. Sie wollte Jade schreiben und fragen, ob sie nicht Lust auf ein Treffen hätte. Luna hatte den Eindruck, dass Jade gerade an einem Scheideweg zwischen zwei Welten stand. Sie wollte ihr dabei helfen, sich für die richtige Seite zu entscheiden. Sie verstand Jades Zerrissenheit nicht und glaubte, dass Jade und ich in dieser Welt zusammengehörten. Luna kannte uns beide und wusste, wie sehr wir strahlten, wenn wir vom anderen sprachen.

Das Konzert berührte mich sehr und ich hatte Tränen in den Augen, als die Band das Lied spielte, das mich immer an Jade erinnerte. Der Name des Songs war ›Funeral Dress‹. Ich hatte ihn das erste Mal im Grünen Café gehört, als ich dort mit meinem iPhone saß und auf eine Nachricht von Jade wartete. Ein trauriger Titel und ich konnte nicht sagen, warum mir gerade dieser Song so sehr im Gedächtnis geblieben war.

Am Donnerstag flog Luna nach Paris und Jade holte sie am Abend im Tonstudio ab. Jade weinte, als sie Luna am Piano sitzen sah und singen hörte. Die beiden Frauen schliefen nicht in dieser Nacht, sondern redeten bis in die Morgenstunden. Sie hatten sich viel zu erzählen und hatten große Freude daran, in dem anderen einen Menschen gefunden zu haben, mit dem sie etwas teilten, was so kostbar war – das spirituelle Leben. Luna schrieb, dass sie morgen alle mit dem Familien-Jet gemeinsam nach Berlin fliegen würden. Mit ›sie‹ meinte Luna Jade, ihren Vater und Luc. Wie ich erfuhr, war es das private Flugzeug von Jades Familie und der Vater flog immer selbst. Von da an war ich mir sicher, dass Jade in einer völlig anderen Welt als der meinen aufgewachsen war.

Dass Luc nun doch mit nach Berlin kommen würde, enttäuschte mich. Ich hatte das Gefühl, jemand hatte in meinem Leben die Pausetaste gedrückt. An diesem Wochenende beschloss ich, alleine weiter zu gehen und mich von Jade zu verabschieden.

Ich tauchte wieder ganz in mein altes Leben ein. Nach dem Wochenende wusste ich aber, dass ich einen Fehler gemacht hatte und ich wusste, dass ich Jade nicht gehen lassen konnte. Ich versuchte, wegzulaufen und geriet dabei nur noch tiefer hinein in alles, was mich umgab.

Am Sonntagmorgen lief ich zu Luna ins Café. Ich musste mit ihr sprechen und brach in Tränen aus, als ich ihr erzählte, was ich an diesem Wochenende getan hatte, bei dem Versuch vor Jade davon zu laufen. Sie hörte mir geduldig zu.

»Schreib das Jade«, sagte sie.

Ich ging nach Hause und schrieb:

»Ich hab leider nichts von dir gehört und trage dabei so vieles in mir, was ich dir sagen möchte. Ich will dir die Wahrheit schreiben, weil ich ohnehin weiß, dass du vieles auch schon gefühlt hast. Ich habe dir geschrieben, dass ich weitergehen will in meinem Leben ohne dich. Aber das ist nicht wahr. Ich will dich in mein Leben aufnehmen. Ich habe in den letzten Tagen geglaubt, dass ich mich lösen muss, um weiter zu gehen, aber das geht nicht, weil ich merke, wie du schon an der nächsten Kreuzung auf mich wartest. Als ob du meine Gedanken lesen und alle meine Schritte erahnen könntest. Ich hatte die letzten Tage immer einen Zettel und einen Stift an meinem Bett liegen, auf dem stand ›Träume für Jade‹. Ich habe ihn weggeräumt, weil ich mich morgens nie an einen Traum erinnern konnte. Gestern Nacht war ich auf einer Galerieeröffnung. Eve, die ich seit vielen Wochen nicht gesehen oder gesprochen habe, war auch dort. Wir haben mit Freunden Alkohol getrunken und dann bin ich mit ihr gegangen und wir haben die Nacht zusammen verbracht. Ich muss es dir sagen, denn in dieser Nacht hatte ich einen unglaublichen Traum und ich bin aufgestanden und hab ihn aufgeschrieben. In dem Traum hast du versucht, mit mir Kontakt aufzunehmen über unser Medium, das Chatten. Ich habe deine Nachricht gesehen und war total aufgeregt. Ich habe versucht, dir zu antworten, dass ich hier bin, aber ich konnte nicht. Mir ist ständig das übergroße iPhone aus der Hand gefallen (Heute weiß ich, dass es ein iPad war im Traum). Ich konnte das Gerät einfach nicht bedienen. Du hast weiter geschrieben und es kamen immer mehr Nachrichten von dir in meinem Posteingang an, aber ich konnte nicht antworten. Rechts neben mir saß mein Vater und links meine Schwester, und beide haben versucht, mich zu beruhigen und mir zu helfen, aber ich habe nur noch getobt und rumgeschrien, weil ich dieses verdammte Gerät nicht bedienen konnte. Ich bin losgerannt zu meinem Computer, hier, zu Hause, der an den Fernseher angeschlossen ist. Deine letzte Nachricht lautete: ›ABSCHIED???‹

Genau in diesem Moment konnte ich schreiben: ›Nein, kein Abschied‹, und dann war ich wieder ganz ruhig.

Du hast weiter geschrieben, dass du kommen willst und dann bin ich durch die Straßen meiner alten Heimatstadt gelaufen und habe dich gesucht. Fremde Leute haben mich immer irgendwo hingeschickt, aber du warst nicht da. Dann hat mich meine Mutter angerufen und mir gesagt, dass wir Besuch hätten. Ich bin nach Hause geeilt und da saßest du mit meiner Mutter am Esszimmertisch und ein Mann war bei dir. Er hat gesungen und du hast Gitarre gespielt. Ein Lied über das Reisen und du hast von ›offenen Gästen‹ gesprochen. Ich konnte dein Gesicht nicht sehen, da es hinter einem Vorhang verborgen blieb, der im Wind wehte. Du warst barfuß und unter dem Tisch wippten deine Zehen im Takt der Musik. Ich hab an dir hochgeschaut, aber der Vorhang war noch immer da, bis er plötzlich verschwand und ich dein Gesicht sehen konnte. Ich saß am anderen Ende des Tischs und schaute dich nur an. Meine Mutter stellte einen Teller Suppe mit blutigen Hühnerherzen auf den Tisch.

Das wollte ich dir sagen. Das mit Eve tut mir leid und macht mir Bauchschmerzen. Sie sagte zu mir heute Morgen, etwas sei anders und ich hab gesagt, dass alles in Ordnung sei – aber das ist es nicht. Du bist so sehr um mich und ich ertappe mich dabei, Dinge zu tun, die ich nicht tun will. Ich will nur dich, und dass du in meinem Leben bist und ich möchte einen Weg finden, wie du da auch bleiben kannst.

Ich kann dich noch immer spüren. Ich möchte, dass du es durch mich erfährst. Ich werde mich heute Abend mit Eve treffen und ihr von dir erzählen. Und von dem, was in mir vorgeht. Ich werde auch sagen, dass wir uns noch nie gesehen und unsere Verbindung nur über das Internet aufgebaut haben. Ich will nicht, dass so etwas wie gestern Nacht noch einmal passiert, ich muss zu mir finden!

Oh, Mann! Ich fühle mich verloren, weil ich dich nicht in meine Arme nehmen kann. Es tut mir leid, dass ich gestern nicht bei dir war. Es tut mir von ganzem Herzen leid.«

Irgendwie schien alles vorbei zu sein, aber ich wollte Jade nicht mehr loslassen in diesem Leben, auch wenn sie sich für einen anderen entscheiden würde. Ihre Antwort ließ nicht lange auf sich warten.

»Liebster!« Ich mochte es, wenn sie mich so nannte. »Vieles, was du mir geschrieben hast, wusste ich schon! Wir fühlen uns, das ist unsere Verbindung, die immer bestehen bleiben wird zwischen uns! Ich habe dich gestern Abend sehr stark gefühlt und habe mir Sorgen gemacht um dich, weil ich dich noch nie in so einem Gefühlszustand gespürt habe und als ich es nicht mehr ausgehalten habe, habe ich eine Reise zu dir gemacht, um zu sehen, was du gerade tust. Ich wusste, dass es etwas mit deiner Exfreundin zu tun haben musste und ich wollte dir mit meiner Reise zu dir Kraft geben. Eines nur vorab, wenn ich eine Reise zu einer Person mache, sehe ich sie nicht. Ich kann sie erfühlen und sehe die Situation und die Person, die das Gefühl in dir auslösen. Ich habe nicht gesehen, wie du mit ihr schläfst! Ich wusste, dass das alles viel mit dem Alkohol zu tun hat und dich ablenken sollte. Du bist ein so wundervoller Mensch und solltest dich nicht ablenken oder betäuben und dann bei Menschen oder Situationen landen, die dir nicht gut tun! Sorry, aber du bist mir wichtig und darum sage ich dir auch ehrlich, was ich denke oder fühle. Wir müssen uns nicht von Menschen lösen, nur weil wir sie nicht haben können, so wie wir es wollen, um weiter gehen zu können.

Ich muss jetzt los und mir einen Raum für mein neues Yogastudio hier in Berlin anschauen. Ich danke dir für deine offenen Worte. In Liebe, Jade.«

Den restlichen Tag verbrachte ich mit Luna im Café und auch an diesem Abend ging ich nicht aus. Ich brauchte Zeit, um über Jades Mail nachzudenken und über das, was passiert war.

Am nächsten Morgen wachte ich mit einem neuen Traum auf, der sehr lebendig gewesen war. Es war gut, dass ich mir nun doch ein Traumbuch zugelegt hatte, das einen Platz neben meinem Bett fand. Ein kleines Notizbuch, in das ich all meine Träume schreiben wollte. Ich schrieb alles so auf, als würde ich meine Träume Jade erzählen. Wenn das Buch voll war, würde ich es ihr schenken, auch wenn sie dann nicht bei mir sein würde. Ich wollte, dass sie meine Träume besaß, da sie der Grund war, warum ich angefangen hatte, zu träumen. Jade hatte mir meine Träume zurückgebracht, die erst der Anfang sein sollten.

»Hallo Baby, ich hab gestern wieder von dir geträumt.

Du hast mich gewärmt. Im Traum bin ich aufgewacht und war plötzlich bei meinen Eltern in Hessen. Ich war fassungslos, weil ich dachte, ich treffe dich heute in Berlin. Ich hatte keine Ahnung, wie ich dort hingekommen war. Ich stand da und sagte zu mir: ›Oh, Mann, du träumst bestimmt. Wach auf!‹ – Aber alles erschien so real. Ich bin durch mein Elternhaus gelaufen und alles war sehr unordentlich, und als ich in mein Zimmer schaute, standen dort zwei Betten.

Dann lag ich wieder in meinem eigenen Bett in Berlin. Ich lag auf dem Bauch und mir war kalt. Ich habe meine Hände vor meine Brust gelegt. Da war ein leerer Raum und mit einem Mal schwebtest du vor mir und hast das Gleiche getan, sodass unsere Hände sich berührten. Zwischen uns verlief ein dünnes weißes Band, das uns wie eine Nabelschnur verband und mir wurde am ganzen Körper warm. Die Kälte, die mich zu Beginn des Traumes umgeben hatte, verschwand mit einem Mal.«

An diesem Sonntagnachmittag ging ich mit Freunden ins Berghain. Es war nicht unüblich in Berlin, dass man an einem Sonntag mal ausschlief, um dann am Nachmittag erholt zum Tanztee in einen der Clubs der Stadt zu gehen.

Ich trank an diesem Nachmittag keinen Alkohol, auch wenn die Versuchung mit der lauten Musik und unter all den Menschen groß war. In Gedanken war ich noch immer bei Jade. Sie ging mir nicht aus dem Kopf. Nach einer Stunde ergriff mich eine innere Unruhe und ich verließ den Club und fuhr mit dem Taxi nach Hause. Zu Hause angekommen, sah ich, dass ich eine Mail von Jade bekommen hatte.

»Wo bist du? Hast du Zeit, mich zu treffen? Ich hab jetzt eine Stunde frei bis zu meinem nächsten Termin.«

Mein Puls ging sofort in die Höhe. Ich schaute auf die Uhrzeit. Sie hatte die Mail vor einer Stunde geschrieben. Ich schrieb sofort zurück, aber erhielt keine Antwort mehr.

Erst am Abend fand sie wieder Zeit, um mir zu schreiben.

»Wow, es ging genau um eine Minute, dass ich deine Mail nicht mehr bekommen habe! Eins möchte ich als allererstes sagen. Es ist wundervoll mit deinen Träumen. Dass uns das weiße Band verbunden hat, steht für die Reinheit unsere Verbindung.

Deine Träume zeigen dir jetzt schon so vieles auf. Und ja, es war dir kalt und ich wollte dir Wärme geben und auch das ist so sehr wundervoll, dass du die Wärme gefühlt hast. Das macht mich sehr glücklich! Ich bin überrascht, dass dein Körper mir so schnell Einlass gewährt hat. Wow! Ich hatte heute nur eine Stunde Zeit für mich und war in Mitte im Büro meines Vaters und habe dir geschrieben in der Hoffnung, dass du meine Mail sofort bekommst und wir uns in dieser Stunde auf einen Tee treffen können in der Sonne. Ich hatte für einen kleinen Moment den Mut, mich von dir umarmen zu lassen! Ich werde gerade sehr behütet von meinem Vater und von Luc und habe daher kaum Zeit und Raum auszubrechen! Vorhin bin ich schnell in ein Internet-Café gegangen. Ich muss gerade über mich selber lachen, weil ich erstmal zehn Minuten gebraucht habe, bis der Mann mir das alles erklärt hat. Hahaha! Und er konnte nicht glauben, als ich zu ihm meinte, dass ich das erste Mal in meinem Leben in einem Internet-Café bin. Das ist für mich alles sehr aufregend und neu. Hahaha! Ich gehe jetzt gleich in die Oper, darauf freue ich mich sehr ... Love, Jade.«

Erst abends konnte ich sie wieder über den Chat erreichen. Sie teilte mir mit, dass sie nicht in der Oper gewesen sei, da sie über meine Mail lange habe nachdenken müssen. Luc habe die Stadt wieder verlassen. Sie und Luc hatten in getrennten Betten geschlafen. Das wollte sie mir mitteilen. Sie glaubte, dass ich der erste Mann sein würde, der in ihrem Bett in Berlin schlafen würde. Sie weinte. Ich war tief berührt.

In dieser Nacht von Sonntag auf Montag hatte ich den dritten Traum in Folge. Ich war wieder bei meinen Eltern. Es war ein gutes Zeichen, wenn ich im Traum zurück zu dem Ort ging, an dem mein Leben in dieser Welt begonnen hatte. Ich ging durch das Haus und den Garten und räumte alles auf, was mir in der Nacht zuvor als Unordnung erschienen war. Eine Person, die ich nicht kannte, trat im Traum auf mich zu und gab mir den Tipp, das Holz im Garten zu sortieren. Ich machte also vier Stapel für das Holz, einen für die Steine und noch einen für das Holz, das nicht zu den anderen Sorten passte. Als ich die Arbeit beendet hatte, stand ich da und schaute mir mein Tageswerk an und war sehr zufrieden mit dem Bild, das sich mir bot.

Jade war wieder alleine. Sie hatte einen kleinen Sieg für sich errungen. Sie hatte sich vorerst von allem befreit und war schon wieder auf dem Weg zu einem Yoga-Seminar, das sie dieses Mal in Köln gab. Sie freute sich sehr auf die Zeit, die sie ganz alleine für sich haben würde. Oder zumindest fast alleine. Es gab eine Person, die sie bei sich haben wollte, und das war Luna. Sie hatte Luna nach Köln eingeladen, um ihr etwas von dem zurückzugeben, was sie für uns und sie getan hatte. Jade war noch immer zwischen zwei Welten hin und her gerissen.

Luna nahm die Einladung gerne an. Sie machte selbst schon seit über 20 Jahren Yoga und freute sich. Jade würde für Unterkunft und alle anderen Annehmlichkeiten aufkommen. Bevor Luna mit dem Wagen losfuhr und ich mal wieder ins Büro musste, trafen wir uns im Grünen Café und ich gab ihr ein paar Geschenke für Jade mit. Ein Glas selbstgemachte Marmelade meiner Mutter und eine Flasche Holunderblütensirup, auch von meiner Mutter. Alles war verpackt in einem Beutel mit einem Siebdruck, den ich entworfen hatte. Das Motiv zeigte eine Piraten-Totenkopf-Collage zusammengesetzt aus dem Berliner Fernsehturm, der Glaskuppel des Reichstages und anderen Berliner Sehenswürdigkeiten.

Während ihres Aufenthalts in Köln war ich über das Internet immer live mit den beiden Frauen verbunden. Von da an chatteten Jade und ich wieder jede freie Minute, und es war so, als hätte es Paris und auch die Nacht mit Eve nie gegeben. Ich war überglücklich.

Jade und Luna verstanden sich blendend.

Ich hatte nicht gewusst, dass Jade immer einen Aufpasser bei sich hatte, eine Art Bodyguard. Als die beiden in Köln ausgingen, bat Luna Jade, sie sollte doch bitte ihren Begleiter wegschicken. Das tat sie mit der Bemerkung: »Das gibt auf alle Fälle Ärger mit meiner Mutter!«, womit sie recht haben sollte.

Sie gingen zusammen in eine Karaoke-Bar und Jade gestand Luna, dass sie noch nie in ihrem Leben in einer solchen Bar gewesen war. Die beiden Frauen hatten wohl einen der lustigsten Abende ihres Lebens. Es war der Beginn einer Freundschaft, die Jades und meinen Weg entscheidend begleiten und weit darüber hinaus von Bedeutung sein würde.

Jades Mutter waren die Geschehnisse der letzten Tage nicht entgangen. Sie missbilligte Jades Ausflüge in ein normales Leben und war wütend auf Luna, weil sie ihre Tochter in eine gewöhnliche Karaoke-Bar geführt hatte. Dass dies alles neu für Jade war und dass sie dabei auch große Freude empfunden hatte, schien für ihre Mutter irrelevant zu sein. Sie hatte gewusst, dass Jade in Paris auf Luc treffen und diese Begegnung ihre Gefühlswelt durchrütteln würde. Sie wollte nicht zuschauen, wie sich ihre Tochter in die Arme eines Menschen begab, der in ihren Worten ›keiner von uns‹ war. Sie konnte es nicht zulassen und so erfuhr ich von Jade, dass ihre Mutter, die auch alle ihre Termine koordinierte, wie aus heiterem Himmel einen großen

Yoga-Workshop in Barcelona auf die Beine gestellt hatte. Jade würde also von Köln direkt nach Spanien fliegen. Sie liebte ihre Mutter und sie hatte es nie gelernt, ihr zu widersprechen oder ihre Entscheidungen infrage zu stellen. So stieg Jade, nach der Zeit mit Luna in Köln, erneut in das Flugzeug ihrer Familie und flog noch weiter weg von mir. Vielleicht dachte die Mutter, dass die geografische Entfernung auch unsere Herzen würde trennen können, aber genau das Gegenteil geschah. Unsere Verbindung festigte sich.

Ich lachte, als ich Luna nach ihrer Rückkehr aus Köln in Berlin wieder traf.

»Da haben sich ja zwei gefunden«, sagte ich.

»Es war lustig! Jade ist wirklich die beste Yogalehrerin, die ich kenne. Wahnsinn! Es hat solchen Spaß gemacht. Ihr werdet euch so gut verstehen, da bin ich mir sicher. Ich sehe in deinen Augen, wie sehr du sie liebst und ich konnte in ihren Augen sehen, wie sehr sie dich liebt.«

Wir saßen gerade auf der Straße vor dem Café und ich verkniff mir Tränen der Freude und Luna legte ihre Hand auf meine.

Jeden Abend chattete ich jetzt mit Jade. Wir waren verliebt bis über beide Ohren. Und jeden Abend wurden unsere Chats von Anrufen ihrer Mutter unterbrochen.

»Darf ich dir eine Frage stellen?«, schrieb ich Jade.

»Ja, sicher. Du darfst mich alles fragen.«

»Hast du Angst vor deiner Mutter?«

»Ich liebe meine Mutter. Sie ist der Mensch in meinem Leben, der mich am meisten geprägt hat und ich bin voller Bewunderung für sie.«

»Okay, das verstehe ich. Aber ich habe dich etwas anderes gefragt. Hast du Angst vor deiner Mutter?«

»Für meine Mutter empfinde ich Respekt und Dankbarkeit. Ohne sie wäre ich nicht dort, wo ich jetzt bin. Sie ist mein Mentor und ...«

»Ich frage dich noch einmal: Hast du Angst vor deiner Mutter?« Der Cursor im Chatfenster blinkte einsam vor sich hin. Jade weinte.

»Hast du Angst vor deiner Mutter?«, fragte ich ein letztes Mal.

»Ja, ich habe große Angst vor ihr. Ich liebe sie, aber sie ist so bestimmend. Sie will immer alles kontrollieren. Sie kontrolliert mein Leben.«

»Hast du ihr schon einmal gesagt, dass du Angst vor ihr hast? Weiß sie es?«

»Nein, ich habe es ihr nie gesagt.«

»Du musst es ihr sagen, es ist wichtig. Sie ist deine Mutter. Ich bin mir sicher, dass sie dich liebt, aber wenn du Angst vor ihr hast, dann müsst ihr darüber reden und das aus der Welt schaffen.«

»Ich weiß, aber sie hat nie Zeit, und wenn wir uns mal treffen, dann ist auch immer etwas zu tun. Dann geben wir gemeinsame Workshops und Unterricht und ich finde nie die Ruhe und die Nähe zu ihr. Und wenn der Workshop vorbei ist, dann fliegt sie auch immer gleich weiter zum nächsten Termin.«

»Weiß dein Vater davon, dass du Angst vor deiner Mutter hast?«

»Ja, er weiß es.«

»Was sagt er dazu? Kann er mit ihr reden?«

»Er sagt, dass ich dieses Problem mit meiner Mutter alleine lösen muss. Ich habe mir vorgenommen, mit ihr im Januar darüber zu sprechen, wenn ich mit meiner Familie in Indien bin. Das ist die einzige Zeit im Jahr, wo wir alle zusammen sind und etwas Ruhe haben.«

Es war offensichtlich, dass Jade Angst hatte. Aber sie hatte nicht nur Angst vor ihrer Mutter, sondern auch Angst, vor dem was kommen würde, dem Anderen und vor allem vor mir. Ich war das Andere, ›keiner von ihnen‹, die neue Freiheit, die sie suchte in ihrem Leben und in mir gefunden zu haben schien. Es war ein und derselbe Prozess: die Abkapslung von der Mutter und das Zusammensein mit mir. Beides bedeutete, etwas Neues in ihr Leben zu lassen. Etwas, das sie bis jetzt nicht gekannt hatte.

›Das Neue ist immer unbekannt.
Würde man es kennen, wäre es nicht neu.‹

So stand vor dem Neuen immer die Angst, das Gewohnte zu verlassen. Die erste von vielen Stufen, die uns an einen Ort führte, von dem wir die Welt aus einem Gefühl der Freiheit heraus betrachten konnten. Von dort sah man nicht nur die Welt, sondern vor allem sich selbst und erkannte, dass es die wahre Natur des Menschen war, frei zu sein, grenzenlos und ewig.

Viele Menschen erkennen nicht ihre Unfreiheit in dieser so freien Welt. Um sich sicher zu fühlen, schafft der Mensch Grenzen und je weiter er sich abgrenzt, umso sicherer erscheint ihm die Welt.

Viele Grenzen hat unsere Gesellschaft geschaffen, und wir bewegen uns täglich in einem Regelwerk, das wir als unsere neue Natur akzeptiert zu haben scheinen. Wir definieren unser Selbst über die Gesetzmäßigkeiten der materiellen Welt. Es ist eine Wirklichkeit, die wir begreifen und auch anfassen können – so haben wir es gelernt. Wir leben den Moment des materiellen Glücks, anstatt das wahre Leben zu erkennen. Unser Blick ist so sehr im Außen gefangen, dass wir nicht mehr erkennen können, dass diese Welt aus Materie nur erschaffen wurde, um uns selbst zu erfahren und unsere wahre Natur zu erkennen – die Ewigkeit. Das Mittel zum Zweck ist der Zweck selbst geworden.

Bei Jade war es ihre Familie, und vor allem die Mutter, die diese Grenzen geschaffen und sie ihr als Freiheit verkauft hatte. Jade hatte schon lange den goldenen Zaun in ihrem Garten entdeckt und nun stand auch noch ich auf der anderen Seite. Es galt, eine Entscheidung zu treffen. Es ging nicht darum, etwas zu verlieren, sondern vielmehr darum, etwas zu gewinnen – Freiheit.

Kapitel 5

Zwischen mir und Jade entwickelte sich alles prächtig. Zwar schickte ihre Mutter sie von einem Termin zum nächsten, aber dank Internet waren wir jeden Tag in Kontakt. Von Köln nach Barcelona und dann gleich weiter nach Mexiko, um dort gemeinsam mit ihrer Mutter einen Workshop zu leiten. In Mexiko würde sie auch wieder ihren Vater sehen. Jade sprach davon, dass sie dort viele Menschen treffen würde, die sie wieder auf den rechten Weg bringen wollten. Alle hatten mitbekommen, dass sie dabei war, ihr Herz an einen zu verschenken, der ›keiner von ihnen‹ war. Jade hatte sich schon vor zwei Jahren aus dieser Gemeinschaft befreit, und auch wenn diese Menschen ihr sehr wichtig und wertvoll waren, so dachte sie in vielen Dingen nun anders als sie.

Jade hatte mal angedeutet, dass ihre Mutter mich überprüfen lassen wollte und dass sie über die nötigen Mittel verfügte, alles nur Erdenkliche über einen Menschen zu erfahren. Was das genau bedeutete, war mir nicht klar. Sie meinte nur, dass ihre Mutter genügend Leute hätte, die das für sie erledigen würden. Die Mutter würde am nächsten Tag in Mexiko ankommen und ihr meine Akte übergeben. Ich war froh, dass ich mir in meinem Leben nichts Nennenswertes hatte zuschulden kommen lassen. Die Zeit bis zum Eintreffen ihrer Mutter nutzten wir für ein paar entspannte Stunden.

»Du gibst mir die Kraft, das alles hier zu tun«, sagte Jade zu mir. »Dafür danke ich dir.«

Als ihre Mutter eintraf und ihr die Akte übergab, ging

Jade damit zum Kamin und warf sie ungelesen ins Feuer. Damit hatte sich die Sache für sie erledigt. Sie wollte nicht mehr auf das hören, was ihre Mutter oder andere ihr sagten. Sie wollte die Welt und die Menschen darin selbst kennenlernen.

Es blieb nicht aus, dass die Mutter davon erfuhr, dass Jade und ich immer noch jeden Tag einander schrieben. Jade verbrachte jede freie Minute am Computer. Nur einen Tag nahm sie sich frei, um gemeinsam mit ihrem Vater nach Teotihuacán, der heiligen Stadt der Azteken, zu fahren. Die Azteken nennen es den Ort, an dem Menschen zu Göttern werden – die Stadt der Götter.

Wir schrieben uns an diesem Abend und sie erzählte mir von ihrem Ausflug. Sie verstand sich sehr gut mit ihrem Vater. Wenn sie bei ihm war, war sie immer glücklich. Das war auch der Grund, warum sie nun nach Berlin ziehen wollte.

Jades Vater hatte ihr an diesem Tag etwas sehr Interessantes gesagt über Luna und mich. Er sagte, wir seien Seelenpartner. Ich hatte schon mal davon gehört, aber genau wusste ich nicht, was es bedeutete. Es war wohl so, dass sich solche Menschen sehr nahe standen. Er sagte weiter, dass mein Weg nun begonnen hätte und Luna wäre so etwas wie meine Führerin, die mich auf diesem Weg begleiten würde.

»Auf meinem Weg zu dir!«, fügte ich hinzu.

»Und in deine Mitte«, erwiderte Jade.

Ich war mir sicher, dass mein Weg mich zu Jade führen würde. Mit ihr würde ich überall hingehen, und wenn nötig auch in meine Mitte, wo immer diese zu finden war.

Am nächsten Morgen drehte ich wie immer eine kleine Runde mit dem Hund auf meinem Weg ins Büro und machte einen Stopp bei Luna im Grünen Café. Ich erzählte ihr, was Jades Vater gesagt hatte, dass wir Seelenpartner seien. Luna fiel fast die Tasse aus der Hand.

»Wow, hat er das?« Sie sah ein wenig erschrocken aus.

»Ist alles okay mit dir?«

»Ja. Lass uns kurz rausgehen.« Wir gingen vor die Tür und Luna begann zu erzählen.

»Mir wurde einmal von der Geistigen Welt gesagt, dass mir noch zwei wichtige Menschen in meinem Leben begegnen werden, und dass einer von ihnen bleiben wird. Ich weiß, dass du und Jade diese Menschen sind, aber ich kann nicht sagen, welcher von euch wichtiger sein wird für mein Leben.«

»Ich denke, wir werden beide bleiben«. Das klang für mich einleuchtend.

Luna hatte sich schnell wieder gefangen und ging zurück an die Arbeit. Ich musste mich beeilen, um noch rechtzeitig im Büro zu sein.

Das Arbeiten machte mir gerade sehr viel Spaß. Erstens, weil ich verliebt war und die Arbeit mir sehr leicht von der Hand ging und zweitens, weil ich dabei immer etwas Zeit fand, um mit Jade zu chatten.

Jade erzählte mir noch andere interessante Dinge, die ihr Vater gesagt hatte. Er meinte, dass wir drei schon einmal ein gemeinsames Leben gehabt hätten, in einer anderen Zeit, und dass es ein großes Wunder sei, dass wir uns im *Jetzt* wieder begegnet wären.

Das war eine sehr phantastische Geschichte. Jade hatte ihrem Vater erzählt, dass ich im Winter nach Thailand gehen würde. Er sagte dazu, dass es wichtig für mich sei, diese Reise zu machen, und dass dort etwas auf mich warten würde.

Jade leitete mir von ihrem Vater einen YouTube-Link weiter: *Karma - Wiedergeburt Teil 1 - Ashin Ottama*.

Es war der Vortrag eines Schweizer Mönches, in dem er über Tod und Wiedergeburt sprach. Der Tod als Chance sozusagen. Tod hatte im Buddhismus eine ganz andere Bedeutung, nämlich Anfang.

Ich wusste nicht, worauf Jades Vater hinaus wollte. In meiner Vorstellung war ich an dieses eine Leben gebunden, das ich jetzt lebte. Eine logische Verbindung, eine Brücke zu einem früheren Leben zu schlagen, dazu reichte meine Vorstellungskraft momentan nicht aus.

Jetzt galt es erst einmal, sich diesem Leben zu widmen und den Graben, der zwischen mir und Jade lag, zu überwinden. Dann wäre in meinen Augen noch genug Zeit, sich früheren Leben zu widmen. Eins nach dem anderen.

Das nächste Hindernis ließ nicht lange auf sich warten. Ich hatte es in den letzten Tagen verdrängt, aber Jade hatte sich noch immer nicht für eine der Welten entschieden, in der sie fortan leben wollte.

»Luc wird auch hierher nach Mexiko kommen. Er wird eine Woche bleiben und wir werden viel reden. Wir werden gemeinsam auf eine Insel fahren.«

»Aber das ist doch dasselbe wie in Paris. Wenn du bei ihm bist, dann fühlst du für ihn.«

»Meine Gefühle für dich sind sehr stark und ich bin gerade nur bei dir.«

Ich wusste nicht, was ich davon halten sollte.

»Wollen wir eine Pause machen?«

Ich verabschiedete mich mit vielen Herzen auf dem Monitor und einem schweren Herzen in meiner Brust. Ich ging eine Runde mit dem Hund und dachte über das Gesagte nach.

»Ich bin wieder da«, tippte ich in die Tastatur. »Ich möchte jetzt über Luc und dich reden, so wie ich über dich und deine Mutter geredet habe. Ganz offen. Ist das okay für dich?«

Bei meinem kurzen Spaziergang hatte ich ein klares Bild von der Situation bekommen und wollte es mit Jade teilen.

»Ja, das ist okay«, antwortete sie und ich legte los.

»Du hast mir am Tag nach eurem Treffen in Paris mitgeteilt, dass deine Entscheidung für eine Halbwelt gefallen sei, weil du schon immer behütet warst und gerne behütet bist. Du hast dich von mir verabschiedet. Später hast du diese neue Mail-Adresse eingerichtet, um mit mir in Kontakt bleiben zu können. Das habe ich anfangs nicht wirklich verstanden, aber ich bin jetzt sehr glücklich darüber, weil es wichtig war. Die Entscheidung ›Luc oder ich‹ war immer eine Entscheidung, die du an eine Person geknüpft hast. Im Nachhinein denke ich, dass du dich in Paris für eine von zwei Welten entschieden hast, die du kennst, und in der du dich sicher und behütet fühlst. Als du in Berlin warst, habe ich gespürt, dass es dir unangenehm war, ständig von deiner Familie umgeben zu sein. Aber du hast auch ihre Nähe und ihren Schutz gesucht, weil du noch immer Angst hast vor mir, dieser neuen Welt und vor deiner eigenen Freiheit.

Es war eine Befreiung für dich, alleine nach Köln zu fahren. Das war sehr wichtig und sofort hatten wir wieder den richtigen Draht zueinander gefunden.

Ich bin das fehlende Puzzlestück zu deinem Ganzen, und du hast mich unter all den vielen Puzzleteilen auf dieser Welt gefunden. Ich weiß, wenn du ›Ja‹ sagst zu deinem alten Leben, dass du dich sicher fühlen wirst. So wie immer. Aber du möchtest deine Wahrheit finden und die Wahrheit ist, dass du frei sein willst. Du suchst keine Halbwelt mehr. Ich bin dein Tor in die *Neue Welt*. Ich bin die Freiheit, die du immer gesucht hast.«

Das Chatfenster blieb für einige Sekunden leer.

»Bist du noch da?«, schrieb ich.

»Ja, ich bin ganz aufgelöst. Möchtest du mir noch etwas sagen?«

»Ja, ich liebe dich über alles!«

»Ich liebe dich auch, Baby. Du bist ganz bei mir. Ich spüre, wie sehr wir beide verbunden sind und ich fühle dich so stark wie noch niemanden in meinem Leben. Ich danke dir für deine Worte.«

Am nächsten Tage waren wir wieder ganz bei uns. Die Liebe war so groß, dass ich Angst hatte, mein Herz könnte platzen. Ich spürte einen enormen Druck in meinem Brustkorb. Es fühlte sich an, als würden zwei Herzen in meiner Brust schlagen.

Als Jade nach einem unserer Chats das Wohnzimmer der Hotelsuite betrat, saß ihr Vater dort auf dem Sofa. Er schaute sie an und sagte:

»Deine Aura leuchtet gerade vollkommen. Du siehst zauberhaft aus!« Er verließ das Zimmer, um ihr diesen Moment ganz zu überlassen. An diesem Tag gab Jade noch einen Yogakurs. Sie schrieb mir später, dass es der beste Kurs war, den sie je gegeben hat.

In unseren Chats sprachen wir nicht nur über Dinge, die uns im weltlichen Leben verbanden. Jade konnte sich auch mit mir verbinden, also quasi meine Gedanken lesen. Dazu musste ich mich nur auf etwas konzentrieren, einen Gedanken oder einen Gegenstand und Jade konnte diesen dann benennen. Dies faszinierte mich und es war ein weiteres Puzzlestück, das ich zu den vielen anderen legte. Ich verstand nicht, wie und warum dies überhaupt möglich war. Hinzu kam, dass Jade nach mir schaute. So nannte sie es. Hierzu musste ich eine Kerze anzünden und eine bequeme, aufrechte Sitzhaltung einnehmen. Sie sagte immer, dass es am Besten geht, wenn ich mich in den Schneidersitz begebe. Diese Sitzposition war für mich zu Beginn noch ungewohnt, aber ich gab mir Mühe, war ich doch so fasziniert von all dem Neuen, das sie mir zeigte, und das ich erleben und fühlen durfte.

„Ich schaue jetzt nach dir und deinen Chakren."

Chakren. Noch nie gehört. Sie erzählte mir, dass sie oft nach meinen Chakren schaute.

»Es ist so schön, zu sehen, wie schnell du dich entwickelst. Wenn du wüsstest, wer sonst noch so alles nach dir schaut – du wärst überrascht.«

Jade war nicht die einzige Person, der etwas an meiner spirituellen Entwicklung gelegen war. Sie wollte mir nicht sagen, wer sich noch dafür interessierte, aber ich vermutete, dass auch ihr Vater und Luna ihren Teil zu meiner Entwicklung beitrugen. Dass noch ganz andere Kräfte beteiligt waren, blieb mir zu diesem Zeitpunkt noch verborgen.

›Alles würde sich entwickeln und ich würde die Zeichen schon erkennen, wenn es so weit wäre‹, bekam ich immer zu hören, wenn ich nach Dingen fragte, die ich nicht verstand.

Irgendwie berührte mich diese *Neue Welt* tief in meinem Inneren. Vielleicht war hier der Ort zu finden, den Jade einmal als ›Mitte‹ bezeichnet hatte. Eine kleine Flamme schien dort zu leuchten und darauf zu warten, entdeckt zu werden und zu einem alles überstrahlenden, inneren Feuer zu werden, dessen Licht so hell leuchtete, dass es alle Schichten meiner Existenz zu durchdringen vermochte.

Dieser Gedanke erfüllte meinen Körper mit einer wohligen Wärme und Geborgenheit. Solange ich Jade hatte, konnte mir nichts passieren. Ich war auf dem richtigen Weg, da war ich mir sicher, und in ihrem Vater und in Luna hatte ich Begleiter gefunden, mit denen ich diesen Weg teilen würde.

Luna freute sich sehr, dass Jade und ich wieder den Weg zueinandergefunden hatten. Für Luna bestanden keine Zweifel, dass Jade meine Frau war und es nur eine Frage der Zeit sein konnte, bis Jade sich für mich entschied.

Ich vertraute auf mein Gefühl und auf das Schicksal. Zwischen Jade und mir lief es blendend. Meine Freunde verstanden noch immer nicht, was ich an einer Frau fand, die ich noch nie im Leben getroffen hatte. Jade beruhigte mich.

»Menschen, die ein spirituelles Leben führen, können

sehr gut verstehen, was zwischen uns beiden geschieht.«

Es war ein kleiner Trost für mich. Meine Freunde lagen mir sehr am Herzen und es war mir wichtig, von ihnen verstanden zu werden. Und gerade verstanden sie mich nicht mehr. Ich merkte, dass ich mich immer weiter von ihnen entfernte. Ich hoffte, alles aufklären zu können, wenn Jade endlich bei mir sein würde und meine Freunde mit eigenen Augen unsere Liebe würden sehen können.

Jade und ich waren mit unserer Liebe alleine. Auf Jades Seite war es die Mutter, die nicht akzeptieren wollte, was ihre Tochter fühlte und auf meiner Seite war es mein soziales Umfeld, das mich fast für verrückt erklärte. Weder die Mutter noch meine Freunde waren bereit, diesen Teil ihres Lebens gehen zu lassen, in den sie so viel investiert hatten. Ein Zugeständnis ihrerseits hätte die eigene Unzulänglichkeit unterstrichen und wäre einer Niederlage gleichgekommen. Keine Seite wollte sich ohne Kampf geschlagen geben. Nur Luna konnte klar sehen, was uns verband, und war das Licht in unserer Dunkelheit, das uns immer wieder zusammenführte. Ich nannte sie immer ›das Tor zu Jade‹. Denn so fühlte es sich an für mich, wie der Eintritt in eine *Neue Welt*.

Ich hatte in diesen Tagen noch einige Fragen an Luna. Sie betrafen ihr spirituelles Leben und ein paar Dinge, die sie einmal zu mir gesagt hatte und zu denen jetzt die passenden Fragen in mir gereift waren. Wir gingen gemeinsam spazieren.

»Als wir auf dem Konzert waren, hast du erzählt, dass jeder Mensch eine Aufgabe in dieser Welt hat.« Ich machte eine Pause, fast zögernd, meine Frage zu stellen. »Was ist deine Aufgabe?«

Luna schmunzelte und dann wurde ihr Gesichtsausdruck ernster.

»Meine Aufgabe ist es, Menschen durch schwere Zeiten zu begleiten und ihnen Kraft zu geben.«

Sie sagte diese Worte und ein Schauer lief durch meinen Körper.

»Ich denke, dass ich jetzt bei dir und Jade bin, um euch zu begleiten und zusammenzuführen. Es ist kein leichter Weg für euch beide, aber es ist wichtig, ihn zu gehen.«

»Das ergibt einen Sinn«, sagte ich. »Woher weißt du, was deine Aufgabe ist?« Ich war sehr gespannt, die Antwort zu hören, denn ich konnte mir keine passende vorstellen.

»Mein Wächter hat mir diese Aufgabe gegeben.«

Wir liefen gemeinsam durch den Mauerpark. Ihre Augen hatten wieder diesen silbernen Schimmer, und wenn ich es nicht besser gewusst hätte, hätte ich gesagt, dass jemand gerade das Licht angeschaltet hatte. Aber wir waren unter freiem Himmel und das Licht musste das Licht in meiner Vorstellung gewesen sein.

»Wie, Wächter? Was meinst du damit?« Meine Neugier war geweckt.

»Mein Wächter wacht über mich. So, wie der Name schon sagt.« Sie lachte kurz, bevor sich ihr Blick wieder fokussierte. »Er filtert das Wissen und die Informationen, die in mein Bewusstsein gelangen sollen. Und er hat mich auch bei dir an meine Aufgabe erinnert.«

»Und deine Aufgabe ist es, mich und Jade zusammenzubringen?«

»Ja, dich zu begleiten in dieser schwierigen Zeit.«

»Und wieso filtert er die Informationen und lässt dich nicht einfach alles wissen? Wäre das nicht sehr praktisch?«

»Es gab eine Zeit, als ich sehr jung war, sieben oder acht, da habe ich alles gesehen. Auch wann Menschen sterben werden und an welcher Krankheit. Oder was sie Schlimmes getan oder erlitten haben. Ich war noch ein Kind und mich hat das sehr belastet. Oder besser gesagt, mich hat sehr belastet, wie meine Umwelt mit diesem Kind, das ich war, umgegangen ist. Damals habe ich die *Geistige Welt* darum gebeten, mir einen Wächter zu schicken, der mir erlaubt, nur mit dem Wissen zu leben, das für mein Leben und meine Aufgabe relevant ist. Seitdem ist alles leichter für mich und unbeschwerter. Glaub mir, es ist nicht von sehr großem Vorteil für dein Leben, wenn du alles sehen und wissen darfst.«

Unser Gang hatte sich verlangsamt, sodass wir jetzt auf der Brücke standen, die am Ende des Mauerparks die S-Bahnschienen überspannte. Ich schaute sie an und wusste nicht, was ich sagen sollte.

»Aha – krass!« Mir fehlten schlicht die Worte.

»Ja, so ist das. Aber glaub mir, dir werden noch ganz andere Dinge begegnen, wenn die Zeit gekommen ist.«

Wir standen noch eine Zeit lang still auf der Brücke und ließen den warmen Herbstwind um uns spielen und schauten zu, wie die Sonne langsam den Himmel orange färbte und die Flugzeuge im Landeanflug auf Berlin-Tegel hinter den Dächern der Hochhäuser verschwanden. Wir schauten uns an und wussten beide, was der andere gerade dachte: ›Ich liebe Berlin!‹ Damit machten wir uns auf den Weg nach Hause. Es war kühl geworden ohne die Sonne und ich wollte zurück an meinen Computer.

Während ich an diesem Abend Jade schrieb, hatte ich vollends vergessen, dass ihr noch ein wichtiges Treffen bevorstand. Aber an diesem Abend waren wir beide so ineinander vertieft, dass dieser Gedanke keinen Platz in mir fand. Er erschien mir ganz im Gegenteil sogar als absurd. Wir waren uns selten so nah gewesen wie in den letzten Tagen und es war kurz vor 3 Uhr nachts, als ich beschloss, ins Bett zu gehen. Wir verabschiedeten uns. Ich schlief sofort ein, und als ich am nächsten Morgen aufwachte, schaute ich auf meinen Wecker und erschrak. Er war stehen geblieben und ich hatte schon die Befürchtung, verschlafen zu haben. Der Wecker zeigte 3 Uhr morgens. In Wirklichkeit war es gerade 8 Uhr und ich hatte noch genügend Zeit, mich für das Büro fertigzumachen.

Unsere erneute Nähe war nicht unbemerkt geblieben. Als ich im Büro ankam und meinen Rechner angeschlossen hatte, spürte ich, dass etwas anders war. Jade schien noch zu schlafen. Es dauerte ein paar Stunden, bis sie auf meine Mail antwortete.

»Baby, ich möchte dir gleich etwas sagen.«

Ich war überrascht über ihre Ernsthaftigkeit.

»Kurz nachdem wir geschrieben hatten, klopfte es an meiner Hotelzimmertür und als ich öffnete, stand dort meine Mutter gemeinsam mit Luc.«

Es verschlug mir fast die Sprache.

»Ich schreibe dir und weine die ganze Zeit.«

»Hat deine Mutter ihn geholt?«

»Ich denke ja.«

Ihre Mutter hatte gespürt, wie nah wir einander gekommen waren und sie war sich der Wirkung von Lucs Anwesenheit auf Jade bewusst. Sie hatte schnell reagiert und Luc vor der vereinbarten Zeit nach Mexiko geholt.

»Ich wollte nur weg. Meine Mutter hat mich festgehalten, aber ich bin einfach gegangen und musste die ganze Zeit weinen. Ich bin gelaufen, bis ich zu einem Teich kam. Dann habe ich Luna angerufen und über eine Stunde mit ihr gesprochen und auf einmal stand mein Vater vor mir. Ich kann nicht begreifen, wie meine Mutter so sein kann«, schrieb Jade verzweifelt.

»Meine Uhr ist gestern Nacht stehen geblieben. Um 3 Uhr morgens.«

»Oh, Gott! Das ist genau die Zeit, als meine Mutter zusammen mit Luc vor meiner Tür stand.«

»Unglaublich!« Sowas hatte ich noch nie erlebt.

»Ich habe gerade am ganzen Körper Gänsehaut«, schrieb sie. »Uff! Es tut mir leid, dass du das alles abbekommst.«

Aber ich hatte mich dafür entschieden und mein Gefühl sagte mir, dass es richtig war.

»Ich liebe dich«, schrieb ich und erhielt als Antwort ein: »Ich liebe dich auch.« Mehr brauchte ich in diesem Moment nicht. Ich spürte, dass meine Liebe Jade half, aber ich wusste auch, dass die eigentliche Prüfung noch bevorstand. Ich kämpfte mit dem aufkommenden Gefühl der Ohnmacht. Alles, was mir blieb, war, Worte in eine Tastatur zu tippen. Mehr nicht.

Würde ich mich aus der Situation jetzt verabschieden, wäre ich des Zuspruchs meiner Freunde sicher gewesen. Das war es, was sie mir immer geraten hatten, denn ihre Leben funktionierten nach demselben Prinzip. Nur Jades Leben funktionierte anders. Ihre gesamte Welt funktionierte anders und das war auch der Grund, warum wir uns immer geografisch so fern waren, obwohl wir uns im Herzen als eine Einheit fühlten.

An diesem Tag gab Jade noch einen Yogakurs. Sie schrieb mir später, dass es der schlechteste Kurs war, den sie je gegeben hat.

Ich ließ Jade gehen und verbrachte wieder viel Zeit mit Luna und hatte noch genügend Fragen an sie über ihr spirituelles Leben und die *Geistige Welt*. Wir sprachen über Auren, Chakren und die Kraft von Steinen und Kristallen. Auch ich war seit ein paar Wochen im Besitz eines wunderschönen Brückenkristalls. Der Kristall war so groß wie mein kleiner Finger und ganz klar. Durch ihn hindurch war ein zweiter Kristall gewachsen und jetzt bildeten beide eine Einheit. Luna hatte mir diesen Stein geschenkt, als alles begonnen hatte. Er sollte mir dabei helfen, mich zu erinnern und eine ›Brücke zu schlagen‹ zwischen meiner physischen und meiner geistigen Existenz. Ich war sehr im Physischen verhaftet und für mich war lange Zeit nur real, was ich auch hatte anfassen und erklären können. Was die Wissenschaft nicht kannte, war für mich nicht existent.

Durch die Begegnung mit Jade und auch mit Luna war

viel Neues in mein Leben getreten. Ich begrüßte diese Veränderungen sehr, auch wenn ich vieles nicht verstand und ich mich mit der Integration dieser Erkenntnisse in mein bisheriges Leben schwer tat.

Die Klarheit, die mir selbst in meinem Inneren fehlte, zeigte sich für mich auch im Außen. Es war dieselbe Klarheit, die Jade versuchte, für sich zu finden, und auf die Art und Weise, wie dies geschah, brachte sie zugleich so viel Unklarheit in mein eigenes Leben.

Ich hatte diesen Mechanismus noch nicht ganz verinnerlicht. Mein Leben folgte einer Gesetzmäßigkeit, die sich aus einem Kosmischen Gesetz ergab, das das Universum und alles, was sich darin bewegte und lebte, miteinander verband. Mein Leben war unweigerlich ein Teil davon und die Tatsache, dass ich selbst nicht bereit war, mich damit zu befassen, befreite mich nicht von dessen Auswirkungen. Ich stellte also weiter fleißig Fragen und begnügte mich mit den Antworten, die ich bekam, auch wenn ich nicht alle verstand.

An diesem Tag ging ich mal wieder mit Luna im Mauerpark spazieren. Ich war noch immer geknickt, dass Jade nun alleine mit Luc auf einer Insel in der Karibik war, um Klarheit zu finden. Luna konnte spüren, was in mir vor sich ging und sagte:

»Wieso vertraust du nicht deinem Gefühl, das dir sagt, dass sie zu dir kommen wird?«

»Ich weiß es nicht«, und nach einer kurzen Pause sagte ich: »Ich habe Angst! Angst, sie zu verlieren und Angst, verletzt zu werden.«

»Glaubst du, dass sie dich verletzen möchte?«

»Nein, das glaube ich nicht. Es ist in meinem Kopf.«

»Und was sagt dein Herz?«

Ich brauchte etwas, um darüber nachzudenken. Wir standen wieder auf der Brücke am Ende des Mauerparks. Die Sonne hing tief über den Dächern Berlins und ein warmer Herbstwind streichelte sanft unsere Gesichter.

»Mein Herz sagt, Jade ist meine Frau und es hat nie eine andere für mich gegeben. Wenn es eine Pferdewette wäre, dann würde ich alles, was ich besitze, auf Jade setzen.«

Wir lachten beide los.

»Aha, eine Pferdewette also«, wiederholte sie. »Siehst du, wir Menschen haben verlernt, auf unsere Herzen zu hören. Dein Herz ist mit Jades Herz verbunden. Unsere Herzen lügen nie. Aber du suchst wieder nach Beweisen, anstatt dich ganz auf dein Herz zu verlassen. Du hast keinen Glauben an sie. Das ist es, was dich so fertig macht.«

»Doch, ich glaube an sie, an uns, an das alles ...«, sagte ich hastig und versuchte mich so selbst davon zu überzeugen, dass ich es auch wirklich tat.

»Wieso bist du dann sauer, weil sie mit Luc weggefahren ist? Dann ist doch alles in Ordnung für dich. Habe Geduld!«

»Aber es ist nicht fair, dass er bei ihr sein darf und ich nicht! Ich bin immer nur am Computer und sie sind jetzt auf einer Insel in der Karibik. Welche Frau würde Nein sagen zu einem Mann, der ihr das alles bieten kann?«

»Die Frau, die dich liebt!«, sagte Luna und schaute mir dabei in die Augen. »Vertraue darauf und vertraue Jade, dass sie das Richtige tut, was auch immer das sein mag.«

Ich kam mir ausgeschlossen vor, da ich zum Zuschauen verdammt war. Ich erkannte nicht meine Rolle in dem Ganzen und ich erkannte auch nicht, dass ich der eigentliche Grund war, warum sie auf diese Insel gefahren war. Der größere Zusammenhang blieb für mich noch immer im Dunkeln verborgen, und ich war in meinem Selbstmitleid gefangen. Ich hatte Angst, verletzt zu werden. Mein Kopf schrie lauter als mein Herz und ich spürte, ich hatte Jade für einen Moment nicht festgehalten.

Wir verabschiedeten uns.

»Auf dich wartet zu Hause eine Überraschung«, sagte

Luna und lächelte. Ich lief mit der untergehenden Sonne in meinem Rücken nach Hause.

Zu Hause fand ich in meinem Posteingang auf dem Computer eine Mail von Jade.

»Möchtest du mir schreiben?«

Jade hatte mich vermisst und sie war sehr traurig, dass ich ihr nicht mehr gestattete, ›mich zu fühlen‹. Das klang seltsam für mich. Anscheinend hatte ich ihr durch mein Verhalten die Möglichkeit genommen, an meinen Gefühlen teilzuhaben. Ich entschuldigte mich dafür und sofort spürte ich, wie mein Herz sich öffnete und ich konnte wieder diese unbegreifliche Nähe und Wärme fühlen, die uns verband.

Jade war gerade auf einer Insel, und obwohl sie dort mit Luc war, waren alle meine Zweifel verflogen. Mein Herz schien vor Freude Purzelbäume zu schlagen. Wir schrieben sehr lange und viel und ich konnte wieder spüren, wie nah sie mir war. Es war wunderschön.

Sie suchte den Kontakt zu mir. Ein gutes Zeichen. Im Gegensatz zu mir schien Luc dies alles ohne Widersprüche dulden zu können. Jade und ich verabredeten uns die nächsten Tage zu festen Zeiten zum Schreiben. Ich konnte spüren, wie sie mit sich kämpfte und ich wollte ihr wieder Kraft geben. Zu diesem Zeitpunkt war es mir nicht wichtig, wie sie sich entscheiden würde. Ich verschwendete keinen Gedanken daran, sondern wollte ganz bei ihr sein. Doch dann stellte ich ihr eine Frage, die ich nie hätte stellen dürfen.

»Jade, sag mir, wie fühlt es sich gerade an für dich? Wirst du bei Luc bleiben?« Schon, als ich diese Worte ausgesprochen hatte, konnte ich einen Druck in meiner Magengegend spüren und die Angst, Jade zu verlieren, war zurück.

»Gerade fühlt es sich so an, dass ich bei Luc bleiben werde«, schrieb sie nach einer kurzen Bedenkzeit. »Luc ist ein so wundervoller Mensch und ich weiß, dass ich hier geborgen bin.«

Ich versuchte, die Fassung zu bewahren. In mir kam das Gefühl der Hilflosigkeit und Wut auf. Wut über mich selbst, dies alles zugelassen, nicht mehr gekämpft und schon wieder versagt zu haben.

»Ich akzeptiere deine Entscheidung. Es ist Zeit für mich, zu gehen. Ich überlasse das Feld jetzt Luc. Es war wunderschön mit dir und ich kann nur sagen, dass ich dich trotz allem für immer lieben werde. Du bist meine Frau und das spüre ich ganz tief in meinem Inneren. Ich wünsche dir alles Gute für deine Zukunft. Ich liebe Dich!«

Ich hatte für einen Moment meinen Glauben an das, was uns verband, verloren. Und an mein Herz. Luna hatte mich davor gewarnt.

Aber was sollte das auch ändern? Für mich war es jetzt Realität, dass sie bei Luc bleiben würde. In meinen Augen konnte auch Jade sich nicht der Angst stellen und hatte sich für den leichteren Weg entschieden. Für den Weg ihres bisherigen Lebens und den ihrer Mutter in einer geborgenen, behüteten Welt, die einem goldenen Käfig glich. Sie wollte die Hand nicht nehmen, die ich ihr gereicht hatte.

Ich rief Luna an und erzählte ihr alles.

»Das kann nicht sein. Ich habe euch beide in einer Vision gesehen, wie ihr gemeinsam auf Reisen geht.«

Sie konnte nicht verstehen, was gerade geschah. Und ich auch nicht. Ich war am Boden.

Da keine Termine mehr im Büro anstanden, ging ich an diesem Tag früh nach Hause. Alles um mich herum war wie in Watte gepackt. Ich lief wie ferngesteuert durch die Straßen bis zu meiner Wohnung. Ich setzte mich auf mein Sofa und ließ über meinen Computer die Musik laufen, die ich zusammen mit Jade in den letzten Wochen angesammelt hatte. Ich saß einfach nur da und dachte an nichts. Am Abend ging ich mit Freunden aus. Ich redete nicht viel und ich war auch sonst nicht in der Lage, mit meiner Umwelt in Kontakt zu treten.

»Hast du geweint?«, fragte mich eine gute Bekannte.

»Sieht man das?«

»Ich sehe das!« Sie legte ihre Hand auf meine Schulter.

Ich spürte, dass dieser Ort nichts für mich war an diesem Abend, und ging früh nach Hause.

Am nächsten Tag war ich froh, ins Büro gehen zu können, um mich abzulenken. Im Gegensatz zum Vortag lag viel Arbeit auf dem Tisch.

Wieder zu Hause schloss ich meinen Computer an und fand eine Nachricht von Luna.

»Bitte, geh mal online. Jade ist wieder bei Facebook.«

Was hatte das zu bedeuten? Auch ich aktivierte hastig meinen alten Account, den ich aus Wut meines fehlgeschlagenen Liebesglücks gelöscht hatte. Jade war wieder da, und sie schien glücklicher als je zuvor. Auf ihrer Wall stand: ›Yippie, gleich geht's los nach Berlin …‹

Ich rief Luna an und wollte wissen, was das alles zu bedeuten hatte.

»Sie kommt nach Berlin!«, sagte sie knapp. »Sie ist jetzt noch auf der Insel, und sie wollte sich bei dir melden, bevor sie fliegt. Ich denke, sie wird dir alles erzählen.«

Ich lief unruhig in meiner Wohnung auf und ab. Immer wieder schaute ich auf meinem Computer, bis endlich eine Mail eintraf.

»Wo bist du?«

»Ich bin am Flughafen. Ich hatte heute ein sehr langes Gespräch mit Luna, bevor Luc mit dem Boot gekommen ist. Ich bin dann auf das Boot zugelaufen und hatte noch sehr viele von Lunas Worten im Ohr. Als das Boot ablegte, bin ich über Bord gesprungen. Ich bin einfach ins Meer gesprungen und dann war alles ganz klar in mir. Ich war sehr lange unter Wasser und Luna war plötzlich da und hat mir ihre Hand gegeben und mich hochgeholt.«

»Wow …« Ich war sprachlos.

»Ich habe mir noch sehr oft deine Mail durchgelesen und habe dabei gemerkt, dass du nicht mehr an mich glaubst. Ich habe dir gesagt, dass du meinem inneren Gefühl vertrauen sollst, und dass es mir den richtigen Weg zeigen wird. Ich werde jetzt zurückkommen nach Berlin, aber nicht zu dir.«

Ich wurde kreidebleich.

»Fünf Wochen haben wir uns nie gesehen. Wir haben ein ganzes Leben in die Tastatur getippt – zwei ganze Leben. Nie ein Wort gesprochen oder in die Augen geschaut. Baby, das geht nicht. Egal, was du machst. Ich will, dass wir uns sehen. Ich hab mir nichts sehnlicher gewünscht. Die ganze Zeit, jeden Tag. Das kann ich alles nicht glauben. Gestern warst du bei mir und mir ist fast das Herz geplatzt. Dann sagst du mir, dass du bei Luc bleibst und jetzt sagst du, du bist vom Boot gesprungen.«

»So zu denken steht dir zu. Aber es gibt nur zwei Menschen, die mich nie infrage gestellt haben: mein Vater und Luna. Du hast aufgehört, an mich zu glauben.«

»Aber, Baby …«

»Du hast nicht mehr an mich geglaubt.«

Sie hatte recht. Ich hatte mich zurückgezogen, aber doch nur aus Angst, verletzt zu werden. Jade wollte mir noch etwas mit auf den Weg geben.

»Ich möchte, dass du von Eckhart Tolle ›Eine Neue Erde‹ liest. Es geht darin um unser Ego.«

»Ja«, war alles, was ich noch in die Tastatur brachte und sie verabschiedete sich. Ich saß noch lange vor meinem aufgeklappten Laptop und schaute auf das zerbrochene Display und es kam mir vor, als würde ich in einen Spiegel schauen.

Jade kam zurück nach Berlin und wollte mich nicht sehen. Sie war jetzt in ihrer Wohnung, die nur wenige hundert Meter von meiner entfernt lag und sie war doch weiter weg für mich als je zuvor.

Sie traf sich viel mit Luna und wenn ich mich mit Luna traf, dann wollte sie nicht mehr mit mir über Jade sprechen. Luna wollte, dass wir uns endlich begegnen. Ihre Treffen mit Jade oder mit mir endeten immer darin, dass wir sie mit Fragen über den anderen löcherten, aber Luna jegliche Auskünfte verweigerte.

»Bitte frag sie persönlich«, sagte sie zu mir.

»Bitte, frag ihn selbst«, gab sie Jade als Antwort.

Aber Mails schickten wir uns noch immer.

»Wow, ich kann nur sagen, dass mir das alles sehr leid tut, was ich angerichtet habe, bei dir und auch bei Luna. Sie war heute Nachmittag bei mir zum Yoga und sie ist zusammengebrochen und hatte Nasenbluten. Verdammt! Sie sagte, dass sie diesen Balanceakt mit mir und dir nicht mehr hinbekommt, und dabei möchte sie so gerne mit uns beiden Zeit verbringen. Aber sie merkt, dass es dir nicht gut tut und du so sehr verletzt bist, dass sie es kaum ertragen kann und dann wütend auf mich wird, weil ich all das gemacht habe. Es verletzt sie, dass du sie wegstößt! Sie meint, dass sie jetzt, die Zeit, die du noch in Berlin bist, gerne mit dir verbringen möchte. Ich habe dir schon ein mal gesagt, dass ich Luna am liebsten immer bei mir hätte, aber das ist jetzt eure Zeit. Ich werde sie noch so sehr lange für mich haben. Ich bitte dich, rede mit ihr. Ich habe sie noch nie so traurig gesehen. Ich werde dir morgen mehr schreiben, aber ich muss jetzt los zu meinem Vater.«

Das mit Luna tat mir leid. Obwohl Jade nur wenige hundert Meter entfernt wohnte, hatte sie wieder nur eine Mail geschrieben. Ich bat sie, sich bei mir persönlich zu melden.

»Ich habe vor zwei Tagen bei dir geklingelt und gestern Nacht bei dir angerufen, um dir all das zu sagen, was ich dir jetzt schreiben werde und ich möchte es auch gleich auf den Punkt bringen. Luna war schon immer ein Teil von uns. In der wirklich schweren Zeit in Mexiko war sie immer da und hat an mich geglaubt, nie gezweifelt und das hat mir die Kraft gegeben, ins Meer zu springen und sie war es, die mir in meinem schwächsten Moment ihre Hand gereicht hat. Ich habe in Mexiko versucht, meine Gefühle zu dir und zu Luc zu sortieren und habe dabei oft an Luna gedacht und die Tatsache, dass sie da sein würde, wenn ich in Berlin bin, hat mir Kraft gegeben. Ich liebe Luna und möchte bei ihr sein. Der Moment, als ich ins Meer gesprungen bin, hat mir ganz klar gezeigt, zu wem ich gehören möchte. Ich habe Luna noch nichts gesagt. Mir war wichtig, es erst dir zu sagen. Du, Baby, stehst für eine so sehr wichtige Zeit in meinem Leben und ich denke noch immer, dass du mein Mann bist. Du bist der Einzige, das weiß ich! Aber mein Herz gehört jetzt Luna, einer Frau. Wann ich den Mut finde, es Luna zu sagen, weiß ich nicht. Hoffentlich verliere ich sie nicht. Für sie war immer klar, dass du und ich zusammen gehören! Aber jetzt ist es erstmal wichtig, dass ihr beiden Zeit zusammen verbringt, solange du noch in Berlin bist. Sie ist deine Seelenpartnerin.«

Als Luna davon erfuhr, empfand sie diese Idee als absurd. Luna war noch immer der festen Überzeugung, dass Jade und ich in diesem Leben füreinander bestimmt waren. Sie hätte Jade gerne persönlich einmal ›durchgeschüttelt‹, aber Jade war bereits wieder abgereist, um in Rom einen Yogakurs zu geben.

Luna legte an diesem Abend zum ersten Mal die Tarot-Karten für uns drei. Schon wieder etwas komplett Neues für mich und ich war überrascht, dass mich die Karten und ihre Aussage sehr berührten, auch wenn ich mal wieder nicht alles verstand. Zu Jade hatte ich die Karte ›Der Mond‹ gezogen und zu Luna zu unserer aller Überraschung ›Die Liebenden‹.

An diesem Abend schrieb mir Jade aus Rom, dass es ihr nicht gut ginge. Die letzten Wochen hatten viel Kraft gekostet und anstelle der Klarheit schien eine noch größere Verwirrung getreten zu sein. Jade schrieb, sie könne ihren Körper nicht mehr spüren. Sie hatte das Gefühl zu sich selbst verloren.

Das Gefühl, von Luna abgewiesen zu werden, kannte sie nicht. In ihrem Leben hatte sie immer alles bekommen, was sie wollte. Zum ersten Mal fühlte sie sich einsam. Jade hatte ihren Vater gebeten, aus Berlin zu ihr zu kommen und dieser bat wiederum Luna, mit ihm nach Rom zu fliegen. Luna sagte zu. Sie spürte, dass es ein wichtiger Abend sein würde.

Jade erzählte mir, dass ihr Vater noch eine Überraschung für Luna bereithielt, denn sie würde heute den Jet selbst steuern dürfen und wir lachten beide. Trotz aller Ernsthaftigkeit behielten wir unseren Humor und unser Verhältnis war überraschend unbeschwert.

»Wieso sprichst du noch mit mir, nach allem, was ich getan habe? Und nachdem ich auch jetzt deine Liebe nicht mehr erwidern kann?«

»Ich liebe dich noch immer und ich kann noch immer fühlen, dass du meine Frau bist.«

»Hast du die Karten gesehen, die Luna für uns gelegt hat?«

»Ja, das habe ich.«

Jade ging es noch immer nicht besser und ich blieb zusammen mit ihr am Computer sitzen, bis das Flugzeug mit den beiden in Rom gelandet war. Ich schickte Jade einen Link, der sie aufmuntern sollte. Es war ein Song von Lykke Li, ›Tonight‹. Luna hatte mir dieses Lied vor wenigen Tagen geschickt. Jade weinte. Wir beendeten unsere Unterhaltung, als ihr Vater und Luna im Hotel eintrafen.

Am nächsten Morgen klingelte mein Telefon. Es war Luna.

»Ich bin wieder in Berlin«, sagte sie voller Freude.

»Hat der Vater dich auf dem Rückflug wieder fliegen lassen?«

»Hahaha ... Nein, er ist dort geblieben. Ich bin mit dem anderen Piloten und dem anderen Flugzeug gekommen.« Sie lachte, weil das alles so unwirklich klang.

»Alles ist jetzt wieder gut.«

»Was meinst du damit, alles ist wieder gut?«

»Jade geht es besser und sie hat ihr Gefühl wieder gefunden. Es war unglaublich. Als wir ins Hotelzimmer kamen, sagte ihr Vater, dass wir uns jetzt alle auf den Boden setzen und gemeinsam meditieren. Ich dachte sofort, das wird eh nichts. Aber kaum hatte ich meine Augen geschlossen, schwebte ich gemeinsam mit Jade und ihrem Vater in einer riesigen Blase. Es war einfach unglaublich. Ihr Vater besitzt eine solche Kraft, dass er uns einfach mit auf diese Reise genommen hat. Es war wunderschön. Er hat auch zu uns gesprochen. Das ist etwas, was er normal nicht tut, er spricht nicht über die Zukunft. Aber weil es Jade so schlecht ging, hat er etwas zu ihr gesagt.« Luna machte eine Pause. »Aber das möchte sie dir selbst sagen. Mach bitte deinen Computer an, sie wird schon online sein.«

Luna hatte wie immer recht.

»Hallo, Baby ...«, stand auf meinem Monitor und ich war glücklich, diese Zeilen wieder lesen zu dürfen.

»Wie geht es dir?«, fragte ich.

»Mir geht es so gut wie schon lange nicht mehr. Ich möchte mich bei dir entschuldigen. Mein Vater hat mit mir und Luna eine Reise gemacht. Er hat viele wichtige Dinge gesagt über unsere Konstellation – uns alle drei.« Sie machte eine Pause. »Hast du das Gefühl Luna, schon mal gekannt zu haben, oder auch mich? Glaubst du an Wiedergeburt?«

Ich war still und hörte zu.

»Ich wusste, dass ich genau in diese Straße nach Berlin ziehen sollte, und dass ich dort so vieles finden würde. Und ich habe es gefunden. Ich habe dich gefunden.«

Kaum hatte sie diese Worte geschrieben, fing ich an zu weinen.

»Ich hab es im Prinzip immer schon gewusst, aber meine Sinne waren vernebelt. Ich bin jetzt bereit mein altes Leben aufzugeben. Ich liebe dich über alles. Du bist mein Mann und es hat nie einen anderen gegeben. Ich will dich heiraten und 13 Kinder mit dir haben – mindestens.« Wir fingen beide an zu lachen und zu weinen.

Ich war überglücklich. Im nächsten Moment musste sie schon wieder los zu ihrem Yoga-Kurs. Wir verabschiedeten uns für diesen Tag, der noch so jung und doch schon so voller freudiger Ereignisse gewesen war.

Nicht nur die Ereignisse mit Jade waren etwas Besonders, sondern auch die mit Luna. Sie war meine Seelenpartnerin. Wir spürten beide, dass es wichtig war, dass auch wir gemeinsam Zeit miteinander verbrachten. Ich beschloss, sie an Weihnachten zu meinen Eltern einzuladen. Sie freute sich sehr und machte sich sofort auf den Weg, Geschenke zu kaufen. Wir buchten Flüge und ich benachrichtigte meine Eltern, dass wir an Weihnachten einen oder vielleicht auch zwei zusätzliche Gäste haben würden. Jade wollte Weihnachten zwar mit ihren Eltern in New York verbringen, aber insgeheim hoffte ich sehr, dass sie während der Feiertage meine Eltern würde kennenlernen können. Schließlich war sie die Frau, mit der ich den Rest meines Lebens verbringen wollte.

Zwischen Jade und mir war jetzt alles klar. Mein geplanter Aufenthalt in Thailand schien kein Hindernis mehr darzustellen. Ganz im Gegenteil. Jade begrüßte sehr die Zeit, die wir beide haben würden, um uns vorzubereiten auf unser gemeinsames neues Leben. In Thailand wollte ich endlich alles hinter mir lassen, was ich all die Jahre mit mir herumgetragen hatte.

»Ich gehe nach Thailand, um mich für dich zu reinigen«, schrieb ich und Jade weinte. Für sie war die Zeit auch wichtig, da sie mit Luna und mir an ihrer Seite nun endlich die Klarheit und Kraft in sich gefunden hatte, um ihrer Mutter gegenüberzutreten.

»Wenn wir schon jetzt ein Liebespaar gewesen wären, dann wärst du nicht nach Thailand gegangen. Dabei wird diese Reise für dich so wichtig sein. Für dein Inneres. Und wäre Mexiko nicht gewesen, hätte ich nie Klarheit gefunden und Luc wäre immer ein Thema geblieben.«

Sie hatte recht mit allem, was sie sagte und ich spürte eine große Wärme beim Lesen jedes einzelnen Wortes von ihr. Während ich in Thailand sein würde, wollte Jade hier in Berlin unser ›Nest‹ bauen, so nannte sie es.

Bis dahin war es allerdings noch ein weiter Weg und dazwischen lagen noch viel Yoga-Seminare, Termine und sehr viele Kilometer, die uns voneinander trennten.

Die kommenden Tage waren erfüllt von großer Leichtigkeit. Es war jetzt Mitte Dezember und Jades Weg würde von Rom direkt nach New York führen. Unsere Liebe beflügelte uns so sehr, dass Zeit keine Rolle mehr spielte. In wenigen Tagen würde sie in Berlin landen und bis dahin galt es, einige Dinge zu regeln. Visum, Wohnung, Auto, Finanzen. Ich war aufgeregt, durcheinander, verliebt, verunsichert, freute mich auf das bevorstehende Treffen und hatte zugleich Angst vor dem Abschied, und davor, Jade zu vermissen. Es gab ein Lied, das uns durch diese Zeit begleitete und dessen Titel sehr gut widerspiegelte, an welchem Punkt wir uns in unserem Leben befanden: ›Alles neu‹ von Peter Fox.

Alles Neue, das von nun an unweigerlich auf mich zukommen würde, machte auch mir ein wenig Angst. Jade sagte zu mir:

»Verliere nie den Respekt, dann wird alles gut. Übe

dich in Aufmerksamkeit für die Menschen, die dir wichtig sind. Beobachte sie, liebe sie! Dann wirst du das Wunder sehen und erleben dürfen.«

Ich spürte ihre Liebe, obwohl sie so weit weg war. Mein Körper schmerzte und Jade teilte diesen Schmerz mit mir. Luna beobachtete unsere Liebe und erfreute sich an unserem gemeinsamen Weg. Sie schickte uns ein Video von Herbert Grönemeyer, ›Der siebte Sinn‹, und schrieb dazu:

»Auch wenn es ein wenig kitschig erscheinen mag, aber wenn ich dieses Video sehe und dieses Lied höre, dann sehe ich immer euch beide und ich sehe Liebe.« Das Lied und das Video rührten uns zu Tränen. Ich schwebte wie auf Wolken und war high, aber Job, Ämter und Termine nahmen darauf keine Rücksicht.

Jades Vater hatte mir den Link zu einem Film geschickt. Ich sollte mir den Film anschauen, da er am besten erkläre, was er machte und womit er arbeitete – als Schamane. Der Name des Films war ›*What the BLEEP do we know?*‹ Ich lud Luna auf einen Videoabend zu mir nach Hause ein. Luna kannte den Film bereits, aber sie freute sich, ihn gemeinsam mit mir zusammen anzuschauen, wusste sie doch schon, welche Bedeutung der Film für mich einmal haben sollte.

Ich war sehr gespannt, zusammen mit Jade auch ihren Vater kennenlernen zu dürfen, der mir ja schon vor Wochen auf dem Markt in Charlottenburg auf diese unbeschreibliche Art begegnet war.

Es war in dieser Zeit, als Jade schon wieder in New York war, dass sie sich eines Morgens bei mir meldete und sehr aufgeregt war wegen eines Traumes, den sie in der Nacht zuvor gehabt hatte. Sie hatte schon mit Luna gesprochen und das Besondere war, dass Luna einen Tag zuvor denselben Traum gehabt hatte, nur aus einer anderen Perspektive.

»Es war Nacht. Du, Luna und ich standen in einem

Wald. Es war ein Herbstwald und ihr beide standet mir gegenüber, etwa fünf Meter von mir entfernt. Ich wollte zu euch kommen, aber es ging nicht. Ich habe euch meine Hand entgegen gestreckt, aber ich konnte euch nicht erreichen. Luna hat deine Hand gehalten und du hast geweint und ich auch. Luna hielt in der linken Hand eine Kristallkugel, in der sich die Sonne spiegelte und da war noch ein anderes Licht. Ich versuchte noch immer zu euch zu kommen, aber vergebens. Luna sagte immer zu mir: ›Geh nicht zum Licht. Komm zu uns!‹, aber ich konnte nicht, meine Beine haben sich nicht bewegt. Aus deinen und meinen Tränen wurde ein Fluss und dann bin ich aufgewacht. Mein Gesicht war ganz nass vom vielen Weinen und ich hatte eine solche Panik in mir und wollte nur bei dir sein. Was war das für ein Licht?«

Ich hatte keine Ahnung. Sie erzählte auch ihrem Vater von diesem Traum, aber niemand von uns vermochte, ihn zu deuten.

Ich empfand das Leben als wundervoll. Es war das letzte Wochenende vor Jades Eintreffen. Meine Koffer waren bereits gepackt und das Visum für Thailand endlich eingetroffen. Heute Abend würde ich zusammen mit Luna ein Essen für meine Freunde geben.

Am frühen Abend saß ich noch am Computer und chattete mit Jade. Morgen schon würde ich sie vom Flughafen in Tegel abholen, wo sie mit ihrem Vater zusammen landen würde. Beide waren von New York für einen Abend in ihr Haus in Virginia geflogen. Sie wollten noch ein wenig Zeit in der Stille am Meer verbringen, bevor sie sich in New York von ihrer Mutter und allen Freunden verabschieden würde. Es sollte der Abschied von ihrem alten Leben sein und zugleich der Beginn von etwas Neuem.

Es war Samstagnachmittag in Berlin und Jade schrieb aus Virginia eine letzte Mail, bevor sie mit ihrem Vater zurück nach New York fliegen wollte.

»Eines möchte ich dir noch sagen, was mir wichtig ist. Auch starke Frauen möchten in den Arm genommen werden und brauchen Halt. So wie Luna immer auf dich geachtet hat, habe auch einen Blick auf sie, bitte, und pass auf sie auf. Ich liebe dich für immer und immer und immer … über alle Grenzen hinaus.«

Luna kam schon früh an diesem Abend. Wir wollten gemeinsam das Essen für meine Gäste zubereiten.

»Ich freue mich so sehr für Jade und dich, dass ihr eure Liebe jetzt gefunden habt.« Sie machte eine kurze Pause. »Ich finde es nur seltsam, dass mein Wächter letzte Nacht erneut erschienen ist und mich an meine Aufgabe erinnert hat, jetzt, wo ihr euch doch gefunden habt?«

Ich hatte keine Antwort für sie. Die Gäste würden bald kommen und wir begannen mit den Vorbereitungen für das Essen. Jade wusste von dem Essen und auch, dass meine Freunde heute zum ersten Mal auf Luna treffen würden. Meine Freunde standen allem Neuen in meinem Leben skeptisch gegenüber. Für sie jagte ich noch immer einem Phantom hinterher und Luna war das einzig Greifbare, gegen das sie ihre Zweifel würden richten können.

»Die hat dich doch verhext. Wach auf!«, sagte ein Freund zu mir, als wir einen Moment ungestört waren. Aber ich war mit mir im Reinen. Die Anfeindungen verpufften im Nichts und ich stand hinter Luna, so, wie sie immer hinter mir gestanden hatte. Der weitere Abend verlief reibungslos, bis zu dem Moment, wo Luna plötzlich vom Tisch aufsprang und aus der Küche lief. Ich folgte ihr.

»Irgendetwas ist passiert. Ich habe ein so starkes Stechen in meiner Brust.« Luna atmete heftig und stand einige Augenblicke starr am Fenster. »Es geht schon. Lass uns wieder rein gehen. Ich bin okay.«

Am nächsten Morgen ging ich zu Luna ins Grüne Café. Ich wollte noch einen Kaffee trinken, während ich auf eine Nachricht von Jade wartete, die mir mitteilen wollte, wann genau sie am Flughafen Tegel landen würde. Aber mein Mail-Postfach blieb leer.

»Kannst du Jade spüren?«, fragte mich Luna, aber ich schüttelte nur den Kopf. Die Wärme, die ich seit Wochen in meiner Brust getragen hatte, schien wie weggeblasen. Luna und ich verbrachten den Rest des Tages gemeinsam und sprachen nur wenig. Am Abend erhielt Luna einen Anruf von Jades Mutter.

Der Hubschrauber, in dem Jade und ihr Vater geflogen waren, war am Vorabend während eines Schneesturms an der Ostküste der USA vom Radar verschwunden.

Am Abend zündeten Luna und ich eine Kerze an und schickten Gebete in die Nacht.

Ich erinnerte mich an die Momente, in denen Jade sich immer mit mir verbunden hatte, um nach mir zu schauen. Das muss auch in umgekehrter Richtung funktionieren, dachte ich, als ich alleine zu Hause war. Ich setzte mich aufrecht in den Schneidersitz und zündete eine Kerze an. Ich konzentrierte mich und suchte nach Jade und fand ein Bild vor meinem inneren Auge: In der Dunkelheit lag ein Körper im Schnee, während im Hintergrund ein undefinierbares, helles Licht strahlte.

Am nächsten Tag gab es noch immer keine Neuigkeiten. Luna würde in Berlin bleiben und überreichte mir zum Abschied mein Weihnachtsgeschenk. Es war ein in Silber gefasster Bergkristall an einem Lederband. Er sollte mich auf meiner Reise beschützen. Ich stieg alleine in das Flugzeug nach Frankfurt. Morgen würde Weihnachten sein.

Kapitel 6

Mein Flieger landete am späten Abend. Ich saß bereits im Bus auf dem Weg zum Terminal, als ich auf meinem Handy eine Mail von Luna erhielt: »Was ich dir jetzt schreibe, bricht mir das Herz! Jade und ihr Vater sind tödlich verunglückt. Sie sind erst gestern gefunden worden. Für einen Anruf fehlt mir die Kraft. Es tut mir unendlich leid.«

Mein Herz stolperte. Die Luft in meiner Lunge schien zu Staub zu zerfallen. Es waren viele fremde Menschen um mich herum. Ich wollte die Fassung behalten. Ich hatte Angst, zu fallen. Ich schaute mich um und fand nichts, woran ich mich hätte halten können. Wie in Zeitlupe und ohne Ton stieg ich nach kurzer Fahrt aus dem Bus und ging wie in Trance hinüber zum Gepäckband. Wie ein riesiger Kinosaal, in dem jemand den Ton abgestellt hatte, sah ich nur noch Bilder, die durch mein Blickfeld flackerten.

Ich stand mit meinem Hund still am Gepäckband und wartete. Zu meiner Verwunderung spürte ich in diesem Moment keine Trauer. Ich hatte ganz plötzlich gar kein Gefühl. Vielleicht war aber auch das ein Gefühl, das ich bis jetzt nicht gekannt hatte. Ich wusste nicht, was es war. Ich suchte nach dem Etwas, das mir vor wenigen Minuten im Bus fast die Beine weggezogen hatte, aber ich konnte es nicht mehr finden. Ich griff nach meiner Tasche auf dem Gepäckband und schob den Wagen mitsamt dem Hund in Richtung Ausgang.

Etwa 20 Meter vor mir war eine große Tür und dahinter noch mehr Menschen. Die Tür öffnete und schloss sich, als ich langsam darauf zuging. Schon von Weitem sah ich meinen Vater, der in einem Pulk von Menschen hinter der Tür auf mich wartete. Je näher ich ihm kam, umso mehr spürte ich, wie in mir das Gefühl wuchs, nach dem ich vor Sekunden noch vergeblich gesucht hatte. Wie in einem Vulkan begann es in mir zu brodeln. Meine Atmung wurde schneller und ich wollte rennen, aber der Gepäckwagen war schwer wie Blei. Ich ging durch die Tür und schaffte es bis kurz hinter den Sicherheitsbereich. Dann ließ ich los, den Wagen, meine Gefühle – alles. Die Trauer schoss aus mir heraus, als ich meinem Vater in die Arme fiel und sie überwältigte auch ihn. Meine Knie waren so schwach, dass ich mich allein kaum auf den Beinen hätte halten können. Im Augenwinkel nahm ich die Gesichter der anderen Menschen wahr. Sie sahen die Tränen und dachten im ersten Moment, es seien die Freudentränen eines Wiedersehens nach sehr langer Zeit. Es dauerte nicht lange und Trauer erfüllte alles um uns herum. Die Menschen traten zurück, um ihr diesen Raum zu geben. Wir konnten uns weder bewegen noch sprechen. Wir weinten gemeinsam. Der Hund lief frei herum und sprang an meinem Bein auf und ab. Ich hatte ihn für einen Moment völlig vergessen. Ich hatte alles um mich vergessen. Dann kamen die Geräusche und die Menschen um uns herum zurück und wir beschlossen, uns auf den Weg zu machen.

Mein Vater schob den Wagen und ich führte den Hund. Alles um mich herum erschien mir wie in Zeitlupe. Ich verließ noch einmal das Terminalgebäude, um dem Hund vor der Autofahrt noch eine Möglichkeit zum Auslauf zu geben.

Ich lief an auf Busse wartenden Menschen vorbei, als ich ein Seufzen hörte. Ich blieb stehen und schaute mich um. Ich konnte niemanden sehen. Das Geräusch war direkt neben mir. Ich drehte meinen Kopf in alle Richtungen, aber das Seufzen blieb. Ein Weinen, dessen Ursprung für mich nicht auszumachen war. Ich verspürte eine große Traurigkeit, die nicht von mir, sondern aus den Tiefen des Raumes zu kommen schien und die unendlicher war als die meine. Es war das Weinen einer Frau, das in Wellen von unterbrochenen Atemzügen mich durchdrang. Mein Atem begann mit dem ihren zu ziehen und die Tränen kamen zurück in meine Augen. Mein Herz krampfte sich zusammen und ich zog an der Leine des Hundes. Ich wollte raus aus diesem Geräusch und raus aus diesem Gefühl. Ich verstand nicht, was gerade geschah. Wir gingen zurück zu meinem Vater. Auf dem Weg ins Parkhaus verliefen wir uns, bis wir die richtigen Türen und Aufzüge gefunden hatten. Dann traten wir die Fahrt nach Hause an.

Im Auto sprachen wir kaum ein Wort. Meine ganze Familie würde mich erwarten. Meine Mutter, mein Vater, meine Schwester. Noch, bevor ich wusste, was mit Jade passiert war, hatte ich darum gebeten, dass alle zu Hause seien, weil ich ihnen alles von uns erzählen wollte. Auch wenn Jade jetzt nicht mehr da war. Es war kein leichtes Willkommen. Ich sah in den Gesichtern die Schwere und auch die Tränen, die sie vergossen hatten.

Wir saßen an diesem Abend lange zusammen. Ich durfte die Wärme und Nähe meiner Familie spüren, die mir Kraft gab und die uns allen half.

In dieser Nacht hatte ich einen sehr gewalttätigen Traum. Ich war in meiner Wohnung in Berlin. Im Treppenhaus waren Stimmen von Männern zu hören. Sie versuchten, in meine Wohnung einzudringen. Ich nahm zwei Messer, öffnete die Tür und begann, mich wild gegen die Eindringlinge zu wehren.

Am nächsten Morgen sprach ich mit Luna. Ich wollte wissen, wie es ihr ging. Sie hatte viel geschlafen und war nun den Umständen entsprechend wohlauf. Ich erzählte ihr von meinem Traum. Sie erklärte, dass Träume mit viel Gewalt oft unsere eigene Hilflosigkeit widerspiegelten, einer Situation ausgeliefert zu sein.

»Ich möchte dir noch etwas erzählen«, fuhr ich fort. »Als das mit Jade begann, hatte ich eine Vision. Sie war von einer solchen Klarheit erfüllt, dass sie mir wie die Wahrheit erschien. Alles begann damit, dass sich herausstellte, dass der Mann auf dem Markt Jades Vater war. Ich hatte das Gefühl, dass ich wie er irgendwann ein Heiler sein würde. Er würde mein Mentor. Deshalb hatte er mir auch diesen Filmtipp zukommen lassen, ›What the BLEEP do we know‹, um meine ersten Fragen zu beantworten. Ich denke, das war, was er damals schon auf dem Markt in mir gesehen hatte. Ich habe mich aber nie getraut, darüber zu sprechen, weder mit Jade noch mit dir.«

»Es ist wichtig, dass du immer alles ansprichst, was dich im Inneren bewegt. Ich werde dir immer zuhören. Und im Übrigen habe ich es auch genauso immer empfunden, wie du es gerade beschrieben hast. Bitte geh diesen Weg weiter – es ist dein Weg.«

»Aber ich wollte nie alleine gehen.«

»Du wirst nicht alleine gehen. Hab Vertrauen«, sagte Luna.

»Ich möchte nach vorne schauen, so wie Jade es gesagt hat – alles neu. Aber ich verstehe nicht, warum Jade gehen musste.«

»Ich verstehe es auch nicht. Aber glaube mir, die Antworten, werden kommen – sie kommen immer. Bitte vergiss nicht, dass du nicht alleine bist.«

Wie recht sie damit hatte, stellte ich fest, als wir uns verabschiedet hatten und ich in meinem Posteingang eine neue Mail fand. Sie war von einem alten Freund aus New York und begann mit den Worten:

›Wo um alles in der Welt bist du nur?‹

Wir hatten seit fast zehn Jahren keinen Kontakt gehabt und jetzt, wo ich am Boden war, schien er zu spüren, dass ich Hilfe oder ein Zeichen brauchte. Ich erzählte ihm von dem, was geschehen war und er sagte, dass er gespürt hätte, dass bei mir etwas nicht stimmte. Ich war ihm sehr dankbar für seine Mail. Ich versprach, ihn auf dem Laufenden zu halten.

Luna verabredete sich für später mit ihrem Schamanen, um mit ihm zu arbeiten und ›zu schauen‹, wie sie immer sagte. Sie hatte viele Fragen und wollte gemeinsam mit ihm ein paar Antworten finden.

Ihren Schamanen hatte Luna vor einigen Jahren auf der Straße in Berlin getroffen. Er war einfach auf sie zugekommen und sagte: ›Namaste‹. Luna waren die Tränen übers Gesicht gelaufen – Freudentränen des Erkennens. Das war immer Teil ihres und Jades Leben gewesen und Begegnungen wie diese gehörten zu den kostbarsten, die sie sich vorstellen konnte.

Es war Weihnachten. Der Baum war geschmückt, die Geschenke verpackt und das Essen stand so gut wie auf dem Tisch. Alles war so, wie ich es kannte und erwartet hatte und trotz all der Normalität fand ich mich in einer unwirklichen Situation wieder. Wie jedes Jahr waren wir im Haus meiner Schwester zum Essen eingeladen. Die Familie meines Schwagers sprach mir ihr Beileid aus und das waren die letzten Worte, die zu den Geschehnissen gewechselt wurden. Es war ein sehr ruhiges Weihnachten. Nach der Bescherung und dem Essen bat ich meine Schwester darum, dass ich doch bitte ihren Computer benutzen dürfe. Ich wollte wissen, ob Luna geschrieben hatte und wie das Treffen mit ihrem Schamanen war. Sie schrieb:

»Ich freue mich, dass du erkannt hast, wie wichtig es ist, diesen deinen Weg weiter zu gehen, um zu finden, zu sehen, zu fühlen! Du wirst viele neue, wahre Erkenntnisse finden und geschenkt bekommen, die deine Welt neu sortieren werden! Ich habe meinen Schamanen gefragt, warum, wenn sich zwei Menschen gefunden haben mit ihrer Liebe, es auf eine so schmerzvolle Art und Weise getrennt wird?! Er gab mir diese Worte für dich mit:

›*Tritt heraus aus deiner menschlichen Gedankenwelt und mache einen Schritt in die neue, in die spirituelle Welt! Erkenne, dass sich Menschen begegnen müssen, wenn auch nur für eine kurze Zeit, um sich wiederzufinden, sich zu erkennen in ihrer Neuen Welt! Erkenne, dass diese Welt nicht die eure war, sondern nur ein Erkennen des anderen und ein Erkennen für dich selbst, wer du bist und wohin du gehörst.*‹

Ich für mich selbst weiß, dass ich in die *Neue Welt* gehöre, aber doch habe ich menschliche Gefühle. Ich muss noch sehr viel lernen und in meinem Denken und Fühlen darauf vertrauen, dass alles einen Sinn hat, und dass wir den richtigen Weg gehen werden!

Auch mein Schamane sagt, dass ich deine Seelenpartnerin bin und dich, so wie du mich, immer begleiten werde! Er hat dazu so vieles gesagt, wie er unsere Verbindung sieht und vieles macht so viel mehr Sinn jetzt für mich!

Er sagt weiter, dass es nur das ›Eine‹ Wesen als Seelenpartner gibt, das uns die höchste Erfüllung des Herzens bringt und uns höchste Harmonie verheißt. Dass zwischen uns eine tiefe Verbundenheit besteht, und dass wir durch das Erkennen eine Einheit geworden sind, ein höheres Bewusstsein! Er meinte, dass es wichtig ist, bald zu dir nach Thailand zu kommen, aber dass auch ich noch eine Reise vor mir habe, bevor ich zu dir komme! Ich denke, das wird meine Reise nach Peru sein, und ich fühle, dass dort etwas auf mich wartet!

Ich werde jetzt zu Jade in die Wohnung gehen, um ihr nah zu sein. Ich habe gerade an Facebook geschrieben, dass sie bitte ihren Account löschen.

Es gibt Bücher, durch die entdeckt man neue Welten und es gibt Bücher, durch die entdeckt man sich selbst. Und ganz selten gibt es ein Buch, durch das man neue Welten in sich selbst entdeckt! Für mich war es ›Brida‹ und ›Eine neue Erde‹.

Ich möchte dir noch etwas schicken, weil ich denke, dass es jetzt wichtig ist.«

An dieser Stelle war der Link zu einer Website mit dem Titel ›Krafttiere‹.

»Ich und auch mein Schamane sehen in dir einen Panther. Mein Krafttier ist eine Eule. Mein Schamane sagt, dass unsere Krafttiere eine Einheit sind und sich unterstützen! Hier noch ein YouTube-Video:

Sternstunden - Michael Oppitz über Schamanismus.

Das Interview geht fast eine Stunde, aber es ist sehr wichtig für dich, zu hören, was er sagt! Gerade der Teil, wo er darüber spricht, wie die Berufung zu einem Schamanen stattfindet!«

Ich wollte mir den Film am nächsten Tag gleich anschauen.

Dass wir Seelenpartner waren, hatte auch Jades Vater immer gesagt, und auch dass es deshalb wichtig für uns sei, Zeit miteinander zu verbringen. Ich las noch schnell die Texte über mein und Lunas Krafttier, Panther und Eule, und beschloss, dass jetzt erstmal wieder Weihnachten sei und ich mich allen weiteren Fragen am nächsten Tag widmen würde. Ich schaltete den Computer aus und setzte mich zurück an den Tisch.

Noch drei Tage und ich würde nach Thailand fliegen, dachte ich und schaute in die Gesichter meiner Familie, die ich lange Zeit nicht sehen würde. Ich wurde ruhig und freute mich auf meine Hausaufgaben.

Es kam mir vor, als säße ich auf der Schulbank. Auf dem Lehrplan standen Themen wie Seelenpartner, Krafttiere, Schamanen, *Geistige Welt* und vieles mehr. Meine Neugier war geweckt. Vor mir schien sich eine *Neue Welt* zu öffnen. Während ich lange das Gefühl gehabt hatte, ständig gegen eine Wand zu rennen, so waren jetzt zumindest die Konturen einer Tür in dieser Wand zu erkennen. Es lag an mir, diese Tür zu öffnen und hindurch zu gehen.

Am nächsten Morgen schaute ich das Interview mit Michael Oppitz. Es ging darin um Schamanismus und darum, dass man traditionell von einem bereits verstorbenen Schamanen zu einem solchen berufen wurde. Ich verstand, was Luna mir damit sagen wollte.

Ich lag also gar nicht so falsch mit meinem Gefühl, dass ich auch ein Schamane sein würde. Es war wie ein erstes Licht in einem großen dunklen Raum, den ich durch diese neue Tür betreten hatte. Alles erschien so unvorstellbar und die Trauer war noch immer ungebrochen. Aber mit diesem neuen Wissen und der Gewissheit, dass es einen Sinn hinter allem gab, der lediglich dem menschlichen Auge verborgen blieb, fasste ich neue Hoffnung und es gab allem eine neue Richtung und einen höheren Sinn.

Nach dem Video begann ich ›Brida‹, von Paulo Coelho zu lesen. Es gefiel mir sehr und ich erkannte in der Person der Brida viele Parallelen zu Jade und Luna, aber auch zu mir selbst. Sie war dabei, ein Zauberlehrling zu werden, so wie ich. Nur hatte ich von alledem absolut keine Ahnung und keine Vorstellung davon, wie dieser Zauber aussehen würde.

Heute nenne ich es nicht mehr Zauber, sondern Wunder. Aber das sind nur Worte, die erklären sollen, was nicht zu erklären ist. Das Experiment ist noch nicht erfunden, das die Gesetzmäßigkeit dahinter hätte erklären können. Nicht, dass es wichtig wäre. Das Erkennen und das Akzeptieren waren viel wichtiger. Die Wahrheit liegt nicht hinter Formeln verborgen, sondern sie liegt immer direkt vor uns. Sie ist uns so nah, dass wir mit jedem Schritt darüber stolpern müssten, wenn sie denn eine Form besäße.

Ich würde auf meinem Weg noch sehr oft ins Stolpern geraten. Für mich sollte dies ab jetzt ein gutes Zeichen sein, war es doch der Beweis dafür, dass ich auf dem richtigen Weg war – dem Weg der Wahrheit.

Luna wollte mit mir Tarotkarten legen. Sie wollte wissen, wie es um mich und vor allem in mir aussah. Wir sprachen über Skype. Sie war in Berlin und breitete die Karte aus. Ich saß bei meinen Eltern 600 Kilometer entfernt und begann, mich zu konzentrieren. Wir zogen eine Karte für ›Das, was war‹, ›Das, was ist‹ und ›Das, was kommt‹. Ich zog ›Zehn Schwerter‹, ›Zwei Schwerter‹ und als letzte Karte ›Der Mond‹.

Die ersten beiden Karten zeigten ganz klar meine seelische Verfassung und das, was geschehen war, und überraschten mich nicht. Interessant war die Karte ›Der Mond‹. Ich hatte diese Karte schon vor ein paar Wochen gezogen und sie zeigte damals meinen schwierigen Weg zu Jade. So dachten wir alle. Jetzt war klar, dass diese Karte schon damals meinen Weg zum Schamanen gezeigt hatte, was sich durch die erneute Ziehung in dieser Situation für mich bestätigte.

Die Karte ermahnte mich, achtsam zu sein auf einem schwierigen Weg, der mich aus der Dunkelheit ins Licht bringen würde. Ich sollte mich führen lassen und meine Angst vor dem letzten entscheidenden Schritt überwinden, um mein Ziel zu erreichen.

»Ich möchte, dass du auch eine Erzengelkarte ziehst. Engel sind liebevolle, starke und sehr weise Führer«, sagte Luna.

Mit Engeln hatte ich bisher nicht viel zu tun. Ich vertraute Luna, dass es richtig war.

»Ich habe jetzt die Karten in einem Fächer vor mir und habe die Engel zu dir geschickt und gehe mit meiner Hand nun über die Karten, und wenn du ein Gefühl hast, Wärme verspürst oder ein Licht siehst, dann sag einfach ›Stop‹.«

Es waren an diesem Vormittag sehr viele neue Informationen gewesen und ich konnte mich nur schwer konzentrieren.

»Es tut mir leid, aber ich glaube, ich brauche jetzt erstmal eine Pause. Es gibt gleich Mittagessen und ich möchte meine Eltern nicht wieder warten lassen.«

»Du hast recht. Lass uns gegen Abend noch einmal skypen. Versuch dich ein wenig zu erholen. Ich denke an dich. Ich werde gleich noch einmal zu meinem Schamanen gehen.«

Ich ging zum Mittagessen hinunter in die Küche. Die Stimmung war gedrückt und die Last des Verlustes lag noch immer schwer auf den Schultern aller. Alle waren sichtlich bemüht, zur Normalität zurückzufinden.

Ein paar Stunden später saß ich wieder am Computer und sprach mit Luna. Wir redeten noch einmal über das, was Michael Oppitz in dem Interview gesagt hatte und wie es nun in meinem Leben Wirklichkeit geworden zu sein schien. Luna kam wieder auf die Engelskarten zu sprechen und wir starteten einen erneuten Versuch. Dieses Mal klappte es mit der Konzentration.

»Stop!«, sagte ich, überrascht, etwas gespürt zu haben.

Luna zog die eine Karte, über der ihre Hand nun ruhte, aus insgesamt 45 Karten. Wenn man bei einer Karte ein so deutliches Signal erhielt, dann sagte Luna immer:

»Die Karte hat dich gerufen.«

Sie zog die ›rufende‹ Karte heraus und las vor, was darauf stand. Es war Erzengel Michael. Ich googelte ein Bild von ihm. Michael war ein blonder Hüne in einem weißen Gewand oder auch in einer Rüstung mit einem Schwert aus Licht.

Ich war nicht bibelfest. Auch hatte ich keine Ahnung, wie viele Engel es gab und was ihre Aufgaben waren. Ich wusste nichts über Erzengel Michael und ich wusste nicht, was ich mit dieser Information anfangen sollte.

Bevor ich Jade kennengelernt hatte und bevor ich mit Luna zum ersten Mal Karten gelegt hatte, waren solche

Themen für mich ein rotes Tuch gewesen. Ich hatte keinen Zugang zu solchem ›Humbug‹ und gab nichts auf Kartenlegen oder dergleichen. Ich tat mich schwer damit. Zumindest dann, wenn der Zusammenhang für mich nicht auf Anhieb ersichtlich war.

Ich ging ins Wohnzimmer zu meinen Eltern und setzte mich auf das Sofa. Ich brauchte etwas Abstand. Es dauerte einen Moment, bis ich erkannte, dass im Fernsehen gerade eine Dokumentation über Erzengel Michael lief. Welch ein Zufall, dachte ich, und dabei wusste ich doch, dass es keine Zufälle gab. Das hatte ich von Jade gelernt. Alles folgte einem größeren Plan – einem göttlichen Plan.

Statt Abstand zu gewinnen, befand ich mich mittendrin. Ich bekam die Geschichte zu Erzengel Michael sozusagen auf einem silbernen Tablett serviert. Ich musste nichts machen, außer schlicht dem zu folgen, was mich gerade bewegte. Wenn es eine Führung gab, dann müsste sie so aussehen, dachte ich. Ich schaute die Dokumentation bis zu Ende und fühlte mich in Engelsgeschichten nun gewappnet. Zumindest wusste ich jetzt, wer Erzengel Michael war. Laut Luna war er nun mein Begleiter. Mir gefiel die Vorstellung, einen göttlichen Krieger mit einem Lichtschwert an meiner Seite zu wissen und hoffte insgeheim, dass Michael mir meine Angst vor dem, was vor mir lag, würde nehmen können.

Luna erklärte mir, dass man solche Ereignisse Synchronizität nannte. Eine scheinbar zufällige Aneinanderreihung von Ereignissen, die, wenn man sie in der Gesamtheit betrachtete, einer Gesetzmäßigkeit zu folgen schienen, was einer spirituellen Führung gleichkam. Erkannte man die Zusammenhänge nicht, blieben es einfach Ereignisse in Zeit und Raum, und die betroffene Person, blieb führungslos in diesem Raum gefangen und würde sich sprichwörtlich im Kreis drehen. Eine Erfahrung, die ich in meinem Leben des Öfteren hatte machen dürfen, und aus deren Sogwirkung ich mich jetzt befreit zu haben schien.

Am nächsten Morgen meldete sich Luna bei mir. Sie war ganz aufgeregt.

»Es ist etwas passiert.«

Ich zuckte zusammen, hatte ich für meinen Geschmack in den letzten Tagen doch schon genug Überraschungen erlebt.

»Gestern hat mich eine Bekannte kontaktiert. Cornelia. Wir haben seit Jahren nicht mehr gesprochen. Sie lebt zurückgezogen in einem kleinen Ort in Frankreich. Sie ist ein starkes Medium, Astrologin und kennt sich gut mit Tarot aus. Wenn sie mit mir in Kontakt tritt, durchflutet mich immer ein Schauer. Sie schreibt Horoskope und besitzt die Gabe, in den Sternen zu lesen.«

»Was hat sie in den Sternen gelesen?«, fragte ich etwas flapsig.

»Sie meinte, dass wir beide eine kosmische Einheit sind und dass unser Sternenbild aufzeigt, dass uns Todesfälle umgeben. Trennung. Loslassen! Pluto Quadrat Saturn läuft über unsere Sonne. Das steht für eine große Lernerfahrung, Transformation.«

»Krass!«, sagte ich.

»Sie kannte dein Geburtsdatum und so konnte sie unser Sternbild miteinander vergleichen. Sie wusste auch, welche Tarotkarten ich für dich gezogen habe und auch die Engelskarte.«

»Woher hat sie mein Geburtsdatum?«

»Von einem Engel.« Luna machte eine Pause. »Erzengel Michael!«

»Oh mein Gott!« Ich fiel fast in Ohnmacht.

»Frag mich mal, wie ich mich gestern gefühlt habe. Ich war voll mit Adrenalin, als sie es mir gesagt hat.«

»Das kann man niemandem erzählen, Luna, die holen uns ab und stecken uns in die Klappse.«

»Hahaha, allerdings!« Wir konnten uns das Lachen nicht verkneifen. Das klang alles so unglaublich, dass wir beschlossen, die Sache mit Erzengel Michael erst einmal für uns zu behalten.

»Sie hat mich noch gebeten, dich zu fragen, ob du damit einverstanden bist, wenn sie dir ein Horoskop erstellt. Sie sagt, es sei wichtig für dich, damit du weißt, was dich in den nächsten zwei Jahren erwartet. Sie bräuchte dazu allerdings deinen genauen Geburtsort und die Geburtszeit.»

»Wieso fragt sie nicht Michael?« Wir lachten schon wieder. »Sie kann meine Daten sehr gerne haben, aber das klingt alles schon sehr verrückt, das musst du zugeben.«

»Es ist ein Wunder«, sagte Luna.

Wunder war ein großes Wort. Auf alle Fälle war es etwas Besonderes, was gerade geschah und ich war bereit, es geschehen zu lassen.

Meine Schwester bat mich am Vorabend meiner Abreise noch einmal um ein Gespräch unter vier Augen.

»Ich war heute mit den Kindern draußen und trug eine große Traurigkeit in mir. Ich war den Tränen nahe und konnte nichts tun. Und plötzlich war die Trauer weg. Als hätte jemand einen Schalter umgelegt. Ich konnte wieder frei atmen.« Sie rang schon wieder mit den Tränen.

»Kann es sein, dass Luna etwas gemacht hat? Ich hatte den Eindruck, dass mir jemand dieses Gefühl der Trauer einfach genommen hat. Kannst du sie bitte fragen?«

Luna hatte sich zusammen mit ihrem Schamanen um meine Familie gekümmert, um ihnen die Trauer zu nehmen, oder zumindest, sie zu lindern. Wie dies genau funktionierte, war mir ein Rätsel. Luna sagte nur, dass meine Schwester sehr ›rein‹ sei, und es bei ihr ganz leicht war, zu helfen. Das freute mich zu hören.

Meine Schwester wusste, dass ich viele Fragen hatte. Antworten hatte sie keine für mich. Aber sie gab mir diese

Zeilen mit auf die Reise:

> *›Das Leben lässt sich rückwärts erklären,*
> *aber leben musst du es vorwärts.‹*
> *(Søren Kierkegaard)*

Morgen würde ich in das Flugzeug nach Thailand steigen. In den letzten drei Monaten hatte sich mir ein neues Leben gezeigt, voll all dem Glück, das sich jeder Mensch in seinem Leben gewünscht hätte. Vor fünf Tagen war dieses Leben beendet worden. Welches Leben ich jetzt gerade lebte, wusste ich nicht. Ich verstand nicht wirklich, was geschehen war und noch immer geschah und ich tat mich schwer damit, es zu akzeptieren.

Heute weiß ich, dass ich zum ersten Mal in meinem Leben der Einen Wahrheit begegnet war.

Wahrheit ist etwas, das uns von den Göttern gegeben wird. Man kann sie nicht einfach zerteilen in Richtig oder Falsch, denn sie kann ihre göttliche Kraft nur in ihrer Ganzheit entfalten. Wahrheit ist nicht da, um von den Menschen verstanden zu werden. Die Wahrheit ist etwas, das unserem Leben zugrunde liegt und es gilt, diese Wahrheit zu erkennen und zu akzeptieren. Hierzu muss man aus der Dualität seiner Existenz heraustreten und Richtig und Falsch hinter sich lassen. Den Menschen ist es nicht gegeben, die Wahrheit zu kontrollieren, da sie nur eine Leihgabe ist. Wahrheit ist somit so etwas wie der Bauplan unseres Lebens und unser Glaube eine Art Handbuch, wie mit diesem Bauplan zu verfahren ist.

Versucht man die Wahrheit in Richtig und Falsch oder Gut und Schlecht zu zerteilen, begrenzt man sie, indem man ihr ein menschliches Gewand überstülpt. Aber man darf sie nicht begrenzen, so wie wir uns selbst begrenzen, nur weil wir unsere eigene Ewige Existenz nicht erkennen und akzeptieren wollen. Die Erkenntnis über unsere Ewige Existenz ist die Voraussetzung dafür, der Wahrheit folgen zu können. Diese trägt Geburt und Tod bereits in sich. Sie bilden eine Einheit und sind wie die Wahrheit nicht teilbar.

Durch die Wahrheit im Gefühl können wir zu der Freiheit und Ganzheit in uns erwachen, die seit jeher in unserem Inneren existiert. Die Wahrheit zu uns selbst erweckt in uns die Liebe und die Größe, die wir sind.

Meine letzten Gedanken vor der Abreise hielt ich in einer Mail an Luna fest.

»Alles komprimiert sich gerade noch einmal. Ich bin sehr traurig. Aber ich versuche, mich immer wieder zu konzentrieren. Ich weiß, dass ich gerade durchgeschüttelt werde von meinen Gefühlen. Aber ich spüre auch tief in mir die Kraft, die mich die Reise beginnen lässt und mich führen wird. Nur meine Ungeduld bereitet mir Sorgen. Es wird noch viele emotionale Momente geben. Ich hoffe, sie machen mich stark. Ich weine schon wieder seit Minuten. Weiß schon gar nicht mehr, wie viel ich geweint habe. Freudentränen mit Jade und jetzt Tränen der Trauer um Jade.

Gestern bin ich wunderbar eingeschlafen und habe dabei an Erzengel Michael gedacht und war sehr froh und stolz, dass er jetzt über mich wacht und ich habe gut geschlafen. Aber gerade fühle ich mich wieder schwach und nichts scheint meine Tränen aufhalten zu können. Mein Hund hat neben meiner Reisetasche geschlafen. Für sie bin ich der Grund, warum sie auf der Welt ist. Es tut mir weh, sie so lange alleine zu lassen, auch wenn sie nur ein Hund ist, aber sie ist auch ein Teil von mir. Zum Glück kann sie keine Uhr lesen und weiß nur, dass ich gehe, und wird merken, dass ich irgendwann wiederkomme.

Jade fehlt mir sehr. Ich kann nicht aufhören, an sie zu denken. Und wenn du sagst, dass du bei ihr in der Wohnung warst und sie da war und sich neben dich gelegt hat, dann frage ich mich immer, ob ich es auch spüren werde, wenn sie bei mir ist, und frage mich, wie es sein wird. Und ob ich es ertragen kann. Ich habe sie mir so sehr an meiner Seite gewünscht und so, wie es auch in ›Brida‹ geschrieben steht, hätte ich für sie alles stehen und liegen lassen. Aber vielleicht ist auch genau das der Grund, warum sie nicht mehr hier ist, weil mich etwas noch Größeres erwartet, eine Liebe und eine Aufgabe, die über das hinausgeht, was ich kenne. Ich weiß es nicht. Ich will es herausfinden und glaube oder hoffe, dass es mich auch näher zu Jade bringt.

Erzengel Michael gibt mir Kraft, das spüre ich. Das finde ich wirklich verrückt. Auch wenn ich das so schreibe, kann ich es manchmal gar nicht glauben, welche Gedanken in mir aufkommen und wie verrückt diese klingen. Ich hoffe einfach, dass meine Seele bald erwacht und mir den Weg zeigt. Noch vor ein paar Wochen hätte ich laut über all das gelacht oder es als Unsinn abgetan.

Ich muss atmen. Das habe ich Jade versprochen. Alles Weitere wird geschehen. So wie bisher.«

»Eines möchte ich dir noch mit auf den Weg geben«, antwortete mir Luna. »Es war eins der größten Geschenke meines Lebens, als die göttliche Gnade mir enthüllte, wie wir die Vergangenheit loslassen und die Qualität von Schönheit, Liebe und Frieden finden können, die in uns allen darauf wartet, entdeckt zu werden. Ich hoffe darauf, dass es immer mehr Menschen geben wird, die zu dieser außergewöhnlichen Präsenz in ihrem Inneren erwachen und beginnen, ihr Leben als vollkommenem Ausdruck dieser Liebe und dieses Potenzials zu fühlen. Und du bist einer der Wenigen, der es erkannt hat nach langem Schlaf in dir. Ich begleite dich auf deinem Weg. Du bist nicht allein.«

Am nächsten Abend fuhren wir alle gemeinsam zum

Flughafen nach Frankfurt. Meine Eltern, meine Schwester, ihr Ehemann und die Kinder. In meiner Familie war es nie üblich gewesen, weite Reisen zu unternehmen und schon gar nicht für eine so lange Zeit.

Wir waren relativ früh am Flughafen, da die Sicherheitsbestimmungen mal wieder verschärft worden waren. Zwei Dinge gab es in meiner Familie, auf die man sich verlassen konnte. Erstens waren sie immer pünktlich, das hatte ich von ihnen geerbt, und zweitens redete sie nicht besonders viel, erst recht nicht über das, was in ihnen selbst vor sich ging. Auch jetzt beschränkten sich alle nur auf die nötigsten Worte, aber man konnte spüren, dass jedem noch etwas auf der Seele lag.

Dass ich fliegen würde, stand fest.

Alles war durchgeplant, sofern es planbar gewesen war: Ticket, Pass, Visum, Ankunftszeit, Bus, Fähre, Telefonnummern in Thailand. Alles war klar. Unklar war nur, was vor mir lag.

Die Kinder wurden langsam unruhig. Meine Mutter nahm die Unruhe der Kinder zum Anlass, um ihre Aufmerksamkeit für ein paar Sekunden von mir weg zu lenken. Ich wusste, dass sie sehr traurig war und sich Sorgen um mich machte. Die Kinder boten ihr ein Ventil, um etwas Dampf ab zu lassen.

»Was soll das? Hört auf, rumzulaufen. Kommt jetzt hierher!«, rief sie genervt.

Es war Zeit, Abschied zu nehmen. Mein Schwager schoss noch ein paar Fotos von uns allen. Es war ein Ereignis, das die gesamte Familie verändern würde und dieser Moment wollte festgehalten werden. Der Sohn ging in ein fremdes Land und in eine ungewisse Zukunft. Ich wusste, dass ich etwas finden würde. Nur was, war mir nicht bewusst. Niemand wusste es.

Zum Abschied flossen keine Tränen mehr. Zumindest nicht in meiner Gegenwart. Alle wollten mir Kraft mit auf den Weg geben und keine Tränen. Ich denke, es waren auch einfach keine mehr da, bei niemandem, die hätten geweint werden können. Ich nahm alle in den Arm, verabschiedete mich und ging durch die Sicherheitskontrolle. Es war kein Gefühl der Schwere mehr vorhanden. Alle wussten, dass es das Beste für mich sein würde. Ich drehte mich noch einmal um und hob meine Hand zum Abschied. Ursprünglich wollte ich diese Reise für Jade machen, um mich zu reinigen, und um mein altes Leben abzulegen. Dass ich diese Reise nun ohne sie machen würde, ließ in mir noch einmal das Gefühl aufkommen, dass alles schon immer so angedacht war – von wem auch immer.

Sie fehlte mir.

In meiner Hand hielt ich eine ihrer Buchempfehlungen: Eckhart Tolle, ›Eine neue Erde‹.

Jetzt war ich auf dem Weg zu meiner neuen Erde, dem kleinen Fleckchen Land im Golf von Thailand, in einer Bucht am Ende des Dschungels. Das Lesezeichen fiel heraus, als ich das Buch wieder in meine Tasche stecken wollte. Es war ein Polaroidfoto meines ersten Fotoshootings als Art-Director von vor zehn Jahren. Darauf sah man, wie ich gerade mit einem Besen das Set fegte und an der Wand neben mir hing ein riesiges Gemälde mit Engelsflügeln darauf. Es war mir vor ein paar Wochen zufällig wieder in die Hände gefallen, als Jades Buchbestellung eingetroffen war, und ich hatte es sofort in eines der Bücher gelegt. Jetzt bekam es für mich auf einmal eine ganz neue Bedeutung.

Der Flieger rollte auf die Startbahn. Ich hatte die Kopfhörer meines iPods in den Ohren und auf der Playlist wartete ein Song darauf, gespielt zu werden. Es war das Lied, das mir Jade einmal geschickt hatte, und dessen Titel wir zum Motto unserer beider Leben gemacht hatten. Den Kapuzenpulli hatte ich mir ins Gesicht gezogen. Das Flugzeug hob ab und ich drückte die Playtaste. Durch das Kabel schoss der Song in meine Ohren, wie Blut in meine Adern und in meinem ganzen Körper schallte es laut: ›ALLES NEU!‹

Ich weiß nicht mehr, wie viele Filme ich im Flugzeug angeschaut hatte, aber einer blieb mir in Erinnerung: ›Die Frau des Zeitreisenden‹.

Der Protagonist war einer Laune der Götter ausgeliefert, die ihn zeitlebens von einer Zeit in die andere katapultierte. Er hatte sich mit seinem Schicksal arrangiert und eigene Überlebensmechanismen entwickelt.

Auch wenn es nur ein Film war, erweckte er in mir den Anschein, dass wir Menschen doch sehr anpassungsfähig waren, trotz unserer Beschränktheit. Aus dem Zustand des Mangels heraus erkannte der Mensch seine Kreativität und mit der Macht der eigenen Vorstellungskraft war er in der Lage, nahezu alles zu erschaffen, was er zum Überleben brauchte.

Unsere Gesellschaft stand jetzt am Ende einer langen Kette von Entwicklungen und Erfindungen, die einer Not entsprungen waren, um einen Mangel zu überwinden, was zumindest in der westlichen Welt eine Gesellschaft der Fülle hervorgebracht hatte.

Ich kam zu dem Schluss, dass wir uns noch immer in einem Mangelzustand befinden mussten, den es zu überwinden galt. Der Fortschritt war nicht aufzuhalten.

Materielle Fülle war nichts anderes als eine moderne Form des Mangels. Welchen Grund gäbe es sonst, immer mehr haben zu wollen, wenn man doch schon alles hatte? Der Nutzen der vielen Dinge um uns herum schien lediglich darin zu liegen, uns einen Zeitvertreib zu verschaffen, der uns von dem Mangel in uns selbst abzulenken vermochte. Wir hatten unser Potenzial der Kreativität dazu genutzt, eine Art Ablenkungsbeschaffungsindustrie zu entwickeln, anstatt den eigentlichen Mangel in unserem Inneren zu beheben. Es war der Mangel an Selbsterkenntnis und der Mangel an Wahrheit in dieser Welt.

Mein Mangel war es, dass Jade nicht mehr bei uns war. Zumindest fühlte es sich so an. Ich vermochte diese Leere in mir mit nichts anderem zu füllen als mit Trauer. Aber vielleicht war gerade diese Leere dazu bestimmt, Raum zu bieten für die Trauer. Sie bedingten einander.

Die Trauer war das uralte Ritual der Menschheit, das den Weg bereitete für das Neue. Die Reinigung der Seele. Die Trauer selbst trug schon den Samen des Neuen in sich, den es galt, in sein Herz aufzunehmen. So, wie eine Blume den Regen brauchte, um zu wachsen, und der Regen, aus menschlicher Sicht, dem schlechten Wetter zugeordnet wurde, genau so war auch jede Träne der Trauer, die man vergossen hatte, wie Leben spendender Regen. Der Regen, der dafür sorgte, dass der Samen des Neuen in unserem Herzen wachsen würde. Also ließ ich die Tränen fließen und würde zuschauen können, wie etwas Neues entstand. Noch hatte alles keine Form. Genau wie bei einem Samen konnte man nicht sagen, ob die daraus entstehende Pflanze einmal viele Früchte oder Blüten tragen würde. Es galt, geduldig zu sein und zu beobachten. Bald würde der Regen dem Sonnenschein weichen. Dessen war ich mir sicher. Nichts in dieser Welt war von Dauer, auch nicht der Regen. Und auch nichts in dieser Welt war von vornherein richtig oder falsch. Die Antworten würden kommen.

Ich hatte immer Schwierigkeiten, in Flugzeugen zu schlafen. Irgendwie schienen die Sitze und insbesondere der Beinraum immer einen Zentimeter zu klein geraten zu sein, sodass mir eine bequeme Schlafposition verwehrt blieb.

Es war dunkel, als wir in Bangkok landeten. Ich nahm mir sofort ein Taxi Richtung Kao San Road. Mein Bus würde am nächsten Morgen sehr früh von dort abfahren – 6 Uhr, um genau zu sein. Ich liebte es, nachts in Bangkok

Taxi zu fahren. Die Hitze, die Lichter und das Treiben auf den Straßen. Kao San war für mich immer wieder ein Phänomen. Es waren so viele Touristen auf den Straßen, dass man manchmal das Gefühl haben konnte, nicht in Asien zu sein.

Ich nahm ein einfaches Zimmer im Rambutri Village, das in einer Seitenstraße gelegen war, was nicht bedeutete, dass es dort weniger belebt zuging. An der Kreuzung zur Hauptstraße standen so viele Taxis und Tuk-Tuks, dass man manchmal das Gefühl hatte, dass jemand eine Straßensperre errichtet hätte. Hinzu kam, dass die Taxis immer so nah an einem vorbei fuhren, dass sie einen fast streiften. Aber das war normal in Bangkok. Es war eben nicht mehr Platz da und alle arrangierten sich mit der Enge. Es wäre einem Thailänder nie eingefallen, eine Straße mit so vielen Fußgängern einfach zu einer Fußgängerzone zu erklären. Waren sich doch alle thailändischen Taxifahrer einig, dass jeder Fußgänger nur auf der Suche nach einem fahrenden Untersatz war. Jeder Fußgänger war potenziell ein Kunde und bedeutete Umsatz und deshalb machte es Sinn, ihm über den Fuß zu fahren. So konnte man sichergehen, dass der Kunde das Taxi auch nicht übersah. Das war thailändische Logik.

Eine andere Geschichte: In ganz Bangkok schien es kaum Mülleimer zu geben und man musste seinen Müll quasi immer bei sich tragen, wollte man ihn nicht irgendwo in die Ecke werfen. Ein Bekannter hatte mich hierzu letzten Herbst aufgeklärt:

»Weil die Mülleimer bei der Hitze fürchterlich zu stinken beginnen.«

»Gibt es keine Müllabfuhr?«

»Doch, sie kommt einmal die Woche.«

»Dann sollte man die Mülleimer öfter leeren.«

»Geht nicht! Zu viel Verkehr!«

Kapitel 7

Ich hatte kaum ein Wort gesprochen, seitdem ich in Frankfurt in den Flieger gestiegen war. Am Hotel angekommen, ging ich gleich auf mein Zimmer.

Es war sehr einfach eingerichtet mit einem Bett, einer Kommode, einem Fernseher, der mich auf alle Fälle die ganze Nacht unterhalten würde, wenn ich nicht schlafen könnte, ein kleines Badezimmer mit einer Dusche, warmes Wasser und die obligatorische Klimaanlage.

Ich ließ mich auf das Bett fallen. Meine Knochen taten weh vom langen Flug. Ich entledigte mich sofort meiner Turnschuhe und stieg um auf Flip-Flops. Ich zog eine kurze Hose an, nahm etwas Geld und wollte noch einen kleinen Spaziergang machen. Ich hatte während des Fluges kaum etwas gegessen.

Am Ende der Straße war mein Reisebüro. Zwar hatte ich da Ticket online bestellt und auch eine Bestätigung bekommen, aber ich wusste, dass es in Thailand immer besser war, sich noch einmal persönlich davon zu überzeugen, dass der eigene Name auch auf der Passagierliste stand. Ich wollte keine Zeit verlieren und so schnell wie möglich in die Bucht – endlich ankommen.

Auf dem Weg lagen viele Restaurants, aber es stellte sich noch immer kein Appetit bei mir ein. Ich ging in einen 7-Eleven-Supermarkt und holte mir eine Flasche Wasser. An jeder Ecke gab es 7-Eleven-Märkte, und auch wenn das Angebot beschränkt war, so fand man doch alles, was einem das Leben als Europäer in Asien sehr erleichterte: Insekten-Sprays, Pflaster, Kartoffelchips, Schokoriegel,

Wasser, Bier, Telefonkarten.

Mit einer Flasche Wasser in der Hand ging ich durch die Straßen. Es war schon dunkel und die Lichter der Restaurants, Essensstände und der Läden tauchten alles in einen warmen Orangeton. Die Luft war feucht. Der Flug und die Ereignisse hatten mich geschafft. Die Dame vom Reisebüro sagte mir, dass mein Name auf der Liste stünde und meinte, ich sollte einfach eine Stunde vor Abfahrt hier vor dem Büro sein und wir würden alle gemeinsam zum Bus gehen, der um die Ecke wartete. Auf dem Weg zurück ins Hotel lief ich wieder an vielen Essensständen vorbei, aber Appetit hatte ich noch immer nicht.

Im Hotelzimmer legte ich mich gleich ins Bett. Eine seltsame Müdigkeit packte mich. Ich stellte mir den Wecker und schlief sofort ein.

Leider dauerte die Bettruhe nicht lange. Mein Magen begann zu schmerzen und ich wachte auf. Noch fast im Schlaf schaffte ich es gerade bis ins Bad und musste mich übergeben. Das Bad war einfach gehalten und die Dusche bestand lediglich aus einem Durchlauferhitzer, einer Handbrause und einem Abfluss im komplett gekachelten Fußboden. Diese Einfachheit erwies sich als praktisch. Ich erbrach meinen Mageninhalt quer durch das Badezimmer. Eine bittere, gelbe Flüssigkeit. Es schoss aus mir heraus und auch ein zweiter Schwall ergoss sich auf den Fußboden. Mein Körper verkrampfte dabei so sehr, dass es mir nicht möglich war, meinen Kopf über dem Wasch- oder Toilettenbecken zu halten.

Mit ein paar Handgriffen und genügend Wasser war alles schnell bereinigt. Ich fühlte mich noch immer benommen, und als ob es mir nicht schon schlecht genug gegangen wäre, kam jetzt auch noch Durchfall hinzu. Meiner Kleidung hatte ich mich schon längst entledigt, saß nun auf dem Klo und kotzte gleichzeitig. Die Flüssigkeiten schossen aus allen Öffnungen.

Alles, was ich aus der alten Welt und meinem alten Leben mitgebracht hatte, wollte nun meinen Körper verlassen, so kam es mir vor. Ich würgte, hustete und wog mich im Sitzen hin und her. In der einen Hand hielt ich den Duschkopf und ließ das Wasser die ganze Zeit laufen.

Am meisten Sorgen bereitete mir der Durchfall, da ich morgen mehrere Stunden mit dem Bus fahren würde. Ich erbrach einen Schwall nach dem anderen, bis ich schließlich nur noch krampfend und würgend auf der Toilette saß. Ich war wach, aber immer noch nicht ganz bei mir. Wie ferngesteuert spritzte ich das Badezimmer mit der Handdusche sauber. Dann schlich ich zurück zum Bett. Mir war kalt, und wie ich so zum Bett ging, es waren nur wenige Schritte, hatte ich eine Vision. Vor meinen Augen erschienen Jade und Luna. Also ich sah sie nicht wirklich, aber sie waren da. Es war eine seltsame Erfahrung. Alle beide schauten zu mir und zeigten auf das Handtuch, das noch zusammengefaltet auf dem Bett lag und eine oder mehrere Stimmen deuteten an, dass ich mir dieses Handtuch doch um die Hüfte wickeln sollte. Für mich schien es Sinn zu machen, da es durch die Klimaanlage oft sehr schnell kalt wurde, und ich könnte so meine Nieren bedecken, um mich nicht noch zusätzlich zu erkälten. Zumindest war es meine Erklärung für das, was ich gesehen hatte.

Ich wickelte mir das Handtuch um die Hüfte und legte mich wieder schlafen.

Es dauerte nicht lange, bis ich erneut geweckt wurde. Dieses Mal waren es aber keine Stimmen oder Gesichter. Ich hatte mich und meinen Körper nicht mehr unter Kontrolle und der Durchfall überraschte mich im Schlaf. Zum Glück hatte ich mir das Handtuch um die Hüfte gewickelt und verstand sofort, was mir Jade und Luna hatten sagen wollen. Sie hatten gewusst, dass dies passieren würde und mich durch ihr Erscheinen vor Schlimmerem bewahrt. Dank dem Handtuch war alles schnell bereinigt und für den Rest der Nacht würde ich ruhig schlafen können. Ich wachte noch vor dem Wecker auf, duschte und brachte das Zimmer und vor allem das Bad auf Vordermann.

Wenn ich zurückschaute, erschien mir alles noch mehr wie ein Traum. Aber ich erkannte auch den reinigenden Charakter, den dies alles gehabt hatte. Es war wie ein Ritual, durch das ich geschickt wurde, und das der Beginn meiner Reinigung sein würde. So hatte ich meine Reise nach Thailand auch immer selbst genannt: eine Reinigung der Seele. Das war dann wohl der Startschuss, dachte ich bei mir.

Ich packte meine Sachen und machte mich auf den Weg zum Reisebüro, das nur wenige Häuser entfernt lag. Von Übelkeit und Durchfall war keine Spur mehr. Mir ging es gut, ausgesprochen gut.

Die am Vorabend so belebte Straße war nun fast menschenleer. Die Läden waren geschlossen. Bis auf den 7-Eleven-Supermarkt. Ich kaufte mir noch eine Flasche Wasser für die Fahrt. Es war noch dunkel. Das Reisebüro war taghell beleuchtet mit grünem Neonlicht. Davor standen schon etliche Touristen aus allen Nationen. Ich dachte kurz nach, warum ich mich eigentlich dazu entschlossen hatte, mit dem Bus zu fahren und nicht zu fliegen? Der Grund war, dass ich das Gefühl einer Reise bei mir behalten wollte. Durch das viele Fliegen schrumpfen die Entfernungen. Ich aber wollte weit weg sein und wollte diese Weite und Entfernung auch erfühlen und erleben. Dann würde alles irgendwie echter sein, dachte ich. Eine sechsstündige Busfahrt in Thailand und eine anschließende dreistündige Fährfahrt, in für Europäer viel zu kleinen Sitzen, würden diesen Zweck erfüllen.

Im Reisebüro stellte sich sehr schnell heraus, dass der Computer nicht funktionierte und mein Name auf der Liste, die den Mitarbeitern vorlag, nicht zu finden war. Der Mitarbeiter, der den Computer bedienen konnte, würde bald kommen und bis dahin sollte ich mich doch bitte hinsetzen. Die Schlange vor dem Reisebüro wurde immer länger und immer mehr Backpacker-Touristen kamen und ließen ihren Namen auf der Liste abhaken und bekamen einen Sticker, der als Busfahrkarte diente. Ich zählte die Touristen. Ich fragte mich, wie groß der Bus sei und wie viele Sitzplätze denn eigentlich noch zu vergeben waren. Ich schmunzelte. Hatte ich doch am Vorabend genau hier gestanden und ein Thai hatte mir mitgeteilt, dass mein Name im Computer registriert und alles in Ordnung wäre. Momentan war es nicht in Ordnung. Keiner der Mitarbeiter ließ sich aus der Ruhe bringen. Ich versuchte, einen Vorschlag zu machen und wollte noch ein Ticket kaufen, bevor alle Sitzplätze weg waren. Die Mitarbeiterin winkte ab und meinte, ich solle mich setzen und warten.

Ich lachte noch immer. Einige Backpacker kamen an den Tresen und begannen zu diskutieren, da alle Plätze im Bus vergeben schienen. Na super, dachte ich und beschloss, mich jetzt einfach nicht mehr aufzuregen oder aufzustehen. Irgendwie würde sich die Situation schon klären – auf Thai-Art.

Als fast alle Personen das Büro verlassen hatten, um zum Bus zu gehen, der schon vor einer Viertelstunde hätte fahren sollen, winkte die Frau am Tresen mich herbei. Jemand war gekommen und hatte die Liste aus dem Computer ausgedruckt, auf der auch mein Name stand. Sie lächelte und schrieb mit einem dicken Filzstift die Zahl ›1‹ auf einen bunten Sticker, den ich mir auf mein T-Shirt klebte. Der Bus stand keine 50 Meter weiter an der nächsten Hauptstraße. Der Mann an der Tür nahm mein Gepäck, schaute auf meinen Sticker und schickte mich nach oben. Es war ein Doppeldeckerbus. Die Zahlen auf dem Sticker standen für die Sitznummern. Die Nummer ›1‹ war oben und ganz vorne am Fenster mit viel Beinfreiheit. Da hatte sich das Warten doch gelohnt. Es war in meinen Augen der beste Platz. Die Sonne ging langsam auf und jetzt freute ich mich sehr auf die Busfahrt. Ich hatte die große Scheibe vor mir und konnte meine Beine ausstrecken. Auf meinem iPod hatte ich mir schon Musik ausgesucht, die ich während der Fahrt hören wollte. Meine Wahl fiel auf die EP ›Walls‹ des Berliner Musikers Apparat. Ich mochte diesen Musiker schon sehr lange und das Überraschende war, dass er ein Exfreund von Luna war und er das ›Walls‹-Album damals für sie geschrieben hatte.

Alles schien perfekt. Nur der Bus wollte einfach nicht losfahren. Dann kamen die letzten Passagiere und ich musste meinen Nachbarplatz freigeben, auf den ich meine Tasche gelegt hatte. Es war ein junger, sehr korpulenter Backpacker, der aus meinem 1. Klasse-Sitzplatz eine sehr enge Angelegenheit machte. Irgendeinen Haken musste das alles doch haben. Ich steckte meine Kopfhörer ins Ohr, zog meinen Kapuzenpulli ins Gesicht, legte die Beine hoch und lehnte mich zurück. Der Bus fuhr endlich los. Die Sonne ging auf und suchte sich ihren Weg in die engen Gassen von Bangkok. Die Musik klang in meinen Ohren. Endlich bewegte sich wieder was. Nächster Halt: die Fährstation in Chumpon.

Die viel zu engen Sitzreihen auf der Fähre, erinnerten mich noch einmal daran, dass ich jetzt in Asien und somit weit, weit weg war.

Bei unserem ersten Stopp auf Koh Tao, fast am Ende der Fahrt, war ich überrascht, so viele Touristen am Pier zu sehen. Ich hatte vor zehn Jahren hier meinen Tauchschein gemacht und mir war die Insel damals sehr verschlafen erschienen. Jetzt saßen unzählige Touristen auf den Felsen und es hatte eher das Flair eines überfüllten Stadtparks in einer europäischen Metropole. Thailänder waren keine zu sehen.

Ich wollte endlich ankommen in meiner Bucht und bei den Menschen, den Hunden und der Natur, die mein Zuhause für die nächsten Monate sein sollten.

In Koh Phangan angekommen, verließ ich das Boot, und als ich mit meinen Füßen den festen Boden der Insel betrat, spürte ich zum ersten Mal seit langer Zeit wieder so etwas wie das Gefühl des Angekommenseins.

Ich wartete an der Ecke zum 7-Eleven-Markt auf den Jeep, der mich abholen sollte und schaute in die Gesichter der eintreffenden Touristen. In ihren Augen konnte ich lesen, dass für sie jetzt ihr Abenteuer beginnen würde. Endlich angekommen im Paradies und endlich Strand und Meer. Mich hatte dieses Gefühl letzten September an derselben Stelle abgeholt und über die Insel geführt. Heute stand ich hier und das Gefühl, das mich die ganze Zeit begleitet hatte, war Leere. Ich erkannte nicht, dass ich mit dieser Reise ein Geschenk erhalten hatte. Geschenke bekam man zu Festlichkeiten, aber mir war nicht nach Feiern zumute.

Endlich bog Kai mit seinem dunkelblauen Jeep um die Ecke. Er stieg aus und umarmte mich herzlich.

»Mein Beileid.« Und: »Wir freuen uns so sehr, dass du jetzt bei uns bist!«

Meine Begrüßung im Paradies war eine Beileidsbekundung. Aber was hätte er auch anderes sagen sollen? Was sagte man überhaupt in so einer Situation? Ich konnte seine Freude über mein Eintreffen spüren und das war das eigentlich Wichtige. Schon nach der kurzen Zeit, die wir uns jetzt kannten, war zwischen uns eine echte Freundschaft entstanden. Auch Pamela stieg aus dem Wagen und umarmte mich herzlich und ich fühlte, dass ich willkommen war.

Das waren also die Menschen, die mich jetzt begleiten würden und ich freute mich sehr. Kai lief noch schnell in den 7-Eleven und holte zwei Bier – zum Einstand. Ich hatte seit dem Unfall keinen Alkohol getrunken, da ich einen klaren Kopf behalten wollte, bei den vielen Dingen, die um mich herum geschahen. Die Geste kam von Herzen und wir stießen gemeinsam an und tranken auf der holprigen Fahrt zurück in die Bucht dieses Bier zur Begrüßung.

In der Bucht fühlte ich mich sofort zu Hause. Als wir aus dem Wagen stiegen, waren die Hunde da, um uns zu begrüßen. Sie hatten den Jeep schon von Weitem gehört und waren ein Stück mit uns gelaufen, bis wir hinter dem Restaurant auf dem Hügel stehen blieben. Ich ging direkt in die Küche.

»Sawadee Kraab«, sagte ich auf Thai, und begrüßte alle. Danach führte mich Kai zu meiner Hütte, die für die nächsten Monate mein Zuhause sein würde.

Hierzu musste man einige betonierte Stufen hinaufsteigen, die um die Überreste eines blattlosen Palmstamms herum führten, bis man zu der aus einfachen Materialien gebauten Hütte mit der kleinen Holzterrasse kam. Als ich die Hütte betrat, lag dort ausgestreckt auf meinem Kopfkissen eine schwarz-braun gepunktete Katze mit weißen Pfoten. Ich freute mich über diese erste Begegnung, war die Katze doch seit jeher ein Symbol für die spirituelle Seite des Menschen, die mich auf diese Art willkommen hieß.

Die Hütte war in den Hang gebaut und lag etwas erhöht. Sie war einfach, aber gehörte zu den größeren Hütten und war auch relativ hoch, was mir sehr gut gefiel. Das Badezimmer bestand aus zwei Ebenen und hatte eine Toilette mit Wasserspülung, einen Duschkopf und ein kleines Regal. Ein Waschbecken gab es nicht. Ein Stab aus Bambus diente als Handtuchablage. Zu der Toilette und der Dusche musste man zwei kleine Stufen hinabsteigen. Die Wände waren aus rohen Backsteinen gemauert. Das Dach des Badezimmers war aus Palmwedeln mit einem Plexiglasfenster für Tageslicht, während die restliche Hütte ein Welldach aus Bitumen hatte. Die Wände waren aus grauen Blanken genagelt, die mich an Rigips erinnerten. Von außen war die Hütte weiß gestrichen mit den für das

Treehouse typischen bunten Farben.

Das Besondere an der Hütte war, dass sie an den Stromkreis der Küche angeschlossen war und ich somit schon von 11 Uhr vormittags an Strom hatte, der während des Tages von einem kleineren Generator erzeugt wurde. Mir war damals noch nicht bewusst, welche Auswirkungen eine begrenzte Stromversorgung auf mein gewohntes Leben haben würde.

Die Hütte hatte Fenster aus Plexiglas, was sich als praktisch herausstellte, da es im Dezember und Januar noch sehr stürmte, sodass das salzige Meerwasser bei offenen Fenstern und Türen bis in alle Ritzen und vor allem bis in die Kleider vordrang. So konnte man die Fenster geschlossen halten und hatte trotzdem Tageslicht in der Hütte. Das Bett war riesig und ein großes Moskitonetz spannte sich über seine gesamte Breite und Länge. Mehr gab es nicht. Ich bekam meinen Schlüssel. Die Hütte hatte die Nummer zwölfeinhalb. Es hatte sich gezeigt, dass Touristen einen Bungalow mit der Nummer 13 in der Regel mieden. Für mich war die 13 zu einer Glückszahl geworden, war es doch auch Jades Lieblingszahl gewesen. Das dazugehörige Schloss war golden mit dem Aufdruck ›POWER‹. Ein gutes Motto für das neue Jahr.

Ich warf meine Tasche aufs Bett und versuchte, erst einmal richtig anzukommen. Das Wetter war wechselhaft und es regnete und stürmte noch jeden Tag. Die Temperaturen bewegten sich zwischen 25 und 30 Grad. Es war feucht und warm. Meine T-Shirts würden von nun an immer auf der Haut kleben und meine Klamotten ständig feucht sein.

Sonnenuntergang und Sonnenaufgang hatten hier das ganze Jahr über feste Zeiten. Gegen 19 Uhr ging die Sonne unter und verschwand hinter den Bergen der Insel und jeden Morgen um 5.30 Uhr kam sie auf der anderen Seite wieder aus dem Meer empor gestiegen.

Es war Abend und bereits dunkel geworden in der Bucht. Ich saß zusammen mit Kai auf einer der vielen Terrassen aus Holz, die um das Restaurant gebaut waren. Es war Abend. Der Mond schien bereits so hell, dass er das Meer silbern schimmern ließ und man den Eindruck einer unwirklichen Nacht erhielt.

Mein Blick fiel auf das kleine Geisterhäuschen, das auf einem Hügel vor dem Restaurant stand. Ich kannte dieses Häuschen. Hier hatte ich im vergangenen Herbst fast drei Wochen direkt nebenan gewohnt. Der Hügel war vollständig mit Rasen bedeckt und nur stellenweise ragten graue Felsen aus ihm hervor. Rasen, so grün und dick, wie ich ihn noch nirgends in Thailand gesehen hatte.

Kai erzählte mir, dass einer der burmesischen Arbeiter, die hier die Hütten gebaut hatten, Geister sehen konnte und sofort erkannt hatte, dass hier auf dem Hügel der Geist der Bucht lebte. Es sei eine junge Frau, die aber in Wirklichkeit viele tausend Jahre alt zu sein schien, wenn nicht sogar älter als die Zeit.

Ich fühlte mich an Jade erinnert, die als junge Frau diese Welt verlassen musste. Ich fragte Kai, wie man das hier mit den Opfergaben so machte, wenn man etwas den Geistern darbieten wollte. Er sagte, ich sollte einen Schokoriegel, eine Banane und eine Fanta an das Häuschen stellen und drei Räucherstäbchen dazu anzünden. Drei war eine wichtige Zahl im Buddhismus, mit der man Buddha Respekt zollte. Statt einer Fanta entschied ich mich für eine Cola, Jades Lieblingsgetränk, und musste dabei schmunzeln.

»Ach ja«, rief Kai mir hinterher, »vergiss nicht, einen Strohhalm in die Cola zu stecken, sonst kann der Geist nicht daraus trinken.«

Wir lachten beide.

Das Jahr ging seinem Ende entgegen und es sollte ein besonderes Silvester werden. Zum ersten Mal seit vielen Jahren fielen Silvesternacht und Vollmond auf denselben

Tag. Hinzukam eine partielle Mondfinsternis. Der 1. Januar wäre Jades 30. Geburtstag gewesen, den sie zusammen mit Luna und all ihren Freunden in New York hatte feiern wollen.

Ich hatte immer das Gefühl, mich auf etwas vorbereiten zu müssen, aber ich wusste nicht was. Auch am Silvesterabend kam das Gefühl in mir hoch, noch nicht bereit zu sein, aber die Zeit ließ sich nicht aufhalten.

Um kurz vor Mitternacht verließ ich die Bar, zog mich bis auf meine Badeshorts aus und lief in die Bucht hinaus ins Meer. Hinter mir am Strand brannte ein riesiges Feuer und über mir leuchtete der Mond. Ich wusste, dass Jades Asche von ihrer Mutter dem Meer in Indien übergeben worden war. Dem Ort, den sie und ihr Vater immer so sehr geliebt hatten.

Ich tauchte ganz ein und schwamm so weit hinaus, bis ich nicht mehr stehen konnte. Vom Strand aus schoss Feuerwerk in den Himmel und Menschen ließen leuchtende Papierluftballons fliegen, die ihre Wünsche bis in den Himmel tragen sollten. Ich schaute hinauf zum Mond und konnte die Tränen nicht mehr zurückhalten. Ich hatte mir ein Leben mit Jade so sehr gewünscht. Mir blieb nichts anderes, als weiter zu machen.

›Hör nie auf zu atmen.
Der Atem trägt in dieser Welt
das Leben in unseren Körper.‹

›Das ist das Ende der Welt‹, hatte ich vor zehn Jahren fast an derselben Stelle einmal zu mir selbst gesagt.

Jetzt stand ich wieder hier. Hier endete meine alte Welt und eine neue begann. Zwischen beiden verlief eine Narbe. Der Schmerz, der für mich spürbar von dieser Narbe ausging, war der Schmerz der Trennung. Von Jade. Aber auch von dieser anderen, dieser Neuen Welt, die ich als

Schamane würde betreten dürfen. Das Schicksal hatte mich im Außen erneut an diese Grenze geführt, die geografischer nicht hätte sein können, damit ich im Innern sehen sollte, was dahinter lag. Es wollte mir zeigen, dass ich mehr war. Ich hatte keine Grenzen. Ich sollte mein Leben als Ganzes akzeptieren lernen und erkennen, dass alles, was mir in meinem Leben widerfuhr, meine eigene Entscheidung war. Diese Welt war der Spiegel dessen, wofür ich mich entschieden hatte, und in den ich schauen durfte, um mich selbst zu erkennen. In Wirklichkeit war ich etwas, das weder Form noch Grenzen kannte und sich weit über den Horizont meines Verstandes hinaus ausdehnte.

Alle Menschen teilten diesen Schmerz, den ich hier fand, aber sahen in ihrem Leben oft nur die Narbe und nicht, wovon sie uns trennte.

Viele geistige Schulen der Welt lehren, unsere Ängste zu umarmen und den Schmerz willkommen zu heißen, um so die Ganzheit und Einheit unseres Seins zu akzeptieren und zu erkennen, dass die physische und die geistige Welt zwei Teile eines Ganzen sind und nicht voneinander getrennt werden können.

Ich schwamm zurück ans Ufer, trocknete mich ab, fiel Pamela und Kai um den Hals und ging früh zu Bett.

In den nächsten Tagen bereitete ich mich vor, meine Tätigkeit als Manager, so nannte es Kai, aufzunehmen. Ich sah mich nicht als Manager, aber war aufgeregt, diese neue Position auszufüllen.

Im Zeitalter von Facebook und Social-Networking hatte ich mich ›downgegraded‹.

Ich war schon seit einigen Wochen nicht mehr Mitglied der Facebook-Community und zugleich hatte ich mich von all den Ablenkungsmechanismen einer modernen Großstadt befreit. Ich besaß lediglich noch einen Mail- und einen Skype-Account, die meine Verbindung zur Außenwelt, sprich zu Luna und meinen Eltern aufrechterhalten sollten.

Strom gab es für mich von 11 Uhr vormittags bis 1 Uhr nachts. Von meinen guten Freunden hatte ich mich zwar vor meiner Reise verabschiedet, aber ich hatte mich nicht allen erklärt. Alles war so kompliziert geworden, dass ich nicht noch Zeit und Energie darauf verwenden konnte, Menschen zu erklären, was ich selbst nur zur Hälfte verstand. Ich wusste lediglich genug, um meinen Weg weiter zu gehen. Irgendwann würde der Punkt kommen, wo alles sich aufzeigte, und dann würde ich auch keine großen Worte mehr benötigen. Ich hatte in den letzten Jahren gelernt, dass wahre Freunde bei einem blieben, auch wenn man sich für einen längeren Zeitraum nicht bei ihnen meldete. Ich zählte darauf, dass dies auch weiterhin Bestand haben würde.

Langsam holte mich der Alltag der Bucht ein. Meine Aufgabe war es, die Abendschicht zu leiten und diese begann zur selben Zeit, wie die Küche ihre Arbeit beendete, um 22 Uhr. Von nun an würde es nur noch Getränke geben.

Die Gäste versorgten sich in der Regel selbst mit Softdrinks und Bier aus zwei Kühlboxen neben dem Tresen und trugen alles eigenständig in ein kleines Buch ein. Diese Eigenverantwortlichkeit der Gäste galt es für mich stichprobenartig zu kontrollieren und gegebenenfalls die Leute daran zu erinnern.

Mein eigentlicher Job begann dann, wenn Gäste einen Cocktail trinken wollten. Ich hatte von Kai eine kurze Einführung erhalten, bei der ich versuchte, mir alle Rezepturen zu merken, aber die ersten Drinks, die meinen Tresen verließen, waren eher Freestyle-Cocktails, die ihren eigentlichen Inhalt nur im Namen erahnen ließen. Zum Glück gab es einen hauseigenen Bestseller unter den Cocktails, der Mojito, der aus Rum, Limette, viel Crushed-Ice, Minze und einer Blume am Glasrand bestand. Diese Rezeptur hatte ich mir gemerkt und konnte damit die meisten Gäste zufriedenstellen.

Gleich in meiner ersten Schicht musste ich die Bar alleine schließen. Mein Aufgabenbereich war überschaubar, aber sich in einer komplett neuen Umgebung zurechtzufinden, war eine ganz andere Herausforderung.

Der Generator würde noch für etwa 20 Minuten Strom erzeugen. Ich packte alle Sachen hinter den Tresen und schob die Kühlboxen in die Küche, die man an beiden Eingängen mit einer Holztür und einem Vorhängeschloss verschließen konnte. Das Wasser in der Spüle plätscherte unaufhörlich, da sie direkt vom nahe gelegenen Wasserfall gespeist wurde.

Alles erschien menschenleer und doch war um mich herum so viel Leben. Ich hatte vergessen, dass ich mitten im Dschungel war. Überall an den Wänden und auf dem Boden krabbelte und kroch etwas von links nach rechts, hoch und runter. Als ich die Kasse in der Kammer einschloss, zu der die Küchenangestellten keinen Zutritt hatten, erschrak ich, als eine unterarmlange Eidechse quer über den Boden lief.

Aber klar, was sollte sie auch anderes machen. Sicherlich wohnte diese Eidechse schon seit vielen Wochen hier in dieser Kammer. Ich war der Neuling und sie hatte sich bestimmt genauso erschrocken wie ich mich. Ich achtete ab jetzt bei jedem Schritt darauf, wo ich hintrat und lief mit eingezogenem Kopf umher, da ich an diesem Abend schon mehrfach schmerzlich hatte spüren dürfen, dass die Eingangstür zur Küche für thailändische Körpermaße konzipiert worden war.

Der Wind ließ die Lampen im Restaurant und in den umliegenden Bäumen hin und her schwingen. Im Hintergrund knatterte leise der Generator, der aus Lärmschutzgründen in einer Hütte etwas abgelegen im Wald stand. Eine Seilkonstruktion verlief von dort über mehrere

Astgabelungen und endete schließlich im Bungalow eines der burmesischen Angestellten. Sein Name war Pao. Das andere Ende dieses Seils war am Gashebel des Generators befestigt und so konnte Pao jeden Abend den Generator ausschalten, ohne seine Hütte dabei zu verlassen. Auch an diesen Abend war er pünktlich und um 1 Uhr nachts ging in der ganzen Bucht das Licht aus.

Irgendwie hatte ich erwartet, dass mit der Dunkelheit auch die Stille kommen würde. Aber da war keine Stille. Da war das Rauschen der Wellen, die an die Felsen schlugen und da war das Konzert der unzähligen Tiere, die in der Nacht noch einmal allen beweisen wollten, dass es sie gab, auch wenn sie so klein waren, dass man sie selbst während des Tages kaum hatte sehen können. Alles um mich herum schrie regelrecht vor Leben. Aber es war kein Lärm in meinen Ohren. Es war das Zeichen für mich, dass das Leben überall war, auch dort, wo man es auf den ersten Blick nicht sehen konnte.

So leuchtete ich mir an diesem Abend mit meiner Taschenlampe, die zu einem meiner wichtigsten Begleiter werden sollte, den Weg zurück in meinen Bungalow. Ich achtete auf meine Schritte, denn ich wollte auf nichts treten, das Leben in sich trug. Hatte doch alles um mich herum viel mehr das Recht, hier zu sein als ich. Ich war der Gast und ich wollte mich mit dem gebührenden Respekt gegenüber der Natur auch so verhalten.

Ich putzte mir im Licht der Taschenlampe meine Zähne und kroch unter mein Moskitonetz. Der Mond leuchtete noch immer über der Bucht und schien an diesem Abend direkt über meiner Hütte zu stehen, um mir den Weg zu weisen. Ich hüllte mich in meine Decke und zugleich in die Geräusche der Nacht. Sie waren wie ein Mantel aus Leben, der mich von nun an umgab. In dieser Nacht spürte ich zum ersten Mal, wie mich die Bucht in ihre Arme nahm. Über so viele Jahre hatte sie nie aufgehört, mich zu sich zu rufen. Jetzt war ich ein Teil von ihr. Hier war mein heiliger Ort, an dem ich darauf vorbereitet würde, das zu empfangen, wovon Jade und ihr Vater immer gesprochen hatten.

In dieser Nacht hatte ich einen Traum. Ich war bei meinen Eltern, und um mich herum standen viele alte und morsche Fachwerkhäuser mit dunklen Balken und weiß gekalkten Lehmwänden. Meine Mutter sagte, ich solle aufpassen, dass sie nicht einstürzen.

»Wenn sie schon wackeln, Mama, lass sie uns einreißen und Neue bauen.« Ich stieß das erste Haus mit meinen Händen um. Meine Mutter stand wie angewurzelt da und schaute mir zu. Der Boden war wie in einem Sumpf oder Moor. Die Landschaft war grün und fruchtbar. Ich ging langsam durch die Reihen der Häuser und habe eins nach dem anderen umgestoßen. Eine Freundin meiner Mutter erschien und sagte, dass alles leichter gewesen wäre, wenn damals nicht das eine Haus eingestürzt wäre. Ich wusste nicht, von welchem Haus sie sprach, aber das schien mir auch nicht wichtig zu sein.

»Es ist besser diese Häuser selbst einzureißen, als zu warten, bis sie über einem zusammenbrechen«, sagte ich zu ihr und ging weiter durch die Reihen.

Dann wechselte meine Perspektive. Jetzt flog ich über der Szene und sah mich aus der Vogelperspektive, wie ich selbst durch die schmalen Gassen der Häuser ging und Platz schaffte. Es war der Ort und die Landschaft meiner Kindheit. Wir hatten diese Felder immer ›Seewiesen‹ genannt. Wie Kartenhäuser fielen die Gebäude in sich zusammen, während ich immer höher flog, bis ich mich plötzlich auf einem Fahrrad wiederfand und über die nun leeren Wiesen fuhr.

Nichts in der Bucht erschien mir alltäglich. Alles war noch immer neu. In einer Mail hatte mir mein Freund

Jeffrey aus New York von einer Vipassana-Meditation geschrieben, die er vor einigen Jahren in Indien gemacht und die ihm sehr geholfen hatte, über den Verlust eines guten Freundes hinwegzukommen. Vipassana war eine Schweigemeditation.

Ich war jetzt in Thailand, in einem buddhistischen und auch spirituellen Land, und ich wollte dieses Angebot, oder sagen wir dieses Geschenk, nutzen und an einem solchen Vipassana-Retreat teilnehmen, um Klarheit in mir zu finden.

In Thailand gibt es zwei bekannte buddhistische Klöster, die ein Vipassana-Retreat für ausländische Interessenten anbieten und eines davon war hier auf Koh Phangan und lag nur wenige Fahrminuten von der Bucht entfernt auf einem Berg. Der Name des Klosters war Wat Kow Tahm. Eine Mail-Adresse war schnell gegoogelt und ich schrieb noch am selben Tag an die Leiter des Retreats.

Ich schilderte meine Geschichte und meinen bisherigen Weg ausführlich und bekam prompt eine Antwort und zugleich auch meine erste buddhistische Lehre:

Die Geschichte handelte von einer Frau Namens Kisagotami. Sie kam aus einer armen indischen Familie und heiratete später in die Familie eines Kaufmanns. In der damaligen Zeit erlangte eine Frau großen Respekt, wenn sie ihrem Ehemann einen Sohn gebar und so geschah es auch bei Kisagotami. Sie gebar einen Sohn und war sehr glücklich darüber. Als das Kind einige Jahre alt war, wurde es beim Spielen im Garten von einer Schlange gebissen und starb. Kisagotami fand ihren Sohn und konnte nicht glauben, was geschehen war. Sie weigerte sich, den Tod ihres Kindes zu akzeptieren.

Sie lief durch die Stadt auf der Suche nach einem Arzt, der ihren Sohn würde heilen können. Sie suchte überall und ließ sich von niemandem, den sie traf, überzeugen, dass ihr Sohn tot war, bis sie schließlich auf einen weisen Mann traf.

Dieser hatte Mitgefühl mit der Frau und riet ihr, Buddha um Rat zu fragen, vielleicht würde er ihr helfen können. Sie nahm ihren toten Sohn und rannte sogleich in den Park, wo sie den Buddha fand, legte ihm ihren Sohn zu Füßen und flehte ihn an, ihr Kind zu heilen. Der Buddha schaute sie voller Mitgefühl an und sagte: »Liebe Schwester, es gibt da eine unfehlbare Medizin, die dein Leiden heilen wird. Aber zuerst bringe mir eine Handvoll Senfsamen aus der Stadt.«

Kisagotami war voller Freude – Senfsamen gab es nahezu überall. Der Buddha fuhr fort: »Der Samen muss von einer Pflanze stammen, die vor einem Haus gewachsen ist, in dem noch nie ein Mensch gestorben ist.«

Kisagotami lief sofort los, ohne die Bedeutung der Worte des Buddhas genau verstanden zu haben und suchte in der Stadt nach einer solchen Pflanze.

Es war üblich zu dieser Zeit, dass die Familien über viele Generationen hinweg gemeinsam unter einem Dach wohnten. Die Menschen, die sie traf, hatten Mitgefühl mit ihr, aber wo auch immer sie fragte, ob in diesem Haus schon jemand gestorben sei, antworteten die Menschen mit ›Ja‹. Einige sagten ›mein Großvater‹, andere ›meine Mutter‹, ›meine Schwester‹ und so setzte es sich fort in allen Häusern, zu denen sie kam.

Gegen Ende des Tages wurde sie müde und begann zu verstehen, dass der Tod ein universelles Ereignis und Teil der Vergänglichkeit dieses Lebens war. Sie schaute auf ihr totes Kind in ihren Armen und akzeptierte schließlich, dass es tot war. Sie brachte es auf den Friedhof und ging zurück zu Buddha.

Der Buddha fragte sie höflich: »Kisagotami, hast du den Senfsamen gefunden?«

»Ich konnte keinen Samen finden von einem Haus, in dem noch niemand zuvor gestorben war.«

Sie hatte eine große Erkenntnis erlangt. Kisagotami ging ins Kloster, um Nonne zu werden und erlangte später die volle Erleuchtung – frei von jeglichem Leiden.

Drei Tage später traf ich die Leiterin des Retreats im Kloster zu einem persönlichen Gespräch.

Ich sprach davon, dass mein Weg der eines Schamanen sei, ich aber selbst nicht wisse, was dies im Einzelnen zu bedeuten habe, und dass ich auf die Insel geführt worden war, um darauf vorbereitet zu werden. Und dass ich in der Meditation Antworten finden wollte für das, was geschehen war, und für das, was mich erwartete. Sie nickte verständnisvoll und gab mir einen Rat.

»Was auch immer dir die Zukunft bringen wird, ist nicht von Wichtigkeit. Vielleicht wirst du ein Schamane sein, vielleicht auch nicht. Wenn du deine Aufmerksamkeit auf die Dinge richtest, die in der Zukunft liegen, verlierst du die Kraft, deinen Weg im *Jetzt* zu gehen. Löse dich von deinen Erwartungen. Richte deinen Blick auf das *Hier* und *Jetzt*. Das ist es, was du in der Meditation lernen wirst und was die Meditation uns lehrt.«

Für diesen Ausflug hatte ich mir das Motorrad von Kai geliehen. Es machte Spaß, auf den unbefestigten Straßen unterwegs zu sein. Ich trug nur ein T-Shirt und ausnahmsweise eine lange Hose. Wenn man ein Kloster besuchte, war es üblich, seine Knie und Schultern zu bedecken und ich folgte dieser Tradition mit Respekt. Ich freute mich auf das Vipassana-Retreat und Pamela und Kai waren willens, mich für diese Zeit von meinen Pflichten zu entbinden.

Schon auf dem Weg aus der Bucht heraus war mir der Hund der Nachbarin aufgefallen, der sich mir drohend in den Weg gestellt hatte. Nun fand ich mich in der gleichen Situation wieder, als ich in die Bucht zurückkehren wollte. Ich hatte das Gefühl, dass er nur aufgrund der lauten Rufe der alten Thaifrau von einem Angriff abließ. Keine besonders schöne Situation. Es gab viele wilde Hunde auf der Insel und mir waren diese Begegnungen nie geheuer. Dieser Hund war immer in der Nähe der alten Thai-Dame, die hier lebte und durch deren Land ein kurzes Stück der Straße verlief, die hinein in die Bucht führte. Es waren nur etwa 50 Meter, aber ich wusste von Kai, dass es schon sehr viel Streit gegeben hatte um diese wenigen Meter, die man nicht wirklich Straße nennen konnte.

Kamen in der Vergangenheit einmal besonders viele Touristen in die Bucht, sahen sich die alte Frau und ihr Sohn genötigt, die Pacht umgehend zu erhöhen und forderten mehr Geld. Für eine kurze Zeit hatten sie die Straße sogar mit Geäst versperrt. Dieses Hin und Her hatte viel Kraft gekostet, bis schließlich mit Hilfe eines Anwalts ein fester Vertrag ausgehandelt worden war, der die Nutzung des Weges regeln würde.

Ich fühlte mich nicht mehr als Tourist und die Bucht war nun mein Zuhause. Mein Blick war nicht mehr verklärt, so wie bei meinem ersten Urlaub, und es blieb nicht aus, dass sich mir auch viele Schattenseiten offenbarten.

Im Kern ging es beim Tourismus ums Geld. Und wo Geld war, waren auch Neider.

Es war die Schönheit des Landes, die den Menschen diesen Reichtum geschenkt hatte. Aber viele Thais sahen diese Schönheit nur noch selten. Mit genügend Geld war hier fast alles zu kriegen. Für die Thais war jetzt das Geld der eigentliche Reichtum und nicht mehr die Natur. Sie war nur noch Mittel zum Zweck. Allzu oft blieb dabei leider auch die Freundlichkeit der Menschen, die dieses Land eben so berühmt gemacht hatte, auf der Strecke. Das Land des Lächelns hatte an einigen Stellen sein Lächeln eingebüßt.

Den Menschen, die als Touristen hierher kamen, blieb dies meist verborgen, denn auch sie schauten größtenteils auf das Geld, und, verglichen mit anderen Strandparadiesen, war das Preisniveau in Thailand noch immer sehr niedrig. Das Angebot auf der Insel, die quasi nur aus Tourismus bestand, war riesig.

Tong Reng Beach war jetzt mein Zuhause und die Menschen hier hätten freundlicher nicht sein können.

Dafür war ich sehr dankbar.

Einmal kam eine ältere Frau von der nördlich gelegenen Bucht Thansadet den kleinen Hügel zum Restaurant hochgelaufen. Ich war damals selbst Tourist und lag gemeinsam mit anderen während der Mittagshitze im schattigen Restaurant auf den Kissen. Die alte Dame blieb stehen, sichtlich angestrengt von dem kleinen Anstieg, nahm ihre Sonnenbrille ab und schaute sich mit einem zufriedenen Lächeln um.

»Was ist das Geheimnis dieses Ortes, dass alle so entspannt zu sein scheinen?«, fragte sie und konnte sich ein Lachen nicht verkneifen. Ich drehte meinen Kopf zur Seite, um sie besser sehen zu können.

»Es ist der Ort selbst. Willkommen im Treehouse«, antwortete ich, während mein Tischnachbar nur zustimmend mit dem Kopf nickte. Die alte Dame lächelte mir zu und setzte ihre Sonnenbrille wieder auf.

»Wundervoll. Mehr Fragen habe ich nicht. Ich komme wieder«, sagte sie zufrieden und ging ihres Wegs.

Das war vor knapp vier Monaten. Jetzt war ich derjenige, der wiedergekommen war, und im Gegensatz zu der alten Dame damals hatte ich nun sehr viele Fragen.

Die Begegnung mit dem Hund der Nachbarin steckte mir noch immer in den Knochen und ich ertappte mich dabei, dass ich bis zum Beginn des Retreats die Bucht nicht mehr verließ. Ich hatte Angst vor diesem Hund. Er erschien mir wie ein Wächter, aber was er bewachte, war mir nicht ersichtlich. Er löste in mir ein Gefühl des Gefangenseins aus.

Ich war gefangen in der Bucht und zugleich in mir selbst. In meinem eigenen Kreislauf aus Zweifel und Unwissenheit. Es war das Neue, das sich um mich herum erschuf und das mich hierher geführt hatte. Wie bei Jade war es die Angst vor dem Neuen, dem Unbekannten. Der Hund war in mein Leben getreten, um mir ein Spiegelbild meiner Angst in dieser Welt zu sein.

Hätte ich damals gewusst, dass mir die Götter in dieser Bucht alle meine Ängste spiegeln würden, ich wäre schreiend davon gelaufen.

Aber hier war die Unwissenheit darüber mein bester Verbündeter, denn sie erlaubte es mir, nur eine Angst nach der anderen zu erkennen und zu betrachten. Unwissenheit war somit auch ein Schutz vor zu viel Angst. Trat man aber bewusst vor seine Angst und befasste sich mit ihr, dann lernte man sie besser kennen und verstehen. Am Ende würde man alles über seine Angst wissen, ihren wahren Kern erkennen und somit auch ihre Wahrheit. Das Wissen über die Wahrheit einer Sache war nichts anderes als Weisheit. Die Angst wäre dann keine Angst mehr, da sie nichts mehr enthielt, das einem fremd war. Hatte man alle seine Ängste im Leben besiegt, würde das auch bedeuten, dass man alle Weisheit erlangt hatte.

Da ich aber jetzt nicht bereit war, meine Angst zu sehen, hatte ich auch unzählige Gründe, die Bucht nicht zu verlassen. Das Wetter war auf meiner Seite. In den kommenden Wochen regnete es viel, zum Missfallen vieler Gäste. Der Regen machte den Weg hinaus aus der Bucht mit einem Motorrad unpassierbar und gab mir so einen guten Grund, hier zu bleiben.

Kapitel 8

Es war die erste Januarwoche und die Saison wollte nicht so wirklich beginnen. Nur wenige neue Gäste fanden ihren Weg in die Bucht. Die meisten kamen mit dem Jeep, der jeden Mittag um 13 Uhr am Pier auf der Westseite der Insel losfuhr und gegen 14 Uhr in der Bucht eintraf. Andere nutzten das Boot, das täglich zwischen Tong Nai Pan und Koh Samui verkehrte. Der Name des Bootes war Tong Nai Pan Express. Dieses Boot legte am nördlich gelegenen Strand Thansadet an und alle Passagiere, die zum Treehouse wollten, mussten mit ihrem Gepäck durch den kleinen Fluss am südlichen Ende des Strandes waten, der die Mündung des Wasserfalls markierte, um danach den Hügel zum Restaurant hinaufsteigen zu können.

Bis zum Ende der Saison im letzten Oktober hatte es hier diese wundervolle, abenteuerliche Brücke gegeben, die beide Buchten miteinander verband. Jetzt hatte man sie abgerissen. Die Betreiber eines Ressorts auf Thansadet wollten nicht mehr mit ansehen, dass viele Touristen, die mit dem Boot kamen, den direkten Weg ins Treehouse über die Brücke nahmen. Sie wollten die Touristen bei sich halten, was ihnen aber nur schwerlich gelang, da für die meisten Gäste das Urlaubsziel bereits feststand – Treehouse.

Die Gäste nahmen den beschwerlicheren Weg durch den Fluss gerne in Kauf und verbuchten ihn unter dem Kapitel ›Mein erstes Urlaubsabenteuer‹.

Hinzu kam, dass der vermeintlich beschwerlichere Weg den Charakter eines abgelegenen Urlaubsparadieses nur noch mehr unterstrich, was dazu führte, dass das Treehouse in Reiseführern als Geheimtipp gehandelt wurde. Die fehlende Brücke hatte also ganz im Gegenteil noch mehr Aufmerksamkeit erzeugt, was keineswegs im Interesse des Beseitigers gelegen hatte. Die offizielle Version zum Verschwinden der Brücke lautete übrigens: ›Der Monsun hat sie weggespült.‹

Aber selbst der Monsun konnte der südlicher gelegenen Bucht, Tong Reng, ihren Charme nicht nehmen.

Die Brücke war über die Jahre immer ein Abenteuer gewesen. Ihr Nicht-Vorhandensein machte daraus lediglich ein noch größeres Abenteuer, und alles, was dahinter verborgen lag, war eine Legende.

Teil meines Jobs war es, mich mit den Gästen zu unterhalten und es gab genügend Gesprächsstoff, kamen die Gäste doch von überall her aus der ganzen Welt und brachten ihre Geschichten mit sich. Auch ich trug meine Geschichte bei mir und es fiel mir nicht immer leicht, zu verbergen, was mich einerseits innerlich lähmte und zugleich Quelle meines Antriebs war. Ich zwang niemandem meine Geschichte auf, aber ich verleugnete mich auch nicht. So überließ ich es der Neugier meines Gegenübers, in welche Richtung eine Unterhaltung sich entwickeln würde. In den ersten Januarwochen war nicht viel los, und so waren auch die Abende entsprechend ruhiger und ließen genügend freie Zeit, die ich am Tisch mit Gästen verbrachte.

Mein bevorstehendes Vipassana-Retreat war immer eine hervorragende Gesprächseröffnung. Koh Phangan war schon immer ein Ort gewesen, der viele spirituell interessierte Menschen anzog und so traf ich auch schon bei meiner ersten Unterhaltung auf ein Paar aus der Schweiz, die ein solches Retreat in Indien besucht hatten. Beide erfüllten in meinen Augen so sehr das Klischee von Öko-Hippies, das ich es schon fast lustig fand. Andererseits erfüllte ich für sie natürlich auch das Klischee des gestriegelten Großstädters auf Abenteuerurlaub.

Sie trugen Dreadlocks und gingen barfuß und ich trug schwedische Designer-T-Shirts und spielte Musik, die man eher in einem Berliner Straßen-Café erwartet hätte als in einer verschlafenen Bucht am Ende der Welt. Moderat, Telefon Telaviv, Apparat. Wie auch immer. Es lag in der Macht der Bucht, die Menschen über Äußerlichkeiten hinwegschauen zu lassen. Was zählte, war die Begegnung und die Botschaft, die ein jeder für den anderen mit an diesen Ort gebracht hatte.

Nach den ersten Worten fanden wir schnell eine gemeinsame Sprache und das Pärchen erzählte ausführlich von seinen Erfahrungen während des Schweigens. Schon seltsam, dass man so viel über das Schweigen reden konnte. Eine Frau am Nachbartisch stieg in die Unterhaltung ein und berichtete ebenfalls von ihren Erfahrungen während einer Schweigemeditation. Sie war Yoga-Lehrerin.

Während ich den Erzählungen des Pärchens über ihre Indienreisen mit derselben Aufmerksamkeit folgte wie der Handlung eines Science-Fiction-Films, fand ich in den Worten der Yoga-Frau einen Teil der Welt wieder, wie ich sie kannte. Zu dem exotischen Teil der Erzählungen des Pärchens gehörte vor allem die Tatsache, dass beide zwar hier im Restaurant saßen, Tee tranken und auch speisten, aber sie hatten hier keinen Bungalow gemietet. Stattdessen schliefen beide unter einem Baum, der direkt am nahe gelegenen Wasserfall stand. Wow, das nannte ich mutig. Sie hatten sogar ein Foto des Baumes dabei und zeigten es uns. Wir waren beeindruckt.

Ich hatte in dem Buch ›Brida‹ gelesen, wie sie eine Nacht alleine im Wald verbringen musste, um ihre Angst zu besiegen. Diese beiden Menschen hier liefen jede Nacht alleine den dunklen Wasserfall hoch und schliefen quasi im Dschungel.

Der Baum auf dem Foto sah für mich aus wie jeder andere Baum an diesem Wasserfall. Ich selbst war erst zweimal den Wasserfall hochgelaufen, seitdem ich hier war, und beide Male hatte ich nur Augen für giftige Schlangen und rutschige Felsen gehabt. Ich war nie ausgerutscht und hatte auch nie nur eine einzige Schlange am Wasserfall gesehen.

Ich zog meinen Hut vor den beiden und auch die Yoga-Frau nickte Respekt zollend. Wir konnten uns beide beim besten Willen nicht vorstellen, ohne Moskitonetz und eine von innen verschließbare Tür auch nur eine Nacht im Dschungel zu verbringen. Mir war der Weg nachts zurück zu meiner Hütte, wenn alles Licht erloschen war, schon Abenteuer genug.

Die beiden tranken noch ein letztes Glas Tee, bevor sie sich wieder auf den Weg zu ihrem Baum machten. Die Yoga-Frau und ich blieben noch ein wenig sitzen.

Ich war nicht der Typ, den man an einem solchen Ort hinter dem Tresen eines Restaurants erwarten würde und das machte sie neugierig. Also erzählte ich meine Geschichte und versuchte, so sachlich wie möglich zu bleiben, da ich wusste, dass ich die Leute damit eher zum Schweigen als zum Reden brachte. Es war auch für mich immer noch nicht leicht, darüber zu sprechen, aber je mehr ich darüber redete, umso besser lernte auch ich, damit umzugehen.

Zum Abschied lud sie mich für den nächsten Morgen zu einer Yogastunde am Strand ein. Sie wollte mir auf diesem Weg etwas zurück und zugleich mit auf meinen Weg geben. Ich nahm voller Freude an. Wir trafen uns am frühen Morgen auf der Terrasse der kleinen Bar, die in der Mitte des sichelförmigen Strandes lag. Zum Meer hin gab es eine kleine Terrasse, die aus einfachen Holzdielen genagelt war. Hier war genug Platz für zwei und mehr Personen. Der Himmel war blau und das Meer schlug in meterhohen Wellen über die Felsen an den Strand. Das war die Kulisse, in der ich meine erste Yogastunde erhielt und es machte mir große Freude, etwas Neues in meinem Leben begrüßen zu dürfen.

Ich hatte Luna einmal gefragt, wie es denn funktionieren sollte, dass ich am Ende der Welt, wo es eigentlich Nichts gab, etwas lernen sollte, dass mir helfen würde, all das zu verstehen, was geschehen war. Luna hatte mir zur Antwort gegeben, dass ich mich gedulden sollte, dass meine Lehrer zu mir kommen würden, einer nach dem anderen, dann, wenn die Zeit und vor allem ich selbst dafür bereit wäre. Heute war einer dieser Tage, dachte ich bei mir. Ich war einer Yoga-Lehrerin begegnet und sie hatte mich etwas gelehrt, das ich verstehen und auch erleben konnte.

Aber in der Bucht warteten noch andere Lektionen auf mich, bei denen es mir schwerfallen würde, meine neuen Lehrer zu benennen, so wie an diesem Tag, denn sie hatten keine Namen in dieser Welt. Und auch das Wissen, das sie mir vermittelten würden, stand nirgendwo geschrieben, da Schrift und Sprache dieser Welt es nicht würden darstellen können.

Ich wollte immer verstehen und auch verstanden werden. Ich suchte immer nach einer Brücke, die mich mit all dem Neuen und zugleich auch mit meinem alten Leben verbinden würde. Aber nur ich selbst war diese Brücke. Ich war das Tor, durch das das Neue in diese Welt kommen würde. Ich selbst war die Verbindung zu allem, was war und insbesondere zu allem, was ist. Ich musste mich also selber finden, um zu verstehen und auch verstanden zu werden.

In den ersten Wochen träumte ich oft vom Motorradfahren. Es war noch immer so, dass mich, sobald ich ins Bett ging, der Schlaf umarmte und zu meinen Träumen führte.

In meinen Träumen war viel Nacht um mich und Dunkelheit. Ich war zu Hause bei meinen Eltern und es gab

Menschen, die in unser Haus einbrechen wollten. Ich hatte oft Panik und auch Angst. Dann wieder fuhr ich alleine durch die Nacht und sah vor mir nur das Licht des Scheinwerfers, und das, was er der Dunkelheit um mich herum entreißen konnte.

Im Traum nahm ich ein Telefon und versuchte, Jade zu erreichen. Ihre Mutter hob ab und sagte, Jade sei nicht da. Ich weinte und erklärte ihr, wie sehr sie mir fehlte. Ihre Mutter hörte mir zu und sagte, es sei in Ordnung, traurig zu sein. Sie sei gerade mit Jades Auto auf dem Weg nach Berlin und wir verabredeten uns für einen 9., aber sie nannte weder Monat noch Jahr.

Dann ging ich zu Fuß durch zwei große Theatersäle. Ich war schon einmal hier gewesen. Ich hatte bereits in einem anderen Traum in diesen Räumen Laub gefegt.

Dann träumte ich wiederum, dass ich durch einen Wald lief bis zu einer Lichtung, wo eine Feier stattfinden sollte. Alles sah danach aus, denn es gab Tische und Stühle und ein großes Buffet war aufgebaut. Ich war zu früh, denn ich war der einzige Gast. Das heißt nicht ganz. Am Ende des Buffets saß eine ältere Frau mit weißen, langen Haaren. Sie war barfuß, trug ein helles Kleid und saß mit verschränkten Beinen auf einem Stuhl. Sie sagte kein Wort und schaute mich mit ihren großen Augen und einem Lächeln auf den Lippen an und nickte dabei zustimmend mit dem Kopf. Ich hatte diese Frau zuvor noch nie gesehen, aber ihr Blick verriet mir, dass sie mich kannte.

Seit meiner Ankunft in der Bucht hatte ich so gut wie keinen Alkohol getrunken. Das höchste der Gefühle waren zwei Gläser Wein am Abend, wenn die Arbeit es zuließ. Zwei Gläser Wein waren im Vergleich zu meinem Alkoholkonsum der vergangenen Jahre geradezu lächerlich. Bis vor wenigen Wochen hatte ich fast jeden Abend zwei bis drei Bier beim gemeinsamen Essen mit Freunden getrunken. Das war für Berliner Verhältnisse Standard und hatte mir am nächsten Morgen nie sonderliche Probleme bereitet.

Obwohl ich kaum Alkohol trank, wachte ich jetzt jeden Morgen auf und hatte das Gefühl, zwei ganze Flaschen Rotwein getrunken zu haben. Mein Kopf und meine Gliedmaßen schmerzten dermaßen, dass ich mich fragte: ›Warum nicht einfach zwei Flaschen Rotwein am Abend trinken, wenn ich ohnehin jeden Morgen mit einem solchen Kater aufwache?‹

Aber es war kein normaler Kater. Ich durfte lernen, dass man einen solchen Zustand ›Energiekater‹ nannte. Mein Körper ging durch eine Transformation.

Das Energieniveau meines Körpers veränderte sich allmählich und wurde nach und nach angehoben. Man konnte es auch als die Nachwirkungen eines spirituellen Work-out bezeichnen.

Die Bucht schaffte hierfür die äußerlichen Grundvoraussetzungen, um meinen Körper auf feinstofflicher Basis durch eine Art Fitnessprogramm zu führen. So wie bei jedem anderen Work-out blieb ich nun auch nicht vor den Nachwirkungen eines geistigen Muskelkaters verschont. ›No pain, no gain‹, hatte mein Trainer in einem Berliner Fitnessstudio einmal zu mir gesagt. Es schien ein universelles Gesetz zu sein, dass man an seine Grenzen gehen musste, um sie zu erweitern. Innen wie außen. Das Universum machte da keinen Unterschied und manifestierte den geistigen Schmerz in meinem physischen Körper in Form eines Muskelkaters und ließ mich so diese innere Veränderung spüren.

In meinen Träumen lief ich also jede Nacht einen geistigen Marathon und fühlte mich auch dementsprechend, wenn ich am nächsten Morgen aufwachte. Aber als ich schließlich die Zusammenhänge verstanden hatte, störte mich dieser Zustand nicht mehr im Geringsten. Ganz im

Gegenteil beflügelte mich diese Erfahrung noch mehr und war ein deutliches Zeichen dafür, dass es voranging.

Für jemanden, der bisher nur geglaubt hatte, was er auch hatte sehen können, war es ein Trost, nun zumindest fühlen zu dürfen, was weder zu sehen noch zu erklären war.

So lief ich fortan jeden Morgen mit einem schmerzverzerrten Lächeln im Gesicht auf meinen wie Feuer brennenden Füßen ins Badezimmer, um mir die Zähne zu putzen. Es war das Gefühl eines zufriedenen Schmerzes, wie man ihn am nächsten Morgen nach einem kräftezehrenden Fußballspiel, bei dem man selbst das Siegestor erzielt hatte, am ganzen Körper spüren konnte.

Ich erzählte Luna davon und sie lachte, denn sie kannte diesen Zustand allzu gut. Sie freute sich für mich, dass ich es erkannt hatte, und dass ich diese Veränderung von nun an in meinem Leben willkommen hieß.

Zudem hatte ich begonnen, übermäßig viel zu schwitzen. Mein Körpergeruch veränderte sich. Ich roch nach Sauerkraut. Auch diesen Teil der Veränderung galt es anzunehmen. Die Reinigung war im vollen Gange.

Die vielen wechselnden Gäste trugen dazu bei, dass alles ständig in Bewegung blieb. Manche waren besorgt wegen Schlangen oder auch Spinnen und all dem anderen Getier. Sie wollten Urlaub auf einer Insel machen, aber hatten dabei die Natur nicht mit auf ihrer Gleichung gehabt und waren geradezu geschockt von der Üppigkeit des Lebens, die ihnen hier entgegenschlug.

Schlangen sind relativ scheue Tiere, aber es war nicht unwahrscheinlich einer zu begegnen. In einem Baum direkt über dem Restaurant lebte ein Exemplar der grünen Baumschmucknatter. Sie verbrachte die meiste Zeit in Bäumen – wie der Name schon sagte. Leider schien diese Schlange trotz ihres Namens eine nur mittelmäßige Kletterin zu sein. So hatte ich sie schon mit eigenen Augen aus dem Gebälk des Restaurants herunterfallen sehen, wobei sie nur knapp die Schulter eines Gastes verfehlte. Thais hatten mir erzählt, dass es so schon öfter zu unliebsamen Begegnungen gekommen sei, weil die Menschen sich erschraken und die Schlange dann aus Stress zubeißen konnte. Verhielt man sich aber ruhig, würde die Schlange den Menschen nur als weiteres Klettergerüst betrachten und ihren Weg fortsetzen.

Würde sich irgendwann doch mal eine echte Giftschlange auf dem Gelände des Ressorts einfinden, die eine Bedrohung für die Gäste darstellte, dann wäre es unsere Pflicht, diese Schlange zu beseitigen.

Zum Glück gab es einen Hund in der Bucht, der sich als ausgesprochener Schlangenfänger verstand, und der dank seines langen und dichten Fells, laut Angaben der Thais, auch schon mehrfach dem Biss einer Kobra widerstanden hatte. Sein Name war Donut, ein Schäferhund-Mischling. Er war der Chef, das Alphatier, und führte das kleine Rudel an, das in dieser Bucht lebte. Er war groß und stark, aber leider schien sein Intelligenzquotient nicht sehr viel höher zu liegen als der seines Namenspaten. Sein dichtes Fell schien ihn nicht immer so gut gegen Schlangenbisse geschützt zu haben. Er hatte anscheinend eine leichte Psychose davon getragen. So war er vermeintlich friedlich und ließ sich auch gerne streicheln, bis zu dem Punkt, wo er entschied, dass es genug sei und einfach zubiss. Solange er nicht die Gäste belästigte, ließ auch ich ihn in Ruhe.

Die Hunde der Bucht waren ein bunter Haufen, den das Schicksal zusammen gewürfelt hatte. Donut war der Hund des Taxifahrers und somit der Hund der Thaifamilie, der diese Bucht gehörte. Dann war da noch die Hündin Bu. Sie war schwarz mit etwas längerem Fell und genau so alt wie das Treehouse, sprich ein Jahr, denn sie war zusammen mit den neuen Betreibern hierher gekommen. Sie war ein ausgesprochen hübscher und lieber Hund. Sie hatte eine besondere Angewohnheit, durch die sie die Aufmerksamkeit vieler Gäste auf sich zog. Bu zog es vor, lieber in den mit Tüchern bespannten Liegestühlen zu liegen, als auf dem Sand oder dem blanken Boden. Auch nachts suchte sie sich einen leeren Liegestuhl im Restaurant, in dem sie dann die ganze Nacht verbrachte.

Dann gab es noch einen kleinen weißen Pudel, der so gar nicht in diese Umgebung passte. Er war der vermeintlich Kleinste und zugleich der mit der größten Klappe. Er war von seinem Vorbesitzer verstoßen worden und kam sozusagen aus dem Urwald direkt in diese Bucht. Sein Name war Dingli, oder wie ich ihn nannte: ›Das Ding, das aus dem Urwald kam‹. Er schien ständig unter Strom zu stehen und wollte sich beweisen. Zugleich besaß er eine solche Reinheit und Freundlichkeit, dass man ihm seinen Übereifer sofort verzieh. Pao hatte mir berichtet, dass er in den ersten Tagen nach Dinglis Eintreffen mehrere hundert Zecken aus seinem Fell entfernt habe. Seine Fellfarbe war weiß und die somit unwirklichste Farbe in der Bucht. Er verschwand von Zeit zu Zeit im Dschungel und erschien danach freudestrahlend und überzogen mit einer übel riechenden Schlammschicht im Restaurant. So endete er nach einem solchen Ausflug gemeinsam mit Pao im Meer, wo er gewaschen wurde. Pao kümmerte sich aufopfernd um die Hunde und er hatte selbst auch einen mit gebracht. Sein Name war Long. Er war der jüngste und bildete zusammen mit Dingli eine Einheit, für die ich ebenfalls einen Namen gefunden hatte: ›Dumm und Dümmer‹. Long folgte Dingli auf Schritt und Tritt. Wenn Dingli bellte, bellte auch Long. Sie jagten sich gegenseitig durchs Restaurant und spielten Fangen mit einer Unbefangenheit und Freude, die rührend war.

Der letzte im Bunde war Bang Born. Eigentlich gehörte er gar nicht zum Rudel, sondern war ein Einzelgänger. Sein Zuhause war das der alten Frau, über deren Land die

Straße hinein in die Bucht führte. Aber er hatte sich das Treehouse als sein neues Zuhause auserwählt. Aus seinem ängstlichen Verhalten gegenüber Menschen schloss ich, dass er geschlagen worden sein musste. Wenn es darum ging, die Bucht zu bewachen oder gegen andere Hunde zu verteidigen, stand er Schulter an Schulter mit den anderen Hunden. Er war ein Grenzgänger zwischen den Buchten und konnte sich überall frei bewegen, was nicht allen Hunden gegeben war. Sie waren auf ihr Revier angewiesen, das sie verteidigten, und das ihnen Schutz bot.

Jede Bucht auf der Insel hatte ihr eigenes Rudel und die Hunde waren zugleich ein Spiegel für das, was man an einem Ort wie diesem finden würde. Öffnete man seinen Blick für solche Dinge, dann würde man vieles erkennen, was einem sonst verborgen blieb. Die Hunde hier waren jung und freundlich, genau wie die Bucht selbst und als Ganzes fügten sie sich harmonisch in das System der Bucht ein und formten ihren einzigartigen Charakter mit.

Die Bucht lebte und wuchs, so wie alles um sie herum. Es war das Zusammenspiel vieler scheinbar voneinander unabhängiger Einzelteile, die sich aber einander bedingten und ohne den anderen nicht hätten existieren können. Alles fügte sich zu einem großen Ganzen und auch ich hatte meinen Platz hier gefunden. Wir waren alle eins.

Würde jemand später von seinem Urlaub in der Bucht erzählen, dann fänden wir alle unseren Platz darin. So wie ich es jetzt erzählte. Die Bucht war keine zufällige Ansammlung von Sand, Steinen, Wasser und Pflanzen. Sie war ein physisches Wesen und sie hatte auch einen Geist, eine Seele. Und es war diese Seele, die die meine hierher gerufen hatte, weil ich ein Teil von ihr war. Und der Beweis dafür war die Harmonie, die ich hier fand. Das Gleichgewicht der Dinge, das auch alle anderen spüren konnten, wenn sie diesen Ort betraten.

In der Nacht war ich im Traum wieder bei meinen Eltern. Ich bereitete mich auf eine Reise vor und ging durch unser Haus. Meine Mutter hatte begonnen, meinen Koffer zu packen. Ich schaute in den Koffer und sagte:

»Das ist doch nur altes Zeug, das passt mir nicht mehr«. Ich leerte alles wieder aus und begann den Koffer von Neuem selbst zu packen.

Täglich war ich mit Luna über Mails und Skype in Kontakt. Die beste Zeit hierfür war nach Ende meiner Mittagsschicht so gegen 17 Uhr. Dann hatten wir genügend Zeit, um zu chatten. In Berlin war es dann gerade mal 11 Uhr. Ich schilderte Luna meinen gesamten Tagesablauf und auch was mir in meinen Träumen begegnete. Alle Begegnungen waren wichtig. Ich war voller Übereifer und vergaß über meiner Geschichte völlig, dass auch Luna eine Geschichte hatte. Jade war auch ihre Freundin gewesen und auch sie stand nun vor einem Neubeginn. Aber ich war so tief in mir versunken, dass ich nicht erkannte, wie am anderen Ende der Leitung jemand saß, der sich mir mitteilen wollte. Mir war entgangen, dass Luna sich in den letzten Tagen mit Jades Mutter getroffen hatte. Sie hatte Luna gebeten, sich um die Auflösung und den Verkauf von Jades Wohnung zu kümmern, da sie sich selbst dazu nicht in der Lage sah.

Zur gleichen Zeit hatte Luna Besuch von Cornelia bekommen, die extra aus Frankreich angereist war, um sie zu treffen und ihr das Horoskop zu übergeben. Cornelia hatte für uns beide ein persönliches Horoskop erstellt. Mit meinem war sie noch nicht ganz fertig und ließ mir über Luna mitteilen, dass sie es mir in den kommenden Tagen per Mail zukommen lassen würde.

In diesen Tagen hatte ich Luna nicht die Aufmerksamkeit geschenkt, die ihr zustand und somit war auch unser Gleichgewicht ins Wanken geraten. Es fiel mir schwer, mich auf andere zu konzentrieren. Aber damit tat ich

Luna unrecht. Sie hatte mich seit Beginn meines Weges begleitet. Kein Mensch stand mir näher als sie, und keinem anderen Menschen brachte ich mehr Vertrauen entgegen. Es war ihr wichtig, zu spüren, dass ich mich für sie interessierte, und dass ich ihr Fragen stellte, die sie betrafen. Es kostete mich damals viel Mühe, was für mich heute wie eine Unmöglichkeit klingt, sollte es doch eine Selbstverständlichkeit und keine Mühe sein, sich für das Leben einer Freundin zu interessieren und zu fragen, wie es ihr geht.

Diese Erfahrung war eine Lektion gewesen und in den folgenden Mails von Luna lernte ich schnell, dass es richtig und gut war, viel zu fragen. Denn nur wer Fragen stellte, bekam auch Antworten und ich wollte Antworten. Die erste ließ nicht lange auf sich warten.

»Wie du weißt, war Cornelia das Wochenende bei mir und wir haben viel geredet. Ich möchte das, was sie gesagt hat, mit dir teilen und hoffe, dass du ein paar Antworten darin findest. Cornelia meinte, dass sie in deinem Horoskop gesehen hat, dass du 2010 eine Waage-Frau an deiner Seite haben wirst. Unsere Sterne hätten sich tatsächlich erst vor zwei Monaten einander genähert, weil alles andere zu früh für uns gewesen wäre. Doch jetzt gäbe es für 2010 nur einen gemeinsamen Weg für uns, der aber mit viel Kraft verbunden wäre.

Sie sagt weiter, dass ich das, was mir noch fehlt, von dir und umgekehrt du von mir bekommst. Wir würden eine Zusammenkunft haben und uns brauchen, in dem, was in uns fehlt.

Sie sieht genau, dass ich es bin, die noch sehr prüfend ist in unserer Verbindung. Du bist viel freier. Ich sei deshalb so prüfend, weil du ein Mann bist und ich Angst hätte vor dem Mann-Frau-Zusammenspiel zwischen uns, und weil ich wohl tief in mir fühle, dass wir in einem unserer Leben mal ein Liebespaar waren.

Du warst ein König und ich deine Frau und zugleich deine erste Beraterin und eine Kriegerin, die für deinen Glauben und deine Visionen gekämpft hat. Ich bin damals gestorben, weil ich dich geschützt habe.

In Berlin, am Tag deiner Abreise zu deinen Eltern, habe ich zum ersten Mal gefühlt, dass wir schon mal ein Leben zusammen hatten. Als wir uns in deiner Wohnung umarmt haben und du geweint hast. Deine Tränen haben meine Haut berührt an meinem Hals. In diesem Moment habe ich viele Bilder gesehen, von uns beiden im Mittelalter!

Ich habe deinen Herzschlag an meiner Brust gefühlt und da wusste ich, dass wir mal ein Liebespaar waren. Und dann war da noch mein Traum, als wir zu der Burg gegangen sind und genau wussten, wo unsere Pferde stehen und unsere Kleider sind. Ich habe dir doch von diesem Traum erzählt – oder?

An dem Abend, als du das Essen bei dir gegeben hast für deine Freunde und du mir in der Küche auf deiner Gitarre vorgespielt hast, habe ich ebenfalls Bilder gesehen von uns. Es war wieder im Mittelalter und du hast ebenfalls Gitarre gespielt und ich dazu gesungen. An diesem Abend hatte ich aber schon zu viel Rotwein getrunken und wusste es nicht richtig zu deuten.

Auch habe ich dir mal gesagt, dass ich mein Leben geben würde für dich und als ich das ausgesprochen hatte, habe ich in mir gefühlt, dass ich dir das schon einmal gesagt habe vor einer langen, langen Zeit.

Cornelia meinte, dass ich für deine Visionen und deinen Glauben mein Leben gegeben habe, und ich all das jetzt wieder bei dir sähe, dass du wieder ein König sein wirst, ein Schamane, und darum auch so sehr deinen Weg jetzt unterstützen möchte und an dich glaube.

Ich hoffe, du konntest ein paar Antworten finden. Ich würde dir gerne noch mehr Antworten geben, warum alles so gekommen ist mit Jade, aber ich kann dir keine Antworten geben auf etwas, das ich selbst noch nicht verstehe. Du weißt, wie sehr ich an euer Leben und eure Liebe geglaubt habe, und wie sehr ich es mir gewünscht habe für euch beide.«

Wow! Ich hatte diese Mail gelesen und vieles wiedererkannt. Es gab einen Grund, warum wir uns begegnet waren. Eine Antwort auf Jades Tod hatte ich noch immer nicht gefunden, aber vielleicht musste ich das auch nicht. Vielleicht war es auch gar nicht das nicht-gelebte Leben mit Jade, für das es Antworten zu finden galt, sondern vielmehr das Jetzt mit Luna, das zu leben die Antwort selbst war.

Am nächsten Tag erreichte mich die Mail mit meinem Horoskop und ich las es immer und immer wieder. Ich legte es erst einmal zur Seite und wollte das Gelesene auf mich wirken lassen und bat Luna meine Mail-Adresse an Cornelia weiterzugeben, damit ich mit ihr direkt über das Horoskop würde sprechen können.

Die kommenden Tage waren beherrscht von einer großen Traurigkeit. In Gedanken war ich ganz bei Jade. Ich versuchte loszulassen, aber wie machte man das, wenn es um etwas ging, das man noch nicht mal richtig hatte greifen können? Luna war bei mir, und versuchte, so gut es ging zu helfen.

»Ich denke, erst dann, wenn du nicht mehr denkst, loslassen zu müssen, wird das Gefühl der Freiheit von ganz alleine kommen. Ich weiß auch nicht, wie weit man jemanden loslassen muss, um nicht mehr zu denken, loslassen zu müssen?

Ich lasse alle meine Gefühle leben und sie haben alle ihre Berechtigung. Auch wenn sie mich oft traurig machen und so viele Fragen in mir hervorrufen. Das eine oder andere Mal bin ich auch sauer auf das oder den, der bestimmt, dass es jetzt Zeit ist, für einen Menschen zu gehen. Aber ich bin auch voller Freude, dass ich das große Glück hatte, Jade treffen zu dürfen in diesem Leben.

Ich habe Jade in den letzten Tagen sehr oft gefühlt. Auch, dass sie enttäuscht war und sie oft Kontakt mit mir aufgenommen hat, und ich genau gefühlt habe, dass sie alles sehr genau beobachtet. Ich habe heute Nacht auch von ihr geträumt.«

In diesen Tagen hatte Luna Kontakt mit Musikerfreunden. Sie hatten sie eingeladen, nach New York zu fliegen, um für sie das Piano zu einem neuen Song einzuspielen. Der Name der Band war ›Kings of Lion‹. Sie hatte schon vor Jahren mit ihnen gearbeitet, als sie noch völlig unbekannt waren und jetzt meldeten sie sich von Zeit zu Zeit, wenn sie besondere Musik brauchten, so wie Luna sie schrieb, mit sehr viel Herz und Gefühl.

Luna sprach nie besonders viel über ihren Job und schon gar nicht, für wen sie alles schon gearbeitet und komponiert hatte.

Es war Januar und der Winter hatte Berlin fest im Griff. Draußen schneite es. Lunas Flug war zum Boarding bereit, und als sie aufstand, um zum Gate zu laufen, konnte sie ihre Beine nicht mehr bewegen. Sie stand wie angewurzelt da.

Der Schnee und die Szenerie des Flughafens ließen in ihr Erinnerungen an Jades Unfall aufsteigen. Sie hatte den Blick ungläubig auf ihre Beine gerichtet, die sich noch immer nicht bewegen ließen und fing an zu weinen. Sie war wie gelähmt. Eine fremde Frau trat auf sie zu und umarmte sie. Luna war sich sicher, dass sie zusammengebrochen wäre, hätte die Frau sie nicht gestützt. Langsam beruhigte sie sich und fühlte, wie die Umarmung der Frau sich löste. Lunas Blick war noch immer nach unten gerichtet auf ihre Beine. Sie sammelte sich. Mit dem nächsten Atemzug hob sie ihren Kopf und wollte sich bei der Frau bedanken, aber die Frau war verschwunden. Luna schaute sich um, aber da war niemand. Sie nahm einen weiteren tiefen Atemzug und ihre Beine bewegten sich wieder. Sie lief den Gang auf und ab, aber die Frau blieb verschwunden.

»Ich bin mir sicher, dass es ein Engel war, den Jade mir geschickt hat«, schrieb mir Luna später und ich weinte, als ich ihre Zeilen las.

Luna stieg an diesem Abend nicht in das Flugzeug nach New York. Die Jungs, so wie Luna sie nannte, hatten Verständnis für ihre Situation und sagten, dass sie stattdessen in den nächsten Wochen nach Berlin kommen würden, um die Aufnahmen in einem Studio vor Ort zu machen.

Die Kommunikation über eine so große Distanz verlief aus meiner Perspektive betrachtet ausgesprochen problemlos, wenn man berücksichtigte, dass dies alles mithilfe einer Satellitenschüssel und einem benzinbetriebenen Generator vonstatten ging. Aus der Perspektive einer Person in Berlin hingegen, die 24 Stunden Strom und einen unbegrenzten Internetzugang hatte, war das alles sehr gewöhnungsbedürftig. Oft wurden unsere Chats mitten in einem Thema durch ein Gewitter in Bangkok unterbrochen. Hier lag die eigentliche Schnittstelle zum Internet und der Weg von der Insel zum Satelliten und von dort zurück nach Bangkok war sehr weit und konnte viele Hindernisse bereithalten. Luna hatte anfangs das Gefühl, dass ich unsere Chats absichtlich beendete und es kostete mich einige Erklärungen, dieses Missverständnis aus der Welt zu schaffen.

So geschah es auch, dass die erste Mail von Cornelia mich nie erreichte.

Mit Cornelia trat etwas Neues in mein Leben. Die Art, wie Cornelia schrieb, und vor allem, was sie schrieb, sorgte immer wieder dafür, dass mein Herzschlag für einen Moment auszusetzen schien. Wenn ich in einfachen Worten beschreiben sollte, was Cornelia tat, dann klänge das in etwa so:

Sie las in den Sternen, was die Götter dort für mich niedergeschrieben hatten und gab diese Informationen an mich weiter.

»Guten Abend, Harald. Ich Habe Deine E-Mail-Adresse Von Luna Bekommen. Ich Hatte Dir Auch Schon Eine Mail Zukommen Lassen Am 7. Januar. Ich Denke, Sie Wurde Vom Kosmos Verschluckt. Wie Ich Gehört Habe Von Luna, Hast Du Fragen Zu Deinem Horoskop. Es Ist Gut Zu Hören, Dass Ihr Wieder Im Gespräch Miteinander Seid. Ich Habe In Deinem Sternbild Es Kommen Sehen Und Dir Angeraten Auf Die Bedürfnisse Deiner Mitmenschen Zu Achten. Du Hast Durch Dein Horoskop Einen Einblick Auf Das Bekommen, Was Die Nächsten 2 Jahre Auf Dich Zukommen Wird. Luna Hat Eine Sehr Große Präsenz In Deinem, So Wie Du In Ihrem Sternbild. Inwieweit Luna Dir Mitgeteilt Hat, Dass Eure Seelen Schon In Einem Anderen Leben Zusammen Gelebt-Geliebt Haben, Weiß Ich Nicht. Luna Ist Eine Sehr Zurückhaltende Frau.

Eure Verbindung Hat Eine Kosmische Kraft Wie Bei Wenigen Menschen. Aber Auch Ist Sie Von Einer Großen Zerbrechlichkeit. Ich Beantworte Dir Gerne Deine Fragen.«

Wow, ich hatte das Gefühl, dass meine Hütte gewackelt hatte, als ich diese Mail las.

»Hallo Cornelia, ich freue mich von dir zu hören. Ja, die erste Mail scheint wirklich verschluckt worden zu sein, und ja, ich habe ein paar Fragen. Wie du weißt, bin ich momentan im Dschungel von Thailand auf einer Insel und nur bedingt vernetzt und erreichbar. Ich konnte das Horoskop schon lesen, aber noch nicht ausdrucken und möchte es noch einmal in aller Ruhe lesen und meine Fragen formulieren. Dazu brauche ich noch ein wenig Zeit.

Luna hat mir einmal kurz etwas über unser gemeinsames früheres Leben geschrieben. Sie meinte, dass du noch mehr Informationen und Anmerkungen hättest. Ich würde mich sehr freuen, wenn du mir noch einmal alles schreiben könntest, mit allen Informationen, die du dazu hast, von Anfang an. Ich konnte mich damit noch nicht wirklich auseinandersetzen und ich denke, dass es mir auch helfen wird, das Horoskop besser zu verstehen und vielleicht beantwortet es auch schon ein paar Fragen im Voraus.

Ich weiß nicht, warum ich mich so weit von allem entfernt habe. Ich weiß nur, dass ich hier nicht wirklich etwas vermisse. Die Abgeschiedenheit hilft mir, mit der Situation mit Jade fertig zu werden. Hier bin ich weniger abgelenkt, als wenn ich in Berlin wäre.

Oh, jetzt hab ich mir die Fragen gerade selbst beantwortet. Ich glaube aber, dass es noch mehr gibt, was ich finden werde.«

Cornelia antwortete immer zügig, sofern es von Vorteil war und ich erhielt gleich am nächsten Tag eine weitere Mail von ihr.

»Guten Tag, Harald. Ich Möchte Dir Etwas Über Die Spirale Der Wiedergeburt Erklären. Das Wissen Darum, Dass Wir Mehr Als Ein Leben Haben Und Wir Nicht Aufhören Zu Existieren, Wenn Unser Körper Stirbt, Sondern In Einem Körper Wiedergeboren Werden, Kann Viele Fragen Beantworten. Aber Es Wirft Auch Viele Neue Fragen Auf. Warum Werden Wir Überhaupt Wiedergeboren?

In Vielen Religionen Geht Die Spirituelle Lehre Davon Aus, Dass Die Reinkarnation Unserer Seele Uns Die Möglichkeit Gibt, Uns Zu Vervollkommnen. Eine Lebensspanne Reicht Dafür Nicht Aus, Unsere Seele Muss Mehrfach Geboren Werden. Jedes Leben Erteilt Uns Neue Lektionen, Bis Wir Schließlich Die Vollkommenheit Erlangen.

Niemand Weiß, Wie Viele Leben Dazu Nötig Sind. Die Seele Ist Alterslos, Geschlechtslos Und Unkörperlich.

Dich Und Luna Umgibt Der Himmlische Funken Der

Götter. Es Ist Ganz Klar Bei Euch Zu Sehen Im Sternbild, Dass Ihr Eure Aufgabe In Eurem Gemeinsamen Leben Im Mittelalter Nicht Beenden Konntet Und Dass Ihr Das Göttliche Geschenk Bekommen Habt, Euch Noch Mal Zu Begegnen. Luna Wurde Von Deinen Freunden, Die Sich Als Falsche Berater Gezeigt Haben, Hingerichtet. Es War Ein Verrat Gegen Dich. Und Luna War Das Opfer Des Verrats. Du Selbst Hast Dich Nach Dem Tod Von Luna Gerichtet. Und Somit Konntet Ihr Eure Göttliche Aufgabe Nicht Beenden.

Auch Jade War Eine Göttin Und Eure Vertraute Und Deine Zweite Frau Im Mittelalter. Sie War Eine Heilerin Und Lehrmeisterin Von Kräutern. Auch Dass Ihr Euch Drei In Diesem Leben Wieder Begegnet Seid, Ist Sehr Selten. Aber Leider War Es Noch Nicht An Der Zeit Für Eure Vollkommene Zusammenkunft. Ich Denke, Dass Du Deinen Level Noch Nicht Erreicht Hast. Es Gibt Noch Viel Zu Lernen. Aber Wie Ich Es Sehe, Hast Du Dich Auf Deine Innere Reise Gemacht, Um Deinen Weg Zu Gehen. Du Hast In Deinem Jetzigen Körper Und Geist Lange Geschlafen Und Bist Jetzt Erwacht.

Ich Kann Dir Nur Nahelegen, Prüfend Zu Sein Mit Deinen Alten Freunden. Das Sagt Dir Auch Dein Horoskop. Du Und Luna Bekommen Starke Negative Energien Von Deinen Freunden. Luna Wird Sehr Beschossen Von Schlechten Energien. Das Wird Auch Weiter Eine Prüfung Sein Für Eure Verbindung, Wie Schon Im Mittelalter.«

Ich war voller Adrenalin. Eine solche Mail hatte ich in meinem ganzen Leben noch nicht erhalten. Was Cornelia schrieb, erschien mir unfassbar. ›Himmlischer Funke‹, ›Mittelalter‹, ›Göttin‹. Ich war beeindruckt. Ich spürte die Kraft ihrer Worte, aber wirklich etwas damit anfangen konnte ich nicht.

»Ich lese deine Mail mit großer Aufmerksamkeit. Ich habe viele Zeichen gesehen und es sind viele Dinge passiert.

Ich bin neugierig und möchte gerne alles wissen, denn ich habe das Gefühl, so wenig zu verstehen. Ich beobachte, höre zu und lerne. Ja, ich stehe am Anfang einer Reise und so fühle ich mich auch. Alles, was bisher geschah, greift irgendwie ineinander. Auch wenn ich den Sinn hinter Vielem nicht sehen kann, wie z. B. dem Tod von Jade. Aber vielleicht ist das auch etwas, wo es keinen Sinn zu suchen gibt, sondern etwas, das es zu akzeptieren gilt.

Wie genau sieht unsere Aufgabe aus? Luna und ich haben oft die gleichen Träume, nur aus verschieden Perspektiven, und wir haben ähnliche Visionen.

Ich schreibe meine Träume auf und es gibt Dinge, die sich wiederholen, Menschen, die immer wieder auftauchen und Situationen, die ich nicht deuten kann. Viele Menschen kenne ich nicht, aber sie scheinen mich zu kennen. Sie reden aber nicht mit mir. Ich komme zu diesen Plätzen und sie schauen mich nur freundlich an und schweigen. Jade ist auch in den Träumen, aber ohne Körper. Ich weiß, dass sie es ist. Steht das alles in Verbindung mit unserem vorherigen Leben? Gibt es nur den einen Weg? Ich bin mir sicher, dass wenn ich meinem Gefühl folge, nichts falsch machen kann. Das ist natürlich typisch Widder-Denken. Aber ich versuche sehr achtsam zu sein und zu beobachten. Die Abgeschiedenheit hilft mir dabei.

Welche Rolle spielt Jade jetzt? Jetzt ist sie nicht mehr da – körperlich. Ich hatte mich noch nie einer Frau oder einem Menschen so nahe gefühlt. Es gab den Moment, wo keine Fragen mehr zwischen uns standen, aber jetzt dafür umso mehr. Entschuldige, wenn ich so sehr abdrifte, aber da sie noch da ist und meine Liebe zu ihr auch, weiß ich nicht, wie ich damit umgehen soll. Ich fühle mich nur zu ihr gehörig als Mann. Luna ist mir auf eine andere Art so nah wie kein anderer Mensch. Was hat es mit Jades Vater auf sich?«

»Guten Abend, Harald. Jades Vater Hat Dich Als Sei-

nen Nachfolger Als Schamane Gesehen In Einer Vision. Auf Dem Markt Hat Er Das Erste Mal Kontakt Zu Dir Aufgenommen.

Ich Möchte Dir Etwas Über Das Karma-Buch Schreiben, Das Jeder Mensch In Seinem Jetzigen Leben Hat. Dort Stehen Alle Taten Geschrieben Und Es Gibt Nur Wenige Ausgewählte Unter Uns, Die Darin Lesen Können. In Deinem Leben Gibt Es Drei Menschen, Die Einen Blick Darin Haben. Einmal Ist Es Jades Mutter, Die Auch Darin Gelesen Hat, Dann Jades Vater, Der Nicht Darin Gelesen Hat, Und Luna, Die Aber Diese Große Gabe Abgelegt Hat Als Sehr Junges Mädchen. Sie Hatte Dadurch Sehr Traumatische Begegnungen Und Hat Es Abgeschlossen. Doch Sie Hat Jetzt Eine Vision Der Neuen Welt Gesehen Und Damit Den Eintritt In Die Neue Welt Bekommen. Sie Ist Gerade Dabei, Alles Traumatische Aus Ihrer Kindheit Abzulegen Und Wieder Aufzuschließen.

Jades Mutter Hat In Dein Karma-Buch Geschaut, Um Zu Sehen, Wie Dein Leben Im Jetzt Mit Frauen War, Deine Achtsamkeit Mit Frauen. Weil Sie Jade Immer Behüten Wollte Vor Der Unreinheit Vieler Männer. Sie Hat Mich Um Ein Treffen Gebeten, Als Ich In Berlin Bei Luna War. Sie Hat Mir Von Deinem Verschmutzten Karma Erzählt, Wie Du Mit Frauen Umgegangen Bist. Das War Der Grund Warum Sie Immer Gegen Eure Verbindung War.

Du Weißt, Dass Man Ein Verschmutztes Karma Reinigen Kann. In Deiner Mail Sind Viele Fragen, Einigen Hast Du Schon Die Richtigen Antworten Gegeben. Mach Weiter So! Ich Denke, Weitere Antworten Von Mir Kommen In Der Nächsten Mail. Nicht Zu Viel Auf Einmal!«

Das waren wirklich sehr viele Informationen. Vor allem kamen sie aus einer Welt, die ich nicht als die meine bezeichnen würde und doch hatte alles viel mehr mit meinem Leben zu tun, als ich es wahrhaben wollte.

›Verschmutztes Karma‹? Was bedeutete das?

»Es Geht Dabei Nicht Darum, Wie Viele Frauen Es Waren. Es Geht Darum, Wie Du Mit Ihnen Umgegangen Bist, Deine Taten. Davon Solltest Du Dich Reinigen. Sonst Wird Es Dich Immer Wieder Einholen. Du Bist Ein Schamane, Der Erst Noch Erwachen Muss. Du Bist Auf Dem Besten Weg Dorthin.«

Luna erzählte mir mehr über das Karma-Buch. Jeder Mensch besaß ein solches Buch, in dem sein Karma geschrieben stand. Das Besondere war, dass jeder sein Karma-Buch selbst geschrieben hatte, und zwar bevor er oder sie in dieses Leben auf der Erde geboren wurde. Die Seele eines Menschen hatte gemeinsam mit dem karmischen Rat das abzuleistende Karma für dieses Leben bereits festgelegt. Niemand bekam dabei mehr Karma, als er auch bewältigen konnte. Jedes Leben, so schwierig es einem auch erscheinen mochte, war also eine zu bewältigende Aufgabe. Um welches Karma es sich im Einzelnen dabei handelte, blieb den Menschen aber verborgen.

Es gab nur wenige Menschen, die überhaupt über die Gabe verfügten, in dem Karma-Buch eines anderen Menschen lesen zu können. Somit erschien es mir sehr verwunderlich, dass es in meinem Leben ausgerechnet Menschen waren, die erst vor Kurzem in mein Leben getreten waren. Luna, Jades Vater und ihre Mutter, die als Einzige darin auch gelesen hatte.

Ich verstand jetzt, was Jade damals meinte, als sie sagte, dass ihre Mutter über die nötigen Mittel verfüge, alles nur Erdenkliche über einen Menschen herausfinden zu können.

Griff man ohne die Erlaubnis der Götter auf dieses geschriebene Wissen zu, dann würde man dafür im Leben bestraft werden. Jades Mutter hatte diese Erlaubnis und tat somit nichts Unrechtes.

Allerdings erklärte mir Luna, dass nur sie selbst und Jades Vater alle Seiten im meinem Buch auch wirklich lesen konnten, während die Mutter nur auf bestimmte Seiten Zugriff hatte. Im Allgemeinen empfand Luna diese Art der Spionage in meinem Fall als nicht dienlich und hatte auf Anraten ihres Schamanen mein Buch fortan für Jades Mutter verschlossen, die sich darüber nicht sonderlich erfreut zeigte.

Cornelia war nicht die einzige neue Person, die in diesen Tagen in mein Leben getreten war. Ich hatte eine Mail von Moe erhalten, einem Freund von Jade, mit dem zusammen sie aufgewachsen war, und der ihr so nahe stand wie ein Bruder. Ich freute mich sehr über den Kontakt, auch wenn ich mir andere Umstände gewünscht hätte. Es ließ sich nicht ändern. Wir bekommen im Leben nicht immer das, was wir wollen, aber mit Sicherheit das, was wir brauchen. So fanden Moe und ich eine Nähe in den ersten Mails, die uns beiden gut tat.

Jade hatte mir von ihm erzählt, und dass wir uns sicherlich gut verstehen würden. Um es kurz zu machen, wir verstanden uns prächtig und fanden viele Gemeinsamkeiten. Auch, was Frauen anbetraf. Er war für mich wie ein Spiegel, in den ich schauen durfte, um mein eigenes Leben besser verstehen zu können. Von diesem Tag an schrieben wir uns regelmäßig und je mehr ich über ihn erfuhr, desto mehr erfuhr ich über mich selbst.

An diesem Tag kam während meiner Schicht ein Motorrad mit drei jungen Thais direkt vor das Restaurant gefahren. Sie setzten sich an einen der oberen Tische unter den großen Cashewbaum und fingen an, eine kleine Tasche auszupacken. Ich schenkte ihnen nicht weiter Aufmerksamkeit, bis Kai zu mir kam und sagte:

»Wenn sich einer der Gäste tätowieren lassen möchte, die Jungs da oben haben ihr Bambuswerkzeug dabei und tätowieren hier vor Ort.«

Kaum hatte er diesen Satz ausgesprochen, klingelte es

in mir. Wieso die Gäste? Nach der vergangenen Nacht verspürte ich das Verlangen, ein Zeichen zu setzen. Ich fragte Kai, ob er für mich kurz einspringen würde. Nach kurzen Verhandlungen fand ich mich auf dem Holzboden der Restaurantterrasse liegend wieder. Die Thaijungs saßen neben und auf mir und tätowierten mit einem Bambusstab drei Buchstaben in Thai unter mein Herz: JHG. Das thailändische Wort für ›Jade‹. Die ganze Situation war skurril, aber ich fühlte mich ausgesprochen zufrieden und glücklich, während die Thaijungs auf den Tätowierer einredeten, wie doch der nächste Strich genau zu machen sei, und ob die Größe der Buchstaben auch ausreichend war.

Die Prozedur dauerte zweieinhalb Stunden und war alles andere als schmerzfrei. Ein Bamboo-Tattoo aus dem Dschungel von Thailand. Das Endergebnis gefiel mir. Ich schickte sofort ein Bild meines neuen Hautschmuckes an Luna und sie weine, als sie es sah.

In dieser Nacht war ich im Traum zusammen mit Freunden in Berlin. Auf meinem Arm hielt ich ein kleines Mädchen mit dunklen, gelockten Haaren. Sie lächelte die ganze Zeit und ich verspürte ein großes Gefühl des Friedens in mir.

Ich schrieb Luna von meinem Traum und auch sie hatte in dieser Nacht eine besondere Begegnung.

In ihrem Traum waren Luna und ich in Indien. Wir trugen weiße Gewänder und badeten in einem Fluss. Es war eine Art Taufe oder auch Hochzeit. Ein alter Mann leitete das Ritual und am Ende haben wir uns geküsst. Luna meinte, dass es sehr selten sei, dass sie sich im Traum küssen ließe. Dann sind wir aus dem Wasser gestiegen und eine Frau kam auf uns zu und reichte mir ein kleines Mädchen. Laut Lunas Beschreibung war es dasselbe Mädchen wie auch in meinem Traum. Weder Luna noch ich konnten sagen, welche Bedeutung das alles genau haben sollte.

Ich schrieb Cornelia von unseren Träumen und ihre Antwort ließ nicht lange auf sich warten.

»Guten Tag, Harald. Indien Ist Ein Sehr Starkes Thema Bei Dir Und Luna. Ihr Werdet Beide Vorbereitet Im Hier Und Jetzt Von Euren Wächtern, Engeln, Meistern, Visionen. Das Kind Wird Ein Kristall Kind sein, Und Nimmt Bereits Jetzt Schon Kontakt Zu Dir Auf.

Wie Siehst Du Die Verbindung Zu Diesem Kind, In Verbindung Zu Luna? Warum Denkst Du Hat Jade Und Ihr Vater Luna Für Dich Ausgesucht? Wie Fühlst Du Euren Energiekreislauf, Gedankenkreislauf, Die Spirituelle Verbindung Zu Luna?

Jade Ist In Und An Deinem Herzen Zu Sehen, Du Hast Ein Großes Zeichen Gesetzt, Es Wird Dich Stärken. Weiter So.«

Mein Traum war also kein Traum gewesen, sondern eine Vision. Ich war überrascht, dass Cornelia in ihrer Mail Bezug nahm auf mein Tattoo, hatte ich es ihr gegenüber doch in keinem Wort erwähnt und auch Luna hatte nichts an sie weitergegeben. Für mich war es wieder mal der Beweis dafür, dass Cornelia ihre Informationen aus einer Quelle zu beziehen schien, die für mich noch immer im Verborgenen lag. Aber diese Quelle existierte, denn Cornelia war der Beweis. Nie zuvor hatte es Menschen in meinem Leben gegeben, Jade ausgenommen, die solche Fähigkeiten besessen hatten und die so frei damit umgehen konnten.

Auch Moe freute sich sehr über das Tattoo und es rührte auch ihn zu Tränen. Er vermisste Jade sehr. Moe wünschte sich so sehr, mit Jade in Kontakt zu treten. Er erzählte mir, dass sie ihm von Zeit zu Zeit in seinen Träumen erschien und zu ihm sprach.

»Wenn du von ihr geträumt hast, dann war das bereits ein Kontakt. Du solltest die Bedeutung von Träumen nicht unterschätzen. Sie sagen uns viel über uns selbst. Auch im Alltag wird es Momente geben, wo du Jade spüren wirst.«

Ich erzählte Moe weiter, wie ich gelernt hatte, mich mit meinen Träumen zu verbinden und sie auch zu erinnern. Es war ganz einfach. Vor dem Einschlafen programmierte ich mein Unterbewusstsein durch einen einfachen Satz: ›Wenn ich träume, möchte ich aufwachen und meinen Traum erinnern, damit ich ihn aufschreiben kann.‹

Das war alles. So wachte ich jede Nacht von alleine auf und konnte nahezu alle wichtigen Details meines Traums erinnern. Vergaß ich einmal etwas aufzuschreiben, das von Bedeutung gewesen war, dann würden mich meine Träume in einer anderen Nacht erneut dorthin führen.

Man musste nur aufmerksam sein und vor allem Geduld haben. Alles würde sich zeigen, wenn die Zeit bereit dafür war.

Jade hatte meine ersten Träume gedeutet und von Luna hatte ich gelernt, es selbst zu machen. Es machte Spaß. Träumen war für mich von nun an das bessere Kino und so freute ich mich, jeden Abend einzuschlafen und abzutauchen in diese Welt, die keine Grenzen kannte.

Moe hatte in Berlin Luna kennengelernt und sie hatten viel miteinander geredet. Seit ihrem ersten Treffen fühlte Moe sich zu Luna hingezogen.

»Ich weiß, dass mein Mann schon auf mich wartet. Er ruft mich bereits und ich kann ihn schon spüren«, hatte Luna ihm von Anfang an zu verstehen gegeben.

»Weißt du«, schrieb mir Moe am nächsten Tag, »ich habe diesen Satz schon einmal gehört. Jade hat ihn zu mir gesagt an dem Abend, bevor sie das erste Mal nach Berlin geflogen ist. Ich frage mich gerade, ob beide Frauen vielleicht denselben Mann meinten, als sie diesen Satz ausgesprochen haben.«

Jade und Luna waren sich in vielem sehr ähnlich und vor allem in der Art und Weise, wie sie sprachen, und so schenkte ich dieser Bemerkung von Moe zum damaligen Zeitpunkt keine Aufmerksamkeit.

Luna hatte Moe versprochen, ein Ritual mit ihm zu machen, damit er sich noch einmal Jade nahe fühlen konnte. Er war aufgeregt und sie gingen am kommenden Abend gemeinsam zu der großen Treppe im Regierungsviertel am Spreebogen. Die Treppe führte bis hinunter zum Wasser. Luna hatte ein kleines Floß vorbereitet, auf das sie eine Kerze stellte. Die Verbindung zum Wasser, die Flamme der Kerze und die Luft waren die Elemente, die sie hierfür benötigte. Moe schrieb mir, dass, nachdem Luna das Floß ins Wasser gesetzt hatte, es nur einen kurzen Moment dauerte, bis ein warmer Wind aufkam. Es war Januar und die Temperaturen waren nahe dem Gefrierpunkt. Als Moe die Wärme des Windes spürte, wurde er beinahe bewusstlos. Er erkannte in dem Wind Jade wieder. Dieses Erlebnis hatte ihn wachgerüttelt.

Nach dem Ritual verstand er mit einem Mal, warum es ihn so sehr zu Luna hingezogen hatte. Es war nicht das Verlangen nach einer Frau, sondern vielmehr das Verlangen nach einer höheren Einheit, einer Verbindung zu seiner Seele und Luna war diese eine Person, die ihn in seinem Inneren berühren und dorthin hatte führen können.

Ich versuchte, so gut es ging, auch meine Familie an den Entwicklungen teilhaben zu lassen. Sie hatten viele Fragen und eine meiner Antworten war eine buddhistische Geschichte, die ich selbst erst vor ein paar Tagen entdeckt hatte, und die in meinen Augen sehr gut schilderte, an welchem Punkt ich mich gerade befand:

Eines Tages kam ein Mann zu einem Gärtner und übergab ihm einen Pflanzensamen.

»Dies ist eine besondere Pflanze«, sagte der Mann. »Sie bedarf besonderer Pflege und Geduld, dann wird sie prächtig wachsen.«

Der Gärtner nahm den Samen und pflanzte ihn ein. Er hielt sich an alle Vorgaben und düngte und goss genau, wie es ihm der Mann gesagt hatte. Nach einer Weile wuchs ein Sprössling heran. Ein Wanderer kam des Weges und sah diesen Sprössling.

»Das scheint aber eine besondere Pflanze zu sein, wenn ihr so viel Mühe auf die Pflege darauf verwendet. Was ist das für eine Pflanze? Ein Baum, eine Blume, sag es mir, wenn es so besonders ist?«

»Ich weiß nicht, was es für eine Pflanze ist«, sagte der Gärtner. »Ich gieße sie, ich dünge sie und ich übe mich in Geduld.«

»Aber wieso düngst du sie nicht noch mehr, damit sie schneller wächst? Dann weißt auch du schneller, um welche Pflanze es sich handelt«.

»Wenn ich sie zu viel dünge, dann geht sie womöglich ein und ich werde es nie erfahren. Also übe ich mich in Geduld und gieße und pflege die Pflanze, dann wird sie zu dem werden, was sie ist.«

Der Wanderer zog weiter. Einige Wochen später kam der Wanderer wieder vorbei. Die Pflanze war in der Zwischenzeit zu einem kleinen Baum gewachsen mit kleinen Knospen.

»Ah, sieh an ein Baum«, sagte der Wanderer. »Wie groß wird er werden? Welche Farben haben seine Blüten und wird er Früchte tragen? Sprich, kann man diese Früchte essen und wie werden sie schmecken?«

»Ich weiß nicht, wie groß der Baum einmal werden wird oder ob er Früchte trägt«, erwidert der Gärtner.

»Aber willst du die Knospen nicht wenigstens einmal öffnen, um zu sehen, welche Farbe die Blüten haben?«

»Wenn ich die Knospen öffne, dann sind sie vielleicht noch nicht voll entwickelt und haben nicht die Farbe, welche die fertigen Blüten haben werden. Vielleicht verliert er auch alle Knospen und ich muss ein weiteres Jahr warten, um zu sehen, ob er Früchte trägt. Also pflege ich ihn, gieße ihn und übe mich in Geduld, dann wird er zu dem wachsen, was er *ist.«*

Der Wanderer zog seines Wegs und so ging die Geschichte immer weiter, wie auch der Baum immer weiter wuchs.

Ich selbst hatte kein Bild von dem, was die Zukunft bringen würde. Sicher war nur, dass die Antworten kommen würden, und dass es nicht immer die Antworten zu den Fragen waren, die mich im Moment beschäftigten. Die Wahrheit war da, das wusste ich, denn ich konnte sie spüren in der Führung, die mir zuteil wurde. Aber momentan lag sie für mich an einem Ort verborgen, den ich noch nicht sehen konnte. Bis dahin galt es, geduldig zu beobachten, zu lernen und vor allem die Zeichen zu erkennen und ihnen zu folgen.

Luna und meine Eltern hatten begonnen, regelmäßig zu skypen. Es tat meinen Eltern gut, mit Luna zu sprechen. Da ich mich nur wenig bei ihnen meldete, waren sie froh, dass ich in Luna jemanden gefunden hatte, der mir nahe stand, und mit dem ich mein Leben teilen konnte.

Auch Luna hatte starke Träume in diesen Tagen und so wie ich sie alles wissen ließ, was mir begegnete, teilte auch sie ihre Träume mit mir. Mich einzufühlen in ihre Träume, bedeutete, mich auch in Luna einzufühlen. So kamen wir uns näher und ich lernte das, was sie im Inneren bewegte, besser zu verstehen.

Kapitel 9

Während des Tages fand ich genügend Zerstreuung von all den Dingen, die mich nachts in meinen Träumen und in den Mails von Luna, Cornelia und Moe durchströmten. Ich war dankbar, dass ich für ein paar Stunden am Tag aus allem herausgenommen wurde, um mich ›normalen‹ Dingen zu widmen.

Es war um die Mittagszeit und ich hatte gerade meine Schicht begonnen, als eine Frau auf mich zugelaufen kam.

»Ich brauche Hilfe! Kann mir jemand helfen, bitte!«

Die junge Frau war sichtlich aufgebracht. Sie sprach ohne Punkt und Komma und zeigte dabei auf ihr linkes Bein, auf dem eine rote Stelle zu sehen war. Irgendetwas hatte sie gebissen.

»War das eine Schlange?«, fragte einer der Angestellten und die junge Frau brach sofort in noch mehr Gejammer aus.

»Oh Gott, eine Schlange, ich muss sterben!«

Dabei war nicht ersichtlich, was genau sie gebissen hatte. Ich beschloss, sie für einen Moment in die Obhut der Küchencrew zu übergeben, um nachzuschauen, ob ich in ihrem Bungalow einen Anhaltspunkt würde finden können. Alles was ich fand waren achtlos herumliegende Kleidungsstücke auf dem Boden. Ich lief eilig zurück zum Restaurant. Um die Frau hatte sich mittlerweile eine Menschentraube aus Gästen und Personal gebildet. Bis auf ein Glas Wasser war ihr noch keine echte Hilfe zugekommen. Ich bat alle, zu gehen, um etwas Ruhe in die Situation zu bringen, aber niemand kam dieser Aufforderung nach.

Einer der Burmesen hatte die glorreiche Idee, die Wunde auszusaugen, und ehe sich die Frau versah, kniete eine der Köchinnen vor ihr und saugte an ihrem Bein. Es dauerte nur Sekunden und sie sprang wieder auf, rannte zum Geländer des Restaurants und übergab sich. Die Menschentraube war entsetzt und die Frau begann, noch mehr zu weinen.

»Oh, mein Gott, ich muss sterben«, rief sie.

Ein absurdes Schauspiel. Thais und Burmesen hatten einen starken Hang zur Dramatisierung, dabei war noch überhaupt nicht sicher, was die junge Frau nun gebissen hatte. Schließlich kam Lung Win, der Gärtner und mit über 50 Jahren auch der Erfahrenste von uns. Er schaute sich die rote Stelle an und sagte einen Satz auf burmesisch, den Pao für mich übersetzte:

»Keine Schlange, sondern ein Skorpion. Schmerzlich, aber nicht lebensbedrohlich.«

»Er sagt, es ist ein Wespenstich«, übersetzte ich frei für die augenscheinlich mitgenommene junge Frau, um sie nicht weiter zu beunruhigen.

Seit etwa einer Woche fand sich morgens und abends eine kleine Gruppe von Menschen an der Strandbar ein, um Yoga zu praktizieren.

An diesem Abend kam ich etwas zu spät. Ich nahm schnell einen Platz ein, beugte mich zum Sonnengruß herab und sah neben mir auf dem Boden ein Buch liegen, dessen Titel mir sofort ins Auge fiel: ›Chakren – die sieben Zentren der Kraft und der Heilung‹ von Caroline Myss.

Am Morgen noch war ich am Hafen gewesen und hatte mit Luna über Telefon gesprochen, und sie hatte mich auf mein Sakralchakra hingewiesen. Umso überraschter war ich, dass hier neben meinem Fuß beim Sonnengruß ein Buch lag, das zu meinem Thema des Tages zu passen schien.

Es gehörte einer Frau, die am nächsten Tag abreisen würde. Sie war Heilpraktikerin und wir hatten am Vorabend ein sehr interessantes Gespräch geführt. Sie hatte das Buch extra für mich mit zur Yogastunde genommen, weil sie das Gefühl hatte, dass es für mich interessant sein könnte. Nach der Yogastunde nahm ich das Buch mit auf meine Hütte und begann, die ganze Nacht darin zu lesen. Ich wollte alles wissen, was ich über mein Sakralchakra in Erfahrung bringen konnte.

Das Sakralchakra war der Sitz unserer Sexualität, der Kreativität und des Erschaffens. Ein anderer Name für dieses Chakra lautete auch Sexualchakra. Es erinnerte mich sehr an meine Thematik mit Eve, und wie die letzten Jahre unserer Beziehung gelaufen waren. Ein gestörtes Sakralchakra zog oft eine gestörte oder auch überaktive Sexualität mit sich. Es hing mit dem Ungleichgewicht unseres schöpferischen Seins zusammen. Die Sexualität war näher betrachtet ein schöpferischer Akt, aber diese Kraft konnte auch sehr leicht fehlgeleitet werden.

An die Stelle des Erkennens und Annehmens unserer eigenen göttlichen Schöpfungskraft trat die Macht des Egos, das ständig versuchte, sich an allem zu bereichern, was sich ihm in der äußeren Welt darbot. Sex kam dem Ego dabei gerade recht und vermittelte ein Gefühl von Glück und vor allem Macht, auch wenn dem oft ein Gefühl der Ohnmacht folgte. Damit wollte ich mich aber nicht abfinden. Es gab einen Weg, sich von all dem zu befreien und ich wusste, dass es der Weg in meine Mitte war und mir deshalb all diese Dinge aufgezeigt wurden, und dass so auch dieses Buch jetzt seinen Weg zu mir gefunden hatte.

Am nächsten Tag reiste die Frau mitsamt ihrem Buch ab und zum Abschied erwähnte ich ihr gegenüber das erste Mal, dass ich auch ein Buch schreiben werde. Sie fragte mich nach dem Titel, aber den kannte ich damals noch nicht. Ich sagte nur, dass das Buch sie finden würde. So wie mich dieses Buch von Caroline Myss gefunden hatte, und wie alles in meinem Leben mich auf eine magische Art und Weise zu finden schien.

Ich erzählte Luna von meiner Begegnung und diesen erneuten vermeintlichen Zufällen. Sie zeigte sich amüsiert darüber, dass ich diese offensichtliche Synchronizität noch immer als Zufall bezeichnete. Aber solange ich verstand, was mir diese Ereignisse aufzeigen wollten, war es auch egal, wie ich sie nannte. Es galt, sich jetzt meinen Chakren zu widmen und vor allem meinem Sakralchakra.

In der Nacht hatte ich einen Traum. Ich war auf einem Trödelmarkt und wollte Dinge aus meinem alten Leben dort verkaufen und verschenken. Danach ging ich auf Wohnungssuche, die damit endete, dass ich eine neue Matratze kaufte. Mitsamt der Matratze bestieg ich dann ein Schiff und fuhr zu einer Insel. Dort war ich allein und um mich herum standen leere Lagerhallen.

Als am nächsten Tag zwei Ruderboote die Insel erreichten, die von Männern mit rituellen Tätowierungen im Gesicht gelenkt wurden, konnte ich mit der Matratze die Passage zurück zum Festland auslösen. Die Fahrt sollte nach ›Kali‹ gehen, was laut Aussage des Steuermanns eine sündige Stadt sei. Mein Interesse an Vergnügen war gering und ich überlegte, wie ich auf dem schnellsten Weg zu einem Bus kommen würde, der mich wieder auf ›meine Insel‹, Koh Phangan, bringen konnte.

Das Boot, in das ich einstieg, kenterte und ich schwamm zurück an Land. Das zweite Boot hatte bereits abgelegt und fuhr mit dem Kiel nach oben an mir vorbei, während die Insassen unter Wasser weiter ruderten.

Auch wenn zu dieser Zeit viele Menschen um mich waren, die mir helfen und meine Fragen beantworteten wollten, erschien mir mein Leben zunehmend wirr und ungereimt. In meinen Träumen hatte ich bereits begonnen, mich von meinem alten Leben zu verabschieden, aber mein physisches Leben empfand ich immer mehr wie eine Fahrt in einem Boot ohne Ruder.

Ich verstand nicht, dass dieses Gefühl der Hilflosigkeit lediglich den Beginn von etwas Neuem markierte. Es war der Punkt, an dem alle alten Argumente und Erklärungen um mich herum nicht mehr zu greifen schienen. Der Moment, wo man auf hoher See die heimischen Küsten aus den Augen zu verlieren begann und von nun an in die Ungewissheit steuerte. Die Zeit und auch mein Leben selbst schienen wie Wasser durch meine Hände zu rinnen. Ich fühlte mich leer.

In der folgenden Nacht hatte ich einen Traum oder besser gesagt, ich dachte zumindest, es sei ein Traum. Es war ein so außergewöhnliches Ereignis, das ich sofort in meinem Tagebuch festhielt und noch am selben Morgen in einer Mail mit Luna teilte:

»Es ist sehr früh am Morgen und ich bin mit Tränen in den Augen aufgewacht, als die Sonne mein Gesicht berührte. Der Himmel ist noch ganz golden, während ich dir diese Zeilen schreibe.

In meinem Traum bin ich mit dem Auto zu einem Hafen gefahren. Dort ging ich zu Fuß am Wasser entlang, bis mich die Polizei stoppte und mich verhaften wollte, aber ich konnte das Missverständnis aufklären und meinen Weg fortsetzen.

Ich bin dann in ein Schiff gestiegen, das in einem Kanal einen Berg hinauf gefahren ist. Mir fiel auf, wie langsam wir doch vorankamen. Die Tatsache, dass wir uns dabei bergauf bewegten, erschien mir wiederum nicht besonders unwirklich. Oben angekommen, kippte das Schiff kopfüber in eine spiralförmige Röhre und verschwand gänzlich unter Wasser. Dann ging alles ganz schnell.

Ich erinnere mich an einzelne Sequenzen, wie ich durch einen Wald laufe. Ich habe ein warmes Gefühl im Bauch.

Die Bäume stehen weit auseinander und der Waldboden ist mit langem, dichtem, gelbgrünem Gras bedeckt, das bis weit über meine Knöchel reicht.

Dann war ich mit dir zusammen, Luna. Wir standen gemeinsam auf einem grünen Hügel, auf dessen Spitze eine Art Baumhaus stand. Es sah zumindest aus wie ein Baum. Alles war organisch und naturbelassen. Hier war es wunderschön und ruhig. Wir saßen ganz oben auf dem Baum auf einer Art Terrasse und hatten eine wundervolle Aussicht auf Wiesen mit hohem Gras, so weit wir schauen konnten. An diesem Ort waren auch Tiere. Kleine Tiere oder auch Waldbewohner. Sie konnten sprechen und ich konnte sie verstehen, auch wenn sie nicht viel gesagt haben.

Wir saßen dort und tranken Tee. Dann gingen wir nach unten und eine nette Frau kam und bat uns um unsere Gläser. Sie redete in einer fremden Sprache, aber auch sie konnte ich verstehen. Ihre Sprache klang schön und sanft in meinen Ohren. Wir gingen nach draußen auf die Wiesen. Das Gras war ganz tief und weich. Ich hatte immer das Gefühl, loslaufen zu wollen, und tat es auch, aber als ich mich umdrehte, musste ich feststellen, dass ich mich anscheinend nicht von der Stelle bewegt hatte. So sehr ich auch die ganze Zeit das Gefühl hatte, nicht zu wissen, wo wir waren, wusste ich doch den Namen dieses Ortes. Du, Luna, hast mir in einem Traum schon ein Mal von diesem Ort erzählt. Man nannte ihn:

›Wo der Wind weht‹

Wir standen beide auf einer Anhöhe, nicht weit von dem Baumhaus entfernt, und dann hab ich den Wind um mich gespürt – überall. Es war ein warmer Wind und ich habe gefühlt, dass es Jade war, die mit uns spielte. Sie war der Wind und es war derselbe Wind wie damals auf der Brücke in Berlin.

Ich fing an zu laufen und der Wind folgte mir überall hin. Ich habe geweint und dann wusste ich nicht mehr, wohin mit mir. Meine Beine waren auf einmal ganz schwach. Ich hatte keine Kraft mehr in meinem Körper. Der Schmerz meiner Liebe war so groß. Du hast mich aufgefangen und in den Arm genommen, wie damals vor meinem Haus. Ich hab so sehr geweint. Wir haben beide geweint. Ich bin mit diesen Tränen aufgewacht und ich weine noch immer, während ich dir diese Zeilen schreibe.«

Die Seiten meines Tagebuches waren mit Tränen durchtränkt. Die verlaufene Tinte meiner Schrift würde mich immer an diesen Moment erinnern und an die vielen Tränen, die ich vergossen hatte. Ich kann gar nicht sagen, ob es Tränen der Trauer oder Freude waren. So tief hatte mich diese Begegnung berührt und seit langem hatte ich Jade nicht mehr so nahe in meinem Herzen gespürt.

Ich verließ meine Hütte und ging hinaus auf die großen Felsen der Bucht. Ich setzte mich und schaute der aufgehenden Sonne entgegen, deren Strahlen wie Boten von einer Neuen Welt kündeten, der ich in dieser Nacht zum ersten Mal begegnet war. Der Ort, den man ›Wo der Wind weht‹ nannte, und der jetzt das Zuhause von Jade zu sein schien und zugleich von vielen anderen – die *Neue Welt.*

Ich schrieb auch Cornelia von meinem Traum.

»Guten Abend, Harald. Du Hast Einen Blick In Die Zukunft Machen Dürfen, In Die Neue Welt.

Es War Kein Traum, Es War Eine Vision. Es War Eine Göttliche Belohnung An Dich! Jade Wird Immer Nah Bleiben, Dich Weiter Begleiten. Dir Zeichen Schicken, Dir Bei Deinem Weg Helfen. Die Zukunft Ist Mit Jade, Nur In Der Form Eines Engels.

Es Wird Nur Wenige Menschen Geben, Die Mit Deiner Liebe Zu Jade Zurechtkommen! Hab Keine Angst Davor Und Sieh Es Als Göttliches Geschenk! Jade Und Ihr Vater Haben Dir Aufgezeigt, Wer Deine Begleiter Sein Werden

Und Sie Werden Dir Weitere Begleiter Schicken. Alles Zu Seiner Zeit!

Du Wirst Bald Mehr Über Die Göttliche Matrix Von Luna Lernen. Die Göttliche Matrix Ist Unsere Welt. Sie Ist Auch Alles In Unserer Welt. Im Göttlichen Urgrund Sind Wir Das Gefäß, In Dem Alles Existiert, Das Bindeglied Zwischen Unseren Inneren Und Äußeren Welten Und Der Spiegel, Der Uns Unsere Schöpfung Zeigt.

Luna Wird Dir Immer Mehr Vertrauen, Dich Einblicken Lassen In Die Göttliche Matrix, Die Euch Umgibt. Luna Ist Ein Erleuchtetes Wesen. Die Zeit In Thailand Wird Euch Beiden Vieles Aufzeigen, Wenn Ihr Euch Vereinigt.

Moe Zeigt Dir Deinen Weg Als Schamane Auf Und Durch Das Schreiben Mit Ihm Wird Dir Vieles Deines Inneren Aufgezeigt. Vergangenheit und Zukunft! Du Solltest Die Angst Ablegen, Fragen Zu Stellen Und Dinge Anzusprechen! Und Bedenke Immer, Dass Du Vor Kurzem Erst Angefangen Hast, Diesen Weg Zu Gehen.«

Cornelia hatte mich in einer früheren Mail schon einmal nach der Rolle von Luna gefragt und wie ich sie in meinem Leben sehe. Luna war für mich der ruhende Pol, der mich immer wieder daran erinnerte, meinen Fokus nicht zu verlieren. Mein Weg und meine Mitte.

Aber da gab es noch mehr, das ich nicht sehen konnte oder wollte. Cornelia hatte Luna gebeten, für uns die Tarot-Karten zu legen. Es waren so unglaublich viele Dinge um mich, dass ich zeitweise vor lauter Bäumen den Wald nicht mehr sah. Alles verdichtete sich um mich herum, bis ich das eigentliche Ziel nicht mehr zu sehen glaubte.

»Ich denke, dass Cornelia auf etwas hinaus will, wenn sie uns nach unseren Rollen fragt im Leben und nicht locker lässt«, schrieb mir Luna zu diesem Thema. »Etwas, das wir beide noch nicht sehen. Sie sagte, ich solle heute auch für unsere Beziehung zueinander die Tarot-Karten legen. Das habe ich getan.

Denkst du, dass wir unsere Rollen füreinander deuten und erkennen sollen, weil wir Mann und Frau sind?

Ich freue mich sehr, dass du Jade als Wind erkannt hast. Erinnere dich, wie oft ich dir gesagt habe in Berlin beim Spazierengehen, ›Fühlst du es, Jade ist da‹, als Wind. Damals warst du noch nicht wirklich so weit, es zu erkennen. Jetzt hast du es erkannt. Wunderbar! Das macht mich glücklich, dass du sie gespürt hast, und das war ein großer Schritt zum Schamanen!

Jade lässt uns weinen, weil wir sie fühlen und weil wir uns fühlen sollen, unsere starke Verbindung zueinander.«

Luna schickte mir die Karten, die sie nach Cornelias System für uns gezogen hatte und ich las ehrfürchtig darin, als würden sie ein uraltes Geheimnis offenbaren. Begriffe wie ›Höchste Erkenntnis‹, ›Göttliche Gnade‹, ›Seelentiefe‹ und ›Lebendige Religion‹ ließen mich erzittern. Die Karten zeigten, was bereits im Kosmos geschrieben stand, das hatte ich gelernt. Ich fühlte mich von Gnade erfüllt und wusste zugleich nicht, ob es überhaupt das richtige Wort für ein solches Gefühl war, denn ich hatte noch nie ein Wort dafür gebraucht.

Als ich an diesem Abend etwas später als gewohnt ins Restaurant kam, hatte ich nur knapp ein Ereignis verpasst, das allen Anwesenden noch in den Knochen zu stecken schien.

Ju, eine der burmesischen Angestellten, hatte so etwas wie einen epileptischen Anfall gehabt. Zumindest wurde es von Außenstehenden so geschildert. Ich fragte Pao, ihren Mann, was geschehen war.

Ju hatte diese Anfälle schon oft gehabt. Mal waren sie heftiger, mal weniger. Sie trug laut Pao so etwas wie einen Dämon in sich, der von Zeit zu Zeit versuchte, durchzubrechen. Ihr Gesicht verzerrte sich dann dermaßen, dass man sie kaum wiedererkannte und sie war nicht mehr Herr über ihren Körper. Sie schlug wild um sich und wand sich vor Schmerzen auf dem Boden. Vier Leute vom Personal hatten sie am Boden festhalten müssen, damit sie sich nicht selbst irgendwo verletzte. Ju war eine kleine und geradezu zierliche Person, der man nicht zutraute, vier ausgewachsene Menschen, darunter auch Kai, der fast 1,90 Meter groß war, in Schach halten zu können. Pao, brachte Räucherstäbchen und Kerzen, um diese Energie in ihr zu besänftigen, aber Ju griff nach den brennenden Kerzen und steckte sie sich mitsamt der Räucherstäbchen in den Mund, kaute darauf herum, wie ein wildes Tier und spuckte dann alles auf den Fußboden. Erst als Pao ein Buddha-Amulett brachte und zu beten begann, kam Ju wieder zur Ruhe.

Ich musste Luna davon berichten. Als sie wenige Minuten später meine Nachricht las, machte sie sich Sorgen um mich und kontaktierte umgehend ihren Schamanen. Luna sagte, ich solle Ju jetzt nicht berühren.

»Sei vorsichtig, vergiss nicht, dass du ein Lichtwesen bist. Du bist gerade am Anfang deiner Entwicklung und ein Schattenwesen würde nichts lieber tun, als dich deiner Kraft zu berauben.«

Ein ›Lichtwesen‹ hatte sie mich genannt. Es fühlte sich komisch an, zum ersten Mal als etwas bezeichnet zu werden, das in meiner Vorstellung keine Form besaß. Ich fühlte mich noch immer aus Fleisch und Blut und versuchte in dieser Welt der Formen, meinen Weg zu gehen.

Luna sagte, dass ich an diesem Abend innerlich schon gespürt haben musste, dass so etwas passieren würde. Deshalb sei ich erst so spät ins Restaurant gegangen.

Vielleicht hatte sie damit recht.

Der restliche Abend verlief ohne weitere Vorkommnisse. Ich hatte viel Zeit und beobachtete sehr aufmerksam das Treiben der Geckos, die überall an den Wänden zu finden waren. Sie erinnerten mich an die Wesen, die ich in meiner Vision der Neuen Welt in diesem Baumhaus gesehen hatte. Vieles um mich herum erinnerte mich daran.

Während die kleinen Geckos farblos und fast durchsichtig erschienen und ihre Körpergröße nur wenige Zentimeter betrug, waren die ausgewachsenen Exemplare mitunter unterarmlang und variierten in der Färbung von Grün bis zu Lila mit unterschiedlich bunten Punkten. Sie glichen wahrhaftig kleinen Fabelwesen und als solche sah ich sie von nun an auch. Nichts unterschied sie von den Tieren in meiner Vision. Lediglich die Sprache schien ihnen zu fehlen. Aber vielleicht war auch ich es, dem diese Sprache fehlte.

Hielt sich ein Gecko zu nah am Revier eines anderen auf, dann schlug dieser mit seinem Schwanz heftig hin und her und machte einen Buckel, um größer und bedrohlicher zu wirken. Dazu stießen sie einen Laut aus, der einem heiseren Bellen gleichkam. Das Geräusch zweier um das Territorium kämpfender Geckos hatte sich von diesem Abend an in mein Gedächtnis eingebrannt. Es war wie der Ruf der Neuen Welt, und sobald ich dieses Geräusch hörte, hatte ich fortan immer das Bild der grünen Wiesen und des Baumhauses auf dem kleinen Hügel vor mir – dem Ort, ›Wo der Wind weht‹.

Luna hatte bereits ihre Thailandreise geplant. Sie wollte unbedingt meinen Geburtstag, der im April sein würde, mit mir in der Bucht feiern. Auch Cornelia hatte schon von dieser Reise erfahren und in ihrer letzten Mail etwas von einer Vereinigung geschrieben:

›Die Zeit In Thailand Wird Euch Beiden Vieles Aufzeigen, Wenn Ihr Euch Vereinigt.‹

Sie schrieb von ›Vereinigung‹ und ich konnte mir beim besten Willen nicht vorstellen, was sie damit meinte. Ich fragte also nach und erhielt eine Antwort, die direkter kaum hätte sein können.

»Eure Vereinigung Wird Ein Liebesakt Sein, Der Euch Formen Wird, Im Geist Und Körper. Verbindung Schaffen Wird In Das Göttliche Licht.«

»Aha!«, war meine erste Reaktion. Für mich machte das alles noch immer keinen Sinn. Ich las ihre Zeilen erneut und fragte mich wieder und wieder, was sie damit wohl meinte. Welche Sprache benutzte sie? Liebesakt?

Wollte Cornelia damit sagen, dass Luna und ich Sex haben würden? Was sollte das? Ich hatte mich in den letzten Wochen und Monaten gedanklich so weit von Sex entfernt, dass ich ihn mir mit niemandem hätte vorstellen können. Wieso sprach Cornelia also davon?

Ich beschloss, die Frage an Luna weiter zu geben. Sie war schließlich auch Teil dieser Prophezeiung oder wie auch immer man es nennen mochte. Ich hatte großen Respekt vor dem, was Cornelia schrieb, keine Frage, aber bei diesem Thema hatte ich auf alle Fälle noch ein Wörtchen mit zu reden.

»Eine Vereinigung oder auch ein Liebesakt kann alles Mögliche sein«, sagte Luna, als wir skypten. »Das hat nicht zwangsläufig mit Sex zu tun. Ich sehe das übrigens auch nicht so. Sorry! Sie meint sicherlich eine Vereinigung im spirituellen Sinn. Ich fühle sehr stark, dass wir verbunden sind und ich fühle auch, dass wir schon mal ein gemeinsames Leben hatten. Die Gefühle von damals sind noch immer sehr stark in mir, aber jetzt ist eine andere Zeit und wir lernen uns beide gerade erst wieder kennen, obwohl wir uns doch schon seit vielen Jahrhunderten oder Jahrtausenden zu kennen scheinen.« Luna lachte, als sie diesen Satz beendete. »Cornelia ist in ihrer Sprache sehr besonders und ich denke, dass sie uns damit nur darauf vorbereiten möchte, dass etwas Wichtiges geschehen wird, wenn ich zu dir nach Thailand komme. Ich freue mich wirklich schon sehr darauf. Die Sonne. Das Meer.

Habe ich dir eigentlich erzählt, dass ich vorher noch eine Reise machen werde? Nach Peru.

Ich werde mit einer kleinen Gruppe eine Wanderung zu heiligen Orten machen. Wir werden viel in der Natur sein. Ich bin schon sehr aufgeregt. Die Reise wird genau dann stattfinden, wenn du im Kloster bist.»

»Wow«, sagte ich, »das passt ja mal wieder wie die Faust aufs Auge.«

»Ja, das dachte ich auch. Es wird gut sein, dass ich zu dieser Zeit auch in mich schauen werde. Ich kann mich dann besser mit dir verbinden. Das Kloster wird eine wichtige Zeit für dich und Peru wird eine wichtige Zeit für mich sein. Und ich denke, dass es kein Zufall ist, dass diese beiden Termine auf dieselbe Zeit fallen.«

Das klang wirklich unglaublich. Aber egal, alles war nun mal so, wie es war und es fühlte sich richtig an. Der von Cornelia beschriebene Liebesakt wurde zu den Akten gelegt und wir zerbrachen uns nicht weiter den Kopf darüber. Vereinigung hin oder her, am Ende hätten wir immer noch ein Wörtchen mitzureden, da waren wir uns einig.

Am nächsten Tag las ich das Buch ›Der Alchemist‹ von Paulo Coelho. Luna hatte mir das Buch mit auf meine Reise gegeben. Ich musste viel weinen und konnte das Buch kaum aus der Hand legen. Es war der Weg, der dem Jüngling in dem Buch das Ziel seiner Reise aufwies und ich fand mich in vielen Zeilen wieder.

Damit hatte ich alle Bücher gelesen, die ich mit nach Thailand gebracht hatte. Jedes Buch trug eine Botschaft und Wissen in sich und ich wollte viel wissen. Ich bestellte mir von jetzt an Bücher über das Internet, und ließ sie an die Adresse meiner Eltern liefern, die diese dann weiter nach Thailand schickten. Das erste Buch war ›Chakren – die sieben Zentren der Kraft und der Heilung‹ von Caroline Myss. Als ich Luna davon erzählte, war sie voller Freude. Luna bezeichnete dieses Buch als eines der wichtigsten

Bücher auf ihrem spirituellen Weg. Sie nannte es sogar ›ihre Bibel‹ und war glücklich, dass es jetzt schon seinen Weg zu mir gefunden hatte, denn es war eines der Bücher, die sie mir mit nach Thailand hatte bringen wollen. Nun würde es schon vor ihr ankommen.

Luna hatte vor, über Phuket zu fliegen und ich würde sie dort abholen. Ich war noch nie in Phuket gewesen und ich liebte den Gedanken, für einige Tage die Bucht zu verlassen und etwas mehr von Thailand zu sehen. Auch Cornelia hatte zu unserer Reiseplanung eine sehr interessante Mail geschrieben.

»Guten Tag, Harald. 2004 War Das Grosse Seebeben In Thailand. Es Sind Noch Sehr Viele Verlorene Seelen Auf Der Reise In Thailand! Wenn Luna In Thailand Sein Wird, Werden Diese Seelen Starken Kontakt Zu Ihr Aufnehmen! Sie Wird Deine Kraft Und Energie Brauchen, Um Diese Seelen Ankommen Zu Lassen Auf Ihrer Seite. Es Wäre Gut, Wenn Du Sie Abholst Und Zum Flughafen Bringst. Dann Bleibt Ihr Energiefeld Geschützt!«

Cornelia hatte schon persönlich mit Luna darüber gesprochen und Luna erklärte mir, worum es dabei ging. Luna besaß die Gabe, Seelen den Aufstieg zu ermöglichen. Viele Seelen irrten nach dem Tod ihres Körpers noch immer auf dieser Erde umher und erkannten nicht, dass sie tot waren. Sie waren gefangen in einer Art Zwischenwelt. Manche wollten auch nicht vom Leben lassen und weigerten sich, zurück in den Himmel zu gehen, um dort auf eine neue Aufgabe und ein neues Leben vorbereitet zu werden.

Himmel. In Wirklichkeit lag dieser Ort nicht im Himmel, sondern in einer unserem menschlichen Körper nicht zugänglichen Realität oder Dimension.

Vor vielen tausend Jahren besaßen die Menschen noch ein Wissen von diesem Ort, aus dem sie ursprünglich gekommen waren. Die Ewigkeit.

›Grenzenlos und unerreichbar für den Menschen‹, so

könnten Worte dieser Welt ihn umschreiben.

Schaute der frühe Mensch auf diese Welt, wie in einen Spiegel, dann gab es tatsächlich nur einen Ort, der diese Kriterien erfüllte – der Himmel.

Das war auch der Grund, warum man ihn in den Mythologien und Religionen als das Zuhause der Götter erwählt hatte, denn Götter kamen aus der Ewigkeit, da waren sich alle Kulturen einig. Was die frühen Menschen auch schon immer wussten, war, dass sie nach ihrem Tod oder besser gesagt ›durch den Tod‹ wieder in diese Ewigkeit zurückkehren würden – in den Himmel kamen. Aber das war leider der Teil der Geschichte, den viele Menschen über all die Jahre vergessen hatten. Zwar wurde das Wissen über die Ewigkeit in den Weltreligionen vermittelt, aber die Kernaussage, dass der Mensch in Wahrheit ein ewiges Wesen war, ging zumindest in der christlichen Lehre verloren, und somit auch das Wissen über die Spirale der Wiedergeburt.

So wie der Körper traditionell der Erde oder dem Feuer übergeben wurde und seine Bestandteile, oder man kann auch sagen seine Energie, sich wieder völlig in den Kreislauf der Erde und der Natur einfügte, genauso fügten sich die Energien, die wir als Menschen durch Gedanken und Gefühle erfahren hatten, wieder in den Kreislauf der Ewigkeit ein. Eigentlich ganz einfach. Das Leben in dieser Welt zeichnete sich durch zwei miteinander verbundene Energiekreisläufe aus. Einerseits den Energiekreislauf des Greifbaren, der Materie, des Körpers, der Natur und der Erde, andererseits den Energiekreislauf des Nichtgreifbaren, der Gedanken, der Gefühle, des Geistes, der Ewigkeit.

In unzähligen Inkarnationen kam also unsere Seele immer und immer wieder auf diese Erde, um zu lernen und zu reifen. Unser Geist war das Werkzeug unserer Seele und es galt, dieses Werkzeug meisterlich zu führen, um unseren Gedanken die Taten folgen zu lassen, die das volle Potenzial unserer Seele in diese Welt tragen würden. Es galt, seinen Geist so weit zu öffnen und zu reinigen, dass das göttliche Licht durch unseren Körper in diese Welt strömen und wirken konnte. Cornelia bezeichnete den menschlichen Körper immer als ein göttliches Gefäß, das es zu füllen galt.

Diese Energien waren abwärts kompatibel. Ähnlich wie bei einem Computerprogramm. Da unser Geist über das höhere Energieniveau verfügte, war es also auch möglich, auf die Materie zuzugreifen und sie zu verändern, auch wenn diese oft nur sehr langsam reagierte, weil das ihre Natur war. Aber sie tat es.

Ein wahrer Meister und das vielleicht bekannteste Beispiel unserer Kultur hierfür war Jesus. Zwar wurde Jesus erleuchtet geboren, und musste keine Meisterschaft mehr erlangen in diesem Leben, aber sein Leben sollte den Menschen aufzeigen, welches Potenzial sie in sich trugen. Durch die Kraft seines Geistes war es ihm möglich, die Materie zu verändern, und Wasser in Wein zu verwandeln und noch viele andere Wunder mehr zu vollbringen.

Das Streben nach Meisterschaft und Erleuchtung findet sich auch im Buddhismus wieder und in all den Mönchen, die durch die Befolgung der Lehren Buddhas diese Meisterschaft in so wenigen Inkarnationen wie möglich zu erreichen versuchen. Ein Leben als Mönch war somit ein Leben auf der Überholspur – zumindest wenn man es aus der Sicht der Seele betrachtete. Viele Asiaten kannten die Gestalt und Geschichte Jesus. Sein Name in Thailand lautet ›Phra Jesu‹, was so viel bedeutet wie: Mönch Jesus.

Als Menschen standen wir laut der christlichen Lehre in diesem Leben lediglich vor der Wahl: Fegefeuer oder Paradies. Bedenkt man aber, dass eine Seele mehrere 1000 Male inkarniert, bevor sie ihre Meisterschaft erlangt, dann ließ einen die Vorstellung, dies in einem Menschenleben zu erreichen, schier verzweifeln.

Und genau das war einer der Gründe, warum in Thailand noch so viele verirrte Seelen umherwandelten. All die westlichen Touristen, die durch den Tsunami ihr Leben verloren hatten. Sie wollten und konnten nicht in die Ewigkeit gehen, da sie diese als nicht existent erachteten. Sie wussten nicht, dass sie selbst auch ewig waren, und fürchteten sich vor dem Fegefeuer, das es aber gar nicht gab. So wie die Angst unseren Körper lähmen konnte, vermochte sie es auch mit der Seele zu tun. Ob mit oder ohne Körper, es war der Geist, der die Geschicke unseres Seins in dieser Welt lenkte. War er besetzt von Angst, dann konnte und wollte die Seele nicht den nächsten Schritt tun, der sie befreien würde.

Die Seele war unser Potenzial der Ewigkeit, das der Geist erkennen und durch den physischen Körper in diese Welt bringen konnte. Luna verfügte über die Gabe, diesem Geist den richtigen Weg zu zeigen.

Für mich klang das alles wieder einmal sehr fantastisch, aber seit meiner Vision der Neuen Welt erschien mir nichts mehr unmöglich.

»Es wird sozusagen unsere erste gemeinsame Aufgabe in dieser Welt sein«, sagte Luna mit einem Lächeln und ich fühlte mich geehrt.

In einer der kommenden Nächte träumte ich, dass ein Gast nachts an meine Hütte klopfte. Er bat mich, mitzukommen, um ihm im Restaurant ein Bier zu verkaufen. Der Gast fügte hinzu, dass er auch nicht der Einzige sei, der Durst habe. Ich stand also auf und ging auf meine Terrasse. Ich sah tatsächlich Hunderte von Menschen, die aus Richtung des Meeres kamen. Touristen aus England, Schweden, von überall. Ich erkannte es an ihrer Sprache. Sie glichen einem Jahrmarktszug. Die meisten trugen kurze Hosen und manche waren von der Sonne verbrannt.

Ich nahm meine Schlüssel, um das Restaurant aufzuschließen, aber entschied mich dann doch, in der Hütte zu bleiben. Wo kamen all die Menschen plötzlich her? Es war mir unheimlich. Ich sagte, dass alle doch bitte bis morgen warten sollten, und weil ich nicht bereit war, die Bar aufzuschließen, wurden einige sogar beleidigend. Sie wollten trinken und Spaß haben um jeden Preis.

Ein Mann erschien hinter mir und sagte, dass sich alle noch gedulden sollten. Sie hätten schon so lange gewartet und jetzt würde es nicht mehr lange dauern. Dann sprach er zu mir und sagte, dass ich keine Angst zu haben bräuchte, denn es seien nur Seelen, die sich die Zeit vertreiben wollten in dieser Welt, bis sie schließlich bereit wären, aufzusteigen.

Ich glaubte, in dem Mann Jades Vater wiedererkannt zu haben.

In ein paar Wochen würde ich ins Kloster gehen und schon bald darauf würde Luna hier bei mir in der Bucht sein.

Ich konnte es nicht vermeiden, dass mich von Zeit zu Zeit die Trauer um Jade einholte. Es war jetzt knapp zwei Monate her, dass sie und ihr Vater verunglückt waren. Hätte mich jemand an einem anderen Tag danach gefragt, ich hätte geantwortet, dass es vor einem Jahr passiert sein musste, so viel war nach meinem Empfinden bereits geschehen. Aber meine Tränen zeigten mir, dass es noch nicht lange her war.

Die Trauer war groß und ich fand kein Mittel, sie zu lindern. Ich ging nachts mit Tränen in den Augen schlafen und wachte jeden Morgen mit Tränen in den Augen auf. Mein Kopf und mein Körper schmerzten und ich fühlte mich mehr und mehr erschöpft. Luna ging es ähnlich, denn sie fühlte meine Erschöpfung und die Traurigkeit dieser Tage. Mit jedem Wort, das sie mir schrieb, gab sie mir Halt.

»Ich fühle, dass deine Trauer um Jade und um das Leben, das du dir so sehr gewünscht hast mit ihr, sehr groß ist. Ich habe meine Trauer verabschiedet und Dankbarkeit in mich gelassen. Ich fühlte in mir, dass es wichtig ist, innerlich mich dem zu öffnen, wie die Situation jetzt ist, um dem gegenwärtigen Moment seinen Raum zu geben. Auch, um all die Zeichen zu erkennen! Das innere ›Ja sagen‹ zum jetzigen Moment und ein freudiges Annehmen dessen, was jetzt ist.

Jade möchte, dass wir die Lebendigkeit in diesem Moment fühlen, in der Situation, in deinem Weg, in meinem Weg, in unserem Weg, im *Jetzt*. Und uns nicht einer Illusion hingeben, ›wie hätte es werden können wenn ...!‹

Unser Weg ist, sich der Lebendigkeit des gegenwärtigen Moments zu öffnen. Dann sieht man plötzlich, wie wunderbar es ist, wenn man den Moment nicht beschwert durch Gedankengebäude. Das ist ein vollkommenes Sichöffnen, auch für die Energie, die dahinter liegt!

Wenn ich einen Baum sehe, dann spüre ich auch die Energie, die dahinter liegt, weil ich sie in mir spüre und es ist die gleiche Energie wie in einem Vogel, im Wind und in vielem mehr. Spüre die Einheit allen Seins!

Bitte, du weißt, ich habe das größte Verständnis und Mitgefühl für jede deiner Tränen und werde sie immer wieder auffangen.«

In diesen Tagen begegnete mir im Traum zum ersten Mal Garuda. Garuda war eine Gestalt der asiatischen Mythologie. Ein Mensch mit Adlerschnabel und Flügeln. In der Mythologie galt er als unbesiegbarer Götterbote. Er war der Feind der Schlangen und das Reittier der Gottheit Vishnu. Außerdem war er das Wappentier des thailändischen Königshauses und durfte als einziges Symbol auch über dem Kopf des Königs stehen. Die Könige der jetzigen Chakri-Dynastie Thailands galten als direkte Nachkommen von Vishnu und trugen bis heute den Beinamen ›Rama‹, der von einer weiteren bekannten Inkarnation Vishnus herrührt.

Es war meine erste Begegnung mit der Energie einer Figur der asiatischen Mythologie, einem Deva oder auch einem Engel. Seine Energie erinnerte mich sehr an die von Erzengel Michael und ich verstand plötzlich, dass ihre Energien dieselben waren.

Das Grundprinzip von Göttern und Engeln in den verschiedenen Religionen war fast auf der ganzen Welt gleich. Sie beschrieben Energieformen, die in einer anderen Kultur schlicht ein anderes Gesicht oder Kleid trugen, so wie es eben zu der jeweiligen Kultur eines Landes passte.

Garuda erschien vor mir und sagte:

»Hab keine Angst. Alles wird gut sein.«

Ich spürte für einen Moment diese vertraute Wärme in meinem Körper, von der ich nie sagen konnte, woher sie kam. Es war ein schönes Gefühl. Ich träumte weiter und erinnerte mich, wie ein indisch aussehender Mann zu mir kam und mich mit dem Namen ›Raja‹ ansprach. Danach wachte ich auf und schrieb wie immer alles in mein kleines Buch.

Es waren viele Träume in diesen Nächten und es war viel, was auch während des Tages zu mir kam.

Alles suchte seinen Weg zu mir, bevor ich ins Kloster gehen würde. So als wollte mir etwas den Weg freimachen für die Erfahrungen und Eindrücke, die mich während des Schweigens erwarten würden.

In einem anderen Traum spazierte ich durch eine Landschaft mit vielen kleinen Teichen. Die Bäume waren saftig grün und der Boden der Wege zwischen den Teichen und Badestellen war aus roter Erde. Es erinnerte mich an eine Landschaft in Indien. Das Wasser in den Becken war türkis. Frauen wuschen ihre Wäsche und Kinder badeten darin. Ich ging immer weiter, vorbei an Häusern, die aus den gleichen roten Lehmziegeln gemauert waren.

Hinter dem Dorf kam ich zu einem Wasserfall, den ich ganz hinaufkletterte und als ich oben angekommen war, kamen drei Löwen auf mich zu. Einer brüllte mich so laut an, dass ich erschrak und aufwachte.

Viele Fragen gingen durch meinen Kopf. Vielleicht würde Cornelia mir eine Antwort geben können.

»Ich habe mit Luna gesprochen und sie ist genauso am Ende mit ihren Kräften wie ich. Das tut mir leid. Wenn du mir Fragen zu Luna stellst, dann tue ich mich immer sehr schwer. Ich weiß, dass du auf etwas Bestimmtes hinaus willst, aber ich kann es nicht sehen und fühlen kann ich es auch nicht. Die Trauer hat meine Aufmerksamkeit beeinträchtigt.

Ich habe schon gemerkt, dass die Verbindung zwischen uns immer stärker wird. Wir haben oft dieselben Gedanken. Das ist wirklich verblüffend. Ich habe in den Tagen der Trauer auch wieder sehr dieses Herzstechen gehabt, das ich immer bei Jade gefühlt habe. Ich habe Luna noch nicht gefragt, ob sie ein ähnliches Stechen verspürt. Das werde ich gleich nachholen – sie wollte jetzt schlafen. Jades Vater hatte zu dem Herzstechen einmal gesagt, dass es daran läge, dass sich unsere Körper immer mehr verbinden. Ist das bei Luna und mir jetzt ähnlich? Ich habe gestern im Traum einen Löwen gesehen und glaube, dass es mein neues Krafttier ist.«

»Guten Tag, Harald. Die Tage Der Trauer Zeigen Jetzt Die Erschöpfung In Dir Auf. Ruhe!

Die Erschöpfung Überträgt Sich auf Luna Und Zeigt Eure Immer Stärkere Verbindung Auf!

Das Ist Auch Bei Luna. Ein Gleiches Gefühl Bei Euch. Die Götter Haben Ein Lächeln.

Richtig, Dass Ein Krafttier-Wandel Bei Dir Und Luna Stattgefunden Hat. Der Löwe Wird Dich Begleiten Eine Zeit. Bei Luna Ist Es Jetzt Ein Drache. Du Hast Dich Erholt, Aber Bleib Achtsam Mit Dir! Nimm Die Kraft Des

Mondes In Dir Auf.«

Luna schrieb mir schon am nächsten Tag, wie sie im Traum von ihrem Drachen abgeholt wurde und mit ihm die ganze Nacht geflogen war. Der Drache war so groß, dass sie bequem auf ihm reiten konnte und seine Farben waren Lila, Rot und Gold. Sie war mehr als glücklich über diese Erfahrung und die Erschöpfung der vergangenen Tage war wie weggeblasen. Die Begegnung mit der Kraft des Drachen hatte sie aufgeladen.

Die nächste Vollmondnacht kam und mit ihr auch die nächste Party. Ich hatte fast vergessen, dass die meisten Menschen, die hierher kamen, ihren Urlaub genießen und Spaß haben wollten. Es war die Zeit der Extreme und jeder befand sich auf seine eigene Weise in einer Art Ausnahmezustand. Ich auch.

Es war die erste Feier in der Bucht, die ich seit meiner Ankunft genießen konnte. Ich befolgte also Cornelias Rat und gönnte mir etwas Ablenkung und trank sogar mehr Alkohol als sonst. Aber ich folgte auch ihrem zweiten Rat und nahm an diesem Abend die Kraft des Mondes in mich auf. Luna hatte mir erklärt, wie man das machte.

Dazu stellte man ein Gefäß mit Wasser in das Licht des Vollmondes, sodass er sich darin spiegelte. Eine halbe Stunde würde ausreichen, um das Wasser mit der Energie des Mondes aufzuladen. Anschließend trank man ein Glas und konnte auf diesem Wege die Energie des Mondes in sich aufnehmen.

Wasser besaß eine Art Gedächtnis und man konnte es sehr gut mit Energie aufladen und es würde diese noch lange Zeit in sich speichern.

Nach der Party stellte ich also eine große Schale mit Wasser auf einen Felsen, sodass sich der Mond darin spiegelte. Die Lichter der Bucht waren bereits erloschen und ich beobachtete das funkelnde Spiegelbild des Mondes auf der Wasseroberfläche. Ich trank an diesem Abend ein Glas und füllte den Rest in eine Flasche.

Am Tag nach dem Vollmond und nach meiner Schicht fühlte ich mich müde und legte mich in meine Hütte, um ein wenig zu schlafen. Kaum war ich zur Ruhe gekommen, spürte ich, wie meine Körpertemperatur zu steigen begann. Mein Herz schlug immer heftiger und ein Kribbeln ging durch meinen Körper.

Was ich spürte, war Luna. Sie hatte sich mit mir verbunden, um nach meinen Chakren zu sehen und sie zu reinigen. So wie es Jade immer getan hatte. Es war das erste Mal, dass ich sie so intensiv dabei hatte spüren können. Sie schrieb mir, dass der Mond sie letzte Nacht so sehr aufgeladen habe, dass sie ihre Energie unbedingt an mich weitergeben wollte. Sie fühlte sich an diesem Tag so sehr beschenkt vom Leben, dass sie all die Menschen anrief, die sie in ihrem Leben begleitet hatten, und bedankte sich bei ihnen für ihre Freundschaft. Ihre Freunde zeigten sich gerührt von Lunas Geste. Luna schickte mir an diesem Tag ein Lied von James Vincent McMorrow, ›We don't eat‹.

Für Moe war es Zeit, Abschied zu nehmen von Berlin. Er hatte viel Zeit mit Luna verbracht und in unseren Mails hatten wir uns kennengelernt und waren Brüder geworden – im Herzen.

Seine Begegnung mit mir und Luna hatte ihm gezeigt, dass auch er einen neuen Weg einschlagen wollte. Luna hatte ihm viel über Buddhismus erzählt, über Wiedergeburt und das Rad des Karma.

Von Berlin würde Moe nach Mexiko fliegen und so kam es, dass Luna ihn in ein Kloster in Mexiko schickte, das sie noch von einer ihrer Reisen kannte. Sie war sich sicher, dass er in diesem Kloster finden würde, wonach er suchte.

Moes Mutter hatte ihm einmal gesagt, dass eines Tages eine Frau in sein Leben treten und ihn in ein Kloster schicken würde. Damals hatte er darüber gelacht, weil es so absurd klang in seinen Ohren, und jetzt lachte er wieder. Es war ein glückliches, ein befreiendes Lachen. Er fühlte sich, als ob er nach einer langen Reise nun endlich seine Koffer packte, um nach Hause zu gehen. Es war genug gespielt und ausprobiert worden. Das ›Ja‹ zum Leben, das jetzt aus seinem Herzen kam, schallte laut durch sein Universum und ließ die Rufe seiner alten Welt verstummen, denn die *Neue Welt* wartete auch auf ihn.

Moe erzählte mir von seinem letzten Traum, in dem ihm Jade begegnet war. Sie stand an seinem Bett und redete in einer Sprache zu ihm, die er nicht verstand. Er stellte ihr daraufhin drei Fragen, aber auch die Antworten konnte er nicht verstehen.

»Ich denke, es war nur ein Hinweis darauf, im Leben besser zuzuhören«, sagte ich, »aufmerksamer zu sein, und vielleicht solltest du die Fragen auch nicht ihr, sondern dir selbst stellen.«

Die Dinge um mich herum hatten mich erneut den Blick auf Luna verlieren lassen. Ich erkannte noch immer nicht die Momente, in denen sie um meine Hilfe ersuchte. Erst Cornelia machte mich darauf aufmerksam. Wenn Luna mir nicht schrieb, was sie bedrückte, dann ging ich immer davon aus, dass da auch nichts war. So hatte ich es gelernt. Cornelia erklärte mir, dass ich Gaben besäße, die über das Offensichtliche hinaus gingen, dass ich mich mehr damit beschäftigen sollte, auch zwischen den Zeilen zu lesen und ich diese Gaben, wie alles andere auch, trainieren müsse, um sie zu vervollkommnen.

Aber wie sollte ich das anstellen? Ich hatte mir immer gewünscht, jemanden an meiner Seite zu haben, der mir zeigen würde, welche Knöpfe zu drücken waren, um das nächste Level zu erreichen. Aber erstens gab es diese Person nicht für mich und zweitens konnte man auch in keiner Weise von irgendwelchen Knöpfen sprechen. Das war kein Computerspiel. Alles was geschah, spielte sich auf einer weit entfernten Ebene in meinem Geist ab. Diese Energie machte einen sehr großen Teil meiner selbst aus, aber hatte in sich keine eigene Form, bis auf das, was sich tagtäglich als mein Leben vor meinen Augen abspielte. Mein Verstand glaubte aber, dass alles, was ich in meinem Leben sah, von außen kam und nicht von mir selbst. Dies widersprach jeglicher Logik.

Irgendwie wartete ich auf den großen Knall, wenn sich der Himmel öffnen würde und all diese Kräfte und Gaben, von denen alle immer sprachen, in meinen Körper fahren würden und ich sie dann auch würde nutzen können. Und vor allem würde ich dann auch wissen, wie ich sie zu benutzen hätte. Und sie spüren, wie eine Rolle Münzen in meiner Hosentasche. Vielleicht hätte diese Kraft dann auch eine Farbe. Rot vielleicht oder auch grün.

Aber ganz so einfach war es nicht. Es galt zu üben und sich Zeit zu nehmen. Die Devise lautete: ›Setz dich hin und fühle dich ein …!‹

Okay! Einfühlen! Wo einfühlen? Ich hatte ganz ehrlich gesagt keine Ahnung. Also setzte ich mich im Schneidersitz in meiner Hütte auf dem Fußboden. Das Erste, was ich fühlte, war der harte Fußboden. Schon nach sehr kurzer Zeit kreisten in meinem Kopf unzählige Gedanken.

›Ich habe schon wieder Hunger. Mein Knie schmerzt. Soll ich aufstehen? Wie viel Grad ist es gerade? Was ist das in Fahrenheit? Ich bekomme noch Post vom Finanzamt. Einfühlen? Wo muss ich rein? Ich atme nicht! Oh, doch, ich atme. Wenn jetzt eine Schlange durch meinen Bungalow kriecht, dann kann ich sie nicht sehen, weil meine Augen geschlossen sind. Sie würde mich beißen und ich sterbe hier im Dschungel. Meine Eltern wären sehr traurig. Ich muss noch Wäsche waschen.‹

So ging es weiter und weiter. Ich beschloss, das ›Einfühlen‹ auf die Zeit nach dem Kloster zu verschieben. Meine Knie schmerzten und es sollte nur ein Vorgeschmack sein auf das, was noch kommen würde.

In den Tagen, bevor ich ins Kloster ging, gab es drei Dinge, die mich bewegten.

Das Erste war das Buch von Caroline Myss. Ich konnte es kaum aus den Händen legen. Aus dem Buch ergaben sich für mich viele neue Einblicke und ich erkannte zum ersten Mal, dass Vergebung ein innerer Akt war, in dem man sich von dem Schmerz löste, den andere Menschen einem zugefügt hatten. Vergebung war also etwas, was ich für mich selbst tat und nicht etwas, das ich nach außen gab wie in dem Satz ›Ich vergebe dir!‹ Es sollte eigentlich lauten: ›Ich vergebe mir!‹

Ich hatte also selbst die Macht, mich zu befreien, wenn ich es denn wollte. Es setzte voraus, sich frei zu machen von Schuldzuweisungen und Gedanken an Vergeltung. Wie oft hatte ich den Satz gehört ›Du wirst noch sehen, was du davon hast‹ oder ›Wer zuletzt lacht, lacht am besten.‹ All diese Phrasen waren Teil eines Machtspiels, in dem man darauf bedacht war, ausgleichende Gerechtigkeit oder anders gesagt, ein falsches Gleichgewicht zu erschaffen. Aber anstatt sich von dem anderen zu lösen, verstrickte man sich nur noch tiefer im emotionalen Geflecht aus Missgunst und Neid. Solch ein Handeln konnte man nicht als Vergebung bezeichnen, sondern vielmehr als ›vergebens‹.

Ich selbst hatte genau dies jahrelang in Beziehungen und Beruf praktiziert, anstatt endgültig loszulassen. Es war seltsam, dass man an etwas Verletzendem so sehr festhielt, obwohl man doch nichts lieber wollte, als es los zu werden.

›I hurt myself today, to see if I still feel‹, lautet die Textzeile in einem Lied von Johnny Cash. Jeder Mensch, mich eingeschlossen, war im Leben auf der Suche nach seinem Gefühl, da er innerlich spürte, dass es die wahre

Verbindung zu seinem Ursprung, der Ewigkeit war. Wir hatten verlernt, wie wir zu unseren reinen Gefühlen vordringen konnten und deshalb verletzten wir uns oft selbst. Der Schmerz würde uns so lange führen im Leben, bis wir schließlich unseren Weg im Leben gefunden hätten. Dann hatte er seine Schuldigkeit getan und wir würden keine Schmerzen und auch kein Leid mehr erfahren. Ich glaubte, verstanden zu haben. Ich würde von nun an genau darauf achten, inwieweit ich bereit war, den Schmerz, der mich begleitete, loszulassen und zu transformieren.

Das Zweite war meine Verbindung zu Luna. Ich hatte zum ersten Mal das Gefühl, wirklich verbunden zu sein mit ihr. Cornelia schrieb dazu, es sei die Quellenergie, die uns verband, die den Kreislauf schloss und uns beiden Kraft gab. Ein unendlicher Pool der Energie und Inspiration. Sie hatte schon vorher von der Quelle gesprochen, aber jetzt war die Zeit gekommen, wo ich es zum ersten Mal hatte spüren können. Ich wachte morgens auf und fühlte mich sprichwörtlich aufgeladen. Auch wenn ich mit Luna sprach, konnte ich deutlich eine Veränderung wahrnehmen.

»Ich habe deine Energie sehr stark gefühlt, als wir heute über Skype gesprochen haben«, sagte Luna. »Ich wollte mich ja hinlegen und schlafen, bin dann aber joggen gegangen, weil ich so aufgeladen worden bin von dir und dafür möchte ich Danke sagen.«

Das Dritte war mein Drittes Auge. Von Luna hatte ich gelernt, meine Chakren selbst zu testen. Dazu legte ich mich in Ruhe auf den Rücken, schloss die Augen und konzentrierte mich eine gewisse Zeit auf eines meiner Chakren. Ich begann meistens mit dem Scheitel-Chakra und arbeitete mich dann nach unten durch. Ich verweilte in Stille bei den einzelnen Positionen, bis ich Bilder sah, die mir Aufschluss gaben über den Zustand meiner Chakren. Ein Bild, das ich jetzt zum zweiten Mal sah, begegnete mir bei meinem sechsten Chakra, dem Dritten Auge.

Ich sah eine schmale Treppe, auf der ich nach oben ging. Es war dunkel und am Ende der Treppe schien eine Tür oder ein Fenster zu sein. Es war zugenagelt und Lichtstrahlen fielen durch die Schlitze zwischen den Planken hindurch. Dann sah ich mich aus der Perspektive einer zweiten Person. Ich konnte meinen Kopf sehen und zwischen meinen Augen steckte ein langer Bergkristall in meiner Stirn. Genau an der Stelle, wo das Dritte Auge war. Der Kristall verstopfte es wie ein Korken die Öffnung einer Flasche.

Luna hatte mir von dem Dritten Auge erzählt und sagte, dass es nur wenige Menschen gäbe, deren Drittes Auge vollständig geöffnet sei. Ein solch vollständig geöffnetes Drittes Auge ermöglichte es einem, die Welt auf eine völlig neue Weise wahrzunehmen. Die Grenzen des rationalen Verstandes seien dann aufgehoben und man sei in der Lage, all die Dinge zu sehen, die man allgemein als den kosmischen Bauplan bezeichnen konnte – die Matrix, so wie Cornelia es einmal beschrieben hatte. Cornelia sagte weiter, dass es eines der größten göttlichen Geschenke sei und dass man dann Einblick habe in das Universum, die Zukunft und den Menschen selbst. Auch mein Drittes Auge sei schon einmal völlig geöffnet gewesen, damals, in der Zeit im Mittelalter, als ich ein König gewesen war.

Ich hatte mich noch immer nicht an das Wort König gewöhnt, und immer, wenn ich es hörte, ließ es mir die Haare zu Berge stehen. Es erfüllte mich so sehr mit Energie, dass ich weinen musste.

Die Zeit im Kloster stand nun kurz bevor. Luna würde ihre Reise nach Peru antreten und verabschiedete sich von mir:

»Heile deinen Geist, erhebe deinen Geist,
erhebe dein Herz, deinen Verstand, deine Seele.

Gedanken, die dich leiten, segnen dein Leben,
Erkenntnis und Weisheit Tag für Tag wünsche ich dir.
Beschenkt wirst du mit Liebe,
damit sie auf ewig unser höchster Glaube bleibt.
Meine Liebe für dich wird dich begleiten
auf deinem Weg.«

Ich las ihre Worte und weinte. Auch ich wollte mich in einer Mail von Luna verabschieden und ihr alles Gute wünschen für ihre Reise, aber es schien, als ob sich so kurz vor dem Schweigen bereits alle Worte von mir verabschiedet hätten. Ich schrieb nur zwei Zeilen des Dankes und ging an diesem Abend früh zu Bett.

Kapitel 10

Am nächsten Morgen fuhr mich Kai mit dem Jeep ins nah gelegene Kloster. Ich hatte nur eine kleine Tasche bei mir, in der ich das Nötigste zusammengepackt hatte. Ein paar T-Shirts, ein paar lange Hosen, die ich mir extra für das Retreat gekauft hatte, Zahnpasta, ein Handtuch, ein Deo, Moskitocreme, Seife, zwei Tücher gegen Sonne oder Kälte, je nach Wetterlage, und schließlich mein Tagebuch. Ich wusste nicht, ob ich schreiben würde, denn auch das Schreiben war uns untersagt. Aber vielleicht würde mir etwas begegnen, das ich nur schnell in Worte fassen wollte, bevor es sich wieder verabschiedete. Mehr glaubte ich nicht zu brauchen für die zehn Tage.

Kai parkte den Wagen am Fuße des Klosters. Ich umarmte ihn zum Abschied und ging die letzten Meter zu Fuß. Die Straße endete direkt vor dem offenen Essbereich, wo bereits ein paar Ankömmlinge saßen. Es war schnell klar, dass die hier Anwesenden aus den verschiedensten Gründen den Weg ins Kloster gefunden hatten.

Einige kamen schon das zweite oder dritte Mal hierher. Für ungefähr die Hälfte der Anwesenden war es, wie für mich, das erste Mal. Es gab auch zwei Touristen, die mit dem Klosteraufenthalt lediglich die Zeit bis zu ihrem Abflug überbrücken wollten und, um zu Hause zu erzählen, dass sie auch ein paar Nächte in einem buddhistischen Kloster übernachtet hätten. Die Klosterleitung vermittelte diesen sehr schnell, dass man eine solche Einstellung während eines Vipassana-Retreats nicht duldete und sie mussten am selben Tag wieder abreisen. Die Unterkünfte und das Essen waren nur für diejenigen bestimmt, die Stille suchten. Ob man dann nach Beginn des Retreats aus persönlichen Gründen abbrach und abreiste, war jedem selbst überlassen, denn es war schließlich kein Gefängnis. Aber am Anfang eines Vipassana-Retreats sollte der Wille stehen, diese zehn Tage in Stille und Innenschau verbringen zu wollen.

Ich setzte mich an einen der Tische und hörte den Menschen zu. Ich selbst hatte nichts zu erzählen. Das Retreat würde am kommenden Nachmittag beginnen. Heute würden wir in unsere Kammern einziehen. Wir erhielten eine kurze Einweisung, uns auf dem Gelände des Klosters mit Rücksicht zu bewegen, zu schweigen und uns bei Dunkelheit immer mit einer Taschenlampe auf den schmalen Wegen zu bewegen, da es hier viele Schlangen, unter anderem auch Kobras, gäbe.

Das Kloster lag auf einem Berg und war von Wald umgeben. Die Wege zwischen den Gebäuden waren steil und schmal. Die Schlafkammer war 2 x 2 Meter groß, sodass ich mich gerade so ausstrecken konnte. Jeder bekam vom Kloster ein Moskitonetz, ein Kopfkissen, eine Decke und eine Matte, die 60 Zentimeter breit und 80 Zentimeter lang war. Sie diente als Sitzunterlage zum Meditieren und zugleich als Bett. Ein sehr kurzes Bett. Es dauerte drei Nächte, bis ich zusammen mit der in der Kammer befindlichen Kokosmatte und meiner Tasche als Kopfablage eine Schlafposition ausgearbeitet hatte, die mich ohne große Schmerzen am nächsten Morgen aufwachen ließ.

Die Waschplätze waren etwas abseits und man war angehalten, nicht mit nacktem Oberkörper dort umher zulaufen. Geduscht wurde Thai-Style, man schöpfte also mit einer Kelle Wasser aus einem großen Fass. Gleich neben dem Fass war die Toilette, die ebenfalls im asiatischen Stil gehalten war, zum Hocken. Ich vermisste keine Dusche oder ein klassisches WC. Alles war genau richtig so, wie es war.

Ich musste feststellen, dass ich ein weiteres Mal die Natur unterschätzt hatte. Die Dunkelheit, die eine Nacht hier im Dschungel erreichte, stellte ein größeres Problem dar, als ich gedacht hatte. Ich trug nur eine kleine Taschenlampe bei mir und schon in der ersten Nacht versagten die Batterien. In der Dunkelheit war es mir unmöglich, das Zahlenschloss an meiner Kammertür zu öffnen. Zum Glück konnte ich mir im Kloster eine Taschenlampe leihen. Sie war um ein Vielfaches größer und schwerer, aber vermochte kaum mehr Licht in die Dunkelheit zu bringen als meine kleine Taschenlampe. Mir war klar, was ich mir sofort nach dem Retreat kaufen würde – eine große Taschenlampe. Und ich würde nie mehr ohne Ersatzbatterien ein Kloster betreten.

Am nächsten Tag trafen immer mehr Menschen ein, bis die maximale Teilnehmerzahl von 36 erreicht war. Alle waren im Essbereich versammelt und im Vorhinein wurden die ersten Arbeitsaufgaben verteilt, die auch Teil der Meditation werden sollten. Ich entschied mich für das Laubfegen. Fegen reinigt die Seele, sagt man. Da das Kloster in einem Wald gelegen war, hielt die Natur jeden Tag aufs Neue diese Aufgabe für einen bereit. Hatte man am Vortag wirklich jedes Blatt zusammengefegt und alles erschien in bester Ordnung, so fand man am nächsten Tag den Platz so vor, als hätte hier noch nie jemand gefegt. Mit der Zeit genoss ich das Fegen sehr, denn es stellte eine willkommene Abwechslung dar zum sehr streng geregelten Klosteralltag.

Jeder Tag gestaltete sich von nun an gleich. Das Wecken geschah durch die große Glocke um 4 Uhr morgens. Da der Glockenschläger in der Kammer neben mir schlief, wachte ich jeden Morgen schon durch die Geräusche auf, die er beim Aufstehen verursachte. Ich blieb noch so lange liegen, bis ich die Glocke hörte. Mir gefiel ihr Klang.

Mit dem ersten Schlag der Glocke stand ich auf. Ich wollte einer der Ersten bei den Duschen sein, um nicht warten zu müssen. Das Wasser war so früh morgens noch einmal kälter als sonst, aber das machte nichts. Ich hatte mir einen Waschraum herausgesucht, in dem ein großer bunter Gecko an der Wand lebte. Jeden Morgen, wenn ich die Tür öffnete, hing er regungslos wenige Zentimeter vor mir an der Wand. Ich bewegte mich nur langsam und konnte während des Duschens seine prächtigen Farben und seine fabelhafte Gestalt bewundern.

Der Weg zu den Duschen war sehr schmal. Wir waren zur Vorsicht ermahnt worden. Der Grund, warum es öfter vorkam, dass Schlangen sich bei den Duschen aufhielten, war in den trockenen Jahreszeiten vor allem das Wasser und mit dem Wasser die Frösche, die um die Waschräume herum lebten. Die Frösche quetschten sich in die feuchten Spalten zwischen Waschbecken und dem Mauerwerk, sodass sie teilweise sogar den Abfluss verstopften, was aber keine großen Auswirkungen hatte, da alles Wasser ohnehin nach wenigen Metern offen in den Wald floss und versickerte. Lediglich die Toiletten waren an eine Art Kanalisation angeschlossen, die in einer riesigen Sickergrube endete.

Es galt also nicht nur Rücksicht auf die Schlangen zu nehmen, sondern auch auf die Frösche. Schließlich war dies ein buddhistisches Kloster und man wollte vermeiden, dass irgendein Lebewesen durch Unachtsamkeit zu Schaden kam.

Als ich am ersten Morgen mir die Zähne putzte, stellte ich überrascht fest, dass ich versehentlich auf einem Frosch gestanden hatte. Ich dachte, es wäre ein Stein, und erschrak, als dieser Stein plötzlich davon sprang, als ich meinen Fuß anhob. Von da an war ich achtsamer mit meinen Schritten, denn ich hätte auch auf eine Schlange treten können. Nicht auszudenken, wie eine solche Begegnung geendet hätte.

Nach dem Duschen und Zähneputzen ging ich zurück in meine Kammer. Ich schnappte mir die Meditationsmatte, auf der ich letzte Nacht geschlafen hatte, eine Flasche Wasser und selbstverständlich meine Taschenlampe und machte mich auf den Weg zur großen Meditationshalle, die am oberen Ende des Geländes gelegen war. Um den Lichtkegel meiner Taschenlampe herum begann die Dunkelheit, und wenn ich aufblickte, dann sah ich von überall her andere Lichtkegel, die sich durch die Dunkelheit in Richtung großer Meditationshalle bewegten.

Die Halle hatte traditionell zwei Eingänge. Der linke Eingang war den Männern vorbehalten und der rechte Eingang den Frauen. Im Buddhismus trennt man streng zwischen Mann und Frau. Auch im Inneren der Halle saßen die Männer in Blickrichtung auf der linken und Frauen auf der rechten Seite. Jeder hatte schnell einen Platz gefunden und würde diesen auch bis zum Ende des Retreats beibehalten. Alles geschah in völliger Stille. Niemand sprach ein Wort. Ich muss sagen, dass ich diese ersten Stunden des Tages am meisten genoss. Ich selbst befand mich noch in einem angenehmen Zustand zwischen Schlaf und Wachheit.

In einer Einleitung am Vortag hatte man uns die verschiedenen Meditationshaltungen gezeigt. Lotussitz, halber Lotussitz, chinesischer Hocksitz oder auch die thailändische Variante, bei der ein Bein nach hinten angewinkelt war, was daraus resultierte, dass nur wenige Thais wirklich im Lotussitz sitzen konnten oder wollten. Thais saßen traditionell irgendwie ›schräg‹.

Ich selbst wollte unbedingt im Lotussitz meditieren oder zumindest im halben. Zu Beginn musste ich sehr oft die Position wechseln, weil vor allem meine Knie schmerzten. Dieser Schmerz dehnte sich stetig aus und schloss nach und nach die Hüfte, meinen Rücken, den Nacken und auch meine Fußgelenke mit ein. Am Ende schmerzte mein ganzer Körper.

Aber die Schmerzen hatten meinen sportlichen Ehrgeiz geweckt. Auch wenn man sich bei der Meditation nicht bewegte, erschien es mir zu Beginn vor allem als eine körperliche Herausforderung. Ich beschäftigte mich nach wenigen Minuten fast ausschließlich nur noch mit den Schmerzen in meinem Körper.

Ich hatte noch das gute Gefühl der Einleitungsmeditation vom Vorabend gespeichert. Bei der ersten Sitzung hatte meine Kondition ausgereicht und es war mir leicht gefallen, meinen Geist zu entleeren. ›Wow, cool‹, hatte ich gedacht, ›und dieses Gefühl werde ich jetzt zehn Tage lang haben?‹

Aber ganz so einfach schien es nicht zu sein. Schon am ersten Morgen hatte ich schwer zu kämpfen. Ich versuchte, mit zusätzlichen Kissen meine Sitzhöhe zu variieren und nahm einen Meditationshocker zur Hilfe. So konnte ich meine Schmerzen zumindest auf ein anderes Körperteil umlenken. Von Sitzen in Stille konnte keine Rede sein. Meine Meditation glich anfangs einer sehr langsamen Turnübung, die mich durch unzählige Positionen meiner angewinkelten Gelenke führte.

Die erste Meditation des Tages war eine Sitzmeditation. Darauf folgte eine dreiviertel Stunde Gymnastik. Bewegung tat gut, aber da meine Gelenke noch immer schmerzten, wünschte ich mir zu Beginn eher Ruhe und nicht noch mehr Verbiegungen. Aber das Gebot der Stille ließ von vornherein die meisten Zweifel verstummen. Auf die Gymnastik folge eine Gehmeditation, die wir auf dem Gelände vor der großen Halle und um den benachbarten Tempel herum abhielten. Hierbei lenkte man seine Aufmerksamkeit auf das Gehen selbst, den Kontakt der Füße mit dem Boden und wie sich der Fuß dann wieder in einzelnen Phasen vom Boden erhob und nach vorne geführt wurde, um dort wieder abgesetzt zu werden. Der Blick war nach unten gerichtet auf den Weg und den nächsten Schritt, denn es galt auch hier, aufmerksam zu sein und nicht irgendwelche Ameisen oder andere Lebewesen, die ›unter‹ uns lebten, zu zertreten.

»Ich weiß, dass es manchmal interessanter erscheinen mag, die Insekten dabei zu beobachten, wie sie umherlaufen, anstatt selbst seine Gehmeditation zu machen, aber es ist wichtig, zurück zu euch zu finden und den Blick auf euch zu richten, weg zu gehen von dem, was euch umgibt. Seit achtsam mit eurer Umwelt und achtsam mit euch selbst«, sagte einer der Leiter bei seinem abendlichen Vortrag.

Es erschien manchmal wirklich viel aufregender, zu beobachten, was rundherum geschah. Wie machten es die anderen mit ihrer Meditation? Gerade nach der ersten halben Stunde stellte sich schnell etwas wie Langeweile ein. Die Konzentration ließ nach und man begann, mit neidischem Blick auf die anderen Teilnehmer zu schauen und es hatte den Anschein, dass alle komplett in der Meditation versunken waren, nur nicht man selbst.

Da die Kommunikation auf das Zuhören beschränkt war, dauerte es immer etwas länger, bis man schließlich verstand, dass man nicht alleine war mit seinen Empfindungen. Alle hatten mehr oder weniger zu kämpfen mit ihren Gedanken und genau das war auch der Grund, warum sie hier waren. Es ging darum, die Gedanken als solche zu entlarven. Sich bewusst zu werden, was man gerade dachte. Durch die Gehmeditation hatte man die Möglichkeit, seinen Geist auf eine einfache Tätigkeit zu fokussieren. Eine scheinbar einfache Aufgabe: das Gehen. Würde ein Gedanke sich einmal nicht um das Gehen selbst drehen, so war dieser für unseren Geist relativ deutlich auszumachen. Unser Geist konnte diesen Gedanken dann erkennen, als Gedanken deklarieren und danach wieder bewusst zum reinen Gehen zurückkehren. Im Endeffekt ging es darum, seinen Geist so zu trainieren, dass man diese abweichenden oder auch störenden Gedanken schon beim Aufsteigen erkannte, bevor sie an die Oberfläche unseres Bewusstseins treten würden und unseren Geist vernebelten. Denn das war es, was unsere Gedanken machten, sie vernebelten unseren Geist. Sie füllten unser Bewusstsein mit so viel Informationen an, dass wir die Reinheit und Stille, aus der sie einmal entstanden waren, und aus der, laut spiritueller Tradition, alles Leben in seiner Reinheit entstanden war, nicht mehr sehen und hören konnten.

Das hatte ich auch schon bei Eckhart Tolle gelesen, der in seinem Buch immer von der Stille hinter dem Lärm schrieb. Stille war laut seiner Definition nicht die Abwesenheit von Lärm, sondern der Urgrund, auf dem Lärm und unser Leben statt fand. Die Stille lag sozusagen hinter dem Lärm. Man konnte es wie eine Kinoleinwand beschreiben, die der Betrachter nicht mehr wahrnahm, sobald der Film lief. Der Film wäre quasi der Lärm, der uns den Blick auf die Leinwand, sprich die Stille, unmöglich machte. Die Stille war somit der Ort, an dem unser Leben in seiner reinsten Form stattfand.

Das war eine Beschreibung von Meditation, mit der ich etwas anfangen konnte.

Das Gehen diente dazu, den Lärm so weit wie möglich zu reduzieren, um eine Maßeinheit zu erschaffen, mit deren Hilfe man allen zusätzlich aufkommenden Lärm würde identifizieren und deklarieren können.

Nach dem Gehen war es Zeit für das Frühstück. Alle freuten sich immer auf das Essen. Zumindest war es bei mir so und ich hatte das Gefühl, diese Freude auch in den anderen Gesichtern lesen zu dürfen. Alles verlief in völligem Schweigen. Was folgte, war die Arbeitsmeditation. Jeder griff zu einem Besen oder auch zu einem Eimer und verrichtete still sein Tageswerk. Die gleichen Prinzipien, die bei der Gehmeditation galten, konnte man auch bei der Arbeit anwenden. Auch in unserem alltäglichen Leben verübten wir oft gleichbleibende Tätigkeiten, die geradezu zur Meditation einluden. Dazu gehörte unter anderem der Weg zur Arbeit, den fast jeder von uns täglich zurücklegte. Oft lief man jeden Tag die gleichen Wege und wartete an derselben Stelle auf den Bus und saß dann während der Fahrt für eine bestimmte Zeit ganz still. Diese Situationen waren prädestiniert für eine solche Meditation. Und es ging auch darum, den Menschen hier im Kloster ein Werkzeug an die Hand zu geben, mit dem sie sich auch in ihrem alltäglichen Leben Zugriff auf diesen Ort der Stille verschaffen konnten, der die Schnittstelle zwischen unserem geistigen und unseren physischen Leben darstellte. Es war die Leinwand, auf der der Film für uns sichtbar wurde, oder anders gesagt, auf der das göttliche Licht uns berührte und unser Leben schließlich Gestalt annahm. Je näher man diesem Ort kam, desto näher würde man auch sich selbst kommen.

Im weiteren Verlauf des Tages wechselten Sitz- mit Geh- und Geh- mit Stehmeditationen, unterbrochen von Mittagessen, Mittagsruhe. Und am späten Nachmittag von einer leichten Mahlzeit, die auch die letzte des Tages sein sollte.

Zum Abschluss des Tages fanden sich, gerufen vom Gong der großen Meditationshalle, alle noch einmal zu einem abendlichen Vortrag ein. Allen Teilnehmern wurden auf eine verständliche Art die Lehren Buddhas mit sehr anschaulichen Beispielen näher gebracht, die das Leben geschrieben hatte, teilweise sogar mit Zeitungsartikeln, die Schicksale schilderten, die uns zeigen sollten, dass die Vergänglichkeit eines der Hauptmerkmale unserer irdischen Existenz war.

Tagein, tagaus war es immer derselbe Ablauf, sodass ich noch heute nicht mehr genau sagen kann, was ich an einem bestimmten Tag im Kloster genau gemacht habe oder welche Gedanken mich durch den Tag begleiteten.

Während dieser Tage schrieb ich nichts in mein Tagebuch. Ich wollte ganz in dem Moment verweilen, der sich mir bot. Ich erinnere mich daran, dass ich am siebten Tag bereit war, zu gehen, so sehr quälte ich mich mit jedem Schritt meiner Gehmeditation. Oder vielmehr waren es meine Gedanken, die mich quälten.

»Warum mache ich das, und wieso denke ich nur so viel Müll?«

Ja, es kam mir wahrlich vor wie Gedankenmüll, der sich in meinem Kopf angesammelt hatte. Ich saß, stand und ging in meinen Meditationen durch riesige Haufen von Müll, die mein Leben zu sein schienen. Aber dieser Müll war nichts anderes als der Lärm, den Eckhart Tolle beschrieben hatte und unter diesem Müll würde ich den reinen Grund finden, auf dem ich stand und gehen konnte. Im Großen und Ganzen war es überschaubarer Müll.

Nach zehn Tagen verließ ich das Kloster.

Das Sprechen fiel mir schwer und die ersten Worte fanden nur spärlich ihren Weg in diese Welt. Mein Willkommen in der Bucht war wie immer ein herzliches. Ich war geradezu überwältigt von den vielen Farben und den Geräuschen, die sich mir dort boten. Jetzt erst bemerkte ich, dass ich das Meer und sein Rauschen vermisst hatte. Und ich bemerkte plötzlich all die anderen Dinge, die mir vorher nie als etwas Besonderes aufgefallen waren. Eine Kiste mit kalten Getränken, verschiedene Speisen zur freien Auswahl. Alles Selbstverständlichkeiten, die mir jetzt besonders erschienen, auch wenn nichts vermeintlich Besonderes an ihnen war.

Das Kloster hatte mich Achtsamkeit gelehrt. Das Gefühl der Dankbarkeit für alles, was mich umgab, war in den ersten Tagen so präsent wie noch nie in meinem Leben und ich verstand, dass nichts in meinem Leben selbstverständlich war.

Auch wenn ich während der Zeit im Kloster keine Annehmlichkeiten der modernen Zivilisation vermisst hatte, konnte ich mich nicht gegen das Gefühl wehren, das in mir aufkam, als ich meinen Computer zum ersten Mal sah. Ich wollte so schnell wie möglich den Monitor hochklappen und meinen Mail-Account öffnen. So schön es doch in der Abgeschiedenheit des Klosters gewesen war, so sehr freute ich mich jetzt, dass ich all meine Erfahrungen mit Luna und auch meiner Familie würde teilen können. Das Internet war für mich ein wahrer Segen, ohne den ich mich in dieser Zeit noch mehr verloren gefühlt hätte. Aber ein noch größerer Segen war Luna selbst. Sie gab mir Halt und hörte mir immer zu. Auch das sah ich nicht mehr als eine Selbstverständlichkeit an. Sie war wie ein Engel für mich. Voller Liebe und Geduld.

Auch wenn ich wusste, dass Luna erst in zwei Tagen aus Peru zurückkommen würde, machte ich mich sofort daran, ihr zu schreiben und meine Eindrücke zu schildern und was dabei zum Vorschein kam, überraschte selbst mich.

»Ich habe wirklich jeden Tag viele, viele Stunden meditiert. Das hat mich körperlich sehr gefordert. Ich habe die ersten beiden Tage gedacht, ich brauche neue Knochen. Aber ich habe mich sehr diszipliniert und versucht, eine Balance zwischen körperlichem und geistigem Training zu finden. Das hat auch sehr gut geklappt und ich kann jetzt schon gut sitzen. Ich musste immer an deine Worte denken. Am ersten Abend saß ich da, und war sehr aufmerksam und motiviert und ich habe meinen Körper und meinen Geist sehr genau beobachtet. Nach der Lesung hatte man immer die Wahl, ins Bett zu gehen oder in der Stille weiter zu meditieren. Wobei Stille mitten im Dschungel sehr relativ ist, da der Wald doch sehr laut sein kann. Also, ich bin sitzen geblieben, weil ich noch ein wenig ausprobieren wollte, und du wirst es nicht glauben, aber da war die Glocke um meinen Kopf, von der du immer gesprochen hast. Ich konnte sie von innen sehen und dachte mir ›Wow, cool und das geht jetzt zehn Tage so‹. Ich dachte dann, okay, nicht zu viel am ersten Abend und bin früh schlafen gegangen. Naja, und du kannst dir schon denken, was dann kam – dann kam die restlichen Tage nichts mehr. Hahaha! Oh, Mann, ich war ein wenig enttäuscht, aber ich hatte dafür noch zwei weitere gute Erfahrungen. Einmal habe ich mich auf einen Meditierenden konzentriert und sehr starke Farben gesehen, es war wie ein Kaleidoskop. Das andere Mal habe ich Szenen von einem Schlachtfeld gesehen. Mittelalterliche Krieger, einen großen Mann, Speere, Schwerter, Adler, Himmel. Das war sehr beeindruckend. Es war sehr fragmental und verschwommen, aber es tauchten immer wieder sehr scharfe Bilder auf. Das waren die eigentlichen Bilder oder Dinge, die ich gesehen habe.

Die Erfahrung der Stille war für mich etwas Neues und auch, keinen Kontakt zu den Menschen um mich herum zu haben. Ich bin immer sehr gut im Kontaktknüpfen, das weißt du. Ich denke, dass ich alles auch noch ein wenig verarbeiten muss und in den nächsten Tagen auch noch ein paar Eindrücke hinzukommen werden.

Ich habe dort sehr viel mit meinen Gedanken gearbeitet. Gerade bei der Gehmeditation. Und ich habe sehr schnell festgestellt, dass viele der neuen Erkenntnisse, von denen Cornelia gesprochen hat, sich auf unser früheres Leben beziehen und auf Verbindungen und Parallelen im *Jetzt*. Ich möchte sie im Folgenden einzeln durchgehen, da es sonst vielleicht zu kompliziert wird. Du weißt, dass ich auch manchmal nur spekulieren kann, aber ich werde mit dem anfangen, von dem ich völlig überzeugt bin.

Zu Mir:

Ich habe mein Trauma entdeckt. Es hat mit Frauen zu tun. Seitdem ich dich im Mittelalter verloren habe, verfolgt mich dieses Trauma, dass ich unglaublich leide, immer wenn eine Beziehung zu Ende geht. Egal, wer dieses Ende herbeigeführt hat. Dazu ein Beispiel. Ich habe mich vor zehn Jahren von Tara getrennt, die ich sehr geliebt habe. Obwohl ich diese Trennung wollte, habe ich fast ein Jahr lang getrauert und war am Boden zerstört. Hinzu kommt, dass ich damals schon ›Hellsehen‹ konnte. Als wir noch zusammen waren, habe ich mich eines Abends mit einem Bekannten in einer Bar unterhalten.

›Eigentlich finde ich, dass du und Tara super zusammenpassen‹, habe ich damals zu ihm gesagt.

Sie sind heute verheiratet und haben zwei Kinder.

Es war immer mein Herz, das unter dem Verlust der Liebe so sehr gelitten hat, seitdem ich mir im Mittelalter das Leben genommen hatte. Ich habe mir für meine Wiedergeburt diese Eltern ausgesucht, weil ich von ihnen diese Liebe lernen würde und diese Verbindung erfahren würde, die mich in der Zukunft stark macht für solche Formen des Verlusts. Erinnerst du dich noch an unser Gespräch auf dem Konzert? Ich meinte, ich könnte mir schon aus Verantwortungsgefühl gegenüber meinen Eltern nicht das Leben nehmen, weil sie mich so sehr lieben. Das hat sich nun bewahrheitet. Denn der zweite Teil der Erkenntnis ist, dass es mir bestimmt war, den Verlust meiner wahren Liebe erneut zu erfahren und zu akzeptieren. Ich habe Jade kennengelernt, um die wahre Liebe zu finden. Und die Götter haben sie mir wieder genommen. Ein neues Wort, dass ich im Kloster gelernt habe, heißt ›akzeptieren‹, also ›Den Willen der Götter anzunehmen‹. Ich glaube, es war Jades Zeit, zu gehen. Es war ihr immer so vorbestimmt. Wobei wir beim zweiten Punkt wären.

Zu Jade:

Ich kenne noch nicht ganz Jades Rolle in meinem früheren Leben. Cornelia meinte einmal, dass Jade meine zweite Frau war, eine Gelehrte der Kräuter und eine Göttin. Aber erst etwas anderes. Du hast einmal erwähnt, dass Jade schon einmal ›gesprungen‹ sei. Als du nach Rom geflogen bist, hattest du Angst, dass sie wieder ›springt‹. Es ist bei ihr immer der ›Sturz‹, der als Ausweg oder ›Übergang‹ zu dienen scheint und ich weiß jetzt, dass Luft ihr Element ist. Sie ist durch einen ›Absturz‹ ums Leben gekommen. Sie hat sozusagen ihr Element als Werkzeug für diesen Übergang benutzt. So wie ich immer durch mein ›Herz‹ gestorben bin. Im Mittelalter durch einen Dolchstoß ins Herz. Der Dolch wurde im Feuer geschmiedet und somit ist Feuer mein Element. Erinnerst du dich noch an meine Halloween-Verkleidung mit dem Dolch? Verrückt oder?

Zu Dir:

Du hast in diesem Leben die Rolle der Begleiterin und Beraterin, wie damals. Uns verbindet noch immer die Liebe von einst, aber die Götter konnten dich nicht ein zweites Mal in meinem Leben sterben lassen, weil du zu wichtig für mich bist und für unsere Aufgabe. Und zugleich bleibst du mir auch von allen noch das größte Rätsel! Das meine ich im positiven Sinne – sehr positiv!

Zu Jades Mutter:

Ich glaube, dass sie um Jades Schicksal wusste. Nach der Geburt von Jade wollte sie unbedingt wissen, wie das Leben ihrer Tochter aussehen würde. Entweder hat sie es selbst gesehen oder sich mit Hilfe anderer Einsicht verschafft. Sie hat die dunkle Nacht in Jades Leben gesehen, was sie nicht hätte tun sollen. Von dem Moment an musste sie mit diesem Wissen leben. Wie diese dunkle Nacht aussehen würde, konnte sie aber nicht sehen. Deshalb hatte sie auch immer diese große Angst, dass Jade etwas zustoßen konnte. Das würde ihr Kontrollverlangen erklären. Auch Jades Vater wusste Bescheid. Er wusste so vieles über das Leben, diese Welt und den Willen der Götter und er konnte so sehr im *Jetzt* leben, wofür Jade ihn auch so geliebt hat. Er war ohne Angst und immer im Klaren mit sich, der Welt und den Göttern. Und deshalb ist Jade auch bei ihrem Vater in ihrem Hubschrauber gestorben, sozusagen in der Welt ihrer Mutter, damit sie erkennt, dass all ihre Bemühungen, ihre Tochter vor der normalen Welt zu beschützen und so den Willen der Götter zu beugen, nutzlos waren.

Es tut mir so sehr leid, das zu schreiben. Ich weiß auch nicht, ob es wirklich stimmt, aber es kam mit allen anderen Erkenntnissen und viele der anderen Erkenntnisse machen für mich Sinn.

Jades Mutter hat schon sehr früh in meinem Karma-Buch gelesen und ich denke, dass darin stand, dass ich nicht bei der Frau bleibe, mit der ich ein Kind haben werde. Sie war damals davon ausgegangen, dass Jade diese Frau sein würde und hatte sich schon aus diesem Grund gegen unsere Beziehung gestellt. Ich selbst weiß nicht, wer diese Frau einmal sein wird.

Ich habe das Gefühl, einen Crash-Kurs in Meditation hinter mich gebracht zu haben, auf dem ich sehr gut aufbauen kann.«

Am Abend nach meiner Rückkehr fand ich auch eine Mail von Cornelia in meinem Postfach.

»Guten Tag, Harald. Wie War Dein Klosteraufenthalt? Wie War Die Berührung Mit Der Inneren Stille? Hat Luna Dir Erzählt, Dass Sie Bei Caroline Myss Für Drei Monate War? Sie War Ihr Ein Wichtiger Mentor 2006!«

Cornelia wusste anscheinend immer, was ich wann tat, daran hatte ich mich schon gewöhnt. Mich überraschte vielmehr die Tatsache, dass Luna bei Caroline Myss gelernt hatte. Luna hatte mir nie etwas davon erzählt, obwohl sie wusste, wie sehr ich ihr Buch und das, was sie schrieb, bewunderte. Ich schrieb Cornelia ebenfalls von meinen Erkenntnissen und fand mich in vielen Punkten bestätigt.

»Ich Lese Einige Neue Erkenntnisse In Deiner Mail,

Sehr Gut! Du Bist Erst Am Anfang Des Meditierens Und Da Gehören Die Körperlichen Schmerzen Dazu!

Du Hast Das Geschenk Der Götter Bekommen, Dein Trauma, Deinen Herz/Schmerz Zu Überwinden, Diese Wunde Zu Schließen! Luna Wurde Noch Einmal Zu Dir Geschickt, Was Du Daraus Im Jetzt Machst, Liegt Alleine In Deiner Hand! Jade Wurde Noch Einmal Zu Dir Geschickt, Um Dir Diesen Weg Zu Zeigen! Auch Im Mittelalter War Es Jade, Die Euch Die Richtigen Wege Und Falschen Wege Aufgezeigt Hat!

Zu Jades Mutter, Dort Hast Du Alles Genau Richtig Erkannt, Sehr Gut!

Das Element Feuer Ist Sehr Stark, Nur Das Element Wasser Kann Feuer Zerstören! Sehr Gut, Dass Du Dein Richtiges Element Erkannt Hast. Gut, Dass Luna Dir Nicht Dein Element Gesagt Hat Und Es Dich Selbst Hat Herausfinden Lassen! Hier Etwas Zum Lesen Für Dich.«

Cornelia schickte mir im Anhang einen Link zu den Elementen Feuer und Wasser.

So verhalf mir das Internet wieder einmal zu Wissen, auf das ich anders nicht hätte so schnell zugreifen können. Ich verstand nun die geografische Trennung, die zwischen mir und Luna lag. Ich brauchte die Sonne, die Wärme und den Sommer. Und für Luna war es das Wasser und in Berlin war gerade Winter. Beide waren wir in unserem Element. Das war auch der Grund, warum wir uns so stark fühlten und warum so viele Dinge um uns herum passierten.

Auch Moe hatte mir geschrieben und was ich lesen durfte, berührte mich sehr. Er hatte eine Woche im Kloster in Mexiko verbracht und war jetzt bereit, sein altes Leben für ein Leben im Kloster einzutauschen. Er hatte in Mexiko seinen Meister und auch seinen Glauben gefunden.

»Ich werde im Kloster in die Lehre des Zen-Buddhismus gehen«, schrieb er mir. »Zen ist die Sammlung des Geistes und Versunkenheit in Inneres. Ich kann jetzt alles besser verstehen, Lunas und auch deine Worte! Ich werde morgen nach New York fliegen und alles klären, um dann für ein Jahr oder länger ins Kloster zu gehen! Luna hat gesehen, dass ich im Kloster eine neue Lebensart finde! Sie hat gesagt, dass, wenn ich es nicht angenommen hätte, krank geworden wäre in meinem alten Leben. Sie hat die Krankheit schon gesehen, wusste aber, dass das Kloster mich heilen würde, wenn ich es annehme! Sie sagt, sie sieht das bei allen Menschen, aber viele wären zu oberflächlich, um die Zeichen und Rufe ihres Körpers und ihres Geistes zu hören. Sie wollen schlicht weiter leiden! Sie hat mein Leben gerettet!

Ich wollte auch wissen, was sie bei dir sieht, aber darüber sagt sie nichts. So vieles ist immer noch neu für mich. Jade hat mal zu mir gesagt, dass eine Frau kommen wird, die mir das Leben rettet. Damals hab ich wieder nur gelacht, doch jetzt weiß ich, dass Jade recht hatte ... Wow!«

Jetzt war ich sehr gespannt darauf, welche Erkenntnisse Luna mit aus Peru bringen würde und freute mich auf unsere erste Unterhaltung. Luna hatte vor ihrer Abreise beschlossen, dass sie mich erst wieder sehen wollte, wenn ich sie am Flughafen in Thailand abholte. Also sprachen wir zwei Tage später über Skype, allerdings mit ausgeschalteter Kamera.

»Du klingst entspannt und zufrieden«, sagte ich.

»Mir geht es wirklich gut. Danke! Die Reise war unglaublich.« Luna hatte bereits meine Mails gelesen und wusste über alles Bescheid. Jetzt wollte ich alles von ihrer Reise erfahren und folgte aufmerksam ihren Worten.

»Wir waren eine kleine Gruppe von fünf Leuten und einem Guide. Darunter war auch ein Indianer aus Mexiko, der am ganzen Körper Tätowierungen trägt. Jede einzelne hat eine rituelle Bedeutung. Mit ihm habe ich mich viel unterhalten und wir waren die beiden einzigen, die nachts immer unter freiem Himmel geschlafen haben und nicht im Zelt. Das war wirklich toll. Die Natur in Peru ist wunderschön. Aber das Besondere war, dass ich eine starke Begegnung in Peru hatte. Ich hatte einen Begleiter, der mir am ersten Tag erschien, und dann den ganzen Weg mit mir gegangen ist. Ich bin in Peru meiner Inneren Führung begegnet«.

Darüber hatte ich schon einmal gelesen. Es war so etwas wie die Verbindung zur göttlichen Wahrheit, nur in Form einer Person, mir der man sich unterhalten konnte. Ich hatte schon öfters versucht, mit meinem Inneren Führer in Kontakt zu treten, aber leider vergebens.

»Er wich während der ganzen Reise nicht mehr von meiner Seite und ich muss dir sagen, dass du diese Person sehr gut kennst.« Sie machte eine Pause. »Ich hatte in Peru eine Begegnung mit Dir! Du warst es, der mir erschienen ist. Du bist mein Innerer Führer.«

Ich verstand nicht, was sie mir sagen wollte.

»Wir haben gemeinsam viele heilige Orte besucht und wir waren verbunden, so wie ich es bisher noch nie in meinem Leben habe spüren dürfen. Ich weiß gar nicht, was ich sagen soll, es war alles so unglaublich.«

Ich wusste nicht, was ich dazu sagen sollte. Ich war also Lunas Innerer Führer, ihre Verbindung zur göttlichen Wahrheit. Ich war sprachlos.

Cornelia fragte mich nach meiner Zeit im Kloster und nach all den neuen Ereignissen, wie ich die Verbindung zu Luna nun sähe und wie mein Gefühl zu ihr sei. Ich erzählte ihr von Lunas starker Begegnung in Peru – mit mir. Und dass ich damit nur wenig anfangen konnte.

»Die Begegnung Mit Dir War Sehr Wichtig Für Luna, Auch Für Dich. Hast Du Luna Gefragt, Welche Art Von Begegnung Es War?!

Es Ist Schön Zu Sehen, Wie Ihr Euch Entwickelt, Jeder

Für Sich, Aber Auch Zusammen! Das Macht Eine Starke Ver–Bindung Aus! Unterschätze Deine Kräfte Nicht, Deine Energie, Die Immer Stärker Wird. Arbeite Mit Ihnen, Tag Für Tag.«

Cornelia schrieb von Kräften, aber davon konnte ich in meinem Leben nicht wirklich etwas spüren.

Ich stand jetzt jeden Morgen früh auf und setzte mich auf einen Felsen am Meer und meditierte. Ich versuchte, die Meditation als festen Bestandteil in meinen Tagesablauf zu integrieren, was anfänglich sehr gut funktionierte.

Später meditierte ich nur noch, wenn ich ein bestimmtes Thema hatte oder wenn ich schlicht Entspannung suchte und war sehr glücklich mit dieser Lösung.

Luna hatte mir ein Buch geschickt, das ich in den nächsten Tagen las, ›Im Einklang mit der göttlichen Matrix‹ von Gregg Braden.

Es war eine mehr oder weniger wissenschaftliche Abhandlung dessen, was unsere Welt im Inneren zusammenhielt. Es half mir, ein Stück weit mehr von dem zu verstehen, was ich nicht zu verstehen glaubte.

In einem Traum begegnete mir ein Schamane und erzählte mir, dass das Heilen nichts Ungewöhnliches sei und viele Menschen diese Gabe besäßen, aber nur wenige wirklich davon wüssten.

Es war jetzt Ende Februar und ich hatte immer und immer wieder in meinem Horoskop gelesen, um besser zu verstehen, was mich erwarten würde. Ich las darin, dass in den nächsten Tagen ein Mensch in mein Leben käme, der mir die Kunst zu heilen vermitteln würde, was sehr gut zu meinem letzten Traum passte.

Das Ressort hatte sich in den vergangenen Tagen gefüllt. Ich war seit der Zeit im Kloster entspannter. Ich hatte das Gefühl, etwas geleistet zu haben, und all die anderen wundervollen Dinge, die um mich herum passierten, schienen mir recht zu geben.

Als ich abends von Tisch zu Tisch ging, um zum Feierabend die Sitzkissen einzusammeln, fragte ich einen Gast, der als Letzter noch im Restaurant war, ob er noch einen Drink wolle, denn ich würde sonst die Bar schließen und ins Bett gehen. Der Mann lag entspannt in einer roten Hängematte und las in einem Buch. Er trug ein grün gebatiktes T-Shirt, eine orangefarbene thailändische Fischerhose und hatte lange, dunkle, glänzende Haare. Die Farben passten zu ihm und ließen ihn in Regenbogenfarben erleuchten. Als er mich anschaute, um mir zu sagen, dass er nichts mehr trinken wollte, blieb ich stehen.

»Ich will dich nicht stören, aber ich muss dir jetzt mal ein Kompliment für deine Augen machen. Die sind so unglaublich klar und leuchten.«

»Oh, danke, das ist aber nett«, erwiderte der Mann. Er kam aus Deutschland. Sein Name war Matthias.

»Weißt du, ich habe gerade eine Woche gefastet und heute ist so zusagen mein erster Tag in Freiheit.« Er lachte laut und gluckste dabei mit jedem Atemzug. In ihm steckte so viel Energie, die nach draußen wollte und Lachen war eine wundervolle Art, dieser Energie ein Ventil zu bieten.

»Leider darf ich noch nicht alles essen und auch nicht trinken, sonst hätte ich jetzt bestimmt noch ein Bier bestellt.« Er lachte. »Heute passieren mir nur wundervolle Dinge. Ich danke dir für das Kompliment und ich bin dankbar, dass ich heute diesen Ort hier gefunden habe.

Ich habe mich heute Morgen auf den Roller gesetzt und bin losgefahren. Wohin, wusste ich nicht. Ich habe mich einfach leiten lassen. Und plötzlich war ich hier und alle sind so nett. Das ist wirklich wundervoll. Ich danke dafür.«

Das waren wirklich viele ›Danke‹, dachte ich bei mir. Seine gute Laune war ansteckend und ich war froh, ihm dieses Kompliment gemacht zu haben. Es kam von Herzen.

»Ich denke, ich werde noch eine Nacht hier bleiben und dann wieder zurück auf die andere Seite der Insel fahren und mein Gepäck holen und in drei Tagen wieder hierher kommen. Ja, das klingt nach einem guten Plan«, sagte er laut. »Ah, das Leben ist so herrlich. Danke!« Das Lächeln schien nicht mehr von seinem Gesicht weichen zu wollen.

Nach einem Tag verließ er die Bucht. Aber er wollte wiederkommen.

An diesem Abend schrieb ich Luna eine Mail.

»Ich wollte noch einmal sagen, wie sehr ich unsere Gespräche genieße. Sie haben mir im Kloster gefehlt. Das macht mich alles sehr glücklich und ich fühle mich ›richtig‹.«

Sie antwortete mir mit ihrem Traum von letzter Nacht.

»Ich bin auf einem Floß auf einem Fluss gewesen und über mir waren Bäume. Es war eine Art Wald, durch den ich gefahren bin und die Sonne hat immer mal durch die Wipfel geschaut und alles in ein warmes Licht getaucht. Ich bin auf eine Burg zugefahren und du hast mir das Tor aufgemacht und hast ›Willkommen‹ zu mir gesagt und mir einen Umhang umgelegt, in Rot und Lila, wunderschön. Dann hast du gesagt, dass du mir die Wälder zeigen magst und wir sind auf unseren Pferden davon galoppiert. Du auf einem schwarzen und ich auf einem weißen Pferd.«

Am kommenden Tag machte ich zusammen mit einem Gast einen Ausflug zur nördlich gelegen Bucht Tong Nai Pan Noi. Es war noch vor Sonnenaufgang, als wir aufbrachen. Wir joggten. Alles war ruhig und auch das Meer schien noch zu schlafen. Der Weg führte hinauf aus der Bucht bis zur Hauptstraße und dann einfach nach Norden. Es ging fast nur bergauf und ich war überrascht, dass ich gut mit meinem Begleiter mithalten konnte, der fast jeden Tag diese oder eine ähnliche Strecke lief.

Das letzte Mal war ich vor zehn Jahren in dieser Bucht gewesen. Die Straße war damals ein aufgewaschener Pfad und in Tong Nai Pan Noi selbst gab es nur einen Trampelpfad und wenige, aber dafür gut besuchte Hütten. Auch Tara war damals hier gewesen.

Heute stand hier ein Hotel neben dem anderen. Es hatte sich einiges getan in den wenigen Jahren. Es war viel Geld angeschwemmt worden und die Thais bemühten sich sehr durch das Bauen von immer mehr Hotels in dieser relativ kleinen Bucht um noch mehr Geld. Die vielen Baustellen hinterließen ihre Spuren und die Wohnbaracken der unzähligen Angestellten, die zwar etwas weiter im Inland, aber nicht unsichtbar waren, nagten für meinen Geschmack doch sehr am Erscheinungsbild des vermeintlichen Paradieses. Eine betonierte Straße war im Bau, um das Heranschaffen von Baumaterialien und Touristen zu beschleunigen. Ich verstand dieses in meinen Augen maßlose Treiben nicht. Für mich war klar, dass es nur eine Frage der Zeit war, bis auch dieses Geschwür platzen würde.

Und ›platzen‹ war auch das Wort, das mir in den Sinn kam, als wir an diesem Morgen am Strand in Tong Nai Pan Noi ankamen und uns an einen der vielen Tische am Strand setzten. Direkt neben uns lagen zwei dicke Hunde, die anscheinend schon viele der fetten Jahre dieser Bucht miterlebt hatten. Wenn ich mich so umschaute, dann spiegelten die beiden Hunde sehr gut den Charakter dieser Bucht wider. Sie waren fett und satt, genau wie diese Bucht.

Die Bucht war übersättigt mit Hotels. Das Geschäft lief wie von selbst. Die Thais fuhren das Geld mit Schubkarren aus der Bucht, so wie es die Touristen in die Bucht trugen.

Die harte Arbeit hinter den Kulissen erledigten oft die Burmesen. Ich hatte davon gehört, dass einfache Arbeiter manchmal nicht bezahlt wurden und wenn diese sich beschwerten, rief man die Polizei und ließ die teils illegalen

Hilfskräfte einfach entfernen. So konnte man seinen Gewinn schnell steigern.

Aber all diese Maßlosigkeit konnte an diesem Morgen meinen Blick nicht von der Kraft der aufgehenden Sonne ablenken, die sich am Horizont immer höher und höher schob. Mit dem Licht kam auch das Leben in diese Bucht zurück und es war für mich wie ein Zeichen, dass die Natur stärker war als alles, was ein Mensch je würde erschaffen können. Die Natur folgte ganz eigenen Gesetzen.

Es war, als ob die Sonne an diesem Morgen auf diese Bucht schaute und lachte. Auch mein Herz lachte wieder und ich war dankbar für dieses Geschenk von Mutter Natur.

Später fand ich ein paar Zeilen von Kahlil Gibran, die meine Gefühle in diesem Moment sehr gut beschrieben:

›*... Friede mit euch, ihr Äonen, die ihr erneuert,*
was die Jahrhunderte fällten ...‹

Jeden Morgen ging die Sonne auf wie ein Geschenk des Himmels nach einer Nacht in Dunkelheit. Einen Moment lang fühlte ich mich wie einer der frühen Menschen, dem dieser Moment nach einer kalten Nacht wie ein Segen erschienen sein musste, wenn am Himmel, dem Ort der Ewigkeit, die Sonne erwachte, um das Leben zurück auf diese Erde zu schicken.

Wir frühstückten und nahmen später ein Boot, das uns zurück in unsere Bucht brachte.

Kapitel 11

Ich hatte begonnen, meine Erkenntnisse mit Kai und Pamela zu teilen. Ich erzählte von meiner Vision der Neuen Welt, und dass ich dort Jade hatte treffen dürfen. Pamela hörte interessiert zu.

»Na, dann hättest du dich doch mal mit Matthias unterhalten können«, sagte sie. »Der hat mir erzählt, dass seine Freundin eine Elfe sei und er selbst, wenn ich mich recht erinnere, Schamane.«

»Wirklich?«, fragte ich verwundert. »Weißt du, dass in meinem Horoskop steht, dass ich einem Heiler begegnen werde in den nächsten Tagen?«

»Was für ein Zufall«, sagte sie und lachte verlegen.

»Es gibt keine Zufälle!«, erwiderte ich. Mein Herz schlug mir bis zum Hals. Ich fragte mich, ob er wirklich die Person aus meinem Horoskop war. In ein paar Tagen würde er wieder hier sein und dann würde ich Gewissheit haben.

Am nächsten Tag machte ich einen Ausflug nach Haad Rin, die berühmte Full-Moon-Party-Bucht. Monat für Monat lockte diese Party unzählige feierwütige junge Menschen auf die Insel, nur um an der vermeintlich größten Beachparty der Welt teilzunehmen. Die größte Party war nicht immer gleichbedeutend mit der besten Party. Wie so oft zählte hier auf der Insel die Quantität. Die Party hatte sich zu einem Aushängeschild der Insel entwickelt.

Mich interessierten an diesem Tag die zahlreichen Geschäfte. Ich war auf der Suche nach einer neuen Badehose und einem T-Shirt. Außerdem hatte ich Lust, mal wieder etwas anderes zu sehen als nur die Bucht. Tagsüber war Haad Rin eine aus Beton gemauerte Party-Festung ohne Party mit kleinen Straßen und vielen Geschäften.

Die Straße nach Haad Rin war eine der meistbefahrenen und zugleich eine der gefährlichsten der Insel. Die Steigung und das Gefälle glichen mehr einer Achterbahnfahrt und schon viele Touristen waren hier, vor allem unter der Einwirkung von Alkohol, verunglückt.

Ich lachte, als mein Moped schon an der ersten Steigung fast den Geist aufgab, so steil war der Anstieg. Vor mir fuhren zwei voll beladene Taxis, die den Berg ebenfalls nur hinaufkrochen. Der Motor stöhnte und der lose Auspuff qualmte fürchterlich. Aber bis jetzt hatte es jedes Taxi geschafft. Auch ich brachte die Achterbahn hinter mich und musste feststellen, dass es mir Spaß gemacht hatte.

Ich fuhr langsam durch die kleinen Gassen. An einem Geschäft, das mir durch seine neonbunten Hosen und T-Shirt-Drucke auffiel, blieb ich stehen. Auf den T-Shirts stand ›Haad Rin Full Moon Party‹ in allen erdenklichen Variationen. Ich kaufte mir ein klassisches Full Moon Shirt in Weiß mit blauer Palme und eine Badehose in Kobalt-Blau.

Ich verließ den Laden und ging zu meinem Moped, als ich in einem Mann, der gerade die Straße entlang ging, Matthias, den Schamanen aus der Bucht wiedererkannte. Ich zögerte keine Sekunde und ging auf ihn zu.

»Wir müssen reden«, sagte ich freundlich, allerdings ohne ›Hallo!‹ und ›Wie geht's?‹

»Klar, dann lass uns das machen«, erwiderte er mit weit geöffneten Augen.

»Das ist Wahnsinn, dass ich dich hier wieder treffe. Ich wollte eigentlich nur ein T-Shirt kaufen und jetzt läufst du genau an dem Laden vorbei, an dem ich was einkaufe.«

Er schien nicht besonders überrascht zu sein.

»Dann soll das so sein«, sagte er kurz und lachte. Er

warf seine langen Haare zurück und band sie zu einen Zopf. Die Sonne schien sehr stark an diesem Tag und wir standen noch immer mitten auf der Straße.

»Allerdings habe ich nicht viel Zeit, weil ich gleich noch auf eine Bootstour gehe. Lass uns hier vorne im Schatten einen Drink nehmen und du sagst mir, was dir auf dem Herzen liegt«.

Wir holten uns im Laden nebenan eine paar kühle Getränke und ich begann zu erzählen. Ich hatte meine Geschichte auf etwa zwei Minuten heruntergekürzt und war erleichtert, als diese vorüber waren.

»Wow, Bruder, jetzt verstehe ich, warum ich in diese Bucht finden sollte«, sagte er mit einem Kopfnicken.

»Okay, ich muss jetzt los, sonst verpasse ich mein Boot. Aber ich komme in zwei Tagen in die Bucht und dann werden wir genügend Zeit haben, zu reden. Und auch für alles andere.« Er stand auf und verabschiedete sich.

»Mit wem machst du diese Bootstour?«

»Mit Peter Pan!«, rief er mir mit einem lauten, glucksenden Lachen zu, fasste sich in seine langen Haare, um seinen Zopf zu öffnen, und ging Richtung Hafen.

Ich fühlte mich voller Energie. Der Weg zurück mit dem Motorrad glich jetzt noch mehr dem Ritt auf einer Achterbahnfahrt. Als ich auf die unbefestigte Dschungelstraße einbog, die in die Bucht führte, durchlief meinen Körper ein warmer Schauer und ich fing an zu weinen. Ich weinte aus Freude darüber, dass sich das Horoskop bewahrheitet hatte. Der Schamane war tatsächlich gekommen. Ich konnte es kaum fassen. Ich wollte so schnell wie möglich zurück in die Bucht und Luna eine Mail schreiben, bevor an diesem Tag meine Schicht begann.

»Ich weiß«, antwortete Luna. »Ich habe den Schamanen schon während meiner Zeit in Peru gesehen und Cornelia geschrieben, dass er bereits auf dem Weg zu dir ist.«

Wie sie all diese Dinge wissen konnte, war mir ein Rätsel. Aber es war mir jetzt auch egal. Ich spürte seit meiner Ankunft aus dem Kloster zum ersten Mal wieder, dass etwas geschah, und zwar nicht in meinen Träumen, sondern ganz echt und zum Anfassen. Ich hatte mit dem Schamanen gesprochen, von dem schon in meinem Horoskop geschrieben stand.

Für viele meiner Fragen würde er eine Antwort haben, da war ich mir sicher, und er würde mir beibringen, wie man Menschen heilen konnte.

Als der Schamane am Nachmittag mit unserem Jeep in der Bucht ankam, strahlte er noch immer bis über beide Ohren und brachte auch ein Lächeln auf mein Gesicht. Ich hatte für ihn eine Hütte auf den Felsen direkt am Meer reserviert.

An diesem Abend aßen wir gemeinsam und ich vertiefte noch einmal meine Geschichte, die ich in Haad Rin nur kurz zusammengefasst hatte. Ich erzählte auch von dem Horoskop, dem Medium aus Frankreich und von Luna, und wie sehr sie mir eine Stütze gewesen war in dieser Zeit, und er erkannte meine Faszination für diese Dinge.

Was ich erzählte, klang für mich selbst wie eine fantastische Geschichte und so fühlte ich mich auch. Ich fühlte mich unwirklich oder anders gesprochen, ich fühlte mich selbst kaum mehr in der Wirklichkeit. Ich schwamm auf einem Meer von Unwirklichkeiten. Zumindest erschien dies meinem Verstand so. Die Dinge um mich herum geschahen, aber ich konnte sie nicht erklären. Darin lag mein großes Probleme. Ich wollte verstehen und ich wollte vor allem mich selbst verstehen und meine Rolle in diesem Geflecht.

Matthias war ein indianischer Schamane und ging den ›Roten Weg‹. Er folgte der Tradition der Lakota-Indianer aus Montana in den USA. Häuptling *Larson Medicinehorse* war über viele Jahre sein Mentor und Lehrer gewesen. Matthias besaß noch einen zweiten, einen Medizinnamen: *Lightfire.*

Dieser Name deutete auf seine Aufgabe in dieser Welt hin, die es war, anderen den Weg ins Licht zu zeigen und sie zu ihrem vollen Potenzial zu führen. Wie ein Leuchtfeuer, das Seefahrer in der Dunkelheit und durch gefährliche Meerespassagen lotste.

Matthias besaß noch einen dritten und vorerst letzten Namen, den ihm ein hellsichtiger Schamane gegeben hatte: *Still Sitting Black Bear.* Der Bär war seit alters her das Krafttier eines Heilers.

Ich lauschte aufmerksam seinen Worten, und auch, wenn mir diese vielen Namen auf den ersten Blick unnötig erschienen, trugen sie doch alle eine Geschichte und eine Energie in sich, die mich nicht unberührt ließ.

Ich selbst hatte nur einen Namen: Harald. Die Geschichte, die sich dahinter verbarg, wollte ich jetzt für mich herausfinden. Ich war mir sicher, dass Matthias gekommen war, um mir dabei zu helfen.

Matthias hatte seine Berufung zum Schamanen vor 13 Jahren erhalten. In seinem alten Leben war er Profisportler gewesen und durch eine schicksalhafte Begegnung zum ersten Mal in Kontakt mit einem indianischen Ritual gekommen – einer Schwitzhütte. Dieses Ereignis hatte sein Leben verändert. Er beschäftigte sich fortan immer mehr mit den alten Ritualen und Bräuchen der Indianer, bis er schließlich irgendwann seinen Beruf als Sportler an den Nagel hing. Der Ruf des *Großen Geistes* war so laut geworden in seinem Leben, dass es ihm als töricht erschienen wäre, ihm nicht zu folgen.

Matthias war seiner inneren Führung in Form der *Weißen Büffelkalbfrau* begegnet. Sie entsprang einer alten indianischen Legende.

»Die Legende besagt, dass lange vor dem Erscheinen des Weißen Mannes zwei jungen Sioux-Jägern mitten in der Prärie eine wunderschöne Frau in einem weißen Kleid

erschienen sei. Der erste der tapferen Krieger verliebte sich sofort in die Frau und gab ihr zu verstehen, dass er mit ihr schlafen wolle.

Zum Erstaunen des anderen Kriegers, der die heilige Frau in ihr erkannt hatte, gewährte die Weiße Büffelkalbfrau dem lüsternen Krieger seinen Wunsch und hüllte ihn in eine graue Staubwolke ein.

Als sich der Staub kurz darauf wieder gelegt hatte, lag zu ihren Füßen nur noch eine zersetzte Leiche mit Würmern und Käfern. Dem anderen jungen Mann gab sie den Auftrag, zu seinem Stamm zu gehen, zu berichten und alles für ihr Kommen vorzubereiten, da sie wichtige Botschaften zu überbringen hätte.

Am nächsten Tag wurde sie von den Ältesten ehrfürchtig willkommen geheißen. Sie brachte als Geschenk an alle Indianerstämme die heilige Pfeife und lehrte den Stämmen weitere heilige Riten.

Sie betonte, wie wichtig es sei, ein wahrhaftiges und ehrliches Leben zu führen und jedes Lebewesen als heilig zu behandeln.

Als Letztes prophezeite sie ihr Wiederkommen in einer Zeit der Umbrüche und Krisen, um den Völkern in dieser Reinigungsphase von Mutter Erde beizustehen.

Ihre Rückkehr würde durch äußere Zeichen wie die Rückkehr der Büffel und die Geburt von weißen Büffelkälbern angekündigt.

Als sich die Weiße Büffelkalbfrau verabschiedet hatte und sich entfernte, verwandelte sie sich vor aller Augen in einen weißen Büffel, der davonjagte.

Doch dann überschlug sie sich und verwandelte sich in einen roten Büffel, galoppierte weiter, überschlug sich abermals und verwandelte sich in einen schwarzen Büffel, bis sie sich ein letztes Mal überschlug, in einen gelblich schimmernden Büffel verwandelte und im Abendlicht am Horizont entschwand.«

Matthias erzählte weiter, dass laut der Prophezeiungen der Hopi-Indianer das Erscheinen der weißen Büffelkälber den Beginn der neuen Zeit markiere, und dass in den letzten Jahren in Nordamerika ungewöhnlich viele weiße Kälber geboren worden seien. Er sprach ausdrücklich davon, dass es sich nicht um Albinos handelte, sondern um weiße Kälber von braunen Büffelkühen. Für die Indianer sei dies das erste Zeichen dafür, dass der Wandel der Zeit und auch dieser Welt kurz bevorstünde.

Für ihn selbst war die *Weiße Büffelkalbfrau* eine Art Innere Führerin geworden. Sie erschien ihm von Zeit zu Zeit und er konnte mit ihr kommunizieren. Ich stellte es mir so ähnlich vor wie die Sache zwischen dem Medium aus Frankreich und Erzengel Michael. Es schien alles nur eine Art der Kommunikation zu sein, allerdings mir einer Energie, die in dieser Welt keine übliche Form und Sprache besaß.

Während Matthias redete, durchfuhr mich ein permanenter Strom von Energie, der mir eine Gänsehaut machte.

»Sag mir, wie denkst du, dass ich dir helfen kann?«

Ich fing noch einmal an von meinem Horoskop zu erzählen, und dass darin stand, dass mir jemand begegnen würde, der mir die Kunst des Heilens beibringen würde.

Matthias saß vor mir und sah auf die leeren Teller seines Abendessens, das er genüsslich während seiner Erzählungen verspeist hatte. Er fuhr sich mit beiden Händen durch seine langen dunklen Haare und schaute zu mir auf.

»Weißt du, das höre ich sehr oft, dass die Menschen zu mir kommen und sagen, sie möchten etwas von mir lernen!« Er machte eine kleine Pause. »Aber die Wahrheit ist, dass ausnahmslos alle, die zu mir kommen, bereits Meister sind. Nur wissen sie es nicht.« Seine Augen hatten mich jetzt fixiert und ich schaute ihn verwundert an.

»Ja, genau so schauen alle anderen auch, wenn ich ihnen das sage.« Er lachte wieder. Sein Gesicht war jetzt nicht mehr so ernst. Er schob die Teller beiseite und fuhr fort.

»Was denkst du? Hast du Lust auf einen kleinen Spaziergang? Oder wie die Indianer sagen, Medicine-Walk?«

Ich schaute auf die Uhr. Es war 20 Uhr und meine Schicht würde in knapp zwei Stunden beginnen.

»Was sagt dein Gefühl?«, fragte er, aber ich zuckte nur mit den Schultern. Es fiel mir sichtlich schwer, meine Routine zu durchbrechen. Außerdem war es bereits stockdunkel auf dem Weg, der aus der Bucht hinausführte und es war der einzige Weg, der überhaupt für einen Spaziergang in Frage kam.

»Warte!«, sprach er und nahm eine lange Kette von seinem Hals, an deren Ende ein silbernes Pendel hing.

»Lassen wir das Pendel entscheiden.«

Er hielt die Kette in der rechten Hand und ließ das Pendel über dem Tisch hängen, bis es schließlich begann zu kreisen.

»Yo!«, schallte es aus seinem Mund. »Die Zeit ist sehr gut jetzt. Lass uns gehen.«

Mir ging das fast zu schnell, aber ich konnte mich ihm nicht widersetzen. Dazu war ich viel zu neugierig. Ich lief rüber zum Tresen und sagte Bescheid, dass ich vielleicht ein wenig später kommen würde, und griff mir eine der großen Taschenlampen, die für den Fall eines Stromausfalls immer hinter dem Tresen lagen.

»Okay«, sagte ich und holte noch einmal tief Luft.

»Ich bin bereit.«

Ich führte Matthias durch den Fluss und über den Strand, bis wir die Straße erreicht hatte.

»Wohin gehen wir?«, wollte ich wissen.

»Das weiß ich nicht!« Er lachte mit einem leichten Grunzen. »Aber das werden wir bald erfahren.«

Es war finstere Nacht. Ich war zum ersten Mal im Dunkeln auf dieser Straße unterwegs. Es gab bisher keinen Grund, dies zu tun, denn die Straße führte im Prinzip nirgendwo hin.

»Das Besondere an einem Medicine-Walk ist es, dass man nicht selbst entscheidet, wohin man gehen will, sondern dass man schlicht den Weg entscheiden lässt«, erklärte mir Matthias. »Der Weg ist das Ziel. Verstehst du?«

Es klang, wie eine leere Floskel, aber ich traute mich nicht, zu widersprechen.

Wir sprachen und gingen immer weiter bergauf. Der Weg war steil und wir machten die Taschenlampen nur gelegentlich an und wieder aus, um Batterien zu sparen und um sicherzugehen, dass nicht zufällig eine Schlange unseren Weg kreuzte. Ich selbst hatte bei nächtlichen Jeepfahrten in meinem Urlaub vergangenes Jahr zwei riesige Pythons gesehen, die nachts quer auf dem Weg lagen, um ihre Körper mit der verbliebenen Wärme des Bodens aufzuwärmen. Ich war vorsichtig.

»Wie weit ist es bis zu dem Denkmal?«, fragte Matthias.

»Oh, das ist noch ein ganz schönes Stück«, sagte ich. »Ich weiß nicht, ob wir das in einem Marsch heute noch schaffen, bevor ich arbeiten muss.«

Kaum hatte ich den Satz beendet, sahen wir hinter uns einen Jeep die Straße hinauffahren. Es war der Fahrer, unser Bucht. Er hatte so spät noch einen Fahrgast, der zurück nach Tong Nai Pan wollte. Er hielt an und fragte uns, wohin wir wollten und da es nur diese eine Straße gab, war sein Weg auch der unsere. Wir sprangen auf die Ladefläche.

»Siehst du«, sagte Matthias, »jetzt kommen wir doch schneller voran, als wir gedacht hätten.«

Es war dunkel und ich hörte nur ein leises Grunzen, was darauf schließen ließ, dass Matthias sich prächtig amüsierte.

Hätte ich vorher von der Mitfahrgelegenheit gewusst, hätte ich sicherlich nicht gezögert, mitzukommen. Nach kurzer Fahrt waren wir am Ziel und stiegen wieder ab. Je weiter sich der Jeep entfernte, umso näher kam uns die Dunkelheit, bis sie uns schließlich wieder völlig umhüllt hatte.

Anstatt zu dem Denkmal zu gehen, gingen wir daran vorbei. Hinten im Wald brannte ein schwaches Licht. Es schien von einer kleinen Hütte auf einem Hügel zu kommen. Wir kamen näher und erkannten, dass es kein Hügel, sondern ein riesiger Felsen war, den wir mit Hilfe von Treppenstufen besteigen konnten. Und die Hütte entpuppte sich als ein kleiner Tempel mit einem offenen Schrein.

Matthias atmete tief ein und schlug sich dabei auf die Brust.

»Das ist wahrlich ein kraftvoller Ort«, sagte er und ging die letzten Stufen empor, bis wir vor dem Altar standen.

Kaum hatten wir ein paar Schritte gemacht, hörten wir ein Rascheln. Neben dem Schrein ging ein zweites Licht an, und wir sahen, dass dort eine weitere kleine Hütte stand.

Wir hatten durch unsere Anwesenheit den ansässigen Mönch geweckt, der augenscheinlich schon geschlafen hatte. Das warme Licht der Glühlampe über seinem Kopf ließ seine Mönchskutte, die er eifrig zurechtzupfte, noch orangefarbener erscheinen, während er uns mit einem Handzeichen signalisierte, näher zu kommen.

Der Mönch schaute noch ein wenig verschlafen. Wir stellten zu unserer Überraschung fest, dass er ausgezeichnet Englisch sprach. Wir setzten uns auf die hölzernen Stufen seiner kleinen Terrasse und Matthias fing an zu reden.

»Kannst du uns die Feuermeditation lehren?«

Der Mönch, noch immer schlaftrunken, schaute uns beide an.

»Feuermeditation?«

Er schien mit dem Begriff nichts anfangen zu können.

»Ich kann euch in den Lehren des Buddha unterrichten, Dharma, wenn ihr bereit dafür seid.«

Matthias und ich schauten uns verwundert an.

»Ich wollte eigentlich die Feuermeditation lernen, aber erzähl, was hat es mit dem Dharma auf sich?«, fragte Matthias, um die Unterhaltung am Laufen zu halten.

»Ihr könnt jeden Tag hierher kommen und ich zeige euch, wie man meditiert, und bringe euch bei, nach den fünf buddhistischen Grundsätzen zu leben.« Er zupfte noch immer an seiner orangenen Robe, als könne er so seine Müdigkeit aus den Falten des Gewandes schütteln.

»Das ist der erste Schritt. Wenn ihr ein Mönch werden wollt, müsst ihr lernen, nach 108 Grundsätzen zu leben, um in eurem Leben Erleuchtung zu erlangen.«

»Lass uns mit den ersten fünf Grundsätzen beginnen«, sagte Matthias und lachte. Ich hörte gespannt zu.

Eine kleine Katze sprang zu uns auf die Stufen. Sie schien zusammen mit dem Mönch hier zu leben. Es war ein kleiner Kater, der aussah wie ein Löwe und mich an mein Krafttier erinnerte. Es fühlte sich richtig an, hier zu sein, auch wenn der Abend bis jetzt einen so unberechenbaren Verlauf genommen hatte.

Der Mönch begann zu reden.

»Der erste buddhistische Grundsatz besagt, dass du alles Leid vermeiden sollst, das durch die Zerstörung von Leben entsteht.‹

Wir schauten uns an und nickten zustimmend. Schon der erste Grundsatz erinnerte mich stark an die Zehn Gebote. Der Mönch fuhr fort:

»Man darf andere Menschen nicht bestehlen. Weder im materiellen Sinne, noch darf man sie ihrer Freiheit berauben.« Wir nickten erneut.

Er sprach weiter von außerehelichem Geschlechtsverkehr und von dem Leiden, das durch unachtsame Rede entstand. Dann zeigte er uns alle fünf Finger seiner Hand, als Zeichen für den fünften Grundsatz.

»Und du sollst keinen Alkohol trinken.« Der Mönch wusste sehr wohl, dass fast alle Touristen auf der Insel sehr viel davon tranken.

»Also ganz ehrlich«, sagte Matthias und schaute mich an. »Ich bin bei der Nummer mit dem Geschlechtsverkehr skeptisch geworden, und als er das mit dem Alkohol gesagt hat, bin ich ausgestiegen.« Er lachte laut los.

»Tut mir leid«, sagte Matthias noch immer lachend und klopfte mir dabei auf die Schulter. »Aber ich denke, das ist nicht wirklich was für uns.«

Er wendete sich noch einmal dem Mönch zu und fragte erneut nach der besagten Feuermeditation und ob ihm der Name Alexander oder *Nagamasa* etwas sagte. Tatsächlich verstand der Mönch nun, warum wir hierher gekommen waren und er zeigte auf einen schmalen Pfad, der sich in der Dunkelheit des Waldes hinter dem Kloster verlor. Er sagte, dass dieses *Nagamasa* dort hinten ein Stück tiefer im Wald gelegen sei, aber dass er schon lange niemanden mehr von dort habe kommen sehen.

Wir bedankten uns für diese freundliche Einweisung in die fünft buddhistischen Grundprinzipien, die mich noch immer stark an die Zehn Gebote erinnerten. Ich hatte immer geglaubt, dass der Buddhismus im Kern so sehr anders sei als das Christentum und demnach auch anderen Grundsätzen folgen musste. Aber der Unterschied lag anscheinend in der praktischen Umsetzung dieser Prinzipien, die im Kern in vielen Religionen doch gleich zu sein schienen.

Wir liefen durch die Dunkelheit zurück zur Straße und sahen von Weitem schon die Lichter eines Jeeps. Es war Pi-Daeng, der sich gerade auf dem Rückweg befand und so kamen wir auch auf dem Nachhauseweg in den unverhofften Genuss einer Mitfahrgelegenheit. Matthias erzählte mir auf dem Rückweg etwas mehr über diese Feuermeditation und dieses besagte *Nagamasa*.

Es handelte sich dabei um eine uralte Feuermeditation, die der burmesischen Tradition der Alchimisten entstammte. Hier auf Koh Phangan hatte vor einigen Jahren ein Russe namens Alexander eine Schule für Alchimisten eröffnet. Er selbst hatte diese Form der Meditation bei den Mönchen in Burma lernen dürfen und war die einzig legitimierte Person, die diese alchimistische Feuermeditation auch außerhalb von Burma unterrichten und lehren durfte.

Der Name *Nagamasa* stammte aus dem Burmesischen und beschrieb einen Ort, den man in der Übersetzung ›Berg der Wahrheit‹ nannte. Dieser Ort schien vergleichbar zu sein mit Orten, die man in anderen Kulturen als *Nirvana* oder auch die *Neue Welt* bezeichnen konnte. Es war der Ort der ›Einen Wahrheit‹.

Die alchimistische Feuermeditation war ein traditionell burmesischer Weg der Meditation, den man beschreiten konnte, um die Erleuchtung zu erlangen und somit zugleich den Zugang zu *Nagamasa*.

Nagamasa war das Zuhause der *Wizzars*. Dieses Wort erinnerte mich stark an das englische Wort ›wizard‹. Burma hatte lange unter britischem Protektorat gestanden und es erschien mir nicht abwegig, dass sich durch mündliche Überlieferung ein Wort wie ›wizard‹ zu ›*Wizzar*‹ entwickelt haben konnte. Vielleicht war es aber auch andersherum. Wie auch immer. Die *Wizzars* besaßen große magische Fähigkeiten, und fragte man einen älteren Burmesen nach den *Wizzars*, dann hörte man als Antwort oft: ›Mein Großvater hat sie noch fliegen sehen!‹

Ich schmunzelte, als ich das hörte.

»Aber schlussendlich geht es bei allem darum, die Erleuchtung zu erlangen«, erzählte Matthias weiter. »Auch durch das Praktizieren von Yoga sollen Menschen ihre Erleuchtung erfahren haben, wenn du 50, 60 oder 70 Jahre Yoga praktizierst. Aber so viel Zeit haben wir alle nicht mehr. Das *Neue* Zeitalter hat bereits begonnen. Ich bin kein Yogi und kann meine Fußzehen berühren.« Er musste selbst lachen, als er das sagte. »Und es gibt viele Wege, die dich zur Erleuchtung führen können, und alle sind sie der richtige Weg. Du musst lediglich irgendwann eine Entscheidung treffen und den Mut haben, diesen Weg auch zu gehen. Es ist mit Sicherheit kein leichter Weg, aber der einzig richtige und du wirst es spüren, glaube mir.«

Wir hatten es ohne große Anstrengung bis zum Kloster und zurück geschafft. Der Medicine-Walk war mit dem Erreichen der Bucht beendet. Meine anfänglichen Zweifel waren in neue Erkenntnisse verwandelt worden. Und mein Interesse an der burmesischen Feuermeditation war geweckt.

Ich hatte wieder das Gefühl, dass alles bereits auf mich zu warten schien und ich nur den Weg würde gehen müssen, der sich mir aufzeigte, um all die Geschenke aufzusammeln, die dort auf mich warteten.

Wir nahmen noch einmal kurz im Restaurant Platz.

»Da wir nur eine Woche Zeit haben, muss ich mich ranhalten. Hast du eine Festplatte?«, fragte er.

»Ein moderner Schamane hat immer eine Festplatte«, gab ich zur Antwort und wir lachten beide.

Matthias schrieb gerade an einem Buch und hatte seinen Computer mit auf die Reise genommen. Er wollte mir Filmmaterial dalassen, das ich mir anschauen sollte. So würde ich noch genügend Lehrstoff haben, mit dem ich mich beschäftigen konnte, wenn er in einer Woche wieder abreiste.

Mitten in unserer Unterredung fiel plötzlich der Strom aus. Wir saßen uns gegenüber und das einzig verbliebene Licht war das des Mondes über uns. Für einen kurzen Moment tauchte ich ab in eine andere Welt, und es schien, als ob das Licht des Mondes und die Schatten der Bäume eine Art Kriegsbemalung auf das Gesicht des Schamanen gezeichnet hatten. Ein Schauer fuhr durch meinen Körper, als ich den Krieger vor mir erkannte. Kaum hatte ich mich geschüttelt, sprang der Generator auch schon wieder an und das Licht der Glühbirnen katapultierte das Licht des Mondes wieder hinaus in die Nacht.

Matthias wollte sich in den kommenden Tagen mit Alexander treffen, und mir berichten. Jetzt aber war er müde und ich auch. Wir verabschiedeten uns. Auf Matthias wartete sein Bett und auf mich die Abendschicht, die in wenigen Minuten beginnen würde.

Am nächsten Morgen wurde ich durch ein helles Licht geweckt, das in meinen Bungalow schien. Ich schreckte auf und sah, wie Matthias am Fußende meines Bettes stand.

»Ist es Zeit, aufzustehen?«, fragte ich überrascht. Wie war er nur in meinen Bungalow gekommen?

»Alles zu seiner Zeit, mein Bruder«, sagte er mit ruhiger Stimme. »Alles zu seiner Zeit!«

Ich drehte mich um und schlief weiter. Das Nächste, woran ich mich erinnerte war, dass ich noch einmal aufwachte und jetzt, so stellte ich fest, war ich wirklich wach.

Beim Frühstück erzählte ich Matthias von unserer morgendlichen Begegnung.

»Ja, mein Bruder. Alles zu seiner Zeit! Ich bin zwar kein Frühaufsteher, aber diese Botschaft sollte wohl auf dem schnellsten Wege zu dir kommen.«

Ich mochte seine lockere Art. Irgendwie schien alles, was um ihn herum geschah, richtig zu sein und auch ich fühlte mich wieder richtig und war froh, dass Matthias mich nun eine Woche lang begleiten würde.

Durch die Anwesenheit des Schamanen kam eine gewisse Gegenständlichkeit in meinen spirituellen Weg. Er war hier und ich konnte mit ihm reden und ihn anfassen.

Ich stürzte mich auf ihn. Aber gleichzeitig war ich wieder nur bei mir selbst angelangt, und dem, was unmittelbar um mich herum geschah. Ich fragte in den ersten Tagen nicht mal mehr danach, wie es Luna ging und wie sich ihr Weg gestaltete. Ich war ganz bei mir und sonst nirgends.

Ich dachte über die Dinge nach, die ich weder greifen noch begreifen konnte. Ich machte mir Sorgen, inwieweit ich mich selbst in all dem, was geschah, wiederfinden konnte. Wo waren meine Ideen geblieben? Wer war ich? Wer oder was genau war dieser Teil von mir, der Luna in Peru begegnet war? Warum wusste ich nichts davon, und konnte es nicht fühlen? Wieso schrieb Cornelia in ihren Mails von einer Vereinigung zwischen Luna und mir? Auch Moe hatte in seiner letzten Mail geschrieben, dass er Luna und mich als Mann und Frau sehe. Ich sah nichts von alldem und ich fand auch nichts, dass es mir erleichtert hätte, hierfür ein Gefühl zu bekommen. Irgendwie konnte ich mich in all dem nicht wiederfinden.

Ich spürte eine Erschütterung in mir. Da waren all die Dinge, die ich nicht begreifen konnte, diese Visionen und Wahrsagungen von Menschen, die ich noch nie in meinem Leben zuvor getroffen hatte, die aber Dinge über mich wussten, deren Wahrheitsgehalt ich nicht anzweifeln konnte. Sie sahen Dinge, die ich nicht sah oder sehen wollte. Aber warum wollte ich sie nicht sehen? Ich fand mich in einem Konflikt und hatte das Gefühl, Partei ergreifen zu müssen für meine Person, meine Träume und meine Vorstellungen und schließlich mein Leben. Ich war nicht bereit, alles aufzugeben. Zumindest nicht, ohne dass es dafür einen triftigen Grund gäbe.

Was war diese Aufgabe, von der alle sprachen? Ich war mir sicher, dass, auch wenn ich den Ruf der Geistigen Welt deutlich vernehmen konnte, es auch einen Grund dafür gab, warum ich so war, wie ich war, und dies auch einen Teil meiner Qualitäten ausmachte und nicht nur all die

Qualitäten aus vergangenen Leben, von denen Cornelia immer schrieb, oder der Erscheinung, der Luna in Peru begegnet war.

Mich faszinierten diese Erzählungen sehr, aber solange ich es nicht selbst fühlen konnte, blieben es Worte, die genauso schnell verschwanden, wie sie gesprochen worden waren und alles, was in mir blieb, war ein Gefühl der Leere.

Dem gegenüber stand nun der Schamane aus Fleisch und Blut. Seine reale Erscheinung zog mich magisch an. Als er mich am dritten Morgen auf meiner Terrasse besuchte, während ich gerade die ersten Zeilen mit Luna chattete, beendete ich abrupt die Unterhaltung und gab dem Schamanen den Vortritt. Ich hatte so sehr das Verlangen, mich von Angesicht zu Angesicht zu unterhalten, dass ich Luna schrieb, mich später noch einmal bei ihr zu melden und meinen Computer zuklappte.

»Wie fühlst du dich?«, fragte mich Matthias.

»Es kommt mir so vor, als ob die Menschen, die meinen Weg begleiten, so wie Luna, oder Cornelia, die mir von der Geistigen Welt als Beraterin geschickt wurde, mehr wissen über mich als ich selbst. Immer wieder sind Luna und ich das Thema, und dass wir im Mittelalter schon einmal ein Paar waren und wieder ein Paar sein werden. Aber ich fühle das nicht so.«

Das Reden fiel mir schwer und ich verspürte einen starken Druck im Hals und auf den Ohren.

»Cornelia schreibt von einer Vereinigung, wenn Luna hier bei mir in Thailand sein wird. Eine Vereinigung? Was soll das sein? Weißt du, ich denke wirklich, dass Cornelia die Zukunft sehen kann und ihre Worte eine große Wahrheit in sich tragen, aber es macht mir Angst, wenn sie von Dingen spricht, die ich nicht so fühle. Ich habe das Gefühl, die Kontrolle oder sogar mich selbst aufzugeben. Ich habe keine Ahnung, wozu die *Geistige Welt* in der Lage ist und ich habe Angst, dass ich mich diesem Willen nicht widersetzen kann.«

»Ich denke, dass es eine Frage der Macht ist, die dich belastet. Verspürst du in deinem Körper einen Druck?«

»Ja, im Hals und im Solarplexus.«

»Der Solarplexus ist dein Zentrum der Macht und der Selbstermächtigung. Du fühlst dich kontrolliert durch Menschen, die Einblick in dein Leben haben. Du wehrst dich gegen diese Einflussnahme, weil sie nicht deinen Vorstellungen entspricht. Richtig?«

Ich nickte.

»Wie siehst du Luna in deinem Leben?«

Der Schamane stellte mir dieselbe Frage, die mir auch Cornelia schon des öfteren gestellt hatte und ich versuchte, zu antworten.

»Luna ist für mich wie die Fackel in meiner Hand. Ich selbst stehe in einem großen dunklen Wald und sie ist das einzige Licht, das ich habe.«

»Was wäre, wenn du diese Fackel loslässt?«

»Dann wäre ich verloren. Dann würde ich im Dunklen stehen und nichts mehr sehen, geschweige denn wissen, was ich machen soll.«

Matthias schaute mich an, atmete tief ein und ließ für einen Moment Ruhe einkehren.

»Mein Name ist *Lightfire*, und meine Aufgabe ist es, den Menschen ein Licht in der Dunkelheit zu sein und ihnen zu helfen, ihr eigenes Licht zu finden. Es geht nicht darum, inwieweit andere Menschen Macht über dein Leben ausüben, in dem sie von irgendwelchen Dingen erzählen, die vielleicht in der Zukunft passieren oder auch nicht. Was dich beschäftigt, ist folgende Frage:

›Wieso haben andere Macht über mein Leben? Wie kann ich ihnen diese Macht wieder nehmen?‹

Aber das ist die falsche Frage, die du dir stellst und deshalb entziehst du dir selbst Energie. Es ist eine Frage, die sich viele Menschen in dieser Welt stellen. Dabei erkennen sie nicht, dass die eigentliche Frage, die ihr Problem lösen kann, ganz anders lautet:

›Bin ich bereit, die Macht über mein Leben selbst zu übernehmen?‹

Oder anders formuliert:

›Bin ich bereit, die Verantwortung zu übernehmen für alles, was in meinem Leben von nun an geschieht, um mein volles Potenzial zu leben?‹

Verstehst du, was ich damit sagen möchte? Es ist egal, was andere Menschen sagen. Sie haben keine Macht über dein Leben. Du allein entscheidest. Und du allein trägst die Verantwortung dafür.

Die Menschen haben oft viel mehr Angst vor der eigenen Macht als vor irgendetwas anderem. Viele Menschen verzweifeln in ihrem Leben, weil sie die Verantwortung abgeben und somit Leid in ihr Leben einladen, das sie selbst hätten vermeiden können. Sie fühlen sich von anderen Menschen beeinflusst und kontrolliert. Du gibst diesen Menschen diese Macht, weil du selbst Angst vor ihr hast. Macht ist nichts anderes als eine Energie, die du nicht bereit bist, anzunehmen, weil du dich vor den Veränderungen in deinem Leben fürchtest. Ich sage dir:

Sei selbst die Fackel in deiner Hand. Dann kannst auch du für andere ein Licht sein. Auch für Luna.«

Was er sagte, machte Sinn. Der Satz ›Sei selbst die Fackel!‹ tauchte immer wieder in meinen Gedanken auf und ich fragte mich, was es eigentlich bedeutete, seine Macht zu leben. Was war Macht und was machte sie mit mir oder anderen? Ich versuchte, alles Gesagte zu ordnen. Ich war noch immer traurig, weil ich mein Leben im Moment nicht verstand.

Matthias musste weiter, denn er hatte heute noch einen Termin mit Peter Pan in Haad Rin.

Ich ging zurück an meinen Computer und wollte das

Gespräch mit Luna fortsetzen, aber sie war nicht mehr online. Ich würde es später noch einmal versuchen, denn jetzt brauchte ich erst einmal Zeit, nachzudenken.

Als mich am Abend eine Mail von Luna erreichte, las ich darin ihre Enttäuschung über mein Verhalten am Morgen.

»Du hast mich heute einfach so weggedrückt, als der Schamane kam, und hast nicht einmal gefragt, ob mir noch etwas auf dem Herzen liegt! Ich habe mich wie das Spielzeug von einem kleinen Kind gefühlt, das einfach in die Ecke geworfen wird, weil etwas Neues zum Spielen da ist! Wenn ich dich langweile, ich kein Interesse in dir wecke als Mensch, solltest du es mir sagen! Gehe bitte mit mir genau so respektvoll und achtsam um wie ich mit dir! Bitte betrachte mich nicht als selbstverständlich!«

Ich fühlte mich durch Lunas Mail herausgefordert. Ich hatte das Gefühl, nicht frei über meine Zeit bestimmen zu dürfen. Sicher maß ich momentan der Begegnung mit dem Schamanen mehr Bedeutung bei als unseren täglichen Chats. Für mich fühlte es sich nicht so an, dass ich Luna vernachlässigte. Ich versuchte lediglich, mich der neuen Situation anzupassen.

Mit dieser Einstellung schien ich alleine zu sein. Ich schrieb Cornelia von meiner Begegnung mit dem Schamanen und der Situation mit Luna.

»Der Schamane ist endlich hier. Aber ich blicke mal wieder nicht durch. Ich lebe seit drei Monaten ein Leben, das ich so noch nicht kannte und immer noch nicht kenne. Ich weiß, es liegt alles nur an mir. Es liegt alles in meinen Händen. Aber ich schaue auf meine Hände und ich sehe nichts. Was liegt da? Ich spüre Jade gerade jeden Tag bei mir und muss sehr oft weinen. Warum? Weil irgendetwas nicht stimmt?«

»Das Hört Sich Gut An Mit Dem Schamanen. Doch Muss Ich Dir Sagen, Du Hast Zu Sehr Deinen Blick Auf

Dich Gerichtet Und Alles, Was Mit Deinem Weg Zu Tun Hat! Du Hast Mal Wieder Den Blick Auf Luna Verloren! Sie Entfernt Sich von Dir Und Lässt Dich Deinen Weg Gehen! Darum Lässt Dich Jade Diese Traurigkeit Fühlen! Auch Um Dich Zu Warnen!«

»Luna will doch, dass ich mich auf den Schamanen konzentriere. Ich spreche mit Luna und stelle auch Fragen, aber sie sagt mir nicht immer alles, sie behält vieles für sich. Wieso habe ich den Blick auf Luna verloren? Bitte sag es mir, denn ich verstehe es nicht, oder will es nicht verstehen.«

»Okay. Was Weißt Du Wirklich Über Lunas Weltliches Leben? Stellst Du Ihr Auch Dazu Fragen, Nimmst Du Daran Teil, Zeigst Du Interesse Dafür?! Du Lässt Luna Teilhaben An Deinem Weg, Der Auch Voll Mit Fragen Ist, Deinen Fragen, Deinen Antworten! Luna Sagt Dir Dazu Nicht Alles, Weil Es Immer Der Blick Zu Deinem Weg Ist!

Es Gibt Noch Ein Weltliches Leben, Auch Bei Dir! Arbeite Mit Beiden Leben! Und Denke Immer Daran, Nicht Zu Viel Zu Wollen Und Sofort!«

Cornelia war bemüht, mir mit einfachen Worten zu erklären, worum es ging, aber ich verstand nicht, worauf sie hinaus wollte.

»Nicht zu viel zu wollen und sofort. Dann will ich jetzt eben nicht zu viel von Lunas weltlichen Leben wissen, und auch nicht sofort, oder gelten hierfür andere Regeln?

Luna sagt immer, ich soll mir Zeit nehmen. Allerdings weiß ich manchmal nicht, woher ich diese nehmen soll. Gerade merke ich, wie ich auf allen Fronten die Balance verliere. Ich weiß, dass ich Luna letzte Woche zu wenig Zeit gegeben habe. Mein Kosmos hier ist sehr klein. Ich freue mich, dass der Schamane hier ist – dass überhaupt endlich jemand hier ist. Aber auch er wird bald gehen. Wie soll ich bei dem Wenigen, das ich habe, nicht zu viel wollen und das sofort. Für mich gibt es gerade nur ›sofort‹.«

Ich hatte das Gefühl, dass so vieles auf mich herunterprasselte. Ich hatte immer viel Hoffnung in die Worte von Cornelia gelegt, sodass es mich jetzt, wo ich nicht verstand, worauf sie hinaus wollte, schier verzweifeln ließ. Ich hatte das Gefühl, die Regeln gebrochen zu haben, weil ich meine Selbstbestimmung zurückerhalten wollte. Ich wollte, dass mein Leben wieder so verlief, wie ich es mir vorstellen und auch fühlen konnte. Am nächsten Tag erhielt ich eine Antwort von Cornelia.

»Ich Weiß Nicht, Von Welchen Regeln Du Sprichst. Ich Bin Dir Zu Nahe Getreten Mit Meinen Worten! Komm Zurück Zu Deiner Balance.

Luna Hat Mich Gebeten, Dir Nicht Mehr Mitzuteilen, Was Mir Die Sterne/Götter Aufzeigen Über Euch! Auch Damit Wollte Ich Dir Nicht Zu Nahe Treten! Die Sterne/Götter Sehen Die Liebe, Nur Die Liebenden Sehen Es Nicht!«

Ich schien mich immer weiter von dem zu entfernen, was mich hierher geführt hatte. Ich fühlte mich bedrängt von Weissagungen, die nicht dem entsprachen, was ich für mein Leben sah. Ich war machtlos und der Hals schnürte sich mir zu, wenn ich davon las, dass es eine Vereinigung, einen Liebesakt geben würde, wenn Luna mich in Thailand besuchen käme.

Selbstermächtigung hatte es Matthias genannt.

›Sei deine eigene Fackel‹.

Vielleicht war jetzt der Moment, wo ich mich dieser Macht würde stellen müssen – meiner Macht!

Leider hatte ich keine Ahnung, was meine Macht wirklich war und wo ich sie in meinem Leben würde finden können. Ich wollte mich nach meiner Macht ausstrecken und merkte nicht, wie ich dabei ins Leere griff.

Luna zeigte sich entsetzt, dass ich sie so weit von mir gewiesen hatte. Nichts lag Luna in ihrem Leben ferner, als einen anderen Menschen in seiner Freiheit zu beschneiden.

Da sie Teil dessen war, was ich in Frage stellte, fühlte auch sie sich in Frage gestellt und abgewiesen.

Luna wurde innerhalb nur eines Tages krank und lag mit Fieber und Nasenbluten im Bett, sodass sie sich von einer Freundin pflegen lassen musste.

Ich war weit weg und ging durch einen Prozess der Selbstermächtigung, so dachte ich. Es tat mit leid, was mit Luna war, aber ich fühlte mich nicht verantwortlich dafür. Ich war mir sicher, dass ich durch mein Handeln eher zu einer Verbesserung der Gesamtsituation beitragen würde als umgekehrt. Meine Rolle war die einer Medizin und nicht der Krankheit, davon war ich überzeugt.

Am kommenden Morgen stand ich wie immer früh auf, um zu meditieren. Als um 11 Uhr endlich der kleine Generator angeworfen wurde und ich Internet hatte, fand ich in meinem Posteingang zwei Mails. Eine war von meinem Bekannten aus New York, Jeffrey. Er hatte mir ein Bild geschickt, dass er am Vortag beim Ordnen seiner Unterlagen gefunden hatte. Es war eine Schwarz-Weiß-Fotografie aus dem Jahre 1998. Damals hatte ich Jeffrey in New York besucht. Bei einem Besuch auf Liberty Island hatte er ein Foto von mir geschossen, auf dem ich mit einem zufriedenen Lächeln vor der Freiheitsstatue posierte.

Ich wollte sofort loslaufen und das Foto dem Schamanen zeigen. Aber da war noch eine zweite Mail. Von Cornelia. Ich hatte schon einmal erwähnt, dass die Wände meiner kleinen Hütte wackelten, wenn ich eine ihrer Mails öffnete und so war es auch jetzt.

»Guten Tag. Heute Ist Ein Großer Schritt In Deinem Und Lunas Sternen Weg Zu Sehen! Ich Möchte Mich Als Dein Medium Und Sternen-Begleiterin Verabschieden! Wir Werden Wieder Eine Begegnung Haben. Die Besten Kosmischen Wünsche Von Mir Auf Deinem Weg!«

Mit diesen Worten schien sich Cornelia von mir zu verabschieden. Ich wusste erst nichts damit anzufangen, aber dann war ich mir sicher, dass diese Mail zusammen mit dem Foto aus New York die Antwort auf mein Bestreben nach Selbstermächtigung waren. Mein Handeln hatte tatsächlich eine Veränderung herbeigeführt.

Ich ging los, um die Mails dem Schamanen zu zeigen. Er saß gerade beim Frühstück.

»Matthias, ich habe dir doch von der kleinen Auseinandersetzung mit Luna erzählt, und dass ich endlich lernen will, auf eigenen Beinen zu stehen.«

Er nickte, noch immer auf seinem Toast mit Rührei kauend.

»Hier, dieses Foto habe ich heute von einem Freund aus New York geschickt bekommen.«

»Wow ...!«, sagte er mit vollem Mund und hielt sich dabei eine Hand vor die Brust.

»Und auch Cornelia hat mir geschrieben. Darf ich es dir vorlesen?«

»Wenn du das möchtest, gerne!«

»Guten Tag. Heute ist ein großer *Schnitt* in deinem und Lunas Sternbild ...«, aber hier stockte meine Stimme.

»Was ist? War's das schon?«

»Äh, nein, es geht noch weiter, aber ...«.

»Aber was?«

»Hier steht ›Schnitt‹! Ich habe die Mail vorhin gelesen und dachte, da steht ›Schritt‹ ...!«

»Schnitt oder Schritt? Wo ist jetzt der Unterschied? Wie geht die Mail weiter?«, fragte Matthias zu Recht.

»Cornelia hat sich als meine Beraterin verabschiedet«, sagte ich.

»Na, das ist doch super!«, sagte Matthias. »Du hattest keine Lust mehr darauf, immer diese Mails zu bekommen und dir sagen zu lassen, was mit deinem Leben los ist. Jetzt ist sie weg. Deine Wünsche wurden erhört! Gratuliere!«

Gratulation wofür? Ich war noch mehr durcheinander als zuvor. Cornelia schien sich tatsächlich verabschiedet zu haben. Aber es war nicht der ›Schritt‹, sondern der ›Schnitt‹, der sie dazu veranlasst hatte.

In meinem Kopf drehte sich alles. Ich hatte mich nicht nur von Cornelia, sondern ohne es zu wollen, auch von Luna verabschiedet. Irgendetwas schien nicht ganz so gelaufen zu sein, wie ich mir es vorgestellt hatte.

»Hey, du schaust auf einmal so bedrückt. Freu dich doch! Sie ist weg und du brauchst nicht mehr das Gefühl haben, dass dich jemand zu kontrollieren versucht.«

Irgendwie wollte das Gefühl der Freude nicht recht in mir aufkommen. Irgendetwas war da, das mir sagte, dass es eigentlich eine feine Sache gewesen war, jemanden zu haben, der Einblick in dein Leben und somit auch in deine Zukunft hatte. Nur dumm, wenn diese nicht so aussah, wie man sie selbst gerne hätte.

Ich wollte zurück in meine Hütte und nachdenken. Vielleicht hatte ich zu schnell reagiert und vielleicht war die Sache mit der Selbstermächtigung gar nicht so einfach, wie ich mir es vorgestellt hatte. Verdammt, dachte ich, da hatte ich immer Angst, alleine zu sein und hatte alles versucht, um das zu verhindern, und jetzt schien genau das Gegenteil zu geschehen.

Vielleicht würde sich bei mir mit der Zeit ein besseres Gefühl einstellen. Ich wollte erstmal abwarten, wie sich die Dinge weiter entwickelten.

Ich erhielt noch eine weitere Mail von Cornelia.

»Guten Tag, Harald. Unsere Nächste Begegnung Wird In Einer Anderen Zeit Sein Und Auch Noch Zeit Brauchen, Wenn Die Götter Es So Wollen Und Erkenntnisse, Einsicht, Geduld, Lehre, Schmerz In Sich Tragen!

Welchen Weg Du Im Jetzt Einschlagen Wirst, Es Wird Allein Dein Weg Sein, Du Allein Hast Diesen Weg Gewählt! Allein Du Warst Es, Der Sich Für Diesen Weg Entschieden Hat!

Viel Glück Für Diesen Weg Im Hier, Jetzt Und Sofort!«

Ich war jetzt ohne Begleitung aus der Geistigen Welt. Ich hatte sie abbestellt und stand nun wieder alleine vor meinem Leben, so wie ich es mir gewünscht hatte. Ob das gut oder schlecht war, wusste ich nicht.

Fast jeden Abend hatte ich mit dem Schamanen beim Abendessen zusammengesessen und geredet. Er hatte mir viel von seinem Weg erzählt und von indianischen Ritualen. Ich wollte ihn auf jeden Fall besuchen kommen, wenn ich wieder in Deutschland wäre. Wann das genau sein würde, wusste ich nicht, denn ich hatte geplant, das ganze Jahr in Thailand zu verbringen und im Anschluss direkt weiter nach Indien zu reisen.

Bei unseren Unterredungen wartete ich immer darauf, dass er mir nun bald zeigen würde, wie er denn die Menschen heilte. Aber wir saßen immer nur da und redeten.

»Weißt du«, sagte Matthias, als ob er wüsste, was in meinem Kopf vorging, »schon alleine die Tatsache, dass wir hier zusammensitzen und reden, ist im Prinzip ausreichend. Zwischen uns passieren Dinge, die wir mit dem Auge nicht wahrnehmen können. Das ist eine ganz andere Energie, die all dem zugrunde liegt und die wir nur schwer beeinflussen können.«

Ich schaute ihn mit großen Augen an und nickte. Wirklich verstehen konnte ich es nicht.

Es war Samstagabend und zugleich der letzte Abend, den wir gemeinsam in der Bucht verbringen würden. Morgen würde Matthias abreisen.

»Sag mal, bekomme ich heute Abend noch eine Audienz bei dir? Ich habe nämlich noch etwas für dich.«

»Klar, allerdings gibt es heute abend noch eine Party von Gästen und es kann spät werden.«

»Party, oh das trifft sich gut, da freue ich mich schon drauf. Dann können wir meinen Abschied auch gebührend feiern!«

Die feiernden Gäste erwiesen sich als sehr trinkfest und

ich musste Überstunden machen. Sie hatten die Tische im Restaurant beiseite geräumt, um Platz zum Tanzen zu haben. In der Mitte der Tanzfläche war immer Matthias zu finden, der diese spontane Feier an seinem letzten Abend als ein Geschenk des *Großen Geistes* ansah und sich mit jeder seiner ausgefallenen Tanzbewegungen bei selbigem hierfür zu bedanken schien.

Als niemand mehr tanzte, drehte ich die Musik leiser und begann aufzuräumen, um den Feier-Abend enden und den Feierabend beginnen zu lassen.

Matthias kam zu mir und verabschiedete sich.

»Ich muss noch etwas vorbereiten. Bitte komm, sobald du fertig bist, zu meiner Hütte. Ich warte dort auf dich.«

Ich beeilte mich an diesem Abend mit dem Aufräumen, denn ich war sehr gespannt auf das, was Matthias für mich vorbereitet hatte.

Als der Generator ausging, waren alle Gäste bereits gegangen. Ich machte noch einige letzte Handgriffe, nahm meine Taschenlampe und ging zu der Hütte von Matthias, die nicht weit entfernt lag.

Der Mond stand im seinem letzten Viertel. Am Himmel war keine Wolke zu sehen und zusammen mit dem Licht der Sterne verwandelte sich die Bucht erneut in einen unwirklichen Ort. Noch vor wenigen Minuten hatte laute House-Musik die Bucht erfüllt und jetzt waren da wieder nur das Rauschen des Meeres und der Dschungel selbst.

Ich lies meine Flip-Flops vor den steilen Holzstufen stehen und kletterte hinauf auf die Terrasse.

Von hier aus blickte man direkt aufs Meer. Nur ein Baum stand vor der Hütte. Auch bei Nacht warfen seine Blätter einen Schatten, und als Matthias durch die Tür hinaus auf die Terrasse trat, zeichneten diese wieder eine Kriegsbemalung in sein Gesicht. Ich zuckte kurz zusammen, als Matthias zu sprechen begann.

»Danke, dass du gekommen bist. Bitte setz dich.«

Er zeigte nach unten auf die Planken der Terrasse, wo ein paar Kissen lagen.

Ich setzte mich und sprach kein Wort. Mir wurde heiß und kalt und je länger ich hinaus aufs Meer schaute, umso heller schien das Licht des Mondes die Nacht auszuleuchten. Matthias verschwand nochmal in seiner Hütte. Er kam wieder und hielt in seiner Hand einen brennenden Zopf Süßgras. Er räucherte mich ab. Dann setzte er sich im Schneidersitz vor mich hin und begann zu sprechen. Ich schloss meine Augen.

»Bruder, ich wurde nicht zufällig in diese Bucht geführt.« Seine Stimme klang anders, als ich sie kannte. Schon bei seinen ersten Worten durchlief mich ein Schauer aus Energie.

»Meine Aufgabe ist es, die Menschen an ihre Aufgabe zu erinnern, warum sie geboren wurden. Jeder von uns hat eine Aufgabe. Ich möchte dir hierzu eine Geschichte erzählen.«

Bevor er mit seiner Geschichte begann, öffnete ich für einen kurzen Moment meine Augen und alles, was ich sah, war die Silhouette eines schwarzen Bären, der direkt vor mir saß. *Still Sitting Black Bear.* Ich schloss schnell wieder meine Augen, um seinen Worten meine volle Aufmerksamkeit zukommen zu lassen.

»Vor langer Zeit lebte auf diesem Planeten ein König namens Artus. Er war ein sehr weiser König, der wusste, dass Mutter Erde ein lebendiger Organismus ist und er hatte es sich zur Aufgabe gemacht, diese Mutter Erde zu schützen.

Hierfür arbeitete er auch mit den Drachen zusammen, deren Aufgabe es war, die heiligen Pfade der Erde, die sogenannten *Leylines* – Drachenpfade – zu schützen.

Die *Leylines* sind Energielinien der Mutter Erde, die wichtig sind, um ihre Kreisläufe zu erhalten und zu erneuern.

König Artus war ein mächtiger König und ein Vorbild für viele andere Könige, die es ihm gleich taten. Diese Könige wurden zu dieser Zeit die Drachenkönige genannt.

In einer Zeit, die die Hopi Indianer die Reinigung der Mutter Erde nennen – so heißt es – werden auch diese Drachenkönige in ihren jeweiligen Inkarnationen wieder erwachen.

Dieser heilige Augenblick ist auch jetzt wieder gekommen und daher bin ich als einer der Drachenreiter zu dir gesandt worden, um Dich wieder zu erwecken und dir etwas zu überreichen, damit du dich wieder vollständig an Deine Aufgabe erinnerst und sie nie wieder vergisst.«

Ich hörte, wie Matthias aufstand und sich hinter mich stellte. Dann legte er mir eine Kette um den Hals. Zumindest fühlte es sich so an, denn ich hatte meine Augen noch immer geschlossen. Ich traute mich nicht, sie zu öffnen, weil ich nicht wusste, was sich meinen Augen zeigen würde. Ich fühlte mich in diesem Moment, als sei ich an einem anderen Ort.

»Dieses Symbol soll dich erinnern und beschützen. Der *Große Geist* hat mir diese Kette für dich gegeben, auf dass du sie tragen sollst.«

Er setzte sich wieder vor mich auf den Boden. Mit seiner linken Hand umfasste er meinen Nacken und zog mich nach vorne, sodass sich unsere Stirn berührte. Dann nahm er meine rechte Hand und führte sie zu seinem Herzen und auch er legte seine Hand auf mein Herz und bedeckte damit zugleich die Kette, und das, was an ihrem Ende um meinen Hals hing.

»Der Atem des *Großen Geistes* fließt nun zu dir.« Er atmete aus und ich im selben Moment ein. Ich hatte das Gefühl ohnmächtig zu werden. Ich atmete so tief und solange ein, wie ich es vorher nicht gekannt hatte.

Matthias ließ meinen Nacken los und ich richtete mich

langsam wieder auf. Alles schien so schnell gegangen zu sein. Ich öffnete meine Augen. Das Mondlicht malte noch immer Symbole in sein Gesicht und es erschien mir jetzt viel sanfter. Als er zu reden begann, klang seine Stimme wieder ganz normal. Wir standen beide auf und ich berührte zum ersten Mal die Kette um meinen Hals. An ihrem Ende hing ein Zahn.

»Wow«, sagte ich leise. Ich erinnerte mich daran, dass ich schon einmal eine Kette mit einem Zahn in dieser Bucht getragen hatte. Ich schaute an mir herunter und sah, dass es ein weißer Zahn war, der an einer Lederkette befestigt war.

Als ich zum ersten Mal in diese Bucht gekommen war, hatte ich sie mit einem schwarzen Zahn um den Hals betreten. Jetzt hatte mir Matthias einen weißen Zahn überreicht.

Der Schamane hatte mir das Licht in diese Bucht gebracht. Ich war noch immer etwas wackelig auf den Beinen. Ich bedankte mich bei ihm und ging zu meiner Hütte.

Am nächsten Morgen sah ich Matthias vorerst das letzte Mal. Wir tauschten Mail-Adressen aus und ich versprach, ihn auf dem Laufenden zu halten und trug seine Kette mit dem Zahn von nun an jeden Tag.

Kapitel 12

Immer mehr setzten sich die Puzzlestücke zusammen, die wie zufällig aus allen Himmelsrichtungen und Dimensionen zu mir gekommen waren.

Ich hätte nie gedacht, dass die Kette mit dem schwarzen Zahn, die mir Pavels Verlobte vor einem halben Jahr in Bangkok geschenkt hatte und die mich bei meinem letzten Urlaub durch die Bucht begleitet hatte, der Beginn einer Geschichte war, die jetzt ihre Fortsetzung gefunden hatte. Und wenn ich ehrlich war, dann fühlte es sich für mich so an, als ob das nur der Anfang von etwas viel Größerem war.

Aus weltlicher Perspektive betrachtet, war dies eine fast unglaubliche Aneinanderreihung von Zufällen. Betrachtete man das alles aber unter dem Aspekt, dass unser Leben schon geschrieben stand, bevor wir geboren wurden, war all das, was geschehen war, unausweichlich. Schicksal. Es war einer der Momente, in dem diese Eine Wahrheit die Oberfläche unserer Wahrnehmung durchbrach und zu unserer Realität wurde.

Von nun an trug ich das Licht in Form eines weißen Tierzahns an einer Lederkette um meinen Hals und war sehr dankbar dafür.

Der Zahn war in Silber gefasst und trug in seiner Fassung einen grünen Stein. In das braune Band waren geschliffene schwarze Steine eingeflochten. Ich trug noch immer den Bergkristall, den ich von Luna bekommen hatte. Diese beiden Ketten waren voller Symbolik für mich und auch voller Kraft. Ich traute mich nicht, eine von ihnen abzulegen, denn es hätte bedeutet, die Energien und die Menschen, die mich durch sie verbanden, abzulegen. Ich fühlte mich nicht bereit, auf nur einen einzigen Teil zu verzichten.

Die Zeit mit dem Schamanen war intensiv gewesen, was auch im Außen seine Spuren hinterlassen hatte. Die Verbindung zwischen Luna und mir war auf eine harte Probe gestellt worden.

Jetzt, wo der Schamane weg war und ich wieder mehr Zeit hatte, spürte ich, wie sehr mir Luna fehlte.

»Es hat mich viel Kraft und Energie gekostet«, schrieb sie, »und ich frage mich, warum hast du den Weg von mir weg gewählt und nicht den Weg zu mir? Warum bist du nicht auf mich zugekommen und hast deine Gefühle mir gegenüber ausgesprochen? Warum ist es jetzt schon das zweite Mal in so einer kurzen Zeit, dass du mir gegenüber so gehandelt hast?

Cornelia hat mich gestern gefragt, ob du erkannt hast, dass du es bist, der unser Lebensband zerschneidet, wenn du so handelst? Und ob dir klar ist, was wirkliche Freiheit bedeutet, und dass du dabei bist, mehr zu verlieren als zu gewinnen! Aber auch, dass man manchmal erst etwas verlieren muss, um zu erkennen, welche Bedeutung es hat! Dass es der Weg ist, den du gewählt hast und ich ihn dich gehen lassen sollte, um zu erkennen! Ich frage mich, ob es vielleicht wirklich besser ist für dich, ganz frei von mir zu sein, um deinen Weg der Freiheit zu gehen? Weißt du, Vertrauen ist für mich, zu wissen, dass ein Mensch, dem ich nah bin, zusammen mit mir durchs Leben geht, und dass er immer den Weg und das Wort zu mir findet! Egal, was um uns herum ist.«

»Alles geschieht in so kurzer Zeit. Als der Schamane nach einer Woche gegangen ist, hat er zu mir gesagt, dass ich in diesen fünf Tagen so große Fortschritte gemacht hätte, wofür andere ein ganzes Jahr oder auch ein ganzes Leben bräuchten. Ich denke deshalb, dass, wenn wir in eine Situation geraten, wie sie jetzt ist, wir alles auch in einer anderen zeitlichen Relation betrachten sollten. Du hast vorgestern zu mir gesagt, dass du und deine Bekannten mit Spiritualität aufgewachsen sind. Ich hingegen habe mir für dieses Leben eine Familie ausgesucht, in der so etwas wie Spiritualität keine Rolle spielt. Meine ›Betäubung‹ und Ablenkung in Berlin kam auch erst relativ spät dazu, und die Götter hätten mir Jade auch viel früher schicken können. Hätte, wollte, könnte, sollte ... aber Konjunktive gelten nicht, sondern nur, was jetzt ist.

Ich glaube, dass Jade schon immer eine Göttin war. Sie war hier, um mich zu erwecken und dann sollte sie wieder gehen. Es ging technisch gesehen nie um ein gemeinsames Leben, das erscheint nur so in unserer Wahrnehmung. Auch wenn das alles jetzt so klingt, als ob ich verrückt wäre, aber so reime ich es mir zusammen, weil mir ja niemand wirklich etwas sagt. Meine Ungeduld und den Drang nach mehr Wissen hat mir Cornelia immer angekreidet. Sie hat in ihrer letzten Mail geschrieben, dass sie mir auf meinem weiteren Weg viel Glück wünscht im *›Hier, Jetzt und Sofort ...‹*.

Cornelia hat immer davon gesprochen, dass es alleine ich bin, der entscheidet, wie unser gemeinsamer Weg aussieht. Die Götter haben dich ein zweites Mal zu mir geschickt und ich muss entscheiden. Das ist in meinen Augen eine ziemliche Ansage von den Göttern an jemanden, der eben erst erwacht ist und der von Tuten und Blasen keine Ahnung hat. Cornelia hat mich immer darauf hingewiesen, dass mein Fokus auf dir liegen soll und mein Weg zu dir führt. Wenn es doch nur an mir liegt, welche Entwicklung unser gemeinsamer Weg nehmen wird, dann empfinde ich das alles schon als ziemlich viel Einflussnahme auf mein Leben von außen.

So entstehen viele Fragen in mir, die zusätzlich zu all

dem kommen, was neu ist. Ich war mal ein König! Bin ich jetzt wieder ein König? Was bedeutet es überhaupt, ein König zu sein? Was war die Aufgabe, die ich in einem früheren Leben nicht zu Ende gebracht habe? Hier könnte ich jetzt weiter machen mit meinen Fragen. Aber auch ich habe gelernt, dass die Antworten kommen. Und zwar alles zu seiner Zeit. Ich lasse mich führen. Ich übe mich in Geduld. Ich bin aufmerksam.

Ich frage mich die ganze Zeit, wieso die Götter mir Cornelia geschickt haben und jetzt den Schamanen. Beide zeigen mir jeweils eine Wahrheit, die mir komplett unterschiedlich erscheint. Wieso? Wie unterschiedlich sind diese Wahrheiten? Es geht darum, eine Entscheidung zu treffen. Warum? Weil ich bis jetzt nicht gelernt habe, auf meinen eigenen spirituellen Beinen zu stehen, oder wie der Schamane gesagt hat, ›meine eigene Fackel zu sein‹? Ich verstehe nicht, wieso mich dieser Weg von dir wegbringen soll, so wie es Cornelia sagt. Empfindest du es auch so? Nur weil ich das, was Cornelia sagt, nicht hören oder sehen will, heißt das doch nicht gleichzeitig, dass ich dich nicht hören oder sehen will.

Du sagst immer, ›behalte dir etwas von dem, was du bist, weil du bist besonders‹. Ich war einmal ein König und das anscheinend nicht ohne Grund! Oder liege ich da schon wieder falsch und bin jetzt eingebildet oder anmaßend? Geht es darum, dass ich mich allem beuge, oder geht es darum, meinem Gefühl zu folgen? Wieso schicken mir die Götter nicht einfach dieses Gefühl, wenn es so wichtig ist? Wo soll ich es hernehmen? Ich glaube an die Liebe und dessen durfte ich mich mit Jade noch einmal vergewissern. Es funktioniert also, ich bin nicht blind dafür. Jade hat einmal gesagt, dass sie die Vorstellung, dass du und ich Sex miteinander hätten, sehr erregend fände. Ich habe gesagt, dass ich das nicht möchte. Sie hat mich gefragt, warum, und ich habe geantwortet, weil ich mehr verlieren würde, als dass ich gewinne.

Wieso sagen alle, dass wir wieder ein Paar sein sollen? Warum? Was kann ich nicht sehen? Wieso kann ich sonst so vieles sehen? Wieso hat der Schamane so viele Dinge anders gesagt als Cornelia? Wieso kann die Wahrheit nicht bedeuten, dass die Freiheit unsere Liebe ist? Und zwar so, wie wir sie wollen, ohne, dass alle von außen auf uns einreden? Wieso können wir uns nicht nahe stehen und gemeinsam gehen, ohne ein Paar zu sein? Wieso lassen sie es dich fühlen und mich nicht? Was hat dieses Gefühl von damals mit heute zu tun? Ich kenne keinen spirituellen Weg ohne dich. Du warst immer damit verbunden. Wir waren immer verbunden.

Cornelia sagt, du sollst mich gehen lassen und der Schamane sagt, ›sei selbst die Fackel‹. Klingt das nicht irgendwie wie ein und dasselbe? Cornelia spricht zu dir und der Schamane zu mir. Was ist die ›Wahrheit‹, die darin verborgen liegt?«

Cornelia war nun aus meinem Leben verschwunden, aber stand noch immer in Kontakt mit Luna.

»Wie ist es für dich, dass Cornelia gegangen ist?«, wollte Luna wissen.

»Wenn ich irgendetwas von Cornelia gelernt habe, dann, dass ich die Dinge nicht bewerten soll. Also ist es jetzt so, wie es ist und das ist auch okay für mich.«

»Sehr gut«, sagte Luna.

Das Leben würde weitergehen. Auch ohne Cornelia.

Die Wogen hatten sich geglättet und es war Ruhe eingekehrt. Wir näherten uns wieder an und ich gab mir Mühe, achtsamer im Umgang mit Luna zu sein. Ich versuchte, sie so viel wie möglich zu fragen. Seltsamerweise fiel es mir noch immer schwer. Vielleicht fühlte ich mich sicherer, nicht zu viel über diese Frau zu wissen, die so sehr mit meinem Leben verstrickt zu sein schien. Oder ich hatte schlicht Angst davor, durch Luna Wissen über mich selbst freizulegen, das ich schon lange begraben hatte, weil es zu dem Wissen in meinem Leben gehörte, das mit Schmerzen verbunden war. Vielleicht war es aber auch eine Kombination aus beidem. Ich merkte nur, dass es mir schon allein Kopfschmerzen bereitete, darüber nachzudenken, und ich beschloss, dies alles erst einmal hintenan zu stellen und vertraute darauf, dass das Universum am besten wusste, wann etwas in mein Leben zu treten hatte und es mich dies dann würde spüren lassen. Alles zu seiner Zeit.

Luna und ich waren wieder in Kontakt und das freute mich sehr. Mehr brauchte ich im Moment nicht. Luna legte damals zum ersten Mal die Runen für uns. Sie sagte, dass ihr mitgeteilt worden war, dass die Magie der Runen schon immer etwas gewesen sei, das uns verbände. Sie schickte mir auch ein Bild der germanischen Gottheit *Odin*. Er war darauf abgebildet mit den zwei Raben Hugin und Munin, ›Gedanken und Erinnerung‹. Sie waren seine Augen und erkundeten für ihn die Welt. Zu seinen Füßen lagen zwei Wölfe, Geri und Freki, ›Gierig und Gefräßig‹, die ihn bei der Jagd begleiteten, und er selbst trug einen Mantel, den Wunschmantel, der ihn unsichtbar machte, und der ihn überall auf der Welt hinbrachte, wo er gerade sein wollte.

Luna sagte, dass *Odin* viele Eigenschaften und Qualitäten besäße, die auch mich auszeichneten.

Ich fühlte mich geschmeichelt und zugleich Meilen weit entfernt von einer Gestalt wie *Odin*. Er war das Symbol einer Energie, die es schon immer in dieser Welt gegeben hatte und derer sich die Menschen in ihren Mythologien bedient hatten. *Odin* war der germanische Ausdruck einer Kraft, die das Schicksal der Menschen in Mitteleuropa zu einer Zeit gelenkt hatte, als die Menschen diese Verbindung zu den Kräften des Universums noch hatten spüren können und sich ihrer Bedeutung bewusst waren.

In den letzten Monaten hatte ich die meiste Zeit mit Arbeiten und Lesen verbracht. Ich las jeden Tag mehrere Stunden und hatte in der kurzen Zeit mehr Bücher gelesen als in meinem ganzen Leben zuvor. Für mich war das schon mal ein Erfolg. Alle Bücher handelten von diesen Dingen, die die Wissenschaft nicht zu erklären wusste. Einige waren in Romanform geschrieben und andere wissenschaftlich gehalten. Lynn McTaggert begann ihr Buch ›Das Nullpunktfeld‹ mit einem wunderschönen Zitat, das mir half, alles besser zu verstehen, auch wenn es in sich ein Absurdum darstellte.

›Wenn ein Engel uns über seine Weltsicht berichten sollte …
würden viele seiner Aussagen klingen wie 2 x 2 = 13.‹
(Georg Christoph Lichtenberg: Aphorismen)

Ich lachte, als ich diese Zeilen las, und fühlte mich an Pippi Langstrumpf erinnert.

›2 x 3 macht 4,
Widdewiddewitt und Drei macht Neune!
Ich mach' mir die Welt,
Widdewidde wie sie mir gefällt.‹
(Astrid Lindgren, Pippi Langstrumpf)

Also war schon Pippi Langstrumpf ein hoch spirituelles Wesen gewesen. Mir gefiel diese Vorstellung.

Aber auch die Superhelden, wie ich sie aus amerikanischen Comics kannte, zählten zu diesen Figuren. Superman oder auch die Grüne Leuchte. Letzterer war immer mein geheimer Favorit unter all den Superhelden gewesen. Auch weil er keinen Umhang trug, denn als Kind hasste ich Umhänge.

Die Grüne Leuchte besaß eine besondere Waffe, die ihn unbesiegbar machte. Einen Ring, der in sich die stärkste

Kraft im Universum trug: die Kraft der Vorstellung.

Das passte sehr gut zu meiner Theorie, dass man durch die Kraft des Geistes über die Materie bestimmen konnte. Ähnlich wie Jesus, dachte ich, allerdings brauchte dieser dazu keinen Ring.

Matthias hatte mir eine Liste mit Buchvorschlägen da gelassen und ich hatte bereits alle Bücher über das Internet bestellt und an die Adresse meiner Eltern schicken lassen. Ich musste mich nur noch etwas gedulden, bis die Bücher in Thailand eintreffen würden.

Es waren jetzt noch nicht mal mehr vier Wochen, bis Luna nach Thailand kommen würde. Am 4.4.2010 würde sie in Phuket landen und dann hätte ich auch sicher all meine Bücher, sodass wir gemeinsam darin würden lesen können. Einen Rückflug hatte Luna noch nicht gebucht. Sie wollte mit der Energie gehen und dann erst einen Flug buchen, wenn sie das Gefühl hatte, dass ihre Zeit bei mir vorüber wäre.

Wie auch immer. Ich freute mich sehr auf die gemeinsame Zeit. Luna war mein einziger Gast aus Deutschland, der an meinem Geburtstag bei mir in der Bucht sein würde.

Matthias hatte mir auf meiner Festplatte Daten hinterlassen, die ich mir nach und nach anschaute. Darunter auch geführte schamanische Reisen. Wir hatten nur kurz darüber gesprochen. Ich hatte eine solche Reise noch nie gemacht. Matthias sagte, dass ich es ruhig mit einer der geführten Reisen von der CD versuchen könnte.

Ich war neugierig und wollte anstelle meiner morgendlichen Meditation eine schamanische Reise zu meinem Krafttier machen. Ich erinnerte mich noch genau an den Traum mit dem Löwen und war mir sicher, dass dieser noch immer mein Krafttier war. Allerdings hatte ich ihn noch nie aktiv besucht und das wollte ich jetzt nachholen.

Ich ging wie jeden Morgen hinaus auf den Felsen. Die geführte Trommelmeditation hatte ich mir auf meinen iPod geladen, sodass ich nur noch auf Play zu drücken bräuchte, wenn ich dachte, bereit zu sein.

Ich schloss meine Augen und atmete dreimal tief ein und wieder aus. In meinem Gesicht konnte ich die Wärme der ersten Sonnenstrahlen dieses Morgens spüren – PLAY.

Die Aufnahme rauschte und eine Stimme erklärte kurz, worauf ich zu achten hätte, während im Hintergrund Vogelgezwitscher und das Rauschen eines Baches zu hören waren. Da ich mitten in der Natur saß, kam es mir seltsam künstlich vor. Ich versuchte, mich zu konzentrieren.

»Dies ist eine geführte schamanische Trommelreise, die sie zu ihrem Krafttier führen wird«, sagte die Stimme in den Kopfhörern, »... Sie betreten die Anderswelt durch eine Öffnung im Erdreich ... begegnet Ihnen auf der anderen Seite ein Tier mindestens dreimal, dann können Sie davon ausgehen, dass es Ihr Krafttier ist ... um sicher zu sein, sprechen Sie es direkt an und fragen Sie es: ›Bist du mein Krafttier?‹ Es wird Ihnen eine klare Antwort geben ... lassen Sie sich Zeit ...«

Die Trommeln wurden lauter und das Vogelgezwitscher trat in den Hintergrund. Ich versuchte mir eine Öffnung im Erdreich vorzustellen, ein Mauseloch oder irgendetwas anderes, aber es funktionierte nicht. Stattdessen spürte ich, dass etwas zu mir auf den Felsen gekommen war. Es einer der Hunde war. Long. Er schien ganz aufgeregt zu sein und wollte mein Gesicht ablecken. Ich ließ mich nach hinten fallen, um seiner langen Zunge auszuweichen, aber das animierte ihn, um so mehr mit mir zu spielen.

Die schamanische Reise zu meinem Krafttier konnte ich jetzt wohl vergessen. Stattdessen hatte ich jetzt Long an der Backe und er wollte auch nicht mehr gehen, sodass ich diesen Versuch für heute abbrach.

In der Nacht hatte ich wieder einen sehr intensiven

Traum. Ich war in einer Hütte im Wald. Ich lief immer wieder zur Tür und sah nach draußen, denn die Hunde bellten. Einige Meter von mir entfernt bemerkte ich ein Tier zwischen den Bäumen liegen. Ich trat nach draußen, unschlüssig, was ich tun sollte. Das Tier hatte rotes Fell. Mein Löwe, dachte ich. Aber für einen Löwen erschien es mir zu klein. Ich sah, wie Bu, die schwarze Hündin der Bucht, bellend auf und ab lief. Sie schaute mich fragend an und schien ähnlich unentschlossen zu sein wie ich.

Vielleicht ein fremder Hund, dachte ich und ging wieder zurück in die Hütte, aber sicher war ich mir nicht.

Der Traum ging weiter. Ich saß am Tresen im Restaurant. Vor mir die leere Angebotstafel, auf der, wie aus dem Nichts, ein handgeschriebener Text erschien. Es war eine Nachricht von Cornelia.

»Du Kannst Schon Alles.
Beobachte Deine Fähigkeiten.
Ich Hatte Eine Aufgabe.«

Der Text verschwand wieder von der Tafel.

Am nächsten Abend chattet ich mit Luna. Es war gegen 19 Uhr und schon dunkel in der Bucht. Wir hatten die ersten Worte gewechselt, als ich von draußen Hundegebell vernahm. Ich kannte das Bellen der Hunde mittlerweile sehr gut und konnte daraus lesen, ob sie lediglich spielten oder Alarm schlugen. Dieses Gebell klang eindeutig wichtig. Die Hunde schienen etwas zu jagen, und zwar genau unter meiner Hütte.

Ich stellte den Computer auf mein Bett und öffnete die Tür, um auf meine Terrasse zu treten. Ich sah durch das Fenster, dass einer der Hunde sich dorthin zurückgezogen hatte.

Dann erkannte ich, dass es keiner der Hunde der Bucht war. Auf meiner Terrasse stand der Hund aus meinem Traum. Ich sackte in die Knie und begann zu weinen. Ein

Gefühl der Demut überkam mich. Sein Fell war feuerrot, genau wie ich es in meinem Traum gesehen hatte und auch Bu verhielt sich so wie letzte Nacht.

Ich konnte es nicht fassen und brauchte einen Moment, um mich zu sammeln. Es war eine Hündin und sie schien keine Anstalten zu machen, davon zu laufen. Ich konnte sie sogar streicheln. Sie fühlte sich sicher auf meiner Terrasse.

Luna war noch immer online und ich musste ihr sofort davon erzählen. Ich hatte Tränen in den Augen und meine Stimme zitterte ein wenig.

»Du wirst es nicht glauben, was auf meiner Terrasse ist. Erinnerst du dich an den Traum, den ich dir heute Morgen beschrieben habe, mit dem Hund?«

»Ja, sicher.«

»Der Hund ist jetzt hier. Sie steht auf meiner Terrasse.«

»Wow, ich bekomme eine Gänsehaut.«

»Und ich glaube, ich weiß auch, wer ihn zu mir geschickt hat.«

»Was denkst du?«

»Ich denke, Jade hat mir den Hund geschickt, damit er mich begleitet und mich beschützt. Als Zeichen dafür, dass ich nicht alleine bin.«

»Ja, genau das denke ich auch.« Wir fingen beide an, zu weinen. Uns fehlten für einen Moment die Worte.

»Den Hund haben mir die Götter geschickt«, sagte ich und Luna stimmte mir zu.

»Siehst du«, sagte sie, »sie sind immer bei dir. Sie geben dir diese Zeichen und das ist etwas sehr Besonderes. Nicht alle erhalten so starke Zeichen.«

Ich musste an meine missglückte schamanische Reise denken, die, wie ich dachte, durch das Erscheinen von Long unterbrochen worden war. Jetzt aber erkannte ich, dass ich mein neues Krafttier gefunden hatte, denn es war der Hund. Die Götter hatten mich nicht in die Anderswelt reisen lassen, sondern mein Krafttier in echter Gestalt zu mir geschickt.

»Das ist eine ganz besondere Qualität. Du kannst die Dinge einfach hierher in diese Welt rufen, ohne dabei in die Anderswelt reisen zu müssen. Verstehst du das?«, fragte Luna.

Das Erscheinen des Hundes ergriff mich noch immer so sehr, dass mir schlicht die Worte fehlten.

»Luna, ich weiß gar nicht mehr, worüber ich mit dir reden wollte heute Abend.« Ich hatte bemerkt, dass der Hund meine Terrasse wieder verlassen hatte.

»Ich glaube, ich würde jetzt gerne nach dem Hund schauen. Ich möchte nicht, dass ihm etwas passiert.«

»Ich verstehe. Lass uns morgen reden. Ich wünsche dir einen wundervollen Abend.«

»Ja, das Wunder hatte ich glaube ich schon.« Wir lachten beide noch einmal zum Abschied.

Ich ging raus, um nach dem Hund zu schauen. Er war den anderen Hunden gefolgt, die sich abends immer in der Nähe des Restaurants und der Küche aufhielten. Hier bekamen die Hunde ihr Futter.

Die rote Hündin war zum Zuschauen verdammt. Das Rudel ließ sie nicht an die Küche herankommen. Sie attackierten den vermeintlichen Eindringling mehrere Male, sodass mir Angst und Bange wurde. Es war der Hund aus meinem Traum und der Hund, den mir die Götter geschickt hatten. Ich wollte nicht, dass ihr etwas zustößt und ich wollte auch nicht, dass sie verhungert.

Am nächsten Morgen sprach ich mit Kai. Er war nicht begeistert, noch einen Hund in der Bucht zu haben.

»Weißt du, wenn wir hier jeden Hund willkommen heißen und mitfüttern, der in die Bucht kommt, dann haben wir bald eine Hundefarm.«

Ich erzählte ihm von meinem Traum und bat ihn, den Hund zumindest nicht zu vertreiben. Er tat mir diesen

Gefallen und wir wollten die nächsten Tage abwarten und sehen, ob er eine Position im Rudel würde finden können.

Am nächsten Tag erfuhr ich, dass der Hund mit einem Gast in die Bucht gekommen war. Ein junger Engländer, der sich vorgenommen hatte, zu Fuß die Küste der Insel abzulaufen. Er hatte seine Wanderung im Nord-Westen begonnen und jetzt schon etwas mehr als die Hälfte des Weges hinter sich gebracht. Die gesamte Westküste war sehr gut erschlossen und bestand zu großen Teilen aus Sandstrand. Je weiter südlich er kam, umso mehr Felsen gab es zu überwinden und ab der Südspitze, sprich ab Haad Rin, gab es nahezu keine befestigten Straßen mehr. Die gesamte Ostküste war überwiegend felsig und wurde nur gelegentlich von kleinen Buchten mit Sandstrand unterbrochen. Dazwischen lag noch immer nahezu unberührter Dschungel. Es gab keine wirklichen Straßen. Der Engländer erzählte, dass er zwar oft einen Pfad fand, der ihn in den Wald hinein führte, aber der sich schnell wieder im dichten Unterholz verlor. Er hatte nur die Sonne, nach der er sich orientieren konnte. Kam er zu nah an die Küste, versperrten ihm die steil abfallenden Felsen den Weg und er musste umkehren. Manchmal war das Unterholz so dicht, dass schlicht kein Durchkommen war. Als er nach einer Übernachtung in Haad Tien seinen Weg fortsetzen wollte, habe dieser Hund ihn einfach begleitet. Er ging den ganzen Weg mit ihm und schlief nachts unter seiner Hängematte, die er an einem unbewohnten Strand zwischen zwei Palmen befestigt hatte.

»Ich muss sagen, dass es wirklich ein gutes Gefühl war, einen Hund bei sich zu haben, der einen bewacht«, sagte er, mit Stolz in seiner Stimme.

Jetzt aber wollte er seinen Weg alleine fortsetzen und hoffte, dass der Hund hier bleiben würde, denn auch er fand, dass es ein sehr schönes Fleckchen Erde war, und dass die Hunde hier sehr ›chillig‹ seien im Vergleich zu den anderen Buchten.

Ich nickte und erzählte ihm von meinem Traum und von meiner ersten Begegnung mit dem Hund.

»Nun, wenn der Hund jetzt hier bleibt, dann braucht er noch einen Namen«, sagte ich und der erste Name, der mir einfiel war: »Lila, das ist doch ein schöner Name«.

Zwar war das Fell des Hundes rot, aber Lila passte in meinen Augen sehr gut. Der Engländer stimmte mir zu, und da er den Hund nun in guten Händen wähnte, setzte er seine Wanderung um die Insel fort.

Lila würde jetzt nur noch ihren Platz im Rudel finden müssen und dann wäre alles perfekt. Aber so leicht war das nicht. Die anderen Hunde duldeten keinen Futterkonkurrenten in ihrer Bucht.

In den kommenden Tagen mussten ich und die anderen Gäste mit ansehen, wie Lila immer magerer wurde. Sie suchte im Müll nach etwas Fressbarem, denn alles, was die Küche abwarf, beanspruchten die Hunde der Bucht für sich. Kam sie doch einmal zu nah an die Küche, wurde sie von den anderen weggebissen. Was sprichwörtlich wie im Traum begonnen hatte, schien sich zu einem ernsten Problem zu entwickeln.

Ich war der Auffassung, dass sich ein Hund seinen Platz in einem Rudel erarbeiten und auch erkämpfen musste, weil es sonst nie zu einem Gleichgewicht kommen würde. Aber Lila war eine Einzelgängerin und sie wollte sich nicht unterordnen. Sie war ein Freigeist. Das gefiel mir.

Fortan bekam sie ihr Futter auf meiner Terrasse zusammen mit Bang Born.

Lila hatte den großen Felsen gleich am Strand für sich erobert. Noch nie hatte ich einen Hund gesehen, der mit solch einer Leidenschaft hinaus aufs Meer blickte. So als wartete sie auf das Erscheinen eines Bootes am Horizont, das sie abholen und dorthin zurück bringen würde, woher sie gekommen war und ich war mir sicher, dass dieser Ort nicht von dieser Welt sein konnte.

Anfangs durfte Lila während des Tages den Felsen nicht verlassen. Kam sie hinunter zum Strand, dann jagten sie die anderen Hunde wieder zurück auf den Felsen. Erst spät am Nachmittag kümmerte sich keiner der Hunde mehr darum und Lila konnte frei umherlaufen und ihrer zweiten großen Leidenschaft nachgehen, dem Baden. Sie verbrachte so viel Zeit wie möglich im Meer und jagte im seichten Wasser nach Fischen und Krebsen. Ich hatte so etwas noch nie gesehen. Wenn ich nach Feierabend so gegen 17 Uhr meine Badehose anzog und hinaus in die Bucht schwamm, folgte sie mir und setzte sich in meine Arme, um nicht unterzugehen. Ich spürte, dass sie mit ihrem ganzen Gewicht auch ihr Vertrauen in meine Arme gelegt hatte. Ich war so gerührt, dass mir die Tränen kamen. Sie war so frei, dachte ich und schaute vor mir in den Himmel, den die untergehende Sonne erst orange und dann lila färbte. Ich musste lächeln und fühlte mich seit Langem wieder eins mit diesem Moment.

»Das muss das Paradies sein«, sagte ich zu Lila, die noch immer in meinen Armen saß.

Dieses Schauspiel genossen wir beide von nun an fast jeden Abend. Manchmal liefen wir auch über die schroffen Felsen hinaus bis zur Steilküste auf der anderen Seite der Bucht. Lila folgte mir und bald auch Bu, Long, Dingli und Bang Born. Dann lagen die Hunde um mich herum, jeder auf seinem eigenen kleinen Felsen, und genossen die Wärme der Steine und den frischen Wind, der vom Meer hinein in die Bucht wehte, während die untergehende Sonne den Himmel in die unterschiedlichsten Farben tauchte.

»Spürst du eine Verbindung zu einem der Könige von Thailand?«, hatte Luna mich einmal gefragt. Und in der Tat war es so, dass ich mich immer sehr berührt fühlte, wenn ich das Königsbild hinter dem Tresen betrachtete.

Insbesondere beim Anblick von König Chulalongkorn Rama V.. Er war es, der um die Jahrhundertwende sein Land bereiste, um es und die Menschen, über die er regierte, besser kennenzulernen. Damals hatte ihn sein Weg auch nach Koh Phangan geführt und er entdeckte den Wasserfall, der die beiden Buchten Tong Reng, in der ich lebte, und Thansadet voneinander trennte und erklärte das Land 20 Meter links und rechts des Wasserlaufs zu Königsgebiet. Nach ihm kamen auch viele andere thailändische Könige hierher, um die Schönheit dieses Ortes zu genießen. Inschriften auf großen Felsen waren Zeugnisse dieser Besuche.

Ich verspürte eine starke Verbindung zu diesem Ort und auch zu den Königen. Jeden Tag wusch ich mich mit dem Wasser aus diesem besonderen Wasserfall. Er markierte zugleich auch die Grenze, die diese Bucht vom Rest der Insel, wenn nicht von der Welt da draußen trennte. Zumindest von meiner Welt.

An diesem Abend beschloss ich, mir ein Tattoo stechen zu lassen. Es sollte mich immer an meine Zeit in dieser Bucht und an diesen Ort erinnern. Es gab einen Satz in Thai, der dem König gewidmet war und den man auf vielen Plakaten und Bildern zusammen mit seinem Abbild fand: ›Lang lebe der König‹.

Ich fuhr am nächsten Tag nach Tongsala, um mir das Tattoo stechen zu lassen. Als ich dem Tätowierer von meiner Idee erzählte, schaute er mich überrascht an.

»Meinst du deinen König oder meinen König?«

Was für eine interessante Frage, dachte ich.

»Für alle Könige!«, sagte ich und lachte.

Die Rolle des Königs in Thailand war in meinen Augen eine besondere. Es gab nur noch wenige Länder auf dieser Erde, die einem König die gleiche Ehrerbietung wie einem Gott darbrachten. Zumindest war das mein Empfinden.

Dem Tätowierer war es egal, was er wem tätowierte,

denn ich würde ihn ja dafür bezahlen. Er erwies sich als ein sehr guter Kalligraf und sein erster Entwurf gefiel mir auf Anhieb. Als ich mich auf den Weg zurück in die Bucht machte, trug ich auf meinem rechten Unterarm in thailändischen Buchstaben den Schriftzug: ›Lang lebe der König‹.

Das Tattoo blieb nicht unbemerkt und Gäste, die mich am Vortag noch ohne gesehen hatten, sprachen mich darauf an.

»Hast du dir das auch gut überlegt? Ein Tattoo ist eine Entscheidung fürs Leben«, sagte eine ältere Dame.

»Alle Entscheidungen, die wir treffen, sind Entscheidungen fürs Leben«, antwortete ich. »Die meisten davon tragen wir allerdings im Verborgenen mit uns herum. Ein Tattoo ist lediglich eine Entscheidung, die auch andere sehen können.«

»Aber einige Entscheidungen wiegen schwerer als andere«, sagte sie und ließ in diesen Satz all ihre Lebenserfahrung einfließen.

»Ich glaube, dass lediglich unserer Erziehung und Herkunft einige Entscheidungen wichtiger erscheinen lassen als andere. Als Mensch treffe ich die Unterscheidung richtig oder falsch. Die Entscheidung bleibt dieselbe, nur der Standpunkt, den ich einnehme, ist ein anderer. So wie bei allem, was uns in unserem Leben widerfährt.«

»Das mag sein, aber ich denke trotzdem, dass es im Grunde egal ist, ob ich mich für Huhn oder Schwein zu meiner Suppe entscheide.«

Leider hatte sie einen sehr wichtigen Punkt außer Acht gelassen. Wer etwas verändern wollte, der musste beginnen, andere Fragen zu stellen, als immer nur die, auf welche es schon eine Antwort gab. Die Frage wegen ihres Abendessens hätte demnach lauten sollen:

›Möchte ich, dass ein Lebewesen für mein Abendessen stirbt?‹

An diesem Abend bestellte die Frau Huhn zu ihrer Suppe und war sehr zufrieden mit ihrer Entscheidung.

In der Nacht hatte ich einen Traum, mit dem ich keine Bilder, Menschen oder Geschehnisse verbinden konnte. In meinem Gedächtnis war davon nur ein einziges Wort hängen geblieben, das diesen Traum widerspiegelte: Wandel.

Kapitel 13

Mein Visum für Thailand war für insgesamt neun Monate gültig. Mit diesem Dokument konnte ich innerhalb eines Jahres drei Mal ins Land einreisen und mich nach der Einreise jeweils 60 Tage plus 30 Tage Verlängerung aufhalten. Viele Urlauber, die längere Zeit in Thailand bleiben wollten, hatten ein solches Visum.

Es war mittlerweile Ende März und es war an der Zeit, das Land zu verlassen, um erneut einzureisen. Hierzu boten viele Reisebüros Visa-Runs an. Dabei fuhr man mit dem Schiff und dem Bus bis zur Grenze und verließ das Land, nur um kurz darauf wieder nach Thailand einzureisen. Ich hatte für meinen Visa-Run Malaysia ausgewählt.

Der Trip begann spät abends in Tongsala mit dem Nachtboot. Ich war etwas zu früh und setzte mich auf meine Lieblingsbank am Hafen. Dort, wo ich oft gesessen hatte, um mit Luna zu telefonieren. Ein brauner Hund kam zu mir gelaufen und wich nicht mehr von meiner Seite, bis ich schließlich das Boot gegen 22.30 Uhr bestieg. Ich musste schmunzeln und freute mich über jede Gesellschaft meines neuen Krafttieres. Am Boot trennten sich unsere Wege.

Das Boot war relativ lang, schmal und die Aufbauten waren aus Holz. Es gab einen Laderaum, der vor dem Ablegen unaufhörlich mit Fracht beladen wurde. Auf einem Mitteldeck standen Mopeds, Körbe mit Früchten und ein paar Säcke. Jedes Deck war so flach, dass man nur gebückt gehen konnte. Eine schmale, steile Treppe führte zum Oberdeck, das noch niedriger war. Die Schuhe zog man sich aus, bevor man nach oben ging. Oben verlief in der Mitte ein Gang und rechts und links lagen Matratzen, die Sitz- und Schlafplatz zugleich waren. Dicht an dicht lagen mit Zahlen bedruckte Kopfkissen an der jeweiligen Fensterseite, die so etwas wie Platznummern darstellten. Auch auf meinem Ticket stand eine Nummer, aber ich nahm einfach dort Platz, wo es mir am besten gefiel, und zwar in der Mitte des Bootes. Ich hoffte, dass es dort am wenigsten schaukeln würde.

Alles war aus Holz und dunkelbraun angestrichen. Das warme Licht der Glühbirnen unterstrich das rustikale und fast romantische Erscheinungsbild. Ich freute mich. Ich schaute umher und sah mir meine Mitreisenden an. Ich stellte fest, dass im hinteren Teil sich die Touristen tummelten, während im vorderen Bereich die Thais saßen. Der Grund war der laute Dieselmotor im hinteren Teil des Bootes, was viele Touristen bei der Wahl ihres Platzes nicht bedachten. Neben mir war eine Gruppe englischsprechender Rucksackreisender. Sie hatten Bier dabei und jeder trug ein T-Shirt und Shorts, wie man sie auf allen Märkten von Bangkok bis Samui kaufen konnte.

Ich sah, wie ein Thai hereinkam und zum vorderen Teil des Bootes lief. Ein Mann mittleren Alters in einem kurzärmeligen karierten Hemd und Jeans. Er kniete sich auf seine Matratze, beugte sich nach vorne und holte eine riesige silbern glänzende Pistole hervor, die er unter seinem Hemd verborgen hatte und legte diese unter sein Kopfkissen. Ich musste kurz schlucken. Ein Mann mit einer Pistole, der keine Uniform trug, wirkte auf mich beunruhigend. Ich erinnerte mich daran, dass vor unserem Boot ein Motorrad-Polizist gestanden hatte und ich überlegte für einen Moment, aufzustehen und diesen zu benachrichtigen.

Angst kam in mir auf. Das Gefühl begann in meinem Bauch und kroch langsam im Inneren meines Körpers hoch, bis es schließlich meinen Hals erreichte und selbigen zuzuschnüren begann. Ich war nicht weit davon entfernt, in Panik zu geraten und das Boot zu verlassen. Ich wollte sogar Luna anrufen, um sie zu fragen, was ich tun sollte. Im letzten Moment besann ich mich und konzentrierte mich darauf, dem Gefühl der Angst keinen Raum zu geben. Ich hörte in mich hinein und versuchte zu fühlen, ob dieser Mann eine Bedrohung für mein Leben darstellte, aber da war nichts, was ich finden konnte. Mein Körper war schlicht den äußeren Reizen gefolgt, die da sagten: ›Vorsicht, Pistole! Gefahr!‹ Aber in Wirklichkeit gab es keine Gefahr. Es war nur ein Mann mit einer Pistole. Warum dieser Mann eine Pistole trug, wusste ich nicht, aber sicher wusste ich, dass er diese nicht meinetwegen trug. Vielleicht war er selbst ein sehr ängstlicher Mann. Vielleicht hatte er auch allen Grund dazu, ängstlich zu sein, weil er in seinem Leben Dinge getan hatte, die den Zorn anderer auf ihn gezogen hatte.

Aber all das wusste ich nicht und es war auch nicht von Bedeutung und nicht Teil meines Schicksals. Wichtig war allein, der Angst keinen Raum zu geben in mir, denn es war nicht meine Angst. Es war die Angst des Mannes, der diese Pistole bei sich trug. Mein Gefühl sagte mir, dass alles gut war und die Götter schützend ihre Hand über mich hielten. Wäre es mein Schicksal gewesen, in diesem Boot durch die Schüsse einer Pistole zu sterben, wäre ich ohnehin machtlos dagegen. Ich vertraute auf mein Leben und darauf, dass es am Besten wusste, wohin meine Reise gehen würde. Angst war ein schlechter Begleiter und erst recht die Angst der Anderen.

Meine Gedanken und meine körperliche, chemische Reaktion, als ich die Pistole gesehen hatte, waren das Spiegelbild der Angst dieses Mannes gewesen. Indem ich Angst zeigte, spiegelte ich ihm sein Universum, so wie er es sich geschaffen hatte. Indem ich mich von der Angst befreite, bot ich seiner Realität keine Projektionsfläche mehr.

Damit war die Situation für mich bereinigt und ich erkannte, dass es eine Prüfung für mich gewesen war, eine Art Test. Es ging um Vertrauen – das Vertrauen in mich und in mein Leben selbst. Die Klammer um meinen Hals hatte sich gelöst und ich konnte wieder frei atmen. Ich hatte kein Problem, dem Mann den Rücken zu kehren und mich schlafen zu legen.

Als der Motor des Schiffes startete, musste ich lachen, denn er war so laut, dass ich mich fragte, wie man bei einem solchen Lärm würde schlafen können. Als wir dann endlich ablegten, musste ich schon wieder lachen, denn der Seegang war so heftig an diesem Abend, dass das Schwanken des Bootes den Lärm der Motoren in den Schatten stellte. In Thailand hatte ich gelernt, dass wenn man glaubte, dass es nicht schlimmer hätte kommen können, man oft eines Besseren belehrt wurde.

Aber ich war schließlich so müde, dass auch ein zusätzliches Feuerwerk mich nicht mehr vom Schlafen hätte abhalten können.

Es war noch immer dunkel, als wir am Morgen den Hafen von Surratthani erreichten. Ein Minibus stand bereit, der uns in vier Stunden zur malayischen Grenze bringen würde. Ich hatte Glück und an diesem Tag gab es nur zwei weitere Fahrgäste und so hatte jeder eine ganze Sitzbank in dem für insgesamt zwölf Personen konzipierten Minibus.

An der Grenze angekommen, ging alles sehr schnell. Stempel Ausreise Thailand, 30 Meter zum Grenzhäuschen nach Malaysia laufen, Stempel Einreise Malaysia, drei Schritte zum nächsten Schalter, Stempel Ausreise Malaysia, 30 Meter zum Grenzhäuschen Thailand, Stempel Einreise Thailand, dann am angrenzenden Markt noch eine Flasche Wasser gekauft und wieder in den Bus.

Der Fahrer erzählte uns stolz, dass sein Spitzname Niquel Mansel sei, der Name eines berühmten Rennfahrers der 90er und er machte seinem Namen alle Ehre.

Ich hatte mir angewöhnt, nicht mehr nach vorne auf die Straße, sondern nur noch seitwärts auf die Landschaft zu schauen. Das half doch sehr. Der Fahrer hatte es sich zum Sport gemacht, so schnell zu fahren, dass wir noch die 16 Uhr Fähre erreichen würden. Uns war es im Prinzip egal. Leider kamen wir genau die berühmten fünf Minuten zu spät und die nächste Fähre würde erst in zwei Stunden gehen. Wir waren froh, aus dem Bus raus zu sein. Dafür wurden wir später mit einem wunderschönen Sonnenuntergang auf dem Meer belohnt.

Einer der Mitreisenden, ein Engländer, lebte schon lange in Thailand. Er unterhielt mich und die dritte Reisende mit Geschichten von seinen unzähligen Jobs.

Einmal begleitete er eine Gruppe Touristen auf einer Bootstour, bei der es nur regnete. Die Reiseleiterin fluchte die ganze Zeit und brach die Tour mit einer Handvoll Teilnehmer ab, während der andere Teil, ihn eingeschlossen, entschied, weiter zu fahren. Die Stimmung war am Tiefpunkt angelangt, als das Boot auf hoher See Richtung Angthong Nationalpark fuhr. Plötzlich tauchte neben dem Boot eine Gruppe von Walen auf, die zu dieser Jahreszeit durch den Golf von Thailand zogen.

»In Thailand sagt man unter den Fischern, wenn die Stimmung an Bord eines Schiffes nicht mehr tiefer sinken kann, zeigen sich die Wale, um einem Mut zu machen«, erzählte er und lachte. »Da hatten sich die anderen mit lautem Gezeter verabschiedet und den Veranstalter wegen des Wetters verflucht, und dann kamen die Wale. Der Tag war gerettet und alle waren mit einem Mal bester Laune. Es fing sogar an, noch stärker zu regnen, aber das interessierte jetzt niemanden mehr, denn alle sprachen nur noch von den Walen.«

Endlich war Koh Phangan in Sicht und ich verspürte so etwas wie Heimweh. Ich würde bald wieder in meiner

Bucht sein.

Der Kapitän der Fähre traf beim Einlaufen nicht den richtigen Winkel zum Pier und fuhr eine riesige Beule in das Schiff. Was soll`s, dachte ich und lachte.

Es waren viele Thais auf dieser späten Fähre. Mir war ein junges Thaimädchen aufgefallen. Sie trug geringelte Kniestrümpfe, einen schwarzen Minirock, hatte eine Frisur wie aus einem japanischen Manga-Comic und unter dem Arm trug sie eine in einem Pappkarton verpackte E-Gitarre. Sie wurde am Pier schon von zwei ähnlich gekleideten Mädchen erwartet und sie fuhren gemeinsam auf einem Motorroller mit Gitarre unter dem Arm davon.

Mein Motorrad hatte ich am Hafen stehen lassen und ich freute mich schon auf die Fahrt durch den Dschungel. Es war jetzt dunkel und als ich endlich die Bucht erreichte, war ich für meinen Visa-Run schlussendlich 24 Stunden unterwegs gewesen. Ich war müde und glücklich, wieder hier zu sein. Ich hatte noch Zeit zu duschen, meine Klamotten zu wechseln und etwas zu essen, bevor meine Schicht begann.

In den kommenden Tagen hatte ich mich mit Alexander verabredet. Ich wollte mehr über diese burmesische Feuermeditation wissen und er bat mich, ihn am kommenden Abend gegen 18 Uhr an seinem Feuerplatz zu besuchen.

Ich war aufgeregt und fuhr früher los als geplant. Der steile Weg durch das kleine Waldstück aus der Bucht hinaus war wie die Fahrt durch einen Tunnel, und als ich das Ende erreicht hatte und wieder unter freiem Himmel war, war ich überrascht, denn die Felder um mich herum brannten. Links und rechts des Weges waren Flammen. Das kniehohe Gras brannte nach vielen Tagen ohne Niederschlag wie Zunder. Ein Schauer durchlief meinen Körper. Diese Art des Gärtnerns war in Thailand eine beliebte Methode, den Rasen zu mähen. Heute aber hatte es zugleich eine tiefere Bedeutung für mich und ich erkannte die Synchronizität, die sich dahinter verbarg, denn das Feuer holte mich an diesem Abend schon in der Bucht ab.

Ich fuhr weiter über die kleine Brücke. Am anderen Ufer saß ein fremder Hund, den ich zuvor noch nie gesehen hatte. Er war groß und schwarz. Ich balancierte das Motorrad über die schmalen Betonpfeiler. Am anderen Ufer angekommen, drehte sich der Hund von mir weg und bellte laut in den Wald. Wen oder was er anbellte, wusste ich nicht. Ich gab Gas und fuhr hinauf zur Straße. Ich bekam immer mehr ein Gefühl für die Entfernungen auf der Insel und bis zum Kloster und dem Denkmal von König Chulalongkorn war es nicht weit.

Ich war früh dran. Ich stellte das Motorrad ab und setzte mich auf die Stufen vor dem Denkmal. Die Sonne ging langsam unter und ich wollte mir den Himmel und sein Farbenspiel anschauen, bevor das Licht völlig verschwand. Ich hatte Zeit. Der Himmel über mir färbte sich lila. Vom Kloster hinter mir hörte ich Mönchsgesänge. Der einsame Mönch schien in den letzten Tagen Gesellschaft bekommen zu haben. Was ich nicht wusste: Heute war Buddha-Tag. Ich saß auf den Stufen des Denkmals und lauschte den Gesängen, während das Lila des Himmels verschwand und zu einem Schwarz wurde.

Schlagartig war es dunkel geworden. Ich musste los. Vom Kloster ertönten noch immer die Gesänge der Mönche und ich wagte mich nicht, den mir bekannten Weg über den Felsen und somit direkt durch das Wohnzimmer der singenden Mönche zu nehmen. Davor hatte ich zu viel Respekt. Es gab noch einen kleinen Pfad, der rechts am Felsen vorbeiführte und ich beschloss, hier mein Glück zu versuchen. Ich hatte nur eine kleine Taschenlampe bei mir, die ich am Schlüsselbund trug. Ich lief etwa 20 Meter in den Wald hinein. Links über mir sangen die Mönche, von rechts aus dem Wald hörte ich Hundegebell und vor mir leuchtete der Lichtkegel meiner Taschenlampe noch nicht einmal zwei Meter meines Weges aus. Um mich herum war nur Schwarz.

Meine Knie zitterten. Ich stand seitlich zum Weg, da ich mich nicht entscheiden konnte, ob ich weitergehen oder umkehren sollte. Ich entschied mich fürs Umkehren. Ich ließ das Hundegebell und auch die Gesänge der Mönche hinter mir, stieg auf mein Motorrad und war froh, als das Scheinwerferlicht die Dunkelheit durchbrach und ich die Straße, die mich zurück in die Bucht bringen würde, wieder sehen konnte.

Ich hatte mich selten so alleine gefühlt und ich hatte die Einsamkeit an diesem Abend siegen lassen. Die Dunkelheit war so stark, dass ich den Weg nicht hatte sehen können. Ich ärgerte mich über mich selbst, dass ich so schlecht vorbereitet gewesen war. Beim nächsten Mal würde ich eine größere Taschenlampe mitbringen, das war sicher.

Am nächsten Abend versuchte ich noch einmal mein Glück. Dieses Mal mit einer sehr großen Taschenlampe im Gepäck.

Noch schien die Sonne und heute sangen keine Mönche. Ich lief vorbei an dem Schrein über den großen Felsen und hinab zu dem kleinen Fluss, der von einer Brücke aus von zwei Baumstämmen überspannt wurde. Vorbei an einem kleinen Teich folgte ich einem Pfad, der sehr lange schon nicht mehr benutzt worden zu sein schien. Mir war klar, dass ich diesen Weg gestern auf keinen Fall ohne eine größere Taschenlampe hätte gehen können. Der Pfad führte mich auf eine Anhöhe und nach weiteren 60 Metern zu einem Thai Haus. Ein Hund bellte und als ich ›Hallo!‹ rief, kam ein europäisch wirkender Mann mit dunklen Haaren, einem Zopf und einem schwarzen Overall hinter dem Haus hervor.

»Ich bin ein Freund von Matthias und möchte gerne etwas über die burmesische Feuermeditation lernen«, sagte ich.

Er war sehr freundlich und schüttelte meine Hand.

»Hast du noch etwas Zeit?«, sagte er mit russischem Akzent.

Ich nickte.

»Dann setz dich. Ich komme gleich zu dir.«

Er verschwand hinter dem Haus und ich hörte, wie es klapperte und klimperte. Er schien aufzuräumen oder Ähnliches. Sein Telefon klingelte und er sprach auf Russisch ein paar Sätze, die ich nicht verstand.

»Ich bin gleich wieder da«, sagte er, stieg auf sein Motorrad und fuhr davon. Ich saß eine halbe Stunde auf einem Hocker alleine vor dieser Hütte, bis er wieder kam.

»Sorry, hat etwas länger gedauert.« Er verschwand wieder hinter dem Haus. Nach einer weiteren halben Stunde kam er schließlich mit einem kleinen weißen Beutel nach vorne, bat mich diesen zu nehmen, setzte sich auf sein Motorrad und deutete mir an, auf dem Sozius Platz zu nehmen. In einer Hand hielt ich den Beutel und mit der anderen versuchte ich mich am Motorrad festzuhalten. Nach nur wenigen Metern war die Fahrt beendet. So weit hätte ich auch laufen können.

Alexander stellte das Motorrad ab und wir liefen einen kleinen Hang hinunter. Ein schmaler Pfad führte in den nie weit entfernten Wald. Vor uns erschien ein großer Felsen zwischen den Bäumen. Über eine Leiter aus Bambus konnte man sehr leicht hinaufklettern. Oben auf dem Felsen stand ein kleiner Holzverschlag, der über Strom verfügte. Ein paar Kissen lagen herum und es gab auch einen Wasserkocher zum Tee kochen. Vor dem Verschlag verlief ein schmaler Steg mit einem Geländer aus Bambus und am Ende des Stegs führte eine sehr steile Leiter hinunter zu einem weiteren großen Felsen, auf dem eine Art Apparatur zu stehen schien, die aber noch mit einer großen Plane bedeckt war. Als Alexander die Plane herunterzog, erkannte ich einen Blasebalg.

»In diesem kleinen Tal fließen drei Bäche zusammen«, sagte Alexander, »es ist ein sehr kraftvoller Platz.«

Ich kam mir vor wie in einem Abenteuerfilm. Die zwei Felsen mit dem kleinen Holzverschlag, die Blasebalgapparatur und die schmalen Holzstege mit den Leitern. Alles wirkte sehr liebevoll gemacht. Alexander bat mich, Platz zu nehmen. Er machte Licht und kochte Tee. Es hatte bereits begonnen, zu dämmern. Dann klingelte sein Telefon. Er sprach erneut ein paar Sätze auf Russisch und schenkte mir nebenbei einen Tee ein.

»Ich bin gleich wieder da«, sagte er, und wenig später hörte ich, wie er mit dem Motorrad davon fuhr.

Ich wartete. Es wurde sehr schnell dunkel und ich war froh, dass es hier Strom gab. Um mich herum war nur Wald. Ich wartete eine geschlagene Stunde, bis jemand den Hang hinab zu kommen schien. Aber es war nicht Alexander, sondern einer seiner Schüler. Er war auch Russe und sprach kein Wort Englisch. Er nickte immer nur, wenn ich etwas sagte und machte sich daran, die Apparatur auf dem unteren Felsen in Gang zu setzten. Er machte Feuer und betätigte den Blasebalg. Rauch stieg auf und es dauerte etwas, bis eine gleichmäßig rote Flamme in einem kleinen Topf vor dem Blasebalg zu brennen begann. Von Alexander war noch immer keine Spur. Ich versuchte noch einmal ein Gespräch mit seinem Schüler zu führen, aber er nickte nur und schüttelte den Kopf, da er mich nicht verstand.

Es war mittlerweile 21.30 Uhr, als Alexander mit drei weiteren Russen zurückkam. Die drei wollten sich ebenfalls über diese Art der Meditation informieren. Alexander hatte seinen Laptop mitgebracht und wollte allen ein Video aus Burma zeigen. Mir blieb nur noch wenig Zeit, bis ich wieder zurück in die Bucht musste, aber ich wollte mir zumindest noch dieses eine Video anschauen.

Es war eine Aufnahme aus Burma von 1996 und zeigte den laut Alexanders Angaben bereits über 1000 Jahre alten Mönch *Sayadaw U. Kowida* bei seiner letzten Transformation in der ›Cave Of Victory‹ in Mebegon.

Kurz gesagt, man sah auf den Aufnahmen einen augenscheinlich sehr alten Mönch in einer roten Mönchsrobe, der in einem abgeschlossenen Raum auf einem Feuer sitzend brennend meditierte. Den Vorgang bezeichnete man laut Alexander als Transformation. Alle 40 Jahre würde einer der vier *Wizzars* diese Transformation im Feuer durchlaufen, um danach für weitere 40 Jahre leben zu können.

Ich gebe zu, dass die Qualität der Aufnahmen sehr zu wünschen übrig ließ und der Ton hauptsächlich aus völlig übersteuerten burmesischen Gesängen bestand, aber ich konnte nicht leugnen, dass mich diese Aufnahmen faszinierten. Vor allem die Erscheinung des über 1000 Jahre alten *Sayadaw U. Kowida*, den die Menschen in dem Video wie einen Heiligen zu verehren schienen.

Alexander witzelte, dass ich mich nicht ins Feuer setzen müsste, sondern dass lediglich das Silber, das man bei der Meditation in einem Tiegel zum Schmelzen brachte, diese Transformation im Feuer durchliefe. In der Meditation würde die Energie des Geistes mit dem Silber verschmelzen. Erkaltete das Metall nach der Meditation, entstand daraus der ›Stein des Lebens‹ oder auch *Dhatlon* genannt. Im Westen nannte man ihn den ›Stein der Weisen‹. Dieser Stein trug einen Teil von dir, also einen Teil deiner Energie in sich. Hinzu kam, dass der Stein beim Meditieren seine Struktur veränderte und aus Silber nach und nach festes Quecksilber werden würde. Dies sei der eigentlich alchimistische Prozess, um den es dabei ginge, erklärte Alexander. Erst war der Stein Silber, dann Bronze und dann irgendwann Quecksilber. *Sayadaw U. Kowida* war der Einzige, der einen *Dhatlon* aus Eisen besaß. Das

Metall hatte sich in über 1000 Jahren der Meditation und Transformation von Silber zu Quecksilber und schließlich zu Eisen verwandelt. Deshalb nannte man ihn auch den ›*Iron-Wizzar*‹.

Es war 22 Uhr. Mist! Alexanders Erzählungen und das Video hatten mich so fasziniert, dass ich darüber die Zeit vergessen hatte. Ich musste los. Ich verabschiedete mich nicht, sondern verschwand einfach, denn alle starrten noch immer wie gebannt auf den kleinen Monitor und das Bild des im Feuer sitzenden Mönchs.

Was für ein verrücktes Video und was für eine verrückte Geschichte, mit diesem Mönch, der über 1000 Jahre alt sein sollte.

Der Weg zurück in die Bucht war kürzer, als ich gedacht hatte und ich kam nur etwa 15 Minuten zu spät. Es war ein ruhiger Abend und ich hatte genug Zeit, um über alles Gesehene nachzudenken.

Ja, ich wollte diese Meditation machen. Ich suchte Antworten und hier hatte sich mir ein Weg aufgetan. Ich kontaktierte Alexander am kommenden Nachmittag und er sagte, dass er heute Abend wieder dort an dem Felsen sei, um Feuer zu machen. So nannte er es.

»Komm einfach nach deiner Schicht hier zu diesem Platz. Ich werde da sein und dann übergebe ich dir das Silber. Bis heute Abend.«

Nachdem ich an diesem Abend alles aufgeräumt und die Küche abgeschlossen hatte, setzte ich mich gegen 1 Uhr morgens auf mein Motorrad. Ich hatte dazugelernt und im Gepäck hatte ich einen Kapuzenpulli, denn nachts wurde es manchmal doch empfindlich kalt, und selbstverständlich eine der großen Taschenlampen.

Die Hunde bellten auch in dieser Nacht, aber das Licht der großen Taschenlampe gab mir Sicherheit. Es war ohnehin schwierig, irgendwo hinzugehen auf dieser Insel, wo kein Hund bellte.

Der Weg kam mir heute viel kürzer vor. Alles war dunkel und auch in dem Thai-Haus auf dem Hügel brannte kein Licht mehr. Ich lief daran vorbei und hinunter zum Wald. Ich konnte noch immer kein Licht sehen, erst, als ich kurz vor dem Felsen stand. Ich kletterte die Leiter hinauf und am anderen Ende wieder hinunter auf den zweiten Felsen. Alexander saß in einem Holzliegestuhl und neben ihm ein weiterer Mann. Das Feuer in dem kleinen Lehmtopf glühte noch immer. Der Mann hatte gerade seine Meditation beendet und den Tiegel mit dem Silber aus dem Feuer genommen, der nun zum Abkühlen vor ihm stand. Das einzige Licht war das des Feuers, das die Gesichtszüge der Anwesenden aufflackern ließ. Das Schwarz der Nacht wechselte sich mit dem Rot des Feuers ab. Die beiden Männer sprachen nicht viel. Alexander deutete mir an, mich zu setzen. Ich nahm auf dem nackten Felsen Platz und spürte in mir eine Aufregung aufkommen. Die beiden Männer unterhielten sich auf Russisch, wenn sie sprachen.

Ich schaute mich um. Es war wirklich ein sehr imposanter Platz. Im Hintergrund plätscherten die drei kleinen Bäche und alles wurde umrahmt von den Bäumen und den Geräuschen des Waldes, der, wie ich lernen durfte, nie zum Schweigen kam.

Alexander saß weit zurückgelehnt in seinem Liegestuhl aus Holz. Seine Hände hatte er in den Fingern verschränkt vor sich. Er trug eine schwarze Hose und ein schwarzes Oberteil mit hochgekrempelten Ärmeln, das mich in seiner Art an einen Judoanzug erinnerte. Seine langen Haare verbarg er unter einem schwarzen Kopftuch, auf dem eine Sonnenbrille steckte.

Nach einer Weile griff Alexander nach dem Tiegel, der mittlerweile abgekühlt war. Er zog ein großes Messer unter seinem Stuhl hervor und schlug mit der flachen Seite auf das Tongefäß, sodass es zerbrach. Zum Vorschein kam ein silberner Stein, der die Form einer halbrunden Kugel hatte. Das flüssige Silber war in der Form des Tiegels erstarrt. Die Oberseite wies eine gleichmäßig raue Struktur auf, die mit einer Art Gold überzogen war.

»Das nennt man Gold-Ash«, sagte Alexander und zeigte mir den Stein. »Dieser Stein deutet auf einen glücklichen Besitzer hin«, er übersetzte parallel auf Russisch, was sehr lustig klang. »Es ist das dritte Mal, dass er den Stein ins Feuer gegeben hat. Das Gold zeigt an, dass eine Transformation bereits begonnen hat.«

Der andere Mann schien sichtlich stolz auf seine Leistung zu sein. Er hielt den Stein wie ein Neugeborenes in seinen offenen Händen und betrachtete ihn von allen Seiten. Der Stein sah wirklich besonders aus und ich hatte etwas Vergleichbares vorher noch nie gesehen. Alexander sagte etwas auf Russisch, nahm den Stein und rieb die flache Seite mit dem Gold an der Stirn des Mannes über dessen drittes Auge.

»Gold-Ash ist eine Medizin. Sie hilft dir, deine Gesundheit und auch dein Leben zu heilen und sie fördert die Entwicklung deines dritten Auges und deine Spiritualität«, erklärte Alexander.

Dann gab er mir ein Zeichen. Aus einem Beutel holte er ein silbernes Horn hervor. Er kniete sich vor mich und bewegte das Horn immer wieder langsam von einer Seite auf die andere über meinem Kopf und der Inhalt rasselte dabei jedes Mal. Er erklärte mir, dass dies dazu diente, das Silber auf mich einzustimmen. Dann öffnete er den Verschluss des Horns und schüttete Silberperle für Silberperle auf seine Hand und wog das Silber immer wieder, bis die richtige Anzahl erreicht zu sein schien. Er verschloss das Horn und steckte es wieder ein. Ich reichte ihm einen Lederbeutel, den ich ein paar Tage zuvor hatte anfertigen lassen, an dem ein Lederband befestigt war, sodass ich das Silber um meinen Hals würde tragen können. Er füllte das Silber in den Beutel, ging zum Feuer und schwenkte ihn darüber. Dazu betätigte er einige Male den Blasebalg, um das Feuer auflodern zu lassen. Dann kam er zurück zu mir und setzte sich in einer breiten Hocke neben mich. Alexander hielt mit der linken Hand meinen Hinterkopf, während er den warmen Beutel mit dem Silber auf mein drittes Auge drückte. Er schloss die Augen und begann in einer Sprache zu sprechen, die ich nicht kannte. Er führte den Beutel immer wieder über meinen Scheitel zu meinem Hinterkopf und zurück. Ich spürte die Wärme des Silbers und auch, wie eine Energie durch meinen Körper floss.

Und dann war auch schon alles vorbei.

»Das war's«, sagte Alexander und klopfte mir auf die Schulter. »Bitte trage das Silber immer nahe bei dir. Am Besten um deinen Hals. Das Silber ist jetzt auf dich eingestimmt, und während du es trägst, wird es deine Energien aufnehmen, die du später im Feuer transformieren wirst.«

Damit war das Treffen auch schon beendet. Ich wartete noch, bis Alexander den Platz aufgeräumt und alles abgedeckt hatte und wir verließen gemeinsam das Tal und die Felsen. Ich war dankbar über die große Taschenlampe, als ich den Rest des Weges alleine durch den Wald laufen musste, bis ich bei meinem Motorrad war.

Ich war müde. Als ich endlich die Bucht erreichte, kamen alle Hunde gelaufen, um mich zu begrüßen. Auch Lila. Das hatten sie bisher nie getan. Die Hunde warfen sich unterwürfig vor mir auf den Boden, als ich vom Motorrad stieg, und liefen den ganzen Weg aufgeregt im Kreis um mich herum, bis ich schließlich meine Hütte erreicht hatte. Einer der Hunde, Bang Born, folgte mir an diesem Abend sogar bis auf meine Terrasse und legte sich dort Schlafen.

Ich fühlte mich an diesem Abend besonders beschützt. Es schien mit der Energie zusammenzuhängen, die ich mit dem Silber in die Bucht gebracht hatte, und die mich von jetzt an zu umgeben schien. Erschöpft war ich, wollte nur noch die Augen schließen und war mir sicher, dass mich der Schlaf sofort in seine Arme nehmen würde. Ich hörte noch, wie Bang Born vor meiner Tür knurrte, als wäre da ein Eindringling oder etwas Fremdes gewesen, vor dem er mich hätte warnen wollen. Ich schloss meine Augen und sah den Kopf eines Wolfes, der direkt vor mir in einem schwarzen Raum zu schweben schien und ich erkannte, dass er ein rundes Zeichen mitten auf seiner Stirn trug – einen Kreis. Dann schlief ich ein.

Am Morgen erinnerte ich mich noch an das Bild des Wolfes und schrieb sofort Luna von dieser Begegnung und auch von meinem Abend mit Alexander, dem Feuer und dem Silber.

»Du wirst es nicht glauben«, antwortete Luna. »Ich habe seit gestern einen Begleiter. Es ist ein großer Wolf und er trägt einen Kreis auf seiner Stirn. Er ist gestern aufgetaucht, als ich im Mauerpark spazieren war und seitdem folgt er mir auf Schritt und Tritt. Ich war heute Morgen im Grünen Café arbeiten und da saß er vor der Tür. Als ein guter Freund mich besuchen kam, sagte er zu mir: ›Wie ich sehe, hast du einen neuen Begleiter.‹ Er hat den Wolf gesehen und ich denke, ein paar andere Menschen konnten ihn auch sehen.

Ich habe dir glaube ich noch nie erzählt, welche Begegnung ich mit dir hatte, als du mir auf der Kastanienallee einmal entgegen kamst. Es war vor wenigen Monaten. Ich habe dich gesehen als einen mongolischen Krieger und neben dir lief dieser Wolf. Ich denke auch, dass du mir diesen Wolf geschickt hast. Er soll mich beschützen und begleiten auf meinem Weg zu dir in die Bucht. Er ist Teil deiner Energie. Erinnerst du dich an das Bild von *Odin*, das ich dir geschickt habe? Ich denke, der Wolf gehörte schon immer zu dir, ebenso wie der Rabe.«

Von einem Mongolen hatte mir Luna noch nicht erzählt. Ich lachte, als ich mir das Bild eines mongolischen

Kriegers vorstellte, der in Begleitung eines mehr als hüfthohen Wolfes mit einem Kreis auf der Stirn die Kastanienallee hinunter spazierte.

»Der Kreis, den dieser Wolf auf seiner Stirn trägt, ist ein Zeichen für unsere Verbindung. Immer wenn ich stark mit dir verbunden bin, dann fühle ich das in meinem Solarplexus und mir wird dann immer ganz warm. Es ist ein schönes Gefühl. Ich habe schon überlegt, ob ich mir diesen Kreis auf den Solarplexus tätowieren lasse. Oder vielleicht lassen wir uns auch beide diesen Kreis tätowieren.«

Die Idee mit dem Tattoo gefiel mir. Ich hatte ja schon ein Tattoo für Jade. Wieso also nicht auch ein Symbol für Luna und mich?

Es war viel Zeit vergangen und ich freute mich auf ein Wiedersehen, auch wenn es im Vorfeld so viele Unstimmigkeiten gegeben hatte. Vereinigung hin oder her, jetzt überwog die Vorfreude auf ein Wiedersehen.

Die Hunde der Bucht verhielten sich anders, seitdem ich das Silber bei mir trug. Besonders Bang Born ließ mich kaum mehr aus den Augen. Er schlief auch die kommende Nacht auf meiner Terrasse, bevor ich mich auf den Weg nach Phuket machte. Ich hatte mich für den Land- und Schiffsweg entschieden, was sich als keine gute Wahl erwies. Ich war froh, als ich spät in der Nacht das Hotel in Phuket erreichte, das mir in einem großzügigen Zimmer die Privatsphäre gewährte, die mir während der langen Busfahrt vorenthalten worden war.

Das Hotel hatte einen sehr guten Standard und lag nur wenige Gehminuten vom Strand entfernt, wo vor einigen Jahren der Tsunami so viele Menschenleben gefordert hatte.

Am nächsten Morgen machte ich mich nach dem Frühstück auf den Weg durch die Stadt. Nach Anzeichen der Verwüstung suchte man hier vergebens. Vom Tsunami war keine Spur mehr. Es gab nur ein kleines Detail und man musste schon ein sehr aufmerksamer Tourist sein, um es zu bemerken: die durchweg nagelneuen roten Minitaxis. Sie schienen das einzige Indiz dafür zu sein, dass der Tsunami alles, was nicht niet- und nagelfest gewesen war, einfach davon gespült hatte. Ich hatte genug gesehen und es wurde langsam Zeit, mich auf den Weg zum Flughafen zu machen.

Am Flughafen angekommen, ging ich als erstes in ein Reisebüro und buchte zwei Flüge nach Koh Samui. Die Reise mit dem Bus hatte ich selbst als eine Tortur empfunden und wollte diese weder Luna noch mir erneut zumuten.

Als sich endlich die Schiebetür öffnete und Luna mir entgegen kam, ganz in Lila gekleidet, schlug mir das Herz bis zum Hals. Sie war dünn geworden, aber sie strahlte vor Freude. Nach vier Monaten fielen uns das erste Mal wieder in die Arme und ich spürte, dass Lunas Herz ebenso heftig schlug wie das meine. So standen wir eine Weile da.

»Ich freue mich, dass du hier bist«, sagte ich heiser.

»Ich bin auch sehr froh, hier zu sein. Es ist schön, dich wieder im Arm halten zu dürfen.«

Draußen wartete das Taxi und wir fuhren gemeinsam zum Hotel. Es war an diesem Tag sehr warm. Wir brachten das Gepäck aufs Zimmer. Luna schlüpfte in sommerlichere Klamotten und wir liefen hinunter zum Strand.

Ich erinnerte mich an die Worte von Cornelia, dass noch viele verirrte Seelen in Phuket umherwandelten und dass diese Kontakt zu Luna suchen würden. Ich war dicht an ihrer Seite, aber spüren konnte ich nichts.

»Ich habe sehr starken Kopfdruck«, sagte Luna. »Es hat nichts mit der Hitze zu tun. Es ist etwas anderes, aber es ist okay.«

Wir liefen noch ein wenig über den Strand, bis Luna eine Pause brauchte, um etwas zu trinken. Wir waren bereits am nördlichen Ende des Strandes angekommen und sahen zwischen den Felsen ein paar bunte Sonnenschirme und Plastikstühle stehen.

»Lass uns dort etwas trinken, dann bekommst du gleich mal einen Eindruck von Thailand, denn du wirst hier viele Plastikstühle sehen.«

Die Bar bestand aus einer kleinen Holzhütte, die mit Plastikplanen erweitert worden war. Davor standen ein paar Tische und Plastikstühle zwischen den Felsen und vor uns lag die ganze Bucht von Phuket. Der Ausblick war wunderschön und neben den Schirmen spendeten auch die umstehenden Bäume angenehmen Schatten. Ich bestellte auf Thai zwei Frucht-Shakes. Luna schaute mich mit großen Augen an, als sie mich Thai sprechen hörte.

»Das ist mein Küchen-Thai«, sagte ich. »Bestellen kann ich sehr gut, aber wenn ich nach dem Weg fragen muss, hört schon alles auf.« Wir lachten beide.

»Wie geht es deinem Kopf?«, fragte ich.

»Schon besser. Danke. Hier oben ist alles gut. Schön, dass wir diesen Platz gefunden haben.«

Wir tranken in aller Ruhe unsere Frucht-Shakes, die traditionell mit viel Eis und Zuckerwasser gemacht waren.

Danach schlenderten wir noch ein wenig durch die Straßen am Hafen und fanden ein kleines Restaurant, in dem wir etwas zu essen bestellten. Luna hatte in letzter Zeit viel gefastet, was sie so dünn hatte werden lassen.

»Mir gefällt Phuket.«

»Dann warte ab, bis wir in der Bucht sind. Es ist wirklich eine andere Welt dort«, sagte ich und erklärte ihr, dass wir schon morgen fliegen würden.

Auf dem Weg zum Hotel kauften wir noch Obst, Wasser und ein paar kühle Bier. Wir hatten genug von der Stadt und machten es uns auf dem Balkon unseres Hotelzimmers bequem.

Ich hatte mich schon lange nicht mehr so entspannt gefühlt wie an diesem Tag. Ich war glücklich, dass Luna jetzt hier war und mich einen ganzen Monat lang begleiten würde.

»Darf ich dir eine Frage stellen?«

»Sicher«, antwortete Luna.

»Was hat Jades Mutter damals damit gemeint, als sie sagte, ich sei ›keiner von ihnen‹?«

»Sie hat recht. Du bist ›keiner von ihnen‹.« Luna machte eine kurze Pause. »Du bist viel mehr.«

Ihre Antwort stellte mich vor eine erneute Frage und ich verstand, dass ich diese nur selbst würde beantworten können.

»Sag mal, was macht eigentlich der Hund, den dir die Götter geschickt haben?«

»Als ich gefahren bin, war sie noch da. Ich hoffe, dass du sie auch kennenlernen wirst.«

Ich öffnete mir ein Bier und lehnte mich zurück, während Luna etwas Obst aufschnitt. Sie schaute zu mir und sagte mit einem Lächeln:

»Ich denke, dass Jade uns heute Nacht besuchen wird.«

Wir schauten auf den beleuchteten Pool im Innenhof, als es immer dunkler draußen wurde. Ein Gewitter zog auf. Eine willkommene Abkühlung nach der Hitze des Tages. Wir gingen früh ins Bett und lauschten noch ein wenig den Regentropfen, wie sie vom Himmel fielen und schliefen dann beide ein. Jeder in seinem Bett.

Ich schlief meiner Meinung nach tief und fest, als ich plötzlich vor mir im Zimmer Jade stehen sah. Es war ein Traum, aber irgendetwas fühlte sich anders an. Es war so real. Ich saß in meinem Bett, als mich etwas an meiner Stirn berührte und nach hinten zog. Ich konnte mich nicht dagegen wehren.

»Bist du das, Jade?«, fragte ich, aber bekam keine Antwort. Etwas zog mich nach hinten, und je tiefer ich kam, desto mehr hörte ich ein dumpfes Grollen in meinen Ohren und spürte einen starken Druck auf meinem Brustkorb, so als würde jemand auf mir drauf sitzen. Ich hatte das Gefühl, keine Luft zu bekommen. Es kam mir vor, als ob mich etwas in eine andere Wirklichkeit hineinzog. Mein Körper verkrampfte und ich schreckte hoch. Jetzt war ich wach, und stellte fest, dass ich noch immer in dem Hotelzimmer war. Es war dunkel. Ich erkannte, dass Luna neben mir auf dem Bett saß und mich anschaute.

»Alles in Ordnung?«

»Ja, ich glaube, ich hatte einen Traum.«

»Nein, das war kein Traum.«

Ich stand auf und lief beunruhigt auf und ab.

»Irgendetwas ist mit mir«, sagte ich immer wieder und stellte fest, wie es mir merklich schwerer fiel, zu atmen und mein Körper zu krampfen begann. Meine Arme hielt ich jetzt starr von meinem Oberkörper nach außen gestreckt und wankte mit steifen Knien hin und her. Etwas war in mir und es nahm mir die Stimme und auch fast die Kontrolle über meine Gliedmaßen. Mein Kopf bog sich erneut nach hinten, aber nicht, weil jemand daran zog. Luna saß vor mir auf dem Bett und schaute mich an, aber sie tat nichts. Gegen einen starken Widerstand ankämpfend, bewegte ich meinen rechten Arm zu meinem Hals und griff mit der ganzen Hand in meinen Mund, der weit offen stand. Mein ganzer Unterarm verschwand darin und ich zog mit aller Kraft an etwas, das sich in mir festzuhalten schien. Ich riss es aus mir heraus und sah, wie etwas schattenartiges Richtung Decke flog, von dort an die Wand sprang und schließlich durch die halb geöffnete Tür nach draußen verschwand. Sofort konnte ich meine Gliedmaßen wieder bewegen und zu meiner Überraschung machte ich erneut die Erfahrung des Aufwachens.

Ich war verwirrt und brauchte ein paar Sekunden, um festzustellen, dass ich nun tatsächlich wach war, und der Raum, in dem ich mich befand, derselbe war, in dem ich mich vor wenigen Stunden schlafen gelegt hatte. Von draußen schien das Licht einer Laterne durch das große Fenster und auch Luna war jetzt aufgewacht.

»Alles in Ordnung?«

»Ja«, sagte ich, noch halb benommen, »ich glaube, ich hatte einen Traum.«

»Nein, das war kein Traum.«

Ich erzählte ihr, was geschehen war.

»Ich denke, du hast eine Reise gemacht. Was du gespürt hast war die Energie der Anderen Welt. Du hast dich nur noch nicht daran gewöhnt, deshalb erschien es dir so, als ob jemand auf dir drauf sitzen würde.«

»Und was war das, was ich aus mir herausgezogen habe?«

»Das war wohl etwas, das da nicht hingehörte. Du hast alles richtig gemacht.«

Ich griff nach meinem Tagebuch und schrieb alles auf und dann legten wir uns erneut schlafen.

Am nächsten Morgen ging alles sehr routiniert zu. Frühstück, Kofferpacken, Taxi, Flughafen. Wir schauten uns an und hatten das Gefühl, als seien wir schon immer gemeinsam gereist.

Die Frau am Schalter der Fluggesellschaft lächelte uns an, denn sie schien das Strahlen zu sehen, das uns umgab. Sie reichte uns die Bordkarten. Vorderste Reihe.

»Das ist eine Belohnung«, sagte Luna und wir lachten.

Das Flugzeug war eine zweimotorige Propellermaschine. Genau mit so einer Maschine war ich vor zehn Jahren das erste Mal nach Koh Samui geflogen. Es war fast so, als ob die Zeit stehenblieb.

Als Luna den Flieger in Koh Samui verließ, schien endgültig alle Anspannung von ihr abzufallen. Jetzt erst spürte sie, wie sehr sie doch von den Seelen in Phuket belagert worden war, die bei ihr um Hilfestellung gebeten hatte, um ins Licht gehen zu dürfen.

Am Ausgang wartete bereits der Fahrer des Hotels auf

uns. Wir fuhren mit einem alten Mercedes, der uns an die Taxis in Berlin erinnerte. Wir duschten und machten uns schon wieder auf den Weg, um etwas zu essen und fanden ein schönes Restaurant am Strand von Bai Nam. Wir setzten uns an einen Tisch, und als ich hinaus aufs Meer blickte, zuckte ich zusammen. Am Horizont erkannte ich die Umrisse und die Lichter von Koh Phangan, meiner Insel. Ich vergaß immer wieder, dass es ja eine Insel war. Mir kamen die Tränen, so sehr rührte mich ihr Anblick bei Nacht.

»Irgendwie verrückt, wenn man bedenkt, dass ich mich seit vier Monaten nur auf diesem kleinen Stück Land bewege.«

Luna nickte und wir bestellten etwas zu essen.

Schaute man am Strand entlang, dann sah man viele Fackeln und Lichter und hin und wieder stieg ein leuchtender Papierballons in den Himmel. Auch wir ließen an diesem Abend einen Papierballon mit einer Kerze aufsteigen. Für Jade. Luna und ich weinten, als wir den Ballon losließen und unsere Wünsche in den Nachthimmel schickten.

Am nächsten Tag checkten wir aus. Unser Boot ging um 12 Uhr. Die Sonne begleitete uns hinaus auf Meer, das glatt wie ein Spiegel vor uns lag. Luna schwieg während der gesamten Überfahrt.

»Siehst du die riesigen Felsen?«, sagte ich, als wir die südliche Spitze der Insel passierten. Luna nickte still. Nach einstündiger Fahrt gingen wir in Thansadet von Bord. Lunas Rücken schmerzte und ich trug ihre Tasche über den Strand. Luna gefiel es hier.

»Warte, bis du die andere Seite gesehen hast.«

Wir wateten durch den kleinen Fluss und liefen den Weg hinauf zum Restaurant. Ich stellte ihr alle Angestellten vor. Sie wussten, dass ich Besuch von einer Freundin bekommen würde und waren sehr gespannt. Europäische Frauen, vor allem wenn sie so groß und schlank wie Luna waren, galten als eine Attraktion. Luna reichte allen die Hand und sorgte so für Aufregung, denn in Thailand ist es nicht üblich, Hände zu schütteln. Aber alle machten mit.

»Da ist meine Hütte«, sagte ich und führte sie die wenigen Stufen hinauf zu meiner Terrasse, wo Bang Born lag und schlief.

»Ist das Lila?«

»Nein, das ist Bang Born, der andere Hund, von dem ich dir erzählt habe.«

Bang Born sprang sogleich auf und freute sich, dass ich wieder hier war. Pao hatte mir schon gesagt, dass Bang Born jeden Abend auf meiner Terrasse gesessen und gejammert hatte, während ich weg war. Ich freute mich auch, ihn wiederzusehen.

Ich führte Luna kurz durch meine 14 Quadratmeter und dann gingen wir auch schon hinunter zum Strand.

Als die anderen Hunde uns sahen, kamen sie sofort angerannt. Oben auf dem Felsen stand Lila und zögerte, hinunter zu kommen. Also kamen wir ihr entgegen und kletterten auf den Felsen.

»Sie ist wunderschön. Und ihre Augen ...«, sagte Luna.

Lilas Augen waren Rot, genau wie ihr Fell. Nach der Begrüßung wendete Lila ihren Blick wieder dem Meer zu und wir setzten unseren Rundgang fort.

»Du kannst dir eine Hütte aussuchen. Es sind fast alle frei.«

Die Wahl war schnell getroffen. Bungalow A9. Zwar stand dieser etwas weiter hinten, aber das Besondere an A9 war, dass sein Bad an einen riesigen Felsen gebaut war, was Luna nicht nur sehr gut gefiel, sie war auch begeistert von der Energie, die von diesem Felsen ausging.

Luna und ich hatten uns so viel zu erzählen, dass ich von nun an bei ihr im Bungalow schlief. Und mit mir zogen auch die Hunde in Bungalow A9 ein. Lila schlief neben dem Bett, Bang Born im Bad vor dem Felsen und Bu auf der Terrasse. Es war wunderschön, jeden Morgen mit allen gemeinsam aufzuwachen, hatte ich die letzten Monate doch überwiegend alleine verbracht.

Ich erzählte Luna von der Feuermeditation und zeigte ihr das Silber. Es schien zu knistern, wenn man es mit dem Finger berührte.

»Da steckt sehr viel Energie drin. Ich bin gespannt, wie es sein wird, wenn du es das erste Mal ins Feuer gibst.«

Mein Geburtstag fiel dieses Jahr auf einen Sonntag, was sehr gut war, denn wir veranstalteten in der Nacht auf Sonntag immer eine kleine Party am Strand inklusive einem großen Feuer. Da es mein Geburtstag war, hatte ich an diesem Abend frei. Ich war in Gedanken versunken. Wir saßen am Feuer und es war kurz vor zwölf. Der Generator fiel für einen kurzen Moment aus und ich wollte gerade ein Foto von Luna und dem Lagerfeuer machen, aber der Blitz versagte.

»Lass das jetzt mit den Fotos, komm bitte einmal zu dir. Du hast gleich Geburtstag.«

»Nur das eine Bild mit dem Feuer«, sagte ich und es klappte schon wieder nicht.

»Siehst du das Zeichen nicht, dass du in diesem Moment bekommen hast!«, sagte Luna energisch und im selben Moment als der Strom wieder anging, blitzte auch die Kamera.

»Es war doch nur ein Foto«, sagte ich. »Was meinst du mit Zeichen? Den Stromausfall?«

»Ja, du bist nicht bei dir. Es ist dein Geburtstag. Es ist so vieles passiert und du bist in Gedanken irgendwo und ständig machst du Fotos, um den Moment festzuhalten, anstatt ganz in ihn einzutauchen. Leg bitte die Kamera weg, es ist gleich soweit.«

Ich fühlte mich wie ein Kind nach einer Rüge und legte mein Spielzeug zur Seite. Luna griff in ihre Tasche neben sich und zündete ein paar Kerzen an. Es waren Buchstaben und da stand ›HAPPY BIRTHDAY‹. Es war Mitternacht.

»Ich gratuliere dir«, sprach Luna, reichte mir die Kerzen und umarmte mich lange. »Ich freue mich so sehr, hier sein zu dürfen. Danke!«

Luna schenkte mir ein Buch und bat mich, ihr daraus vorzulesen, solange sie hier bei mir in der Bucht war. Der Titel des Buches war ›Avalon und der Artusweg‹.

»Nachdem durch den Schamanen endlich König Artus in dein Leben getreten ist, möchte ich, dass du dieses Buch liest.«

Der nächste Tag, mein Geburtstag, sollte auch als Geburtstag für meinen ›Stein des Lebens‹ herhalten.

Luna und ich saßen am Abend gemeinsam auf dem Felsen, auf dem ich gewöhnlich morgens meditierte, und schauten hinaus aufs Meer.

»Ich glaube, wenn ich mit der Meditation fertig bin und wieder zurück in Deutschland, dann mache ich aus dem Silber zwei Ringe für uns beide. Sie sollen uns an all das, was wir hier gemeinsam erlebt haben, erinnern«, sagte ich und Luna legte ihre Hand auf meine.

Es war ein klarer Sternenhimmel und weit draußen auf dem Meer waren Wetterleuchten zu sehen. Immer wieder blitzte es, aber kein Donner war zu hören. Es war ein seltsamer Abend. Ständig fiel der Generator aus, so wie in der Nacht zuvor.

»Das ist die kosmische Energie«, sagte Luna. »Ich denke, dass es damit zusammenhängt, dass du heute zum Feuer gehst. Ich kann die Energien spüren, die von dir ausgehen, und die dich umgeben. Ich habe es schon gestern Abend gesehen, als du geschlafen hast. Es waren viele Wesen um dich herum und alle waren sehr glücklich, bei dir sein zu dürfen.«

Luna hatte mir schon oft bewiesen, dass sie Dinge sehen konnte, die andere nicht sahen und ich hatte diese Energien, von denen sie sprach, selbst schon erleben dürfen.

Ich stand vor einem Neubeginn. Es fiel mir noch immer schwer, mich darauf einzulassen, bis ich schließlich erkannte, dass es nichts gab, worauf ich mich hätte einlassen können. Es ging nur darum, dem Weg zu folgen, auf dem ich mich bereits befand. Alles schien ineinander zu greifen, wie bei einem Zahnrad. Nur erklären konnte ich es nicht. Ich erhoffte mir von Lunas Anwesenheit viele neue Antworten.

»Wenn du später zu Alexander gehst und das Gefühl hast, einsam zu sein, dann rufe mich und ich werde da sein.«

Es war Zeit für mich zu gehen. Das Licht der Lampen in der Bucht flackerte, als ich zum Motorrad lief. Ich hatte dazu gelernt und meine große Taschenlampe immer griffbereit.

Mittlerweile hatte ich herausgefunden, welche Abzweigung ich nehmen musste, um mit dem Motorrad bis kurz vor das Wäldchen und die Feuerstelle fahren zu können. Vor dem Thai-Haus stellte ich das Motorrad ab und ging die letzten Meter zu Fuß. Ich lief den Hang hinunter und bemerkte, dass das Gras um mich herum abgebrannt war. Trotz der großen Taschenlampe überkam mich ein Gefühl der Einsamkeit. Ich rief innerlich nach Luna, so wie sie es mir geraten hatte und die Einsamkeit verschwand.

Unten angekommen, kletterte ich die Leiter empor auf den Felsen und wollte Licht machen, aber nichts geschah. Ich erinnerte mich an das verbrannte Gras auf dem Weg und mir war klar, dass das Feuer auch das Stromkabel zerstört haben musste.

Ich saß im Dunkeln auf einem Felsen mitten im Wald. Mit Alexander hatte ich 21 Uhr verabredet. Ehrlich gesagt rechnete ich nicht damit, dass er pünktlich sein würde und beschloss, die Zeit zu nutzen. Ich setzte mich, um zu meditieren. Normal schaute ich mich immer um, wenn ich im Wald war, ob ich Tiere oder Schlangen sehen würde, aber in dieser Nacht ließ ich meine Augen geschlossen und schaute nach innen. Ich achtete auf meinen Atem und nicht auf die Geräusche um mich herum. Als ich nach einer Weile die Augen öffnete, erschien mir der Wald bei Weitem nicht mehr so dunkel und undurchdringlich wie zu Beginn. Wenn ich geradeaus blickte, konnte ich deutlich die dünnen Stämme des Bambus sehen, die wie geradlinige Säulen in den Himmel oder besser in das Schwarz ragten. Irgendwo verbrannte jemand Kokosschalen und dicker Rauch zog durch den Wald. Vom unter mir verlaufenden Bach kam ein Schimmern, dessen Ursache ich nicht ausmachen konnte. Ich sah Glühwürmchen, die von der Anhöhe hinunter zum Bach flogen. Ihr Licht erhellte den Nebel um sie herum, sodass sie wie in einem Ball aus Licht zu gleiten schienen. Die Stille, das Nichtvorhandensein von menschlichem Lärm, hatte mich ganz in seinen Bann gezogen.

Als ich vor mir in einen Baum blickte – meine Augen bewegten sich nur langsam –, sah ich etwas, das durchsichtig wie ein Seidentuch zwischen den Ästen hing. Es schien lebendig zu sein. Es bewegte sich. Schleierwesen.

Mehrere von ihnen hingen gemeinsam in einem Baum. Ich erkannte zwar nichts, das einem Auge hätte ähneln können, aber ich war mir sicher, dass sie mich beobachteten.

Eines löste sich von seinem Ast und schwebte zu mir herüber. Ich hielt den Atem an und war wie erstarrt. Das Wesen hing sich an einen Ast, der nur einen halben Meter von mir entfernt war und schaute mich an. Mit einem Zipfel bewegte es sich langsam auf mich zu. Es streckte die Hand nach mir aus. Ich wusste nicht, was ich tun sollte. Und tat einfach nichts. Ich schaute an mir herunter und sah, wie das Schleierwesen auf meinen Beutel mit dem Silber deutete. Dann verschwand es ganz plötzlich und im selben Moment hörte ich Schritte, die den Hang hinunter kamen. Es war Alexander mit Begleitung. Er leuchtete mich mit seiner Taschenlampe an.

»Hallo! Jetzt kann es losgehen«, sagte er mit russischem Akzent und verschwendete kein Wort darauf, dass er mich fast eine Stunde hatte warten lassen. Aber für diese Zeit war ich ihm mehr als dankbar.

Jetzt kann es wirklich losgehen, sagte ich zu mir selbst und fand langsam aus meiner meditativen Baumstarre heraus.

Alexander begann Feuer zu machen. Seine Begleitung war eine russische Familie, Vater, Mutter, Tochter und Sohn. Ich saß still daneben, während sich alle auf Russisch unterhielten. Mit rhythmischem Auf und Ab des Blasebalgs brachte Alexander die Kohle im Lehmtopf schnell zum Brennen.

»Da heute dein Geburtstag ist, wirst du den Anfang machen.«

Sehr gut, dachte ich, während Alexander auf Russisch etwas zu den anderen sagte. Dann ließ er den Blasebalg los und das gelb-orangene Licht der Flamme fiel zu einem dunkelroten Glühen zusammen. Für einen kurzen Moment trat die Stille des Waldes in den Vordergrund und wurde abrupt wieder unterbrochen.

»Happy birthday to you …«, schallte es mit russischem Akzent durch die Nacht. Alle hatten eingestimmt. Die anfängliche Angespanntheit fiel von mir ab.

»Happy birthday!«, sagte Alexander und reichte mir die Hand mit einem Lächeln und bat mich ans Feuer. Er griff in einen Beutel und holte einen kleinen Tiegel aus Ton heraus, den er mit Salz reinigte. Dann bat er mich um mein Silber, das ich in dem kleinen Beutel um meinen Hals getragen hatte, und schüttete die Perlen vorsichtig in das Tongefäß. Dann griff er in einen anderen Beutel und holte einen kleinen Deckel heraus, den er auf den Tiegel setzte. Er hielt beides zwischen Daumen und Zeigefinger und strich mit der anderen Hand nasse, tonhaltige Erde darüber, um so alles zu verschließen. Darauf nahm er den Tiegel mit einer langen Metallzange, stellte ihn in die Glut und bedeckte alles bis zum Rand mit noch mehr Kohlen.

»Nimm das Seil, das an dem Arm des Blasebalgs befestigt ist und bewege es rhythmisch auf und ab. So gibst du Sauerstoff in die Flammen und treibst das Feuer an. Dein Blick ist auf das Feuer gerichtet und mit deinem Geist verbindest du dich mit dem Silber in dem Tiegel und sprichst dazu das Mantra: *BUDDO AUM PHI, BUDDO AUM PHI …*«

Ich war aufgeregt und versuchte alles genau so zu machen, wie Alexander es gesagt hatte und sprach laut das Mantra: *»BUDDO AUM PHI, BUDDO AUM PHI …«*, immer und immer wieder.

»Es genügt, wenn du es im Geiste sagst«, unterbrach mich Alexander.

Wie peinlich, dachte ich. Es war meine erste Meditation. Ich schaute in die Flamme und schon allein die Tatsache, dass dieser intensive Blick in ein Feuer etwas ganz Neues für mich war, faszinierte mich. Die Flamme veränderte sich ständig. Alles bewegte sich und von Zeit zu Zeit stieg eine Fontäne aus Funken in den Himmel und tausende brennende kleine Teilchen wirbelten um mich herum.

»Transformation«, kommentierte Alexander das Geschehen. Er saß mit einer Sonnenbrille im Gesicht auf seinem Holzliegestuhl und schaute ununterbrochen in die Flamme. Immer wieder stand er auf und legte neue Kohlen nach und schaute nach dem Feuer. Es musste gleichmäßig brennen. In der Hocke hielt er die Hände wie zur Umarmung zum Feuer.

›BUDDO AUM PHI, BUDDO AUM PHI …‹, schallte es in meinem Kopf.

Alexander wiederholte die Prozedur des Kohleauflegens

fünf Mal. Dann stellte er sich neben das Feuer und hielt die Arme ausgestreckt nach oben. Er schaute abwechselnd in den Himmel und wieder in die Flammen. Um uns herum war Dunkelheit. Alexander behielt die Sonnenbrille während der ganzen Prozedur auf. Er hatte die Arme nach oben gerichtet und schaute konzentriert in die Flammen.

»Stop!«

Ich ließ das Seil los. Mit einem langen Atemzug und einem letzten Zischen senkte sich der Blasebalg und es wurde schlagartig still. Alexander stand noch immer mit erhobenen Armen da. Die Flamme war zu einem rot glühenden Wabern geworden und warf spielerische Schatten auf Alexanders Gestalt. Es war still. Mein Arm kribbelte. Mein Blick war noch immer auf den Tiegel gerichtet und auf das rote Licht, das aus ihm schien und das mit jedem Moment schwächer wurde, bis es nur noch ein Schimmern über der Glut war.

Alexander ging in die Hocke und hatte den Kopf jetzt zum Feuer gesenkt. Er griff nach der langen Eisenzange und begann damit, glühende Kohlestücke aus dem Feuer zu holen und legte diese nebeneinander auf den breiten Rand des Topfes, bis der Kreis geschlossen war. Er bat mich, am Rand Platz zu nehmen und stellte eine Schale mit Sand vor meine Füße. Dann stocherte er mit der Zange in dem Topf und holte den noch rot glühenden Tiegel heraus und stellte ihn vor mir in die Schale. Ich hielt meine Hände darüber und hatte meine Gedanken noch immer auf das Silber darin gerichtet. Die Hitze, die von dem Tiegel ausging, war enorm.

Alexander bereitete das Feuer erneut vor. Der russische Vater war nun an der Reihe. Ich saß still über meinem langsam erkaltenden Silber und schaute zu.

Der Mann trug ein T-Shirt mit dem Aufdruck ›I LOVE SAMUI‹ und Bermudashorts mit großen bunten Blumen. Für ihn war es bereits die dritte Transformation. Seine Frau schien aufgeregter zu sein als er selbst. Die beiden Kinder hatten sich mittlerweile hingelegt und versuchten, es sich so bequem wie möglich zu machen, sofern das auf einem Felsen überhaupt möglich war.

Ich blieb mit meiner Aufmerksamkeit bei meinem Silber. Der Tiegel glühte jetzt nicht mehr, aber strahlte noch immer sehr viel Wärme ab.

Der Mann begann mit seiner Meditation und es war interessant, das Feuer eines anderen zu beobachten, denn in meinen Augen verhielt es sich völlig anders.

Plötzlich klingelte ein Telefon. Ich schaute auf und stellte fest, dass das Geräusch aus der Hosentasche des Mannes kam. Er versuchte, es zu ignorieren, was nebst der Lautstärke und des Klingeltons – eine rasante Techno-Melodie – unmöglich war. Als das Klingeln schließlich verstummte, griff er in seine Hosentasche und schaute auf das Display.

Ich erinnerte mich an die Zeit in Berlin, als ein verpasster Anruf mir ebenfalls Bauchschmerzen bereitet hatte. Aber jetzt erschien es mir gerade in einer Situation wie dieser absurd. Was könnte während einer solchen Meditation wichtiger sein? Es dauerte nicht lange und das Telefon klingelte erneut und ich war noch mehr verwundert, denn wieso hatte er es nicht ausgeschaltet? Und es kam noch besser, denn diesmal nahm er den Anruf auch an.

»Hallo«, sagte er mit russischem Akzent. Alles was ich verstand waren die Worte ›Da, da …‹ und das Wort ›Discotheca‹, für das es keiner Übersetzung bedurfte.

Das Telefon klingelte noch ein drittes Mal und bis zur Beendigung der Meditation schrieb er sogar noch eine SMS. Wenn ihm dies auf dem Weg zur Erleuchtung hilfreich erschien, dann war das eben so.

Der Tiegel vor meinen Füßen war nun soweit abgekühlt, dass man ihn in die Hand nehmen konnte. Alexander kam zu mir, holte ein großes Messer hervor und schlug auf den Tiegel. Er zerbrach. Zum Vorschein kam ein silberner Stein, der beim genauen Hinsehen eine Vertiefung in der Mitte hatte, in der wiederum ein Loch war. Alexander schaltete das Licht seiner Kopflampe an.

»Hm, der Stein hat ein Loch. So etwas habe ich noch nicht gesehen«, sagte er nachdenklich. »Es ist noch immer Silber. Die Transformation hat noch nicht begonnen. Dann eben beim nächsten Mal.« Er reichte mir den Stein mit den Worten: »Happy birthday.«

Die Vertiefung hatte die Umrisse eines Herzens. Ein Loch in meinem Herzen. Wie passend. Ich verabschiedete mich und wollte schnell zurück in die Bucht.

Die Hunde erwarteten mich bereits, als ich mit dem Motorrad hinter der Hütte ankam und begleiteten mich bis an Lunas Bett.

»Wie war's?«, fragte Luna und freute sich, dass ich wieder hier war.

»Es war beeindruckend.« Ich erzählte von meiner Meditation und auch von der Geschichte mit dem Telefon. Luna musste laut lachen, als ich ihr die Szene vorspielte und dabei den russischen Akzent nachzuahmen versuchte. Ich schauspielerte und mein Text bestand nur aus zwei Worten: ›Da, da …‹ und ›Discotheca…‹.

Luna hielt sich den Bauch vor Lachen.

»Und wie sieht dein Stein aus?«

»Er hat ein Loch. Es sieht aus wie ein Loch im Herzen.«

»Lass mich mal sehen«, bat mich Luna und ich reichte ihr den Stein. »Ja, das ist ein Loch und ich sehe zwei Herzen, die ineinander stehen.« Sie gab mir den Stein zurück und ich schaute noch einmal genauer hin.

»Ja, du hast recht. Es sind zwei Herzen.«

»Cornelia hat mir erzählt, dass wir nicht nur Seelenpartner, sondern auch Zwillingsseelen sind. Was du auf dem Stein siehst, ist das Zeichen, dass wir uns als Zwillingsseelen wieder gefunden haben und diese beiden Herzen nun wieder vereint sind. Ein Herz in dem anderen.«

Mir wurde warm.

»Dann hat die Transformation also doch schon begonnen«, bemerkte ich freudig.

»Lass uns morgen weiter reden. Es ist schon spät. Die Hunde schlafen bereits«.

Als ich am nächsten Morgen aufwachte, war meine Seite des Bettes schweißgetränkt.

»Was hast du gestern Nacht gemacht?«, fragte mich Luna und lachte. Dann sagte sie: »Das gehört zu deiner Reinigung, dass du viel schwitzt. Das ist gut. Immer raus damit.«

Kapitel 14

Wir setzten uns zum Frühstück auf eines der Podeste auf dem grünen Hügel vor dem Restaurant. Ich hatte meinen Stein des Lebens vor mir auf dem Tisch liegen und machte eine Zeichnung der beiden Herzen auf seiner Oberfläche in mein neues Tagebüchlein, das mir Luna mit nach Thailand gebracht hatte. Das alte hatte ich bereits vollgeschrieben.

„Zwei Herzen ineinander«, sagte ich erneut und schüttelte den Kopf, so unglaublich war das alles.

Es war schön, Luna hier zu haben und wir lachten beide noch immer, wenn wir an die sexuelle Vereinigung dachten, so, wie es Cornelia uns in einer ihrer Mails geschrieben hatte. Wir standen uns nah, aber nicht so nah.

»Sag mir, wie sieht es aus? Hast du schon einmal versucht, jemanden mit deinen Händen zu heilen, oder hast du schon mal jemanden mit dieser Absicht berührt?«

»Nein, natürlich nicht«, sagte ich fast entsetzt.

»Ich habe noch immer Probleme mit meinem Rücken und ich würde mich bereit erklären, dir als Versuchskaninchen zur Verfügung zu stehen, wenn du das möchtest?«

Wir frühstückten in aller Ruhe zu Ende und setzten uns danach auf die Terrasse von Lunas Bungalow.

»Wenn du mich mit der Absicht zu heilen würdest beruhren wollen – ich sag das jetzt Mal so hypothetisch – wo würdest du mich anfassen?«

»Hm«, brummte ich, »ich würde dich zuerst bitten, dich auf den Rücken zu legen.«

»So, so«, sagte Luna und lachte. Bereitwillig folgte sie

meinen Anweisungen und legte sich vor mich auf den Terrassenboden. Ich setzte mich auf Höhe ihres Brustkorbs neben sie.

»Dann würde ich meine linke Hand hier unterhalb des Halses auflegen und die andere auf den Solarplexus.« So tat ich es auch.

»Wow, krass«, sagte Luna, »ich kann deine Energie schon spüren. Sehr gut.«

»Wirklich?«, fragte ich überrascht nach.

»Ja, mir wird ganz heiß.«

Mir selbst wurde auch warm. Es war wie ein Kribbeln und ich spürte einen Druck auf meinem Herzen. Es fühlte sich so an wie Lampenfieber.

»Warte kurz«, sagte Luna und ich nahm meine Hände weg. »Ich hatte gerade ein Bild, das mich etwas verwirrt.«

»Was meinst du damit?«

»Ich hatte zum ersten Mal in meinem Leben das Verlangen, ein Kind haben zu wollen.«

»Sorry, das wollte ich nicht«, sagte ich unbeholfen.

»Nein, ist schon okay. Ich denke, dass es damit zusammenhängt, dass wir in einem früheren Leben ein Paar waren und damals auch Kinder zusammen hatten.«

Mich verwirrte, was Luna sagte.

»Okay. Und was jetzt?«

»Nichts jetzt! Es ist, was es ist, eine Vision, ein Gefühl aus der alten Zeit, das mir die Götter jetzt geschickt haben. Ich weiß nicht, was es bedeutet. Ich hatte ein solches Gefühl noch nie in meinem Leben.«

»Und du denkst, dass dieses Gefühl von mir kommt?«

»Es hat mit uns beiden zu tun. Du bist meine Zwillingsseele und wir sind vor Gott eine Einheit und ich denke, dass es normal ist, dass du bei mir dieses Gefühl auslöst.«

»Tut mir leid, aber damit kann ich jetzt echt nichts anfangen«, sagte ich ehrlich.

»Schon gut, lass uns bei dem bleiben, was wir eigentlich tun wollten. Du wolltest mich mit deinen Händen heilen.« Schon mussten wir beide wieder lachen.

»Hast du es schon mal mit einem Two-Point versucht?«

Ich hatte auf der Festplatte von Matthias hierzu ein paar Videos gefunden und wusste zumindest, wovon Luna sprach.

»Nun, das was du gerade mit dem Handauflegen gemacht hast, ist ähnlich wie ein Two-Point. Man benutzt eigentlich immer zwei Punkte. Du musst nur lernen, ein Gefühl dafür zu bekommen, wo du deine Hände hinlegst. So, wie du es eben gemacht hast, war es schon sehr kraftvoll. Ich stelle mich jetzt einmal hin und du schaust mich an. Achte dabei auf dein Gefühl. Lege deine Hände oder auch nur einen Finger an die Punkte, die dir vom Gefühl her richtig erscheinen und dann konzentriere dich darauf, was zwischen diesen beiden Punkten geschieht.«

Ich schaute auf Lunas Rücken und fing ohne viel zu überlegen an. Die ersten beiden Punkte waren schnell gefunden und ich konzentrierte mich. Ich spürte ein Kribbeln, das zu einer Welle anwuchs und mich zu überrollen schien.

»Wow! Das ging aber schnell.«

»Hast du es gespürt?«

»Ja, total.«

»Was hat sich denn bei dir gelöst?«

»Keine Ahnung, aber mach weiter. Es fühlt sich gut an.«

Ich nahm die nächsten beiden Punkte, die sich mir zeigten. Warum genau diese, konnte ich nicht sagen.

Wieder rollte eine Welle über mich und so ging es bei fast jedem weiteren Punkt.

»Das war wirklich gut. Du hast Punkte bei mir gelöst, von denen ich selbst nichts wusste. Wow!«

Ich nahm das als ein Kompliment. Es schien zu funktionieren, zumindest bei Luna.

»Ich bin richtig high«, sagte sie und lachte los. »Und meine Rückenschmerzen sind jetzt auch verschwunden. Wow! Vielen Dank!«

Wir machten erstmal eine Pause und sprangen ins Meer. Es war sehr heiß im April und trocken. Das Meer vor der Haustür war ein wahrer Luxus und wir nutzten jede Gelegenheit für eine Abkühlung.

Vor meiner Abendschicht führte ich Luna zum Essen. Sie überließ es mir, das Essen auszusuchen und auch zu bestellen. Als ich an diesem Abend in die Küche ging, stieß ich mich an einem hervorstehenden Riegel, der dazu diente, die Tür abends zu verschließen. Es war genau die Stelle des Tattoos unter meinem Herzen. Als ich mein T-Shirt hob, war dort ein großer roter Fleck und ich war mir sicher, dass er sehr bald blau werden würde.

Zurück am Tisch zeigte ich Luna die rote Stelle. Aus dem Rot hatte sich bereits die Form eines Winkels herausgebildet.

»Es sieht aus wie eine Rune und sie steht wie ein weiterer Buchstabe vor den thailändischen Schriftzeichen deines Tattoos.«

Ich schaute an mir herunter und erkannte die abgewinkelte Form des Türriegels wieder, an dem ich mich gestoßen hatte.

»Eine Rune? Okay! Was bedeutet sie?«

Während wir auf das Essen warteten, holte ich meinen Computer und googelte nach der Bedeutung von Runen.

»Der Name der Rune ist ›*Kenaz*‹. Diese Rune steht für die nordische Göttin *Freya*, die Göttin der Liebe. Sie verkörpert die positiven Aspekte der menschlichen Leidenschaft und der sexuellen Liebe.«

»Aha«, sagte ich, »schon wieder Sex.« Wir lachten. Die Rune erinnerte uns an die Worte von Cornelia. So oft erschienen uns Zeichen von Zuneigung, Liebe und Sex. Aber weder Luna noch ich konnten hierfür einen Platz in unserem jetzigen Leben sehen.

Ich war überrascht, wie das Universum uns diese Dinge aufzeigte, die auf den ersten Blick im Verborgenen lagen. So geschah um uns herum Vieles auf verschiedenen Wegen, die aber immer auf ein und dieselbe Botschaft hindeuteten. Ob es nun aus dem Munde von Cornelia kam oder sich als Bluterguss in Form einer Rune auf meinem Körper abzeichnete. Das Universum sprach zu mir, und wenn ich es zusammenfassen sollte, dann ging es um Liebe und Sex.

Mir machte das alles ein wenig Angst. So wie ich es schon dem Schamanen gesagt hatte, vermittelte mir diese Anhäufung von Wahrsagungen, oder wie auch immer man es nennen wollte, ein Gefühl der Ohnmacht. Zugleich übten diese Ereignisse aber auch eine so große Faszination auf mich aus, die meine Zweifel zu überlagern vermochten und so war ich bereit, diese Dinge weiterhin geschehen und mich führen zu lassen. Ich hoffte insgeheim auf eine baldige Klärung und die Antworten auf all meine Fragen.

Am nächsten Morgen erzählte mir Luna von ihrem Traum. Sie sah mich in einer großen Halle vor vielen Menschen sprechen. Sie selbst stand hinter der Bühne und verfolgte das Geschehen. Laut Luna hielt ich eine Art Vortrag. Das Besondere war, dass Luna dabei ein kleines Kind in ihren Armen hielt.

Luna war am Morgen mit Tränen in den Augen aufgewacht, da sie der Traum zutiefst berührt hatte. Ich fragte sie, wessen Kind sie in den Armen gehalten habe, aber sie konnte mir darauf keine Antwort geben.

Für den heutigen Tag hatte ich mit Luna einen Ausflug zum Wasserfall der Könige geplant. Wir standen sehr früh auf, frühstückten und machten uns auf den Weg. Unaufgefordert schloss Bu sich uns an. Ich führte Luna hinunter zum Fluss, wo wir gebückt durch ein kleines Waldstück gingen, das auf mich immer wie ein Tor wirkte und das uns auf einen riesigen Felsen führte, der den Beginn des Wasserfalls markierte. Das Wasser floss in Stufen, zwischen riesigen Felsen Richtung Meer und sammelte sich dabei in mehr oder weniger großen Becken, in denen man auch baden konnte.

»Für mich sieht es immer aus wie eine Treppe«, sagte ich zu Luna.

»Ja, die Stufen des Bewusstseins«, witzelte sie, »lass sie uns gemeinsam erklimmen und in ein höheres Selbst eintreten.«

Ich ging mit großen Schritten voraus.

Es war ein besonderer Morgen und uns umgab eine Ruhe, wie ich sie nur selten an diesem Ort erlebt hatte. Der Wasserfall war ein beliebtes Ausflugsziel für Touristengruppen, aber an diesem Morgen schienen wir die einzigen Besucher zu sein. Nur Luna, ich, Bu und eine Begleitung, die ich im Gegensatz zu Luna nicht sehen konnte, die mich aber bald einholen würde.

Wir kletterten weiter nach oben, Stufe für Stufe.

»Warte! Kannst du dich bitte mal hier in das Becken legen und darin baden?«

Ich fragte nicht warum, zog Schuhe und T-Shirt aus, kletterte über die Felsen und ließ mich ins Wasser gleiten. Die Wände des länglichen Beckens waren vom vielen Wasser ganz glatt geschliffen.

»Bitte tauche auch einmal mit dem Kopf unter«, sagte Luna und das tat ich. Dann stieg ich wieder aus dem Wasser.

Es gab keinen sichtbaren Pfad, der über die Felsen nach oben führte. Ich war schon viele Male den Wasserfall hinauf geklettert und hatte hierfür meinen eigenen Weg gefunden. An manchen Stellen schien der Wasserfall unpassierbar, aber ich ging mit sicherem Tritt voran und so konnte Luna leicht folgen.

»Schau, dort ist die Inschrift ›Thansadet‹ in den Fels geschlagen.« Ich zeigte in Richtung eines kleinen Wasserfalls.

»Es gibt ein bekanntes Foto, wie König Chulalongkorn hier an dieser Stelle badet. Das kann ich dir später mal zeigen.«

Bu folgte uns auf Schritt und Tritt.

»Erinnerst du dich an unser Gespräch, als ich dich gefragt habe, ob du eine Verbindung zu einem der Könige von Thailand fühlst?«

»Ja, ich erinnere mich sehr gut.«

»Wie fühlt es sich jetzt für dich an, wenn du hier auf dem Wasserfall der Könige stehst? Siehst du die Verbindung?«

Ich wusste nicht, was ich darauf antworten sollte, denn mir war keine Verbindung ersichtlich. Cornelia hatte geschrieben, dass ich in einem früheren Leben mit Luna ein König gewesen war und hier in Thailand trat nun ein weiterer König in mein Leben.

»Denkst du, ich war nicht nur in unserem alten Leben im Mittelalter ein König?«

»Du warst in all deinen Leben ein König – immer«, sagte Luna und ich konnte am Glanz ihrer Augen erkennen, dass sie es ernst meinte.

»Schau auf dein Leben, was passiert ist bis jetzt, und schau dir an, wo du jetzt gerade stehst und was in deinem Inneren passiert. Für dich ist dies ein Ort des Erinnerns und des Erwachens. Schau auf deine Träume und schau auf die Menschen, die dir begegnet sind und dich begleitet haben bis zu diesem Ort. ›Etwas wartet dort auf dich‹, hat Jade und auch ihr Vater zu dir gesagt und, ›es ist wichtig, dass du gehst‹. Jetzt bist du hier.

Was steht da auf deinem Arm tätowiert? Erinnere dich

an die Worte des Schamanen. Schau auf diesen Ort. Du führst mich hier und kennst schon jeden Stein. Es ist dein Ort. Es ist dein Wasserfall und es ist ein Teil deines Lebens, den du hier wieder gefunden hast.«

Ein Schauer ging durch meinen Körper. Der Wasserfall der Könige, dachte ich still. Ich stand barfuß auf den Felsen und schaute verlegen an mir hinunter, als ich erschrak. Ich sah rote Streifen, die wie Adern von meinen Füßen über meine Knöchel an meinem Bein hinaufkrochen.

»Oh, mein Gott! Schau dir das an«, sagte ich aufgeregt und zeigte auf meine Beine. Ich tippelte hin und her in der Angst, meine Füße könnten verbrennen. Es war, als wollte der Felsen und der Wasserfall, auf dem ich stand, Kontakt mit mir aufzunehmen. Mein Puls schoss in die Höhe und jeder Herzschlag glich jetzt dem Schlag eines Dampfhammers in meinem Kopf.

»Siehst du«, sagte Luna ganz ruhig, »der Wasserfall hat mir zugehört und dir dieses Zeichen geschickt.«

Ich schaute noch immer gebannt auf meine Beine, die wahrlich glühten, und auf die Adern, die rötlich durch meine Haut schimmerten. Ich verstand nicht, was gerade geschah. Und je länger ich schaute, um so mehr suchte mein Verstand nach einer Erklärung für dieses Phänomen.

Nach einem kurzen Moment der Leere fand sich schließlich diese Erklärung und ich entspannte mich wieder.

»Schau, es ist rote Farbe von meinen nassen Shorts«, sagte ich mit einer deutlich hörbaren Erleichterung in meiner Stimme, aber mein Herz pochte noch immer. Meine Hose war nass vom Baden und färbte ab. Die rote Farbe war an meinen Beinen hinuntergelaufen und hatte dabei eine aderförmige Struktur hinterlassen.

»Ganz wie du meinst«, erwiderte Luna und schüttelte den Kopf, »dann lass uns weitergehen.«

Mein Verstand hatte nach einer Erklärung gesucht und auch eine gefunden. Er fand fast immer eine Erklärung.

Die roten Streifen hatten zu einer Erscheinung geführt, die diesen Moment fast zu einem Wunder hätte werden lassen. Aus kosmischer Sicht war ihr Erscheinen im Einklang mit den Worten, die Luna über meine Vergangenheit gesagt hatte, zusammen mit der Tatsache, dass wir nun hier auf dem Wasserfall der Könige standen. Zwar waren es tatsächlich nur rote Streifen, die von meinen nassen Shorts herrührten, aber schlussendlich war diese Situation aus einer Vielzahl von Entscheidungen heraus entstanden, die auch beinhalteten, dass ich heute diese Hose bei der Wanderung tragen würde. Und ich hatte diese Hose noch nie vorher getragen, da ich sie erst vor Kurzem auf einem Markt hier auf der Insel gekauft hatte. Was Luna sagen würde und in welcher Situation wir schließlich enden würden, schien Zufall gewesen zu sein. Aber Zufall hatte ich ja als lebensbestimmenden Faktor bereits ausgeschlossen.

Alles hatte so sein sollen und lediglich mein Verstand hatte die Magie des Moments aufgehoben. So, wie wenn man sich schon mal als Kind vor dem Einschlafen im Geiste eine Frage gestellt hatte und im selben Moment von draußen einen Donner zu hören war. War dieser Donner die Ankündigung für ein aufkommendes Gewitter oder verstand man ihn als ein Zeichen, dass man auch als Antwort auf seine Frage hätte deuten können?

Viele dieser Fragen kann ich heute als Erwachsener leider nicht mehr nachvollziehen, da mein Verstand gelernt hatte, dass ein Donner immer auf ein heranziehendes Gewitter hindeutete.

Mein Verstand hielt schon viele Antworten im Leben für mich bereit, die fein unterteilt und in verschiedenen Schubladen abgelegt waren, sodass ich immer schnell darauf zugreifen konnte. Das war in vielen Situationen hilfreich. Wie viele andere Menschen auch hatte ich aber verlernt, dass der Verstand nur ein Werkzeug war, dass wir benutzen konnten, und das uns half, uns in dieser Welt zurechtzufinden. Aber leider bestand das Leben nicht aus Schubladen und so war auch der Verstand nur bedingt geeignet, uns in allen Lebenssituation verlässlich zu führen. Gerade dann, wenn unsere Angst ihn benutzte, waren wir gelähmt und verschlossen uns selbst die Tore, hinter denen vielleicht eine neue Erkenntnis darauf wartete, von uns entdeckt zu werden.

Ich dachte noch einmal darüber nach, was Luna gesagt hatte und wenn ich ehrlich zu mir selbst war, dann überraschte es mich nicht. Wenn ich mich so umschaute und auf mein Leben blickte, ergab alles einen Sinn. Ich war also an diesen Ort zurückgekehrt, den ich bereits aus einem alten Leben kannte, um mich zu erinnern. Es ging aber im Kern nicht darum, mich an mein vergangenes Leben zu erinnern, sondern an das Leben, das ich jetzt lebte. An meine Aufgabe und daran, warum ich hier war.

Wir stiegen weiter die Felsen hinauf und jeder Schlag meines Herzens pochte noch immer heftig in meinem Kopf.

Die Badeprozedur wiederholten wir noch einige Male. Der Weg führte uns immer tiefer in den Dschungel. Ich wusste, dass die Straße nie weit entfernt war, auch wenn man sie von hier weder hören noch sehen konnte. Ging man diesen Weg aber zum ersten Mal, dann war es fast so, als ob man sich in dieser Wildnis verlaufen hätte.

Entlang des Wasserfalls befanden sich Inschriften von König Bhumibol und anderen Königen.

Wir kamen zu einer kleinen Furt, über der sechs Betonpfeiler unsere Bucht mit der Straße verbanden. Im feuchten Sand saßen unzählige weiße Schmetterlinge. Als wir an ihnen vorübergingen, flogen alle gleichzeitig in die Luft und es war, als ob sich vor uns ein Vorhang öffnete. Von hier aus mussten wir klettern. Hier stand ein Felsen neben dem anderen. Dazwischen war Wasser und links und rechts stieg der Dschungel steil an. Tief im Wald kamen wir zu einem Felsen mit einer weiteren Inschrift von König Chulalongkorn und seiner Frau. Ich bemerkte, dass noch immer Schmetterlinge um uns waren. Auf einer kleinen Lichtung bat mich Luna, auch dort ins Wasser zu steigen. Das Wasser floss hier nicht ganz so schnell, und das Becken, in das ich stieg, war voller kleiner Fische. Es waren dieselben Fische, die man auch in Bangkok in den Läden finden konnte, in denen eine Fisch-Massage angeboten wurde. Dort bezahlte man Geld dafür, dass einem diese Fische abgestorbene Hautfetzen vom Körper knabberten. Hier bekam ich diese Wellness-Behandlung umsonst und obendrein noch eine ganz spezielle Behandlung aus einer anderen Dimension.

»Darf ich dir eine Frage stellen?«

»Gerne«, antwortete Luna.

»Wir sind hier nicht alleine, stimmt das?«

»Ja, das ist richtig. Wer denkst du, ist bei uns?«

»Jade und ihr Vater«, antwortete ich, »und Jades Vater sagt dir immer, wo ich ins Wasser steigen soll, um mich mit den Energien, die dort sind, zu reinigen, richtig?«

Luna schaute zu mir und nickte. »Ja, und Marie ist auch bei ihnen.«

»Okay!«, sagte ich und stieg wieder aus dem Wasser. »Ist es gut so? Können wir weiter gehen?«

»Ja! Du machst das sehr gut.«

Ich hatte Luna mein T-Shirt gegeben, da ich ständig ins Wasser steigen sollte. Als wir weitergingen, hatte ich immer wieder das Gefühl, dass ich von etwas berührt wurde. Ich lief über die Felsen und drehte mich mehrmals um, weil ich glaubte, dass jemand hinter mir sei und mir auf die Schulter fasste. Aber ich sah niemanden. Wir stiegen weiter nach oben und kamen schließlich an einem großen Baum vorbei, vor dem sich das Wasser zu einem kleinen Teich angestaut hatte.

Die Wurzeln des Baumes waren ausladend groß und

verliehen dem Stamm einen besonderen Charakter.

»Das ist wirklich ein wunderschöner Baum«, sagte Luna.

»Ja, das ist er. Und seine Wurzeln sehen aus wie ein Thron, nicht wahr?«

»Allerdings!«

Ich war voller Energie und lief geradewegs an dem Baum vorbei hin zum nächsten Becken. An dieser Stelle hatte man wirklich den Eindruck eines Wasserfalls, von Wasser, das in die Tiefe stürzte. Von hier war es auch nicht mehr weit bis zur Straße.

Luna blieb einen Moment unter dem Baum stehen und schaute nach oben.

»Willst du auch, dass ich in den Teich vor dem Baum bade?«, fragte ich voller Tatendrang. Ich fühlte mich aufgeladen.

»Nein, heute nicht«, sagte sie ruhig. »Lass uns noch ein Stück weiter gehen.«

An dieser Stelle war alles um uns herum Felsen, eingerahmt vom Grün des Waldes. Schließlich waren wir ganz oben angelangt. Wir setzen uns für einen Moment. Lunas Nase war schon ganz rot von der Sonne, die immer mehr an Kraft gewann, je weiter wir kletterten. Bu war uns gefolgt und saß geduldig neben uns.

»Puh, das war ganz schön viel«, sagte Luna, »und wunderschön. Danke, dass du mich an diesen Ort geführt hast.«

Wir setzten uns und ruhten uns ein wenig aus, bis wir wieder den Weg nach Hause in die Bucht antreten wollten.

»In dieses Becken dort vorne solltest du dich auch noch einmal legen, aber das machen wir ein anderes Mal.« Sie zeigte auf ein Becken, in dem sich das Wasser sammelte, kurz bevor es etwa drei Meter in die Tiefe stürzte.

»Dann lass uns das jetzt machen«, erwiderte ich, »jetzt sind wir hier und wieso noch einmal kommen?«

»Ist dir das nicht zu viel? Du solltest dir etwas Ruhe gönnen.«

»Nein, für mich ist das okay«. Ich stieg ohne zu zögern die wenigen Stufen zu dem Becken hinab und legte mich hinein. Die Sonne stand jetzt genau über uns, und als ich meine Augen schloss, ließ sie das Innere meiner Augen in einem tiefen Rot erleuchten. Ich legte mich der Länge nach in das Becken und kreuzte meine Arme auf meiner Brust. Ich atmete tief ein und ließ meinen Kopf unter Wasser sinken. Das Grollen des Wasserfalls erfüllte jetzt meinen gesamten Körper und ich spürte deutlich den Druck des Wassers auf meinem Brustkorb. Mein ganzer Körper vibrierte und das Rot vor meinen Augen wechselte zu einem hellen Weiß. Dann erschien Jade vor meinem inneren Auge. Luna hatte mir immer gesagt: ›Gib dich ganz dem Moment hin.‹ Jetzt war einer dieser Momente und ich versank darin. Ich erkannte mich wieder und ich erkannte die Situation, in der ich mich befand. Ich erlebte gerade, was mir in Phuket in der ersten Nacht im Hotelzimmer als Vision erschienen war. Es war dieser Moment und jetzt war ich wirklich hier. Ich war verbunden mit der Energie und verbunden mit der Quelle. Alles geschah jetzt im Vollbesitz meiner geistigen Kräfte. Ich spürte die Energie, die meinen Körper zum Vibrieren brachte, und sah Jade, wie sie hinter mir stand und mit ihrer Hand auf meiner Stirn meinen Kopf unter Wasser drückte.

Das Licht wurde golden und wieder rot. Ich öffnete meine Augen.

»Danke, ich liebe dich«, hörte ich mich sagen, kurz bevor ich zurück in diese Welt kam.

Luna saß noch immer auf dem Felsen neben mir und schaute zu mir hinunter. Sie lachte und ihre rote Nase schimmerte in der Sonne.

»Wow, Jade war hier«, sagte ich.

»Ich weiß, ich hab sie gesehen.«

»Es war wie in der Nacht in Phuket, nur in echt.«

»Unglaublich, nicht wahr? Da war so viel Energie um dich herum. Ich bin selbst noch ganz benommen. Hast du noch jemanden bemerkt außer Jade?«

»Ehrlich gesagt, nein.«

»Ihr Vater war da und Marie«, sagte Luna, »und zwei Götter, die ich vorher noch nie gesehen habe.« Sie musste selbst lachen, weil das alles so unglaublich klang.

»Ich habe zu Marie geschaut und den Kopf geschüttelt, weil ich es nicht glauben konnte und Jades Vater schaute zu mir, und sagte: ›Das ist doch erst der Anfang!‹, und lächelte mich an.«

»Wow! Da war bei dir ja noch mehr los als bei mir.« Wir lachten beide laut los. Es lag an der Energie, dass man so viel lachen musste und es war ein wunderbares Gefühl.

»Okay! Ich denke, jetzt ist es Zeit zu gehen.«

Ich stieg aus dem Wasser und schnappte mir mein T-Shirt. Wir schauten beide noch einmal hinunter zum Becken und schüttelten ungläubig die Köpfe. ›Es ist wirklich geschehen‹, sagte ich noch einmal in Gedanken.

Wir kletterten die Felsen hinab und an dem großen Baum vorbei. Ich drehte mich noch einmal um, als wir den Pfad zur Straße hinauf gingen, und schaute zurück. Obwohl ich schon einige Male hier entlang gelaufen war, war mir dieser Baum nie so sehr ins Auge gefallen wie heute.

Wir liefen weiter den schmalen Pfad hinauf zur Straße, die uns in wenigen Minuten zurück in die Bucht führen würde. Wir sprachen kaum, da wir so sehr mit Grinsen beschäftigt waren und mit den Eindrücken, die jeder von uns empfangen hatte.

Ein Wunder, dachte ich, und im Gegensatz zu den roten Adern auf meinen Beinen, die mein Verstand als Verfärbungen der roten Shorts hatte entlarven können, fand er für das, was gerade geschehen war, keine Erklärung.

Es war später Nachmittag und die Sonne würde bald untergehen. Das Wasser in der Bucht war zu dieser Jahres- und Tageszeit ganz ruhig und flach. Wir saßen bis zu der Hüfte im badewannenwarmen Wasser.

»Ist dir etwas an dem Baum aufgefallen, den wir auf der Wanderung heute Vormittag gesehen haben?«, fragte mich Luna.

»Ich hab ihn vorher nie wirklich wahrgenommen.«

»Ja, ich denke, es liegt daran, dass du noch nicht bereit warst, ihn zu sehen.«

»Bereit wofür?«

»Du hast recht, wenn du sagst, dass dies ein besonderer Baum ist. Vor allem für dich.«

Luna machte eine Pause. Ich schaute sie an und wartete darauf, dass sie weiter sprechen würde. Die Sonne hatte sich mittlerweile so tief gesenkt, dass sie schon die Wipfel der Palmen hinter uns am Strand berührte und ihr Licht den Himmel in ein warmes Orange tauchte.

»Erinnerst du dich daran, was Jade einmal zu dir gesagt hat, in den ersten Tagen, als ihr euch kennengelernt habt?«

Ich verstand nicht, worauf Luna hinaus wollte.

»Ich weiß jetzt, warum es so wichtig war, dass ich zu dir nach Thailand kommen sollte. Du bist noch sehr verschlossen. Die Dinge, die Jade dir schon einmal gezeigt hat, hast du so weit in den Hintergrund gestellt, weil du noch immer Schmerz mit ihnen verbindest. Aber es ist an der Zeit, diese Dinge wieder in dein Bewusstsein zu lassen, dich zu öffnen und zu erkennen, was sich hinter dem Schmerz verbirgt. Dort ist immer ein Weg, und ich soll dir diesen Weg zeigen.«

Während Luna sprach, saß ich regungslos vor ihr im Wasser. Meine Hände hatte ich im Sand vor mir vergraben und schaute zu, wie die Brandung den Sand um meine Hände wirbelte, und sie immer tiefer darin zu verschwinden schienen.

»Dieser Weg, von dem ich spreche, führt immer zu dir selbst. Auf dem Weg, auf dem du mich heute geführt hast, hast du zugleich dich selbst geführt. Ich sollte dich nur erinnern. Ich bin wie ein Tor für dich, aber das Tor durchschreiten musst du selbst.«

Ich war mittlerweile so tief in ihren Worten versunken, dass ich meinen Atem kaum noch spüren konnte.

»Dieser Baum ist dein Lebensbaum«, sagte sie und mein Atem stockte.

»›Finde deinen Lebensbaum!‹, hatte Jade zu dir gesagt, erinnerst du dich? Und jetzt bist du hier. Alles ist hier! Aber du hast bis jetzt immer daran vorbeigeschaut.«

Ich saß vor Luna im Meer und sagte kein Wort. Ich schaute zu ihr auf und die Tränen liefen über meine Wangen und mein Körper glühte. Meine Hände waren mittlerweile bis zu den Gelenken im Sand versunken und der Himmel hatte sich lila gefärbt.

»Ich erinnere mich an Jades Worte«, sagte ich mit Tränen in den Augen. »Ich weiß. Ich habe auf meinen Wanderungen immer geschaut, ob ich einen besonderen Baum sehe, aber ich habe immer nichts gesehen.«

»Und dabei bist du schon so oft an ihm vorbeigelaufen, ohne ihn zu bemerken.«

»Ja, das stimmt!«

»Das macht nichts. Jetzt hast du ihn gefunden und jetzt war es auch an der Zeit, dass du ihn findest. Ich bin jetzt hier und ich werde dir helfen«, sie machte eine Pause. »Kennst du die Aufgabe eines Lebensbaums?«

»Ganz ehrlich gesagt: nein!«

»Wenn dein Drittes Auge geöffnet ist, dann kannst du dich mit ihm verbinden und in den Baum eintreten. In ihm findest du alle deine Begleiter aus früheren Leben. Auch Jade wirst du dort finden und mich. In ihm ist das Wissen all deiner bisherigen Inkarnationen, alle Orte, alle

Menschen, alle Gedanken und auch alle deine Gefühle. Er ist ein Portal in eine andere Welt, eine Bibliothek deiner Ahnen. Dort existiert weder Zeit noch Raum.«

Ich schaute Luna noch immer schweigend an. Die Sonne war schon fast untergegangen, aber die Wärme schien zu bleiben.

»Ich denke, das waren erst einmal genug Informationen für diesen Tag. Ich werde dich jetzt alleine lassen. Ich bin in meinem Bungalow, wenn du mich suchst.«

Luna stand auf und nahm mit einer Berührung ihrer Hand eine Träne von meiner Wange und ging. Ich blieb einfach sitzen und schaute auf meine Hände, die immer weiter im Sand zu verschwinden schienen. Ich rührte mich nicht vom Fleck. So wie meine Hände im Sand versanken, versank auch ich in dem, was mich umgab. Da war kein Raum mehr zwischen mir und der Bucht. Ich war die Bucht, ich war die Insel und ich war das Meer. Ich war dieser Moment.

Ich verweilte noch ein wenig in diesem Gefühl und fand langsam zurück zu mir. Es dauerte, bis ich meine Gliedmaßen wieder spüren konnte und sie stark genug waren, mich zu meinem Bungalow zu tragen. Ich duschte und legte mich kurz in meine Hängematte, bevor ich mich auf den Weg machte, um Luna zum Abendessen abzuholen.

Am nächsten Morgen gingen wir erneut zum Baum. Ich hatte meine Kamera mitgenommen, denn ich wollte ein Foto machen. Ich wollte dort auf dem Thron sitzen, zwischen den Wurzeln, den ich am Tag zuvor darin erkannt hatte. Wir hatten uns wie immer früh auf den Weg gemacht. Die Sonne stand zu dieser Zeit hinter dem Baum und warf ein wunderschönes Licht. Ich machte ein paar Bilder und dann gab ich Luna die Kamera.

»Machst du ein Foto von mir, wie ich vor dem Baum sitze?«

Sie nickte. Ich drehte mich um und zog mich nackt aus.

»Hoppla!«, schrie Luna überrascht und amüsiert zugleich. »Was wird das denn?«

»Ach, ich hatte da so ein Gefühl und du sagst doch immer, dass ich meinem Gefühl folgen soll.«

Ich stieg mit einem Bein hinein in den kleinen Teich. Das Wasser ging mir an der tiefsten Stelle gerade mal bis zu den Oberschenkeln. Der Untergrund war schlammig. Man konnte bis auf den Grund schauen, der mit dunklen Blättern des Baumes bedeckt war. Im Wasser schwammen die kleinen Fische, die gerne an einem knabberten. Auf dem Wasser selbst trieben wie kleine Schiffchen weiße Blüten eines Baumes mit dem Namen Lilavadee.

Ich stapfte weiter durch das Wasser, bis ich schließlich auf der anderen Seite angelangt war. Die Sonne schien durch die Blätter des Baumes. Ich setzte mich in die von den Wurzeln des Baumes geformte Sitzschale, kreuzte die Beine zum Schneidersitz und schloss die Augen. Hier zu sitzen, nackt und unbeobachtet, fühlte sich in meinem Körper warm an. Nun ja, Luna beobachtete mich und machte sogar ein Foto, aber das zählte nicht für mich. Ich kam mir einen Moment lang vor wie der einzige Mensch auf dieser Welt.

»Wow, das sieht umwerfend aus, wie du bei deinem Baum sitzt. Als hätte es schon immer so sein sollen«, sagte Luna mit Tränen in den Augen. Zwischen uns lagen das Plätschern des Wasserfalls und der kleine Teich. Es war ganz still um uns herum und die Zeit schien stehen geblieben zu sein.

Nach einer Weile stand ich auf und Lunas verlegenes Lachen durchbrach die Stille, während ich bis zu den Oberschenkeln durch das Wasser balancierte.

»Ach komm, Luna, so was hast du sicher schon öfter gesehen in deinem Leben«, scherzte ich und wir lachten beide.

Am anderen Ufer angekommen, zog ich mir einfach

alles über, denn es war so heiß, dass die Kleider schnell trocknen würden.

Lunas Gesicht war errötet und ich konnte nicht sagen, ob vor Scham oder von der Sonne. Ich griff nach unten und pflückte noch schnell eine Blüte des Lilavadee Baumes aus dem Wasser und gab sie Luna.

»Bitte, die ist für dich.« Das Rot in ihrem Gesicht begann noch etwas dunkler zu werden.

Sie reichte mir die Kamera. Ich schaute kurz über die Bilder und war zufrieden.

»Hey! Du hast meinen nackten Hintern fotografiert«, sagte ich halb entsetzt und amüsiert, als ich weiter schaute.

»Ja, das konnte ich mir nicht verkneifen. Wer weiß, wann ich mal wieder in diesen Genuss komme.« Wir lachten.

Am Abend schaute ich mir noch einmal die Bilder an, die Luna von mir und dem Baum gemacht hatte. Ich blieb immer wieder an dem Bild hängen, wo Luna mich von hinten fotografiert hatte, als ich gerade nackt durch das Wasser zum Baum watete. Es erinnerte mich an ein Bild, das ich vor über 16 Jahren gemalt hatte und das noch immer im Wohnzimmer meiner Eltern hing. Um genau zu sein, seit der Zeit, als ich ausgezogen war.

Meine Eltern hatten damals in meinen Malsachen dieses Bild und noch ein paar weitere Zeichnungen gefunden. Alle Bilder zeigten einen nackten Mann, der entweder von hinten zu sehen war oder sein Gesicht hinter seinen Armen verbarg. Auf einer Zeichnung war er sitzend abgebildet mit dem Kopf auf den Knien, auf einer anderen lag er bäuchlings mit dem Kopf auf einem Stein ruhend und auf einem dritten Bild sah man ihn von hinten, wie er in die Ferne schaute.

»Könnt ihr die Bilder nicht abhängen?«, hatte ich meine Eltern schon öfters gebeten, wenn ich zu Besuch kam. »Das bin ich nicht. Das ist schon lange her.«

Aber ich erkannte jetzt, dass ich sehr wohl die Person auf diesen Bildern war und was sie zeigten, war nun aktueller als je zuvor. Es war eine Vision, ein Blick in mein Leben, der von mir vor 16 Jahren auf Leinwand und Papier gebracht worden war. Und jetzt waren diese Visionen Wirklichkeit geworden.

Ich schrieb an diesem Abend noch eine Mail an meinen Vater und bat ihn, mir ein Foto des Bildes zu schicken, das im Wohnzimmer meiner Eltern hing. Als ich die Mail mit dem Foto schon am nächsten Morgen bekam, zeigte ich es sofort Luna und wir begannen beide, zu weinen.

Alles, was mir Jade damals über den Lebensbaum gesagt hatte und darüber, dass hier in Thailand etwas Wichtiges auf mich warten würde, war nun Wirklichkeit geworden. Der Kreis hatte sich geschlossen. Die Ähnlichkeit der beiden Bilder war verblüffend. Wir schauten uns tief in die Augen und ich spürte eine große Dankbarkeit in mir.

Ich war glücklich, Luna bei mir zu haben.

Alles, was eingetroffen war, hätte ich mir nie vorstellen können. Diese Momente, in denen alles anders kam, als ich es mir erdacht hatte, waren die Momente, die einem wirklichen Wandel in meinem Sein vorangingen. Sich darauf vorzubereiten, war unmöglich. Ich konnte mich nur dem hingeben, was geschehen würde, ohne Netz und doppelten Boden und darauf vertrauen, dass die göttliche Führung am besten wusste, wie der nächste Schritt in meinem Leben auszusehen hatte.

Jetzt, wo Luna hier war, fühlte ich mich behütet, geführt und auch verstanden. Ich hatte ja sonst kaum jemanden zum Reden gehabt, oder zumindest niemanden, mit dem ich einfach so über Götter, Engel, Schicksal, Lebensbaum und Wunder hätte sprechen können, ohne dazu großartig Erklärungen abgeben zu müssen. Luna verstand, wovon ich sprach, denn sie war die Person, die mich in diese Welt mitgenommen hatte, die mir durch Jade eröffnet worden war. Luna hatte mich vom ersten Tag an begleitet und tat es noch immer. Es fiel mir schwer, meiner Dankbarkeit ihr gegenüber Ausdruck zu verleihen. Der Prozess des Wandels war noch immer in vollem Gange und meine Aufmerksamkeit richtete ich noch immer mit aller Kraft auf mich selbst, denn ich hatte Angst, etwas Wichtiges zu verpassen oder gar falsch zu machen.

Luna war die Führerin, von der Jade und ihr Vater immer gesprochen hatten, die Luna aber nie hatte sein wollen. Sie wollte immer nur eine Begleiterin sein. Aber ich schaute zu ihr auf, wie man zu einer Führungsperson aufschaute und unausgesprochen erwartete ich auch, dass sie immer eine Antwort haben würde auf meine Fragen.

Um sie als meine Begleiterin anerkennen zu können, hätte ich mich mit ihr auf eine Stufe stellen müssen, aber das traute ich mich nicht. Ich hatte das Gefühl, nicht genug zu wissen, oder vielmehr, gar nichts zu wissen. Ich gestand mir nicht mehr zu als das, was ich glaubte, zu sein. Ich hatte in meinem Leben über so viele Jahre Glaubenssätze gelernt, die es mir ermöglichten, mich als das zu erkennen, was andere in mir sahen. Aber in Wirklichkeit war diese Realität nur eine Illusion meines Selbst und meine Glaubenssätze lediglich die Rechtfertigung dafür, mein wahres Ich nicht anerkennen zu müssen.

Aber das, was ich im Innern zu sein glaubte, befand sich schon seit Wochen im freien Fall. Ich hatte mich selbst an diesen Abgrund geführt und mit dem nächsten Schritt war die Angst vor dem Absprung der Angst vor dem Aufprall gewichen.

»Ich falle!«

»Nein, du fliegst«, hörte ich Lunas Stimme in meinem Kopf sagen.

»Ich falle!«

»Ich kann deine Flügel sehen. Lass dir von niemandem einreden, du hättest keine.«

Tatsächlich hatte ich seit meiner Ankunft in Thailand von Zeit zu Zeit das Gefühl, Flügel zu haben, wenn auch nur für einen kurzen Augenblick. Dann war ich frei. Es war ein wunderschönes Gefühl, aber ich konnte es nicht festhalten. Die Angst katapultierte mich immer wieder auf den Boden der Tatsachen zurück, und auch Lunas Worte konnten mich nicht halten. Vielleicht war es für mich noch nicht an der Zeit, meine Flügel zu bekommen. Oder ich wollte sie einfach noch nicht annehmen.

Ich erinnerte mich noch einmal daran, wie Jade mir in einem unserer ersten Gespräche von der Existenz eines Lebensbaums erzählt hatte. Damals hatte für mich alles so weit weg geklungen und jetzt war ich selbst weit weg in Thailand und das Unglaubliche zum Greifen nah.

Die Begegnung mit Jade hatte diese Energie in mein Leben getragen, von der ich noch immer zehrte. Ihre Liebe und das Vertrauen in den Weg, den sie mir aufgezeigt hatte, ließ mich vieles andere vergessen. Durch ihren Tod hatte ich das Gefühl, dass mir alles genommen worden war, doch erst jetzt erkannte ich das Geschenk, das sich hinter all dem für mich verbarg.

Luna hatte in der kurzen Zeit ein sehr gutes Verhältnis zu den Angestellten aufgebaut. Die meisten kamen aus Burma. Darunter war auch die kleine Tochter der Köchin. Die Kleine war jetzt knapp drei Jahre alt und ein sehr aufgewecktes Kind. Ihr Name war Dok Dek.

Luna war groß und schlank und schon alleine durch ihre bloße Erscheinung für asiatische Augen eine Attraktion. Dok Dek mochte sie sehr. Wenn wir frühstückten, saß sie bei uns am Tisch und aß ein Toastbrot mit Marmelade. Luna hatte bemerkt, dass Dok Dek am unteren Rücken eine Art Ekzem hatte, das nur mäßig oder gar nicht zu heilen schien und machte mich darauf aufmerksam.

»Schau mal, kannst du die Kleine nicht mal anfassen?«

»Wer? Ich?«, fragte ich, als ich mir gerade einen Löffel Porridge mit Kokosmilch in den Mund schob.

»Ja, du. Das sieht wirklich nicht gut aus, was Dok Dek da auf dem Rücken hat. Die Wunde ist feucht und schmerzt sicherlich.«

»Aber was soll ich machen?«

»Anfassen! – So wie du mich angefasst hast. Ist das so schwierig?«

Mit vollem Mund dachte ich einen Moment lang nach.

»Denkst du, dass es helfen wird?«

»Das werden wir sehen. Bitte fass sie an.«

Ich bat Dok Dek zu mir zu kommen und setzte sie auf meinen Schoß. Ich legte eine Hand auf ihren Bauch, auch um sie besser auf meinem Bein halten zu können, und die Fingerspitzen der anderen Hand platzierte ich sternförmig um die wunde Stelle. Ich sammelte meinen Atem und begann mich zu konzentrieren oder vielmehr meine Gedanken frei zu machen.

Ich visualisierte einen Ring aus fließendem weißen Licht, das von meinem Herzen aus durch meine Arme und Hände floss und alles Schattenartige aus dem Bereich der Wunde herauswusch und mit diesem weißen Licht auffüllte. Ich konnte den Strom des Lichts ganz deutlich in meinem Herzen spüren. Dok Dek schien anfangs etwas unsicher zu sein, aber dann saß sie ganz ruhig. Luna sah mich an und nickte.

»Das machst du sehr gut.«

Auch mich erfüllte in diesem Moment eine Energie, die ich als sehr angenehm empfand. Als Luna die Kleine noch zusätzlich an der Stirn berührte, fiel sie zu meiner großen Überraschung in eine Art Schlaf und erwachte erst wieder, als Luna ihre Hand von ihrer Stirn nahm. Ihre Augen glänzten und sie schaute etwas verlegen, aber es schien ihr zu gefallen.

Von da an wiederholten wir diese Prozedur bei jedem

Frühstück und auch zu anderen Tageszeiten, immer dann, wenn wir Dok Dek zu greifen bekamen. Bis sie irgendwann von selbst kam, auf meinen Schoß kletterte und mir stumm den Rücken zu drehte. Es war ihre Art zu zeigen, dass ihr die Behandlung gefiel. Schon am dritten Tag sah die Stelle auf ihrem Rücken besser aus und war fast vollständig von Schorf bedeckt und nach weiteren drei Tagen fast völlig verschwunden. Nur ein hell pigmentierter Hautfleck erinnerte jetzt noch an die einst wunde Stelle.

»Ich muss sagen, dass ich überrascht bin«, sagte ich zu Luna.

»Du kannst mir glauben, dass du dich noch einige Male selbst überraschen wirst. Das hast du gut gemacht, ich gratuliere dir.«

Ich gab das Lob an Luna zurück, denn sie hatte ihren Teil dazu beigetragen und das war kein geringer.

»Denk nicht darüber nach, wie oder warum es funktioniert«, sagte Luna. »Bedanke dich bei den Göttern. Sei dankbar dafür, dass du ein Teil dieses Wunders bist, und dass dir eine solche Gabe geschenkt wurde, denn es ist keine Selbstverständlichkeit. Nichts ist selbstverständlich.

Viele Menschen sehen alles im Leben als eine Selbstverständlichkeit an, und wenn man es ihnen nimmt, dann fühlen sie sich betrogen. Wenn uns die Gesundheit durch eine Krankheit genommen wird, dann sind wir überrascht, denn Gesundheit haben wir bis dahin als Selbstverständlichkeit hingenommen und erst die Krankheit bringt sie wieder in unser Bewusstsein. Es geht darum, bewusst zu leben und dankbar zu sein für das, was ist. Jeden Tag. Das Leben ist das größte Wunder selbst und keine Selbstverständlichkeit. Es ist ein Geschenk und schon als Kinder haben wir gelernt, ›Danke‹ zu sagen, wenn wir beschenkt werden, aber wir vergessen so schnell.«

Ich verstand, was sie mir sagen wollte. Ich verbeugte mich innerlich tief vor dem, was Luna als Götter bezeichnete.

»Und ich denke auch, dass jede Krankheit selbst ein Geschenk ist«, fuhr Luna fort, »die uns an unser Leben erinnern soll. Nicht umsonst sagen viele Menschen nach einer überstandenen Krankheit: ›Das ist meine zweite Chance!‹

Es ist traurig und tragisch, wenn die Menschen diese Zeichen nicht erkennen und sich von einer Krankheit betrogen fühlen und sich dagegen wehren, anstatt es als Chance des Wandels zu akzeptieren. Aber leider fehlt vielen dieses Bewusstsein oder die Menschen sind einfach noch nicht dafür bereit.«

Auch in meinen Ohren klang das seltsam: Eine Krankheit als Geschenk.

Diese Philosophie beruhte auf einem komplett anderen Weltbild, als ich es bisher als Grundlage meines Lebens verwendet hatte.

Durch Luna hatte ich gelernt, anders auf diese Welt und mein Leben selbst zu schauen. Ich war dankbar, auch wenn es mich in den letzten Monaten durch so viele Abgründe hatte gehen lassen. Jetzt war ich, den Göttern sei Dank, an einem Punkt angelangt, wo ich wieder nach vorne schauen konnte. Und wenn ich zurück schaute, dann fortan nur noch in Dankbarkeit und nicht mehr in Trauer, denn dieses Leben war Jades Geschenk an mich gewesen und dieses Geschenk wollte ich nicht zurückweisen, auch wenn es mit so viel Schmerz verbunden gewesen war.

Kapitel 15

Jeden Tag trug ich meinen Stein des Lebens um den Hals. Alexander hatte mir gesagt, dass er diese Woche täglich am Feuer sein würde und ich hatte beschlossen, nach meiner Schicht wieder zu ihm auf den Felsen zu fahren. Auch Luna meinte, dass es ein guter Abend sei, um den Stein ins Feuer zu geben. Es war viel passiert in den letzten Tagen.

Das Silber speicherte alle Energien, die mich umgaben und durch die Meditation über dem geschmolzenen Silber transformierten diese Energien und festigten die Verbindung zwischen mir und dem Stein.

In den letzten Tagen hatte ich nie lange arbeiten müssen. Die wenigen Gäste, die gerade im Ressort waren, gingen früh schlafen und so konnte ich an diesem Abend um kurz nach Mitternacht das Restaurant schließen.

Ich fuhr die wenigen Meter zu Lunas Bungalow mit dem Motorrad. Die Hunde hatten mich bereits gehört und kamen mir entgegen, als ich oberhalb der Hütte auf dem kleinen Weg das Motorrad abstellte. Der Generator würde noch mindestens eine halbe Stunde die Bucht beleuchten und ich wollte mich noch schnell von Luna verabschieden, die bereits ins Bett gegangen war.

Es hatte sich so entwickelt, dass Bang Born jeden Abend gegen 22 Uhr ins Restaurant kam, um Luna abzuholen. Er stellte sich dann auffordernd vor den Tisch, an dem sie saß.

»Oh, es ist schon wieder Zeit, ins Bett zu gehen«, sagte Luna dann immer, stand auf und Bang Born begleitete sie bis zu ihrer Hütte. Er schlief immer im Badezimmer vor dem großen Felsen an derselben Stelle, wo Luna jeden Morgen nach dem Duschen zu meditieren pflegte. Die beiden verstanden sich wirklich sehr gut. Es freute mich zu sehen, dass Luna einen so guten Draht zu den Hunden entwickelt hatte, denn ich erinnerte mich noch daran, wie sie mich vor ihrer Ankunft wegen der Hunde ausgefragt hatte.

»Die Hunde gehen aber nicht in die Küche, oder?«

»Nein, niemals.«

»Wenn die Hunde riechen, das geht gar nicht.«

»Nein, die Hunde riechen nicht, die sind ja immer an der frischen Luft.«

»Die Hunde schlafen aber nicht auf dem Balkon, oder?«

»Wo denkst du hin. Die schlafen selbstverständlich am Strand«, hatte ich damals gesagt. Und jetzt war es so, dass wenn die Hunde einmal nicht auf dem Balkon schliefen, Luna mitten in der Nacht aufstand und nach draußen ging.

»Wo die Hunde nur alle sind? Ich hoffe, es ist nichts passiert!«, sagte sie dann zu mir und schaute dabei in die von Sternen und dem Mond beleuchtete Bucht.

Luna hatte sich gut eingelebt und das freute mich sehr, denn ich empfand die Bucht als mein Zuhause.

»Ich wollte nur kurz Tschüss sagen. Ich werde jetzt noch einmal zu Alexander fahren.«

»Wie spät ist es?«, fragte Luna, ohne sich umzudrehen.

»Halb eins.«

»Sind die Hunde hier?«

»Ja«, antwortete ich und musste schmunzeln, »Sie passen auf dich auf.«

Luna setzte sich auf und schaute zu mir rüber.

»Ich wünsche dir alles Gute. Ich bin in Gedanken immer bei dir.«

Ich packte noch schnell meine kleine Tasche mit der

großen Taschenlampe und einer Flasche Wasser und ging zurück zum Motorrad. Ich fuhr den schmalen Weg hinunter zur Straße, die aus der Bucht hinaus führte und sah, dass Lila vom Strand gelaufen kam. Sie freute sich sehr, mich zu sehen. Ich fuhr hinaus in die Dunkelheit und Lila lief direkt vor mir im Lichtkegel des Scheinwerferlichts. Ich fuhr ein paar hundert Meter bis zu der Stelle, wo der Weg steil anstieg und durch das kleine Wäldchen führte. Ich wusste, dass hinter dem Wäldchen das Revier anderer Hunde lag.

»Geh, Lila. Ich kann dich jetzt nicht gebrauchen. Lauf!«, sagte ich, aber Lila schaute mich nur mit wedelndem Stummelschwanz an.

Okay, dachte ich und fuhr weiter. Zu meiner Überraschung erwartete uns kein Gebell, als wir das kleine Waldstück verließen. Die Hunde schienen entweder nicht da zu sein oder fest zu schlafen. Ich fuhr weiter zur kleinen Brücke, überquerte den Fluss und dachte, wenn ich auf der großen Straße bin, dann gebe ich Gas und hänge Lila einfach ab.

Nach ein paar Kurven hielt ich wieder an, um zu schauen, ob sie auch wirklich umgedreht hatte und kurz darauf kam Lila um die Ecke geschossen. Sie atmete heftig und es hatte den Anschein, dass sie mich heute nicht alleine wollte gehen lassen. Als ich gemäßigt weiterfuhr, lief Lila wieder vor mir im Kegel des Scheinwerferlichts. Ich versuchte nicht mehr, davon zu fahren oder sie weg zu jagen, denn vielleicht gab es einen Grund für das alles. Vielleicht sollte ich heute nicht alleine gehen. Wir passierten noch zwei weitere Reviere von anderen Hunden, aber irgendwie schienen heute alle Hunde woanders zu sein oder sie schliefen wirklich fest.

Es fühlte sich gut an, in der Dunkelheit eine Begleiterin zu haben. Ich beschloss, nicht den direkten Weg über die Hauptstraße zu nehmen, sondern das Motorrad hinter dem Kloster zu parken und zu Fuß weiter zu gehen, um Lila die Begegnung mit weiteren Hunden zu ersparen. Es war derselbe Weg, den ich schon einmal nicht hatte gehen können, da mich die Dunkelheit und auch die Angst eingeholt hatten. Dank Lila war ich jetzt nicht alleine und dank der großen Taschenlampe hatte ich auch genügend Licht. Ich fragte mich, wie Alexander wohl reagieren würde, wenn ich mit einem Hund ans Feuer käme. Aber zuerst mussten wir noch den Weg am Kloster vorbei durch den Wald und über den Fluss und Wasserfall gehen. Mit Lila und der Taschenlampe fühlte ich mich sicher.

Als wir auf der anderen Seite über das verkohlte Feld hinunter zum Felsen gingen, sah alles sehr dunkel aus, und als wir schließlich vor dem Felsen standen, war klar, dass niemand außer uns heute Nacht hier war. Es war fast 1 Uhr und ich war mir sicher, dass Alexander heute auch nicht mehr kommen würde.

Ich kletterte über die Leiter auf den Felsen und hörte ein Rascheln aus der Dunkelheit. Als ich meine Taschenlampe nach vorne richtete, sah ich, dass Lila bereits hochgeklettert war und auf mich wartete. Ich überlegte nicht lange und beschloss, diese Nacht noch einmal in der Dunkelheit zu verbringen und zu meditieren. Im Licht der Taschenlampe baute ich mir mit wenigen Handgriffen ein Nachtlager. Ich setzte mich im Schneidersitz auf eine der Matten, legte die Taschenlampe in Reichweite ab und sammelte mich zur Meditation. Lila legte sich direkt neben mich, sodass ich sie an meinem Bein spüren konnte.

Es wurde sofort still in mir und erst als meine Augen sich bereits an die Dunkelheit gewöhnt hatten, schloss ich sie. Ich hörte den Wald mit all seinen Geräuschen und ich hörte den gleichmäßigen Atem von Lila, die neben mir lag. Ich war dankbar, dass sie bei mir war. Ich saß eine Weile in Stille, bis ich meine Augen wieder langsam öffnete, und sah vor mir wieder eines der Schleierwesen, das sich an einem Ast hängend nach mir ausstreckte und mich am Brustkorb berührte. Ich schloss meine Augen und ließ ich mich langsam nach hinten fallen.

Ich lag auf dem Rücken. Meine Beine waren noch immer im Schneidersitz verschränkt. Vor meinen Augen war alles schwarz und ich sah, wie Gesichter und Köpfe aus diesem Schwarz vor mir auftauchten. So wie damals der Kopf des Wolfes mit dem Kreis auf seiner Stirn. Es waren Gesichter von Frauen, Männern, Wesen, aber auch von Tieren, Trollen, Elfen. Ich erkannte das Gesicht von Jade und Luna. Irgendwann wurden die Bilder schwächer und verschwanden.

Dann sah ich den Wasserfall bei Nacht und erkannte, dass es diese Nacht war. Ich sah Jade und ihren Vater, wie sie an der Quelle standen und auf mich warteten. Sie trugen weiße Gewänder, die im Mondlicht schimmerten und sich vom dunklen Blau der Nacht und dem Schwarz der Felsen abhoben. Und ich sah meinen Lebensbaum und auch er wartete auf mich.

»Soll ich jetzt zu euch kommen?«, hörte ich mich fragen und Jades Vater antwortet mir mit ruhiger Stimme:

»Bleib bei den Wesen, dort, wo du jetzt bist. Es ist gut so.«

Dann verblassten auch diese Bilder vom Wasserfall und ich fand mich, im Halbschlaf vor mich hindämmernd, auf dem Felsen wieder.

Es war noch immer tiefe Nacht. Ich hatte keine Ahnung, wie lange ich hier gewesen war, aber ich wollte mich bald auf den Rückweg machen. Auch um Lila sicher wieder in die Bucht zurückbringen zu können.

Ich brach sofort auf, griff nach der Taschenlampe und kletterte die steile Leiter hinunter vom Felsen. Hinter mir hörte ich ein Brummen. Es war Lila, die sich nicht hinunter traute. Ich kletterte ihr entgegen und nahm sie unter den Arm, während ich mich selbst mit der anderen Hand am Geländer festhielt. Ich war überrascht, dass Lila sich so von mir anfassen und sogar tragen ließ. Sie vertraute mir. Unten angekommen lief sie voran und drehte sich immer wieder nach mir um, um sich zu vergewissern, dass ich auch folgen konnte.

Am Motorrad angekommen, verstaute ich die große Taschenlampe und fuhr los. Lila lief wieder vor mir im Scheinwerferlicht und es kam mir vor, als wäre es nie anders gewesen. Alles kam mir mit einem Mal seltsam vertraut vor, und während ich beim Fahren auf Lila schaute, verschwand die Zeit.

Der Takt des Motors war dem Takt von galoppierenden Pferdehufen unter mir gewichen. Ich saß jetzt auf einem schwarzen Pferd, und ritt im Galopp über grüne Wiesen. Die Sonne stand hoch über mir am Himmel. Ein großer roter Umhang wehte um meine Schultern, wo er mit einer kunstvoll gefertigten Rüstung aus Silber verknotet war. Alles um mich herum erschien mir anders zu sein. Ich war in einer Anderswelt. Nur Lila lief noch immer vor mir. Sie hatte sich nicht verändert und sprang schier mühelos durch Zeit und Raum.

Auf einem Hügel blieb ich stehen. Von hier aus konnte ich über das ganze Land schauen. Grüne Wiesen, soweit das Auge blicken konnte. Ich zog ein Schwert und hielt es der Sonne entgegen, während sich das Pferd aufbäumte und der Wind mit meinem Umhang spielte. Ich spürte die goldenen Sonnenstrahlen in meinem Gesicht und kaum hatte ich die Szene in ihrer Ganzheit erfasst, fand ich mich auch schon wieder auf dem Motorrad sitzend durch die Nacht fahren. Lila war das Einzige, das sich aus der Anderswelt in diese Welt hatte retten können, und sie lief vor mir im Lichtkegel des Scheinwerfers, als ob nichts gewesen wäre.

Ich merkte schnell, dass die stark ausgewaschene Straße mehr Aufmerksamkeit von mir verlangte. Mir war warm, ich war müde und ich wollte so schnell wie möglich zurück zu Luna, um ihr all das zu erzählen.

Als wir die Brücke zur Bucht überquerten, musste ich leider feststellen, dass der Hund der Nachbarin jetzt wach war. Ich hatte die ganze Zeit immer nur auf das Scheinwerferlicht vor mir geschaut, aus dem Lila mit einem Mal panikartig verschwand. Meine Augen konnten ihr in der Dunkelheit nicht folgen und so hörte ich nur das wilde Gebell eines Hundes neben mir und sah, wie der Hund des Nachbarn Lila quer durch den Lichtkegel des Scheinwerfers jagte. Alles dauerte nur wenige Sekunden und ich verschwand mit dem Motorrad in dem kleinen Wäldchen. Ich traute mich nicht, anzuhalten. Zu meiner Erleichterung schloss Lila bald wieder zu mir auf. Sie schien alles gut überstanden zu haben.

Luna hatte das Motorrad schon von Weitem gehört und saß auf der Bettkante, als ich in die Hütte kam. Sie freute sich sehr und war gespannt zu sehen, wie der Stein jetzt wohl aussehen würde nach der Transformation, aber leider hatte es heute kein Feuer gegeben. Ich stand in der Tür und erzählte Luna von allem, was mir in dieser Nacht begegnet war, während ein Glühwürmchen über meinem Kopf schwebte und Luna hörte gespannt zu. Danach fielen wir zufrieden und müde ins Bett.

Seit der ersten Nacht in Phuket hatte ich nur wenig oder gar nicht geträumt und auch an diesem Morgen konnte ich mich an keinen Traum erinnern. Es war ein Zeichen für mich, dass es so Vieles während des Tages zu entdecken gab und diese Ereignisse in ihrer Bedeutung einem Traum nicht nachstanden.

Ich machte mit Luna am Vormittag einen Ausflug in die Stadt. Luna wollte ein paar Geschenke für ihre Freundinnen kaufen und auch ein paar Klamotten für sich selbst. Wir waren früh aufgestanden und der ganze Tag lag vor uns. Das Fahren auf dem Motorrad machte uns beiden Spaß. Wenn man deutsche Straßen gewohnt war, dann war das Motorradfahren auf der Insel eine Mischung aus Offroad-Abenteuer und Sonntagsausflug, denn der schlechte Zustand der Straßen erlaubte keine hohen Geschwindigkeiten, was auch gut war. Die Bucht lag sehr weit ab im Dschungel, aber die Insel selbst war gut erschlossen und mit einem Motorrad konnte man an einem Tag fast jeden Punkt mühelos erreichen und kam auch wieder zurück.

Auf ganz Koh Phangan bestand Helmpflicht. Ich hatte extra Helme gekauft und wir hatten diese bei unseren Ausflügen auch immer dabei, aber setzten sie nie auf. Bei einer Verkehrskontrolle genügte es, einen Helm bei sich zu haben. Die Beamten machten einen dann darauf aufmerksam, diesen bitte zu tragen. Viele Touristen verzichteten auf einen Helm und wurden dann zur Kasse gebeten.

Das Kassieren von Bußgeldern hatte sich auf den Inseln als sehr lukrativ für die dortigen Behörden erwiesen. Ein in Thailand lebender Freund erzählte mir, dass die Beförderung zum Polizeichef von Koh Phangan gleichbedeutend war mit einer Lizenz zum Gelddrucken. Gerade weil Koh Phangan als Party- und somit auch als Drogeninsel einen besonderen Ruf hatte. Drogendealer und Polizei. Für beide Seiten gab es etwas zu verdienen. Umgerechnet 2500 Euro kostete es, wenn man mit Drogen auf der Insel erwischt wurde. Hatte man nicht so viel Bargeld oder konnte man mit seiner Kreditkarte täglich nur eine begrenzte Summe abheben, dann wurde man eingesperrt und täglich zum Geldautomaten gebracht, bis die Schuld beglichen war. Danach war alles vergessen.

Zwei Beamte in Zivil nahmen einmal in der Bucht zwei junge Touristen fest, die am Strand einen Joint geraucht hatten. Sie führten die beiden in den Wald und sagten, dass sie ein Auge zudrücken würden, wenn sie ihnen jetzt 1000 Euro gäben. Die jungen Männer hatten kein Geld bei sich, aber besaßen so viel Mut, dass sie zu diskutieren begannen. Nach kurzem Hin und Her war eine Lösung gefunden. Einer der beiden wurde von den Beamten mit Handschellen an eine Palme gefesselt, während der andere mit dem Motorroller in die Stadt fuhr und 500 Euro mit seiner Kreditkarte abhob. Sie hatten die Summe um die Hälfte herunterhandeln können.

Die Beamten warteten währenddessen im Schatten sitzend und rauchten genüsslich den Joint, den sie kurz zuvor den beiden Touristen weggenommen hatte. Nachdem das Geld gezählt war, ließen sie die beiden laufen und gingen entspannt ihres Weges.

Ich hatte hierfür nur ein Kopfschütteln und ein Lächeln zugleich, denn das Ganze hatte auch eine gewisse Komik: Im Urlaub mit Handschellen an einen Baum gefesselt zu sein, während die Polizisten den Joint rauchten, wegen dem man verhaftet worden war. Wer konnte schon eine so außergewöhnliche Urlaubsgeschichte vorweisen. Okay, diese Geschichte hatte die Jungs 500 Euro gekostet, aber vom Unterhaltungswert war sie es meiner Meinung nach wert gewesen. Zumindest ich musste herzlichst lachen, als die beiden mir die Geschichte erzählt hatten. Der bittere Nachgeschmack war allerdings, dass sich ihr geplante Urlaub um eine ganze Woche verkürzt hatte, da sie nun nicht mehr genügend Geld hatten.

In der Stadt kaufte Luna in einem Laden ein paar bunte Hosen. An der Kasse nahm die Verkäuferin eine orangefarbene Hose in die Hand und sagte zu mir:

»Dies ist sicher deine Hose.«

Ich schüttelte den Kopf und schaute zu Luna.

»Wie kommt sie darauf, dass ich eine orangene Hose tragen würde?«

»Sie hat deine Aura gesehen. Sie leuchtet gerade orange.

Deshalb hat sie dich gefragt.«

Am nächsten Tag tranken Luna und ich im Restaurant sitzend zwei Mango-Kokos-Shakes. Plötzlich hörten wir einen lauten Schrei und einer der Thais kam aus seiner Hütte gerannt, die direkt an das Restaurant angrenzte. Alle riefen wild durcheinander. Im selben Moment schossen die Hunde durch das Restaurant in Richtung des Bungalows, aus dem der Thai geflüchtet war, und stimmten mit ihrem Gebell in das bereits herrschende Durcheinander ein.

»Drache, Drache!«, rief einer der Küchenangestellten und kam aufgeregt zu uns herüber gelaufen und bat uns, mit zu kommen.

Wir liefen zum Bungalow und schauten selbst nach. An der senkrechten Außenwand des Bungalows hing eine etwa zwei Meter lange Echse, oder wie die Thais sie nannten: Drache. Er hing dort völlig regungslos und hielt sich lediglich mit seinen riesigen Krallen an der vermeintlich glatten Fassade. Es war ein wunderschönes Tier und seine Haut schimmerte silbrig blau. Die Hunde sprangen wie wild umher, aber der Drache schien sich davon nicht beeindrucken zu lassen.

»Wow, er ist wunderschön«, sagte Luna, als sie das Tier dort hängen sah.

Dem Drachen wurde es zu laut und er versuchte, sich über den nahen Felsen und das angrenzende hohe Gras aus dem Staub zu machen, aber schon nach wenigen Metern hatten die Hunde ihn erneut gestellt.

»Oh, nein«, rief Pamela, »die Hunde bringen ihn bestimmt um.«

Ich schnappte mir einen armlangen Stock und versuchte, damit die Hunde im Zaum zu halten. Pamela und Luna waren mir gefolgt und saßen auf der Treppe des angrenzenden Bungalows und betrachteten das Schauspiel wie von einer Tribüne aus.

Der Drache stand mit erhobenem Haupt da und fauchte, während er mit seinem Schwanz wie mit einer Peitsche immer wieder um sich schlug.

»Pass auf, dass er dich nicht beißt«, rief Pamela.

Ich stand nur wenige Zentimeter von seinem Kopf entfernt und kam mir dabei vor wie ein Ritter, der mit seinem Schwert diesen Drachen beschützte.

Die leichten Schläge auf die Schnauzen der Hunde zeigten nun Wirkung und ihnen verging die Lust am Jagen. Der Drache entkam in den Wald und ich konnte mein Schwert, den Stock, weglegen.

»Das war sehr viel Aufregung«, bemerkte Luna. »Warum hast du den Drachen verteidigt?«

»Ich habe die ganze Zeit an dein Krafttier denken müssen, den Drachen. Ich hatte das Gefühl, dass ich ihn beschützen muss.«

»Du denkst also, dass es mein Drache war, den du beschützt hast?

»Ja, das denke ich.«

»Dann denke bitte noch einmal nach. Erinnerst du dich, dass mein Drache golden und lilafarben ist. Dieser war silbern und blau. Silber ist nicht meine Farbe.«

»Willst du sagen, dass es mein Drache war?«

»Will sagen, will sagen … Bitte schau doch einmal genau hin. Die Dinge liegen vor deinen Augen, aber du erkennst sie nicht, wenn man dich nicht mit der Nase hineinstößt. Es ist alles da, aber du schaust schon wieder daran vorbei.«

Ich schwieg.

»Aber ich muss sagen, du hast gut für ihn gekämpft und er konnte entkommen. Die Hunde hätten ihn sicherlich getötet. Ich gratuliere dir zu deinem neuen Krafttier. Dann können wir ja demnächst zusammen mit unseren Drachen um die Wette fliegen«, scherzte Luna und wir lachten.

Wie zuvor der Hund war jetzt auch der Drache als Krafttier ganz real in mein Leben getreten. Luna hatte diese besondere Energie schon einmal erwähnt. Ich brauchte keine schamanischen Reise zu machen, um zu meinem Krafttier zu gelangen. Alles kam zu mir, und zwar immer dann, wenn die Zeit und auch ich dafür bereit waren.

Unsere Mango-Kokos-Shakes waren in der Zwischenzeit geschmolzen. Wir bestellten zwei neue und gingen danach auf unsere Hütte und ich schrieb diese Begegnung mit dem Drachen in mein Tagebuch und legte mich dann in die Hängematte. Luna saß bereits mit dem Computer auf ihren Knien auf der Bank und freute sich heute sehr über die stabile Internetverbindung.

So schön das Leben hier am Ende der Welt auch war, ganz ohne Internet hätte mir und auch Luna etwas Entscheidendes gefehlt, ganz zu schweigen davon, dass das Internet in den letzten Monaten zu unserem wichtigstes Medium geworden war.

Ich lehnte mich in meiner Hängematte zurück und schaute hinaus aufs Meer. Zu unseren Füßen lagen Bang Born und Lila. Luna und ich schauten uns an und ohne ein Wort zu sprechen, verstanden wir einander. Schöner hätte es nicht sein können. Uns ging es blendend und wir fühlten uns vom Leben beschenkt.

Ich schlief jede Nacht neben Luna, benutzte ihre Zahnbürste und auch ihr Duschzeug, da ich zu faul war, meine Sachen zwischen den beiden Bungalows immer hin und her zu tragen. Wir saßen quasi im Paradies, so wie Adam und Eva. Man hätte annehmen können, dass es zwischen uns hätte knistern müssen, aber da war nichts. Zumindest nicht von meiner Seite.

Ich sah in Luna einen Menschen, der mir nahe stand, den ich respektierte und zu dem ich aufschaute. Gerade in meiner jetzigen Situation, wo so vieles, was mich bisher stark gemacht hatte, weggebrochen war, oder ich mich selbst davon verabschiedet hatte, kam ich mir verletzlich vor.

Vielleicht sah ich Luna zu wenig als Frau und zu sehr als Begleiterin. Ich hatte so viel mit mir selbst zu tun, dass ich sogar den Blick auf das andere Geschlecht verloren hatte. Trotzdem herrschte zwischen Luna und mir eine ausgelassene Stimmung.

»Seid ihr beide ein Paar und wie lange seid ihr schon zusammen?«, hörten wir oft andere Gäste fragen. Aber wir waren kein Paar. So war es nun mal, und ich sah auch nicht, dass sich daran in absehbarer Zukunft etwas ändern würde.

Luna erzählte mir immer wieder von unserem früheren Leben und davon, wie Jade und ihr Vater sie durch die Gefühle dieser vergangenen Zeit geführt hatten. Und, dass es eine der ›krassesten‹ Erfahrungen gewesen sei, die sie bisher gemacht hatte, denn sie war dabei nicht nur durch das Gefühl unserer Liebe, sondern auch durch das Gefühl zu unserem damaligen Kind geführt worden, was Luna um so mehr beeindruckt hatte, da sie ja selbst noch kein Kind hatte.

Ich hörte Luna immer zu, wenn sie von der Alten Zeit erzählte, und empfand es als spannend. Aber es fiel mir schwer, eine Brücke zu schlagen zu diesem Leben und zum *Jetzt.* Für mich war das Leben, das ich jetzt lebte, ein anderes Leben und deshalb fühlte ich auch anders gegenüber Luna.

Ich hatte mein Herz an Jade verloren und es noch immer nicht zurück gewonnen. Jetzt kamen auf einmal die Götter und ließen mir durch Cornelia verkünden, dass ich mit Luna einen Liebesakt vollziehen würde, der uns beide im Innen wie Außen reifen lassen würde. Das hatte für viel Zündstoff gesorgt, zumindest in meinem Universum, und bis zum Eklat zwischen Luna und mir geführt. Sie hätte daraufhin fast ihren Thailandurlaub abgesagt. Jades Vater hatte uns schon damals darauf aufmerksam gemacht, dass Luna und ich Seelenverwandte seien und Cornelia setzte noch einen drauf, indem sie Luna offenbart hatte, dass wir ›Zwillingsseelen‹ seien.

Wieder etwas, das es zuvor in meinem Leben nicht gegeben hatte und das mit einem Mal zu einer Wichtigkeit herangewachsen war, die ich nicht deuten konnte.

Als Menschen inkarnieren wir in einer Art Seelengemeinschaft, oder man könnte auch sagen, in Gruppen. Durch das Wiederkehren derselben Seelen ist gewährleistet, dass sich die Seelen gegenseitig die für sie wichtige Erfahrung im jeweiligen Leben geben können. Unsere Seelen begegnen sich also immer und immer wieder und so kommt es auch, dass wir mehrere Seelenpartner gleichzeitig haben können. Für jede Seele gibt es aber nur eine einzige Zwillingsseele unter den vielen Seelenpartnern.

Hierfür nimmt Gott eine Flamme aus seinem Herzen und teilt diese in zwei identische Flammen, bevor er sie in diese Welt hinausschickt. Eine Welt, die wir als Menschen fortan als ›geteilt‹, oder auch als ›ge-ur-teilt‹ erleben. Durch unsere Körper sind wir vom Urgrund abgeschnitten – der Ewigkeit.

Zwillingsseelen stellen in geteilter Form ein ›Göttliches Ganzes‹ dar. Das vielleicht bekannteste Zwillingsseelen-Paar in der Geschichte sind sicherlich Jesus und Maria-Magdalena. Aber Zwillingsseelen sind nicht zwangsläufig Mann und Frau, sondern können auch Menschen sein, die weder ein Paar noch miteinander verwandt sind. Es entsteht dabei immer eine Konstellation, in der einer für den anderen die wohl wichtigste Lektion in dieser, seiner Inkarnation, bereithält, wie auch immer diese aussehen mag.

Dabei ist nicht alles nur Harmonie. So viel Stärke und Vollkommenheit darin liegt, so viel Zerbrechlichkeit findet sich auch darin. Aber haben sich zwei Zwillingsseelen erst einmal gefunden in dieser Welt, dann würden sie sich nie mehr aus den Augen verlieren, auch wenn beide getrennte Wege gehen.

Zwillingsseele hin oder her, für mich gab es keinen Zweifel, dass Luna eine Bereicherung für mein Leben darstellte und dafür war ich dankbar. Egal, wie viele neue Fragen sich aus meiner jetzigen Situation heraus ergaben, stand für mich schon lange fest, dass Luna von nun an Teil meines Lebens sein würde. Auf welche Art auch immer.

»Erinnerst du dich an den Kreis, den der Wolf in deiner Vision auf der Stirn getragen hat? Ich würde wirklich gerne ein Tattoo mit diesem Kreis haben«, sagte Luna.

»Ich bin dabei. Wollen wir es hier auf der Insel machen lassen?«

»Ganz ehrlich gesagt, weiß ich das noch nicht. Ich lasse mich nicht gerne von jemandem berühren, den ich nicht kenne. Und schon gar nicht tätowieren. Vielleicht gehe ich nach meiner Rückkehr gleich zu meinem Tätowierer in Berlin.«

»Aber wäre es nicht viel cooler, wenn wir uns das Tattoo von demselben stechen lassen? Aus Gründen der Einheit, du verstehst?«

Luna dachte einen Moment nach.

»Nun, es hat ja keine Eile. Aber ich finde es toll, dass du auch einen Kreis als Symbol für unsere Verbindung tragen möchtest.«

Wir saßen mit den Hunden auf der Terrasse von Lunas Bungalow. Ich nahm den Stein aus seinem Beutel und hielt ihn nur zum Spaß vor Lilas Nase. Ich hatte sie noch nicht einmal berührt, aber sie sprang quiekend auf und lief von der Terrasse in Richtung Strand davon.

»Was hast du gemacht?«

»Ich habe ihr nur den Stein hingehalten und sie ist einfach davon gelaufen.«

»Lila ist ein Naturwesen und sie hat sicher die starke Energie des Steines gespürt und sich erschrocken. Du solltest das nicht mehr machen.«

Das Restaurant leerte sich an diesem Abend früh. Es war ein seltsamer Abend und auch ein seltsamer Tag gewesen. Ein paar Thais aus der Nachbarbucht hatten unserem Personal gedroht, es zu erschießen, wenn sie bei Nacht noch einmal im Wald herumlaufen und Drachen jagen würden, um sie zu essen. Eine absurde Behauptung.

Der Nachbar hatte nur nach einem Grund gesucht, um uns einzuschüchtern. Ihm war dieses Ressort ein Dorn im Auge und er hätte es am liebsten gesehen, wenn wir den Laden dichtgemacht hätten. Ihm schien jedes Mittel hierfür recht zu sein. Es gab eine Zeit, wo er jeden Morgen mit einer Axt in den Dschungel gelaufen war, um unsere Wasserleitungen zu zerschlagen. Bevor ein Haus um den Generator gebaut worden war, musste dieser mehrmals repariert werden, weil irgendjemand etwas in den Tank geworfen oder eine Benzinleitung durchgeschnitten hatte.

Jetzt bedrohten sie das Personal. Ich war es nicht gewohnt, Menschen in kurzen Hosen und einem Revolver in der Hand zu sehen.

»Lass dich bitte nicht von dieser Angst einnehmen«, sagte Luna. »Komm zurück in dein Vertrauen. Erinnere dich an die Situation auf dem Boot, da hast du es auch geschafft.«

Was ich Luna erst jetzt erzählte, war, dass ich noch in Berlin einen Traum gehabt hatte, in dem ich in meiner Hütte in Thailand stand und ein Thailänder mit einem Revolver hereinkam und mich bedrohte.

»Was heute geschehen ist, war lediglich die Manifestation deiner eigenen Angst. Du hast es selbst in dein Leben gerufen. Befreie dich davon.«

Wir saßen am Tresen und draußen war es schon dunkel. Ein starker Wind kam auf, der alle Lampen um und im Restaurant hin und herschwanken ließ.

Luna erzählte, dass wenn es nachts so sehr stürmte, das Gute und das Böse einen Kampf austrugen, Licht gegen Schatten.

Wir saßen uns still gegenüber. Die Lampen schaukelten hin und her und Licht und Schatten jagten über unsere Gesichter. Deutlich war eine Energie zu spüren, die von einer großen Dunkelheit ausging.

Es war einer der wenigen Abende, an denen Luna bis zum Feierabend bei mir im Restaurant blieb und wir dann gemeinsam zu unserem Bungalow liefen. Die Hunde hatten bereits ihre Schlafplätze eingenommen und auch ihnen war eine gewisse Unruhe anzumerken. Wir putzten uns die Zähne und legten uns bald schlafen.

»Es ist etwas in der Bucht.«, sagte Luna, bevor wir die Augen schlossen.

Es dauerte nicht lange, da wurde ich vom Gebell der Hunde geweckt. Draußen stürmte es noch immer. Ich schaute zu Luna, die noch schlief. Der Generator war schon lange aus und der Blick aus der Tür, die immer offen stand, ging direkt hinein in die Dunkelheit. Im Licht der Sternennacht sah ich, wie die Hunde an der Treppe standen und alle in eine Richtung bellten. Ich spürte, dass etwas bei uns war, das auch die Hunde fühlen konnten. Sie standen beschützend vor den Stufen, die auf die Terrasse hinauf führten. Ich schaute noch einmal hin und sah einen fremden Hund, der die Treppe hinauf kam. Die Hunde bellten wie wild, aber zu sehen schienen sie ihn nicht, obwohl er jetzt genau vor ihnen stand. In der Dunkelheit überschnitten sich die Konturen der Hunde mit dieser Gestalt. Es hatte den Anschein, als ob dieser andere Hund durchsichtig wäre, so wie ein Geist.

Er stand jetzt mit beiden Vorderpfoten auf der Terrasse direkt vor Lila, Bang Born und Bu, die immer noch wie wild bellten, und schaute durch die Tür zu mir hinüber.

Es war ein altes Tier. Er hatte einen mächtigen Kopf mit herunterhängenden Lefzen, an denen lange Sabberfäden hingen. Seine Schulterhöhe überragte die der anderen um gute 20 Zentimeter. Um den Hals trug er eine dicke Kette, die er auf dem Boden schleifend vor sich herzog. Sein dunkelbraunes Fell war nass und schmutzig. Er war gezeichnet von Narben vergangener Kämpfe oder Misshandlungen. An seiner linken Vorderpfote hatte er eine schief gewachsene Kralle, die sich wegen ihrer Länge auffällig nach oben gebogen hatte.

Der Hund schaute noch einmal zu mir, aber er wagte nicht, die Terrasse oder gar die Hütte zu betreten. Es schien die Aufmerksamkeit und das Gebell der Hunde zu sein, das ihn davon abhielt. Er drehte sich langsam um, stieg behäbig die Stufen wieder hinunter und ich konnte hören, wie die Kette um seinen Hals von einer Holzstufe auf die nächste schlug. Die Hunde bellten noch immer wie in Rage und es dauerte einige Zeit, bis sie sich beruhigt hatten. Ich fiel zurück ins Bett und schlief sofort wieder ein.

Am nächsten Morgen erzählte ich Luna von meiner Begegnung und konnte nicht mehr genau sagen, ob ich geträumt hatte oder wach war. Aber das spielte auch keine Rolle. Die Bilder der Nacht waren präsent in mir und hatten einen starken Eindruck hinterlassen.

»Die Hunde haben uns mit ihrem Bellen beschützt«, sagte Luna. »Wir können dankbar sein, dass wir sie haben.«

Alle drei Hunde begleiteten uns an diesem Morgen noch bis an den Frühstückstisch, wo sie eine Belohnung erhielten, um danach wieder ihre eigenen Wege zu gehen. Die Verbindung zwischen uns und den Hunden war unübersehbar.

Luna und ich machten an diesem Tag einen Ausflug

zum Hafen. Wir schlenderten durch ein paar Geschäfte und ich erzählte Luna etwas über die Vorgeschichte zu den Streitigkeiten, die es zwischen den beiden Buchten schon immer gegeben hatte.

»Die Thais glauben immer, dass man ihnen etwas wegnimmt. Dabei gehört das Land, auf dem viele Bungalows der Nachbarbucht stehen, nicht ihnen. Es gehört offiziell dem König von Thailand. Die Thais haben irgendwann einfach ein paar Hütten dort hingebaut und es für sich beansprucht. Als die Regierung ihnen einmal das Angebot gemacht hatte, das Land käuflich zu erwerben, haben sie abgelehnt. Sie sahen es nicht ein, auf einmal zu bezahlen. Die Regierung stellte allen ein Ultimatum, das sie ungeachtet verstreichen ließen. Daraufhin rückte das Militär an. Soldaten landeten am Strand zwischen den Touristen und besetzten die Bucht. Die Thais aber waren gewarnt worden und hatten sich in den Dschungel geflüchtet. An diesem Tag blieben die Touristen ohne Essen, da auch alle Angestellten geflüchtet waren. Bei Einbruch der Dunkelheit rückte das Militär unverrichteter Dinge wieder ab. Die Thais kamen wieder aus ihren Verstecken. Die Ranger, die vom Staat zum Schutz und zur Aufsicht für die Bucht eingeteilt waren und bewaffnet in dem Gebiet um den Wasserfall patrouillierten, trauten sich seit diesem Tag nicht mehr in die Nähe dieser Seite der Bucht und des Strandes. Sie hatten Angst, erschossen zu werden.

Die Thais in der Bucht von Thansadet lebten von da an in einer Art gesetzesfreien Zone und glaubten daher, auch selbst die Regeln aufstellen zu können. Die Regierung hat sich seitdem herausgehalten.«

»Wow«, sagte Luna, »das ist eine ganz schön heftige Geschichte. Und von der Regierung kam keiner mehr hierher?«

»Soweit ich weiß, nicht«. Mehr konnte ich über diese Geschichte auch nicht erzählen.

»Immer wieder war die Situation über die Jahre eskaliert«, erzählte ich Luna und kaum hatte ich die Worte ausgesprochen, erhielt ich eine Kurzmitteilung von Pamela auf mein Handy:

»Die Situation ist eskaliert. Jemand hat in die Luft geschossen. Wo seid ihr? Alles gut bei euch?«

»Merkst du etwas?«, fragte Luna.

»Ja! Pamela hat genau dieselben Worte verwendet, die ich gerade ausgesprochen habe.«

»Es soll dir zeigen, dass alles miteinander verbunden ist. Da euch beide dieses Thema der Angst beschäftigt, habt ihr denselben Gedanken angezogen und sogar dieselben Worte. Ein kosmisches Gesetz.«

Ich schwieg.

»Du hast Angst«, sagte Luna. »Ich kann sie sehen und du musst dich davon befreien.«

»Hältst du es für eine gute Idee, in die Bucht zurück zu fahren, wenn dort Leute mit Revolvern rumlaufen?«, fragte ich.

»Hör sofort auf!«, entgegnete sie mir fast wütend. »Gib diesem Gedanken keinen Raum, lass ihn sofort los. Was glaubst du, wollen die Götter dir hiermit sagen? Denkst du, sie haben dich den ganzen Weg hier nach Thailand geführt, damit du von einem Thai mit einem Revolver erschossen wirst?«

Ich schwieg wieder.

»Siehst du nicht, dass sie dir nur deine eigene Angst spiegeln wollen, die es zu erkennen gilt?«

Mir fehlten noch immer die Worte.

»Ich denke, es ist das Beste, wenn wir sofort zurück in die Bucht fahren. Ich kann schon sehen, wie die Angst dich umgibt und beginnt, dich zu lähmen. Also bewege dich. Ich werde meinen Schamanen kontaktieren, dass er uns und vor allem dir etwas schickt. Du darfst nicht davonlaufen.«

Luna nahm im Geist Verbindung mit ihrem Schamanen auf, um ihn um Schutz zu bitten. Wir stiegen aufs Motorrad und fuhren zurück in die Bucht.

Lunas Handy piepte während der Fahrt.

»Es ist eine Nachricht von meinem Schamanen, er schreibt, dass du dich öffnen sollst, da er sonst nicht zu dir durchkommt«.

Ich schaute Luna fragend an.

»Was ist? Ja, manchmal schreibt er auch einfach nur eine SMS, wenn er weiß, dass ich mit meinen Gedanken anderweitig beschäftigt bin.«

Okay, das hatte ich verstanden. Ich versuchte, mich zu öffnen, um ihren Schamanen ›reinzulassen‹.

Zurück in der Bucht erschien alles ganz ruhig. Alle machten weiter wie bisher. Pamela selbst war nicht mehr hier. Ich war jetzt alleine mit den Angestellten. Meine Schicht verlief ruhig und als ich am Nachmittag zu Luna in die Hütte kam, erwartete sie mich bereits.

»Ich habe meditiert und hatte Kontakt mit Jades Vater. Er hat mir ein Ritual übermittelt, das ich mit dir machen soll, um dich von deiner Angst zu befreien. Es ist wichtig, dass wir dieses Ritual machen, noch bevor die Nacht einbricht. Lass uns gehen.«

Wir gingen hinunter zum Strand. Es hatte bereits begonnen, zu dämmern. Das Meer war ruhig und flach. Am Ende des Standes blieb Luna stehen.

»Hier ist eine gute Stelle«, sagte sie und zog mit dem Fuß eine gerade Linie in den Sand. »Jetzt du. Ziehe mit dem Fuß im rechten Winkel eine Linie, sodass ein Kreuz entsteht.«

Das tat ich und ging einen Schritt zurück. Luna zog nun einen Kreis, der alle Linien des Kreuzes durchquerte, sodass vier gleichgroße Felder entstanden.

»Bitte setze dich auf diese Seite, sodass der Kreis vor dir ist.« Sie zeigte mit der Hand auf das Feld vor meinen

Füßen. Luna setzte sich mir gegenüber. Die Sonne stand nur noch wenige Handbreit über den Bäumen.

»Wir müssen uns beeilen. Bitte schließe deine Augen.« Luna sammelte sich. »Ich rufe die Engel ...« Kaum hatte sie diese Worte gesprochen, lief mir ein Schauer über den Rücken. Luna unterbrach ihren Satz. »Bitte öffne kurz deine Augen«.

Lila war herbeigelaufen und hatte sich direkt in die Mitte des Kreises vor uns gelegt.

»Um so besser«, fuhr Luna fort, »sie wird uns helfen mit ihrer Energie ... wir bitten die Engel, uns eine Lichtsäule der Transformation und des Schutzes zu schicken.«

Dann sprach sie zu mir.

»Stell dir nun vor, wie in der Mitte des Kreises vor uns eine Säule aus weißem Licht bis in den Himmel ragt. Erinnere dich nun an deine Angst, die du vorhin so stark gespürt hast. Rufe dieses Gefühl noch einmal in dein Gedächtnis. Wenn du spürst, dass es in deinem Körper Gestalt angenommen hat, dann atme dreimal tief ein. Konzentriere dich dabei auf deinen letzten Atemzug und visualisiere, wie du mit diesem letzten Ausatmen deine Angst aus dir entlässt und sie der Lichtsäule vor dir übergibst. Die Engel sind bereit und warten darauf, deine Angst entgegenzunehmen und in Licht zu transformieren.«

Ich weiß nicht mehr, was ich in diesem Moment gedacht habe, aber als ich mich auf diese Angst konzentrierte, spürte ich deutlich, wie sich mein Magen zusammenzog. Mein Bauch schmerzte. Ich begann, bewusst zu atmen und formte die Absicht, die Angst, dieses Gefühl in mir, dem Licht zu übergeben. Als ich nach dem dritten Atemzug ausatmete, konnte ich es kaum glauben. Es fühlte sich an, als ob etwas an mir zerrte und meine Bauchdecke wie eine elastische Membran zum Licht hingezogen wurde. Ohne dass ich ein Geräusch dazu hatte hören können, machte es ›PLOPP‹ und etwas wurde aus meinem Körper in die

Mitte des Kreises gezogen und verschwand.

Ich öffnete meine Augen. In der Mitte zwischen uns lag Lila. Sie schien völlig entspannt zu sein und hinter ihr saß Luna und schaute mich mit einem Lächeln an.

»Krass!«, sagte ich, während Luna mir schweigend gegenübersaß. Nach einer kurzen Pause sagte ich noch einmal: »Krass!«

Ich fand keine Worte, denn ich hatte so etwas noch nie erlebt, und ich wusste nicht, was ich denken sollte, denn auch einen solchen Gedanken hatte ich noch nie geformt. Ich fühlte mich frei und auch die Bucht schien jetzt frei zu sein.

Kapitel 16

Luna hatte die Tage eine Mail an Moe geschrieben und ihm von unserer gemeinsamen Zeit hier in Thailand erzählt. Ich saß mit Luna auf der Terrasse meines Bungalows, als ich von Moe eine Mail erhielt.

»Möchtest du, dass ich dir die Mail von Moe vorlese?«, fragte ich Luna.

»Gerne, wenn du sie mit mir teilen möchtest.«

»›Luna hat mir viel von eurer Zeit in Thailand erzählt und ich weiß nicht, wie du es geschafft hast, dass sie sich in dich verliebt hat, aber ich gratuliere dir. Sie ist eine tolle Frau.‹«

Luna wurde blass im Gesicht und fasste sich mit der Hand an ihren Hals. Sie wollte etwas sagen, aber sie schien die Worte nicht aussprechen zu können. Sie schlug mit ihrer Hand leicht auf ihren Brustkorb, als wollte sie die Worte herausklopfen.

»Was ist los?«, fragte ich. Luna hatte einen Gesichtsausdruck bekommen, als ob sie eine Fliege verschluckt hätte und ich lachte.

»Entschuldige mich bitte für einen Moment«, sagte sie und stand auf. »Ich muss kurz mal ein wenig für mich sein.«

Ich blieb sitzen und las die Mail von Moe noch einmal bis zum Ende. Ich war mir sicher, dass er Lunas und mein altes Leben hatte sehen können und bezog seine Aussage darauf, dass wir in einem früheren Leben einmal ein Paar gewesen waren und noch immer diese Verbundenheit in uns trugen, denn im Jetzt konnte ich dieses Gefühl bei mir nicht finden.

»Ich glaube, dass Moe ein Seher ist«, sagte ich zu Luna, als sie die Stufen meines Bungalows hinunter ging und ich hörte nur ein kratziges: »Ja, sicher«, aus Lunas Mund, die mit der Hand auf ihre Brust klopfend davon lief.

An diesem Abend sprachen wir nicht viel. Luna schien zu vermeiden, mich beim Essen anzuschauen. Wir hatten so viel erlebt, dass die Aussicht auf einen Abend in Stille eine wahre Abwechslung für mich darstellte.

Als ich nach meiner Schicht in die Hütte kam, schlief Luna bereits. Ich legte mich leise neben sie und schlief sofort ein.

Am nächsten Morgen verschwand Luna direkt nach dem Frühstück.

»Ich möchte heute ein wenig alleine spazieren gehen«, erklärte sie sich. Ich fragte nicht weiter nach und ließ sie gehen. Ich legte mich an diesem Vormittag in meine Hängematte, und als ich gegen Mittag zu meiner Schicht im Restaurant erschien, war Luna bereits dort und wartete auf mich.

Ich setzte mich an den Tresen und bemerkte, dass ich mein Tagebuch in Lunas Hütte hatte liegen lassen, und ging schnell los, um es zu holen.

Zurück im Restaurant schlug ich es auf, denn ich wollte noch ein Mal lesen, was ich zu den letzten Tagen und dem Ritual am Strand geschrieben hatte. Aber der letzte Eintrag, den ich in meinem Tagebuch fand, trug nicht meine, sondern Lunas Handschrift. Mein Herz klopfte und jetzt spürte ich ein Kratzen im Hals, als ich still las, was dort geschrieben stand:

›Warten auf das Gefühl,
das totale Wachsamkeit in mir erfordert.
Jeden Moment kann es geschehen.
Aufmerksamkeit im Jetzt.

Jetzt ist es da!
Ich habe mich verliebt, in Dich,
Ganz klar in mir, im Jetzt!‹

Die Stille in mir blieb. Luna saß vor mir an einem Tisch. Wir schauten uns an und ich wusste nicht, was ich sagen sollte. Ich stand auf und ging zu ihr rüber.

»Ich habe deinen Text gelesen.«

»Ich weiß, denn ich sitze hier schon eine Weile und habe dich beobachtet.«

»Das ist sehr mutig, was du schreibst«, sagte ich, »wirklich mutig«, wiederholte ich und mein Hals kratzte, als ich die Worte sprach. »Aber ich kann dieses Gefühl nicht erwidern.«

»Was meinst du damit?«

»Ich meine, ich sehe unsere Verbindung, aber ich sehe uns nicht als Paar. Nicht jetzt, ich meine, nicht im *Jetzt*.«

»Und?«

Ich wusste nicht, worauf sie hinaus wollte, denn ich hatte ihr doch gerade gesagt, wie ich zu all dem stand.

»Wie stellst du dir das jetzt vor, wie es hier weitergeht?«, fragte sie.

»Wie meinst du das, wie es weitergeht? Ich sehe uns im *Jetzt* nicht als Paar. Mehr kann ich dazu nicht sagen.«

Sie schaute mich an und ich hatte ihrem Blick nichts entgegenzusetzen.

»Dann geht das so nicht.«

»Was geht so nicht?«

»Das muss ich mir nicht antun. Hier auf der Insel zu sein mit dem Mann, den ich liebe, und der mich aber nicht liebt. Weißt du, ich denke es ist das Beste, wenn ich abreise – für uns beide.« Luna verzog keine Miene. »Bitte entschuldige mich, ich möchte jetzt im Internet nach Flügen schauen. Ich möchte weg von hier und zwar so schnell wie möglich.«

Luna schaute mich an, aber ging nicht, sondern wartete auf eine Reaktion von mir, die nicht kam.

»Und?«, fragte sie erneut. »Dazu hast du nichts zu sagen? Du würdest mich jetzt einfach so gehen lassen?«

»Wenn du gehen willst, dann kann ich nichts dagegen tun«, antwortete ich und schaute sie nur fragend an. »Es ist deine Entscheidung.«

»Na, super, ich offenbare dir, dass ich mich in dich verliebt habe und du hast dazu nichts zu sagen? Du hast noch nicht einmal ein Gefühl für mich und sagst, dass du nichts für mich tun kannst? Halleluja! Okay, mir reicht's jetzt. Bitte entschuldige mich.« Sie blieb stehen und schaute mich an, als ob sie noch immer auf eine Reaktion von mir wartete.

»Unglaublich!«, hörte ich sie noch sagen. »Ts ...!«, zischte es aus ihrem Mund, als sie die Arme in die Luft warf und mich am Tresen stehen ließ.

Ich lief ihr nicht hinterher, ich musste arbeiten. Einige Gäste hatten zugeschaut, und als ich mich umdrehte, wendeten sie sich wieder ihren Speisen zu und taten so, als hätten sie nichts gesehen oder gehört.

Ich ging zum Tresen und konnte meine Verwirrung nur schwer verbergen. Ich nahm noch einmal mein Tagebuch in die Hand und las, was Luna geschrieben hatte. Sie hatte sehr schöne Worte dafür gefunden, aber ich hatte keine Worte dafür. Luna war gegangen und ich wusste nicht wohin.

Zum Ende meiner Schicht kam sie wieder.

»Pass auf! Ich habe im Internet geschaut, aber wegen eines Vulkanausbruchs auf Island liegt der Flugverkehr über Europa nahezu lahm.«

Ich wusste nur wenig über die Nachrichten in der Welt und diese überraschte mich doch sehr.

»Ich denke, ich werde trotzdem meine Sachen packen und in ein anderes Ressort ziehen«, fuhr sie fort. »Ich denke nicht, dass ich mich weiter dem Ganzen aussetzen möchte.«

»Okay!«, sagte ich. Kaum hatte ich das gesagt, konnte ich in Lunas Augen sehen, dass ihr auch das schon wieder nicht gefiel, denn sie hatte sich von mir mehr Verständnis und Leidenschaft erhofft. Aber ich fand in mir nichts, mit dem ich Lunas Gefühlen hätte gerecht werden können.

»Ich denke, es ist besser, wenn ich wieder in meinem Bungalow übernachte«, sagte ich, aber Luna schien mich nicht zu hören.

Wir sprachen kaum. Nach dem Abendessen schaute mich Luna an.

»Kommst du nach der Schicht zu mir?«, fragte sie.

»Ich denke nicht, dass es eine gute Idee ist, oder?«

Ich blieb dabei, und an diesem Abend ging jeder zum Schlafen in seinen eigenen Bungalow.

Ich war kaum eingeschlafen – draußen brannte noch Licht – da hörte ich Schritte. Es war Luna, die zu später Stunde und mit einer Taschenlampe bewaffnet die Stufen zu meinem Bungalow hinaufstapfte. Im Schlepptau brachte sie Lila und Bu mit, während Bang Born an diesem Abend meinen Balkon als Schlafplatz ausgesucht hatte und bei Lunas Eintreffen freudig mit dem Schwanz wedelte.

Luna stand jetzt auf der obersten Stufe und ich zwei Köpfe über ihr auf der Terrasse. Ich war komplett verschwitzt und nur in Unterhose. Luna musterte mich von oben bis unten, holte tief Luft und richtete ihren Blick ins Leere.

»Was soll das?«, sagte sie, sichtlich um den Schlaf gebracht. In der einen Hand hielt sie die Taschenlampe, deren Lichtkegel nach unten zeigte, während sie den anderen Arm auf ihre Hüfte stütze und mit einem Fuß unruhig tippelte.

»Was soll was?« Ich war mir keiner Schuld bewusst.

»Du bringst mich echt zur Weißglut. Ihr Männer seid alle gleich. Immer wenn man ehrlich zu euch ist, dann lauft ihr weg. Super! Und du bist da keine Ausnahme.«

»Wenn es dir wichtig ist, dass ich bei dir übernachte, dann komme ich jetzt mit.«

»Oh, mein Gott, ich glaube es nicht. Du begreifst einfach gar nichts!«, sagte sie, während die Hunde die Stufen zur Terrasse unruhig auf und ab zu laufen begannen, und wie ich nicht zu wissen schienen, wohin dieses nächtliche Intermezzo führen sollte.

»Ich wünsche dir eine gute Nacht, du verstehst einfach gar nichts«, sagte Luna und drehte auf der Hacke um. Sie ging so schnell, dass sie auf der letzten Stufe stolperte und hinfiel.

»Brauchst du Hilfe?«

»Nein, danke!«, schallte es zurück, während die Hunde aufgeregt um Luna herum sprangen. Sie stand auf, klopfte sich den Staub von ihrem Kleidchen und ging in großen Schritten weiter Richtung Strand und die Hunde hinterher. Ich hörte wie ihre Schritte und ihr Gemurmel in der Dunkelheit immer leiser wurden. Ich ging zurück in meine Hütte. Ich war müde und beschloss, erst einmal darüber zu schlafen.

Am Morgen frühstückte ich alleine. Luna kam erst gegen Mittag, als ich bereits meine Schicht begonnen hatte, und setzte sich zu mir an den Tresen. Sie schaute mich verlegen an.

»Ich wurde gestern Nacht ans Feuer gerufen. Ich bin zu meiner Hütte gegangen und habe mich gleich schlafen gelegt«, erklärte sie. »Wenn ich schlafe, dann kommt manchmal Marie oder mein Wächter zu mir und führt mich an diesen Ort. Das Feuer. Ich weiß dann, dass es etwas sehr Wichtiges ist, dass sie mir mitteilen möchten.«

»Was haben sie dir gesagt?«

»Ich möchte mich bei dir entschuldigen, dass ich dich

so unter Druck gesetzt habe und auch, dass ich aus verletztem Stolz heraus sofort abreisen wollte.«

Ich schaute sie mit großen Augen an, denn von einem solchen ›Feuer‹ hatte sie noch nie erzählt. Ich hatte Gänsehaut.

»Marie hat mich gerügt und gesagt, dass ich vorschnell gehandelt habe. Es sei nicht richtig, jetzt zu gehen.« Es war Luna peinlich, dass sie letzte Nacht so ungestüm gewesen war und mich aus dem Schlaf gerissen hatte, um mich zur Rede zu stellen.

»Versteh mich nicht falsch, ich stehe zu meinen Gefühlen und auch zu meiner Liebe zu dir, die ich wiederentdeckt habe im *Jetzt*, und ich bereue nicht, es dir gesagt zu haben, denn es ist die Wahrheit. Aber es war nicht richtig von mir, dich so anzugreifen, nur weil du es nicht so empfindest. Denn das steht dir zu. Bitte verzeih mir.« Sie senkte ihren Blick.

Ich war überrascht. Dann schaute sie mir wieder in die Augen.

»Es warten noch so viele Dinge auf uns, auf dich, und es ist wichtig, dass ich dich begleite.« Sie lächelte. »Außerdem hätte ich ohnehin keinen Flug bekommen, wegen des Vulkanausbruchs in Island und der Aschewolke über Europa. Das haben die Götter geschickt eingefädelt.« Wir mussten beide lachen.

»Aber da ist noch etwas, was ich dir sagen möchte«, sagte sie und ich war ganz Ohr.

»Immer wenn ich ans Feuer gerufen werde und Marie mit mir geschimpft hat, dann darf ich am Ende auch eine Bitte äußern, die mir gewährt wird, sozusagen als eine Art Trostpflaster.« Die Luft zwischen uns beiden schien sich in diesem Moment elektrisch aufzuladen.

»Du erinnerst dich sicherlich an meinen Traum von vor ein paar Tagen, als ich dieses Kind in meinen Armen hielt?«

Ich nickte.

»Ich habe gefragt, wessen Kind es war, und Marie sagte, dass es dein Kind sein wird, und dass es eine Vision der Zukunft war.«

Ich musste schlucken, aber etwas schnürte mir den Hals zu, und ich bekam den Kloß nicht runter.

»Aha, okay?«, sagte ich unbeholfen.

»Es ist unser Kind.« Luna schaute mich an.

Der Kloß in meinem Hals ließ sich weder schlucken noch ausspucken und so konnte ich dazu nicht mehr sagen als ein geräuspertes: »Aha, so so ...!«

Wir saßen uns schweigend gegenüber.

»Okay«, sagte ich dann, »wir werden sehen. Wenn ich dich richtig verstanden habe, dann bedeutet das auch, dass du jetzt nicht abreisen wirst?« Luna nickte.

Ich konnte nicht ganz verbergen, dass diese Vision in keinster Weise meinen Vorstellungen von Zukunft entsprach. Mein Herz schlug noch immer bis zum Hals.

»Ich fühle das alles nicht so und ich sehe auch nicht, dass wir beide Sex haben werden und ein Kind sehe ich auch nicht. Entschuldige, wenn ich das so direkt sage, aber ich sehe unsere Verbindung anders«.

»Mir ist einiges klarer geworden letzte Nacht. Ich weiß jetzt, dass nichts falsch ist an diesem Gefühl und ich weiß, dass es richtig ist«, sagte Luna und wackelte dabei selbstgefällig mit dem Kopf, als ob sie damit sagen wollte, dass sie die Wahrheit kannte, ich aber nicht.

»Also, ich bin soweit«, fuhr sie fort, »jetzt liegt es nur noch an dir.«

Dieser Satz brachte mich innerlich zum Kochen: ›Jetzt liegt es nur noch an dir‹. Was sollte das, dachte ich, und empfand es als Provokation.

»Entschuldige, aber wenn du so mit dem Kopf wackelst und so tust, als ob du alles besser weißt, dann regt mich das auf. Ich denke, ich habe da noch ein Wort mitzureden.«

»Ich merke schon, dass es etwas zu viel Information auf einmal für dich war. Vielleicht lässt du alles erstmal sacken und wir sehen uns später im Bungalow.«

Luna verabschiedete sich und ließ mich am Tresen sitzen, nachdem sie mir fast im Vorbeigehen erzählt hatte, dass sie eines Tages mein Kind in ihren Armen halten würde.

Hier schien für mich eine Grenze erreicht zu sein. Ich spürte einen großen Widerstand in mir. Ich hatte seit meiner Ankunft sehr nach dem gelebt, was Luna, Cornelia und die Götter selbst mir mitgeteilt hatten, aber jetzt war mein Fassungsvermögen überschritten.

So klar Luna mit ihrem Gefühl jetzt in sich war, so unklar war ich jetzt in mir. In der Nacht schliefen wir wieder gemeinsam in Lunas Bungalow, aber seit dieser Nacht war mein Gefühl ein anderes. Ich achtete darauf, genügend Abstand zu Luna zu halten. Vielleicht war das albern, aber ich wusste mir im Moment nicht anders zu helfen, denn gleichzeitig wollte ich auch bei ihr sein.

Ich saß mittags am Tresen, als Luna mit glasigen Augen ins Restaurant gelaufen kam. In der Hand hielt sie ihre Fotokamera, die sie mir entgegenstreckte.

»Sag mal, ist diese Schlange giftig?«

Auf dem kleinen Display der Kamera sah ich eine Schlange den Stamm einer Palme empor kriechen.

»Die Schlange ist sehr schlecht zu erkennen, tut mir leid. Wieso fragst du?«

»Die hat mich gerade gebissen«, sagte sie und zeigte auf ihr Bein.

»Das ist ein Scherz?«, erwiderte ich schon fast lachend.

»Nein, schau.«

Sie hob ihr Bein und ich sah zwei winzige Löcher, wie von einer Nähnadel. Ich ging in die Hocke, um mir die Stelle besser anschauen zu können.

»Okay, wie fühlst du dich?«

»Ganz okay. Ich bin etwas aufgeregt.«

»Tut die Wunde weh?«

»Nein, nicht wirklich?«

»Ist dir schwindelig oder hast du Fieber?«

»Nein, auch nicht.«

Damit war ich mit meinem Latein auch schon am Ende. Ich hatte gelernt, dass man einen Schlangenbiss auf keinen Fall aussaugen durfte, da man dann selbst Gefahr lief, vergiftet zu werden, sofern es sich um eine Giftschlange handelte.

Ich schaute mir noch einmal das Foto an und fragte, was genau geschehen war.

»Ich kam die Treppe des Bungalows hinunter und auf dem Weg hab ich nicht aufgepasst, bin auf sie drauf getreten und da hat sie mich gebissen. Dann ist sie gleich den Stamm hinaufgeklettert und ich bin schnell in die Hütte gelaufen und habe meine Kamera geholt, weil ich dachte, dass es wichtig ist, festzuhalten, von welcher Schlangenart man gebissen wurde.«

»Ja, das hast du richtig gemacht«, sagte ich. »Wenn es dir jetzt noch so gut geht und die Wunde keine Anzeichen einer Schwellung oder einer anderen Reaktion zeigt, dann gehe ich davon aus, dass der Biss nicht giftig war. Das Foto ist zwar nicht besonders gut, aber ich denke, dass es eine Palmschlange war. Die sind nicht giftig und die gibt es hier sehr oft.«

»Möchtest du ins Krankenhaus fahren?«, fragte ich sie zur Sicherheit, aber sie lehnte ab. Ich schaute noch einmal auf die beiden winzigen Löcher in ihrem Bein, und als ich zu Luna hinauf schaute, mussten wir beide laut lachen. So absurd und komisch war diese Situation.

Am Abend saßen wir bei Luna auf der Terrasse und unterhielten uns. Der Schlangenbiss vom Mittag hatte anfangs die Spannung zwischen uns gelockert, aber jetzt waren wir wieder mitten in einer Diskussion gelandet, in der es schlicht darum ging, dass ich nicht akzeptieren wollte, dass Luna und ich ein gemeinsames Kind haben würden. Ich fühlte mich bevormundet, von ihr, vom Leben, von den Göttern, einfach von allen.

Luna sprach davon, dass es doch keinen Grund gäbe, sich aufzuregen, denn was sie gesehen habe, sei eine Vision der Götter und ihr Gefühl der Liebe zu mir schlussendlich ein Beweis und ein Zeichen der Wahrheit, die dahinter lag. Die göttliche Wahrheit war mir aber egal, denn mein Gefühl vermittelte mir nicht die Erkenntnis einer verborgenen Wahrheit, sondern lediglich Bauchschmerzen. Die Diskussion führte zu nichts und ich musste los zur Arbeit.

»Lass uns hier Schluss machen«, sagte ich und wir waren beide erleichtert, dass der Beginn meiner Schicht dem Ganzen ein Ende setzte, zumindest für heute.

Ich stieg die wenigen Stufen der Holztreppe hinunter, die auf einem Zementsockel endete, auf dem ich meine sandigen Schuhe abgestellt hatte. Lila folgte mir. Es war bereits dunkel. Ich wollte gerade mit dem Fuß in den Schuh schlüpfen, als mich etwas in den Zeh biss. Ich erschrak dermaßen, dass ich hoch in die Luft sprang und auf dem kleinen Weg landete. Auch Lila hatte sich erschrocken und sprang in einem ähnlich hohen Bogen weg von der Treppe.

»Mich hat was gebissen«, rief ich aufgeregt, »Scheiße, das gibt's doch gar nicht.«

Lila lief ängstlich umher und mir schlug in diesem Moment das Herz bis zum Hals. Ich ging langsam zurück zur Treppe, aber ich konnte nichts sehen.

»Es war eine Schlange«, sagte Luna. »Ich hab sie gesehen.«

»Scheiße!«, sagte ich. »Das kann doch nicht wahr sein.«

»Und braun war sie.«

»Scheiße! Auch das noch«, rief ich erneut.

Ich wusste nicht viel über Schlangen, aber ich hatte von den Thais gelernt, dass man sich besonders vor schwarzen und braunen Schlangen in Acht nehmen sollte und besonders dann, wenn die braune Schlange einen schwarzen Streifen auf dem Rücken trug.

Jetzt war die Schlange weg und ich ging die Stufen wieder hoch auf die Terrasse. Luna machte das Licht an und wir gingen ins Bad, um die Wunde auszuwaschen. Als ich die ersten Schritte im Licht der Hütte machte, sah ich die kleinen Löcher in meinem Zeh.

»Mach mal ein Foto, so lange es noch blutet«, sagte ich zu Luna, als ich in Richtung Badezimmer humpelte. Sie drehte sich um und fing laut an zu lachen.

»Hast du gerade gesagt, ich soll ein Foto machen, solange es noch blutet?«, wiederholte sie meinen Satz und ich konnte selbst nicht glauben, was ich da gesagt hatte. Ich war gerade von einer Schlange gebissen worden, aber anstatt in Panik brachen wir beide in Gelächter aus.

»Wasch die Wunde erst einmal aus. Vergiss das mit dem Foto«, sagte Luna und reichte mir die Duschbrause.

Die Wunde schmerzte nicht. Die Spuren der Zähne ließen vermuten, dass das Gebiss in etwa die Größe meiner Daumenkuppe hatte. Ich spürte keine Veränderung in meinem Körper. Mir ging es gut. Auch weil ich den ganzen Tag noch nicht so herzhaft gelacht hatte wie gerade in diesem Moment.

»Okay, lass uns durchatmen. Wir wurden heute beide von einer Schlange gebissen, und zwar beide fast an derselben Stelle. Ist das nicht seltsam?«, bemerkte Luna scharfsinnig. »Ich denke, das war kein Zufall, sondern eine Botschaft.«

Ich hörte gespannt zu, während ich in Gedanken versuchte, die Größe des Kiefers auf die Gesamtlänge der Schlange umzurechnen.

»Ich denke, die Götter wollen uns damit sagen, dass wir wieder auf den Boden der Tatsachen kommen sollen und uns nicht in endlosen Diskussionen verfransen, die zu nichts führen. Wir sollen wieder ins *Jetzt* kommen und das haben sie mit den Schlangenbissen auch geschafft.«

Wo sie recht hatte, hatte sie recht. Jetzt war ich hell wach und alle Schwere meiner Gedanken war wie weggeblasen.

»Wow, ich bin von einer Schlange gebissen worden«, sagte ich noch einmal ungläubig.

»Wow, wir sind beide am selben Tag, an derselben Stelle von einer Schlange gebissen worden«, erwiderte Luna.

»Aber die Schlange, die mich gebissen hat, war größer«, warf ich ein, und wir lachten schon wieder.

Ich zeigte meinen Zeh stolz den Angestellten im Restaurant und sie schlugen die Hände über dem Kopf zusammen und manche erschraken so sehr, dass sie davonliefen. Dabei war es doch nur der Abdruck eines Bisses und nicht die Schlange selbst.

Thais und Burmesen reagierten empfindlich auf Schlangen und liebten es, laut aufzuschreien, wenn sie einer begegneten. Oft endete eine solche Begegnung damit, dass sich mehrere Menschen in einem sicheren Abstand um die Schlange herum versammelten, um sie dann mit kleinen Steinen und Stöckchen zu bewerfen, um sie zur Flucht zu animieren. Dabei wurde laut gelacht und geraucht, bis die Schlange schließlich das Weite suchte.

Die Begegnung mit den Schlangen hatte Luna und mich wieder auf den Boden der Tatsachen gebracht und wir konnten uns normal begegnen, ohne dass ich Angst hatte, an etwas ausgeliefert zu sein, das ich nicht wollte.

Am Tag darauf gingen wir gemeinsam auf die Felsen am Meer, die den Eingang zur Bucht markierten. Bu und Lila waren uns gefolgt. Luna war zum ersten Mal hier draußen und ihr gefiel es sehr. Sie kletterte gemeinsam mit Lila auf einen erhöhten Felsen. Sie stand dort oben und schaute mit Lila hinaus aufs Meer. Luna trug einen weiten Rock, der im Wind hin und her flatterte. Lila stand direkt neben ihr. Das Bild erschien mir wie aus einer anderen Zeit.

»Ich ärgerte mich, dass ich meine Kamera nicht mitgenommen habe. Es sieht so toll aus, wie ihr beide dort auf dem Felsen steht«, sagte ich.

»Das macht doch nichts, dann ist dieses Bild eben nur für dich bestimmt.«

Ich griff in die Beintasche meiner Shorts und holte mein Tagebuch und einen Stift heraus und hielt den Moment in einer Zeichnung fest. Ich riss die Seite später heraus und schenkte sie Luna.

»Es wird mich immer an diesen Moment erinnern«, sagte sie. »Es fühlt sich für mich so an, als ob Lila schon einmal bei mir war und ich sie jetzt in diesem Leben wiedergefunden habe.«

Lila war mit Sicherheit kein normaler Hund. ›Der Hund, den mir die Götter geschickt haben‹, habe ich sie immer genannt und das war sie auch. Sie war ein Wesen, das hier auf der Insel lebte. Sie verkörperte für mich die vollkommene Freiheit.

Luna und ich setzten uns. Die Sonne war bereits am Untergehen und es begann das Farbenspiel am Abendhimmel.

»Ich kann die Quelle sehr stark spüren, die uns verbindet. Sie ist die Essenz unserer Kraft und unserer Einheit.«

Ich ließ mich zurück auf die Felsen fallen und genoss den warmen Wind. Luna legte ihren Kopf auf meine Brust und Lila kam zu uns gelaufen und legte sich in die Beuge meines ausgestreckten Armes. Wir beobachteten die Wolken über uns, wie sie fast minütlich die Farbe änderten. Ich hatte mich noch nie zuvor in der Bucht so geborgen gefühlt wie an diesem Abend. Mit Luna und Lila hier zu liegen und die Natur um uns herum zu atmen, ein Teil von ihr zu sein, ließ mich tief in meiner Seele entspannen und ich genoss jeden Augenblick, bis die Sonne vollends hinter den Bäumen verschwunden war und es merklich kühler wurde.

In der Nacht hatte ich einen Traum, in dem ich U-Bahn fuhr. Alles war ganz still. Ich trug keine Schuhe, nur ein Paar Strümpfe. Alle Menschen um mich herum trugen nur Strümpfe. Jeder hatte einen Hund bei sich. Die Türen des grauen Zuges öffneten sich fast lautlos. Menschen und Hunde schauten still zu mir, als sich leise die Türen hinter mir schlossen und der Zug davon zu schweben schien.

Am nächsten Abend machte ich mich noch vor dem Sonnenuntergang auf den Weg zu Alexander, um meinen Stein erneut ins Feuer zu geben. Er war umgezogen und die Meditation würde ab jetzt bei ihm zu Hause an der Westküste stattfinden. Es war eine seltsame Stimmung, als ich mit dem Motorrad fuhr. An diesem Abend sah ich außergewöhnlich viele Hunde am Straßenrand sitzen und hatte das Gefühl, dass sie mich alle anschauten, ja beobachteten.

Als ich dann im Hafen noch eine Flasche Wasser kaufen war, erhielt ich einen Anruf von Alexander, der mir für heute absagte. Ein Freund brauchte seine Hilfe und er würde keine Zeit für mich haben.

Im Hafen war ein Treiben, wie ich es vorher noch nicht gesehen hatte. Wenn es kühler wurde, erwachte die Stadt erst richtig zum Leben. Die Menschen spielten im Hafen Ballspiele und Frauen machten auf einem Platz Aerobic mit Musik. Kinder spielten auf dem tagsüber so verlassen erscheinenden Spielplatz und auf dem Nachtmarkt fanden sich die Einheimischen zum Abendessen ein. Ich genoss einen wunderschönen Sonnenuntergang auf der Westseite der Insel und nach Einbruch der Dunkelheit fuhr ich los in Richtung Bucht.

Die Luft war voller Insekten und ich konnte sie wie Nadelstiche auf meiner Haut spüren, während ich mit dem

Motorrad fuhr. Es muss an der Jahreszeit und auch am Stand des Mondes gelegen haben, denn vorher waren mir die fliegenden Insekten nicht aufgefallen. Es war so etwas wie Paarungszeit.

In der Bucht angekommen, wimmelte es auch hier von diesen Insekten. Als ich meine Schicht begann, flogen so viele von ihnen um die Lampen im Restaurant, dass sich das Restaurant verdunkelte. Es war ein Festmahl für die vielen Geckos an den Wänden. Aber das Essen der Geckos fiel leider auch in das Essen der Menschen. Am nächsten Morgen lagen überall auf dem Boden und auf den Tischen abgeworfenen Flügel und verendete Insekten und unter den Lampen hatten sich Häufchen gebildet, die das Personal bei der morgendlichen Reinigung beseitigte. Dieses Schauspiel würde sich von nun an alle paar Wochen wiederholen.

Es war wie immer ein wunderschöner Morgen, als Luna und ich aufstanden. Die Sonne schien durch die geöffneten Fenster. Wenn ich aufwachte, schlich ich oft auf die Terrasse und legte mich noch schlaftrunken in die Hängematte, um den Sonnenaufgang sehen zu können und es geschah nicht selten, dass ich dabei erneut einschlief.

»Wach auf«, hörte ich Luna sagen und sie rüttelte am Seil der Hängematte. »Ich hatte heute Nacht schon wieder Besuch«, sagte sie. »Mir ist eine Frau im Traum begegnet, eine Priesterin, und sie hat gesagt, dass ich heute alleine zum Wasserfall kommen soll.«

»Und was sollst du da?«, fragte ich neugierig.

»Das werde ich dann erfahren. Sie hat lediglich gesagt, dass ich kommen soll und das werde ich auch tun. Aber lass uns jetzt noch gemeinsam frühstücken und danach mache ich mich auf den Weg.«

Wir schauten beide hinaus aufs Meer und in den Sonnenaufgang. Am Strand waren schon ein paar Gäste, die zu dieser frühen Stunde badeten. Darunter war auch eine großgewachsene Frau Mitte zwanzig.

»Siehst du die Frau da unten mit den blonden Dreadlocks?«, fragte ich Luna.

»Ja, was ist mit ihr?«

»Sie stand gestern am Tresen und sie hat ein ganz frisches Tattoo an ihrem linken Arm und da musste ich an unser Tattoo denken.«

»Vielleicht ist sie ja Tätowiererin?«

»Ja, vielleicht. Und vielleicht hat sie ja sogar ihre Tätowiermaschine mit, dann kann sie uns den Kreis gleich hier in der Bucht stechen.«

»Ja, das wäre der Hammer«, sagte Luna und wir schauten uns an und lachten. Wir zogen uns an, putzten die Zähne und gingen zum Restaurant, um zu frühstücken. Danach verabschiedete sich Luna und ich konnte sehen, dass Lila und Bang Born ihr folgten. Es war ein sehr ruhiger Morgen und Luna würde sich sicher über diese Begleitung freuen.

Ich ging währenddessen auf meine Hütte und legte mich in die Hängematte und las in dem Buch, das Luna mir zu meinem Geburtstag geschenkt hatte, ›Avalon und der Artusweg‹.

Am Nachmittag saß ich wieder am Tresen und von Luna war noch immer keine Spur. Sie schien noch immer am Wasserfall zu sein.

Die junge Frau mit den Dreadlocks, die wir am Morgen am Strand gesehen hatten, kam zu mir an den Tresen, um etwas zu Essen zu bestellen.

»Sag mal, das Tattoo an deinem Arm ist noch ganz frisch? Solltest du da nicht noch ein wenig mit dem Baden warten?«, fragte ich.

»Ach, das geht schon. Ich bin da nicht so empfindlich.«

»Hast du das hier auf der Insel stechen lassen?«, fragte ich neugierig.

»Ja, ein Freund von mir hat ein Tattoo-Studio in Tongsala. Ich besuche ihn jedes Jahr und fast alle meine Tattoos sind von ihm gestochen. Die anderen hab ich selbst gemacht und da ich schon fast alle Stellen, die ich selbst erreichen kann, tätowiert habe, ist er jetzt wieder dran.«

»Aha! Du bist also Tätowiererin. Darf ich dir eine Frage stellen?«

»Ja, klar.«

»Du hast nicht zufällig auch deine Maschine mit in den Urlaub gebracht?«

»Doch, hab ich. Wie kommst du darauf?«

»Okay, dann hab ich einen Job für dich«, sagte ich und musste lachen. »Du hast dir gerade die große Ehre erworben, mir und meiner Freundin ein Tattoo zu stechen, wenn du magst. Du wirst es nicht glauben, aber ich habe heute Morgen mit Luna über dich gesprochen, als du am Strand warst und da haben wir beide gesehen, dass du erstens Tätowiererin bist und zweitens auch deine Maschine dabei hast.«

Sie schaute mich ungläubig an. Ich erzählte ihr nochmal von der Unterhaltung am Morgen und erklärte auch die Hintergründe, um welches Motiv es sich handelte und woher dieses Motiv des Kreises kam. Sie erwies sich als sehr aufmerksame Zuhörerin. Ich freute mich schon darauf, mir das Tattoo hier in der Bucht stechen zu lassen, aber sie sagte, dass es doch besser sei, dazu in das Studio ihres Freundes zu gehen, allein schon aus hygienischen Gründen. Das war auch sicherlich im Interesse von Luna, dachte ich, und beschloss, abzuwarten, bis sie von ihrer Wanderung zurückkommen würde, bevor ich einen Termin vereinbarte.

Als Luna kam, saß ich noch immer am Tresen und freute mich schon sehr, ihr die Geschichte von der Frau mit den Dreadlocks erzählen zu können.

Luna sah irgendwie anders aus. Sie kam sehr selbstbewusst zu mir gelaufen und setzte sich im Schneidersitz auf die Getränkebox, die direkt neben dem Tresen stand, und schaute mich an.

»Wie war es am Wasserfall? Wen hast du getroffen?«, fragte ich neugierig.

»Also«, begann sie ihre Erzählung, »ich bin zum Wasserfall gelaufen und Lila und Bang Born haben mich begleitet. Darüber habe ich mich sehr gefreut. Ich wusste ja nicht, was mich dort oben erwartet. Auf dem ganzen Weg war keine Menschenseele und ich habe auch keinen Jeep gesehen, als ich ein Stück auf der Straße gelaufen bin. Ich bin zu deinem Baum gelaufen, denn die Frau in meinem Traum hat mir gesagt, dass ich dorthin kommen soll. Und als ich dort war, wartete sie bereits auf mich.«

Ich hörte ihr gespannt zu.

»Sie hieß mich willkommen und stellte sich mir vor als eine Hohepriesterin von *Antu*. Sie sagte mir, ich solle mich nackt ausziehen und zu ihr ins Wasser steigen, was ich auch tat. Dann erhielt ich von ihr selbst meine Weihe zur Priesterin, damit ich befugt bin, mit dir die Weihe zu vollziehen.«

»Wow! Weihe wozu?«

»Die Weihe für die Quelle. Die Quelle, aus der alles entspringt und die uns verbindet.«

Mein Blick war unverändert und mein Mund stand weit offen.

»Es war sehr schön und danach bin ich aus dem Wasser gestiegen und die Priesterin hat sich verabschiedet und ist verschwunden.«

»Wohin?«, fragte ich, obwohl ich wusste, dass ich darauf keine Antwort bekommen würde.

»Ich habe dann noch nackt auf dem Felsen gesessen und den Moment genossen. Ich hatte keine Angst, dass jemand kommt, denn ich wusste, dass ich jetzt geschützt bin. Lila und Bang Born warteten geduldig.« Sie schmunzelte. »Dann habe ich mich wieder angezogen und bin mit den Hunden über die Felsen zurückgelaufen und habe auf dem Weg den Text für das Ritual für die Quelle erhalten. Ich bin gleich in meine Hütte gegangen, um alles aufzuschreiben und habe dir den Text schon in einer Mail geschickt. Das Beste ist, wenn du ihn auswendig lernst. Denn du wirst ihn aufsagen müssen, wenn Vollmond ist.

Ich weiß jetzt, dass die Götter mich auch deshalb ans Feuer gerufen haben, weil ich dieses Ritual unbedingt mit dir machen soll. Es ist wichtig.«

So vieles schien so wichtig zu sein, daran hatte ich mich schon gewöhnt.

»Bitte lies den Text, und wenn du etwas ergänzen möchtest, dann tue das, denn es ist dein Text und er wurde für dich geschrieben.«

Luna richtete sich auf und schaute mir in die Augen.

»Also, ich bin bereit. Jetzt liegt es nur an dir.«

Ich mochte nicht, wie sie diesen Satz sagte. Bereit wofür?

Vor meinem inneren Auge erschienen Bilder. Wir waren beide nackt und standen im Wasser vor meinem Baum und küssten und liebten uns. Danach stieg ich aus dem Wasser und setzte mich auf den Thron, der sich aus den Wurzeln des Baumes formte. Noch immer schüchterte mich diese Vorstellung ein.

»Hast du mir zugehört?«, fragte Luna.

»Ja, ja, ich hab dich verstanden. Es liegt jetzt an mir. Wie immer«, sagte ich. Aber auch ich hatte Neuigkeiten und erzählte die Geschichte von der Tätowiererin, und dass wir quasi schon einen Termin zum Tätowieren hatten, und schloss mit den Worten:

»Also, Luna, ich bin bereit. Jetzt liegt es nur an dir.«

Luna schaute mich mit großen Augen an und schmunzelte über meinen kleinen Seitenhieb.

»Ich verstehe«, sagte sie, und fühlte sich ertappt. »Okay! Dann muss ich mich jetzt wohl auch entscheiden.«

Ich würde sagen, das ging gerade noch mal unentschieden aus. Beide hatten wir dem anderen eine Aufgabe gestellt, an der er zu knabbern hatte. Denn sowohl mit der Weihe als auch mit dem Tattoo würden wir ein Zeichen für unser beider Leben setzen, das uns verändern würde. Als Tattoo im Außen und als Weihe im Innern.

Im Anschluss ging ich auf meine Hütte und las die Mail, die Luna mir geschickt hatte.

»Heute auf dem Felsen habe ich gefühlt, dass wir unsere gemeinsame tiefe Erfüllung gefunden haben, dass Liebe manchmal weder geben noch empfangen werden kann. Dass Liebe aber in sich getragen werden kann als Geschenk und unsere Liebe ist im Fluss der Quelle. Das, was wir sind, ist ein großes Geschenk der Götter an uns, dass unsere Liebe im Meer der Gefühle und Energien gemeinsam gefühlt wird. Hier der Text für das Ritual:

Ich bin selbst die Liebe der Quelle.
Alles ist in mir.
Diese Liebe der Quelle bleibt,
wenn alles gekommen und gegangen ist.
Ewige Liebe, unendliche Liebe.
Die einzige göttliche Quelle,
die es wert ist, ihr treu zu bleiben
und ihr zu folgen.
Ich schwöre, dass ich dem Weg der Quelle folgen werde.
Die Energie kommt zu mir.
Ich schwöre, dass ich diese Liebe
in endloser Dankbarkeit und
Hingabe in mir tragen werde,
und folge dieser Quelle der Energie.
Die Quelle bleibt, wenn alles andere gegangen ist.«

Es gab nur eine Kleinigkeit, die ich ändern oder vielmehr ergänzen wollte. Es war der letzte Satz, den Jade mir geschrieben hatte, bevor sie von dieser Welt gegangen war: *›... über alle Grenzen hinaus.‹*

In ein paar Tagen würde Vollmond sein. Ich begann sofort mit dem Auswendiglernen. Als ich den Text auf meiner Terrasse sitzend das erste Mal leise aufsagte, landete ein Schmetterling auf meiner Schulter. Er blieb so lange sitzen, bis ich das letzte Wort des Textes gesprochen hatte. Dann flog er davon. Als wollte er die Worte an einen anderen Ort mitnehmen.

Am Abend hatte ich eine Verabredung mit Alexander. Wir hatten am Vormittag noch telefoniert, denn ich wollte sicherstellen, dass die Verabredung heute auch tatsächlich stattfinden würde.

Die Fahrt mit dem Motorrad machte mir großen Spaß. Es gab immer etwas zu sehen, wenn auch nur den Sonnenuntergang auf der Westseite der Insel. Der Horizont, in dem die Sonne versank, schien über dem Meer unendlich zu sein und die Wolken formten je nach Lichteinfall eine Kathedrale, in der sich dieses Schauspiel darbot. Schon allein hierfür würde sich der Weg auf die Westseite der Insel lohnen.

Ich fuhr am Hafen vorbei entlang der Küstenstraße Richtung Norden. Das Haus stand in einer Art Siedlung, die etwas abseits der Straße gelegen und von einer Mauer umgeben war. Ich fuhr durch den Eingang. Es dämmerte bereits und ich sah von Weitem das Schimmern der Flammen und die Konstruktion mit dem Blasebalg. Drei weitere Personen waren bei Alexander, die heute auch ihren Stein ins Feuer geben wollten. Da ich die weiteste Anreise hatte und Alexander wusste, dass ich heute noch würde arbeiten müssen, durfte ich als Erster ans Feuer gehen.

Es war schade, dachte ich, dass die Meditation nun nicht mehr im Dschungel stattfand. Die Konstruktion war dieselbe geblieben, nur das Umfeld hatte sich geändert, aber das würde nichts an der eigentlichen Verbindung ändern, die es zwischen mir, dem Feuer und dem Silber aufzubauen galt.

Alexander stellte den fertigen Tiegel in die bereits rot glühenden Kohlen. Ich war entspannt, schaute in die Flammen und begann mit der rechten Hand den Blasebalg zu betätigen und innerlich im dazu passenden Rhythmus das Mantra aufzusagen:

›*BUDDO AUM PHI, BUDDO AUM PHI …*‹, immer und immer wieder, bis die Worte im Nichts zu verschwinden schienen und ich erneut begann, ›*… BUDDO AUM PHI, BUDDO AUM PHI …*‹

Mein Blick war auf das Feuer gerichtet und in meinen Gedanken visualisierte ich mich selbst, wie ich im Inneren des Tiegels über einem riesigen See aus flüssigem Quecksilber schwebte. Alexander hatte mir dieses Bild mit in die Meditation gegeben.

Während der Zeremonie beobachtete Alexander unaufhörlich das Feuer und legte fünf Mal neue Kohlen auf. Immer dann verschwand die rote Glut für einen kurzen Moment im Schwarz der Kohlen und schien zu ersticken. Aber der Blasebalg war wie der Atem des Feuers, der auch die kleinste Glut wieder zum Leben erweckte und mit jedem Atemzug schöpfte auch das Feuer neue Kraft. Aus dem Schwarz züngelten gelb-orange Flammen, die sich mit ihrem Hunger immer mehr der schwarzen Kohlen einverleibten, bis alles Schwarz schließlich wieder zu einem glühenden Rot geworden war, das diesen Platz und die Nacht in ein warmes Licht tauchte. Es war ein wohliges Gefühl und mit dem Fokus auf die Flammen schien alles um mich herum zu verschwinden.

Es war eine andere Meditation und es war auch ein anderes Feuer, das sich mir an diesem Abend zeigte. Das Feuer war immer anders. Es entsprach seiner Natur, dass es sich immer und immer wieder neu erschuf, jede Sekunde und mit jedem Atemzug. Allein konnte das Feuer nicht existieren, denn es war auf die Energie von Materie angewiesen, von der es sich ernährte und in der es wuchs. Es nahm und es gab gleichzeitig. Kaum ein anderes Element hatte den Menschen so sehr verändert und kein anderes Element war so unberechenbar. In einer Welt der Formen besaß es keine Form. Es erschien uns als unkontrollierbare Naturgewalt, die alles in sich verschlang, und zugleich den Boden für einen Neubeginn bereitete. Der Mensch konnte es rufen und hatte gelernt, es zu kontrollieren, aber allzu oft entzog es sich auch wieder der vermeintlichen Kontrolle und kehrte zu seiner Natur zurück, die im Kern unberechenbar blieb.

Die Feuermeditation war eine Art kontrollierten Umgangs mit dem Element Feuer. Sie machte sich die transformierende Kraft der Flammen zunutze, um etwas, das vorher keine Form besessen hatte, eine Form zu geben. Mit Hilfe des Feuers und der Meditation ließ sich eine Energie erzeugen und im Silber binden, die als spirituelle Kraft aus meinem Inneren kam und wie das Feuer selbst keine Form in dieser Welt der Formen besaß. Das Feuer und mein Geist hatten also etwas gemeinsam – sie kamen aus dem Nichts. Und so schwer es war, das formlose Feuer in einer Welt der Formen zu kontrollieren, so schwer erschien es auch manchmal, unseren Geist zu kontrollieren. In der Regel zeigte sich die Kraft unseres Geistes in dieser Welt als das, was wir Leben nannten. Unser Handeln entsprang unseren Gedanken. Eine Energie, die wir zuvor auf einer Art geistigen Ebene verdichten mussten, um sie schließlich in Worten oder auch Taten nach außen in diese Welt bringen zu können.

Diese spirituelle Kraft verdichtete sich nun bei der Meditation in dem flüssigen Silber und würde beim Erkalten eine Form erhalten. Das war der Prozess, der sich im Innern des Tiegels abspielte und uns verborgen blieb.

Nach etwa einer halben Stunde war wieder alles vorbei. Alexander stand neben dem Feuer und gab mir das Zeichen, aufzuhören. Ich saß noch einige Minuten vor dem rot schimmernden Brenntopf, bis der Tiegel entnommen wurde und ich mich, noch immer in einer Art Meditation, an den Rand des Geschehens setzte, damit der Nächste nun mit der Meditation beginnen konnte.

Ich beobachtete, wie das glühende Tongefäß vor meinen Füßen langsam erkaltete und seine Farbe von Rot immer mehr zu Schwarz wechselte. Nach einer Weile kam Alexander zu mir und hockte sich neben mich.

»Lass schauen, ob es schon kalt ist«, sagte er und hob den Tiegel vorsichtig mit zwei Fingern an und gab ihn mir in die Hände. Es war ein angenehmes Gefühl. Warm und trocken. Die Oberfläche war zum Teil glatt, so wie ich es von einem gebrannten Tongefäß her kannte, und zum Teil stachelig. Ich bewegte die warme Form noch einige Minuten in meinen Händen hin und her, bis Alexander den Tiegel nahm und öffnete. Er schaltete seine Kopflampe ein.

»Gold«, sagte er und hielt den Tiegel so, dass ich im Licht seiner Lampe auch hineinschauen konnte. »Es ist Gold! Das ist sehr gut.« Er gratulierte mir.

Ich war sehr glücklich, dass die Transformation dieses Mal so deutlich ausgefallen war. Gold, wie cool, dachte ich. Luna würde sich sicherlich freuen. Ich bedankte und verabschiedete mich für diesen Abend bei Alexander und den anderen und machte mich sogleich auf den Heimweg.

Als ich in der Bucht ankam, saßen Luna, Kai und Pamela zusammen an einem Tisch.

»Da bist du ja. Wir haben auf dich gewartet und uns die Zeit mit ein paar Mojitos verkürzt«, sagte Luna und lachte. »Nun zeig uns deinen Stein. Wir sind alle sehr gespannt, wie er aussieht.«

»Er ist Gold«, sagte ich stolz, als ich ihn in meine Hand

legte. Ein Raunen ging durch die Runde.

»Wow! Sehr beeindruckend«, sagte Luna.

Wir saßen noch auf einen letzten gemeinsamen Drink zusammen am Tisch, bis schließlich Bang-Born kam, um Luna abzuholen. Sie ging früh schlafen und ich begann meine Schicht.

Kapitel 17

In dieser Nacht hatte ich einen Traum. Ich war zurück in Deutschland in einer Art Ferienanlage im Grünen. Mehrere kleine Häuser standen dort zwischen hohen Nadelbäumen. Es waren flache Steinbungalows. Ich war in der Lage, alle Wesen zu sehen, die hier lebten, und sie fühlten sich sichtlich wohl. Die Bäume waren beseelt. Um sie herum tummelten sich weitere Wesenheiten, deren Form und Herkunft sich meiner Vorstellungskraft entzogen. Sogar der Weg selbst, auf dem wir liefen, schien eine Seele zu besitzen, und trug zur Unwirklichkeit dieses Ortes bei, den ich im Traum doch als so wirklich erlebte.

Ich lief mit Luna zu einem Flachbau, der sich deutlich von den anderen Gebäuden abhob. Er schien als einziger bewohnt zu sein. Als wir uns näherten, erkannte ich, dass vor dem Haus viele Aquarien standen. Darin schwammen kleine Wasserdrachen. Sie hatten lila Flügel, mit denen sie durch das Wasser glitten. Wir liefen an den Aquarien vorbei und betraten das Haus, dessen Tür offen stand, als würden wir bereits erwartet. Ein dunkelhäutiger, indisch anmutender Mann mit einer Brille kam auf uns zu und begrüßte uns mit dem Wort:

»Sayda.«

Er stellte sich als Lunas Schamane vor und verriet mir auch seinen kompletten Namen, den ich allerdings sofort wieder vergaß.

»Ich nenne ihn auch immer nur Schamane«, sagte Luna mit einem Lächeln. Er bat uns, Platz zu nehmen und zeigte auf eine braune Stoffcouch vor dem Fenster.

Hier endete meine Erinnerung und vielleicht auch der Traum.

Ich erzählte Luna von dieser Begegnung.

»Ja, das war mein Schamane. Er kommt aus dem Norden Indiens und hat sehr dunkle Haut«, verriet sie mir. »Auch die Beschreibung des Hauses passt sehr gut, allerdings habe ich dort noch nie ein Aquarium mit Wasserdrachen gesehen. Leider.« Sie schmunzelte. »Ich denke, es war jetzt an der Zeit, dass er sich bei dir einmal vorstellt und das hat er in diesem Traum, in dieser Begegnung auch getan.«

Als wir nach dem Frühstück zurück in der Hütte waren, schaute Luna nach ihren Mails. Tatsächlich hatte sie eine Mail von ihrem Schamanen bekommen, in der er ihr mitteilte, dass die Runen, die er auf Lunas Bitte für mich angefertigt hatte, nun fertig seien. Luna verriet mir, dass die Runen eine Überraschung hatten werden sollen, aber leider nicht rechtzeitig vor ihrer Abreise fertig geworden waren. Ihr Schamane hatte jeden Stein, den er für die Herstellung der Runen benötigte, bei seinen Wanderungen gesammelt, und da er seine Wahl sehr bedacht zu treffen pflegte, hatte die Herstellung der Runen länger gedauert als geplant.

»Ich denke, dass er dir auf diesem Weg mitteilen wollte, dass die Runen nun fertig sind. Wie aufregend«, sagte sie. »Schade, ich hätte dir die Runen so gerne nach Thailand mitgebracht. Die Runen sind ein Teil deiner Magie. Das habe ich in der alten Zeit gesehen und du wirst auch in diesem Leben wieder ihre Magie zu nutzen lernen. Na ja, dann sollte es jetzt noch nicht sein, aber der richtige Zeitpunkt kommt bestimmt.«

Ich hatte den Traum noch sehr gut in Erinnerung und die Tatsache, dass ich Lunas Schamanen, den ich vorher noch nie zu Gesicht bekommen hatte, so gut erkennen und hatte beschreiben können, beeindruckte mich sehr.

Ich war traurig, dass ich nun noch auf die Runen würde warten müssen, denn ich war voller Tatendrang. Aber ich hatte gelernt, geduldig zu sein. Zumindest glaubte ich das und jetzt bot sich mir die Gelegenheit, diese Tugend unter Beweis zu stellen. Geduld erschien mir wie eine nie enden wollende Lektion.

Trotz des Flugverbots über vielen Teilen Europas buchte Luna einen Flug zurück nach Deutschland für Mitte Mai. Zusätzlich buchten wir auch zwei Inlandsflüge nach Bangkok, denn ich hatte Cornelia versprochen, Luna bis zum Flughafen zu begleiten.

Es war wieder Ruhe eingekehrt zwischen Luna und mir. Am Abend gingen wir gemeinsam im Meer baden, wie jeden Tag. Es war ein besonders schöner Abend. Das Meer war ruhig und hatte eine angenehme Temperatur. Wir saßen im Wasser und schauten hinaus aufs Meer. Viele Gäste waren zu dieser Uhrzeit auch baden. Alle saßen ganz still und man sah nur die Köpfe aus dem Wasser ragen. Ich hatte eine Unterwasserkamera dabei und machte sofort ein Bild. Die Köpfe schienen auf dem Wasser zu treiben.

»Kopfsuppe«, sagte ich und wir lachten.

Während der Rest der Bucht immer mehr im Schatten der Bäume versank, wurde Lunas Gesicht von den letzten Sonnenstrahlen des Abends erleuchtet. Sie strahlte wie eine Laterne. Es waren sehr besondere Bilder, die ich an diesem Abend machen durfte. Leider war es eine Kamera mit einem Negativfilm und so würden wir auf die Bilder bis zu Lunas Rückkehr in Deutschland warten müssen. Aber es war manchmal auch gut, auf etwas zu warten, das hatte ich gelernt. Die ständige Abrufbarkeit von Informationen und auch Erinnerungen hatte einen Nachteil, denn es nahm vielen Momenten die Magie. Ein Foto bekam oft mehr Aufmerksamkeit als der Moment selbst. Der Negativfilm hingegen vermochte diese Magie zu konservieren, bis zu dem Zeitpunkt, wo man, zurück aus dem Urlaub, mit Hilfe der Fotos wieder in diesem Moment würde eintauchen können.

Der April war Nebensaison und es war nicht viel los im Treehouse. Das Internet war ausgefallen und so saßen wir viel im Restaurant und unterhielten uns, oder ich las Luna auf unserer Terrasse aus dem Buch ›Avalon und der Artusweg‹ vor.

So vergingen zwei Tage, bis wieder ein wichtiges Ereignis anstand. Ich hatte die Frau mit den Dreadlocks und den Tattoos kontaktiert und am heutigen Samstag wollten wir uns in der Hafenstadt Tongsala treffen. Sie hatte den Schlüssel für das Studio ihres Freundes besorgt und erwartete uns dort.

Es war ein kleines Studio direkt an der großen Straße, die sich durch die Stadt schlängelte. Es war ein Raum, in dem sich eine kleine abgetrennte Zelle mit einem Fenster und einer Liege befand. Die Wände waren dunkelrot gestrichen und der Fußboden gekachelt. An den Wänden hingen zwischen Bildern und Buddhastatuen Skizzen von Drachen, Symbolen und Schriftzeichen. Der Raum war nicht besonders aufgeräumt. Volle Aschenbecher standen herum und angebrochene Flaschen Wasser sowie Bier und getragene T-Shirts hingen über einem Sessel.

Es sah ein wenig so aus, als würde jemand hier wohnen und wäre gerade nur Zigaretten holen gegangen. Luna und ich schauten uns an.

»Wäre sie uns nicht so deutlich als Tätowiererin von den Göttern gezeigt worden, wäre ich nie freiwillig in diesen Laden gegangen«, sagte ich zu Luna in einem Moment, in dem wir uns unbeobachtet fühlten und sie nickte.

»Ich glaube, wir haben ein kleines Problem«, sagte die Frau, als sie zurück ins Zimmer kam. »Ich hab überall gesucht und ich kann leider keinen Zirkel finden. Ich muss aber erst eine Schablone anfertigen, damit wir Größe und Position des Kreises bestimmen können.«

»Wir haben ja keine Eile, dann gehen Luna und ich noch einmal in die Stadt und schauen, ob wir einen Zirkel in einem der Geschäfte bekommen.«

Wir gingen von Geschäft zu Geschäft, aber zu unserer Überraschung konnten wir in keinem der Läden einen Zirkel bekommen. Selbst im Schreibwarenladen gab es nur Stift und Papier. Sicher konnte es auch an der Verständigung gelegen haben, aber auch eine Zeichnung, die ich extra angefertigt hatte, half nicht weiter.

Was es neben all den Souvenirläden zur Genüge gab, waren Baugeschäfte und das brachte mich auf eine Idee. Luna und ich gingen in eines der Geschäfte und ich suchte in den Regalen nach etwas Rundem, das uns als Schablone für die Schablone dienen konnte. Schließlich fiel unsere Wahl auf zwei Rohrverbindungsstücke in unterschiedlichen Größen. Wir hoben unsere T-Shirts hoch und jeder machte sich schnell einen Abdruck auf die Haut, um zu sehen, ob die Größe passte. Es passte.

Wir kauften also zwei Rohrverbindungsstücke aus Plastik. Nicht romantisch, aber irgendwie witzig, dachten wir, und auf jeden Fall zweckmäßig.

Zurück im Studio musste auch die Frau mit den Dreadlocks lachen. Mangel macht eben doch erfinderisch. Wir hatten zwar nicht bekommen, was wir wollten, aber das, was wir brauchten.

Luna machte den Anfang. Sie zog ihr T-Shirt aus und bevor sie sich halb nackt zeigte, beklebte sie ihre Brustwarzen mit buntem Klebeband, das sie extra zu diesem Zweck im Baugeschäft gekauft hatte.

»Hauptsache, die Nippel sind bedeckt«, sagte sie und lachte dabei.

Okay, dachte ich, wenn's hilft. Luna legte sich auf die Pritsche. Nur eine kleine Lampe an einem Schwenkarm beleuchtete die Szenerie. Wir überzeugten uns beide, dass die Frau sterile Nadeln verwendete. Sicher ist sicher.

Ich saß am Fußende und hatte meine rechte Hand beruhigend auf Lunas Bein gelegt.

Der Kreis saß bei Luna direkt unterhalb ihres Busens über dem Solarplexus. Schon die Schablone sah umwerfend aus. Alles dauerte nicht länger als eine Viertelstunde.

Dann war ich an der Reihe. Nach wenigen Minuten und etlichen tausend Stichen in die Haut war alles vorbei. Es fühlte sich gut an.

Luna und ich stellten uns nebeneinander vor den Spiegel.

»Wow«, sagte Luna, »sehr sexy«, und wir lachten.

»Ja, das sieht wirklich super aus«, sagte die Frau, »so schlicht und doch so kraftvoll.«

Wir hatten ihr von unserer Verbindung erzählt und sie fand unsere Geschichte sehr spannend. Sie war sogar ein wenig stolz, dass wir sie ausgesucht hatten, um uns dieses Tattoo zu stechen. Aber um genau zu sein, hatten nicht wir sie ausgesucht. Sie war uns von den Göttern gezeigt worden.

Wir tauschten Mail-Adressen und machten uns wieder auf den Weg zurück in die Bucht.

Wir strahlten bis über beide Ohren und waren glücklich, uns getraut zu haben. Dieses Symbol stand nun für unsere Verbindung und würde uns immer an diese Zeit in Thailand erinnern.

Es war noch früh am Mittag und der lange Weg und die Aufregung hatten uns hungrig gemacht. Es war schon fast wie ein Ritual, dass wir zu den Computern griffen, wenn um 11 Uhr der Generator mit dem Strom für die Internetverbindung startete. Wir nahmen im Restaurant Platz.

Ich öffnete mein Postfach und fand zu meiner Überraschung eine Mail von Cornelia. Dabei hatte sie sich vor über einem Monat von mir verabschiedet, lange bevor feststand, ob Luna zu mir nach Thailand kommen würde. Ich war überrascht und auch aufgeregt, denn ich wusste sehr wohl, dass Cornelia mir nicht einfach nur so schrieb.

»Hallo! Der 28.04. Ist Ein Wichtiges Datum Für Dich Und Luna! Es Ist Der Tag Der Quelle, Des Zusammenflusses Der Kräfte, Energie, Der Befruchtung Der Quelle!

Heute War Der Erste Schritt Der Gemeinsamen Kräfte, Der Kreis Ist Geschlossen Und Die Energie Geht Über In Euch! Dein Drittes Auge Ist Kurz Vor der Öffnung.

Vereinigung, Liebe Im Fluss, Im Austausch!«

»Cornelia hat geschrieben«, sagte ich zu Luna. Ich las die Worte, ›der Kreis ist geschlossen‹, und zuckte zusammen.

»Mir hat sie auch geschrieben«, erwiderte Luna und ich zuckte erneut zusammen.

»Wow, Sie weiß von dem Tattoo und sie hat auch den 28. erwähnt, das Datum, an dem Vollmond sein wird. Dabei ist sie über 10.000 Kilometer entfernt.«

Aber es ging hier nicht um Geografie, das hatte ich bereits begriffen.

Der 28. war also das Datum. Wieder kamen die Bilder, wie Luna und ich uns im Wasser vor meinem Lebensbaum liebten. Ich wusste nicht, ob es zu dieser Situation kommen würde, und wenn doch, ob es in meiner Macht stünde, einzugreifen. Aber so weit war es noch nicht. Ich schüttelte mich, um die Bilder aus meinem Kopf zu werfen.

»Ist dir kalt?«, fragte Luna, die mich beobachtet hatte.

»Ach, nein! Alles gut«, antwortete ich verlegen.

Wenn ich nicht arbeitete und wir auf der Terrasse unseres Bungalows herumhingen, dann stellte sich Luna mir oft als Versuchsperson zur Verfügung und ich fasste sie an. Es half mir, eine Richtung zu finden, wie ich einen Menschen berühren kann und wo, und vor allem, wie die Energie sich dabei anfühlte. Ich konnte die Energie tatsächlich spüren. In mir war es wie ein Gefühl von Lampenfieber. Wie es für die andere Person war, konnte ich nicht sagen. Luna sprach immer nur davon, dass es sehr angenehm sei.

An einem Nachmittag sprachen wir mit zwei Frauen im Restaurant. Sie kamen beide aus Deutschland und hatten sich vor wenigen Wochen in Indien kennengelernt und beschlossen, ihre Reise gemeinsam fortzusetzen.

Wenn man in seinem Leben im Außen trotz aller Bemühungen keine Entsprechung mehr zu seiner inneren Einstellung finden konnte, was lag da näher, als eine Reise zu tun und das Außen zu verändern. Das klang logisch. Alle Reisenden suchten nach Antworten, die ihnen ihr bisheriges Leben nicht mehr geben konnte. Andere waren wiederum noch gar nicht so weit, dass sie überhaupt erkannten, dass sie nach etwas suchten. Sie waren einfach mal in den Flieger gestiegen. Zumindest glaubten sie das, so wie ich im vergangenen Herbst.

Eine der beiden Frauen am Nachbartisch kam aus Frankfurt am Main. Sie hatte ihren gut bezahlten Job bei einem Fernsehsender hingeschmissen und sich auf ihre Reise begeben. Als Ausgangspunkt hatte sie sich Neuseeland ausgesucht. Sie wollte anscheinend so weit weg von ihrem alten Leben wie nur irgend möglich. Eine Reise, die schon fast wie eine Flucht erschien.

Sie war so weit weg von zu Hause und schon so lange unterwegs, dass sie den eigentlichen Grund ihrer Reise schon vergessen hatte.

Ich erinnerte sie daran, dass eine Reise im Außen auch immer eine Reise in unserem Inneren war und die Frau begann sofort zu weinen. Man begab sich auf einen Weg, um irgendwo anzukommen. Es ging im Leben darum, ›ganz‹ zu sein. Die Einzelteile, die unsere Seele hierfür brauchte, konnten wahrlich überall auf der Welt verstreut liegen. Irgendwann würde man diese Teile zu einem Ganzen zusammenfügen und bräuchte hierfür eine Basis, ein

Zuhause, so wie ich es nannte.

Die Frau weinte noch immer, während Luna und ich uns schweigend anschauten. Dann fragte sie, wie ich hierher gekommen war und ich erzählte ihr meine Geschichte, und dass der Grund meines Aufenthalts der einer spirituellen Reise war. Hier war meine Basis, meine Bibliothek des Lebens, mein Trainingscamp, mein Heiliger Ort oder wie auch immer man es nennen wollte. Die Frage, wohin die Reise ginge, beantwortete ich mit:

»In meine Mitte.«

Wo auch immer dieser Ort sein mochte. Bis hier in diese Bucht war ich dem Schicksal gefolgt und den Zeichen, die es mir in mein Leben gemalt hatte. Ich erzählte ihr von dem Bild, das im Wohnzimmer meiner Eltern hing und von meiner ersten Begegnung mit meinem Lebensbaum, fast 16 Jahre nach der Entstehung dieses Bildes.

Für mich war das Schicksal nichts, das mir auf lange Sicht gesehen plötzlich widerfahren war. Ganz im Gegenteil war mein Leben, in der Rückschau betrachtet, voll von Momenten, die auf kommende Ereignisse hindeuteten und ich nannte dieses Phänomen: ›Echo des Schicksals‹.

Das Leben war nichts anderes als eine Schwingung oder eine Welle, auf der ich ritt und das Schicksal der Moment, wo diese Welle brach. Widerfuhr uns etwas Schicksalhaftes, dann bedeutete dies immer auch einen Wendepunkt in unserem Leben. Ob dieses Ereignis nun ein erfreuliches oder unerfreuliches war, ließ ich erst einmal dahingestellt. Es war in jedem Fall ein Ereignis, das auf unser Leben entscheidenden Einfluss nahm. Mein Schicksal war es immer gewesen, irgendwann nach Thailand zu gehen, um jetzt diese Erfahrung zu machen.

Das Echo des Schicksals hatte mich hierher geführt, zum Ursprung selbst. Immer wieder hatte diese Schwingung die Oberfläche meiner Wahrnehmung durchbrochen. Gerade genug, um meine Aufmerksamkeit zu erregen, sodass ich im Leben diese eine Weggablung finden und mein Schicksal sich würde erfüllen können.

In unserem Leben begegneten uns immer wieder Menschen, Situationen und Orte. All dies waren Begegnungen. Viele dieser Begegnungen wiederholten sich im Laufe eines Menschenlebens und oft erschienen uns Situationen bekannt oder gar vertraut. So vertraut, dass wir sie irgendwann als selbstverständlichen Teil unseres Lebens akzeptierten, ohne sie je wieder zu hinterfragen.

In meinem Leben gab es etwas, das mich seit meiner Schulzeit indirekt begleitet hatte, und dem ich nie die nötige Aufmerksamkeit geschenkt hatte, da es für mich nun mal selbstverständlich erschienen war.

Es war der Hinweis auf ein Land – Thailand.

Seit der 7. Klasse teilte ich meine Schulbank mit einem Klassenkameraden, der in Bangkok geboren war. Nach dem Abitur hatten wir mit ein paar Freunden eine Reise nach Thailand geplant, aber da es meinen Eltern als zu gefährlich erschien, musste ich zu Hause bleiben.

Thailand bedeutet in der Übersetzung ›Freies Land‹ oder ›Land der Freiheit‹. Heute weiß ich, dass es meine Freiheit war, die ich dort gefunden hatte.

Eine weitere Rolle spielten in meinem Leben auch die Frauen. Zwei meiner längeren Beziehungen hatte ich kennengelernt, wenige Tage nachdem sie aus einem Thailandurlaub zurückgekommen waren. Beide! Es lagen zwei Jahre zwischen diesen Begegnungen. Von beiden ging eine Anziehungskraft aus, der ich mich nicht hatte entziehen können. Jede für sich schwärmte in ihren eigenen Worten von diesem Land, Thailand, während ich noch keinerlei Ambitionen zeigte, Berlin überhaupt jemals wieder verlassen zu wollen, und wenn, dann nur für New York.

In der Rückschau betrachtet war dies ein an Unwahrscheinlichkeit grenzender Zufall, dass ich diesen Frauen jeweils nach ihrer Rückkehr aus Thailand in die Arme gefallen war. Aber im Hinblick auf das Echo des Schicksals war es lediglich die notwendige Schwingung oder Energie, die mich auf Kurs gehalten hatte, damit ich jetzt dort sein konnte, wo ich war. Thailand war so in meinen Fokus gerückt worden, dass es mir selbstverständlich erschien, einen Urlaub dort zu planen. Es war mein erster Kontakt mit diesem Land.

In dieser Reihe der Frauen war es abschließend Eve gewesen, die mir vor meinem Urlaub im vergangenen September den Tipp gegeben hatte, diese kleine Bucht hier aufzusuchen, wo ich die Begegnungen machen konnte, die es mir ermöglichten, eine solch lange Zeit im Ausland zu verbringen. Gleichzeitig war alles für meinen Verstand so plausibel verpackt worden, dass ich nicht im Traum daran hätte denken können, dass es mein unausweichliches Schicksal war, hierher zu kommen, denn von Schicksal wollte ich damals nichts wissen. Mit dieser Entscheidung hatte ich eine Energie in meinem Leben erzeugt, die es ermöglichte, dass mich Jades Vater auf dem Markt erkannte und auch Jade ihren Weg zu mir fand, um ihren Platz einzunehmen.

Es war das Echo des Schicksals, das all die Jahre durch Zeit und Raum gereist war, um zu mir zu gelangen. Dabei war in Wirklichkeit ich es, der sich durch die Zeit bewegte. Die Wahrheit hatte schon immer existiert. Nur die Zeit und somit auch die Reife meines Bewusstseins war noch nicht an diesem Punkt meiner Reise namens Leben angelangt. Dort wo Raum, Zeit und Wahrheit aufeinandertrafen, dort entstand unser Schicksal. Mein Schicksal war es, nach Thailand in diese Bucht zu kommen. Hier würde diese kosmische Gleichung aufgehen und endlich Sinn machen.

Die Wahrheit war nichts anderes als eine konstante Schwingung, die unser gesamtes Universum durchdrang. Was uns von dieser Wahrheit trennte, war die Zeit. Auch ich hatte lange auf meine Wahrheit warten müssen, obwohl sie schon immer da gewesen war und ihr Echo so oft bis zu mir vorgedrungen war. Aber das Echo allein genügte nicht. Denn nur dort, wo die Wahrheit auch bewusst wahrgenommen wurde, war man am Ursprung angelangt. Dort wo das Echo entstand, und im übertragenen Sinne das Wort Gottes gesprochen wurde, um zu unserem Schicksal und zu unserer Wirklichkeit zu werden.

»Verrückt, oder?«, sagte ich. »Das Echo des Schicksals begleitet uns unser ganzes Leben. Jeden Einzelnen. Es ist wie ein Rauschen im Hintergrund, das immer lauter wird, bis es knallt. Wie bei einem Paukenschlag. Erleben wir oft nicht so unser Schicksal? Wie einen Paukenschlag? Und wenn der Schmerz in unseren Ohren abklingt, dann können wir wieder die lieblichen Klänge und das Zwitschern der Vögel hören.« Alle fingen an zu lachen.

»Das ist sehr interessant, was du gerade über das Echo des Schicksals erzählt hast. Denkst du, dass es auch in meinem Leben so ist?«, fragte die Frau.

»Ich denke, es ist in jedem Leben so. Nur manchmal hören wir eben nicht hin oder sind einfach noch nicht bereit. Die Zeit ist noch nicht reif, wie man so schön sagt.«

Es kehrte ein wenig Ruhe ein und die Gesichter waren nachdenklich geworden. Luna war aufgefallen, dass die Frau humpelte.

»Du hast jetzt sehr viel geredet. Vielleicht möchtest du zur Abwechslung mal ihren Fuß anfassen«, sagte Luna zu mir. »Ich habe gesehen, dass sie humpelt.«

Die Frau hatte nichts einzuwenden und ich auch nicht. Jetzt galt es meinen Schamanen zu stehen, dachte ich. Im selben Moment, wo ich ihren Knöchel zwischen meine Hände nahm, wurde ich ganz ruhig und spürte wieder dieses Gefühl von Lampenfieber. Es war ein angenehmes Gefühl.

»Mein Fuß wird warm«, sagte die Frau, »und es tut

gerade mehr weh als vorher.«

»Das ist ein gutes Zeichen«, beruhigte ich sie. »Das bedeutet, dass etwas geschieht, dass es heilt.«

Ich hielt den Fuß der Frau so lange zwischen meinen Händen, wie es sich für mich richtig anfühlte und ließ irgendwann los.

Die Frau verabschiedete sich und ging mit ihrer Freundin hinunter zum Strand. Am Abend trafen wir beide wieder.

»Nochmals vielen Dank. Ich kann jetzt wieder ganz normal auftreten«, sagte sie und ging zurück an den Tisch zu ihrer Bekannten.

»Siehst du«, sagte Luna und lächelte. »So einfach geht das. Du kannst es. Du hast die Frau geheilt.«

Ich hielt für einen Moment die Luft an und schaute mit halbvollem Mund über einen Löffel voll Reis zu Luna.

»Verrückt«, sagte ich und aß weiter.

Nach dem Abendessen war ich wieder mit Alexander verabredet. Ich wollte meinen Stein ins Feuer geben. Es war der Tag vor Vollmond und dem Ritual. Ich glaubte, dass es gut sei, all die Ereignisse der letzten Tage in dieser Meditation noch einmal zusammenzufassen und in dem Stein zu transformieren. Luna wünschte mir Kraft.

Immer wenn ich mich auf das Motorrad setzte, um zu Alexander zu fahren, war ich etwas aufgeregt. Es war bereits dunkel als ich bei Alexander eintraf. Am Himmel schien ein fast völlig von Licht erfüllter Mond durch die Blätter der Palmen.

Nach einer halben Stunde war wieder alles vorbei. Das Warten auf das Abkühlen des Tiegels hatte etwas von diesem Überraschungsei-Effekt. Die Spannung stieg mit jedem abfallenden Grad Wärme. Alexander kam zu mir und nahm den noch warmen Tiegel in die Hand, zerschlug mit der Metallzange den Tiegel und beugte sich tief herunter, um mit seiner Kopflampe in den Tiegel zu leuchten.

»Es ist wieder Gold. Ein goldener Kreis«, sagte er und ich bekam Gänsehaut. Er ließ den Stein in seine Hand fallen und hielt ihn ins Licht, sodass auch ich ihn sehen konnte.

»Es ist ein Kreis aus Gold und auf der Rückseite ist der Mond«. Er drehte den Stein um und ich sah viele kleine Löcher, die wie Krater aussahen.

»Durch diese Öffnungen kann die negative Energie entweichen«, sagte er. »Das ist sehr gut.«

Ich nahm den Stein in meine Hand und schaute ihn noch einmal genauer an. Ich konnte es kaum glauben. Die Vorderseite zeigte tatsächlich einen goldenen Kreis in der Mitte, der sich deutlich durch eine silberne Begrenzung zum Rand hin abhob.

»Wow«, sagte ich. »Jetzt muss ich dir was zeigen«, und hob mein T-Shirt hoch, sodass man das Kreis-Tattoo sehen konnte.

»Das habe ich mir vor wenigen Tagen zusammen mit Luna stechen lassen, als Zeichen unserer Verbindung.«

Alexander leuchtete mit seiner Lampe auf meinen Körper.

»Du siehst, was passieren kann. Der Stein transformiert die Energie, die dich umgibt und eure Verbindung ist Teil dieser Energie. So kann sie sich auch wieder auf dem Stein zeigen. Das ist ein deutliches Zeichen«, sagte er und konnte seine Verwunderung über diese Synchronizität nur schwer verbergen.

»Dein Stein hat jetzt schon sehr viel Kraft«, bemerkte er. »Weißt du, wofür der Kreis bei den Alchimisten steht?«

Ich schüttelte den Kopf.

»Der Kreis ist das Zeichen der Meisterschaft. Wenn ein Alchimist diese erlangt hat, dann bilden sich Kreise auf seinem Körper. Daran kannst du einen Meister erkennen.«

Der Stein hatte kleine Silberkugeln in der Innenwand des Tiegels zurückgelassen und Alexander erklärte mir, dass ich diese, in einem Schmuckstück verarbeitet, an mir wichtige Personen geben sollte. Dieses Silber würde die Verbindung untereinander stärken.

Zurück in der Bucht erzählte ich alles Luna. Als ich ihr den Stein zeigte, konnte sie es kaum glauben.

»Das ist eine wunderbare Ausgangssituation für den morgigen Tag. Unsere Verbindung zeigt sich bereits so sehr im Außen.«

Sie betrachtete den Stein noch eine Weile. Sie war die einzige Person, der ich neben Alexander gestattete, den Stein zu berühren.

Der kommende Tag war der Tag des Rituals. Ich hatte allem sehr locker entgegen gesehen, aber je näher der Moment kam, umso näher kamen mir wieder die Bilder, in denen ich zusammen mit Luna nackt vor meinem Lebensbaum stand und wir uns liebten. Es war mir unangenehm. Die innere Ruhe des Vortages war verflogen. Ich versuchte, meine Aufregung hinter Schweigen zu verbergen, aber genau diese Sprachlosigkeit führte am Nachmittag zur Konfrontation.

»Was ist los mit dir?«, fragte Luna.

»Ich weiß nicht.«

»Was weißt du nicht?«, Luna ließ nicht locker. »Rede mit mir!«

»Das Ritual ...«

»Was ist damit?«

»Ich habe dir nichts davon erzählt, aber als wir das letzte Mal am Baum waren, da habe ich uns beide gesehen, wie wir uns vor dem Baum liebten.«

»Wie bitte?«

»Ich meine, wir waren nackt und haben uns im Wasser geliebt. Aber mir macht es Angst, weil ich nicht so fühle.

Verstehst du? Ich habe Angst, dass die Götter das mit mir machen, obwohl ich es gar nicht will.«

»Moment Mal. Du erzählst mir gerade, dass du Angst hast, dass die Götter dich zum Sex mit mir zwingen?« Luna war sichtlich empört. »Was ist denn das für ein Schwachsinn! Frag mich doch mal, ob ich darauf Lust habe? Ich kann selbst entscheiden, mit wem ich wo Sex habe, und da ich weiß, dass du meine Gefühle nicht erwiderst, werde ich einen Teufel tun und mit dir am Baum Sex haben. Egal, was die Götter dazu sagen oder nicht. Es ist ein Ritual. Wir müssen uns nicht körperlich lieben. Da ist deine Fantasie wohl mit dir durchgegangen. Wach bitte auf. Es geht darum, sich zu öffnen, und zwar für etwas, das größer ist als wir. Es geht nicht um Sex.«

Das hatte gesessen. Ich fühlte mich mit einem Mal ganz klein und meine Angst war zu einem Hirngespinst geworden. Luna beruhigte sich.

»Ich frage dich jetzt ganz klar: Möchtest du das Ritual mit mir machen oder hast du Angst davor, dass etwas mit dir geschieht, das du nicht möchtest?«

Ich schaute Luna an und es gab für mich keinen Zweifel.

»Ja, ich möchte das Ritual machen. Es ist mir wichtig und ich möchte diese Weihe von dir erhalten.«

Damit war das Thema erledigt.

»Gut, dann lass uns bitte noch vor Einbruch der Dunkelheit zusammen zum Baum gehen. Es wird nicht lange dauern.«

Ich erkannte jetzt, wie mich die Angst ›nicht-selbst-über-mich-bestimmen-zu-können‹ gelähmt hatte. Was ich gesehen hatte, war ein Bild meiner Angst, die mich von etwas fernhalten wollte, das eigentlich meinem Weiterkommen diente.

Ich denke, dass dies eine Haupteigenschaft von Ängsten war. Sie hinderten uns daran, einen wichtigen Schritt in unserer Entwicklung zu tun, indem sie Szenarien und Gedanken erfand, die sie nährten. Wer würde schon freiwillig seine Selbstbestimmung aufgeben? Aber darum ging es nicht. Dieser Kontrollverlust war lediglich eines meiner Horrorszenarien, derer sich mein Ego bediente, wenn seine Macht und sein Einflussbereich gefährdet schienen. Da ich mich auf dem Weg in meine Mitte befand, zu meinem wahren Ich, das jenseits meines Egos existierte, war jeder Schritt zur Mitte auch ein Schritt weg von meinem Ego.

Die Wogen hatten sich geglättet. Luna und ich trafen uns vor ihrer Hütte zu der verabredeten Zeit und gingen gemeinsam zum Wasserfall. Es war Nachmittag und wieder war alles menschenleer. Lila und Bang Born begleiteten uns.

»Zieh dich bitte aus«, sagte Luna.

Ich schaute sie verwundert an.

»Zumindest bis auf die Unterhose«, fügte sie ergänzend hinzu.

Luna trug einen Bikini mit einem weißen Hemd darüber. Wir stiegen beide ins Wasser.

»Lege dich bitte hin.«

Ich war aufgeregt. Lila und Bang Born hatten sich auf einen der großen Felsen gelegt und dösten vor sich hin.

Ich legte mich ins Wasser und schloss die Augen. Luna hielt meinen Kopf, während ich schwerelos im Wasser trieb und langsam zur Ruhe kam.

»Es ist soweit. Die Stunde der Quelle ist gekommen und ich frage dich, ob du bereit bist, dich mit ihr zu verbinden, sodass sie fortan uns verbindet und wir von dort unsere Kraft für diese Welt schöpfen können, denn sie ist ewig, während alles, was uns umgibt, vergänglich ist.«

Ich schluckte.

»Wenn du bereit bist, dann sprich die Zeilen, die mir von der heiligen Priesterin von *Antu* für dich übergeben wurden, so, dass ich dich hören kann.«

Ich begann zu sprechen, aber ich konnte meine Worte

nicht hören. Vor Aufregung hatte ich vergessen, meinen Mund zu öffnen. Als ich meine Verwirrung bemerkt hatte, begann ich von vorne. Dieses Mal so, dass Luna und ich es auch hören konnten.

»Ich bin selbst die Liebe der Quelle.
Alles ist in mir.
Diese Liebe der Quelle bleibt,
wenn alles gekommen und gegangen ist.
Ewige Liebe, unendliche Liebe.
Die einzige göttliche Quelle,
die es wert ist, ihr treu zu bleiben
und ihr zu folgen.
Ich schwöre, dass ich dem Weg der Quelle folgen werde.
Die Energie kommt zu mir.
Ich schwöre, dass ich diese Liebe
in endloser Dankbarkeit und
Hingabe in mir tragen werde,
und folge dieser Quelle der Energie.
Die Quelle bleibt, wenn alles andere gegangen ist,
über alle Grenzen hinaus.«

Luna schwieg und hielt meinen Kopf mit der einen Hand, während sie die andere auf den Kreis auf meinem Solarplexus gelegt hatte. Sie ließ mich noch ein wenig im Wasser treiben, bis sie mir sanft über den Brustkorb strich, um mir zu signalisieren, dass es vollbracht war.

Ich drehte mich um und saß nun Luna im Wasser gegenüber. Dann stand ich auf und ging zu meinem Baum. Mit den Füßen stieg ich auf seine mächtigen Wurzeln, während ich meine Hand nach ihm ausstreckte. Ein Kribbeln floss durch meinen Körper, als ich ihn berührte. Obwohl niemand sonst hier war, hatte ich wie damals bei der Wanderung das Gefühl, dass mich etwas berührte – an der Schulter, am Hals, am Rücken. Ich zuckte und drehte mich um, aber da war nichts, was meine Augen hätten sehen können.

Es war der 28. April 2010 und es war Vollmond. Wir hatten das Ritual so vollzogen, wie es uns von den Göttern überreicht worden war. Luna und ich waren sichtlich erleichtert.

Im Nachhinein musste ich über mich selbst lachen, wenn ich an meine Angst dachte. Jetzt überwog das Gefühl der Ausgeglichenheit, bei beiden von uns. Wir zogen uns wieder an und gingen zurück in die Bucht. Wir waren im Frieden.

Am Abend saßen wir wieder im Meer und schauten uns den Sonnenuntergang an. Lila sprang durchs flache Wasser und jagte nach kleinen Krebsen, während ein Gast auf einem Bein balancierend auf einem der Felsen stand, die ins Meer hinausragten, und Querflöte spielte. Eine wahrhafte skurrile Szenerie, dachte ich, und doch war es die Wirklichkeit. Die Bucht überraschte uns immer wieder.

Nach dem Abendessen versammelten sich alle am Strand, um gemeinsam den Vollmond zu feiern. Wir schlossen das Restaurant und eröffneten die Strandbar. Ein Gast brachte seine Gitarre mit, ein anderer seine Querflöte und auch eine Oboe tauchte plötzlich auf. Die Magie, die mit unserem Ritual begonnen hatte, setzte sich am Abend fort und jeder trug seinen Teil dazu bei.

Kapitel 18

»Da hat jemand nach dir gefragt«, sagte Kai, als ich am kommenden Abend das Restaurant betrat und zeigte in Richtung eines Tisches, an dem drei Frauen saßen.

Ich ging hinüber und stellte mich vor.

»Hallo, hier hat jemand nach mir gefragt?«

»Ja, das war ich«, sagte die Frau am Kopfende des Tisches. »Ich habe deinen Namen von Alexander, dem Alchimisten. Er sagte mir, dass ich dich hier finden würde. Ich komme jedes Jahr hierher zu Alexander, um bei ihm meinen Stein ins Feuer zu geben. Das heißt nur, wenn ich es zeitlich nicht schaffe, ins Kloster nach Burma zu reisen.«

»Welches Kloster?«, fragte ich

»Dort, wo die Feuermeditation ihren Ursprung hat.«

»Jetzt verstehe ich. Ich freue mich, dich kennenzulernen«, sagte ich. Die Frau kam ebenfalls aus Deutschland. Ich war sehr neugierig, wie sie zu dieser Meditation gefunden hatte und was sie mir als Antwort gab, faszinierte mich sehr.

»Ich habe über viele Jahre immer von einem Kloster in Burma geträumt. Ich wusste, wie es aussieht, wo es liegt und ich kannte sogar den Namen der Stadt. Alles erschien mir in meinen Träumen. Dann, als sich das Land nach vielen Jahren wieder geöffnet hatte und es möglich war dorthin zu reisen, habe ich das auch getan. Ich habe mich durchgefragt und bin schließlich bis zu dem Kloster gekommen. Ich stand vor dem Tor und klopfte an. Der Abt selbst öffnete mir und hieß mich willkommen mit den

Worten: ›Da bist du ja endlich. Wir haben schon auf dich gewartet.‹ Dann führte er mich zu einer Kammer, die, obwohl ich eine Frau bin, im oberen Stockwerk des Klosters gelegen war. Dort schien schon alles für mich vorbereitet zu sein.«

Während sie erzählte, stand mein Mund weit offen. Ich hatte mich neben den Tisch gehockt, da gerade kein Stuhl zur Hand gewesen war, und merkte erst jetzt, wie sehr meine Knie schmerzten.

»Wow, das ist eine unglaubliche Geschichte. Hast du auch die *Wizzars* gesehen?«, fragte ich aufgeregt.

»Nun, die *Wizzars* sind nicht wirklich zu sehen, sie kommen nur sehr selten in ihrer eigenen Gestalt. Der Abt ist deren Medium. Es lässt sich schwer beschreiben. Die *Wizzars* sind an vielen Orten gleichzeitig. Wenn sie zu dir sprechen, dann durch die Gestalt des Abts. Einmal sprachen alle vier *Wizzars* zu mir und es war so, als ob der Abt viermal vor mir stand und auch wieder nicht.«

Ich sah das Funkeln in ihren Augen.

»Einmal war ich auch bei dem großen Treffen.«

»Welches Treffen?«, fragte ich neugierig.

»Einmal im Jahr kommen alle vier *Wizzars* in ihrer wahren Gestalt zusammen. Das Treffen fand in einer großen Halle statt. Es war ein riesiges Gebilde aus Bambus, getragen von dicken Stämmen und das Dach war mit Palmblättern bedeckt. Dann wurden die *Wizzars* angekündigt und ich hatte aus vielen Erzählungen gehört, dass sie meistens geflogen kommen oder einfach aus dem Boden oder dem Nichts erscheinen. Die Menschen in der Halle standen dicht gedrängt. Ein großes Ereignis. Dann spürte ich plötzlich, wie die Luft um mich herum sich aufzuladen schien. Es fühlte sich an wie Elektrizität. Meine Haare stellten sich auf und ich hatte ein Brummen in den Ohren. Dann plötzlich, wie aus heiterem Himmel, schlugen Kokosnüsse durch das Dach, die mit einem dumpfen

Ton auf dem sandigen Boden aufschlugen. Es waren viele Kokosnüsse. Dabei gab es keine Palmen über der Halle, sie war frei stehend. Die Kokosnüsse kamen von überall her geflogen und wie durch ein Wunder wurde niemand in der Menschenmenge getroffen. Kaum war dieses Schauspiel beendet, standen plötzlich alle vier *Wizzars* am anderen Ende der Halle. Niemand hatte sie kommen sehen. Sie waren einfach da, wie aus dem Nichts. Alles Weitere kann ich nicht mehr beschreiben. Ich denke, dass man das nur selbst erfahren kann. Es gibt dafür keine Worte.«

»Wow!«

Ich hatte gehofft, die Frau noch einmal bei Alexander am Feuer anzutreffen, aber leider reiste sie sehr bald wieder ab nach Deutschland.

Es war nun eine Woche vergangen, seitdem ich das letzte Mal bei Alexander gewesen war und an diesem Abend war ich alleine am Feuer. Als Alexander den Tiegel aufschlug, erlebten wir beide eine Überraschung.

»Es ist wieder der goldene Kreis«, sagte Alexander und reichte mir den Stein. Auf der Vorderseite zeigte sich ein fast identischer Kreis aus Gold wie zuvor, während die Rückseite dieses Mal glatt und silbern war.

»Passiert es oft, dass zweimal hintereinander der gleiche Stein herauskommt?«

»Um ehrlich zu sein, ist es das erste Mal, dass ich so etwas sehe«, sagte Alexander. Er schien nicht weniger verwundert wie ich selbst.

Zurück in der Bucht zeigte ich den Stein Luna.

»Ich wette, ich könnte noch einmal zu Alexander gehen, während du hier in Thailand bist, und es würde wieder dieser Stein mit dem goldenen Kreis herauskommen. Es ist ganz einfach, der Stein kann nur die Energie zeigen, die im Universum vorhanden ist. Er ist nichts anderes als ein Spiegel dessen, was uns umgibt. Solange du hier bist, wird der Stein auch immer unsere Verbindung zeigen, den

Kreis. Darauf würde ich wetten.«

Es waren die letzten Tage zusammen mit Luna hier in der Bucht und wir genossen jeden Moment. Wie ich Cornelia versprochen hatte, begleitete ich Luna nach Bangkok. Wir buchten uns im höchsten Hotel Bangkoks, dem Boyoke Tower, ein. Aus dem 49. Stock hatten wir einen atemberaubenden Blick über die Stadt. Es war die Zeit der politischen Unruhen. Der Boyoke Tower lag nur wenige Straßen vom Zentrum der oppositionellen Red-Shirts in der Rajprarop Road entfernt. Tag und Nacht tönten die Stimmen der Redner und thailändische Musik durch die Lautsprecheranlagen bis hoch zu uns in den 49. Stock.

Wir aßen an unserem letzten Abend in Thailand gemeinsam in einer der vielen Garküchen. Es erschien uns, als seien wir in den letzten gemeinsamen Stunden eingehüllt in die Magie des Momentes. Wir waren glücklich. Wir fühlten uns als Teil eines Ganzen, das jetzt hier bei uns war, und konnten es spüren.

Die Hitze der Nacht war in der Stadt noch deutlicher zu fühlen als am Meer. Seit Wochen schon schwitzte ich über die Maßen und auch jetzt liefen mir die Schweißperlen von Nase und Kinn.

»Deine Reinigung«, sagte Luna.

»Mein penetranter Körpergeruch nach Sauerkraut«, hielt ich entgegen.

»Ich möchte dir danken für alles, was du mir geschenkt und aufgezeigt hast«, sagte Luna. »Viele Wunder sind uns begegnet und vor allem dir. Ich danke dir, dass du mich daran hast teilnehmen lassen.«

Ich konnte mich nur stumm vor ihr verbeugen.

»Und all das war erst der Anfang«, fügte sie mit einem Lächeln hinzu und nahm meine Hand. Kurz darauf kam das Essen. Wir waren beide hungrig und Luna betonte noch einmal, dass sie erst hier in Thailand ihren Appetit wiedergefunden habe. Wir genossen sehr unser letztes gemeinsames Abendessen und wussten nicht, wann wir uns wieder sehen würden.

Am nächsten Morgen begleitete ich Luna zum Check-in. Ich hatte mein Versprechen gehalten.

Zurück in der Bucht, war ich froh zu sehen, dass alles beim Alten geblieben war. Bang Born zeigte sich überglücklich, dass ich wieder hier war. Auch Lila war noch immer da. Gott sei Dank. Das einzig Neue waren die Gäste.

Im Laufe der nächsten Tage merkte ich schnell, dass mir seit Lunas Abreise etwas fehlte. Aber die Dinge schienen sich auch zu einem gewissen Maß normalisiert zu haben. Jetzt, wo Luna weg war, trafen endlich meine Bücher ein.

Ich schwitzte noch immer. Allerdings hatte sich mein Körpergeruch seit Lunas Abreise verändert. Statt nach ›Sauerkraut‹, roch ich jetzt nach ›altem Putzlappen‹. Nicht wirklich eine Verbesserung, aber zumindest eine Veränderung, die ich, wie alles Neue, begrüßte. Dieser Prozess würde noch einige Zeit andauern.

Luna schrieb mir in den ersten Tagen nach ihrer Ankunft aus Berlin:

»Letzte Nacht erschien mein Schamane im Traum vor mir und führte mich zum Feuer. Marie wartete dort bereits auf mich und auch der Wolf mit dem Kreis auf der Stirn war dort. Sie sagten mir, dass der Wolf mich von nun an weitere zwölf Wochen begleiten würde.«

Eine Gruppe von Gästen aus Haad Tien war extra wegen Lila angereist. Die Thais hatten Lila dort für tot erklärt, nachdem sie plötzlich verschwunden war.

»Eine Kobra hat sie gebissen«, hatten die Thais in Haad Tien besorgten Gästen als Antwort gegeben. Die Wiedersehensfreude war groß – auch von Lilas Seite.

Zum besseren Verständnis sollte ich erwähnen, dass in Haad Tien das Sanctuary Ressort den Ruf eines angesehenen spirituellen Ferienlagers genoss. Yoga, Meditation, Heilfasten und auch einen Schamanen gab es dort. Auch Kate Moss soll hier schon diverse Male untergekommen sein.

»Ich bin glücklich, hier sein zu dürfen. Das ist ein so magischer Ort. Wir haben gehört, dass Muffin hier ist.« So schien Lilas eigentlicher Name zu lauten. »Und wir wollten sie alle unbedingt wieder sehen. Wir haben nicht damit gerechnet, dass wir im Paradies landen würden.«

Mir fiel auf, dass sich alle sehr lieb zu haben schienen. Jede Begrüßung artete in einer ausgiebigen Umarmung aus und manche begleiteten dieses Ritual auch mit einem lauten Brummton.

Wow, Freaks, dachte ich.

»Wie ich erfahren durfte, hast du dich Muffins angenommen. Vielen Dank«, sagte einer der Gäste. Ich lächelte höflich und ließ mir nichts anmerken.

Sollte ich die Gruppe mit wenigen Worten umschreiben, dann würde ich sagen: ›Abgedrehte Hippies auf einem Esotrip.‹

Das klang nicht besonders nett, und wenn ich ehrlich zu mir selbst war, dann befand ich mich gerade auch auf einem solchen Esotrip, und zwar auf einem gewaltigen. Ich musste innerlich schmunzeln – über uns alle. Jeder hatte seine Art, mit den Dingen umzugehen und diese nach außen zu tragen. Die Gruppe erwies sich als ein amüsanter Haufen und aus Sicht des Treehouse waren sie eine Bereicherung.

Ich wusste, dass alles, was um mich herum geschah, nicht unbeobachtet blieb, und so erhielt ich am Abend eine Mail von Cornelia.

»Hallo, Harald. Um Dich Sind Energievampire, Sei Achtsam Und Prüfend!

Blick In Die Tiefe, Worte Sind Nicht Alles!

Reflektiere Die Zeit, Die Zeichen, Die Wunder In Der

Zeit Mit Luna!

Tauche In Die Weihe Ein, In Die Quelle, Im Lebensbaum. Alles Gehört Zusammen, Ist Eins!

Luna, Weihe, Lebensbaum, Quelle, Der Kreis, Heilen, Der Ort, Liebe, Das Göttliche In Euch!«

Cornelias Worte ließen mich nie unberührt und jetzt, wo Luna weg war, fühlte ich mich in vielem, was mir begegnete, an sie erinnert.

Am kommenden Tag fuhr ich das erste Mal seit Lunas Abreise wieder mit dem Motorrad nach Tongsala. Meine Gedanken sprangen hin und her zwischen den Ereignissen der vergangenen Monate. Vor mir fuhren zwei Jeeps und ich sah zwischen den Wagen immer wieder einen Zettel in die Luft wirbeln. Ich dachte mir nichts dabei, bis der Fahrtwind des vor mir fahrenden Jeeps den Zettel zu mir wehte und ich lesen konnte, was darauf geschrieben stand. Eine riesige schwarze 13. Sonst nichts.

Schlagartig verschwanden alle Gedanken in meinem Kopf. So wie ich den Fahrtwind in meinem Gesicht spüren konnte, fühlte ich auch einen frischen Wind in meinem Inneren. Alle Zweifel schienen wie weggeblasen und die Schatten der vielen Ereignisse, die mich hierher geführt hatten, wurden von Licht überstrahlt. Mein Herz pochte und ich schloss meine Hände noch fester um die Lenkstange des Motorrads.

Am nächsten Morgen ging ich zu meinem Baum. Es war kurz vor Sonnenaufgang, als ich mich auf den Weg machte. Ich kletterte über die ersten Felsen am Fuße des Wasserfalls, als Lila zu mir aufschloss. Die ersten Sonnenstrahlen suchten sich bereits ihren Weg durch das dichte Laub, als wir schließlich den Baum erreichten. Ich zog mich aus und stieg mit Lila zusammen ins Wasser, um mich zu reinigen. Dann setzte ich mich zwischen die Wurzeln des Baumes. Lila blieb vor mir im Wasser sitzen und schaute still den Wasserfall empor. Als hielte sie Wache. Ich schloss meine

Augen und war froh, hier sein zu dürfen. Hier an meinem Baum, in dieser Bucht, auf dieser Insel. Bei allem, was in meinem Leben bis jetzt geschehen war, konnte ich mich doch glücklich schätzen, mit so viel Schönheit um mich herum beschenkt worden zu sein. Ich verweilte einige Zeit in der Stille. Schließlich bedankte ich mich bei meinem Baum und der Natur und wir machten uns wieder auf den Weg zurück in die Bucht.

Alexander hatte ich schon mehr als eine Woche nicht gesehen und innerlich zog es mich wieder zum Feuer. Nach meiner Schicht machte ich mich auf den Weg in die Nacht. Als ich Alexander traf und meinen Stein nach zwei Wochen zum ersten Mal wieder aus dem Beutel um meinen Hals herausholte, war ich überrascht. Über den gesamten Stein hatte sich eine dunkle Goldschicht ausgebreitet.

»Auf deinem Stein ist Gold gewachsen«, sagte Alexander, als er ihn in die Hand nahm. Er wollte, dass ich sofort mit der Meditation beginne, und richtete den Feuerplatz für mich her. Wir waren beide gespannt.

Das Ergebnis war ein goldener Stein mit silbernen Punkten. Alexander entschied, dass heute ein guter Abend sei, um meine ›Introduktion‹ mit dem Stein zu vollziehen. Es bedeutete, dass man während der Meditation in das flüssige Silber hineinschaute und sich auf diesem Wege mit dem Stein verband.

»Sprich mit dem Stein und sage ihm:

Ich bin für dich da, so wie du für mich da bist.

Ich beschütze dich, so wie du mich beschützt.

Ich sorge für dich, so wie du für mich sorgst ...

Und alles, was dir noch in den Sinn kommt. Auf diese Weise verbindet sich der Stein mit dir und deinen Gedanken. Ihr werdet eine Einheit.«

Das klang nicht besonders schwierig.

Der Moment war gekommen. Alexander bat mich näher zu kommen. Ich beugte mich über das Feuer und spürte deutlich die Wärme in meinem Gesicht. Dann öffnete Alexander den Tiegel und gab den Blick frei auf das geschmolzene Silber. Es war, als schaute ich in einen Spiegel. Ich sah zum ersten Mal in das Innere meines Steins, so wie auch er in mein Inneres schaute. Was ich sah, war ich selbst.

Die Hitze umschloss meinen Kopf und kroch von dort aus über meinen ganzen Körper. Ich begann aufgeregt, die Sätze aufzusagen, die mir Alexander gegeben hatte, aber ich merkte schnell, dass ich nur stammelte. Ich wollte nichts sagen. Ich wollte nur schauen. So tief in das Herz des Steines blicken, wie ich nur konnte, denn mir war klar, dass es mein Herz war, das ich dort sah. Mit weit aufgerissenen Augen starrte ich in den Tiegel mit dem flüssigen Silber, während sich ein Schwall aus Hitze über meinen Kopf und meinen Körper ergoss, so als würde ich unter einem riesigen Wasserfall aus Flammen baden. Und schon wieder war alles vorbei. Ich sollte mich setzen und Alexander verschloss den Tiegel, und ich kehrte zurück zu meinem Mantra: *›BUDDO AUM PHI, BUDDO AUM PHI …‹*

Nach der Meditation würde der Stein so lange im Feuer bleiben, bis auch das Feuer selbst erloschen und abgekühlt sei. Dies würde die ganze Nacht dauern und so schlief ich an diesem Abend auf Alexanders Terrasse. Wir standen sehr früh auf und holten den Tiegel aus der noch warmen Asche. Zum Vorschein kam ein komplett silberner Stein mit einer, wie Alexander es nannte, ›Feuerblume‹ darauf. Mehrere Blätter reihten sich um einen runden Punkt in der Mitte des Steines.

»Wenn du Zeit hast, dann würde ich dich bitten, den Stein heute noch einmal ins Feuer zu geben. Eine Feuerblume ist ein Symbol, das sehr häufig vorkommt.«

Alexander bereitete das Feuer und ich meditierte erneut

über meinen Stein:

›BUDDO AUM PHI, BUDDO AUM PHI …‹

Ich war müde und konnte das Ergebnis der Meditation kaum abwarten. Alexander zerschlug den Tiegel. Der Stein schimmerte noch immer silbern. Auf seiner Oberfläche zeigte sich erneut eine Blume. Aber statt nur weniger Blätter glich sie nun einer tausendblättrigem Lotusblüte.

Die Blume war gewachsen und auch der Stein. Es war faszinierend, mit anzusehen, wie die feinstofflichen Energien in unserem Leben nach einer Form strebten, um mit uns zu kommunizieren. Der Stein des Lebens war nur eine dieser vielen Formen. Die wohl größte und bedeutendste war das Leben selbst. Eine so komplexe Manifestation aller kosmischen Energien, die uns umgaben und zugleich die am schwersten zu entschlüsselnde Botschaft einer für unsere Augen unsichtbaren Welt.

Für viele Menschen war es nicht möglich, einen klaren Blick auf sich selbst zu werfen und ich war da keine Ausnahme. Ich war mir selbst zu nah. Aber es war wichtig. Jeder von uns hatte in seinem Leben schon einmal Bekanntschaft mit der hilfreichen und oft auch schmerzvollen Wahrheit gemacht, die sich im Urteil eines Außenstehenden verbarg.

Mein Stein des Lebens bot mir eine solche Möglichkeit, indem er mir im Außen spiegelte, was sich im Inneren verbarg.

Die Sonne schien mir ins Gesicht, als ich meinen Nachhauseweg von der Westküste der Insel in meine Bucht im Osten antrat.

Luna und ich waren täglich in Kontakt, und als das Internet aufgrund einer defekten Satellitenanlage nicht mehr funktionierte, waren wir darauf umgestiegen, jeden Abend zu telefonieren. Zu diesem Zweck musste ich auf einen hinter dem Restaurant gelegenen Felsen steigen, um ein Netz für mein Handy zu haben. Bang Born begleitete mich jedes Mal und legte sich geduldig neben mir in den Staub. Er wollte immer in meiner Nähe sein.

»Seitdem du weg bist, habe ich ein komisches Gefühl. Ich glaube nicht, dass ich bis zum Ende der Saison hier in der Bucht bleiben möchte. Ich glaube, dass etwas anderes auf mich wartet. Ich war gestern Nacht wieder bei Alexander am Feuer und habe immer mehr das Gefühl, dass Burma eine Rolle auf meinem Weg spielt. Ich spüre eine starke Verbindung zur Feuermeditation und ich glaube nicht, dass es nur ein Zufall war, dass ich diese Meditation hier vor meiner Haustür gefunden habe.

Alexander ist der einzige Nicht-Burmese, der vom Abt die Aufgabe bekommen hat, die Feuermeditation außerhalb von Burma zu lehren. Der Abt habe ihm gesagt, es ginge dabei in erster Linie nicht um den Buddhismus, sondern vielmehr um die Meditation selbst und den Menschen, der diese Meditation nutzt, um sich mit den vorhandenen Energien zu verbinden. Sicher wurde alles von den Mönchen und im Rahmen des Buddhismus überliefert, aber die Meditation selbst brauche keine Religion, genauso wenig wie wir Menschen. Religion sei nur ein Werkzeug, so wie ein Kompass.

Auf der Festplatte von Matthias habe ich eine Fernsehdokumentation von Clemens Kuby gefunden. Er hat Schamanen in aller Welt besucht und über deren Heilmethoden berichtet. Darunter war auch ein Schamane aus Burma namens *Sayagji U-Shein*. Seine Arbeit hat mich sehr beeindruckt und ich möchte ihn gerne besuchen. Er arbeitet mit der Feueralchimie und hat daraus eine Medizin entwickelt, mit der er Menschen behandelt. Burma ist ein Nachbarland von Thailand. Alles liegt so nah bei mir und ich denke, dass ich diesen Zeichen folgen sollte.

Dann ist da dieses Kloster, wo auch Alexander die Feuermeditation gelernt hat. Und dann gibt es noch diesen

Ort namens *Nagamasa*, was so viel bedeutet, wie ›Berg der Wahrheit‹. Es ist kein Ort dieser Welt. Ich denke, es ist so etwas wie die burmesische Version der Geistigen Welt.«

Luna unterbrach mich an dieser Stelle, denn sie spürte, dass ich sehr aufgeregt war und sich viel in mir zu bewegen begann.

»Ich möchte dir etwas erzählen«, sagte Luna. »Ich war vor zwei Tagen bei meinem Schamanen. Es waren viele Menschen dort. Unter ihnen war auch ein Mönch aus Burma. Ich habe viel mit ihm gesprochen und er hat mir von den *Wizzars* erzählt und auch von *Nagamasa*. Er hat mich eingeladen und wir haben eine schamanische Reise zu diesem Ort gemacht.«

Ich konnte mal wieder kaum glauben, was Luna mir da erzählte.

»Dieser Ort ist wunderschön«, fuhr sie fort, »und ich habe dich dort gesehen.«

In meinen Ohren begann es zu rauschen.

»Du hast im Schneidersitz gesessen, deine Augen waren geschlossen und dein Haar war viel länger als jetzt. Um den Hals trugst du eine lange Kette aus Holzperlen mit einer Feder daran. Und ich habe unser Tattoo auf deiner Brust gesehen – es hat geleuchtet.«

»Was du da erzählst, kann ich kaum glauben«, sagte ich. »Wieso begegnest du all diesen Menschen und ich nicht? Wieso bin ich jetzt hier, wenn ich doch bei dir sein könnte und auch diesen Mönch hätte treffen können?«

»Bitte«, unterbrach mich Luna, »es ist doch nicht so, dass dir niemand begegnet. Was ist mit Alexander, Matthias und all den anderen Menschen?«

»Ja, aber jetzt, da ich denke, dass Burma das Ziel sein soll, macht es für mich keinen Sinn, wieso du diesem Mönch begegnest und nicht ich.«

»Jetzt aber mal stopp! Ich bin mir sicher, dass die Zeit für deine Begegnung kommen wird. Alles hat seine Zeit.

Denke an die Worte von Matthias. Er hat sie dir für genau solche Momente mit auf den Weg gegeben.«

Ich spürte, dass in mir das Verlangen nach einer Veränderung wuchs und während Luna sprach, beruhigte ich mich wieder.

»Ich habe dem Mönch auch von dir erzählt, und ob du es glaubst oder nicht, er sagte, er wisse von dir.«

Auf einmal war ich wieder ganz still und lauschte gespannt.

»Er sagt, die Mönche warten bereits auf deine Ankunft.«

Luna hatte es mal wieder geschafft. Ich war sprachlos – zumindest fast.

»Aber dann sollte ich nicht mehr hier sein in der Bucht. Dann sollte ich mich so schnell wie möglich auf den Weg nach Burma machen.«

»Niemand sagt, dass du in der Bucht bleiben musst. Du bist frei. Du kannst tun, was du willst.« Eine kurze Pause war entstanden, die mein Verstand nutzte, um Zweifel in mir wachsen zu lassen.

»Aber Pamela und Kai vertrauen auf mich. Ich kann sie nicht einfach gehen.«

»Pamela und Kai werden sicherlich einen Ersatz finden«, warf Luna ein.

»Aber ich brauche ein Visum für Burma. Das bekomme ich nicht so schnell.«

»Ich denke nicht, dass irgendetwas schnell gehen muss. Schau, was du erreicht hast. Schau, wo du stehst, und was dir geschenkt wurde. Bevor du wieder aufbrichst, solltest du vielleicht erst einmal darüber nachdenken, wieder nach Hause zu kommen, um dich zu sammeln. Du hast eine Familie. Das Kloster in Burma wird dir nicht davonlaufen.«

Ich wusste jetzt, dass meine Zeit in der Bucht zu Ende war, und bereitete mich innerlich darauf vor, diesen Ort bald zu verlassen.

Ein junger Mann, der vor ein paar Wochen einige Tage hier im Treehouse gewohnt hatte, kam an diesem Tag mit dem Jeep zurück in die Bucht.

»Oh, Mann, ich freu mich so sehr wieder hier zu sein und dich zu sehen, dass ich kaum meine Tränen zurückhalten kann«, sagte er, als er die wenigen Stufen zum Tresen lief. »Hab ich gerade Tränen gesagt?« Er weinte und lachte zugleich. »Entschuldige, aber normalerweise hab ich bei einem Wiedersehen kein Pippi in den Augen.«

Ein lustiger Zeitgenosse, dachte ich. Der Mann war Amerikaner, Mitte 30, und seit Jahren auf Asienreise und dem Weg zu sich selbst. Seine Art zu sprechen, war eine Mischung aus Achtsamkeit, gepaart mit flotten Sprüchen und seine Erscheinung eine Mischung aus Surfer und Hippie.

Wenige Abende später kamen wir ins Gespräch. Er öffnete sein Herz vor mir und erzählte von einem Trauma, das er vor einigen Jahren erlitten hatte und der damit verbundenen Angst, die ihn nicht mehr loslassen wollte. Es war eine Angst, die es ihm kaum erlaubte, unter Menschen zu sein oder diesen den Rücken zu kehren. Er hatte von Gästen erfahren, dass ich schon anderen Menschen hier in der Bucht geholfen hatte und bat mich um Rat. Schon am nächsten Tag trafen wir uns auf der Terrasse seines Bungalows. Er legte sich vor mir auf den Boden und ich meine Hände auf seinen Körper. Wir atmeten gemeinsam und ich arbeitete mich entlang der Punkte, die mir sein Körper zeigte. Als ich meine Finger auf einen Punkt unterhalb des Solarplexus legte, fing der Mann an zu weinen. Ich erschrak. Es war, als hätte ich einen Schalter betätigt.

»Alles gut«, stotterte er. »Mach bitte weiter.«

Ich ließ meinen Finger auf dem Punkt und spürte, wie sich die Spannungen darunter lösten und die Stelle immer weicher wurde. Dann führte ich meine linke Hand vom Hals hinunter über den Brustkorb und konnte deutlich spüren, wie die Energie zunahm. Ich hatte selbst das Gefühl, zu schweben, und meine Ohren brummten. Im selben Moment kam Lila um die Ecke und legte sich direkt neben den Mann.

Ich spürte, dass ich etwas in meiner Hand hielt, das ich hin und her bewegen konnte und das wie magnetisch an ihr zu haften schien. Dann hob ich meine Hand, so, als würde ich es herausziehen. Der Mann stöhnte laut auf und weinte noch heftiger, obwohl ich ihn nicht einmal berührt hatte. Ich zog aus seinem Körper heraus, was ich in meiner Hand zu halten glaubte und Es verschwand. Später erklärte er mir, dass er gesehen habe, wie etwas seinen Brustkorb verließ und sich wie der Rauch eines Räucherstäbchens im Nichts auflöste.

Danach legte ich beide Hände wieder flach auf seinen Körper, um ihn zu erden. Der Mann war erschöpft, obwohl er nur still vor mir gelegen hatte. Er wirkte erleichtert und sichtlich verwundert.

»Jetzt weiß ich, warum ich wieder hier in diese Bucht kommen wollte«, sagte er, nachdem wir einige Zeit schweigend verbracht hatten.

»Ich hab dich am Tresen stehen sehen und wollte dich sofort umarmen. Mann, ich hatte schon Angst, ich wäre schwul geworden, so sehr habe ich mich zu dir hingezogen gefühlt.« Er lachte leise, noch immer mit Tränen in den Augen.

»Mann, ich liebe dich«, fuhr er fort und umarmte mich. »Von nun an werde ich dich Uncle Harry Master nennen.« Wir lachten. Er verbeugte sich vor mir.

Wir gingen beide mit einem Grinsen im Gesicht auseinander. Mir gefiel sein Humor.

Am nächsten Morgen trafen wir uns im Restaurant beim Frühstück. Er berichtete mir, dass ihm seit unserem Treffen weder Zigaretten noch Bier mehr schmeckten. Dies schien ein Nebeneffekt zu sein, den die Energie mit sich brachte. Ich beruhigte ihn und erklärte, dass dieser Zustand noch ein oder zwei Tage würde anhalten können. Danach stünde dem abendlichen Biergenuss und auch einer Zigarette nichts mehr im Wege, sofern er das wollte. Auch ich hatte wieder etwas Neues dazugelernt. Aber da war noch etwas, das den Mann sehr beunruhigte.

»Ich konnte sehr gut einschlafen gestern Abend, aber ich bin mitten in der Nacht aufgewacht. Ich war nicht alleine in meinem Zimmer. Vielleicht magst du jetzt denken, dass ich verrückt bin, aber neben meinem Bett stand ein großer dunkler Mann mit einem Stab in seiner Hand. Er stand einfach nur da und ich konnte seine Energie spüren.« Seine Stimme war zu einem Flüstern zusammengefallen.

»Ein dunkler Mann. In meinem Zimmer. Es war abgeschlossen«, fasste er noch einmal leise zusammen.

»Hast du gefragt, wer er ist und was er dort macht?«, fragte ich.

Das hatte ich von Luna gelernt. Man konnte alle Wesen, die einem erschienen, ohne Weiteres ansprechen und erhielt fast immer eine Antwort.

»Ha!«, schallte es laut aus seinem Mund und er richtete seine Oberkörper auf, nur um darauf wieder ganz klein in sich zusammen zu fallen.

»Ansprechen? Eine Erscheinung? Es dürfte ihn gar nicht geben, wie könnte ich ihn dann ansprechen? Sag mir, bin ich jetzt verrückt? Das hätte mir gerade noch gefehlt. Oh, Mann.«

»Nein, du bist mit Sicherheit nicht verrückt. Ich glaube dir jedes Wort. Wenn er das nächste Mal erscheint, und das wird er bestimmt, dann heiße ihn willkommen. Frage ihn, woher er kommt und warum er gekommen ist. Welche Botschaft er für dich hat.« Der Mann beruhigte sich. »Vielleicht ist es auch eine Art Wächter, der zu dir gekommen ist, um dir zu helfen, wo du dich doch jetzt von einer großen Last befreit hast. Du hast eine Art feinstoffliches Ventil geöffnet, durch das unter Umständen auch negative Energien strömen können, wenn du nicht achtsam bist.«

»Aha«, sagte er knapp, und schien nur die Hälfte von dem, was ich gesagt hatte, verstanden zu haben. Zur Beruhigung begleitete ich ihn zu seinem Bungalow. Dort fühlte ich mich in die vorhandenen Energien ein und konnte nichts Negatives entdecken.

Als ich ging, stand er mit gefalteten Händen auf der Terrasse.

»Danke, Uncle Harry Master«, sagte er und verbeugte sich tief und wir lachten beide.

In dieser Nacht träumte ich von einem Zug, der an mir vorüberfuhr. An meiner Seite war ein kleiner Junge und ich hielt seine Hand. Mit einer einfachen Handbewegung konnte ich den Zug anhalten, wann ich wollte, und frei wählen, in welches Abteil ich einstieg.

Bang Born wich mir nicht mehr von der Seite. Wenn ich arbeitete, lag er vor dem Tresen auf dem kühlen Steinfußboden, und wenn ich meine Schicht am Abend beendet hatte, ging er mir voraus durch die Nacht, um mich freudig auf meiner Terrasse sitzend zu erwarten. Er war mir in den letzten Monaten sehr ans Herz gewachsen. So wie eigentlich alle Hunde der Bucht. Bang Born war zeit seines Lebens Einzelgänger gewesen und es rührte mich, dass er gerade mich als seine Begleitung auserwählt hatte. Sicher, Lila war auch eine Einzelgängerin, aber im Gegensatz zu Bang Born sah man ihr in allem, was sie tat, an, wie frei sie war. Bang Born hingegen erschien mir meist tragisch und ich möchte sogar sagen, traurig. In letzter Zeit war er immer wieder in Rangkämpfe mit dem heranwachsenden Long verwickelt worden und sah sich dann dem gesamten Rudel gegenüberstehen. Sein einziger Zufluchtsort war die Terrasse meines Bungalows. Diesen Ort respektierten alle

Hunde und keiner hätte gewagt, ihn dort anzugreifen.

Bang Born war nicht frei. Er hatte keinen Platz in dieser Bucht, bis wir uns begegnet waren. Ich wusste um die Verantwortung, die ich damit angenommen hatte und auch, dass ich eine Lösung würde finden müssen, wenn ich der Bucht bald ›Auf Wiedersehen‹ sagte.

Ich sprach mit Pamela und Kai darüber, dass ich die Bucht bald verlassen wollte. Sie hatten meinen Weg in den letzten Monaten mitverfolgt und hatten vollstes Verständnis. Sie baten mich, noch so lange zu bleiben, bis sie einen Nachfolger gefunden hätten.

Seit zwei Wochen war ein junger Mann im Treehouse zu Gast. Er hatte in Deutschland alles aufgegeben, um sich ein neues Leben mit seiner thailändischen Freundin aufzubauen. Durch sie sprach er schon beträchtlich gutes Thai, und überhaupt war es so, als hätten ihn jetzt die Götter zu mir geschickt. Nach wenigen Gesprächen war klar, dass er mein Nachfolger werden würde. Ich würde noch bis Ende Juni arbeiten. Ich wollte mir genügend Zeit nehmen, um mich von Allen und Allem hier zu verabschieden.

In dieser Nacht träumte ich von einer Sonnenfinsternis. Der schwarze Mond schob sich vor die glühende Sonne und verdunkelte sie, sodass nur noch ein leuchtender Ring aus Gold zu sehen war.

Am kommenden Abend war ich wieder mit Alexander verabredet und der Mond stand kurz davor, in seinem vollen Lichte zu erstrahlen.

Nach der Meditation knieten wir beide am Boden unter dem Licht von Alexanders Kopflampe.

»Was glaubst du, was dein Stein heute zeigen wird?«, fragte er mich und ich zuckte nur mit den Schultern.

»Ich denke es wird wieder ein Kreis aus Gold sein«, fuhr er fort und zerschlug das kleine Tongefäß.

»Wie ich gesagt habe – rund und golden.«

Als er mir den Stein zeigte, sah ich einen Ring aus Gold

auf dem silbernen Stein. Mir wurde warm und ich musste an das Bild der Sonnenfinsternis aus meinen Traum von letzter Nacht denken. Ich nahm den Stein schweigend an mich und verabschiedete mich.

Eine Sonnenfinsternis war so etwas wie die Vereinigung zweier Himmelskörper und so fühlte ich mich zugleich erinnert an die Worte von Cornelia. Vielleicht war dies das Symbol, das die Vereinigung vollbracht war, und mit diesen Gedanken startete ich in die Nacht.

Am Morgen schrieb ich Luna eine Mail. Ich erzählte ihr von meinem Traum und schickte ihr ein Foto des Steins.

»Ich laufe durch Berlin und schaue in die Augen der Menschen und sehe nur Stadt und kein Mit-sich-sein«, schrieb mir Luna nachdenklich. »Mir fehlen so sehr Dok Deks Augen und deine, die voller Energie und Kraft sind. Ich fühle mich ohne dich nicht mehr im Ganzen. Ein Teil fehlt in mir!

Zu uns und was mit uns sein wird, möchte ich Folgendes sagen. Sonne und Mond sind ein mächtiges mystisches Gespann zwischen zwei Wesen, zwei Menschen. Du trägst die Sonne in dir und ich den Mond. Die echte Vereinigung der Kräfte zweier Menschenwesen kann nur dort zustande kommen, wo eine Seele die Eigenschaften des Mondes, die andere die der Sonne ausstrahlt! Wir haben das große Glück, uns gefunden zu haben, doch was noch zu uns kommen wird, wissen allein die Götter! Ich will dir immer gerne zeigen, wo der Weg beginnt, doch du allein musst den ersten Schritt tun. Jeder Augenblick ist kostbar, dein ganzes Sein, all deine Erfahrungen bürgen dafür, dass ein Sinn in allem liegt, was dir begegnet ist und weiter begegnen wird – mit oder auch ohne mich!«

»Ich versuche, in allem was passiert, zu finden, was ich bin«, antwortete ich ihr. »Alles, was mich umgibt, scheint mit dir verbunden zu sein und damit auch die Angst, alles zu verlieren, wenn du gehst. Und zugleich kann ich die

Liebe zu dir im *Jetzt* nicht finden, so wie du sie gefunden hast. Vielleicht habe ich dieses Nicht-Gefühl selbst gerufen oder es hatte immer schon so sein sollen. Ich weiß es nicht. Ich stehe jeden Tag auf und bin voller Dankbarkeit für alles, was bisher zu mir gekommen ist. Ich beobachte und lerne und mache doch jeden noch so kleinen Schritt alleine, immer noch.

Wir haben hier in Thailand den Beginn unseres gemeinsamen Weges aufgezeigt bekommen. Wenn die Götter und die Sterne sagen, dass sie uns als Paar sehen und wir ein Kind haben sollen, dann kann ich dazu nichts sagen. Ich werte es auch nicht. Ich sage nur, was ich jetzt fühle. Vielleicht wartet dieses eine Gefühl irgendwo unter einem Stein oder hinter einer Ecke auf mich. Oder auch nicht. Wenn du sagst, dass ein Teil von dir fehlt, dann kann ich das nachvollziehen. Mir fehlst du auch. Gerade die stillen Momente, das Lesen, das Wandern, das Mit-Sich-Sein. Es ist die Stille, die uns verbindet. Das Göttliche in uns.

Ich beneide dich dafür, dass du einen Schamanen an deiner Seite hast und er so viel mit dir redet, auch über die Alte Zeit. Ich habe mir immer so jemanden gewünscht und gerade in dieser Situation würde ich gerne jemanden um Rat fragen, der von weiter weg auf mich und auf uns schauen kann. Aber vielleicht war auch das so bestimmt, dass es diesen Jemand für mich nicht geben soll. Wir haben uns gefunden, weil es unser Schicksal ist. Aber ich fühle mich alleine, wenn ich sehe, dass du mich so sehr liebst und ich dieses Gefühl aber nicht finden kann in mir. Ich bin allein. So hat alles angefangen und so wird es weiter bleiben. Wenn ich ›Harald‹ gefunden habe, bin ich vielleicht etwas weiter. Oder ich finde am Ende heraus, dass es ihn gar nicht gibt.«

Ich erzählte Luna, dass ich mit Pamela und Kai gesprochen hatte, und dass ich im Sommer zurück nach Deutschland kommen würde. Sie war glücklich zu hören, dass ich diesen wichtigen Schritt nun endlich getan hatte.

Bevor etwas Neues beginnen konnte, musste unweigerlich etwas Altes enden – so war es immer gewesen.

Am Abend hatte ich in meinem Traum noch eine weitere Begegnung, die ich, wie sich später zeigte, mit Luna teilte.

Im Traum erschienen mir zwei Frauen in erdfarbenen Gewändern. Eine trug ein braunes Gewand, das sie wie eine asiatische Mönchsrobe über Schulter und Kopf geworfen hatte, die andere ein Gewand mit großen diagonalen Streifen. Beide schauten mich an. Ich sah in ihre hellblau funkelnden Augen, die sich deutlich von ihrer dunklen Gesichtsfarbe abhoben. Tiefe Falten zogen sich durch ihre Gesichter. Sie waren so alt wie die Erde selbst. Es waren Erdwesen, die gekommen waren, um mich und Luna wieder mit den Kräften von Muttererde zu verbinden.

Es erschien mir tatsächlich so, als wären Luna und ich sehr lange und sehr hoch geflogen. Jetzt war es wieder an der Zeit auf den Boden zurückzukehren und eine Verbindung zu der Erde, auf der wir lebten, herzustellen.

Am Morgen wurde ich vom Gebell der Hunde geweckt. Ich sprang aus dem Bett und lief hinunter zum Strand. Von Weitem konnte ich sehen, dass die Hunde um etwas herumsprangen, das regungslos am Boden lag und als ich näher kam, erkannte ich, dass es die Katze war, die mich am Tag meiner Anreise in meiner Hütte erwartete hatte. Ich beugte mich schützend über sie und sie fauchte, als ich sie auf die Seite legte. An ihrem Oberschenkel klaffte eine große Wunde. Die Hunde sprangen aufgeregt an mir hoch, als ich mit der Katze im Arm zur Hütte lief. Auf der Terrasse spülte ich die Wunde so gut es ging mit sauberem Wasser aus und als unser Fahrer zum täglichen Einkauf mit dem Jeep Richtung Stadt aufbrach, fuhr ich mit und übergab die schwerverletzte Katze den Händen der Tierärzte des Phangan-Animal-Care. Mehr konnte ich nicht tun. Am nächsten Tage erhielt ich einen Anruf, dass die Katze gestorben sei. Ich war traurig. Die Katze hatte mich am ersten Tag in der Bucht in meinem Bungalow Willkommen geheißen und jetzt war sie vor mir gegangen. Aber vielleicht war nicht nur für mich jetzt die Zeit des Aufbruchs gekommen, sondern auch für vieles andere. Auch Cornelia stimmte in den Kosmischen Chorus ein.

»Guten Tag, Harald. Deine Zeit Auf Koh Phangan Geht Zu Ende. In Deinem Sternbild Ist Ein Aufbruch Zu Sehen, Eine Begegnung Zu Sehen. Wie Geht Es Dir, Was Macht Deine Atmung, Deine Ausrichtung Zur Mitte Deines Seins?«

Am Abend lief ich in der Dämmerung zu meinem Lebensbaum. Es war Zeit, der Bucht Lebewohl zu sagen. Bang Born und Lila begleiteten mich. Niemand würde um diese Zeit hierher kommen, da war ich mir sicher. Ich zog mich nackt aus und stieg ins Wasser. Ich setzte mich auf den Felsen, der direkt vor meinem Baum aus dem Wasser ragte. Es wurde schnell dunkler. Ich hatte meine Augen geschlossen, und selbst wenn ich sie jetzt öffnete, konnte ich in der Dunkelheit nur noch schemenhafte Umrisse des Baumes vor mir erkennen. Ich hatte lange darauf gehofft, dass sich mein Drittes Auge öffnen und ich so Zutritt zu meinem Baum erhalten würde. Um mich herum war nichts als Natur. Lila hatte sich zu mir auf den Stein gesetzt und lehnte mit ihrem Körper an meinem. Wetterleuchten tauchte die Nacht in ein unwirkliches Licht und als ich nach einer Stunde noch immer keinen Zutritt erhalten hatte, beschloss ich, mich wieder auf den Weg zurück in die Bucht zu machen.

Es war ein seltsames Gefühl, auf etwas zu warten, das in sich doch keine Zeit kannte – die Ewigkeit. Ich wartete zu sehr auf diesen Moment und verschloss mich ihm dadurch zugleich. Ich musste mich erst von meinen Erwartungen befreien. Dann erst würde ich wirklich frei sein.

Die letzten Tage in der Bucht waren angebrochen. Ich hatte meinen Job an meinen Nachfolger übergeben und hatte nun viel freie Zeit. Es war interessant zu sehen, wie sehr sich die Insel veränderte, je nachdem, zu welcher Tageszeit man sie betrachtete. Der Einfall des Lichtes und die Schatten der Bäume gaben mir das Gefühl, diese Straßen zum ersten Mal zu befahren. Ich fuhr viel mit dem Motorrad über die Insel, einfach nur so. Ich genoss es, frei zu sein.

Als ich an einem dieser Tage an der Straßenkreuzung stand, wo der Weg aus der Bucht auf die Hauptstraße traf, hielt ich für einen Moment an und schaute nach oben. Der Himmel war klar und ich sah zum ersten Mal einen kreisrunden Regenbogen um die Sonne. Wie ein großer Ring umgab er den hellen Ball, der zu dieser Tageszeit senkrecht über mir zu stehen schien. Der Ring erinnerte mich an Luna. Der Kreis als Zeichen zweier Zwillingsseelen. So viele Zeichen waren es, die uns umgaben und so viele Wunder.

Je näher meine Abreise kam, umso dringlicher galt es, Entscheidungen zu treffen. In einem Gespräch mit meinen Eltern hatte ich ihnen von Bang Born erzählt. Ich hatte schon einen Hund, der bei meinen Eltern auf meine Rückkehr wartete, aber ich wollte Bang Born nicht seinem Schicksal überlassen. Schließlich erklärten sich meine Eltern bereit, ihn bei sich aufzunehmen und so würde ich ihn am Tag meiner Abreise mit der Fähre in ein Tierheim nach Koh Samui bringen.

Am Morgen meiner Abreise besuchte ich zum letzten Mal meinen Baum. Ich setzte mich zwischen die Wurzeln auf meinen Thron. Wieder waren Lila und Bang Born bei mir. Die Sonne ging langsam auf. Ich schloss meine Augen und nach einem kurzen Moment des Sammelns sprach ich zu meinem Baum:

»Ich bitte dich, eintreten zu dürfen.« Vor meinem inneren Auge öffnet sich ein schwarzer Spalt. Ich trat ein und im selben Moment wurde alles um mich herum schwarz. Meine Wirbelsäule vibrierte und ich bekam Gänsehaut.

»Danke, dass du mich zu dir gerufen hast«, sagte ich.

»Ich bin immer für dich da«, antwortete der Baum.

»Kannst du mir meine früheren Leben zeigen und die Menschen, mit denen ich gelebt habe?«

»Dir stand immer alles offen. Ich kann dir nichts zeigen, das du nicht sehen willst. Du willst die Schuld nicht sehen.«

Tränen liefen meine Wangen hinunter und ich öffnete die Augen. Ich bedankte mich ein letztes Mal bei meinem Baum, und machte mich auf den Weg zurück in die Bucht.

Der Tag meiner Abreise war gekommen. Meine Tasche war gepackt. Ich fing Bang Born ein und machte mit ihm einen letzten Rundgang durch die Bucht. Es war früh am Morgen und ich verabschiedete mich von allen. Auch von der Bucht selbst und den Hunden. Lila war so frei, dass ich mir um sie am wenigsten Sorgen machte. Sie stand oben auf ihrem Felsen und schaute ein letztes Mal zu mir rüber, bevor sie ihren Blick wieder dem Meer zuwandte, so als wollte sie mir sagen: ›Auch mein Schiff wird kommen und mich nach Hause bringen.‹

Die Hunde waren mir ans Herz gewachsen und stets treue Begleiter gewesen. Heute würden sich unsere Wege trennen und jeder fortan seinem eigenen Schicksal folgen.

Wir nahmen die erste Fähre nach Koh Samui. Ich musste Bang Born auf die Fähre tragen. Er hatte nie gelernt, über einen Metallsteg zu laufen oder sich unter so vielen Menschen zu bewegen. Kai und Pamela erwarteten uns mit dem Jeep bereits am Pier. Gemeinsam fuhren wir zum Tierheim ›Dog and Cat Rescue Samui‹, das von einer Berlinerin geleitet wurde. Hier würde man sich um Bang Born kümmern und alle nötigen Formalitäten für die Ausreise erledigen. Aus veterinärmedizinischen Gründen war eine Ausreise frühestens in drei Monaten möglich. Bang Born hierzulassen fiel mir schwer.

Danach fuhren wir weiter zum Flughafen. Ich verabschiedete mich von Pamela und Kai. Sie waren es gewesen, die mir all das ermöglicht hatten. Sie hatten mich mit offenen Armen willkommen geheißen und dafür war ich ihnen dankbar. Was blieb, war ein tiefes Gefühl der Dankbarkeit und eine Freundschaft, die in Thailand ihren Anfang gefunden hatte.

Ich schaute auf mein Flugticket. Bangkok, stand dort geschrieben. Ich hatte gelernt, dass die Thais einen anderen Namen für diese Stadt hatten: ›Krung Thep‹. Stadt der Engel.

Es war eine Abkürzung für den Namen, den die Stadt von ihrem damaligen Gründer, König Rama I., erhalten hatte. Frei übersetzt lautet der volle Name der Stadt:

›StadtDerEngelHeimatDesSmaragdBuddha
UneinnehmbareStadtDerGottheitIndraHauptstadDer
WeltAusgestattetMitNeunWertvollenEdelsteinen
GlücklicheStadtGekröntDurchDenKöniglichenPalast
DemHimmlischenWohnUndRegierungssitzDer
WiedergeborenenGottheitDieStadtGegebenVonIndra
UndErbautDurchVishnukarm‹

Aber auf meinem Ticket stand nur ›Bangkok‹. Damals wie heute. Woher hätte ich also wissen sollen, was sich alles dahinter verbarg? Meine Reise hatte mich von Anfang an in die ›Stadt der Engel‹ geführt. Nur hatte ich es nicht gesehen. Wie kann man überhaupt etwas sehen und erkennen, von dem man noch nicht einmal weiß, dass es überhaupt existiert?

Dreizehn Stunden später landete ich in Deutschland und in den Armen meiner Familie. Obwohl ich wieder zu Hause war, wusste ich doch, dass die eigentliche Reise erst jetzt beginnen würde.

Wenige Tage nach meiner Ankunft erhielt ich eine Mail aus dem Tierheim auf Samui. Bang Born sei den Pflegern davongelaufen und jetzt würden sie ihn auf der ganzen Insel mit Flugblättern suchen. Nach vier Tagen der Suche und hunderten von Flugblättern meldete sich schließlich eine Fischerfamilie aus dem Norden der Insel. Ich war erleichtert. Bang Borns Drang nach Freiheit war so groß gewesen, dass ich es ihm nicht verübeln konnte, dass er Reißaus genommen hatte. Woher sollte er wissen, dass ein neues Leben in Deutschland auf ihn wartete. Meine Familie freute sich schon sehr auf den Familienzuwachs.

Eine Woche verbrachte ich alleine bei meinen Eltern, bis Luna aus Berlin zu Besuch kam. Zum ersten Mal trafen jetzt Luna und meine Familie aufeinander. Es war Mitte Juli und ein wunderschöner Tag. Mein Vater hatte an diesem Nachmittag die Idee zu einem Picknick.

Wir bereiteten das Essen vor und fuhren alle gemeinsam mit dem Wagen zu einem Grundstück, das schon immer meiner Familie gehört hatte, und auf dem ganz oben eine alte Pappel stand. Hier oben gab es einen Tisch mit zwei Bänken und eine wunderschöne Aussicht.

Als wir von der Hauptstraße auf den Feldweg abbogen, überkam mich eine große Traurigkeit. Ich saß im Auto und war den Tränen nahe und verstand nicht, was gerade geschah. Ich schaute Luna an und sie nickte freundlich.

Nach dem Essen saßen Luna und ich gemeinsam unter der Pappel. Von hier oben hatte man einen freien Blick in alle Himmelsrichtungen. Der Wind wehte und das Rauschen der Blätter klang wie die Brandung des Meeres.

Luna schaute nach oben, als würde sie mit dem Baum sprechen, während ich neben ihr saß und noch immer mit den Tränen kämpfte. Zwischen uns floss dieselbe Energie, wie an diesem Tag in der Bucht, als Luna mir von meinem Lebensbaum erzählt hatte. Luna lächelte mich an und ich verstand. Die Pappel. Wir hatten Jades Lebensbaum gefunden. Der Wind floss um meinen Körper und die Tränen über mein Gesicht. Wir schauten hinauf zur Pappel, die ihre Äste wie Arme über uns ausbreitete. Das Rauschen der Blätter verstummte für einen kurzen Moment und wie eine Stimme hauchte der Wind in mein Ohr:

»Ich liebe dich, über alle Grenzen hinaus …«

Wir verlieren nichts in dieser Welt. Alles ist immer bei uns, nur sehen wir es nicht. So wie die Sonne, die den Tag erhellt. Sie geht nie auf und auch nie unter, denn ihr Licht scheint ewig. Aber hier in dieser Welt, da geht sie auf und wieder unter. Es ist die Welt, in der wir leben, die die Sonne untergehen lässt.

Und so verhält es sich auch mit dem Leben. Es ist wie der helle Tag, der uns voller Licht erscheint. Selbst bei Nacht zweifeln wir keine Sekunde daran, dass das Licht der Sonne noch immer scheint und uns einen neuen Tag schenkt. Dieser Tag wird einzigartig sein, noch nie dagewesen. So wie ein Mensch, der in diese Welt geboren wird, um sein Leben mit uns zu teilen. Es ist dasselbe Licht derselben Sonne, das diesen Tag geboren hat und auch den Menschen. Und stirbt ein Mensch, so geht ein Tag, doch sein Licht wird ewig scheinen. Nur sehen können wir es nicht mehr, da diese Welt uns den Blick darauf nimmt.

Jetzt erinnerte ich mich, wie ich Jade auf der Kastanienallee vor dem Grünen Café vor vielen Monaten zum ertsen Mal begegnet war. Sie trug ein langes Kleid mit Blumen und lief mit einem Becher Tee in der Hand zu ihrem Porsche Turbo Cabriolet, das sie im Halteverbot beparkt hatte.

So eine Frau würde sich im Leben nicht für jemanden, wie mich interessieren, dachte ich damals.

Es gab noch eine zweite Begegnung. Auf der Straße vor ihrer Wohnung in Berlin. Sie lief zusammen mit ihrer Mutter und einem finster dreinschauenden Kerl an mir vorbei. Wie war dieser Typ, nur an diese beiden Frauen gekommen? Es war der Bodyguard.

Nach meiner Heimkehr löste ich mein Versprechen ein und besuchte Matthias, den Schamanen. Gemeinsam mit ein paar Menschen, die das Schicksal zusammengewürfelt hatte, verbrachten wir das Wochenende in einem heiligen Kreis. Es war eine Zeit der Heilung und der Erlösung von alten Lasten.

»Bevor wir uns morgen voneinander verabschieden, möchte ich mit euch eine schamanische Reise machen«, sagte Matthias. »Mir wurde mitgeteilt, dass es an der Zeit ist, unseren Bruder Tom und unseren Bruder Harald nach Hause zu führen. Hierfür haben meine Geistführer eine sibirische Geisterbootreise vorgeschlagen.«

Es war ein altes sibirisches Ritual, in dem alle Anwesenden eine schamanische Reise in einer Art Boot machten. Geführt wurde diese Reise durch den Schlag der Trommel. Tom und ich legten uns in der Mitte des Raumes auf den Fußboden, wir waren die Passagiere. Eine Person bildete den Bug des Schiffes. Links und rechts saßen jeweils zwei Ruderer. Im Heck saßen der Steuermann und Matthias mit der Trommel. Alle würden wir auf eine gemeinsame Reise gehen

Es war still, als der erste Schlag der Trommel das Boot in Bewegung setzte. Meine Augen waren geschlossen. Das Meer, auf dem wir ruderten, war dunkelblau und schimmerte im Mondlicht. Delfine schwammen neben uns und Wale begleiteten das Boot, das immer schneller zu werden schien, bis es schließlich mühelos abhob. Wir schwebten über dem Wasser. Im Rhythmus der Trommel tauchten die Ruder immer wieder ein und schoben uns vorwärts, auch wenn kein Wasser mehr unter unserem Kiel zu sein schien. Drachen hatten die Delfine und Wale abgelöst und begleiteten unsere Fahrt in Richtung der Sterne. Wir gewannen schnell an Höhe, bis auch die Höhe ganz verschwand. Kein Laut war mehr zu hören, nur der immer wiederkehrende Schlag der Trommel. Immer weiter schoben wir uns den Sternen entgegen, bis sich einer von ihnen aus diesem Mosaik der Lichter zu lösen schien und immer größer wurde. Sein Licht schimmerte blau.

›Nach Hause‹, so hatte Matthias das Ziel unserer Reise genannt und wir schienen ihm immer näher zu kommen.

Das Nächste, woran ich mich erinnerte, war, dass ich meine Augen öffnete und in einen dunkelblauen Sternenhimmel schaute. Aber es waren nicht die Sterne dieser Welt.

Menschen hatten sich um das Boot versammelt, in dem ich noch immer lag, und sie schauten zu uns hinab. Alles war in ein blaues Licht getaucht. Die Menschen waren groß und Männer wie Frauen trugen lange dunkle Haare und lächelten uns an. Ich war zu Hause. Hier hatte meine Reise begonnen und jetzt war ich zurückgekehrt. Aber es gab nur ein Gesicht, das mir unter all den Gesichtern vertraut erschien. Es war Jade. Sie lachte und begann zu tanzen, so wie alle anderen auch. Sie tanzte und trug dabei ein Kleid aus Sternen. Ich begann zu weinen, während alle um mich herum sich freuten. Und schon war es wieder Zeit für den Abschied. Vor einem blauen Sternenhimmel tanzte Jade immer weiter und wurde kleiner und kleiner, je mehr ich mich von ›zu Hause‹ entfernte. Der Name des Sterns war Sirianus.

Ich hatte sein blaues Licht gesehen und verstand sofort, woher die Könige dieser Welt gekommen waren. Sie waren von den Göttern geschickt worden, um die Menschen auf ihrer langen Reise zu begleiten. Ein König war im ursprünglichen Sinne nie ein Herrscher, der Ländereien und Reichtümer besaß. Er war immer ein Diener der Menschen gewesen, dessen größter Reichtum es war, die Wahrheit Gottes in sich zu tragen, da er von einem Volk stammte, das seine Reise bereits absolviert hatte. Ein König war ein Träger der Wahrheit.

Die frühen Menschen dieser Erde erkannten in den ersten Königen diese Wahrheit und auch deren Herkunft. Äußerlich waren sie wie jeder andere Mensch, aber ihr Energieniveau war um ein Vielfaches höher und umgab sie wie eine Aura aus blauem Licht, und war gleichzeitig wie eine Art Lebenselixier.

Die frühen Menschen besaßen noch diesen Siebten oder auch Achten Sinn und konnten dieses blaue Licht erkennen. Es war der Ursprung dessen, was wir heute als ›blaublütig‹ bezeichneten. Das Blut als Symbol der Lebensenergie.

Die Nachkommen dieser Könige auf Erden gab es noch immer, aber die Verbindung zu der Wahrheit Gottes war über die Jahrhunderte und Jahrtausende verloren gegangen. Alle Versuche, diese Reinheit im Blute durch Hochzeiten wiederherzustellen, scheiterten. Zu sehr waren die einst reinen Könige den Versuchungen dieser Welt, Macht und Habgier erlegen. Die Reinheit im Inneren war verloren und ließ sich im Außen nicht wieder herstellen. Nur wenige Könige konnten diese Energie aufrechterhalten.

Stattdessen inkarnierten die Könige von nun an als ›normale‹ Menschen auf dieser Erde, um uns zu begleiten, zu helfen und zu führen, denn das war ihre Aufgabe. In den indischen Schriften werden diese Menschen als Avatare bezeichnet. Bekanntester Avatar der westlichen Welt war mit Sicherheit Jesus. Auch er war ein König und sein Reichtum die Wahrheit Gottes, die durch ihn in diese

Welt getragen wurde.

Es ist die Wahrheit, die durch jeden von uns in diese Welt kommt. Deshalb sind wir hier. Ungeboren haben wir uns dafür entschieden, aber nur wenige erwachen zu dieser Erkenntnis in sich. Sie haben die Wahrheit vergessen oder wollen sie nicht sehen. Dabei erinnert uns das Leben jeden Tag daran, denn es ist unser Ausdruck dieser Wahrheit und zugleich unser Spiegel. Auch wenn es uns auf den ersten Blick nicht immer ersichtlich scheint, geschieht nichts ohne Grund in dieser Welt.

»Als Cornelia mich einmal fragte, wie ich dich sehe in meinem Leben, hat sie in Wirklichkeit den Spiegel gemeint, in den ich schaue«, sagte ich zu Luna. »Aber welche Wahrheit ist es, die du mir spiegelst?«

Für einen Moment lang schaute ich nach innen und alles um mich herum wurde still. Luna war meine Zwillingsseele, der reinste Spiegel, den mir das Leben und die Götter hatten vorhalten können. Ich hob meinen Blick und schaute Luna tief in die Augen.

»Ich bin es selbst«, sagte ich und Luna nickte.

… für Jade

Epilog

Am Ende der Welt fand auch ich mich am Ende meines bisherigen Lebens wieder. Eine Kette von Ereignissen und Entscheidungen, die sich im Nachhinein über einen Zeitraum von über 16 Jahren zurückverfolgen ließen, hatten hierfür den Weg bereitet.

Vom Verlust eines geliebten Menschen vor unzählige Fragen gestellt und aller gelernten Antworten hierfür beraubt, war es zugleich der Beginn eines Lebens, das sich im Kern so sehr von dem unterschied, was ich bisher gekannt hatte. Ich musste lernen, mich von allem, was ich bisher gelernt hatte, zu verabschieden. Es war die Erkenntnis, dass es auf gewisse Fragen des Lebens keine Antwort in dieser Welt zu geben schien. Wir hatten die Sprache, die uns diese Antworten hätte geben können, verlernt.

Eine Sprache, die sich in einem Bereich der Wahrnehmung bewegt, den alle Menschen miteinander teilen, deren Potenzial sie sich aber nicht bewusst sind. Es ist die Sprache der Gefühle. Sie ist unser Bindeglied zum göttlichen Urgrund, zum Kosmos, oder wie ich es nenne, zur Quelle. Es ist der Ort, aus dem wir kommen, und durch den wir alle miteinander verbunden sind.

Unsere reinen Gefühle sind die Sprache, in der wir mit den Göttern kommunizieren. Das ist auch der Grund, warum wir unsere Gefühle so schwer in Worte dieser Welt fassen können, da sie nicht von dieser Welt sind.

Im Gebet und der Meditation suchen wir noch heute die Reinheit im Gefühl, um in Verbindung mit den Göttern zu treten.

Die Mehrzahl der Menschen des 21. Jahrhunderts aber kennen nur die Sprachen der äußeren Welt, durch die wir mit eben dieser unserer Umwelt und den Menschen um uns herum kommunizieren. Aber diese eine Sprache, die uns im Innern mit allem verbindet, haben wir vergessen und wir haben vergessen, dass wir sie vergessen haben.

Der frühe Mensch wusste, dass alles um ihn herum heilig war und die R-Einheit der Beginn allen Lebens. Sie war die Essenz all seiner Gedanken und jeder Gedanke ein Gebet. Das hat der Mensch heute vergessen. Sich daran zu erinnern, bedeutet zu erwachen.

Religionen helfen uns, zu erinnern, was wir sind. Aber die Wahrheit ist, dass das Leben die Religion selbst ist. Wir gehen in die Teilung, um zu erkennen, dass wir bereits Eins sind. Mit unserer Geburt hat diese Religion begonnen. Die Rückverbindung.

Auf einer Insel im Golf von Thailand befand ich mich in allen körperlichen und seelischen Aspekten meines Lebens am Ende meiner Welt. Es fiel mir schwer, einen Sinn in all dem zu erkennen, was geschehen war. In meinen Träumen jedoch fand ich eine Welt, in der auch diese Sprache gesprochen wurde, an die ich mich nicht erinnerte. Was ich finden durfte, war, dass es nicht der Verstand ist, sondern mein Herz, das mich zu meinen Träumen führt. Es ist das Tor zu dieser anderen Welt und der Ort unserer inneren Stimme.

Je mehr ich lernte, auf mein Herz zu hören, umso mehr verstand ich das Leben um mich herum, das mit einem Mal ein völlig anderes war. Mit dieser Erkenntnis veränderte sich auch mein Blick auf die Dinge, die mich umgaben.

Wenn wir unser Leben betrachten, dann erkennen wir, dass eine Kette von Entscheidungen uns dorthin gebracht hat, wo wir jetzt stehen. Entscheidungen, die wir getroffen haben, basierend auf Regeln und Richtlinien, die uns unsere Eltern und die Gesellschaft während unserer Kindheit gelehrt haben. Auch unsere Eltern haben diese Regeln einmal gelernt und als Basis ihrer Entscheidungen genutzt. Unser jetziges Leben ist somit eine Anhäufung von Entscheidungen, die wir mehr oder weniger bewusst selbst getroffen oder die zu entscheiden andere für uns übernommen haben. Viele unserer Entscheidungen sind nachvollziehbar und entstammen den gesellschaftlichen Grundmustern, in denen wir aufgewachsen sind. Passen sie einmal nicht in dieses Muster, erfahren wir, gewollt oder nicht, Abgrenzung und werden als rebellisch oder gar als verrückt bezeichnet. Woher kommen also unsere Entscheidungen, wenn das Leben eine Anhäufung derselbigen darstellt?

Sicher lässt sich anhand des eigenen Lebenslaufes und dem der Eltern relativ schnell erkennen, wo die Basis und Beweggründe einzelner Entscheidungen liegen. Geht man in der Zeit weiter zurück, verliert sich jedoch diese individuelle Spur. Wir landen schnell bei der Geschichte eines Landes und dem Schicksal einer ganzen Nation, die sich wiederum als Teil anderer Nationen definiert. Spinnt man das Netz weiter und geht dabei nicht nur in die Breite, sondern auch in die Tiefe der Zeit, erkennen wir, dass allen Entscheidungen des Menschen eine einzige zugrunde liegt, an der sich alle weiteren orientieren.

Es ist die Entscheidung für das Leben selbst, die wir noch vor unserer Geburt aus der Ewigkeit heraus getroffen haben. Mit der Geburt verlieren wir jedoch das Bewusstsein über diese eine Entscheidung, da wir selbst zu dieser Entscheidung werden. Wir sind quasi ›bewusstlos‹ bis zu unserem Erwachen. Unser Blick auf das Leben und die Welt, in die wir geboren werden, ist fortan geprägt durch die Wahrnehmung unseres Körpers, den wir als Zentrum unseres Seins empfinden. Wir lernen im Heranwachsen klar zu unterscheiden zwischen ›Ich‹ und der Welt da draußen und lernen durch sie all unsere Werte und Maßstäbe, mit denen wir fortan unser Leben und unseren Lebensraum vermessen und einzuteilen wissen.

Konnten wir aus der Ewigkeit heraus noch unser gesamtes Leben überblicken und haben uns auch mit einem lauten ›Ja‹ dafür entschieden, finden wir uns als Mensch in einer Perspektive wieder, die uns die Erkenntnis über die Einheit und Ewigkeit unseres Seins vorenthält.

Unsere Wahrnehmung ist begrenzt, da wir uns während des Heranwachsens als abgegrenztes Individuum in einer begrenzten Welt kennengelernt haben und uns als getrennt empfinden.

Unsere Entscheidungen treffen wir individuell nach unseren Bedürfnissen und oft aus einem Mangel heraus. Dieser Mangel ist unsere Motivation, da wir ihn beseitigen möchten, um erfüllt zu sein. Wir suchen Erfüllung in unserem Leben.

Wir definieren uns als Teil der Gesellschaft und versuchen hier zugleich die Position einzunehmen, in der wir von anderen so wahrgenommen werden, wie wir uns das vorstellen. Wir starten also eine Karriere oder folgen anderen Dogmen oder Schulen, die uns ein individuelles Glück versprechen. Wir streben nach Glück und Liebe, da wir sie unbewusst als Teil dessen erkennen, woher wir kommen und was wir sind. Liebe und Glück sind Teil der Ewigkeit und erinnern uns somit an zu Hause. Beides sind Gefühle und für unsere Welt nicht greifbar. Wir haben also gelernt, Dinge und Personen mit diesen Gefühlen zu verknüpfen und versuchen diese Verbindungen und das Glück, das sie versprechen, so lange wie möglich aufrechtzuerhalten.

So finden sich in den Beschreibungen über ein glückliches Leben oft sehr viele materielle Dinge, die zum Symbol für Glück stilisiert werden. Dabei handelt es sich lediglich um eine Anhäufung von Objekten, die im Kern aber kein Glück enthalten, sondern lediglich die Vorstellung von etwas, das wir mit Glück verbinden, weil wir es so gelernt haben.

In dem Glauben, durch individuelle Entscheidungen im Leben all das Glück erreicht oder angesammelt zu haben, gelangt dieses individuelle Glück in 100 Prozent aller Fälle an den Punkt, wo dieses Glück endet oder die Dinge und Symbole hierfür ihrer vergänglichen Natur folgen. Die Dinge gehen kaputt oder verlassen auf einem anderen Weg unser Leben.

Mit der Liebe verhält es sich ähnlich. In einem anderen Menschen finden wir Liebe und somit inneren Frieden und Erfüllung, weil diese Liebe uns wiederum an die Ewigkeit erinnert, aus der wir kommen. Aber auch diese Verbindung kann nicht ewig währen, da die Vergänglichkeit eines der Gesetze dieser äußeren Welt ist. Spätestens, wenn wir dem Tod in der einen oder anderen Weise begegnen, wird uns vor Augen geführt, dass nichts von Bestand ist und alles, was mit dem anderen Leben verbunden war, scheint verloren und unersetzbar.

Wir beginnen Fragen zu stellen und sind überrascht, warum wir im Außen keine Antworten mehr finden. Dies gilt besonders dann, wenn der Tod durch einen Unfall eingetreten ist. Wir finden keine Antwort im Außen, was daran liegt, dass der Ursprung für diese Entscheidung auch nicht im Außen zu finden ist, sondern lediglich dort für uns gespiegelt und somit wahrnehmbar wird. Der Tod ist ein äußeres Ereignis des Lebens, Unfall oder nicht, dessen Ursprung aus unserem Inneren kommt und Teil dieser ›Einen Entscheidung‹ ist. Alle Entscheidungen kommen somit von innen und bahnen sich ihren Weg hinaus in unsere äußere Welt, und in das, was wir Realität nennen. Dort wo diese eine Entscheidung, aus der Ewigkeit kommend, an die Oberfläche unseres Bewusstseins tritt, hebt sie die Zeit auf und Schicksal entsteht. Es sind diese Momente, die wir, danach gefragt, als von der Zeit losgelöst empfinden.

Ein geliebter Mensch ist das Spiegelbild unserer eigenen Liebe und somit der Spiegel unsere Verbindung zum göttlichen Urgrund, der Ewigkeit, der Quelle. Wenn dieser Mensch durch den Tod in eine andere Welt geht, finden wir in dieser Welt plötzlich keinen Spiegel mehr für unsere Verbindung zur Ewigkeit und glauben, getrennt worden zu sein, von dem was wir im Kern wirklich sind – ewig.

Wir haben verlernt, unser wahres Sein ohne Spiegel in dieser Welt wahrzunehmen und erkennen daher nicht die Ewigkeit und Freiheit, aus welcher heraus diese eine Entscheidung getroffen wurde, sondern sehen und fühlen lediglich den Schmerz der Trennung im Außen.

Unsere Aufmerksamkeit hat sich in Jahrtausenden nur nach außen gerichtet, weil wir davon überzeugt sind, dass dort unser Leben stattfindet. Die Wahrnehmung folgt unserem Verstand und somit lediglich allem, was wir sehen, anfassen, greifen und begreifen können. Mit unserem Verstand ziehen wir die Grenze zwischen dem, was wir als Realität akzeptieren und wahrnehmen und was nicht. Unsere Entscheidungen sind also immer realitätsgebunden – so denken wir.

Alles ist Realitä. Nicht nur das, was ich anfassen kann. In unserem Geist und somit in unseren Gedanken liegt das Potenzial für ein ganzes Universum. In unseren Träumen tauchen wir jede Nacht ein in diese Welt und wachen auf mit einer Erinnerung, die so real ist wie jede andere in unserem Kopf, denn unser Herz hat die Freude und den Schmerz in diesem Traum wirklich gelebt. Lediglich unser Verstand stempelt diese Erinnerungen als nicht real ab, weil er es so gelernt hat. Was bedeutet also real? Es beschreibt die Grenzen unseres Bewusstseins und somit die Grenzen dieser Welt. Mit jeder unserer mutigen Entscheidungen erweitern wir nicht nur unsere, sondern durch die

Verbindung zur Quelle, auch die Welt und das Bewusstsein aller Menschen.

Unsere Gedanken werden zu unseren Worten, unsere Worte zu unseren Taten und unsere Taten zu unserem Schicksal. Der Schlüssel hierfür liegt in der Erkenntnis unserer wahren, ewigen Natur und der Grenzenlosigkeit unseres Seins jenseits der Vergänglichkeit dieser äußeren Welt.

Ich wurde an die Grenzen meiner Welt geführt, innen wie außen, um zu sehen, was dahinter liegt. Es war immer in meiner Verantwortung zu entscheiden, jetzt auf mein Herz oder meinen Verstand zu hören. Man muss nicht den Verstand verlieren, um die Ewigkeit des Seins zu erkennen, man muss lediglich sein Herz wieder finden. Denn das Herz ist unsere Verbindung zum Universum, zur Quelle, und der Sitz unserer Gefühle und unsere Gefühle zugleich die Sprache der Götter, in der wir mit dieser Quelle, die wir selbst sind und aus der wir kommen, kommunizieren können.

Wir werden ohne Sprache geboren, so glauben wir. Dabei ist die Liebe das erste Wort, das wir hören. Sie hat uns in diese Welt gerufen. Erst danach lernen wir durch unsere Eltern und unsere Umgebung die Sprache dieser äußeren Welt. Im Heranwachsen üben wir uns in der Kommunikation mit unserer Umwelt und müssen allzuoft feststellen, dass wir trotz einer vermeintlich klaren Sprache missverstanden und enttäuscht werden. Denn es fällt uns nicht leicht, in einer begrenzten Welt mit einer begrenzten Sprache das zu beschreiben, was wir im Kern unseres Seins wirklich sind:

Ewige Wesen im Kleid des Vergänglichen …

Ich verbeuge mich in tiefer Dankbarkeit vor …

… meiner Zwillingsseele für ihren ewigen Glauben an das,
was ich bin, an die Liebe und an dieses Buch.
… meiner Familie, die ich liebe.
… meinem Bruder M., den ich umarme.
… Cornelia für ihren Blick in die Sterne.
… Matthias ›Lightfire‹ für sein Licht.
… Alexander für das Feuer.
… Pamela und Kai für ihr Vertrauen.
… Allem, das ist.